INY LORENTZ es el seudónimo del matrimonio alemán compuesto por Ingrid Klocke y Elmar Lorentz, que ha alcanzado renombre mundial por sus novelas de corte histórico.

Juntos han escrito numerosas obras, entre ellas su primera novela histórica, *La castrada* (2003), a la que siguieron *El traficante de oro* y *La ramera errante*, que en 2004 los catapultó al éxito. Un año después aparecieron la presente *La dama del castillo* (continuación de *La ramera errante*, publicada en B de Bolsillo) y *La tártara*, seguidas de *El legado de la ramera errante* (2006) y *La hija de la ramera* (2008).

Título original: *Die Kastellanin*
Traducción: Alejandra Obermeier
1.ª edición: septiembre 2012

© Iny Lorentz, 2005
www.iny-lorentz.de
© Droemersche Verlagsanstalt Th. Knaur Nachf. GmbH & Co.KG,
Múnich, 2005
www.droemer-knaur.de
Este libro ha sido negociado a través de Ute Körner Literary Agent, S. L.,
Barcelona
www.uklitag.com
© Ediciones B, S. A., 2012
para el sello B de Bolsillo
Consell de Cent, 425-427 - 08009 Barcelona (España)
www.edicionesb.com

Printed in Spain
ISBN: 978-84-9872-700-5
Depósito legal: B. 20.218-2012

Impreso por NOVOPRINT
  Energía, 53
  08740 Sant Andreu de la Barca - Barcelona

Todos los derechos reservados. Bajo las sanciones establecidas en el ordenamiento jurídico, queda rigurosamente prohibida, sin autorización escrita de los titulares del *copyright*, la reproducción total o parcial de esta obra por cualquier medio o procedimiento, comprendidos la reprografía y el tratamiento informático, así como la distribución de ejemplares mediante alquiler o préstamo públicos.

La dama del castillo

INY LORENTZ

PRIMERA PARTE

LA TRAICIÓN

1

La mirada de Marie se paseó fugazmente por los rostros de los cazadores allí reunidos antes de detenerse en su esposo. Bastaba con mirarlo montando sobre su caballo para darse cuenta de que era el más diestro de todos, sosteniendo las riendas con aparente displicencia en su mano izquierda mientras sujetaba con la derecha la ballesta, siempre lista para disparar. Junto al esposo de Marie se hallaba su anfitrión, Konrad von Weilburg, a quien también podía considerarse un gallardo caballero. Ambos eran de estatura media y de hombros anchos y musculosos; sin embargo, mientras que Von Weilburg ya comenzaba a presentar los primeros indicios de una tripa demasiado abultada, Michel seguía manteniendo la cintura delgada y las caderas estrechas de un hombre joven, y su rostro, su ancha frente enmarcada por sus cabellos castaños, sus agudos ojos claros y su fuerte mandíbula le otorgaban un aspecto más enérgico que el de su anfitrión. Konrad von Weilburg no prescindía jamás de sus calzas ajustadas ni de su sayo bordado, ni siquiera para ir de caza. Michel, sin embargo, vestía unos pantalones de montar amplios y cómodos y un sencillo chaleco de cuero sobre una camisa verde. Calzaba unas recias botas y tan solo su birrete engalanado con dos plumas de faisán permitía adivinar que no se trataba de un siervo, sino de un oficial imperial al servicio de un noble señor.

Michel se percató de la mirada de Marie, ya que se giró agitando orgullosamente la ballesta y regalándole una sonrisa enamorada antes de espolear a su caballo y desaparecer entre el follaje del bosque, repleto de colores otoñales. Marie recordó entonces aquel día —hacía ya diez años— en que había sido desposada con su amigo de la infancia. Ese «sí, quiero» por el que ni siquiera le habían preguntado durante la ceremonia en el monasterio de la isla lo pronunciaría sin pensárselo si fuese necesario, pues no era capaz de imaginar mayor felicidad que la compartida a su lado durante esos diez años.

Irmingard von Weilburg guio a su yegua negra hasta ponerse a la par de la de Marie y le hizo un guiño cómplice.

—Realmente podemos estar más que satisfechas con nuestros esposos. Ambos son muy apuestos y de carácter muy afable, y en lo que respecta a nuestras noches, con mi Konrad no podría haber corrido mejor suerte. Pero venid conmigo, regresemos al punto de reunión. A mí me desagrada disparar a los animales tanto como a vos; a mi entender, la caza es asunto de hombres, al igual que la guerra. Además, me apetece un trago de vino aromático, aunque dudo de que sea tan delicioso como el que nos ofrecisteis el año pasado —comentó, relamiéndose al recordarlo.

Marie sonrió.

—Oh, sí. Realmente era muy bueno. La mezcla de hierbas la hizo mi amiga Hiltrud, la dueña de la granja de cabras. Conoce los secretos de muchas plantas y sabe cuáles sirven para curar enfermedades y cuáles poseen un exquisito sabor.

—Conozco a esa mujer —comentó Irmingard a la vez que acariciaba con cariño el cuello de su yegua—. Hace poco, cuando mi *Azabache* padeció unos cólicos muy dolorosos, envié a uno de los siervos del establo a pedirle que preparara una infusión para mi yegua. Apenas terminé de dársela, noté que ya se sentía mejor, y al día siguiente amaneció curada.

Marie se alegró de oír esos elogios. La dueña de la granja de cabras era mucho más que su mejor amiga: la había hallado medio muerta en un camino, la había recogido y curado, y la había ayudado a sobrellevar los cinco peores años de su vida. Solo había una persona a quien Marie quisiese más que a Hiltrud: su Michel, por quien sentía un amor cada vez más profundo.

Su caballo alzó la cabeza en señal de desagrado y Marie se dio cuenta de que la señora Irmingard seguía mirándola, esperando una respuesta. En ese instante, asintió con un gesto.

—No tengo inconveniente alguno en seguir el desarrollo de la cacería desde donde decís, ya que, a diferencia de vos, no soy tan buena jinete.

En realidad, aquella era una forma diplomática de aceptar su invitación y rehusar dar más explicaciones. Con la yegua mansa como un cordero que Michel le había conseguido, Marie prefería ir al paso o al trote por rutas y caminos menos agrestes. Aún no se sentía del todo cómoda sobre la montura. Se había criado en Constanza, una ciudad en donde se podía ir a pie al mercado y a la iglesia o visitar en barco los lugares de los alrededores. Por ese motivo, jamás había montado a caballo allí. Más tarde, en sus años de destierro, tuvo que recorrer miles de millas a pie, pero tras su matrimonio, al convertirse en la esposa de un castellano, no podía pasearse alegremente como si fuese una criada. Si quería visitar los castillos vecinos o la granja de cabras de su amiga Hiltrud, debía hacerlo en carruaje o a caballo. Como no deseaba mandar que enganchasen los animales cada vez que salía del castillo de Sobernburg, le había pedido a Michel que la enseñara a montar, pero muy pronto supo que jamás llegaría a ser una amazona tan audaz como la señora Irmingard, la anfitriona de la primera cacería otoñal de ese año. Aquella era una de las tradiciones propias de la región y consistía en que uno de los señores de los castillos de la zona inaugurara junto con su esposa la temporada de las cacerías otoñales con una celebración a la que invitaba a todos los vecinos de los alrededores.

Marie seguía distraída en sus pensamientos, mientras la señora Irmingard hablaba sin parar. La señora del castillo de Weilburg era de origen noble, al igual que el resto de los señores de los castillos vecinos allí presentes y sus esposas. Tan solo Marie y su esposo eran de origen burgués. Sin embargo, Ludwig von der Pfalz no había considerado esa circunstancia impedimento alguno para nombrar a Michel alcaide del distrito de Rheinsobern, nombramiento que suponía darle un lugar superior al de la mayoría de los aristócratas allí presentes. A pesar de todo, Irmingard y Konrad habían trabado amistad con ellos, y ambas parejas cultivaban una buena relación de vecindad. Casi todos los que pertenecían al distrito de Rheinsobern habían aceptado el nombramiento de Michel, y si alguno se mofaba del hecho de que la pareja no fuera de origen noble, no expresaba abiertamente su rechazo; nadie quería tener a Michel Adler como enemigo debido a la estima en que era tenido por el conde. Algún día el señor Ludwig armaría caballero a su fiel vasallo: era solo cuestión de tiempo.

Irmingard se quedó mirando a Marie, que permanecía en silencio.

—Vuestro nuevo traje os sienta espléndidamente bien. ¿Seríais tan amable de mostrarme el corte?

—Con mucho gusto.

Marie salió de su ensimismamiento y devolvió una sonrisa agradecida a su paciente anfitriona. En ese momento comenzaron a acercarse otras damas que también habían abandonado la cacería. Todas ellas conocían algún chisme nuevo con el que entretenerse y así fue desarrollándose una conversación muy animada que no cesó ni siquiera al llegar al lugar de reunión al pie del castillo de Weilburg, en donde ya estaba todo dispuesto para la celebración de un banquete generoso y muy bien preparado. En cuanto las damas desmontaron de sus caballos, los pajes —vestidos con los colores de los Weilburg— se apresuraron a ofrecerles unas copas de vino aromático caliente. El día era soleado y sin apenas nubes, pero el clima comenzaba a ser fresco por aquellos últimos días de octubre, así que todas agradecieron la calidez de aquel trago caliente. Marie incluso estuvo a punto de quemarse los labios, pero saboreó con placer aquel vino, mucho más delicioso de lo que Irmingard había augurado.

—Un trago así siempre viene bien —comentó satisfecha la señora Luitwine von Terlingen, extendiéndole la copa vacía al paje para que le sirviera nuevamente.

Marie prefirió no repetir y se quedó mirando a los siervos de caza, que iban trayendo a los animales cazados, poniéndolos unos junto a otros en un lateral de la explanada. El lugar que ocuparían en la despensa de Weilburg, enfriada con hielo del invierno anterior, ya era más que considerable.

Cuando comenzaron a llegar los primeros cazadores, Marie no halló rastros de Michel por ninguna parte y empezó a preocuparse, pensando que tal vez se había arriesgado demasiado y había terminado por hacerse daño. Pero cuando por fin apareció junto con su anfitrión, tenía un aspecto alegre y vivaz. Marie corrió a su encuentro y lo abrazó con fuerza en cuanto hubo descendido del caballo.

Michel recibió su efusivo abrazo entre risas, luego apartó suavemente a su mujer y le hizo cosquillas en la nariz.

—Mi amor, ¿cuántos ciervos has cazado hoy?
Marie resopló.
—Ninguno, ya lo sabes...
—No os preocupéis, señora Marie, vuestro esposo ha cazado muchísimos en vuestro nombre. Sin duda alguna, ha sido el auténtico rey de nuestra cacería.

Konrad von Weilburg llamó al vencedor de la cacería, mandó traer una corona hecha de ramas de abeto y la puso ceremoniosamente en la cabeza de Michel.

Mientras tanto, el resto de los cazadores ya había bebido la primera copa de vino aromático y comenzaba a llenar la segunda. Michel también vació su vaso por segunda vez, aunque lo hizo más por cortesía que para dejar que sus húmedos huesos entraran en calor. Luego atrajo a Marie hacia sí y la besó en la mejilla.

—Deja que las otras mujeres cacen ciervos. Yo te amo tal y como eres.
—Esa sí que es palabra de hombre.

Konrad von Weilburg le hizo un guiño a Michel y le dio a la señora Irmingard un beso en los labios. Ella se dejó besar entre risitas, pero enseguida se apartó haciendo una señal hacia las mesas del banquete.

—Deberías pensar en tus invitados en lugar de en tu propia diversión. Salir de cacería despierta el apetito, y no querrás que alguien piense que en el castillo de Weilburg dejamos a nuestros huéspedes con el estómago vacío.

—Por supuesto que no. ¡Venid todos a la mesa y ocupad vuestros sitios! Tenéis servido todo lo que el estómago y el hígado puedan desear. —El señor Konrad abrazó a su mujer, la alzó y la llevó en volandas hasta su lugar—. Y ahora atrévete a decir que no te trato como mereces —declaró, alegre.

—Por hoy te daré la razón.

La señora Irmingard lanzó un beso con la mano a su esposo e instó a sus invitados a que se sirvieran a su gusto. Mientras se llenaban los estómagos reinó un silencio interrumpido únicamente por los ruidos de los mordiscos a la carne y de los eructos. En cuanto los invitados empezaron a saciar su hambre, comenzaron a comentar las anécdotas de la cacería. Los comensales elogiaron la labor de los cazadores que habían logrado mayor número de piezas y se burlaron de la torpeza de los menos afortunados. Al cabo de un rato, los mayores desviaron la conversación hacia la política.

Gero, el esposo de la señora Luitwine, se quedó mirando su plato vacío como si allí se hallara el origen de todos los males del mundo y dejó escapar un suspiro.

—Ojalá el año que viene vuelva a encontrarnos otra vez aquí, sentados alegremente y disfrutando.

—¿Qué podría impedírnoslo? —preguntó desconcertado el anfitrión.

—¡Esa maldita rebelión en Bohemia! El emperador volverá a solicitar a Ludwig su apoyo militar, y el conde palatino no puede negarse a ello, ya que incluso el Alto Palatinado se halla en juego. Me temo que, cuando llegue el próximo otoño, algunos de los nuestros estarán añorando regresar a casa.

—O puede que estén muertos... —añadió otro con voz quebrada.

El resto lo amonestó por agorero, pero todos se estremecieron al escucharlo. La rebelión en Bohemia no era una revuelta más desencadenada por unos pocos nobles displicentes, ni una rebelión campesina fácil de reprimir, sino una sangrienta guerra entre el emperador Segismundo, que ostentaba la corona del reino de Bohemia, y los herejes husitas, quienes habían ganado la mayoría de las batallas hasta el momento.

—Esperemos que el conde palatino sea lo suficientemente astuto como para no exigir que nos unamos al ejército, sino que tome voluntarios a quienes la gloria y el botín les importen más que una alegre cacería en su tierra natal.

Konrad von Weilburg alzó su copa y brindó en honor de sus invitados, con la esperanza de poder disipar la sombra que se había cernido sobre el grupo.

2

La fiesta se prolongó hasta bien entrada la noche y continuó en el salón de los caballeros hasta que las campanas dieron la medianoche, momento en el que algunos de los invitados tuvieron que ser trasladados con la ayuda de las criadas y los siervos a sus habitaciones. Marie y Michel habían bebido menos vino que la mayoría, por lo que a la mañana siguiente pudieron desayunar en abundancia. Luego se despidieron de sus anfitriones y emprendieron el regreso a Rheinsobern.

—Volved a visitarnos antes de que la nieve torne intransitables los caminos —los instó el caballero Konrad, mientras su esposa Irmingard le pedía a Marie que le enviara al castillo al mercader que le proporcionaba sus telas.

—Lo haré con gusto —le prometió Marie, al tiempo que Michel la subía a su delicada yegua marrón, cuyo trotar lento no le hacía ningún honor a su nombre: *Liebrecilla*.

Michel montó también en su caballo, saludó con la mano a los Weilburg y al resto de los invitados y cabalgó hacia las puertas. Marie lo seguía de cerca, mientras que Timo, el siervo de Michel, un muchacho con el rostro surcado de cicatrices, se mantenía a una distancia prudencial para no importunar a la pareja.

Michel cabalgaba a un ritmo sosegado para que Marie fuera a la par de él y ambos pudieran conversar. Con todo, al cabo de un rato ya habían llegado a la llanura del Rin, y desde allí divisaron la ciudad de Rheinsobern, que se erigía al pie de un ramal de la Selva Negra y constituía su hogar desde hacía diez años. Bajo su regencia, el lugar se había convertido en un activo centro comercial cuyos campanarios saludaban a los viajeros desde lejos. Rodeaba la ciudad una fuerte muralla de protección que Michel había hecho ampliar en dos sectores, creando así espacio para construir casas nuevas. El castillo de Sobernburg, el hogar de Michel y Marie, se encontraba en un promontorio que se erguía en el centro de la ciudad. Allí también se habían reforzado las murallas durante los últimos años y además se habían construido torreones nuevos; sin embargo, la fortaleza seguía teniendo la apariencia de un cajón gris toscamente esculpido que desentonaba con el paisaje otoñal, revestido de su hermoso follaje amarillo y rojo.

Marie dirigió su mirada hacia el norte, hacia el lugar en donde se encontraba la magnífica granja de cabras de su amiga Hiltrud, en medio de un conjunto de granjas más pequeñas. Con *Liebrecilla* habría podido llegar allí en poco tiempo, y durante algunos instantes tuvo que esforzarse para resistir la tentación de cabalgar hasta allí. Hubiese querido pasar unas horas en la acogedora cocina de su amiga, bebiendo un té delicioso mientras conversaba con ella. Pero era la señora del castillo de Sobernburg y no podía descuidar sus obligaciones. Después de tres días de ausencia, debía regresar primero allí para asegurarse de que todo estuviese en orden antes de dedicarse a su propia diversión.

Michel le acarició la espalda con suavidad.

—De repente, pareces tan callada...

Marie le sonrió.

—¿De veras? Es que acabo de decidir que esta tarde iré a visitar a Hiltrud.

—Si no te molesta, te acompañaré. El vino aromático de la señora Irmingard no estaba mal, pero el de Hiltrud sabe muchísimo mejor. —Michel se inclinó hacia Marie riendo con alegría y le dio un beso en la mejilla—. Te quiero, mi amor.

—Y yo a ti.

Marie se entregó a la agradable sensación que le habían provocado las caricias de Michel, y hubiese querido invitarlo a sus aposentos en cuanto llegaran. Sabía que sus criados, sobre todo Marga, el alma de llaves, la considerarían una desvergonzada por irse a la cama con Michel a plena luz del día, pero aun así tenía ganas de darse un revolcón entre las sábanas con él. Le dirigió una mirada insinuante, a la que él respondió con una sonrisa, y azuzó a *Liebrecilla* para que acelerara el paso.

Pero sus intenciones iban a tener que quedarse en nada, al menos de momento, ya que, poco antes de llegar a la ciudad, Marie descubrió no lejos del camino a una pareja que se besaba abstraídamente bajo un haya. Marie reconoció el peinado y el vestido de la muchacha y sujetó instintivamente las riendas de su yegua.

Michel también aminoró el paso.

—¿Qué sucede?

Marie señaló hacia la pareja, que en su ardorosa pasión ni siquiera había notado la presencia de los jinetes.

—Me pregunto qué tiene esta Ischi en la cabeza, ¡cómo se le ocurre encontrarse en secreto con un joven!

Michel soltó una carcajada.

—¡Yo no lo llamaría precisamente en secreto!

Sin embargo, sabía muy bien a qué se refería Marie antes de que ella resoplara indignada. Ischi era su criada personal, su preferida entre los criados del castillo de Sobernburg, y hasta entonces jamás le había dado motivos de queja. Descubrirla ahora en brazos de un joven la había escandalizado notoriamente, ya que la señora del castillo era responsable de la moral de sus criadas. Si alguna de ellas llegaba a quedarse embarazada, tenía que ser azotada o incluso desterrada de la ciudad como castigo. En esos casos, el sacerdote también hablaba con la dueña de la casa, examinando su conciencia y obligándola a arrepentirse de su descuido con oraciones y penitencias.

Marie sacudió la fusta en el aire con violencia, poniendo nerviosa a *Liebrecilla*. Michel se apresuró a tomar las riendas, que ella había dejado caer en un descuido, y tranquilizó a la yegua para que dejara de cocear.

—En primer lugar, cuando estás montando debes conservar

la calma. *Liebrecilla* es tranquila y mansa, pero tampoco es un fardo de paja con el que uno puede hacer lo que quiera.

—Lo siento.

Marie bajó la cabeza compungida, pero enseguida volvió a dirigir la vista hacia el lugar donde se hallaba su criada. Hasta entonces siempre había estado convencida de que Ischi le guardaba lealtad únicamente a ella, pero ahora se preguntaba si podía seguir confiando en una muchacha que frecuentaba a hombres a sus espaldas.

—Tengo que aclarar este asunto. Adelántate, yo te alcanzo enseguida.

De momento, había relegado al olvido aquel rato agradable que pensaba pasar con Michel. Marie guio a la yegua hacia donde se encontraba la pareja. Michel se quedó un instante observándola, al tiempo que meneaba la cabeza. Luego le hizo señas a Timo, que se había quedado detenido a cierta distancia, y espoleó a su caballo. Le parecía que Marie también podría haber dejado para más tarde la charla con Ischi. Después de eso, seguramente ya no estaría de humor para seguirlo a sus aposentos cuando regresara.

Cuando *Liebrecilla* se acercó al galope hacia el lugar en donde estaba la pareja, ambos se sobresaltaron. Los ojos de Ischi no reflejaban el sentimiento de culpa que Marie hubiese esperado, y su furia se dirigió no tanto a la criada, sino más bien al joven. Se trataba de Ludolf, el hijo y futuro sucesor de Elías Stemm, el maestro tornero y consejero de Rheinsobern, uno de los notables de la ciudad. Era seguro que el muchacho no tenía intenciones honestas, ya que en los círculos que frecuentaba las criadas se consideraban a lo sumo un pasatiempo de carácter pasajero y, por lo general, las dejaban plantadas al poco tiempo, incluso, y sobre todo, si el encuentro dejaba secuelas que fuesen motivo de grave castigo para la muchacha. A ojos de Marie, Ischi era demasiado valiosa como para que un muchacho sin escrúpulos se aprovechara de ella, por eso decidió intervenir en aquel asunto.

Probablemente, la expresión de su rostro reflejaba con suficiente claridad sus intenciones y pensamientos, ya que Ludolf la miró como si estuviese a punto de librar una batalla perdida de antemano.

—Señora, seguramente os habéis llevado una mala impresión de nosotros, pero permitidme que os asegure que no se trata de lo que pensáis.

Ischi se interpuso y se sujetó al estribo de Marie.

—¡Señora, os lo ruego, no os enfadéis! Ludolf y yo nos amamos, y si Dios quiere contraeremos matrimonio.

—¿Te lo ha prometido para que te entregues a él? —preguntó Marie, sarcástica.

Ischi sacudió enérgicamente la cabeza.

—No, señora, Ludolf no me ha solicitado nada por el estilo. Sigo siendo tan inmaculada como el día de mi nacimiento. Haced que la partera me revise si no me creéis.

Al no notar en los ojos de la muchacha ninguna señal de que estuviese mintiendo, la expresión de Marie se suavizó. Incluso sus labios esbozaron una sonrisa fugaz. Ludolf notó cómo su furia cedía, se puso al lado de Ischi suspirando de alivio y la rodeó con el brazo.

—Señora, os juro que solo tocaré a Ischi cuando ella sea mi esposa. No será fácil lograr que mis padres aprueben esta unión, pero si vos habláis con ellos, tendrán que dar su consentimiento.

—¡Sí! ¡Señora, os lo ruego, hacedlo por mí! ¿Acaso no os he servido fielmente durante todos estos años?

A Ischi comenzaron a llenársele los ojos de lágrimas, ya que sabía que el suyo era un amor sin esperanzas.

Sin embargo, a Marie le pareció que hacían una buena pareja. Ischi era pequeña y delicada, y poseía un rostro bien formado, con grandes ojos azules y preciosos cabellos castaños. Ludolf le sacaba apenas media cabeza y aún era bastante delgado, aunque se podía adivinar que con el tiempo ganaría en peso y corpulencia. Sin embargo, sus manos, ya capaces de moldear verdaderas obras maestras en el torno, con toda certeza seguirían siendo tan delgadas y flexibles como lo eran ahora. Su rostro tenía una apariencia más sincera que bella, y en sus ojos claros había una expresión que inspiraba confianza.

—Está bien. Me ocuparé de vuestro asunto, aunque no me agrada la idea de tener que buscar una nueva criada tarde o temprano.

Marie asintió para otorgar más énfasis a sus palabras y se vio recompensada por los rostros encendidos de felicidad de la pareja. Sin embargo, tampoco quería ponérselo todo tan fácil.

—Pero primero quiero estar segura de que vuestra mutua inclinación es sincera. Si dentro de un año aún deseáis contraer matrimonio, yo misma lo dispondré todo para vuestra boda. Hasta entonces, os comportaréis con decencia en vuestros encuentros, y no quiero oír ni un solo comentario negativo sobre vuestra conducta. ¿Habéis entendido?

Ischi le cogió la mano y se la llevó a los labios.

—¡Os lo agradezco tanto, señora! —exclamó con efusividad, como si Marie acabara de permitir que celebraran la boda de inmediato.

Ludolf también expresó su agradecimiento en forma muy elocuente y juró obedecer la voluntad de Marie y volver a ver a Ischi únicamente con su consentimiento.

Marie les interrumpió a ambos con un gesto brusco de sus manos.

—Daos un último beso y regresad a vuestros quehaceres. El padre de Ludolf seguramente se mostrará más inclinado a consentir una boda si esta le da alas a las manos de su hijo.

—Tenéis razón, señora. Realmente debo darme prisa si quiero terminar con el trabajo que tengo para hoy.

Ludolf atrajo a Ischi brevemente hacia sí, le estampó un beso en los labios y se marchó deprisa hacia la ciudad.

La muchacha se quedó unos instantes contemplándolo alejarse y luego levantó la vista hacia Marie, avergonzada.

—¡Os ruego que me perdonéis por no haber hablado antes con vos, señora! Sé muy bien cuán bondadosa sois.

—¡Oh, pero también puedo llegar a ser muy mala! —respondió Marie, sonriendo—. Ahora ven, apresúrate, ¿o quieres que desate sola los broches de mi traje de montar?

En ese momento recordó que también podría haberla desvestido Michel, y se reprochó por no haberlo acompañado.

La muchacha se agarró del estribo para no quedar rezagada, y a pesar de que el camino hacia Sobernburg era cuesta arriba no se agitó en ningún momento, ya que Marie hizo que *Liebrecilla* fuese al paso. Cuando doblaron para entrar en el patio del castillo vieron a cuatro criadas jóvenes sentadas bajo la sombra de la torre de entrada, jugueteando. Marie las examinó y se preguntó cuál de ellas podría servir para suceder a Ischi. La elección le resultaría harto difícil, ya que Ischi era una joya de las que no se encontraban todos los días, por eso se alegró de contar con un año por delante para escoger y conocer a otra.

—Y bien, vosotras cuatro, ¿ha llegado ya mi esposo? —les preguntó a las criadas, que seguían cuchicheando sin dejar de reír.

—Sí, señora. Y nos envía a decirle que os espera en sus aposentos —respondió una de ellas, jacarandosa.

—Entonces no lo haré esperar —dijo Marie, guiando a *Liebrecilla* hasta un banco que había contra la pared. Desde allí se apeó sin ayuda. Después le arrojó las riendas a la muchacha que había hablado—. Lleva mi yegua al establo y entrégasela a uno de los siervos.

La muchachita hizo una reverencia, tomó el extremo de las riendas con cautela y clavó la vista en *Liebrecilla* con desconfianza, como si la yegua pudiese morderla en cualquier momento. Marie se alejó riendo y se apresuró a subir las escaleras que conducían al edificio principal. Ischi la siguió de cerca, por eso ninguna de las dos llegó a ver a una mujer de mediana edad vestida de colores oscuros que asomó en ese momento por la esquina y sin dejar de proferir insultos se lanzó sobre las criadas. Estas, al verla, se quedaron heladas.

—¡Vamos! ¡A trabajar! ¡Hatajo de vagas e inútiles! ¿O acaso habéis olvidado lo que os he encargado?

Toda la alegría que había en los rostros de las cuatro desapareció, dando paso a una expresión de susto.

—No, señora Marga, nosotras... —balbuceó una.

El ama de llaves del castillo de Sobernburg alzó la mano como si tuviese intenciones de golpear a la muchacha.

—Deja de quedarte aquí de brazos cruzados y ve a trabajar o

verás la que te espera. ¿Y qué hace este jamelgo aquí? Que se ocupen de él los siervos del establo.

—La señora me ha ordenado llevar a *Liebrecilla* al establo —se defendió la criada que sostenía las riendas del caballo.

—Y entonces, ¿por qué sigues ahí parada? —le preguntó el ama de llaves, furiosa—. ¡Si vuelvo a veros cacareando aquí en el patio en vez de hacer lo que os digo, os reemplazaré por otras criadas más dóciles!

Mientras las cuatro muchachas partían en todas las direcciones para alejarse del ama de llaves, Marga alzó la vista hacia las ventanas detrás de las cuales se encontraban las habitaciones del señor y la señora del castillo y frunció el gesto. Con la vida disipada que llevaban, era lógico que las criadas fuesen rebeldes y holgazanas.

Entretanto, Marie había llegado al salón de caballeros, y ya se dirigía hacia la escalera para subir a sus aposentos cuando de pronto descubrió a Michel sentado en su silla a la cabecera de la mesa. Tenía una expresión pensativa y la mirada clavada en un pergamino abierto entre sus manos.

—¿Qué sucede? ¿Malas noticias?

Michel soltó el aire que había contenido y asintió.

—También es un motivo para sentirme honrado. Ayer estuvo aquí un emisario del conde palatino y dejó este mensaje para mí. El señor Ludwig me ordena armar una tropa de soldados durante el invierno y partir con ellos hacia Bohemia la próxima primavera.

3

Marie se quedó escuchando la respiración acompasada de su esposo, que yacía a su lado, y dejó escapar un leve suspiro. Hubiese querido decirle muchas más cosas, pero prefirió dejarlo descansar, ya que al día siguiente debería partir hacia la guerra y necesitaba todas las energías que pudiera reunir. Ella, en cambio, seguramente no sería capaz de conciliar el sueño esa noche, e intuía que la aguardaban muchas más noches de miedo y angustia. En los diez años que llevaban de matrimonio, jamás habían pasado más de dos o tres noches separados; en cambio, esta vez, cuando Michel dejara el castillo sin ella, saldría rumbo hacia lo desconocido.

La luz de la luna entraba por la ventana abierta en su habitación, iluminándola como si de una antorcha se tratase. Su resplandor plateado se paseaba por los cofres repletos de dinero, prueba de su riqueza, pero no llegaba a las paredes revestidas de madera, de modo que parecían más oscuras que la propia noche. Negras como la muerte, pensó Marie, y se dio la vuelta sin querer hacia donde estaba Michel, cuya silueta se recortaba contra la ventana. La cama en la que estaban acostados era muy grande y había sido diseñada para dos personas que necesitaban mucho espacio. Mandaron hacerla inmediatamente después de mudarse al castillo de Rheinsobern, ya que Marie no estaba acostumbrada a dormir cerca de otra persona. Sin embargo, aquella noche hubiese preferido que durmiesen acurrucados uno junto al otro, como lo hacían otras parejas, y no a una distancia de más de un brazo entre sí. Pero no se atrevió a acercarse a Michel por miedo a despertarlo.

Justo cuando estaba a punto de recostarse otra vez, él comenzó a inquietarse. Soltó un leve ronquido apenas perceptible cuyo ruido lo despertó. Al ver a Marie sentada a su lado, se deslizó junto a ella y apoyó la mano sobre su pierna. Aquel contacto le quemó como fuego sobre la piel.

—No quería despertarte, Michel —susurró Marie.

Él la atrajo hacia sí, acarició su cabello y enrolló su dedo índice en uno de sus hermosos mechones. A pesar de que sus rizos rubios habían ido oscureciéndose después de sus años de peregrinaje, el resplandor de la luna los hacía brillar de nuevo como si fuesen oro recién acuñado, y su rostro seguía siendo tan suave y tan dulce que podía equipararse a cualquier imagen de la Virgen María.

—¿Sabes que jamás has estado tan hermosa como esta noche, Marie?

Al pronunciar esas palabras, los ojos de Michel brillaron de deseo. Era su mujer y, al amanecer, la abandonaría sin saber cuándo volvería a tenerla entre sus brazos.

Marie alzó las manos en un gesto apenado.

—Daría toda mi hermosura con tal de que pudieras permanecer a mi lado.

Michel meneó enérgicamente la cabeza.

—Yo no lo permitiría, ya que quiero alegrarme de poder regresar a mi hogar junto a mi hermosa mujer.

Marie bajó la cabeza con tristeza.

—Siento mucho no ser la esposa que merecías, Michel.

—¿Qué estás diciendo? Eres lo mejor que me ha pasado. Mantienes mi hogar en orden, me apoyas en mis quehaceres y me regalas en la cama placeres con los que otros hombres no se atreven siquiera a soñar. ¿Cómo podría estar disconforme?

En sus palabras flotaba un tono de irritación.

Marie no lo notó, y se abrazó a él, intentando mantener su voz bajo control.

—Estoy triste por no haber podido darte hijos, Michel. Pero cuando regreses, te buscaré a una criada para que puedas engendrar un heredero.

—¡Nunca miraré ni desearé a otra mujer que no seas tú!

Michel soltó una carcajada puerilmente orgullosa y le besó uno de sus pezones sonrosados, que se le había escapado indiscretamente del escote del camisón. Antes de que Marie pudiese responder algo, se balanceó sobre ella, separándole los muslos con una leve presión.

—Vamos, hermosa mía, regálame una vez más tu pasión para que sepa qué alegrías me esperan a mi regreso.

—¿Por qué el conde palatino tiene que enviarte justo a ti?

Marie no estaba de ánimo para holgar con él en su lecho, pero cuando Michel comenzó a mordisquearle suavemente el lóbulo de la oreja derecha, no tuvo fuerzas para rechazarlo. No quería privarlo de ese placer y, mientras él la penetraba, comenzó a sentir que su propia excitación iba en aumento. Sería la última vez en mucho tiempo, se dijo, y por eso ambos debían guardar un buen recuerdo de su encuentro. Michel era un amante muy vigoroso y resistente, pero también tierno; sabía cómo darle placer a una mujer. Marie se abrazó a él, alentándolo con exclamaciones suaves, y comenzó a sentir que la invadía una ola inmensa de placer.

Al cabo de un rato, él yacía a su lado, jadeante, mientras su cuerpo se estremecía con los ecos de la excitación. Marie lo tomó y volvió a besarlo.

—¡Qué pena que debas partir precisamente ahora!

—Se trata de una tarea importantísima, Marie, y me honra que Ludwig von der Pfalz me haya encomendado a mí el mando de esta tropa. Por orden suya, incluso los caballeros nobles que me acompañarán con sus acólitos deberán obedecerme.

A sus treinta y seis años, Michel aún era lo suficientemente joven como para entusiasmarse ante la campaña militar que le había sido encomendada, y no pensaba en las batallas duras y sangrientas que lo aguardaban, sino en el honor y la gloria que obtendría. Si bien el enemigo al que se enfrentaba tenía fama de ser perverso y cruel, Michel confiaba plenamente en el poder del emperador y de su conde palatino.

—¡Ya verán esos herejes bohemios! En el otoño, como muy tarde, todos esos fantasmas que nos acechan se habrán disipado y entonces regresaré contigo.

Marie asintió sin mucha convicción.

—Seguramente tienes razón. Pero hasta entonces te echaré muchísimo de menos.

Sus pensamientos regresaron al concilio que se había celebrado diez años antes en su ciudad natal, Constanza. Vio ante sus ojos la imagen de la hoguera en la que el emperador y los obispos habían ordenado quemar a Jan Hus. Esa hoguera no había hecho más que avivar otro fuego mucho mayor, pero los poderosos del Imperio germánico no lo comprendieron sino hasta mucho tiempo después. Tras la muerte de Jan Hus, en Bohemia se produjo un levantamiento terrible, en el transcurso del cual sus partidarios diezmaron y pulverizaron a los ejércitos de caballería que se enfrentaron a ellos. Con sus primeras victorias, los husitas ganaron tanta popularidad que en lo sucesivo lograron asolar tanto las regiones de Bohemia que habían permanecido fieles al emperador Segismundo, que también era el rey de Bohemia, como los territorios vecinos. Hasta entonces, nadie había logrado someter a los rebeldes, de manera que los husitas habían ido ganando en audacia hasta llegar al extremo de despojar a su rey del derecho al trono, a pesar de que el monarca no solo ostentaba la corona imperial del Sacro Imperio Romano Germánico, sino que también poseía la corona real húngara y varios títulos soberanos más.

Marie sintió que la preocupación por su esposo se cernía sobre su alma como el más gris y pesado de los mantos.

—¡Ten cuidado, Michel! El emperador Segismundo ya ha fracasado en sus reiterados intentos de someter a los husitas. ¿Cómo sabes que esta vez lo logrará?

Michel intentó disipar sus reservas con una carcajada.

—¿Cómo puedes dudarlo, amor mío? Después de todo, esta vez yo estaré de su lado.

Michel pronunció esas palabras con tanta convicción en sí mismo que Marie no pudo menos que reír a su pesar, y con ello su corazón se alivió un poco. Lo besó en la punta de la nariz y apoyó la cabeza de Michel en la almohada improvisada de su pecho.

—Ahora duérmete, Michel, así mañana no estarás demasiado cansado cuando llegue la hora de partir.

—Lo único que espero es despertarme lo suficientemente temprano como para poder volver a sentirte debajo de mí —respondió él alegremente.

Sin embargo, cuando Michel se despertó a la mañana siguiente, el sol ya había asomado en el horizonte, y desde fuera llegaba el ruido de los siervos ensillando los caballos y enganchando los bueyes a los carros. Sonrió a Marie y bromeó con ella mientras se lavaba la cara y las manos. Cuando ella se dispuso a abandonar la habitación, le acarició las nalgas con una sonrisa pícara.

—Ansío la hora de regresar.

—Yo también.

Marie salió al encuentro de la criada que subía la escalera cargando una pesada bandeja y le sirvió ella misma el desayuno a su esposo.

—Sé cauteloso y cuídate. Yo... —Marie se tragó las lágrimas e intentó sonreír con el mismo ánimo que él.

Michel le dio un golpecito cariñoso en la nariz.

—Siempre lo hago, amor mío. Además, el peligro ya no es tan grande como antes, ya que Jan Ziska, el temible líder de los husitas, cayó víctima de la peste. Su sucesor, ese tosco Prokop, no nos causará mayores problemas.

A Marie le pareció que su esposo se tomaba demasiado a la ligera aquella campaña. Aunque Bohemia quedaba al otro extremo del imperio, al territorio palatino llegaban continuamente rumores que no contribuían precisamente a calmar sus miedos. Se decía que los bohemios eran unos verdaderos monstruos que ni siquiera se apiadaban de los niños que aún estaban en el vientre de sus madres y que, más de una vez, los rebeldes habían obligado a emprender la retirada a los ejércitos que habían marchado contra ellos, masacrando a todo aquel que caía en sus garras. Le confesó a Michel todos estos miedos, pero solo cosechó como respuesta una sonrisa condescendiente.

—¡Mi valiente Marie, aquella que alguna vez supo desafiar a señores tan poderosos como el conde de Keilburg y el mismísimo emperador, se ha convertido en una muchachita temerosa! Regresaré, te lo prometo. ¿Acaso crees que permitiré que un par de bohemios andrajosos me lo impidan? Cabalgaremos hasta allá, los derrotaremos, reinstauraremos a Segismundo en su trono y, antes de que puedas darte cuenta, ya estaré de regreso en casa.

—Ojalá tengas razón. —Marie dejó escapar un nuevo suspiro y se esforzó para mostrarse al menos medianamente confiada—. Te deseo toda la suerte del mundo, amor mío, y espero que la distancia no haga que te olvides de mí.

Michel la miró meneando la cabeza, la besó y le acarició dulcemente la frente.

—Olvidarte es imposible, amada mía. Pero ahora he de darme prisa; mi gente ya debe de estar reuniéndose en el patio del castillo.

Se asomó y miró por la ventana. Sus siervos de infantería ya estaban formándose allí abajo. Eran un grupo de muchachos rústicos y vigorosos, acostumbrados a realizar grandes esfuerzos. Vestían unas túnicas guerreras grises burdamente tejidas que les llegaban hasta poco más arriba de la cintura y que se distinguían de las túnicas campesinas vulgares únicamente por el escudo del león palatino que llevaban cosido. Debajo vestían unos petos de cuero con unos apliques de placas metálicas para protegerse de los golpes del enemigo. Sus cabezas estaban protegidas con unos cascos toscamente forjados que parecían cacerolas de cocina.

El herrero que había confeccionado los cascos normalmente se ganaba el pan haciendo y reparando utensilios de uso cotidiano. Como no había nadie en Rheinsobern que supiera fabricar partes de armadura y armas, a Michel no le había quedado más remedio que acudir a aquel hombre. Pero más que la impericia del herrero, lo que realmente le molestaba a Michel era haber tenido que pagar el armamento con fondos provenientes de sus arcas privadas, ya que el conde palatino Ludwig había enviado órdenes de armar a las tropas, pero en ningún momento había puesto a su disposición los medios necesarios para hacerlo. A pesar de todo, Michel estaba dispuesto a hacer cuanto estuviese a su alcance para no defraudar la confianza de su señor, sin importarle cuán malas fueran las noticias que llegaban hasta él.

Al contrario de la que era su costumbre, en esta ocasión le había ocultado a Marie la gravedad real de la situación en las regiones orientales del imperio. El Alto Palatinado, situado en la frontera con Bohemia, que teóricamente estaba bajo las órdenes de su señor y era gobernado por sus primos Juan y Otto, estaba a punto de volver a ser atacado y devastado por los husitas, e incluso en Sajonia, en Franconia y en Austria la gente estaba aterrorizada por los guerreros bohemios, que querían vengar a su mártir Jan Hus y sacudirse el yugo de los barones y condes alemanes. Los husitas caían sobre los territorios vecinos como una plaga de langostas, dejando tras su paso únicamente tierras abrasadas.

—¡Hay que detenerlos!
—¿Perdón?

Ante la pregunta de Marie, Michel se dio cuenta de que había pronunciado esas últimas ideas en voz alta.

—¡La revuelta bohemia! —replicó él con una sonrisa que no llegó a reflejarse en sus ojos—. Bajemos.

En la cámara donde se hallaban sus armas lo aguardaba su siervo Timo, un hombre mayor, robusto, con una cicatriz blanca como la nieve que le nacía en la frente, le cruzaba la nariz y terminaba atravesándole la mejilla derecha. Timo acompañaría a Michel en calidad de primer sargento y furriel. Esa mañana desempeñó sus servicios como de costumbre, llevó la armadura de Michel y le ayudó a ponérsela. Marie también intervino para ajustarle las correas de cuero y para acomodarle la ropa a su esposo. Como alcaide de Rheinsobern, a Michel le había sido conferido el derecho de vestir la armadura de un caballero. Sin embargo, para esta campaña Michel había desistido de una armadura completa, que le limitaba mucho los movimientos, y había optado por una cota de malla con una placa de acero en el pecho que le llegaba hasta los muslos. Su sayo y sus calzas de cuero estaban provistos de placas de acero remachadas, y en la cabeza llevaba un bacinete sin visera con un protector para la nuca. Una vez que se hubo puesto la armadura, Michel movió los brazos y dio unos pasos hacia atrás y hacia delante para evaluar su movilidad. Marie se quedó observándolo con la cabeza ladeada y sonrió unos instantes abstraída, pero enseguida volvió a ponerse seria. A sus ojos, Michel parecía uno de esos legendarios héroes de guerra cuyas hazañas narraban los juglares. Sin embargo, lo que importaba en una batalla no era tanto la apariencia ni el armamento, sino la experiencia de combate, y Michel adolecía de esa experiencia a pesar de las campañas en las que había participado al servicio del conde palatino en sus años mozos.

«No subestimes la capacidad de tu esposo», se reprochó en sus pensamientos. Para no apesadumbrarle aún más, apoyó su mano sobre la de él, le sonrió, animándolo, y lo acompañó hasta el salón principal, en donde ya se habían reunido los caballeros que habrían de acompañarlo y sus propios subalternos. En los últimos años, aquella sala despojada y con corrientes de aire se había transformado en un salón de caballeros distinguido y de aspecto confortable al mismo tiempo. Sin embargo, a pesar de los tapices bordados que adornaban las paredes, los trofeos de caza y las alfombras tejidas, ese día a Marie se le antojó que aquel lugar era increíblemente frío e inhóspito. Por eso se alegró cuando Michel les invitó a todos a salir. El patio interno, flanqueado por un lado por la casa de armas construida contra el muro del castillo y por el otro por el edificio principal, ya estaba lleno de gente que se agolpaba entre las cinco carretas grandes y los caballos de los caballeros.

Los siervos de infantería armados por Michel estaban recibiendo las lanzas que cargarían al hombro durante la marcha. Michel los saludó con una sonrisa. Durante los últimos días había hablado con cada uno de sus hombres y se sentía muy seguro de todos ellos. Pero no sucedía lo mismo con los catorce caballeros que el conde palatino había puesto expresamente a sus órdenes junto con sus acólitos. Algunos de los caballeros de la nobleza le habían dado a entender con claridad que les desagradaba sobremanera el hecho de tener que obedecer las órdenes de un alcaide burgués, hasta el punto de que tampoco su gente estaba dispuesta a dejarse comandar por él o por alguno de sus subalternos. Michel pensó que tendría que ir resolviendo ese problema sobre la marcha. Estaba orgulloso de que el conde palatino lo hubiese designado para liderar las tropas y no pensaba permitir que le quitaran el control.

Mientras su mirada se paseaba por las carretas y los hombres, Marie se detuvo a su lado, lo abrazó y le dedicó la más dulce de sus sonrisas.

—¿No quieres que te acompañe un trecho, solo uno o dos días de marcha?

Michel meneó la cabeza, sonriendo.

—Será mejor que te quedes aquí. Sería injusto para los que ya han tenido que dejar a sus familias atrás. Además, preferiría tener los ojos puestos en mis nuevos camaradas antes que dejar que se embelesen con tus encantos.

Si bien Michel había pronunciado esas palabras en tono de broma, Marie comprendió lo que Michel tenía en mente. Quería detectar a los rebeldes y ponerlos en su lugar, y ella podría distraerlo de esa tarea. Marie asintió con una sonrisa preocupada.

—Tienes razón. Será mejor que no pierdas de vista a tus hombres, ya que no todos están dispuestos a servir bajo tus órdenes.

Sin dar su nombre, Marie había hecho una referencia solapada a Falko von Hettenheim, un caballero arrogante y presumido para quien lo único que importaba era ser de linaje noble con una lista de antepasados que se remontara al pasado más remoto posible. El mismo día de su llegada, creyendo estar a solas con los de su misma clase, el hombre había difamado a Michel, diciendo que no era más que el hijo de un tabernero y un inútil advenedizo. Marie lo había escuchado, y había tenido que contenerse con enorme dificultad para no enfrentarse a ese muchacho presumido y avergonzarlo delante de todos de forma no muy femenina. Era sabido por todos que Michel había venido al mundo siendo el quinto hijo de un tabernero de Constanza, y no de un caballero, pero que le había demostrado al conde palatino su valor, recibiendo como recompensa por sus méritos el puesto que ahora ostentaba.

Pero el caballero Falko se creía con derecho a disponer de todo aquel que no fuera de su mismo rango como si fuese un siervo de la gleba. El día anterior había acechado a Marie en un corredor, la había arrastrado a una habitación vacía como si se tratase de una criada cualquiera, le había levantado la falda y restregado sus caderas contra los muslos. Cuando él necesitó una mano para abrirse el pantalón, ella logró zafarse y librarse de él. Los insultos que él le profirió aún continuaban resonándole en los oídos, al igual que sus palabras acerca de que una ramera como ella debía quedarse quieta. Marie había pensado si debía contarle o no a Michel aquel episodio, y finalmente optó por el silencio. Dado que Michel y Falko von Hettenheim debían marchar juntos a la guerra, prefería no provocar ninguna pelea entre ellos.

Michel notó que Marie tenía los labios fruncidos y la tomó entre sus brazos.

—Ya llegó la hora, amor mío. Te deseo lo mejor. Deséame lo mismo tú también.

—¡Te lo deseo de todo corazón, y ya ansío la hora de volver a verte!

Marie lo abrazó, lo besó en la boca y luego retrocedió unos pasos. Timo llevó el caballo de Michel, un vigoroso alazán algo más pequeño que los caballos de batalla de los caballeros, pero a cambio más resistente y veloz. Michel se montó con agilidad, cogió la brida en su mano derecha y alzó la izquierda para captar la atención de sus hombres.

—Partimos. ¡Un hurra por nuestro conde palatino!

Los palatinos agitaron las lanzas y exclamaron «¡Hurra!» a viva voz, mientras que del resto apenas se oyó un débil eco.

Luego fueron alineándose uno tras otro detrás de la caravana que Michel encabezaba. Falko von Hettenheim tuvo que contenerse para no impedir que el alcaide de origen plebeyo lo precediera, pero condujo a su caballo de manera tal que la cabeza de su animal casi tocaba la pierna de Michel. Cuando la mirada del caballero se posó en Marie y luego en la espalda de Michel, en su rostro se reflejaron la envidia y el odio, ya que no podía evitar la comparación entre la bella señora del castillo y su desgarbada e insulsa esposa, que hacía mucho tiempo que había dejado de atraerlo. Sin embargo, no podía rechazar a su consorte, ya que era la hija del conde Rumold von Lauenstein, a quien el conde palatino tenía como un vasallo de muy alta estima e íntimo consejero.

Si ese inútil hijo de un tabernero hubiese sido un campesino cualquiera o un burgués de poca monta, lo habría apuñalado allí mismo, se habría apoderado de su mujer y se habría aprovechado de ella hasta hartarse. Pero ahora tendría que saciar su apetito con prostitutas de campaña y aldeanas, que podía poseer a su antojo, y atenerse a lo que le correspondiera como botín de guerra al terminar las batallas. Había oído que las mujeres en Bohemia eran bellísimas, de modo que probaría sus encantos hasta que se agotaran, no importaba si debía forzarlas o si se sometían por propia voluntad.

Enfrascado en esos pensamientos, Falko había dejado caer las riendas, por lo que su caballo empezó a rezagarse hasta quedar trotando junto a Godewin von Berg.

Godewin, amigo de la infancia de Falko, le dio con el codo y le sonrió detrás de la visera levantada.

—¿En qué pensabas tan ensimismado?

—En las hembras que montaré por el camino —respondió Falko sin mentir.

—Ojalá encontremos suficientes para todos nosotros. Ese bastardo hijo del tabernero quiso hacerse el cortés y se negó a contratar prostitutas de campaña.

Godewin suspiró, dolorosamente resignado.

Falko soltó una carcajada maligna.

—Tal vez el alcaide rata de albañal temió que su hembra se alistara entre las mujeres a la venta. Parece ser que, antes de que él la desposara, era una ramera errante. Para mí sigue siendo un misterio por qué nuestro conde palatino puso como alcaides de Rheinsobern a ese par de roñosos indignos.

—Tal vez doña Marie haya sabido levantarse la falda ante las personas adecuadas. Ha de ser uno de esos bocados que no se encuentran todos los días. A mí también me gustaría visitar su entrepierna.

Aquellas palabras de Godewin aumentaron la excitación de Falko de tal modo que la bragueta comenzó a apretujarle hasta provocarle dolor.

—Quisiera regresar ya mismo y clavarle la parte más dura de mi cuerpo hasta chocar contra lo más hondo de sus entrañas.

Godewin echó la cabeza hacia atrás y se rio.

—¿No estarás afirmando que posees un hueso en el lugar donde otros hombres suelen tener un trozo de carne por lo general fláccida?

—Al menos puedo afirmar que lo tengo más grande que tú.

El caballero Falko le enseñó los dientes y espoleó su caballo hasta que volvió a juntarse con el alazán de Michel. A sus ojos, Godewin no era más que un lunático y un bravucón, pero estaba seguro de que, cuando llegara el momento de la verdad, se echaría como un perro rastrero ante ese alcaide sin rango ni nombre. Ese mocoso aún no había entendido que, en la guerra, lo importante era la propia gloria, y él, Falko von Hettenheim, jamás se la cedería al infame hijo de un tabernero, por más que el conde palatino lo nombrase líder.

Cuando Michel vio asomar a su lado la sombra del caballo, se dio la vuelta hacia donde estaba Falko, y pudo leer su rostro como un libro abierto. En realidad, lo leyó mejor que si de un libro se tratase, había aprendido a leer y a escribir gracias a las enseñanzas de Marie, pero aún seguía costándole muchísimo descifrar más de un par de renglones. Falko se retorcía de rabia por tener que obedecer las órdenes de un hombre que ante sus ojos no era un hombre, sino un don nadie. Sin embargo, no podía modificar la situación, ya que para cuando él llegó a unirse a la tropa junto con su escudero, dos soldados de caballería y cinco arqueros mal equipados, el conde palatino ya había elegido a Michel como líder. De ahí que, al menos por el momento, no le quedara más remedio que subordinarse a él.

Michel estaba convencido de que lograría imponerse ante Von Hettenheim y los otros caballeros, pero intuía que no le resultaría nada fácil. Por su propia seguridad tenía que afirmar su posición antes de que llegara el momento de las primeras batallas. Además, había otra circunstancia que le preocupaba. Lo más natural para unas huestes de la envergadura de las suyas habría sido tomar algunas de esas barcas grandes propias del Rin, navegar hasta desembocar en el Meno y desde allí continuar remontando el río con unas embarcaciones más pequeñas sirgadas por caballos. De esa manera habrían recorrido las tres cuartas partes del viaje cómodamente por agua, ahorrando la energía de los hombres y los animales. Pero entonces el camino habría demandado como mínimo el doble de semanas que el que estaban transitando ahora, y el conde palatino había dado la orden de unirse cuanto antes a las tropas del emperador Segismundo en Núremberg.

A pesar de los problemas que le acarrearía el camino que aún tenían por delante, Michel estaba de buen ánimo. Las carretas que acarreaban los bártulos y las provisiones estaban en excelente estado y tan repletas de alimentos y armamento que no necesitaba perder tiempo reponiendo provisiones. En realidad, las provisiones que tenía estaban destinadas a él y a sus infantes, pero, le gustara o no, también tendría que alimentar a los caballeros y a sus séquitos, ya que la mayoría de ellos no llevaba consigo más que dos caballos de carga con los enseres personales de sus nobles señores. Finalmente, Michel mitigó sus reservas con la idea de que acaso ese gesto de generosidad permitiría que los miembros de la nobleza terminaran de aceptar que era él quien estaba al mando.

Involuntariamente paseó su mirada por sus acompañantes nobles, que lo seguían en forma tan desordenada como un grupo de pollitos, sin preocuparse por sus infantes, y se preguntó cuál de los hombres sería el primero en ceder. Estaba seguro de que no sería Falko von Hettenheim, sino más bien Godewin von Berg, cuya actitud y expresión revelaban lo inseguro que se sentía. Michel saludó sonriendo alegremente al hidalgo con un gesto de la cabeza y comprobó que el joven respondía a su saludo casi temeroso.

4

Marie se quedó de pie en el patio del castillo hasta que la última carreta hubo rodado a través de las puertas y el crujir de las ruedas de hierro sobre el adoquinado hubo cesado. Al fin, el único testimonio de que desde ese patio habían partido a la guerra doscientos hombres valientes era un par de montoncitos de bosta. Marie se rodeó el cuerpo con los brazos, ya que sentía escalofríos de solo pensar lo que tendrían que pasar Michel y sus hombres en aquellas lejanas tierras bohemias. ¿Qué destino les aguardaría allí? ¿Una campaña corta y gloriosa y un regreso feliz o... la muerte?

Marie se sacudió para tratar de despejar esas visiones sombrías que pugnaban por apoderarse de ella y regresó no sin cierto desagrado a las habitaciones llenas de corrientes de aire del castillo de Sobernburg. A pesar de que ya llevaba diez años viviendo allí, ahora más que nunca sentía que en Rheinsobern nunca había llegado a sentirse totalmente como en su casa. De no ser porque Michel y ella habían compartido alegrías y tristezas, intentando llevar una vida lo más agradable posible, jamás habría soportado tanto tiempo allí. Juntos se habían brindado mutuo apoyo y habían logrado que la pequeña ciudad al pie del castillo floreciera de tal forma que ahora le deparaba al conde palatino más del triple de recaudaciones que bajo la regencia del alcaide anterior. Su propia riqueza había ido en aumento junto con la de la ciudad, hasta el punto de que Marie ya no era capaz de nombrar de memoria qué viñedos, granjas y casas le pertenecían. La mayoría de los caballeros que residían en las cercanías no poseía ni la décima parte de las propiedades que ella y Michel podían llamar suyas. Ni siquiera ahora, después de haber tenido que gastar para la campaña doce bolsas de tres docenas de ducados de oro cada una, que sumaban la totalidad de los ahorros de los últimos tres años, se habían empobrecido por ese esfuerzo. Marie, sin embargo, no se lamentaba por el dinero transformado en armas, ropa, harina, tocino, arvejas, vino y demás provisiones, ya que tal vez ello contribuyera a que Michel regresara junto a ella sano y salvo. Él estaba convencido de que recuperaría estos y otros gastos más con botines de guerra. Marie no estaba tan segura de ello, y tampoco le interesaba si aparecía un día con los bolsillos llenos o vacíos: lo único que deseaba era volver a verlo lo antes posible.

Después de quedarse un rato pensando en el patio, mirando a ningún lugar, recordó sus deberes. Extrajo su libro de cuentas y volvió a guardarlo enseguida, ya que no llegó a ningún resultado adecuado. Después se dirigió hacia la habitación en la que estaban los baúles con la ropa interior, ropa de cama, vajilla y demás objetos necesarios para el hogar y trató de clasificarlos para ver qué era lo que necesitaba un reemplazo urgente. Pero esa tarea tampoco le resultó tan sencilla como de costumbre. Finalmente renunció a simular que todo era como siempre y llamó a su ama de llaves.

—¡Marga, dile a Timo que ensille mi yegua! —No había acabado de pronunciar esas palabras cuando recordó que Timo estaba acompañando a Michel, y agregó enseguida—: O a otro siervo.

El ama de llaves asintió y abandonó la habitación tan rápida y calladamente como había entrado en ella. Poco después, Marie oyó resonar el eco de su voz en el patio. Marga era una mujer enérgica que acostumbraba imponerse con pocos pero elocuentes gestos y poseía una voz tan potente que habría despertado la envidia de más de un sargento.

La mujer ya ostentaba el cargo de ama de llaves del castillo de Sobernburg con el alcaide anterior. Como era muy eficiente y conocía muy bien todos los asuntos referentes a su área de influencia, Marie la había conservado a su servicio, pero por desgracia la relación entre ambas seguía siendo muy fría a pesar de los años. Marie lamentaba que las cosas fueran así, ya que hubiese querido tener una convivencia tan llena de confianza como la que existía entre su amiga Mechthild von Arnstein y su ama de llaves. Con una mujer como Guda, ella no solo habría podido hablar de todo lo referente a la economía hogareña, sino también de todo aquello que le sucedía en lo personal, compartiendo así sus alegrías y tristezas.

Precisamente en ese momento, Marie necesitaba a alguien con quien poder desahogar las penas que le oprimían el corazón. El levantamiento de los husitas duraba ya más de seis años, en el transcurso de los cuales Segismundo aún no había obtenido ningún triunfo digno de mención contra ellos, a pesar de que había mandado a recaudar un impuesto bohemio en todo el imperio y de que año tras año reunía nuevas tropas que echaba sobre los rebeldes.

El regreso de Marga arrancó a Marie de sus cavilaciones.

—La yegua está lista.

El ama de llaves hizo una reverencia, pero no miró a su señora a los ojos. Jamás lo hacía, ya que los rumores que corrían acerca del castellano y de su esposa le habían generado un rechazo hacia la pareja que no podía superar. Marie Adlerin no era una mujer de clase noble... peor aún: ni siquiera era una mujer honorable. Se decía que en el pasado un tribunal la había condenado por ramera y que había recibido azotes con vara. Marga había podido constatar con sus propios ojos las delgadas cicatrices blancas que surcaban la espalda de su ama, cicatrices que solo unos azotes podían haber causado. Dado que el alcaide tampoco era de origen noble, sino el hijo de un simple tabernero, Marga lamentaba la suerte que corría desde hacía unos diez años, cuando el destino había elevado a dos personas tan indignas muy por encima de la clase a la que pertenecían, colmándolas de riquezas y otorgándoles el gobierno de Rheinsobern. Despreciaba con toda el alma a esos advenedizos, pero se veía obligada a tragarse su aversión y a agachar la cabeza frente a una antigua prostituta, ya que de otro modo habría perdido su puesto, que la elevaba por encima del vulgo e incluso por encima de la mayoría de los burgueses de Rheinsobern. Marie no prestó atención a la expresión airada y hostil de Marga, sino que salió aliviada de la habitación. Tenía que dejar atrás al menos por un rato esas murallas, en las que cada mueble y cada piedra le recordaban a Michel, y también necesitaba a alguien con quien poder hablar. Por eso iría en busca de la única persona que podía comprenderla: su vieja amiga Hiltrud, a quien en Rheinsobern y sus alrededores identificaban como «la dueña de la granja de cabras», dada su manifiesta predilección por los cabritos. Marie también podría haber ido a casa de su prima Hedwig, que vivía en la ciudad al pie del castillo, junto con su esposo, el maestro tonelero Wilmar Häftli. Pero ellos la trataban como si fuera una especie de santa, sin darse cuenta de que solo era un ser humano que también podía tener problemas y preocupaciones como todo el mundo. A diferencia de Hedwig, Hiltrud no solo la escucharía, sino que además comprendería su situación y haría todo lo que estuviera a su alcance para ahuyentar sus miedos.

Marie se subió a *Liebrecilla* ayudándose con el banco, sin solicitar la ayuda del siervo, y abandonó el castillo. Mientras iba cabalgando por la calle principal, los burgueses se inclinaban a su paso, saludándola con gran respeto. Ella correspondía a los saludos mostrándose más animosa de lo que en realidad se sentía, e incluso detuvo a *Liebrecilla* en dos ocasiones para recibir los escritos con peticiones que le extendían, pero finalmente se alegró cuando hubo traspasado las puertas de la ciudad.

No lejos de allí había un lugar desde el cual podía contemplarse la ruta que conducía desde el Rin hacia el este. Sostuvo las riendas de *Liebrecilla* y se quedó mirando a lo lejos, donde una nube de polvo mostraba el lugar por donde debían de estar cabalgando las tropas de Michel. Durante un instante consideró la posibilidad de salir a su encuentro para poder abrazarlo una vez más. Pero luego comprendió que, si lo hacía, lo convertiría en el hazmerreír de los caballeros que lo acompañaban, y entonces decidió renunciar con el corazón lleno de tristeza. *Liebrecilla*, que conocía el camino a la granja de Hiltrud por las incontables visitas que Marie le hacía, le facilitó la decisión, ya que continuó trotando y se encaminó hacia la propiedad de su amiga sin que Marie interviniera.

La granja de cabras se contaba entre las principales haciendas en el distrito de Rheinsobern. Constaba de varias casas cuyas paredes habían sido construidas con un entramado de madera relleno de tejido de mimbre y cubierto de adobe y, con excepción del granero, sus cimientos eran de piedra. El techo del establo y del granero era de tablillas de madera, mientras que la vistosa casa en la que ellos vivían tenía un techo de tejas naranjas. En la pradera, junto a la hacienda, había al menos una docena de vacas pastando, y en otro sector una criada joven cuidaba de un rebaño de cabras bastante grande. Thomas, el esposo de Hiltrud, estaba trabajando en los campos sembrados pertenecientes a la hacienda junto con un grupo de siervos y criadas, y Hiltrud se encontraba de pie en una pequeña galería techada, revolviendo el barril de manteca, tarea que no interrumpió ni siquiera cuando su visita se apeó de la montura, ayudándose con la verja que cercaba la huerta.

Marie ató a *Liebrecilla* a uno de los dos manzanos que había entre la casa y la huerta y se dirigió apresurada hacia donde estaba Hiltrud.

—¡Hummm! ¡Manteca fresca! Creo que he llegado en el momento justo.

Hiltrud examinó a su amiga con la mirada y volvió a comprobar que apenas si había cambiado desde el Concilio de Constanza. A lo sumo estaba aún más bella. Hiltrud, en cambio, había engordado un poco con los años, y en su rostro ya habían comenzado a grabarse las primeras arrugas. Sin embargo, a pesar de su inusual altura, podía seguir considerándose una mujer bien parecida. Su esposo, un antiguo pastor de cabras siervo de la gleba, también había aumentado de peso en los últimos años, y ahora ambos constituían un respetable matrimonio de campesinos satisfecho consigo y con el mundo. Contribuía a ello en no poca medida el hecho de tener descendencia, algo que Marie ansiaba ardientemente y que aquí en la granja de cabras se había producido en generosa medida. Hiltrud había dado a luz a siete hijos, de los cuales cinco habían sobrevivido, dándoles a sus padres esperanzas de que llegarían a la edad adulta. Michel y Marie, los dos mayores, a quienes llamaban Michi y Mariele para diferenciarlos de sus padrinos, ya ayudaban con ahínco en las tareas de la granja, mientras que la pequeña Mechthild, de cinco años, se ocupaba de cuidar a sus dos hermanitos más pequeños, Dietmar y Giso.

Marie vio a los tres hermanos más pequeños jugando en la puerta del establo y experimentó de golpe una profunda envidia. El destino parecía haber sido demasiado generoso con Hiltrud, mientras que ella misma se afligía porque hasta el momento no había podido darle un hijo a Michel. Inmediatamente se reprochó ese sentimiento, se disculpó con su amiga en silencio y le deseó toda la felicidad del mundo, ya que jamás olvidaría que en el pasado Hiltrud le había salvado la vida a pesar de numerosos obstáculos.

—Parece que sufres más dolor del que puedes soportar, amiga mía.

Hiltrud aún era capaz de interpretar las expresiones en el rostro de Marie y sabía que su amiga no solo había ido a comerse un par de rebanadas de pan con manteca fresca y a intercambiar un par de nimiedades. Su mirada se dirigía hacia el este, donde aún se divisaba una nube de polvo llamativamente extensa.

—Yo sé lo que te oprime el corazón. Allá está Michel, marchando hacia Bohemia, ¿no es cierto? ¡Que Dios lo acompañe!

—Si espoleara a *Liebrecilla*, podría reunirme con él en menos de una hora, y sin embargo me siento tan desdichada como si me hubiese abandonado hace ya meses. —Marie suspiró y se forzó a sonreír—. Estoy un poco loca, ¿no crees?

Hiltrud meneó la cabeza, resuelta.

—No estás loca. En absoluto. Cuando una deja de echar de menos a su esposo significa que el amor ha muerto. Cuando Thomas se va, aunque sea solo un día, me pongo inquieta como una gallina clueca que ha perdido a uno de sus polluelos. —Se detuvo un instante, miró el barril de manteca y asintió, satisfecha—. Listo, Marie. Ahora sí podré ofrecerte unos bocados de los que a ti te gustan.

—Tu manteca sabe muchísimo mejor que la que nos sirven en la mesa en el castillo. —Marie se relamió y volvió a pensar en su esposo—. Espero que Michel también tenga suficiente alimento allá en Bohemia.

—¡Anímate, Marie! Seguro que no se morirá de hambre. Es un hombre muy ingenioso. Cuando la soga le apriete demasiado, sabrá cómo quitársela del cuello.

Hiltrud abrió la puerta y entró primero. Sus tres hijos más pequeños estaban mirando hacía rato de reojo hacia donde estaban ella y Marie, y atravesaron el patio corriendo con sus piernecitas para llegar a la cocina al mismo tiempo que ellas. A pesar de que estaban en marzo, no habían echado leña en el horno a causa del soleado clima primaveral del que gozaban, por lo que dentro hacía más fresco que fuera. La cocina no era muy grande, pero tenía una mesa larga con una gruesa tabla de madera que también servía como superficie de trabajo, y bancos y banquetas para más de media docena de personas. Como la puerta que daba a la despensa estaba abierta, Marie pudo ver que Hiltrud todavía contaba con abundantes provisiones, a pesar de que el año apenas acababa de comenzar, y que poseía además una variedad de cestos, cubos y cacerolas inusual para una campesina. En la cocina, las salchichas y el tocino colgaban del techo por docenas, dando testimonio del buen pasar de los dueños de la casa.

Los pensamientos de Marie volvieron a detenerse en Michel, quien gracias al tiempo soleado y seco podría avanzar a buen ritmo a pesar de lo cargadas que iban sus carretas tiradas por bueyes, y deseó que las condiciones climáticas se mantuvieran favorables el mayor tiempo posible. Cuanto antes llegara a Bohemia, antes regresaría con ella, pensaba. Pero después recordó que cada paso que daba ahora lo acercaba más al enemigo, y se estremeció.

—En realidad, los bohemios no son enemigos de Michel, sino del emperador o, mejor dicho, son los enemigos de Segismundo de Bohemia, ya que se alzaron contra su rey y lo depusieron.

Al escuchar su propia voz, Marie se dio cuenta de que había expresado sus pensamientos en voz alta.

—Michel se ha ido a combatir contra los bohemios, así que ellos también son enemigos suyos.

Hiltrud tenía una visión del mundo mucho más simple que la de Marie, y jamás malgastaba su tiempo en pensamientos superfluos sobre los poderosos de este mundo. Por un lado, consideraba que esos asuntos no le competían a alguien de su clase y además, de todos modos, los condes y los príncipes siempre hacían lo que se les antojaba. A ella lo único que le importaba era que la hacienda y los animales le pertenecían, y tenía los documentos que lo probaban bien guardados en el fondo de su cofre. Su derecho de propiedad también estaba consignado en las actas de la alcaidía de Rheinsobern, y habían dejado otra copia más en el monasterio de Niederteufach. Como ambos tenían el estatuto de campesinos libres, el esposo de Hiltrud incluso podía acudir al conde palatino para reclamar sus derechos, por eso estaba en condiciones de ponerle freno a cualquier intento de sus vecinos nobles de apropiarse de sus tierras.

Hiltrud vio que Marie le dirigía una mirada llena de súplica, se dirigió deprisa a la despensa y volvió enseguida con una hogaza grande de pan.

—Bien, ahora podemos comer. ¿Quieres una taza de té o prefieres vino?

Marie hubiese preferido té, pero eso habría significado trabajo extra para su amiga, ya que Hiltrud solía mezclar sus hierbas en el momento cada vez que lo preparaba.

—Beberé vino rebajado con dos partes de agua. Después de todo, quiero regresar a casa esta noche.

—Puedes quedarte a dormir con nosotros cuantas veces quieras.

—Lo sé. Pero como no he avisado a mi gente, vendrían a buscarme.

Mientras Hiltrud cortaba unas rebanadas de pan que tenían el grosor de un pulgar y despedían un exquisito aroma y las untaba a continuación con una espesa capa de manteca, el pequeño

Giso se dirigió hacia Marie, tambaleante, y extendió sus bracitos hacia ella.

—¡Tía, upa!

Marie se inclinó hacia él, sonriente, y lo alzó en sus brazos.

—¡Dios mío, cómo has crecido!

—A esta edad, los niños aún crecen muy rápido. —Hiltrud se alegró de las palabras de Marie, ya que la hacían sentir que se ocupaba bien de sus hijos, pero al mismo tiempo notó un fugaz gesto de contrariedad en el rostro de su amiga—. ¿Bebiste la última infusión que te preparé?

Marie asintió afligida.

—Sí, pero no sirvió de nada.

—Es demasiado pronto para saberlo. Al fin y al cabo, Michel apenas acaba de irse.

Marie sonrió abstraída, pensando en la apasionada última noche que habían pasado juntos, pero luego meneó la cabeza.

—Hace ya diez años que estoy casada, y he probado todos los métodos que me habéis aconsejado tú, la partera y los médicos.

—Entre los que había algunos bebedizos más bien repugnantes y en su mayoría inútiles desde el comienzo... Pero hace muy poco recordé una de las recetas de Gerlind y te preparé un bebedizo que tendría que surtirte efecto. Ella se lo hizo una vez a una mujer que quería darle un heredero a su esposo a toda costa.

Marie se inclinó hacia delante.

—¿Y? ¿Funcionó?

—En lo sucesivo dio a luz a muchos descendientes. Eso sí: ¡fueron todas niñas!

Hiltrud se rio al recordarlo, y Marie sintió que la esperanza pugnaba por renacer dentro de ella.

—¡Qué no daría por tener una hija!

Marie miró al pequeño Giso y se imaginó lo hermoso que sería poder tener en brazos a un hijo propio.

Hiltrud vio que a su amiga comenzaban a rodarle lágrimas por las mejillas. En ese momento deseó tener los poderes de una santa para poder ayudarla. Al mismo tiempo, tuvo que reprimir una sonrisa. En lugar de conformarse con los hechos, Marie volvía a rebelarse contra su destino, al igual que en aquel entonces, cuando Ruppertus Splendidus destruyó su vida para hacerse con la riqueza de su padre, obligándola a convertirse en una ramera errante para poder sobrevivir. Ahora llevaba una vida estupenda, era rica y mucho más respetada de lo que hubiese sido como burguesa acaudalada de Constanza. Hiltrud se sacudió el recuerdo de aquellos agitados años que habían vivido Marie y ella, cogió dos vasos de loza de la alacena empotrada en la pared, que su esposo había construido con madera de abeto, y los llenó casi hasta la mitad de vino, mientras Mechthild iba al pozo y regresaba con un jarrón de agua para rebajarlo.

—¡Aquí tienes, Marie! ¡Salud! Me alegro de que podamos estar sentadas aquí juntas otra vez. ¿Quieres otra rebanada de pan?

Cuando Marie asintió, Hiltrud le cortó otra rebanada y la untó con mucha más manteca.

—No te imaginas cuántas veces ansié comer pan con manteca en las épocas en las que errábamos juntas por todo el territorio.

—¿Qué hacíais entonces la tía Marie y tú, mamá?

Mechthild estaba en la edad en la que los niños se interesan por todo.

Marie esperó intrigada la respuesta de su amiga. Si bien Hiltrud no tenía empacho en hablar sobre su pasado como ramera errante enfrente de ella, hasta el momento había mantenido su pasado oculto a sus hijos.

—¿Qué hacíamos? Íbamos viajando de feria en feria, ofreciendo nuestras mercancías.

«También podría describirse de ese modo», pensó Marie, alegrándose de que su amiga hubiese podido salir del brete con tanta sutileza. Mechthild asintió y señaló hacia un botijo que había en un rincón, donde estaba sazonándose el requesón con hierbas que habían ligado por la mañana.

—Ah, vendíais queso y esas cosas en las ferias...

Hiltrud acarició los cabellos albinos de su hija, iguales a los del resto de sus niños, y señaló hacia fuera con el mentón.

—Deberías ir al patio con Dietmar y con Giso. La tía Marie y yo tenemos que conversar sobre algo.

La pequeña asintió con gesto serio y se llevó a Giso, a pesar de los gritos de protesta del niño, que hubiese preferido quedarse en el regazo de Marie. Después cogió a Dietmar y arrastró a ambos hacia fuera. Una vez que los niños desaparecieron, Hiltrud dejó escapar un suspiro.

—Amo a mis pequeños traviesos, pero a veces son demasiado curiosos. —Hiltrud se inclinó hacia delante y examinó la expresión en el rostro de Marie—. Te he visto más feliz otras veces, Marie.

—Ya te he dicho que echo de menos a Michel.

—Pero eso no es motivo para que te abandones a la amargura.

Indignada por esa crítica, Marie echó la cabeza hacia atrás.

—¿Abandonarme, yo?

Hiltrud se rio en voz baja.

—Me refiero a que estás intentando encerrarte en ti misma y deshaciéndote en angustia y preocupación. No puedes cambiar el hecho de que Michel haya tenido que marchar a la guerra, pero en lugar de andar llorando su ausencia por los rincones deberías hacer todo lo necesario para que a su regreso se encuentre con un hogar bien ordenado.

—¿Insinúas acaso que no mantengo el orden en mi hogar?

Ahora Marie estaba realmente enfadada. Hiltrud se reía cada vez con más ganas.

—Seguro que en este momento está todo en orden, pero a partir de ahora tendrás que colaborar con Michel para que las cosas sigan así. Al fin y al cabo, eres la esposa del castellano y alcaide condal de Rheinsobern y tienes la obligación de encargarte de que durante su ausencia todo siga su curso normal. ¿O acaso quieres que, a su regreso, los burgueses acosen a Michel reclamándole decisiones que tú deberías haber tomado mucho antes?

—¡No, claro que no! Mi esposo confía en mí y no puedo decepcionarlo.

Marie asintió, enérgica, abrazó a Hiltrud y la estrechó con fuerza.

—Representaré a mi esposo dignamente en todos sus asuntos, te lo prometo. Perdóname por haberte contestado así.

—Ya estoy curada de espanto. A fin de cuentas, anduve errando contigo por los caminos el tiempo suficiente como para conocerte, a menudo sin saber cómo hacer para protegerte de tus locuras.

En el rostro de Marie se reflejó la época en la que había dudado tanto de la existencia de la justicia terrenal como de la gracia de Dios. Le respondió con gesto adusto.

—Si llamas locura al hecho de querer vengarme de aquellos que me ultrajaron, robándome mi patria y arrojándome al polvo de los caminos, entonces puede ser que lo haya sido.

—Por aquel entonces tuviste una suerte increíble en Constanza. Si un mínimo detalle en tus planes hubiese salido mal, nuestros cadáveres habrían aparecido poco después flotando sobre el Rin.

—Como casi siempre, tienes razón. Pero si yo no me hubiese arriesgado, ahora no serías una campesina libre y próspera con hacienda propia, un esposo bueno y un establo lleno de niños retozones.

—Mientras que tú eres la pobre y desdichada esposa de un guerrero que llora por su cuna vacía y por su esposo, enviado a luchar a la batalla. Marie, tengo la sensación de que nunca te conformarás del todo. Acepta el destino que te ha tocado en suerte y verás que, a pesar de los terribles años que vivimos juntas en los caminos, la Fortuna te ha acabado favoreciendo.

Hiltrud volvió a llenar el vaso de Marie y se puso a hablar de sus hijos, su tema predilecto. Marie la escuchó con profundo interés, ya que ella era la madrina de todas las hijas de su amiga, mientras que Michel era el padrino de todos los varones. Pocos niños campesinos tenían padrinos más generosos, de eso Hiltrud estaba segura. Incluso en cierta ocasión, durante una conversación con Hiltrud y con Thomas, Michel les había dado a entender que si su mujer traspasaba la edad de fertilidad, adoptaría a uno de sus niños. Marie no sospechaba nada de aquellos planes, y Hiltrud, absolutamente consciente de lo atractivo de aquel ofrecimiento, deseaba sin embargo de todo corazón que su amiga pudiera tener hijos propios. Al fin y al cabo, apenas superaba los treinta años y era tan sana como podía esperarse de alguien que se alimenta bien y se mueve lo suficiente al aire libre.

Poco después, Thomas regresó de los sembrados y saludó a la visita con esa amable timidez que no se había aplacado en todos aquellos años. Marie le había dado la posibilidad de desposar a la única mujer por la que había sentido inclinación, además de encargarse de que él, que en el pasado había sido un pastor de cabras jorobado y siervo de la gleba que habitaba un castillo apartado en la Selva Negra, se transformase en un rico campesino libre. En el transcurso de los diez años que llevaba casado con Hiltrud, el amor hacia su esposa no había ido más que en aumento, afianzándose y profundizándose cada día, y haría lo que fuese para agradecerle a Marie tanta felicidad.

—Michel se ha marchado, ¿no es cierto? —preguntó, mientras Hiltrud le alcanzaba un vaso de vino rebajado con agua.

Marie asintió con un suspiro y se quedó mirando por la ventana en dirección hacia el este. La polvareda que había levantado la tropa de su esposo ya se había disipado hacía rato, y aquel horizonte despejado no hizo más que aumentar la angustia en su corazón. Thomas apoyó el vaso en la mesa sin haber bebido, le cogió la mano entre las suyas y se la apretó con fuerza.

—Michel volverá. Ya sabes, mala hierba nunca muere.

Marie se echó a reír a su pesar.

—Tú y Hiltrud, vosotros sí que sabéis cómo levantarle el ánimo a la gente. Estoy tan feliz de teneros a mi lado... Yo sola no podría con mi pena.

—Te has vuelto demasiado cómoda —se burló Hiltrud, pero enseguida volvió a ponerse seria y le cogió la otra mano—. Si tienes cualquier problema o necesitas ayuda, no dudes en acudir a nosotros enseguida. Siempre puedes contar conmigo y con Thomas.

Marie respiró profundamente y le regaló una mirada de agradecimiento a Hiltrud. El consuelo de sus amigos le había dado fuerzas, y ahora se sentía mucho mejor que a su llegada a la granja de cabras. Sus pensamientos volvieron a volar hacia la distancia, donde se encontraba otra amiga suya, Mechthild, la enérgica señora del castillo de Arnstein. Si su esposo tuviese que marchar a la guerra, Mechthild jamás daría un espectáculo tan patético como el que estaba dando ella ahora. Aunque, por otra parte, al ser la hija de un caballero, Mechthild había sido educada para ser la esposa de un guerrero, ya que los duelos y la lucha eran parte de la vida cotidiana de los nobles, como lo era para los pobres la lucha por ganarse el pan de cada día.

—Bueno, ahora he de dejaros. En el castillo hay mucho trabajo esperándome.

Marie se puso de pie, abrazó a Hiltrud y le estrechó la mano a Thomas.

Pero no pudo partir tan rápidamente como esperaba, ya que los hijos del matrimonio comenzaron a reclamar sus derechos a viva voz. Michi, el primogénito, se había convertido en un muchachito despierto y diligente a pesar de sus nueve años, y había notado enseguida que su madrina estaba triste.

—Estoy deseando que regrese el tío Michel. Nos traerá algo a todos nosotros, ¿no crees?

Marie asintió con una sonrisa.

—Seguro que sí. ¿Qué te gustaría que te trajera?

El niño comenzó a dar rodeos, cohibido.

—Oh, no lo sé. Pero seguro que a ti te regalará alguna joya muy bonita. Siempre lo hace.

—¡Yo también quiero una joya! —exclamó su hermana Mariele.

La niña era apenas un año menor que él y, según su madre, apuntaba maneras de vanidosa. Los tres más pequeños tampoco habían aguantado más tiempo fuera y ahora rodeaban a Marie, observándola con ojos suplicantes, pero finalmente se dieron por satisfechos ante la perspectiva de recibir uno de esos panes grandes de jengibre de los que Michel les traía todos los años. Aquella banda de pequeños traviesos y retozones no dejaba lugar para la tristeza, y cuando Marie logró por fin montar sobre *Liebrecilla* y partir, siguió riéndose durante un buen rato de las ocurrencias de los niños. Aunque a veces la vida le deparara tormentas, amigos como Hiltrud y Thomas y sus hijos las hacían más fáciles de sobrellevar.

5

A pesar de que el tiempo era seco e inusualmente estable para esa época del año, el ánimo de Michel era realmente malo. En realidad, ya había abandonado toda esperanza de que los caballeros y sus acólitos lo reconocieran como líder de la campaña y le demostraran cierta confianza. Era obvio que Falko von Hettenheim hacía todo lo que estaba a su alcance para poner al resto de les aristócratas en su contra, pero él no era la única causa de las desavenencias suscitadas durante el viaje; el principal obstáculo era el orgullo de clase de los nobles señores. Al ser hijos de caballeros, les contrariaba profundamente tener que obedecer las órdenes del hijo de un tabernero, y se lo hacían saber cada vez que tenían ocasión. Sin embargo, a Michel no le quedaba más remedio que seguir alimentando a esa banda de arrogantes, ya que de otro modo habrían saqueado a los campesinos por el camino sin piedad. Sin embargo, en respuesta a su generosidad no recibió más que burlas e ironías.

Cuando Michel ya empezaba a pensar que las cosas no podían ir peor, los hechos se encargaron de demostrarle lo contrario. La pequeña caravana que conformaba aquella expedición militar había pasado el día anterior por la ciudad de Waiblingen, y ahora continuaba su marcha por un camino enmarcado a ambos lados por sierras boscosas, cuando de pronto, en un claro algo alejado del camino, apareció un diminuto pueblo. Consistía en un par de chozas miserables apenas cubiertas con un delgado techo de paja y albergaba a poco más de una docena de personas, que a esa hora del día trabajaban en los pequeños campos dispersos en los claros de los alrededores. Algo más alejada del resto, una muchacha cuidaba los rebaños de cabras de los pueblerinos. A Michel le interesaba más el estado del camino que las personas que se cruzaban a su paso, y por eso le echó apenas un breve vistazo a la pastora. Falko von Hettenheim, que como siempre iba cabalgando detrás de él, pisándole los talones, en cambio, se quedó observando a la muchacha con lujuria, experimentando en la zona lumbar una sensación de ardor que clamaba alivio. Cuando comprobó que Michel no estaba prestándole atención, comenzó a aminorar la marcha, se dio la vuelta y cabalgó hacia la pastora de cabras.

La muchacha se alarmó ante la presencia del caballero y retrocedió asustada. Falko se apeó de un salto, cogió a la pastora y la arrastró un trecho, internándose un poco más en el bosque. Cuando ella abrió la boca para gritar, se la tapó introduciéndole su guante derecho.

—Ahora no actúes como si jamás hubieses estado con un hombre —se burló el caballero mientras la tiraba al suelo a pesar de su enérgica resistencia. Ella pataleó con todas sus fuerzas, pero él se lanzó sobre ella, empujándola con todo su peso. Con la mano que le quedaba libre, le levantó la falda por encima de los muslos hasta dejar su vientre desnudo, a merced de la mirada y el deseo del caballero—. Ahora verás lo que es un hombre de verdad —le susurró el caballero a la muchacha al oído, jadeante. Se movió hasta hallar la posición adecuada y la penetró de golpe con violencia.

En ese mismo momento, Michel notó la ausencia de Falko y se dio la vuelta, buscándolo. Al principio pensó que el caballero estaría descargándose y que por eso se habría rezagado, pero entonces descubrió su caballo bastante alejado del camino, en medio de la pradera en la que pastaban las cabras, donde había delicioso pasto fresco. Como Michel no podía encontrar ni a la pastora ni a Von Hettenheim, tironeó de su caballo, maldiciendo, cabalgó hacia el rebaño y miró a su alrededor. Un ruido que no podía provenir de un animal le delató el lugar donde debía buscar, y entonces fue guiando a su alazán a través de unas hayas cuyas ramas tenían un resplandor verdoso, internándose en la semioscuridad que había debajo de aquel techo de hojas, y al poco tiempo halló por fin a Falko, que seguía embistiendo violentamente a la pastora. El rostro de la muchacha estaba desfigurado de miedo y de dolor, y ella luchaba tanto contra el hombre que tenía encima como contra el guante que había dentro de su boca, que amenazaba con asfixiarla.

—¡Dejad a la muchacha ahora mismo! —le gritó Michel, lleno de ira, pero Falko continuó sin inmutarse.

Acabó antes de que Michel lo alcanzara, se levantó con provocadora lentitud y le arrancó a la muchacha el guante de la boca con tal brutalidad que le hizo brotar sangre de los labios. Luego se dio la vuelta hacia donde estaba Michel y le dirigió una mirada desafiante.

—Si queréis a la ramera, adelante. Pero no olvidéis que yo la penetré antes.

La pastora se cubrió con las manos la zona ensangrentada y rompió a llorar.

—¡No soy una ramera!

La mano de Michel tanteó en busca de su espada, y por un instante pareció que desenvainaría el arma y acabaría con Falko.

—¡Sois el cerdo más repugnante que se haya cruzado jamás en mi camino!

Falko von Hettenheim se agachó instintivamente y retrocedió un par de pasos. Pero luego se incorporó e hizo un gesto de desdén.

—Seríais un demente si iniciarais una pelea conmigo por una mísera campesina. Si no la hubiese desflorado yo, lo habría hecho otro en mi lugar, tal vez incluso esta misma noche.

—Dadle al menos un par de monedas como resarcimiento por su virtud perdida.

Michel se enojó consigo mismo antes de terminar de pronunciar esas palabras, ya que se dio cuenta de que con ellas estaba respaldándolo.

—¿Pagarle a una campesina mugrienta? Debería alegrarse de

haber sentido dentro de ella a un verdadero hombre por una vez en su vida.

El caballero se dio media vuelta con una horrenda carcajada y se dirigió hacia su caballo.

Michel cerró los puños con impotencia, bajó la vista para mirar a la muchacha, que lloraba, y se apeó del caballo.

—Debería haberle partido el cráneo —maldijo, al tiempo que le extendía la mano derecha a la pastora de cabras—. Vamos, niña, levántate. No te haré daño.

La pastora se bajó la falda, se enrolló sobre sí misma como un animalito y se cubrió el rostro con las manos. En ese momento Michel deseó que Marie estuviese con él. Ella habría sabido cómo tratar a una criatura tan salvajemente ultrajada. Finalmente abrió su bolsa y extrajo un par de monedas.

—Toma, son para ti. El dinero no podrá devolverte lo que has perdido hoy, pero tal vez te ayude de otro modo. —Como la muchacha no reaccionaba, cogió una de sus manos, depositó sus monedas en ella y le cerró los dedos formando un puño—. Que Dios te acompañe, pequeña. Estoy seguro de que no te ha abandonado, aunque tal vez eso sea lo que crees ahora.

La pastora de cabras se apartó de él aún más, y la furia contra Falko von Hettenheim comenzó a ascender dentro de Michel hasta cerrarle la garganta. Sabía que las posibilidades de pedirle cuentas por sus actos eran casi nulas, ya que eso le correspondía al señor del castillo local, o bien al propietario de la muchacha, si es que se trataba de una sierva de la gleba. Pero, por lo general, esa gente jamás iniciaba una querella por una muchacha campesina con alguien que pertenecía a la misma clase social que ellos.

Michel abandonó a la pastora, que seguía sollozando, tomó las riendas de su caballo y salió a campo abierto. Allí divisó a algunos campesinos que ya habían comenzado a sospechar que algo no andaba bien y se dirigían hacia la pradera con hachas y azadas, y entonces volvió a trepar a la montura y azuzó a su alazán. Le irritaba soberanamente tener que poner pies en polvorosa, pero los campesinos lo confundirían con el violador y en su furia ciega querrían desquitarse con el hombre equivocado.

Un jinete siempre es más veloz que cualquier campesino, por más alas que la ira dé a los pies de este último, y el espectáculo de los soldados marchando no alentaba precisamente a los campesinos a buscar pleitos. Por eso, muy pronto fueron quedando atrás, maldijeron a esos señores que habían tomado a una de sus muchachas como presa, y al mismo tiempo dieron gracias a Dios de que la tropa entera de guerreros no hubiese caído sobre su pueblo y sus mujeres. Se reunieron en el linde del bosque, se persignaron y en sus plegarias oraron para que los caballeros y los soldados encontraran una sepultura fría en tierra enemiga.

Michel no estaba dispuesto a dejar pasar por alto la acción de Falko. Guio su caballo hasta alcanzar el tosco rocín del caballero y le dirigió una mirada furiosa.

—No volváis a hacerlo, señor Falko, ya que la próxima vez no podré volver a contener mi mano.

Falko von Hettenheim escupió y miró a Michel fijamente a la cara con gesto burlón.

—¡Atreveos, bocón!

La mano de Michel se deslizó hacia el mango de la espada, pero entonces los demás caballeros llevaron también la mano a sus armas, con evidentes intenciones de apoyar a su compañero. Como los acólitos de estos últimos también se preparaban para la lucha y sus propios hombres parecían alegrarse de poder darles una amarga lección a esos caballeros a los que tanto odiaban y a sus infantes, Michel dejó caer la espada y levantó la mano.

—¡Regresad al orden de marcha! ¡Y pobre de aquel que provoque una riña! —Luego se volvió hacia Falko y agregó, furibundo—: Estáis advertido. La próxima canallada la pagaréis.

Hettenheim parecía tener intenciones de seguir provocándolo, pero Godewin von Berg, que sabía tan bien como Michel que los sobrevivientes de un enfrentamiento armado eran castigados con penas muy severas si, a diferencia de Falko, no tenían parientes ni amigos poderosos en la corte del conde palatino, tomó a Hettenheim del brazo y lo retuvo.

—No vale la pena entrar en una riña por algo así —le susurró, preguntándole en voz igualmente baja qué había sucedido.

Falko rechinó los dientes.

—El bastardo hijo del tabernero se puso prepotente porque me follé a la pastora de cabras.

—¿Qué? ¿Pudiste clavar tu estaca en un pedazo de carne jugosa de hembra? Por Dios, Falko, tú sí que tienes una suerte obscena. Maldición, ¿no podrías haberme llevado contigo?

Falko von Hettenheim le dirigió una socarrona mirada de soslayo.

—Una pastora de cabras para dos hombres... eso no habría sido muy placentero para ti, y además no habrías llegado a disponer de ella porque ese bastardo hijo del tabernero te lo habría impedido.

—Entre los dos podríamos haberle quitado la prepotencia de una paliza.

Godewin clavó la vista en la espalda de Michel y lamentó no haber estado allí.

Von Hettenheim se quedó elucubrando la manera de provocar una ocasión oportuna para acabar con la vida de Michel Adler con ayuda de Godewin. Una vez que ese bastardo hubiese sido eliminado, él podría convertirse en líder de aquel ejército y hacerse con el dinero que aquel desvergonzado llevaba en el arcón de una de las carretas para darle un destino mejor que un par de hogazas de pan y un poco de carne fresca. Ante esta idea, Falko von Hettenheim soltó una carcajada. Claro que sí, él usaría ese dinero para comprar carne... deliciosa carne de mujer.

Mientras Falko von Hettenheim esperaba el momento oportuno para empujar a Michel a cometer una imprudencia y deshacerse así de él de una vez por todas, este buscaba con la vista al resto de las tropas que se encaminaban hacia el punto de reunión en Núremberg. El emperador había leído una convocatoria a todos los nobles del imperio, y el papa Martín V, a quien Segismundo había puesto en el Trono de Pedro en el Concilio de Constanza, había equiparado la lucha contra los husitas con las cruzadas contra los musulmanes. Sin embargo, no se cruzaron con ninguna otra tropa en mucho tiempo. Cuando por fin se toparon con dos caballeros francos y su séquito, Michel se alegró de que no fueran más que unos pocos, ya que los dos aristócratas no tardaron en unirse a Falko von Hettenheim, ignorándolo de forma casi insultante y tratando a sus lanceros como si fuesen siervos de la gleba.

Durante dos días, Michel observó aquella insufrible situación con los puños cerrados, hasta que finalmente llegó el escándalo que preveía. Al caer la noche, los hombres de Michel habían dispuesto sus cinco carretas en círculo en un pequeño claro a la izquierda del camino formando una barrera, mientras que los caballeros y sus hombres prefirieron acampar más allá del camino, bajo un par de hayas que habían sido partidas por rayos. Cuando Michel fue a servirse un vaso de vino del barril que estaba sobre el caballete, se le acercó Gunter von Losen, uno de los caballeros francos, extendiéndole un vaso en actitud exigente.

—Tabernero, sírveme del mejor que tengas.

Su voz desbordaba sarcasmo.

Michel aspiró profundamente, reprimiendo el deseo de echar por tierra de un puñetazo a aquel hombre que apenas le llegaba al mentón. Con una sonrisa suave, cogió el vaso de Gunter, lo puso debajo del agujero de la piquera y lo llenó hasta el borde. El caballero esbozó una amplia sonrisa y les dirigió una mirada triunfal a sus nobles congéneres, que seguían la escena con gran expectación. Sin embargo, cuando quiso coger su vaso lleno, Michel se lo impidió.

—Me habéis llamado tabernero, por lo tanto, os trataré como tal. El vino cuesta tres kreuzer, a pagar por adelantado, ya que no otorgo crédito. Esto rige a partir de ahora también para el resto de los caballeros y sus acólitos.

Gunter von Losen aspiró profundamente para evitar ahogarse.

—¡No podéis hacer eso! ¡Ese vino le pertenece al conde palatino!

Michel le apoyó la mano derecha sobre el hombro con tal fuerza que lo obligó a ponerse de rodillas.

—Os equivocáis, amigo. El vino ha sido pagado con mi dinero, al igual que el resto de las provisiones que llevamos, y no pienso seguir compartiéndolas con gente como vos. Así que comeréis lo que hayáis traído, y no creáis que podréis saquear a los campesinos por el camino. Si lo intentáis, acabaréis muy mal.

El caballero franco se quedó mirando a Michel, indignado.

—¡No podéis hacer eso con nosotros! ¿Acaso somos mercaderes como para andar cargando provisiones? Más vale que nos atendáis porque, si no, tomaremos lo que necesitemos de los campesinos, os guste o no.

De esa forma, Losen puso a Michel frente a un dilema, ya que él no hubiese querido darles nada más a esos caballeros altaneros, ni siquiera una corteza de pan duro. Pero como jefe de la tropa era responsable por los caballeros palatinos, y por eso decidió tratar de llegar a un acuerdo.

—Los caballeros y la gente que partieron conmigo desde Rheinsobern recibirán alimento suficiente como para no pasar hambre. Pero vos, vuestro amigo y vuestra gente me tenéis sin cuidado. Desapareced o rogadles a los palatinos que os arrojen un par de mendrugos.

Su interlocutor se puso de pie, morado y boquiabierto, pero luego volvió a cerrar la boca sin decir palabra. Furioso, extendió la mano para coger su vaso al mismo tiempo que se daba la vuelta para emprender la retirada. Pero Michel alzó la mano con el recipiente por encima de su cabeza.

—Tres kreuzer.

—¡Al diablo, tabernero bastardo!

El caballero mostró los dientes, aunque no se atrevió a coger a Michel del brazo y bajar el vaso, sino que dio media vuelta y se fue.

—Habéis olvidado algo.

Michel volcó el vino con gesto apesadumbrado y le arrojó al otro el vaso vacío. Losen lo atrapó, regresó con el resto entre gruñidos y maldiciones y les transmitió lo que Michel le había dicho. En respuesta, el resto de los caballeros y sus hombres cubrieron a Michel con miradas asesinas.

Él no se dejó amedrentar ni por las expresiones furiosas ni por los gestos amenazantes, y ordenó al cocinero y a sus ayudantes que las raciones que les tocaban a los aristócratas y sus infantes fueran escasas, y que no les sirvieran vino si no se lo pagaban. Su gente, que ya se había enfadado en más de una ocasión con aquella estirpe de arrogantes, sonrió complacida mientras se mofaba de los acólitos de los caballeros nobles, que ahora tendrían que beber agua, mientras que ellos mismos saboreaban el delicioso vino de Michel. Esto no contribuyó a mejorar el clima dentro de las huestes, de ahí que Michel suspirara aliviado cuando la ciudad de Núremberg comenzó a divisarse a lo lejos.

Media milla antes de llegar a la puerta de la ciudad, que saludaba a los viajeros desde sus dos torres, un mariscal imperial salió al encuentro de los recién llegados y les asignó un lugar para acampar a orillas del Pegnitz. Cuando Michel le preguntó por qué los hacían acampar tan lejos de la ciudad, el hombre le mostró los dientes.

—Es por las mujeres. Es para que los hombres se atengan a las prostitutas de campaña y no anden por la ciudad acechando a las mujeres burguesas.

—Una idea muy razonable. Pero ¿dónde están las prostitutas?

El procurador señaló hacia un lugar un poco más adelante, río arriba, en donde un grupo de carpas de colores asomaba resplandeciente por entre los verdes alisos de la vegetación.

—Allá están sus carpas, a la derecha para los aristócratas y a la izquierda para los soldados rasos.

Michel iba a preguntarle qué lado le correspondía a él, ya que no era un aristócrata, pero tampoco un soldado. Sin embargo, como de todos modos no tenía interés alguno en requerir los servicios de una prostituta, se quedó con la pregunta en la punta de la lengua, se tragó sus palabras y en su lugar le preguntó al procurador dónde podía completar sus provisiones y qué tropas se habían reunido hasta el momento.

—Espero que no hayamos sido los últimos en llegar —agregó con una sonrisa de disculpa.

—Ya lo creo que no.

La expresión agria en el rostro del procurador revelaba que

hasta entonces habían llegado allí muchos menos guerreros de los que él y su señor imperial esperaban. Ese hecho asombró a Michel, ya que él se había imaginado que los condes y los caballeros del imperio confluirían hacia allí desde todas partes si el emperador los llamaba. Pero cuando poco más tarde salió a caminar por el campamento para hacerse una idea de la situación, se dio cuenta de que la afluencia de hombres no tenía la fuerza de un torrente, sino más bien de un arroyuelo. No habían llegado hasta allí más de quinientos caballeros bien y fuertemente equipados para participar de la cruzada de Segismundo, y el resto del ejército tampoco superaba los mil entre soldados de armas livianas a caballo, arqueros y lanceros a pie, de los cuales casi ninguno estaba tan bien armado como los infantes de Michel. No sumaban ni la mitad los siervos de guerra que poseían una vestimenta medianamente adecuada para un combate y armas que merecieran recibir el nombre de tales. La mayoría vestía sus túnicas de campo y tenía aspecto de no saber qué hacer con la lanza que habían puesto en sus manos.

Timo sacó a Michel de aquellas observaciones sombrías.

—Perdonad, señor, pero las carpas ya están armadas, y los hombres quieren saber si pueden hacer una visita a las mujeres.

Michel se quedó unos instantes pensando y finalmente habló.

—Dale a cada uno dinero suficiente como para que pueda pagarse una prostituta y dos vasos de vino en las tabernas, pero no más que eso. No quiero que los muchachos se embriaguen.

—Estaré atento para que eso no suceda, señor.

Timo sonrió avergonzado, ya que sabía que la noche sorprendería a algunos de sus camaradas ebrios en un rincón. Pero si el resto se comportaba decentemente, no llamarían la atención, y de eso sí que se encargaría.

—¿Y qué hay de los caballeros? ¿Seguiremos abasteciéndoles? En realidad, ya no tenemos por qué darles más comida, ya que han armado sus carpas con otra gente.

Timo se quedó mirando a su señor con una expresión casi de súplica, ya que odiaba con toda el alma a aquellos huéspedes arrogantes.

Michel le apoyó la mano en el hombro.

—No les debemos nada a esos caballeros, así que, si ellos no quieren saber nada de nosotros, que los alimente otro.

—Estoy totalmente de acuerdo con vos, señor.

Timo regresó con una sonrisa satisfecha al lugar donde se encontraba su gente, que lo esperaba llena de expectación y vitoreó a su capitán antes de ponerse en fila para recibir las monedas que le tocaban. Michel se alegró al oír que lo aclamaban: eso significaba que el altercado que mantenía con los caballeros no había menguado su popularidad en el seno de sus propias filas, sino que más bien la había aumentado. Ahora esos muchachos lo seguirían dondequiera que fuese, incluso hasta el mismísimo infierno. Mientras seguía caminando por el campamento, Michel escudriñó en busca de algún rostro conocido. Durante el Concilio de Constanza había tenido la oportunidad de conocer a mucha gente de alto rango y renombre y a muchos otros jóvenes valientes, pero o todos ellos habían cambiado tanto su aspecto durante los últimos diez años que ya no era capaz de reconocerlos, o ninguno de ellos se hallaba entre las filas del ejército imperial.

Cuando el sol ya comenzaba a desaparecer en el horizonte, el campamento empezó a alborotarse, ya que el emperador del Sacro Imperio Romano Germánico había ido cabalgando desde Núremberg para darles la bienvenida a los recién llegados, y los soldados se aglomeraron para admirarlo. Junto a Segismundo cabalgaba Friedrich, el burgrave de Núremberg, leal al emperador, de quien había conseguido en feudo la marca de Brandeburgo. Ciertos rumores aseguraban que Friedrich también se había hecho ilusiones de obtener el electorado de Sajonia, pero finalmente Segismundo se lo había transferido al margrave de Meissen. Tal vez había sido el miedo a los husitas lo que había motivado al burgrave a tragarse su inquina por el supuesto desaire y a inclinar nuevamente su cabeza ante el emperador. Sin embargo, para desilusión de los soldados allí reunidos, no apareció ningún otro noble caballero del imperio. Michel se sintió abatido, ya que esperaba encontrarse allí con el conde palatino Ludwig y, al igual que los demás, también él lamentaba la ausencia de los hijos de

Eberhard von Württemberg, de Ludwig, landgrave de Hesse, y del príncipe elector de Sajonia y margrave de Meissen, Federico el Pendenciero, quien a pesar de su apodo evitaba pisar aquel campamento militar tanto como los duques bávaros y los señores del territorio de los Habsburgo. Todos ellos le habían denegado al emperador su ayuda militar con los pretextos más diversos para obligarlo de ese modo a hacerles concesiones, y ahora parecían querer repetir esa estrategia.

Michel seguía allí de pie, ensimismado en sus pensamientos, cuando el sol en declive del ocaso arrojó una sombra larga sobre él.

—¡A ti te conozco de alguna parte!

Segismundo de Luxemburgo, rey de Sajonia, rey de Hungría, duque de Brabante, duque de Silesia, margrave de Moravia y emperador del Sacro Imperio Romano Germánico, se detuvo delante de él y lo observó con expresión exigente.

Michel se apresuró a flexionar la rodilla.

—Michel Adler, a vuestro servicio, su majestad. Yo fui uno de los capitanes palatinos durante el Concilio de Constanza.

—Oh, sí, claro. Ya me acuerdo. Tú eres el joven que por entonces desposó a la muchacha burguesa condenada injustamente por prostitución.

El emperador asintió, satisfecho, dio una palmada en el hombro a Michel y se dejó conducir por él hasta donde se encontraban los lanceros palatinos. Si bien algunos de los hombres seguían en las carpas de las prostitutas o en los puestos de los taberneros, al emperador le agradó lo que veía.

—Una infantería con armadura liviana que tenga movilidad es precisamente lo que necesitamos para combatir a los husitas, Michel. Si contaras con mil de estos hombres, te nombraría en recompensa caballero del imperio y te daría un hermoso feudo.

—Lamentablemente, no son más que ciento veinte, mi noble señor.

Michel no pudo contener una sonrisa, ya que el elogio del emperador lo había dejado perplejo. Lo observó con disimulo y constató que Segismundo había envejecido mucho más de los diez años que habían pasado desde su último encuentro.

La barba larga del emperador, que le llegaba hasta el pecho, estaba surcada de mechones grises y, al igual que sus cabellos, tenía un aspecto desgreñado y descuidado. Las arrugas en su rostro también estaban mucho más marcadas que por entonces, y su expresión iba de un momento a otro del agotamiento profundo, casi diríase de la total desesperanza, a un optimismo sin límites, para luego volver a perderse en un ensimismamiento sombrío. Un rasgo terco en torno a su boca daba cuenta de las muchas decepciones vividas. Incluso la vestimenta de aquel señor que reinaba sobre el Sacro Imperio Romano Germánico parecía carcomida por los estragos del tiempo, aunque seguía estando confeccionada con un género de aspecto suntuoso y finamente trabajado. Encima de su armadura liviana, el emperador llevaba una guerrera roja que le llegaba casi hasta el suelo bordada con águilas, leones y otros blasones negros y dorados, tal y como le correspondía a aquel noble señor por ser propietario de tantos y tan vastos territorios.

—Bien, bien —murmuró Segismundo, mientras se despedía con una palmadita amistosa de Michel, quien se quedó rascándose la cabeza, confundido, después de que el emperador le diera la espalda. Las cosas no debían de ir nada bien para Segismundo si se alegraba tanto de la llegada de apenas un centenar de infantes y saludaba al líder de esas tropas, que no pertenecía a la nobleza, como si se tratase de un viejo amigo.

Michel se quedó contemplando cómo el emperador se alejaba sin darse cuenta de que los caballeros palatinos que habían levantado sus carpas río arriba lo observaban con expresión sombría. Falko von Hettenheim hubiera dado la mitad de cuanto poseía con tal de que el emperador se dignara mirarlo aunque no fuese más que una vez, y hervía de rabia al ver que Segismundo le había regalado tanta atención a Michel.

Godewin von Berg se puso al lado de Von Hettenheim y se encogió de hombros.

—Espero que con nuestra actitud durante la marcha no nos

hayamos metido en camisa de once varas, ya que por lo visto Michel Adler posee amigos muy influyentes.

Ese comentario no contribuyó en exceso a suavizar la furia de Falko. Iba a reconvenir a su vecino con aspereza, pero finalmente lo dejó plantado sin decir nada y se acercó a Gunter von Losen, que profesaba un odio tan intenso como el suyo hacia el hijo bastardo del tabernero.

6

En realidad, Segismundo hubiese querido aguardar hasta reunir tropas suficientes en Núremberg, pero una semana después de la llegada de Michel aparecieron unos mensajeros cabalgando a toda prisa, con sus caballos echando espuma por la boca, trayendo malas noticias. Los husitas habían partido en diversas columnas hacia la marca de Meissen, Austria y el Alto Palatinado, y una de sus huestes se dirigía infatigablemente hacia Núremberg.

Cuando Michel se enteró de las noticias, comenzó a entender el porqué de la ausencia de los grandes del imperio. El yerno del emperador, Alberto V de Austria, estaba más preocupado por sus propias ciudades que por la corona bohemia de Segismundo, y el duque de Sajonia también prefería defender su territorio a dejarlo sin protección, a merced del enemigo. Sin embargo, al defender sus intereses particulares, estos señores no hacían otra cosa que fragmentar sus fuerzas en lugar de unirse para doblegar a los bohemios.

A Michel no le quedó mucho tiempo para reflexionar sobre aquella situación desacertada, ya que durante los dos días sucesivos comenzaron a reunirse a orillas del Pegnitz los acólitos del burgrave de Núremberg, lo cual indicaba que se acercaba el momento de la partida. Por eso le ordenó a Timo que mantuviera a sus hombres alejados del vino y que tuviera todo listo para una pronta partida, e hizo muy bien, ya que, a la mañana siguiente, los cuernos y las trompetas comenzaron a resonar desde las torres del castillo indicando que era hora de partir, y el emperador atravesó las puertas cabalgando seguido por su séquito.

A diferencia de su última visita al campamento, esta vez el emperador había elegido un atuendo especialmente suntuoso, que le hacía sobresalir entre sus caballeros como un faisán entre unas gallinas. Su coraza constituía la maravillosa obra de arte de un forjador de armaduras y le calzaba como anillo al dedo. Las ataujías de oro en los brazales y quijotes del emperador resplandecían bajo la luz del sol tanto como el casco, adornado con una corona de oro, y el gabán, debajo del águila imperial, que tenía bordado en hilos de oro un león a punto de saltar, señalando que Segismundo marchaba al frente de batalla sobre todo en calidad de rey de Bohemia.

El burgrave Friedrich y el resto de los nobles señores también estaban armados como si la batalla estuviese a punto de comenzar. Sin embargo, no parecían saber si alegrarse de que las huestes partieran de una buena vez o lamentar la escasa cantidad de guerreros con los que tenían que partir. Detrás del emperador había unos quinientos caballeros blindados y unos mil quinientos soldados a caballo e infantes. A ellos se sumaban los pertrechos, compuestos por varias docenas de grandes carretas tiradas por bueyes con sus correspondientes conductores y boyeros, cocineros, cirujanos de campaña, artesanos, un número cercano a los cien sirvientes y por lo menos el doble de prostitutas de campaña y vivanderas, que se alinearon al final de la caravana, inmediatamente detrás del grupo de Michel.

El emperador había nombrado capitán de las tropas de infantería al caballero imperial franco Heribald von Seibelstorff, un hombre de mediana edad de rostro redondo, enmarcado por una barba rojiza, quien con su armadura negra, que le sentaba a la perfección aunque carecía de adornos, daba la impresión de ser un valiente y experimentado guerrero. Sin embargo, hasta el momento había pasado revista a los soldados alistados por el emperador y al resto de los infantes una sola vez de forma rápida, y al hacerlo había vertido un par de frases ofensivas. Para él, la guerra solo parecía tener validez si se desarrollaba como un desafío caballeresco entre dos ejércitos blindados y, en ese tipo de contiendas, los siervos y los soldados no tenían nada que hacer. A Michel le parecía un error por parte del emperador haberle confiado la dirección de sus infantes precisamente a ese hombre, ya que él mismo había tenido la oportunidad de reunir experiencia con los infantes del conde palatino y estaba firmemente convencido de que podría haber conducido a las tropas muchísimo mejor que Von Seibelstorff.

De ahí en adelante, el caballero imperial tampoco siguió ocupándose de su gente. Ni siquiera había dado la orden de marcha, sino que le había encomendado a Gisbert Pauer, el procurador, la tarea de poner orden en aquella infantería de tan variada composición, de la cual, salvo los palatinos de Michel, apenas una docena provenía de la misma región. A su vez, Pauer se limitó a impartirles un par de órdenes sucintas a los líderes de cada grupo, a menudo autoproclamados, y luego volvió a cabalgar hacia delante para estar cerca del emperador, de manera que no había ningún oficial controlando a la gente.

Timo, que marchaba junto al caballo de Michel, se abrazó a su lanza como si quisiera asfixiarla y se quedó mirando hacia delante como si no pudiese dar crédito a lo que veían sus ojos. Finalmente, sacudiendo la cabeza, habló.

—Señor, ¿podéis decirme cómo quiere el emperador ganar una guerra con esa banda de gallinas que va delante de nosotros? Esos hombres se desperdigarán por todas partes en cuanto un bohemio suelte una ventosidad.

—¡Bueno, bueno, Timo! Este ejército tampoco es tan malo. El camino es largo, verás que las filas ya irán cerrándose a lo largo de la marcha.

El siervo suspiró y escupió hacia el camino.

—No lo toméis a mal, señor, pero en Núremberg he tenido la oportunidad de oír algunas cosas sobre los husitas. Un jinete blindado es uno de los mejores regalos que uno puede hacerles a esos blasfemos. Vos también habéis oído ya historias acerca de las batallas en Morgarten y en Sempach, en las que los helvecios destruyeron a los Habsburgo y a sus aliados. De nada les sirvieron a los Habsburgo sus pesadas armaduras ni sus corceles contra las lanzas del bastión suizo. Parece que los husitas también luchan de ese modo, y hasta ahora siempre se han retirado victoriosos del campo de batalla. ¿Queréis que os enumere los combates y las batallas en los que los husitas obligaron a esos engreídos caballeros a emprender la retirada?

Michel hizo un gesto de desdén, pero Timo no se dejó detener. Cubrió a su señor con una catarata de nombres: las batallas en las cuales los husitas habían ganado, las ciudades arrasadas y saqueadas que habían dejado a su paso y los caballeros de viejas y conocidas estirpes que habían encontrado un humillante final bajo las lanzas y los manguales de los rebeldes.

—El año pasado destruyeron hasta los cimientos de la ciudad austríaca de Pretz, hicieron una carnicería con los habitantes de la ciudad que no lograron escapar a tiempo y dicen que lo mismo sucedió en otros cientos de ciudades en Austria, Baviera y Franconia, y también más al norte, hasta llegar incluso a Sajonia y a Brandeburgo.

Timo levantó la vista y miró a Michel como a la espera de que este lo felicitara por el informe que le había dado, pero en cambio su señor se limitó a mirarlo con ojos centellantes de enojo.

—Guárdate para ti solo esos relatos disparatados. Ni una palabra de ello a nuestros hombres.

La mirada culpable de su sirviente le hizo comprender que esa antología de rumores exagerados e informes aterradores ya estaba en boca de todos. Claro que Timo no podía ser el autor de esos chismes, ya que él solo podía haber accedido a esa información durante su estancia en Núremberg. Los chismosos, que no faltaban en ningún ejército, llevaban y traían cualquier palabra que alguno dejaba caer, transformando una brisa en un huracán que destruiría el imperio.

Dos días después, Michel comenzó a preguntarse si esos rumores que Timo había escuchado realmente serían tan carentes de fundamento como él había creído en un comienzo. La expedición militar imperial había avanzado desde Núremberg hacia el este, internándose en las sierras de Sumava, y ahora llevaba varias horas marchando a través de unas lomas extensas, cubiertas de espesos bosques. La expedición no avanzaba ni a la mitad de la velocidad que habían demostrado las huestes de Michel camino hacia Núremberg. La causa de tanta lentitud no era tanto el mal estado del camino, sino más bien la pesadez de los pertrechos y la mala calidad del material. A cada milla ocurría un nuevo traspié. Por lo general, solo se trataba de una soga que se cortaba y que había que volver a remendar con gran trabajo, ya que no había suficientes sogas de repuesto; otras veces alguna rueda se salía de su eje, y en dos ocasiones tuvieron que cambiar la carga de una carreta que se había descuajeringado a otra. Al tercer día ya se podía vislumbrar que las provisiones no alcanzarían hasta llegar a Bohemia, y Michel se preguntó qué haría el emperador para abastecer a un ejército que sumaba unas tres mil almas entre nobles, soldados y bagajeros, incluyendo a las prostitutas de campaña. De acuerdo con las palabras de Timo, los husitas eran como langostas, y por donde pasaban no dejaban más que tierras yermas que ya no servían ni siquiera para alimentar a los sobrevivientes de sus masacres.

Al llegar el cuarto día, las sospechas de Michel encontraron nuevos fundamentos de qué alimentarse. La expedición militar se detuvo, y cuando Michel hizo parar a sus hombres y se adelantó para ver cuál era la causa de la demora, el corazón se le contrajo de compasión ante el espectáculo de aquellas figuras desdichadas que bloqueaban el camino. Aquellos hombres, mujeres y niños aún tenían el horror grabado en sus rostros, y casi ninguno de ellos llevaba puesta más que su túnica, de modo tal que sus heridas mal curadas quedaban a la vista.

Todos ellos alzaron sus brazos en señal de súplica.

—¡Los husitas vienen detrás de nosotros! Han asesinado a todos los demás e incendiado nuestras aldeas. Solo nosotros logramos escapar por obra y gracia de Dios.

Eso no era del todo cierto, ya que cuando esas personas dejaron por fin de franquearles el paso, la expedición militar se topó varias veces más con refugiados cuyos relatos estremecieron incluso a los guerreros más curtidos. Los husitas debían de ser unos diablos que provenían directamente del infierno, ya que mataban a sus prisioneros de la manera más cruenta posible, mientras que ellos mismos parecían ser invulnerables por arte del demonio.

A primera hora de la tarde del quinto día divisaron no muy lejos de donde ellos estaban unas columnas de humo elevándose hacia el cielo que no podían provenir más que de una aldea recién incinerada por los husitas. Poco después comenzaron a llegar los primeros campesinos con los rostros aún surcados de espanto y les contaron nuevas atrocidades.

El emperador obligó a las personas a que dejaran el camino de inmediato y ordenó a sus subalternos que se acercaran a él. Entre aquellos a los que el heraldo llamó hacia el frente figuraban Michel y Urs Sprüngli, el jefe de los soldados helvecios, que se había puesto al servicio del emperador con al menos una docena de sus mercenarios suizos y que lamentaba mucho la ausencia de un grupo fuerte de sus compatriotas de Appenzell. Falko y otros caballeros que tampoco habían sido llamados se acercaron de todas formas, empujando sin consideración a los que habían sido convocados hasta quedar ellos también frente al emperador.

Segismundo masajeaba el mango de su larga espada con ambas manos, y su mirada se desvió varias veces hacia los refugiados, que se habían sentado al otro lado del camino creyendo estar seguros bajo la protección del ejército imperial.

—Señores, hemos llegado a nuestra primera meta. El enemigo está a menos de una hora de distancia, muy ocupado en saquear una aldea. Con la ayuda de Dios podremos sorprender a esos despiadados herejes bohemios y batirlos en forma contundente. Dejad a un pequeño grupo custodiando los pertrechos y preparaos para la lucha. Avanzaremos tan rápido como sea posible.

A la mayoría de los presentes se les notaba que hubiesen preferido mil veces estar en sus castillos natales hablando de las hazañas que realizarían frente a los husitas en lugar de tenerlos realmente enfrente, y por eso los vítores al emperador sonaron algo débiles. Incluso Michel se descubrió deseando volver con su mujer a su seguro Rheinsobern. No podía quitarse de la cabeza las palabras «con la ayuda de Dios», y recordó lo que Marie le había dicho estando en Constanza:

—¡No hay que fiarse tanto de la ayuda de Dios, sino confiar más en las propias fuerzas!

«En fin —pensó Michel—, tal vez Dios nos ayude si le mostramos nuestra buena voluntad.»

Aun sin los pertrechos, las huestes avanzaban a paso tan lento que no alcanzaron a sorprender a los saqueadores, ya que cuando por fin llegaron a la aldea, a orillas de un riachuelo, los edificios ya habían sido incendiados y solo quedaban en pie sus cimientos. Los husitas, cuyos espías evidentemente eran mejores que los propios, se habían replegado todos, hombres y carretas, hacia la cima pelada y llana de una colina no lejos de la aldea, construyendo allí una posición defensiva prácticamente inexpugnable. Varias docenas de carros, todos ellos más pequeños y maniobrables que los que llevaban los pertrechos imperiales, habían sido dispuestos formando una barrera, y los rebeldes incluso habían tenido tiempo suficiente como para levantar barricadas de ramas y arbustos espinosos para tapar los huecos.

Las laderas de la colina eran en la mayoría de sus tramos demasiado escarpadas para los jinetes y, además, los espesos matorrales les ofrecían a los defensores una protección adicional. El emperador sujetó a su caballo y alzó la vista hacia el lugar donde se encontraba el enemigo, como si considerara una ofensa personal esa jugada de ajedrez de los bohemios, al tiempo que abría y cerraba los puños en un gesto de impotencia.

Timo quiso rascarse la cabeza, pero se chocó con el casco.

—Esto no se ve nada bien, señor. Deberíamos cercar a esos hombres allá arriba y asediarlos, ya que si intentamos tomar por asalto su barrera de carros, perderemos a la mitad de nuestros hombres antes de llegar a la cima.

Al principio, Michel asintió en señal de acuerdo, pero luego lo pensó mejor.

—Nosotros no llevamos con nosotros provisiones suficientes, en cambio los husitas deben haberse hecho con un gran botín. Además, la cantidad de soldados con los que contamos no alcanza para rodear la colina.

—Entonces, tendrá que ayudarnos Dios.

—En ese caso, solo nos resta esperar y rezar.

Michel palmeó el hombro de su fiel ayudante y volvió a mirar hacia arriba. Delante de la barrera de carros habían aparecido unos hombres que comenzaron a cubrir al emperador de burlas e improperios para provocarlos. Si bien la mayoría de sus palabras resultaban incomprensibles, ya que la mayor parte de ellos hablaba checo, sus gestos no dejaban lugar a dudas, y aquellos que dominaban el idioma alemán gritaron con palabras terminantes lo que pensaban de su rey oriundo de Luxemburgo y de sus acólitos alemanes. Mientras tanto, agitaban en el aire unas banderas en las que se podía distinguir un ganso. Los caballeros alemanes interpretaron ese símbolo como una afrenta al águila imperial y respondieron acaloradamente a los insultos.

Godewin von Berg se volvió hacia los suyos con gesto enfurecido.

—Mi caballo podrá con esa ladera escarpada, y con solo cien de vosotros que me sigáis, lograremos que esa calaña emprenda despavorida la retirada.

Sin aguardar una respuesta, espoleó a su caballo y lo impulsó cuesta arriba. El animal cerdeaba a cada paso, exhalando unos quejosos gemidos, pero siguió luchando, subiendo cada vez más y más sin resbalar hacia abajo. Era una demostración incomparable de destreza ecuestre, pero también una tarea infame para el equino. Godewin alcanzó en poco tiempo la barrera de carros, la atravesó al galope y apuntó con su lanza hacia los hombres que estaban en sus carretas agitando sus picas y sus manguales y mirándolo desconcertados.

Durante algunos instantes pareció que el valor de aquel caballero había paralizado a los bohemios. Pero, de pronto, al menos una docena de ellos saltó de las carretas y rodeó al atacante. Los manguales le destrozaron las patas al caballo, haciéndolo caer, mientras Godewin era atrapado por varias picas con gancho al mismo tiempo y arrojado al suelo. Después resonaron fuertes golpes que bajaban de la colina, como si unos gigantes le estuviesen pegando con palos a una olla de hierro. Los imperiales alcanzaron a oír desde el valle los aullidos de Godewin, que se interrumpieron poco después, y vieron cómo su corcel se revolvía en el suelo lanzando unos relinchos de dolor. Un grito salvaje de venganza colmó el aire, y los caballeros se precipitaron junto con algunos de sus acólitos sin preocuparse por el resto de las huestes ni por la llamada de sus líderes. Al principio, sus caballos avanzaban bien, pero cuando la ladera comenzó a tornarse más escarpada, los animales más débiles perdían rápidamente la velocidad inicial y se caían o se tropezaban. Muchos rodaban, aplastando a sus jinetes, y caían arrastrando consigo a los que venían detrás.

Michel, que se había quedado con sus hombres, apenas podía dar crédito a sus ojos. ¿Acaso los señores no se daban cuenta de que esos embates absurdos no hacían más que favorecer al enemigo? Según sus cálculos, por cada uno de ellos habría —al menos— cinco bohemios bien armados esperando el momento de liquidar a los caballeros indefensos tendidos en el suelo con sus clavas y manguales capaces de atravesar las corazas. De pronto, el emperador, que hasta el momento también había permanecido al pie de la colina, comenzó a dirigirse hacia la cima, y un poco más atrás, torturando a su caballo cuesta arriba para no ser el último de los caballeros en enfrentarse con el enemigo, iba Heribaid von Seibelstorff, que debía haber liderado la infantería.

Michel advirtió la catástrofe que se avecinaba. Se apeó del caballo, extrajo su espada y señaló con el filo al enemigo.

—¡Soldados, seguidme!

Con esas palabras salió corriendo, y suspiró aliviado al ver que no solo sus palatinos se habían puesto en movimiento, sino también gran parte de los demás infantes. Un poco más a su derecha, Urs Sprüngli asintió con el gesto, agitó su mandoble y soltó un grito de guerra.

En los minutos siguientes, Michel apenas pudo prestar atención a lo que sucedía más arriba, ya que bastante tenía con encontrar un buen asidero en aquel terreno flojo y escarpado, esquivar a los caballos caídos que pataleaban desesperados en todas direcciones y animar a sus hombres con gritos salvajes. De golpe, un estruendo sordo sacudió el aire. Michel levantó la vista, asustado, y divisó una pequeña nube de humo disipándose delante de uno de los carros. Al mismo tiempo oyó gritos de hombres heridos y los sonidos sobrecogedores que proferían los caballos moribundos.

—¡Esos cerdos tienen cañones! —exclamó Timo a su lado. Michel sacudió la cabeza sin poder creerlo. Los cañones, con los que se podían perforar los muros de los castillos, eran armas para una batalla a campo abierto.

—¡Debe de haber sido un trueno! —le gritó a Timo, animando a seguir a los infantes que se habían quedado paralizados del susto—. ¡Adelante, hombres! ¿O queréis pasar la noche aquí en la ladera?

Los soldados iban pisándole los talones. No habían pasado dos segundos cuando volvió a sentirse una nueva explosión, y esta vez Michel vio la pieza de artillería. Estaba sujeta a una de las carretas y casi parecía de juguete comparada con los cañones que él conocía, pero su efecto era devastador. Al parecer, los enemigos no arrojaban balas de piedra, sino pedacitos de hierro que abrían brechas entre las filas de los atacantes. La línea de los caballeros ya había sido desbaratada y los cañones bastaban para volar en pedazos al resto de los grupos que continuaban avanzando al ataque. Ahora, los primeros hacían dar la vuelta a sus caballos agotados y descendían para escapar del fuego mortal. Pero eso no hizo más que aumentar la confusión. Los husitas bailaban sobre sus carretas y agitaban sus armas.

Algunos caballeros resistieron al fuego y llegaron a la barrera de carros, pero los bohemios, provistos de armaduras mucho más livianas, esquivaban sus estocadas de lanza con extrema facilidad, al tiempo que apuntaban sus cañones tanto contra los atacantes como contra los que huían. Entretanto, todos habían tomado conciencia de que aquel ataque absurdo culminaría en un baño de sangre. Durante un momento, Michel consideró la posibilidad de obligar a sus hombres a detenerse para que pudieran replegarse lentamente sin que cundiera el pánico. Pero luego prefirió tomar un camino que les ofreciera protección durante el mayor tiempo posible.

Cuando los husitas vieron que las filas de los caballeros comenzaban a disminuir, saltaron de sus carretas en nutridas bandadas y se abalanzaron aullando sobre los imperiales. Los manguales volaban por los aires, destrozando huesos de caballos y armaduras de caballeros; las picas con gancho tiraban a los caballeros de sus corceles, y sobre cada caballero que caía al suelo se abalanzaban tres o cuatro husitas que no se andaban con ningún tipo de rodeos. Entonces cundió el pánico, todos huían sin fijarse en los demás, y de pronto, el emperador, quien a esa altura se había quedado protegido apenas por un par de guardias personales, se vio a sí mismo frente a una horda de bohemios impetuosos que comenzaron a llamar a los compañeros husitas que estaban en la barrera de carros al grito de «¡Zygmunt! ¡Zygmunt!».

Michel se oyó gritar «¡Adelante!» y salió corriendo, sin fijarse en si sus hombres lo seguían o no. Pero cuando se topó con los primeros enemigos e intentó abrir una brecha en el muro triunfante de bohemios rugientes a espadazo limpio, percibió a sus espaldas los gritos roncos de sus propios hombres y el sonido agudo del hierro chocando contra el hierro. Aquel ataque inesperadamente disciplinado tomó por sorpresa a los husitas, que creían que ya habían batido al enemigo, y los hizo retroceder. Incluso los hombres que habían tirado al emperador de su caballo y estaban por rematarlo lo soltaron y huyeron con sus compatriotas. Michel apartó una jabalina que volaba en dirección a ellos, volvió a poner de pie al emperador y lo arrastró con él a pesar de su pesada armadura.

Un bohemio que no quería que le arrebataran el triunfo de asesinar al emperador saltó desde detrás de un arbusto y los atacó por la espalda. Michel advirtió justo en el último momento el mangual listo para descargarse sobre ellos. Sin pensarlo, empujó al emperador hacia abajo, a los brazos de su gente, que contemplaba la escena impotente, se dio media vuelta y embistió con todas sus fuerzas. El mangual le arañó la espalda, le desgarró el sayo de cuero y atravesó algunos eslabones de su cota de malla, pero no le dejó más que una herida superficial abierta en la espalda, mientras que el husita rodaba por la ladera sin cabeza.

Michel no tuvo tiempo de fijarse en su herida, ya que vio cómo los bohemios corrían juntos para atacar con todo su poder reunido a la tropa de infantería que había aparecido de improviso, y entonces ordenó a sus hombres que formaran un cordón alrededor del emperador para protegerlo. Al mismo tiempo les gritó a los caballeros que aún quedaban en la ladera que se unieran a él y a sus infantes.

—¡Si emprendéis la retirada vosotros solos, los husitas os alcanzarán fácilmente! Pero aquí podemos ser nosotros quienes hagamos correr a esos hombres bajo un tumulto de lanzas y jabalinas.

Para su sorpresa, los hombres acudieron a su llamada. Urs Sprüngli condujo hacia él a sus hombres de Appenzell y a varios infantes más, ayudándolo a formar una muralla humana alrededor del emperador, que fue descendiendo paso a paso hacia el valle, manteniendo a los husitas a distancia con sus lanzas y jabalinas. Cerca de la aldea en llamas se fueron uniendo los caballeros e infantes que habían escapado, formando un conjunto desordenado, y ahora atacaban a los husitas por uno de los flancos laterales. De ese modo, aliviaban la tarea de los hombres que rodeaban al emperador.

Michel oyó la voz ronca de furia y excitación del burgrave de Núremberg.

—¡Vamos! ¡Acabad con esos cerdos o seguirán avanzando hasta Núremberg! —gritó mientras conducía a sus hombres.

El ataque de los husitas perdió algo de fuerza en el valle, y Michel logró unir a los infantes y a los caballeros para formar una columna de marcha blindada compacta que fue replegándose como un erizo de mil patas dotado de cientos de púas. Poco después cesaron los ataques de los bohemios, pero cuando los hombres ya estaban empezando a suspirar de alivio, oyeron unos gritos de mujer chillones y penetrantes que provenían del lugar donde estaban los pertrechos. Un instante después, el aire se llenó de gritos salvajes y del rechinar de las armas. Una tropa de husitas había tomado por asalto las carretas de pertrechos y se disponía a incendiarlas, como podía inferirse de las nubes ascendentes de humo que se divisaban a lo lejos. Michel ordenó a sus hombres que aceleraran la marcha. Sin embargo, no llegaron a enfrentarse otra vez, ya que cuando los saqueadores advirtieron la cercanía de los guerreros, desaparecieron como fantasmas entre los arbustos, y sus compañeros dejaron de perseguir a los imperiales. Los espías informaron de que los husitas estaban reuniéndose junto a la aldea destruida.

Michel sabía que no quedaría mucho tiempo para descansar y se dirigió hacia el emperador. Segismundo aún tenía grabados en el rostro el espanto y el pánico mortal, y su mano tembló al cederle en silencio la palabra a Michel.

—Majestad, nosotros también debemos formar una barrera de carros para poder defendernos mejor. Estoy seguro de que los husitas volverán a atacarnos.

Segismundo asintió, ausente.

—Hacedlo, Adler.

Cuando Michel ordenó a sus hombres que empujaran las carretas para juntarlas, poniendo el hombro él también, vio cómo la figura paralizada del emperador recobraba vida de repente y el señor del Sacro Imperio Romano Germánico se ponía a empujar un carro para poner el pesado vehículo en la posición correcta. El resto de los nobles señores siguió su ejemplo y, al igual que los infantes sobrevivientes y las prostitutas de campaña, echaron una mano para mover las ruedas a través del barro espeso. En breve habían formado un rectángulo alargado que les otorgaba cierta protección frente a las flechas enemigas, que les arrojaban casi sin pausa desde la espesura del monte.

Los husitas no se atrevieron a atacarlos abiertamente ni aprovechando la protección de la noche, que se acercaba a gran velocidad, sino que se conformaron con disparar cada cierto tiempo sus cañones desde la cima de la colina a la vez que ordenaban disparar a sus arqueros a todo blanco móvil que se desplazara bajo el pálido resplandor del fuego de vigilancia. Mientras lo hacían, no paraban de aullar y gritar como una horda de demonios. La mayoría de los disparos no causaban ningún efecto y terminaban desvaneciéndose entre las ramas del bosque de hayas macizas, pero el ruido y los quejidos de los heridos dentro de las propias filas enervaban a los aliados imperiales y debilitaban la capacidad de lucha de los sobrevivientes.

Michel calculó que de los más de dos mil caballeros e infantes originales apenas si había quedado la mitad. Los demás estaban muertos, ya hubiesen caído en esa lucha desigual o hubiesen sido asesinados con posterioridad por los bohemios. Los pocos que pudieran haber escapado al bosque caerían tarde o temprano en manos del enemigo, y por eso debían ser contabilizados como bajas. Michel se atrevía a dudar de que aquellos soldados agotados, aún atravesados por el miedo, lograran resistir el inevitable ataque de los husitas. Podrían rellenar parte de sus propias filas armando a los sirvientes, pero era más que dudoso que resultaran valiosos para la lucha. Solo cabía esperar que el miedo a la muerte guiara sus manos.

Durante un rato, Michel se quedó pensativo, observando cómo las prostitutas atendían a los heridos y hacían todo lo posible para dar ánimo a los soldados. Las mujeres sabían lo que les esperaría si los imperiales eran vencidos allí, y les prometían a la Virgen María y a su patrona, María Magdalena, grandes ofrendas si lograban salir medianamente sanas y salvas de aquella campaña.

En algún momento, ya pasada la medianoche, el estruendo dio paso a un silencio espeluznante. Hasta los ruidos acostumbrados del bosque parecían haberse acallado, y en el cielo ya no se dejaba ver ninguna estrella, de modo que no era posible calcular la hora exacta. Daba la impresión de que el destino estuviese conteniendo el aliento antes de tomar una decisión sobre el emperador. Tal como Michel esperaba, los husitas atacaron poco antes del amanecer, cuando la oscuridad se había transformado en un gris fantasmagórico. Pero si pensaban que iban a encontrarse con un enemigo en parte adormilado, desmoralizado, estaban muy equivocados, ya que esta vez fueron ellos los que sintieron en carne propia lo efectivo de una barrera de carros defendida con fiereza.

Todos y cada uno de los imperiales —desde Segismundo hacia abajo, hasta llegar al más joven de los sirvientes— era consciente de que estaban jugándose su supervivencia, y por eso pelearon con el valor de la desesperación. Michel vio no lejos de él al emperador luchando en primera fila, y a su lado agitaba su espada Falko von Hettenheim, que parecía haber olvidado todos sus pruritos de clase, ya que sus golpes contundentes salvaron tanto como la hoja de la espada de Michel a varios siervos mal armados de un final seguro. A la izquierda de Michel estaba Timo, firme como una muralla viviente, luchando con golpes tan precisos como si se encontrara en un campo de práctica. De tanto en tanto sonreía, como si el asunto le resultara divertido. Al verlo, Michel recordó los tiempos en los que él era apenas un recluta del ejército palatino y Timo aquel sargento que le había enseñado los rudimentos del oficio de la guerra.

Durante cuatro horas, los bohemios arremetieron contra la barrera de carros de los imperiales sin poder romper la formación, y finalmente resonaron los cuernos llamando a sus guerreros a replegarse. Los abanderados agitaron una vez más sus banderas con el ganso, que, según supo Michel de labios de un hombre de confianza de Segismundo, no representaban una burla hacia el águila imperial, sino que eran un símbolo de Jan Hus, ya que «husa» significaba «ganso» en checo. Luego, todo terminó. Era evidente que los líderes de los husitas se habían dado cuenta de que si seguían atacando acabarían por desangrar a su ejército. Los bohemios desaparecieron como sombras en la niebla matutina, que aún no se había disipado, sino que yacía sobre el ancho valle como una mortaja; se marcharon dejando atrás solamente a sus muertos, que yacían tiesos y yertos alrededor de la barrera de carros. Michel bajó la espada, pesada como el plomo en su mano dolorida, y miró a su alrededor, asombrado. No podía creer que ya hubiese terminado todo; por el contrario, al igual que la mayoría de sus compañeros, suponía que aquella retirada solo había sido un ardid del enemigo. Sin embargo, el tiempo transcurrió y los husitas no regresaron. Ante una señal del burgrave de Núremberg, un par de muchachos valerosos fueron tras las huellas de los enemigos y finalmente regresaron con la noticia de que los bohemios habían disuelto su propia barrera de carros y se habían replegado en dirección al este. Uno de los caballeros propuso seguir a los enemigos y atacarlos durante la marcha. Pero nadie le hizo caso, ya que los hombres estaban contentos de haber sobrevivido a la batalla. Ninguno de ellos tenía ni fuerzas ni ánimo como para perseguir al enemigo que se replegaba y volver a quedar al alcance de sus cañones.

Michel debía comprobar cuáles de sus hombres seguían con vida. Justo cuando se disponía a ocuparse de los que estaban heridos, el emperador lo mandó llamar. Segismundo no dijo una sola palabra, sino que se le echó al cuello y lo abrazó como a un hermano. Por un instante pareció que el emperador rompería en llanto. Sin embargo, volvió a calmarse, apartó a Michel un poco de sí y le apoyó la mano sobre el hombro.

—En el día de hoy nos has salvado la vida a mí y a mi ejército. Sin ti, los herejes bohemios habrían podido ufanarse de haber asesinado a su propio rey y habrían aplastado como a gusanos a mis gallardos caballeros y a mis fieles infantes. Arrodíllate, Michel Adler. —Michel obedeció, confundido, y vio cómo el emperador alzaba su espada bañada en sangre tocándole los hombros y la cabeza—. Ahora ponte de pie, caballero imperial Michel Adler. Más tarde, cuando hayamos doblegado al enemigo, te otorgaré un feudo que te dará nombre.

Michel se quedó mirando al emperador sin terminar de entender lo que acababa de sucederle. Falko von Hettenheim había contemplado la escena hirviendo de furia. Ahora ese bastardo del hijo del tabernero había dejado de ser un simple vasallo imperial a quien su señor feudal armaría caballero algún día en agradecimiento por los extensos servicios prestados, pero que, a pesar de esa distinción, en el futuro seguiría teniendo casi el mismo rango; ahora era un bien nombrado caballero imperial del Sacro Imperio Romano Germánico, con voz y voto en la Dieta Imperial de Regensburgo. Así, ese advenedizo pasaba a tener un rango mayor que él, un descendiente de ocho nobles señores cuyo árbol genealógico no incluía ningún nombre burgués que lo desvalorizara.

Durante la noche, cuando el peligro de un ataque enemigo fue definitivamente descartado, Michel comprendió al fin el significado que esas palabras del emperador tenían para él. Había dejado de ser un vasallo del conde palatino para adquirir el mismo rango que Heribald von Seibelstorff. A partir de ese día, él, Michel Adler, hijo del tabernero de Constanza Guntram Adler, era digno de conducir la infantería del emperador. Michel no podía dormir a pesar del cansancio que sentía, ya que pensaba en Marie y se preguntaba qué diría ella de aquel giro que habían dado los acontecimientos. El destino ya los había elevado mucho más allá de la clase en la que habían nacido y los había bendecido con dinero y felicidad, y ahora además les regalaba honores que los ubicaban incluso muy por encima de la mayoría de las personas de origen noble. Pero, de pronto, Michel suspiró con desencanto al sentir un sabor amargo en el fondo de aquella supuesta copa de felicidad. Por primera vez poseía algo que valía la pena dejar como herencia a su hijo, pero hacía mucho tiempo que había perdido las esperanzas de tener descendencia. A diferencia de sus bienes materiales, el rango que acababa de obtener no podía traspasarse a un niño campesino adoptado, una posibilidad que sí había estado evaluando un tiempo atrás.

Durante unos instantes fantaseó con la idea de aceptar la propuesta de Marie y tomar a una criada bien dispuesta que pudiera darle la alegría de ser padre. Pero la sola idea de tener que recordarle a su mujer el ofrecimiento que ella le había hecho le inspiraba rechazo. Ella cumpliría con su palabra, él lo sabía, aunque probablemente quedaría tan herida por dentro que la relación entre ambos nunca volvería a ser la misma. En su vida solo había habido una mujer, y esa mujer era Marie. Si quería conservar la felicidad de la que disfrutaban juntos, jamás debería darle a conocer sus anhelos más íntimos, ya que ella sería capaz de remover cielo y tierra con tal de ayudarlo a tener un heredero legítimo. Incluso podría llegar a abandonarlo para que él pudiera volver a contraer matrimonio. Sin embargo, como el matrimonio era indisoluble ante Dios y los hombres, a Marie le quedaría un solo camino: desaparecer silenciosamente y regresar a su antigua vida. Debería salir a vagar por los caminos como una ramera errante, y él no podría empujar a tan cruel destino ni siquiera a su peor enemiga.

7

Marie se despertó de su pesadilla, sobresaltada, pero no consiguió ahuyentar aquellas imágenes. Había visto a Michel en medio de una batalla sangrienta, rodeado de enemigos que lo hacían caer. De alguna manera, él había logrado liberarse con golpes contundentes de su espada y había obligado a sus enemigos a huir. Sin embargo, sus oponentes no eran bohemios husitas, sino caballeros alemanes, y el que con mayor dureza le atacaba era Falko von Hettenheim.

Las imágenes eran tan nítidas como si realmente hubiese visto lo que estaba sucediendo, y tuvo que recordarse a sí misma, como tantas otras veces en los últimos tiempos, que no había sido más que un sueño provocado por el miedo de que algo le sucediera a su amado esposo. Consideró la posibilidad de confesarse con el capellán del castillo, pero este habría empezado otra vez con ese cuento de que quienes le enviaban esas imágenes eran demonios malignos y la habría hecho rezar durante horas en la capilla por el alma de Michel y por la suya propia. Tal como le había sucedido con el ama de llaves, Marie tampoco había podido establecer una relación de confianza con este hombre, pero en su caso no le importaba demasiado. Después de que la Iglesia la condenara injustamente y del trato inhumano que había recibido de parte de algunos de sus hombres, nunca había vuelto a tener confianza en ningún sacerdote. Por eso tenía que arreglárselas sola con su preocupación y su angustia, y solo podía rezarle a la madre de Dios para que Michel superara todos los peligros y regresara con ella sano y salvo.

Marie sabía que su rechazo hacia los caballeros que habían acompañado a Michel la llevaba a transformarlos en enemigos en sus fantasías, e intentó ignorar las imágenes espantosas que aún seguían danzando ante sus ojos. Volvió a acostarse y a escuchar los latidos de su corazón, que golpeaba contra su garganta con la fuerza de un martillo. Desde fuera llegaba la voz estentórea con la que Marga hacía trabajar a las criadas y a los sirvientes. Marie se dijo que ya era hora de levantarse también y de ocuparse de sus obligaciones. Sin embargo, tardó un buen rato en decidirse, y cuando finalmente se incorporó, un fuerte malestar le atravesó el cuerpo. Alcanzó apenas a asomar la cabeza fuera de la cama antes de vomitar. Su estómago sufrió dolorosas contracciones y pasó bastante tiempo hasta que pudo sentarse en el borde de la cama sin que la atormentaran más esos espasmos sofocantes, temblorosa y bañada en sudor.

Marie seguía dominada por los malestares cuando alguien golpeó a su puerta. Ella respondió apenas con un gemido medio ahogado, y así se arrastró a través de la habitación y abrió. Frente a ella estaba Marga, que miró el rostro pálido de su señora con gesto extrañado para luego olfatear como un perro en busca de una pista. El olor agrio del vómito le hizo desviar la vista hacia la jarra de vino que estaba sobre una rinconera y tuvo que reprimir una sonrisa de desdén. Al parecer, su señora había abusado del vino como remedio para su soledad.

Marie se sentía demasiado mal como para notar el sarcasmo en los ojos del ama de llaves, y se sintió avergonzada por no haber llegado siquiera a usar el bacín. Por eso le pidió amablemente a Marga que enviara a una criada a recoger y lavar la alfombra manchada.

Marga señaló con el mentón hacia el lugar que se había ensuciado.

—Puede que la mancha no salga.

Marie asintió afligida y abandonó la habitación detrás de ella, ya que el olor a vómito le provocaba nuevamente aquel malestar en el estómago. Notó que aún llevaba puesto su camisón, y quiso regresar, pero entonces vio que su criada personal estaba subiendo las escaleras.

—Ischi, ¿podrías llevar la alfombrilla de al lado de mi cama al lavadero y ponerla en remojo? He vomitado y la he manchado.

Ischi la condujo de regreso a su habitación, enrolló la alfombra y se la llevó. Apenas la muchacha hubo abandonado la habitación, entraron dos criadas jóvenes que vertieron agua fresca en la palangana y dejaron listas unas toallas. Saludaron a su señora con sonrisas tímidas y se retiraron tan silenciosamente como habían entrado, aunque Marie las oyó conversar excitadas en la escalera. Ambas eran aún casi niñas y estaban desbordantes de felicidad de poder servir en el castillo, pero el comportamiento autoritario de Marga las intimidaba tanto que no se atrevían a levantar la cabeza y mirar a los ojos a la señora del castillo. Marie había querido tomar confianza con ambas para ver cuál de las dos podía llegar a ser la sucesora de Ischi, pero en ese momento la atormentaban demasiadas preocupaciones de otra índole. Marie se enjuagó bien la boca y se lavó. Como Ischi estaba ocupada con otras tareas, se buscó ella misma la ropa que se pondría ese día y se vistió sin ayuda. Cuando dejó la habitación para dirigirse a la cocina, aún seguía sintiendo cierto malestar, pero esperaba sentirse mejor después del desayuno. Al contemplar las viandas que le habían servido, el olor de la comida le dio náuseas, por lo que dejó el plato a un lado sin haber probado un solo bocado.

La cocinera, ofendida, se quedó mirando a su señora, pero Marie no le prestó atención, sino que abandonó precipitadamente la sala. Por eso no llegó a ver que Marga entraba en la cocina por otra puerta y le murmuraba a la cocinera que la señora había empinado demasiado el codo la noche anterior.

La cocinera meneó la cabeza, sorprendida.

—¿La señora Marie, ebria? No me lo imagino. Ella nunca ha bebido demasiado.

—Ahora que su esposo se ha ido lo necesita para que se le hagan más cortas las noches solitarias. Ya sabemos lo fogosa que es en la cama, y seguramente no le habrá de resultar nada fácil renunciar a la polla erecta de un hombre.

—No está bien hablar así de los señores —la amonestó la cocinera.

Marga hizo un gesto de desdén, riendo.

—Yo sé lo que me digo.

Y diciendo esto, el ama de llaves desapareció de la habitación, dejando a la cocinera víctima de sentimientos encontrados. Hasta entonces, aquella mujer rolliza, cuya madre ya había servido en ese mismo castillo, siempre había tenido la mejor de las opiniones de su señora, pero entonces recordó muchos otros comentarios del ama de llaves y comenzó a dudar.

Entretanto, Marie había ido a la recámara en la que Michel solía recibir los informes de sus súbditos, se había sentado a la mesa de nogal macizo y estaba ocupada revisando la pequeña pila de documentos que contenían listas de mercados y de impuestos sin examinar, solicitudes e inventarios de las mercancías encargadas a los mercaderes que aún no habían sido entregadas. Los dominios de Rheinsobern estaban muy bien administrados, y tenía muy poco trabajo pendiente. Aún faltaba una semana para el siguiente día de audiencias, y había muy pocas quejas por parte de los burgueses de la ciudad. Marie examinó a conciencia todo lo que encontró, olvidándose así por un rato de su malestar.

Sin embargo, cuando apoyó la pluma y cerró el tintero, las molestias físicas regresaron con toda su violencia. Marie salió disparada para llegar a tiempo al retrete, y allí expulsó dolorosa y ruidosamente la bilis amarillenta que tenía atragantada. Al final ya no sabía ni cuánto tiempo llevaba atormentada por esos dolores. Cuando por fin se le fueron las náuseas, se recostó en un sillón mullido, con una manta tibia envolviéndole los hombros, sorbiendo un té que le calmara el dolor. Pero por encima de todo echaba de menos no contar con una persona que le enjugara el sudor del rostro con mano suave y la consolara en su desdicha. Marga no era a quien ella se encomendaría si llegaba a estar realmente enferma, ya que el ama de llaves no le demostraba paciencia ni cariño.

Con excepción de Michel, que estaba a una distancia inalcanzable, solo contaba con una persona con la cual se sentía protegida, y esa persona era Hiltrud. Marie consideró la posibilidad de enviar a buscar a su amiga con un mensajero. Sin embargo, la sola idea de permanecer en cama en ese castillo frío y lleno de corrientes de aire le generaba un inmenso rechazo, y anheló la calidez acogedora de la granja de Hiltrud. Regresó a su habitación, afirmándose sobre sus pies no sin cierta dificultad, y volvió a enjuagarse la boca. Pero el sabor amargo de las náuseas se le había quedado pegado en la lengua y en el paladar como si las llamas del infierno lo hubiesen grabado a fuego.

Ya estaba a punto de dar la orden de enganchar una carreta cuando comprobó con alivio que lentamente iba recobrando sus fuerzas. Ansiosa por degustar algún té curativo de los que preparaba Hiltrud, se puso su traje de montar y bajó al establo.

—¡Kunz, ensíllame a *Liebrecilla*! —le ordenó al primer siervo que se le cruzó en el camino.

El enjuto hombrecillo salió a toda prisa y regresó pocos minutos más tarde con la yegua. *Liebrecilla* alzó la cabeza con altivez y saludó a Marie resollando y dando empujoncitos con la cabeza, como si estuviese feliz de volver a salir al aire libre. La última semana había estado lloviendo, y por eso Marie había renunciado a sus acostumbradas cabalgatas. Cuando se sentó en la montura, el animal, que todavía no se había tranquilizado del todo, mordió el freno y giró de golpe. Marie tensó las riendas e impulsó a la yegua.

Cuando por fin atravesó cabalgando la gran puerta del castillo, que formaba un amplio arco, y divisó la ciudad, toda su sensación de debilidad había desaparecido, y en su lugar comenzó a sentir un apetito voraz que casi la hizo regresar. Sin embargo, la perspectiva de tomar un bocado en la granja de cabras la impulsó a continuar. Espoleaba a *Liebrecilla* de tal modo que los cascos del animal tamborileaban el adoquinado con un agudo *staccato* y los buenos burgueses asomaban las cabezas por puertas y ventanas para ver por qué la señora del castellano llevaba tanta prisa.

Hiltrud estaba alimentando a los animales cuando Marie entró barriendo con todo y dominando a *Liebrecilla* en el último momento.

—¿Te pasa algo? ¿Has tenido alguna noticia de Michel?

Marie sacudió enérgicamente la cabeza.

—Lamentablemente, no. Simplemente tenía ganas de visitarte. En realidad, quería que me prepararas alguna de tus bebidas curativas, porque esta mañana me sentía muy mal, pero ahora solo tengo un apetito voraz.

Mientras decía esto, miraba con tanta avidez los restos de comida que Hiltrud estaba arrojándoles a los cerdos como si quisiese abalanzarse sobre ellos.

—Realmente pareces estar muy hambrienta. Ven a la casa.

Hiltrud volcó los restos de comida que quedaban en el comedero de los cerdos, se lavó las manos en el aljibe y condujo a Marie hacia la cocina. Allí le cortó un par de rebanadas de pan y le puso sobre la mesa salchichas, tocino, queso y un perol con mermelada de escaramujo, que sabía preparar como nadie.

Marie se abalanzó sobre la comida como un lobo hambriento. Cuando hubo limpiado el plato de madera que tenía delante, escudriñó hambrienta en la despensa, donde Hiltrud tenía guardados sus nutritivos tesoros.

Su amiga lo notó y meneó la cabeza con asombro.

—¿Quieres más? No sientas vergüenza de pedir.

Marie se pasó la mano por el vientre y tuvo la sensación de que últimamente había engordado. Claro que ya no estaba tan delgada como antes, pero hasta entonces había conservado su buena figura y su aspecto juvenil, así que no quería perderlos. Sin embargo, el agujero que sentía en el estómago aún no se había llenado, y por eso pidió una pequeña porción extra. Hiltrud asintió con un tono de picardía y desapareció en la despensa. Cuando regresó, llevaba en la mano una rebanada de pan que había untado con manteca y mermelada, y a la que además le había añadido un trozo de tocino del grosor de un dedo. Marie apenas lo miró y devoró el pan como si fuese su plato favorito.

—¡Estaba muy bueno! —exclamó cuando por fin dejó de tener la boca llena.

Hiltrud giró alrededor de ella y le acarició el rostro.

—¿Ya habías tenido esos ataques repentinos de apetito voraz?

—En realidad, no —respondió Marie—. Y espero no volver a tenerlos en mucho tiempo. De lo contrario, cuando Michel regrese estaré redonda como un tonel.

—Has dicho que te habían dado ganas de vomitar cuando te has despertado?

Marie asintió enérgicamente.

—¡Vaya que sí! Ni siquiera he podido levantarme de la cama.

—¿Cuándo tuviste tu última menstruación?

—¿Por qué lo preguntas? —Marie alzó la cabeza, asombrada, pero intentó recordar—. Bueno, hace cierto tiempo ya. Creo que Michel aún estaba aquí cuando la tuve. Yo no soy tan regular como tú. Ha de ser por las cosas que tomaba para no quedarme embarazada cuando estábamos juntas. Temo que esas tisanas de hierbas me hayan dejado estéril.

Hiltrud sonrió y luego sacudió enérgicamente la cabeza.

—Sin embargo, todos tus síntomas indican que tendrás un hijo.

—¡Tonterías! —Marie soltó una amarga carcajada e hizo una mueca como si fuera a llorar. Luego tomó aire profundamente—. ¿Acaso es posible?

—No hay por qué descartarlo. —Hiltrud estrechó a Marie en sus brazos—. ¡Deseo tanto por ti que así sea, pequeña!

A Marie le brillaron los ojos.

—¡Sería tan maravilloso que así fuera! Le escribiré a Michel de inmediato y le enviaré un mensajero a caballo.

Hiltrud negó con la cabeza.

—En tu lugar, yo esperaría hasta que estemos seguras. No querrás que se haga ilusiones y que luego se lleve una decepción.

—¡Es cierto, no puedo hacer eso! —Marie suspiró y trató de escuchar en su interior. Pero lo único que oyó fue el latido de su propio corazón, que se aferraba a una esperanza desesperada—. Dime, Hiltrud, ¿cuándo podré estar segura?

—Ten un poco de paciencia. En un par de semanas comenzarás a sentir al bebé. Bueno, ahora prepararé un buen té para las dos. Seguramente estarás sedienta.

Hiltrud salió de la cocina para ir a buscar fuera agua del pozo y, cuando regresó, le señaló con el mentón hacia donde estaba *Liebrecilla*.

—No deberías cabalgar de la manera en que lo hiciste al venir. Lo mejor será que dejes de montar a caballo. Después de esperar diez años para tener un hijo, no puedes ponerlo en peligro por nada.

—¡Y no lo haré, no te preocupes!

Marie abrazó a Hiltrud sin prestar atención a la marmita que su amiga llevaba en la mano, y se quedó mirándola con los ojos bien abiertos.

—¡Si tienes razón, hoy es el día más feliz de mi vida!

Hiltrud se apartó de sus brazos sonriendo y colgó el recipiente en el trípode sobre el fogón de la cocina.

—Entonces nos encargaremos de que siga siéndolo.

Cuando Marie regresó al castillo al caer la tarde, estaba radiante de felicidad. Su buen talante llamó la atención de Marga, que se dirigió a sus aposentos a la hora de siempre a informarle de lo que había sucedido ese día en el hogar. Sin embargo, aquel día encontró sumamente distraída a su señora.

Tras haber conversado con Marie al menos de lo más indispensable, se dirigió a la cocina a toda prisa.

—La señora quiere cenar ahora —le comunicó a la cocinera. Pero luego se le acercó un poco más—. La señora Marie está de lo más risueña hoy. Parece que la pastora de cabras le ha servido vino en abundancia.

8

El emperador y el burgrave de Núremberg calificaron de «gran victoria» la escaramuza al pie de la colina Krauthügel; para Michel, en cambio, solo la suerte los había salvado de que acabara en una catástrofe.

Buena parte de los caballeros habían muerto o estaban imposibilitados para combatir durante largo tiempo, y él mismo había perdido a un tercio de sus infantes palatinos. Pero lo que más le preocupaba era el destino de Timo. Una flecha le había atravesado la pierna a su sargento y, como se trataba de una lesión más bien sencilla, Timo no se había ocupado lo suficiente de ella. Un par de días más tarde, la herida había comenzado a supurar, y finalmente se le había gangrenado, por lo que el cirujano de campaña había tenido que amputarle la pierna. Ahora el viejo bonachón estaba en Núremberg, ahogando en vino e hidromiel la pena de haberse convertido en un inútil tullido con una sola pierna. Los soldados de infantería que aún estaban en condiciones de luchar habían sido puestos bajo las órdenes de Sprüngli, el hombre oriundo de Appenzell, mientras que el emperador había asignado a Michel un grupo de caballeros que lucharían por cuenta propia contra los husitas bajo las órdenes de Heribald von Seibelstorff.

Durante todo el verano, e incluso buena parte del otoño, la tropa montada realizó incursiones hasta el corazón de Bohemia. Pero en lugar de espantar a los saqueadores que asolaban las regiones vecinas del imperio, estos hombres atacaron aldeas husitas, actuando con la misma crueldad que sus enemigos. Seibelstorff y el resto de los caballeros no perdonaron a nadie que cayera bajo el filo de sus espadas. A los hombres y a las ancianas los degollaban en el acto, mientras que a las mujeres y a las muchachas más jóvenes las violaban antes. Quienes más se destacaban en esas crueldades eran Falko von Hettenheim y Gunter von Losen; Michel, en cambio, se negaba a tocar a las mujeres o a hundir su espada en el pecho de un indefenso, a pesar de que con su actitud se exponía a las burlas de sus camaradas.

La última de sus incursiones los había conducido a una región impenetrable en la que probablemente hubiesen buscado asilo muchos refugiados de las regiones vecinas. Al menos, la aldea que habían atacado parecía demasiado grande para encontrarse en un bosque en medio de las montañas. Michel se detuvo en un extremo del caserío como una sombra lúgubre mientras, no lejos de donde él se encontraba, una muchacha de unos catorce años se retorcía debajo del caballero Falko, gritándole —con el rostro desfigurado de dolor— que se pudriera en los infiernos. Michel se moría de ganas de desenvainar su espada y concederle el deseo a la muchacha. La manera de actuar de sus acompañantes no podía sino sembrar el odio en los corazones de los bohemios, arrojándolos a los brazos de los rebeldes. Aún había ciudades y castillos en esas tierras que hasta el momento se habían resistido a los husitas, y a Michel le hubiese parecido más razonable apoyarlos en lugar de incendiar las aldeas, degollar a sus habitantes y enviar a los niños que apenas habían aprendido a caminar a los castillos de los caballeros participantes para que fuesen siervos de la gleba, o bien venderlos como esclavos a los roñosos lombardos, que habían aparecido hacía poco en Núremberg, a cambio de un par de relucientes monedas de oro.

Cuando Michel no pudo soportar más los gritos de la muchacha violada por Falko, se subió a su caballo y lo guio hacia un camino que conducía a una colina boscosa. Sin embargo, los aullidos y las súplicas de las mujeres que estaban siendo ultrajadas siguieron persiguiéndolo como una pesadilla de la que no podía despertar. Ludwig, su nuevo escudero —así podía llamarlo ahora que ya era caballero—, lo siguió con la cabeza gacha. El muchacho, de diecisiete años, era el hijo bastardo de un caballero de poca monta y una criada sierva de la gleba, y se consideraba más que afortunado de poder servir a Michel. En sus sueños, Ludwig, a quien todos llamaban Wiggo, ya se veía enfundado en su reluciente armadura, cabalgando sobre un campo de batalla en el que, sin embargo, no debía combatir contra unos husitas con cañones que despedían piedras y chatarra, sino contra otros nobles caballeros a caballo. Al mismo tiempo, estaba molesto con su señor, que se negaba a seguir el ejemplo del resto de los aristócratas, privándolo a él también de las delicias que la guerra ofrecía en abundancia.

Wiggo se encontraba en el umbral de la edad adulta y también hubiese deseado sentir el cuerpo suave de una mujer debajo del suyo. El resto de los escuderos tomaban lo que sus señores les dejaban, pero su señor le había prohibido terminantemente participar en los ultrajes, amenazándolo con expulsarlo de su servicio si no cumplía sus órdenes. Hasta el momento, Wiggo había obedecido, pero la tensión de la excitación iba cada día más en aumento, y pensaba desesperado cómo poder darse un poco de satisfacción sin perder por ello el favor de Michel. Cuando se unió a su señor, lo hizo con la esperanza de que este lo dejara atrás enseguida, permitiéndole buscar a escondidas a alguna criada que el resto hubiese despreciado y con la cual poder probar por fin su hombría. Pero Michel lo llamó a su lado, señalando hacia delante.

—Allá enfrente hay alguien.

—¿Dónde? —preguntó Wiggo, pero entonces lo vio él también.

Unos cien pasos más adelante, un hombre estaba acuclillado detrás de un árbol. Parecía sentirse seguro, pero lo delataba la sombra que proyectaba el sol sobre el camino de grava clara. Debía de tratarse de algún pobre muchacho que tenía que soportar escuchar lo que le estaban haciendo a su esposa o a sus hijas. En ese caso, Michel se sentía dispuesto a dejarlo ir. Sin embargo, el contorno de la sombra indicaba más bien que se trataba de un hombre armado, probablemente un espía al que no podría dejar escapar.

Michel hizo galopar a su caballo y pasó de largo por donde estaba el hombre para hacerle creer que no lo habían descubierto. Pero en el último momento hizo girar a su caballo sobre sus cuartos traseros, salió a todo galope hacia donde estaba el espía y lo alcanzó antes de que este pudiera desaparecer entre algún arbusto impenetrable para un jinete. Michel se inclinó sobre su montura, cogió al bohemio y lo subió a su caballo. En el ataque inesperado, el hombre perdió la maza, pero tuvo aún la presencia de ánimo suficiente como para extraer su cuchillo del cinturón. Sin embargo, Michel se dio cuenta a tiempo y lo dejó sin sentido de un puñetazo.

Entretanto, Wiggo alcanzó a Michel y lo ayudó a atar al prisionero.

—¡Si este no es un espía, no volveré a tomar una gota de vino! —exclamó, lleno de ardor.

—A tu edad, deberías evitar el vino de todas formas.

Michel recordó sus propios años mozos, en los que rara vez había recibido una jarra de cerveza, y un sorbo de vino únicamente en algún día de fiesta muy especial, a pesar de que las laderas del lago Constanza que rodeaban su ciudad estaban desbordadas de vides. Incluso ahora era raro que bebiera hasta el extremo de no poder recordar a la mañana siguiente. Pero los hombres con los que andaba no tenían ningún interés en tener dominio de sí mismos, sino que vertían en sus entrañas todo el alcohol que podían conseguir. La tropa no había encontrado vino en la aldea, sino solo una cerveza agria con un regusto extraño. Michel había probado un trago y lo había escupido con asco, pero sus camaradas no habían sido tan exquisitos como él, ya que cuando regresó a la aldea con su prisionero no quedaban sobrios más que unos pocos.

Heribald von Seibelstorff se quedó contemplando al prisionero bohemio como si no pudiera terminar de entender lo que Michel le traía.

—¿De dónde habéis sacado a ese muchacho, Adler?
—Acabo de atraparlo en el bosque. Creo que es un espía husita.

Heribald asintió furioso.

—Yo también lo creo.

Heribald ordenó a su escudero que vaciara un cubo de agua sobre el bohemio y, cuando el hombre comenzó a moverse, le dio un puntapié en las costillas.

—Habla, muchacho, si aprecias tu vida. ¿De dónde vienes y dónde se encuentra el resto de tu calaña hereje?

El husita logró ponerse de pie, a pesar de que llevaba las manos atadas a la espalda, y escupió al caballero en el rostro por toda respuesta.

Heribald retrocedió y se limpió con la manga la saliva que le había quedado en la mejilla y la nariz.

—¡Matadlo! ¡Pero lentamente!

Cuatro soldados a caballo cogieron al prisionero, le arrancaron las ropas del cuerpo y lo arrastraron gritando hacia el árbol que había en medio de la aldea. Allí lo colgaron de las manos y comenzaron a llevar a cabo su sangrienta faena. El husita apretaba los dientes, intentando no demostrar ningún sentimiento, pero su voluntad no resistió la tortura, y al cabo de un rato sus gritos penetraban en toda la aldea, resonando con el eco disonante que volvía desde el linde del bosque.

Michel se apartó, molesto consigo mismo por haber dejado al hombre a merced de Seibelstorff. Habría sido más piadoso de su parte darle muerte al bohemio en el acto. Al mismo tiempo, se daba cuenta de que aquel guerrero bohemio seguramente no andaba solo por la zona.

—Tenemos que enviar espías —le aconsejó a Seibelstorff—. Si la suerte no nos acompaña, puede que haya un ejército entero aguardándonos detrás de la próxima loma.

Su líder torció el gesto.

—Ojalá que así fuera, ya que entonces podríamos demostrar a esa horda de rebeldes quién manda aquí.

Su mirada se paseó por entre los hombres que contemplaban

los tormentos aplicados al husita con rostros excitados, algunos furiosos y otros regocijados, y se encogió de hombros, incómodo. Con treinta caballeros y cincuenta escuderos y siervos a caballo no podía verse envuelto en una batalla de envergadura.

Seibelstorff le hizo una mueca de disgusto a Michel.

—Sí, tenemos que inspeccionar los alrededores. Adler, Hettenheim, Losen, llevad con vosotros cinco soldados a caballo más y fijaos hacia dónde conduce aquel camino.

Falko von Hettenheim y Gunter von Losen no eran precisamente los hombres que Michel hubiese querido llevar como acompañantes. Pero para su desgracia, no había ningún otro aristócrata en condiciones de montar un caballo. Miró a su alrededor, buscando a Wiggo, pero su escudero no aparecía por ninguna parte, y tampoco acudió cuando lo llamó. Así que apretó los labios para que no se le escapara ninguna blasfemia, se subió a su alazán y salió detrás de Falko von Hettenheim, que ya había partido a todo galope.

9

Hacía tres días que los checos les pisaban los talones a los caballeros alemanes, pero seguían siendo inferiores en número como para poder evitar el ataque a aquella aldea, que en su idioma llamaban Mleko Vesnice. Mientras los alemanes perpetraban una masacre entre los campesinos, ellos hacían planes en el bosque, oían los aullidos de sus compatriotas torturados y mordían las ramas para no gritar su ira y su odio. Uno de ellos había logrado acercarse más a la aldea porque allí vivía su hermana con su esposo, y él no había querido perder la esperanza de salvar a sus parientes de algún modo. Pero los alemanes lo habían tomado prisionero a él también y ahora estaban torturándolo hasta matarlo.

Vyszo, el líder del grupo, le hizo señas a uno de sus seguidores para que se acercara.

—Haremos que los alemanes paguen por esto. Ve con nuestra gente, Przybislav, y condúcelos hasta aquí. El resto de nosotros seguiremos a esos cerdos y os dejaremos señales para que podáis encontrarlos.

Przybislav asintió con un gesto.

—Seré tan veloz como un halcón, Vyszo. A lo sumo dentro de tres días estaré de vuelta con hombres jóvenes y valerosos para poder enviar al infierno a esos canallas.

Vyszo le palmeó los hombros para darle ánimos y se quedó mirándolo mientras se alejaba hasta que desapareció entre los árboles. En ese momento, otro de los suyos levantó la cabeza.

—¡Oigo jinetes acercándose! ¡Vienen directamente hacia nosotros!

—Escondeos en el bosque.

Vyszo espantó a su gente del camino y, después de dar unos pasos hacia atrás, se quedó parado entre unos arbustos altos para poder observar a los aliados imperiales, que avanzaban cabalgando tan despreocupados como si estuvieran en sus hogares, yendo a cazar.

«Si no los detenemos, alcanzarán a Przybislav y lo matarán a él también», pensó Vyszo, y contó a los jinetes. Eran ocho, igual que ellos, pero los alemanes iban a caballo y tenían mejores armas.

—En breve tendrán que atravesar una quebrada. Allí tendremos ocasión de sorprenderlos —le susurró uno de sus hombres, que se había deslizado en cuclillas hasta donde él se encontraba.

Vyszo giró hacia donde se encontraban sus hombres y vio que estaban dispuestos a seguirlo hasta el mismísimo infierno.

—Vamos, tendámosles una trampa a esos cerdos y matemos a tantos de ellos como podamos. Przybislav tiene que llegar hasta los nuestros y advertirles.

Mientras el eco de los cascos de los caballos montados por los jinetes alemanes resonaba en todo el bosque, los checos se deslizaron como sombras silenciosas por entre los troncos antiquísimos, cubiertos de musgo. Llegaron antes a la quebrada y aguardaron a los alemanes con los ojos ardientes. Se trataba de dos caballeros con armadura completa, un jinete con armas más livianas y cinco siervos que vestían chaquetas guerreras de cuero reforzadas con placas de hierro y unos bacinetes sencillos. Vyszo sabía que tenían que prepararse para una lucha a muerte si realmente querían detener a sus contrincantes, porque si Przybislav no llegaba a su meta, los alemanes atacarían más aldeas y masacrarían a más habitantes.

Los dos caballeros blindados y los siervos se adentraron a todo galope en la quebrada, sin vacilar, mientras que el hombre que tenía la armadura más liviana contuvo su caballo, mirando atentamente a su alrededor. Vyszo les ordenó a sus hombres con un breve gesto que se agacharan un poco más, pero era demasiado tarde. El jinete vio el movimiento y emitió un penetrante grito de advertencia.

En ese momento, Vyszo corrió por el extremo de la quebrada y se abalanzó sobre el caballero que iba delante. El hombre esquivó su martillo de guerra, se arrojó al suelo y quedó tendido allí, inerte. El checo dejó de ocuparse de él y corrió a ayudar a sus compañeros, que estaban enredados en una lucha sangrienta con el resto de los alemanes. Uno de sus camaradas ya estaba tendido en el suelo, y otro estaba desplomándose cubierto de sangre. Al mismo tiempo se caía muerto de su caballo el primer alemán, pero los restantes se resistían en una lucha encarnizada, sobre todo el jinete que les había advertido a sus amigos. El hombre descargaba su espada sobre sus enemigos, luchando como un oso enfurecido, y acorraló a uno de ellos con su caballo. Al hacerlo, quedó de espaldas a Vyszo. El líder checo aprovechó la oportunidad, corrió hacia delante y dio impulso a su maza.

En ese mismo momento se dio cuenta de que uno de los caballeros estaba observando el ataque y se detuvo para defenderse de aquel contrincante. Sin embargo, el hombre se dio la vuelta, atravesándole el cuerpo con la espada desde atrás a uno de los amigos de Vyszo, con una sonrisa casi provocadora en el rostro. El husita apretó los dientes y corrió hacia su contrincante tomando impulso con todas sus fuerzas. Sin embargo, su golpe alcanzó a darle únicamente en el muslo, haciendo que el hombre se doblara sobre la montura. Vyszo vio que la sangre manaba a través del pantalón con apliques metálicos del alemán y retiró con un violento tirón el arma que se había quedado atascada en la armadura del contrincante. Al hacerlo, la cabeza del martillo se quebró. Vyszo gruñó, furioso, tomó impulso antes de que el alemán volviera a recuperar el equilibrio y le descargó el palo sobre el casco con todas sus fuerzas. El hombre resbaló de la montura silenciosamente mientras era arrastrado por su caballo desbocado.

Vyszo se volvió hacia sus camaradas, que por lo visto no podían resistir más, y les ordenó dando gritos que se internaran en el bosque. Solo dos de ellos lograron seguirlo; el resto ya había sido abatido por los alemanes. Sin embargo, para alivio de Vyszo, los alemanes desistieron de ir tras ellos, tal vez porque ellos también habían sufrido pérdidas demasiado grandes.

Falko von Hettenheim había sido el primero en ser derribado de su caballo, pero apenas si había sufrido algún rasguño, en tanto que Gunter von Losen y dos siervos más tenían heridas más considerables. Mientras los dos soldados a caballo revisaban a sus camaradas para determinar si alguno de ellos aún estaba con vida y Gunter von Losen les separaba a los bohemios muertos y heridos las cabezas de los hombros con furiosos hachazos, Falko se dirigió hacia donde estaba Michel, cuyo cuerpo había quedado enganchado en un arbusto. La herida del muslo seguía sangrando, y debajo de su casco también brotaba un torrente púrpura constante. Sin embargo, para asombro de Falko, Michel movió los dedos y soltó un quejido largo y suave.

Falko apretó los puños.

—Este hombre es más duro de lo que pensé. Pero no le servirá de nada —comentó, apartándose con una mueca burlona en los labios—. Debemos desaparecer de aquí cuanto antes —le dijo a Losen—. Donde hay un husita, nunca tardan en aparecer más.

—¿Vamos a dejar a nuestros muertos aquí tirados? —preguntó uno de los siervos, indignado.

—¿Acaso quieres quedarte aquí esperando a que uno de esos herejes bohemios te rompa el cráneo con su maza hasta hacértelo puré? Rápido, coged los caballos que podáis encontrar y trepad enseguida a vuestras monturas. ¡Debemos regresar a nuestro campamento cuanto antes!

Los siervos estaban acostumbrados a obedecer y cogieron las riendas. Falko von Hettenheim esperó a que se pusieran en marcha y luego montó él también. Cuando pasó por donde estaba Michel, lo miró desde arriba y escupió.

—¡Ahí tienes tu título de caballero, tabernero bastardo! Los lobos y los osos se disputarán tu cadáver.

En ese momento, Michel abrió los ojos y miró a Falko como desde muy lejos. El caballero alzó su espada como si fuera a rematarlo con saña, pero después la dejó caer soltando una carcajada maligna.

Gunter von Losen, que estaba observando a Falko, se giró y se puso con su caballo a la par de él.

—¿Qué pasa con ese tabernero bastardo?

—¡Aún sigue con vida! Se lo dejaremos a los bohemios. Ellos volverán, seguro, y se encargarán de enviarlo al infierno.

Falko von Hettenheim no hacía ningún esfuerzo por ocultar su satisfacción.

Gunter von Losen soltó una carcajada maliciosa.

—Ahí tiene su merecido por el vaso de vino que me negó. Si entonces se hubiese comportado de otra manera, ahora lo llevaría de regreso al campamento.

—No creo que yo te lo hubiese permitido.

Falko von Hettenheim giró a su caballo y le hizo señas a Gunter de que lo siguiera. Una hora más tarde, Falko le informaba a Heibald von Seibelstorff de que habían sido atacados por una horda de bohemios y que habían logrado escapar en el último momento.

—Un ejército de herejes viene pisándonos los talones. Debemos retirarnos de aquí de inmediato, antes de que sus jinetes nos alcancen.

Heribald von Seibelstorff vio la sangre que había en la aradura de Falko para dar fe de sus palabras, asintió con los dientes apretados y dio orden de prepararse para partir. Los que no podían sostenerse sobre la montura fueron recostados sobre el lomo de sus caballos, y la tropa emprendió la retirada a toda prisa.

10

Cuando los tres checos que habían logrado escapar vieron que nadie los seguía, se detuvieron, apoyándose casi sin aliento contra los troncos de los árboles. Vyszo volvió a mirar hacia el lugar donde habían caído cinco de sus compañeros y apretó los dientes para no estallar en gritos de furia.

—¿Y ahora qué hacemos? —preguntó uno de sus hombres.

—Lo que nos hemos propuesto. Seguiremos a los alemanes y le dejaremos a nuestra gente señales para que sepan hacia dónde deben dirigirse, y entonces...

Vyszo simuló con sus manos un degollamiento y le indicó a uno de sus hombres que mantuviera vigilado el campamento de los enemigos. Para su asombro, este regresó al poco rato.

—Los alemanes han abandonado la aldea y se repliegan con tanta prisa que parece que los persiguiese el diablo.

Vyszo alzó las manos al cielo y aceptó aquel regalo inesperado sin hacer más preguntas.

—Vamos, hombres, sigamos a esos cerdos. Pero primero veamos si allá en la quebrada alguno de nuestros camaradas aún sigue con vida.

Enseguida, los checos llegaron al lugar donde se había producido el ataque, apretaron de rabia los puños al descubrir los cuerpos decapitados de sus amigos y comprobaron luego que los alemanes habían dejado tirados a sus propios muertos, como si hubiesen huido presa del pánico. Mientras sus dos acompañantes saqueaban a los siervos, Vyszo se quedó de pie junto al caballero armado que había descubierto la emboscada y miró satisfecho el charco de sangre que se había formado debajo de su cuerpo. La cota de malla de aquel hombre estaba intacta, y parecía estar hecha a su medida. Se la quitó, ayudado por sus hombres, la limpió con unos manojos de pasto y se la puso. Caminó un par de pasos hacia delante y hacia atrás, balanceando los hombros.

—Esto es exactamente lo que estaba buscando hace mucho tiempo.

Uno de sus camaradas asintió y señaló hacia las figuras inertes diseminadas por el camino.

—¿Qué hacemos con los muertos? Si los enterramos, los alemanes se nos escaparán.

—Nuestra gente se encargará de ellos cuando pase por aquí. A los alemanes, arrojadlos allá, al río.

Vyszo señaló hacia un torrente de agua que corría un tramo en forma paralela al camino, más allá de la quebrada, para luego volver a desaparecer en las profundidades oscuras del bosque. Él mismo se inclinó sobre Michel y le pareció que su ropa también le sería útil. Por eso, fue quitándole todas sus prendas hasta dejarlo completamente desnudo, lo arrastró hasta la orilla ayudado por un camarada y lo arrojó al agua. Se quedó allí parado un instante más, mirando cómo la corriente capturaba al hombre y se lo llevaba. Luego se dio la vuelta y ordenó a los otros dos que se dieran prisa. La guerra aún no había terminado, y cada triunfo que obtuvieran los acercaba un paso más a liberarse del yugo alemán.

Segunda parte

LA VIUDA

1

Marie se despertó con sus propios gritos. Se incorporó temblando, puso con fuerza las manos sobre su corazón, que latía salvajemente, y luchó por tomar aire, pues se sentía tan fatigada como si acabara de subir corriendo todas las escaleras del castillo. Había vuelto a soñar con Michel, y las imágenes seguían danzando ante sus ojos y burlándose de ella. Esta vez también lo había tenido tan cerca que casi podía tocarlo, al igual que a los caballeros que lo acompañaban. Ellos se burlaban cruelmente de él y lo dejaban luchando solo contra unas figuras demoníacas muy superiores que terminaban por enterrarlo debajo de sus cuerpos. Esta pesadilla había sido aún peor que las anteriores, ya que esta vez había tenido que contemplar cómo Michel caía bañado en sangre a un río cuyas aguas ya estaban teñidas de rojo. En vano había extendido la mano hacia él para salvarlo, y el agua lo había alejado de ella, llevándolo hasta un remolino espumoso que lo había atraído hacia las profundidades.

Una fuerte patada del bebé, que aún estaba en su vientre, la arrancó de su parálisis y le recordó que no podía pensar solamente en Michel y en el pasado, sino sobre todo en el futuro. Apoyó las manos sobre su vientre y comenzó a acariciarlo con suavidad. El bebé volvió a tranquilizarse, y Marie volvió a repasar mentalmente: Michel había partido en marzo, y ahora estaban a principios de noviembre, de modo que su bebé nacería como muy tarde en un mes y medio. Hasta entonces debía seguir siendo sumamente cautelosa y hacer todo lo posible por impedir que le hicieran daño a ella o a la criatura que llevaba en sus entrañas.

Marie se levantó y llenó una copa con té frío que ya estaba preparado para ella en la mesita junto a la cama, y le agradeció en silencio a Hiltrud que hubiera reunido todas las hierbas que le hacían bien a una embarazada y las hubiera mezclado siguiendo una de sus recetas. Durante el verano, Marie había pasado más tiempo en la granja de cabras que en el castillo de Sobernburg, que se le antojaba más sombrío y opresivo con cada día que pasaba sin que Michel regresara. Odiaba la idea de tener que pasar el invierno entre aquellos muros helados, pero como ya no podía cabalgar y la carreta sacudía con saña sus huesos cada vez que la usaba, el camino hacia la granja de cabras se había vuelto demasiado fatigoso para ella. Hiltrud le había aconsejado que se quedara en su casa, y ahora era ella la que realizaba casi todos los días el largo trayecto hacia el castillo. Si bien Marie se alegraba de las visitas de su amiga, hubiese preferido que Hiltrud la malcriara en su hogareña granja de cabras. Marga no comprendía sus necesidades y la miraba con desaprobación cada vez que ella hacía o decía algo que hería la moral del ama de llaves.

—¡Al diablo con Marga y al diablo con este castillo! —la maldecía Marie.

Habría querido pedirle al conde palatino que eligiese un sustituto temporal para Michel, de modo que ella pudiese mudarse a la granja de cabras. Pero si hubiese dado un paso semejante, habría decepcionado profundamente a su esposo. Ambos habían dirigido juntos los destinos de Rheinsobern durante más de diez años, y ella sabía que su esposo confiaba en ella y suponía que cumpliría con su deber.

«Si es que aún está vivo», pensó, y la idea la estremeció por completo. Mientras volvía a acostarse y respiraba profundamente para relajarse, se preguntó, como tantas otras veces, por qué hasta entonces no había recibido una sola noticia de Michel. Ella ya le había escrito dos veces a Núremberg, suponiendo que las tropas imperiales se reunían allí antes de cada nuevo avance contra los bohemios. En la primera carta le había comunicado que estaba esperando un bebé, y a finales del verano le había asegurado que tanto ella como el bebé que llevaba en el vientre estaban bien. Sin embargo, Michel no le había enviado respuesta alguna ni le había hecho llegar sus saludos a través del conde palatino. Las únicas noticias que le llegaban de Bohemia provenían de mercaderes y de juglares, y no auguraban nada bueno. Aquel año, el emperador tampoco había conseguido derrotar a los rebeldes husitas; ni siquiera había podido evitar que los ejércitos enemigos penetraran una vez más en los territorios vecinos y dejaran una masacre a su paso.

Los pensamientos de Marie volvieron a girar en torno a Michel, sintió que todas las preocupaciones y todos los miedos renacían en su interior. Intentó dejarlos a un lado para volver a conciliar el sueño, pero no logró más que dar vueltas y vueltas en la cama, luchando con las lágrimas. Las horas transcurrieron con tortuosa lentitud hasta que una franja de luz opaca en el este anunció la llegada de un nuevo día y al fin pudo levantarse.

Poco después de que dieran las diez, un heraldo del conde palatino franqueó las puertas y detuvo su caballo frente al edificio principal del castillo.

—¡Traigo noticias para la señora! —le anunció a Marga, que había asomado la cabeza por la puerta con su curiosidad habitual.

—Veremos de qué se trata —respondió el ama de llaves, encogiéndose de hombros.

El heraldo abrió su zurrón de piel de oveja, se alisó la chaqueta adornada con un blasón que llevaba debajo y soltó una alegre carcajada.

—El emperador ascendió al señor Michel Adler a la categoría de caballero imperial debido a la valentía demostrada en combate. Si eso no constituye un buen motivo para festejar y para poner un buen vino en las manos del mensajero, entonces no sé cuál puede serlo.

—Claro que recibirás tu copa de vino, y más también.

Marie había aparecido en la puerta del edificio principal y, tras extender la mano para coger el escrito provisto de múltiples sellos, lo abrió. Estaba tan nerviosa que apenas podía leer lo que decía el documento, pero lo que el mensajero le había informado era cierto. Su Michel había sido elevado a la categoría de caballero imperial libre, por lo que ahora estaba al mismo nivel que Dietmar, el esposo de Mechthild von Arnstein.

—Lleva al mensajero a la cocina, Marga, y dale vino y una buena comida. Pero antes llama a Kunz para que se ocupe de su caballo. Que no les falte nada, ni al hombre ni al animal —le indicó al ama de llaves.

La mujer asintió, tan malhumorada como si tuviese que pagar de su propio bolsillo la ración del heraldo, y lo invitó bruscamente a seguirla.

Marie no se fijó en el mal humor de Marga, sino que apretó contra su mejilla el mensaje que contenía la primera señal de vida de su esposo. Sentía ganas de bailar y cantar, y lamentó enormemente no poder montar más a caballo, ya que todo en su interior pugnaba por salir corriendo a la granja de Hiltrud y compartir esa alegría con ella.

Con súbita decisión se dio la vuelta y salió corriendo detrás del siervo que estaba llevando el caballo del mensajero a los establos.

—Kunz, engancha los caballos a la carreta más pequeña. Iré a la granja de cabras.

El enjuto siervo arrojó una mirada desconfiada hacia el cielo cubierto de nubes.

—Yo no tomaría la carreta descapotada, señora. Si bien ahora el tiempo está bastante templado por ser un día de noviembre, más tarde lloverá.

Marie se rio.

—Hablas directamente como si la granja de cabras estuviese más lejos que Heidelberg, donde reside actualmente el conde palatino. En menos de media hora estaremos allí. Para combatir el frío puedes poner sobre el asiento las pieles que uso siempre para el trineo, y para protegerme de la lluvia, un toldo alquitranado.

El siervo asintió, refunfuñando, le entregó el caballo del mensajero a uno de los muchachos encargados del establo y se dirigió al cobertizo para empujar la carreta al patio. Le había hecho esa advertencia más preocupado por sí mismo que por la seguridad de su señora. Él estaba más expuesto que ella a las inclemencias del tiempo, ya que no tenía una prenda larga que lo protegiera, ni tampoco pieles que le calentaran el regazo y las piernas, sino solo una capa de fieltro que se empapaba completamente con la lluvia y le hacía sentir el reuma en los huesos con el doble de intensidad. Pero cuando a la señora se le metía algo en la cabeza, no le quedaba más remedio que obedecer. De modo que se puso a trabajar de mala gana, y tardó tanto en terminar los preparativos que antes de partir ya habían empezado a caer las primeras gotas.

Marie se había cambiado, y dejó que Ischi la arropase dentro de la carreta hasta que solo su nariz quedó al descubierto.

—¡Vamos, Kunz, apresúrate! —le instó la criada.

El hombre se caló su viejo sombrero en la cabeza y se cubrió con la capa. Molesto por tener que abandonar el cálido establo por un capricho de su señora, descargó su furia en el caballo, de modo que la carreta liviana iba rebotando por los baches del camino como una pelota de cuero. Marie tenía que sujetarse con ambas manos, pero no dijo nada: estaba tan nerviosa que disfrutó de aquel viaje rápido a pesar del traqueteo y de los golpes. Cuando llegaron a la granja de cabras, dejó que Mariele la ayudara a quitarse las pieles y esperó hasta que Hiltrud pusiera sobre la mesa comida abundante y una jarra de vino para Kunz. La expresión del anciano se iluminó al ver el tocino y las salchichas.

Su amiga se volvió hacia ella y la condujo a la sala de estar, donde podían sentarse cómodamente a conversar en unos bancos cubiertos con almohadones de crin. Cuando se sentó, la emoción le impedía hablar.

Hiltrud le acarició el cabello.

—¡Tranquila, querida! Piensa en tu bebé. ¿Qué novedades te hacen llegar tan jadeante?

—He recibido noticias de parte de Michel o, mejor dicho, sobre él. Se ha comportado de manera tan valerosa que el emperador lo ha nombrado caballero imperial.

Marie casi no podía estarse quieta a causa de la emoción. Hiltrud se rascó la cabeza, asombrada.

—¿El emperador? ¿Se trata del mismo Segismundo que en

Constanza se daba tantas ínfulas, el que andaba tan inflado que parecía a punto de reventar?

Marie asintió enérgicamente y le puso el documento en la mano.

—¡Aquí! ¡Lee! Me lo ha traído hoy un mensajero del conde palatino.

Hiltrud había aprendido a deletrear con ayuda de Marie, sin embargo le costó mucho descifrar aquel escrito plagado de expresiones desconocidas. Pero lo que sabía le alcanzó para comprender que ahora Michel Adler era un caballero libre del Sacro Imperio Romano Germánico, por lo cual era súbdito únicamente del emperador.

Hiltrud suspiró y contempló a su amiga con emociones mezcladas.

—Mis felicitaciones, Marie. Realmente es una gran noticia para ti. Lo único que me apena es que tal vez debamos separarnos pronto.

Marie meneó la cabeza.

—Pero ¿por qué? No entiendo...

—¡Mira! Ahí dice que el emperador quiere cederle a Michel un feudo imperial. Eso significa que no permaneceréis mucho tiempo más en Rheinsobern, sino que deberéis mudaros al lugar que el emperador le asigne a Michel.

Marie leyó por encima el pasaje al que su amiga hacía referencia y suspiró profundamente.

—No se me había ocurrido pensar en ello.

Toda la alegría de Marie se disipó en ese mismo momento y casi deseó no haber recibido ese escrito. Habría preferido recibir un saludo breve de puño y letra de Michel asegurándole que se encontraba bien.

Hiltrud descifró como pudo el resto del texto y frunció la nariz.

—Aquí dice que lo armaron caballero en junio. Vaya si se han tomado su tiempo en avisarte...

—¿En junio, dices?

Marie le arrebató el escrito de las manos a su amiga y volvió a leer el texto completo. Hiltrud tenía razón, hacía ya seis meses que Michel había sido nombrado caballero imperial. Eso le daba a aquella noticia apenas la mitad de su valor, ya que las campañas contra los bohemios habían continuado hasta entrado el otoño, y Michel podía haber sido herido o incluso asesinado en cualquiera de ellas. Marie recordó el sueño cuyas imágenes aún no había podido ahuyentar y se estremeció de golpe.

Hiltrud la vio temblar y se levantó de un salto.

—No deberías haber salido con la carreta descapotada con este clima. Te prepararé una bebida para que entres en calor.

Hiltrud se dirigió a la despensa, regresó con un par de ramitas de los manojos de hierbas que tenía colgados allí y las echó en una olla. En la cocina, extrajo agua del caldero de cobre que estaba sobre el horno junto a la pared y llevó el preparado a la sala, que inmediatamente se inundó de un agradable y fresco aroma.

Mientras el té reposaba, la sala se cubrió de un silencio que resultaba opresivo. Hiltrud se dio cuenta de que Marie se había ensimismado en sus sombríos pensamientos y decidió levantarle el ánimo. Sirvió una jarra de té endulzado con una buena porción de miel y la puso en manos de su amiga.

—Aquí tienes, bebe, y luego olvídate de tus preocupaciones. Si tu Michel ha sido nombrado caballero imperial, seguro que no tiene motivos para temer a un par de husitas.

Marie pensó en contarle a su amiga la pesadilla que había tenido, pero después cambió de idea. Hiltrud se ocupaba de ella como si fuese su madre y no quería parecer desagradecida, así que se esforzó por esbozar una sonrisa.

—Tienes razón. Deberíamos alegrarnos por el mensaje. Quién sabe, tal vez Michel ya se encuentre camino a casa, porque no creo que el emperador continúe la guerra durante el invierno.

Con esa esperanza en el corazón y con dos jarras de té tibio pero refrescante en el estómago, el mundo ya comenzaba a verse mucho mejor otra vez, y cuando Marie se sentó poco más tarde en la carreta y emprendió el regreso a la ciudad, no le molestó ni el viento frío que bajaba de las montañas ni la lluvia que caía del cielo a cántaros.

2

Dos semanas más tarde llegó el invierno. Alrededor de Rheinsobern, el paisaje estaba cubierto de escarcha, pero los picos de la Selva Negra y de los Vosgos, que podían verse en las escasas horas de sol en las que se desvanecían la niebla y las espesas nubes grises, ya estaban cubiertos de nieve. Marie esperaba cada mañana que Michel regresara a su lado ese mismo día, así que cuando sus ocupaciones se lo permitían, solía sentarse junto a la ventana que daba al patio del castillo.

Una mañana especialmente lluviosa y tormentosa, Marie se estremeció de solo pensar que Michel podría estar cabalgando bajo la lluvia helada en ese momento, o incluso bajo la tormenta de nieve que arreciaba en las alturas. Se envolvió más en la manta que le cubría los hombros y se dedicó a su bordado, una funda para la almohada de su futuro bebé. Mientras bordaba con delicadas puntadas los zarcillos alrededor de las flores, pensó esbozando una sonrisa lo sorprendido y feliz que estaría Michel de encontrarla embarazada a su regreso. Ahora que se había convertido en un caballero del Sacro Imperio Romano Germánico se alegraría más que nunca de tener un hijo varón. Aunque una hija podría casarse con un noble caballero y heredar de ese modo para sus hijos el feudo cedido por el emperador, tal como se había dejado asentado en el diploma de su nombramiento.

Enfrascada en sus sueños de un futuro feliz junto a Michel, al principio Marie no advirtió los tres carros que atravesaron las puertas del castillo, tirados por dos bueyes cada uno. Solo levantó la vista al oír el ruido de las ruedas de hierro sobre el adoquinado. Al principio pensó que se trataba de Michel con el equipaje que por entonces se había llevado, pero sus esperanzas se desvanecieron ante la vista de aquellos carros decrépitos y de los enjutos animales de tiro. Seis hombres a caballo escoltaban la caravana, y sus gruesos abrigos brillaban de tan mojados que estaban, al igual que los toldos de los carros, mientras que los cuatro hombres y las tres mujeres que iban caminando junto a los carros se protegían de la lluvia y el frío apenas con unas capas sencillas hechas de paja entretejida. Marie se sorprendió al ver la cantidad de huéspedes que irrumpían en el castillo sin haber anunciado previamente su llegada, y se preguntó quiénes serían esas personas. Cuando los carros se detuvieron, el toldo del primero se descorrió, dejando al descubierto a una señora gorda, vestida con el traje y el tocado de una dama de la nobleza, que asomó la cabeza con curiosidad. A su lado comenzaron a descender del carro una mujer vestida con sencillez y un grupo de niños de distintas edades. Para alivio de Marie, en los otros dos coches parecía que solo viajaban los cocheros. Marie recordó sus deberes como señora del castillo y bajó deprisa al salón.

Cuando llegó, el grupo de visitantes estaba entrando por la puerta principal. Iban encabezados por la dama noble, cuya silueta era de la misma anchura y altura. Cuando fue alumbrada por las lámparas de sebo, que a esa altura del año estaban todo el día encendidas, Marie comprobó que el vestido de la señora y su capota adornada con piel de conejo correspondían a una moda que, como podía verse en los cuadros de la capilla del castillo, había sido popular hacía cincuenta años. Hoy únicamente se vestiría de ese modo la esposa de un caballero empobrecido cuyos dominios se encontraran lejos de toda gran ciudad y de las rutas comerciales conocidas. Los hombres que seguían a la mujer pisándole los talones también parecían venir de algún confín apartado del imperio. Dos de ellos habían franqueado hacía tiempo la barrera de los cuarenta, mientras que los cuatro más jóvenes parecían ser descendientes de uno de ellos con la mujer gorda, y los hijos más pequeños de esos jóvenes entraron en el salón junto con los criados y se pusieron a probar de inmediato si las paredes del castillo les devolvían el eco de sus gritos.

La mujer gorda paseó su mirada codiciosa por los muebles del salón, como un niño que espera abalanzarse sobre sus regalos. Avanzó hacia donde se encontraba Marie y la miró de arriba abajo.

—¿Vos sois Marie Adlerin? —Marie asintió y se dispuso a saludar a la dama, pero ella continuó hablando sin parar—: Yo soy Kunigunde von Banzenburg. Mi esposo, Manfred, es el nuevo castellano y alcaide del conde palatino en Rheinsobern —explicó, señalando al mejor vestido de los dos hombres mayores.

Marie casi no le prestó atención a aquel hombre, sino que hizo una mueca burlona, torciendo el gesto y meneando la cabeza como si estuviese tratando de espantar alguna mosca obstinada. Al parecer, el conde palatino Ludwig no había perdido el tiempo buscando un sustituto para el puesto de Michel en cuanto este había sido nombrado caballero imperial. Marie pensó que aquel noble señor al menos podría haber aguardado a que Michel regresara de la guerra.

Como Marie no respondía, la señora Kunigunde arrastró hacia delante al más viejo de sus acompañantes.

—Este es mi primo, Götz von Perchtenstein.

Von Perchtenstein estaba tan flaco como si no hubiese recibido alimento suficiente en toda su vida, y su cabeza se veía rodeada por una rala corona de cabellos grises. Parecía prematuramente envejecido y, cuando abrió la boca, Marie pudo ver que no le quedaban más que un par de dientes partidos, amarillentos y casi podridos.

—Me alegra enormemente conoceros, señora Marie. Permitidme que os transmita mis más sinceras condolencias por vuestra pérdida —dijo con una desagradable voz, seguramente producto de su falta de dientes.

Marie lo miró sin entender.

—¿Qué pérdida?

La señora Kunigunde torció la cabeza.

—¿Acaso no lo sabéis aún?

Su esposo, que hasta el momento no había emitido sonido alguno, se puso a su lado, apoyando su mano derecha en el mango gastado de su espada.

—Vuestro esposo, el caballero imperial Michel Adler, cayó en la batalla hace siete semanas mientras luchaba contra los herejes bohemios.

Marie sintió que aquellas palabras la atravesaban como un rayo. Apretó las manos sobre su boca para reprimir el grito que quería escaparse de sus labios y sacudió la cabeza, desesperada.

—Os doy mi más sincero pésame yo también —continuó Manfred von Banzenburg, en un tono tan informal como si estuviese preguntándole a un siervo si el establo ya estaba limpio—. Sucedió durante un ataque en territorio bohemio en el cual él participaba bajo las órdenes del honorable Heribald von Seibelstorff. La tropa cayó en una emboscada y la mayor parte fue masacrada por los herejes husitas. Los supervivientes se salvaron gracias a la heroica intervención del caballero Falko von Hettenheim, que cubrió la retirada a pesar de la superioridad de los rebeldes. Como hubo que dejar a los muertos, vuestro consorte no pudo recibir cristiana sepultura.

Era imposible comunicar la noticia de la viudedad con palabras más desabridas, crueles y brutales. En el interior de Marie pugnaba la furia por la insensibilidad del nuevo castellano con la desdicha que se apoderaba de ella. Marie apretó los dientes para no perder el dominio de sí misma. Lo único que atinaba a pensar era que Michel había sobrevivido apenas unos pocos meses a su gloria y ascenso, y solo con imaginarse el cruel final que había padecido se sentía tan mal que quería esconderse como un animalito asustado.

—Ocúpate de nuestros huéspedes —le ordenó a Marga, para luego desaparecer sin pronunciar una sola palabra más.

Pocos minutos más tarde, mientras estaba tendida sobre su cama y daba rienda suelta a sus lágrimas, de pronto se dio cuenta de que ahora el huésped en ese lugar era ella, y no el caballero Manfred y su familia.

Tras pasar toda la noche en vela llorando, Marie se sentía completamente agotada, y se levantó con una persistente sensación de debilidad en sus miembros. Durante las últimas horas, sus pensamientos habían estado girando alrededor de una sola pregunta: ¿para qué seguir en este mundo ahora que Michel ya no estaba con ella? Su fe no era lo suficientemente grande como para darle fuerzas o para insuflarle miedo al castigo divino que esperaba a los suicidas. Sin embargo, el bebé que llevaba en su vientre había estado tan inquieto durante toda la noche como si temiera por su existencia, y entonces tomó conciencia de que no podía abandonarse y dejarse morir. Tenía una responsabilidad sagrada para con Michel: traer al mundo sano y salvo el fruto de sus entrañas y criarlo como correspondía al hijo o la hija de un caballero imperial. Aunque por el momento no era ningún consuelo para ella la certeza de que era lo suficientemente rica como para ofrecerles una vida desahogada a su bebé y a sí misma.

En lugar de aguardar a que Ischi le trajera agua tibia de la cocina, se lavó con la que quedaba en el cántaro. La sintió tan fría como si se hubiera frotado la piel con nieve, y eso le levantó el espíritu. Cuando abandonó la recámara, su dominio de sí parecía dar a entender que nada hubiese sucedido. La servidumbre debía de haber estado esperándola, ya que sus siervos y criadas se acercaban uno detrás de otro a transmitirle sus condolencias. Sus rostros consternados no solo expresaban tristeza, sino también preocupación por su futuro. La primera impresión que habían tenido del nuevo alcaide del castillo y de su esposa ya les había mostrado con claridad que los buenos tiempos que habían vivido junto a sus antiguos amos probablemente había terminado. Ischi, la criada personal de Marie, era quien estaba más estrechamente unida a su señora, y también la única que no se sentía preocupada, pues Marie le había prometido una buena dote para poder desposar a su Ludolf al año siguiente. De todos modos, sentía tanto la muerte de Michel como si se tratase de uno de sus familiares más queridos.

Se enjugó las lágrimas con la punta del delantal, sin poder reprimirse, y le cogió la mano a Marie.

—Señora, lo siento tanto por vos y por el caballero Michel...

Marie le sonrió a Ischi con tristeza y le acarició los cabellos, agradecida. Luego se dirigió a la cocina para pensar en otra cosa. Había más gente que antes para atender, de modo que la cocinera necesitaría a algunas criadas y algunos ayudantes de cocina adicionales. Cuando entró, una muchacha que normalmente fregaba el suelo le alcanzó un cuenco con puré al tiempo que la observaba temerosa. Marie la miró, asintió con la cabeza para darle ánimos y comió un poquito. Si bien el puré estaba igual que siempre, Marie sintió que estaba masticando un trozo de pergamino seco y polvoriento, y le costó un gran esfuerzo tragar lo poco que se había llevado a la boca. Mientras seguía masticando un par de granos triturados, descubrió que aún no había una olla con agua fresca sobre el trípode encima del horno, y entonces reprendió a la cocinera.

—Nuestros huéspedes seguramente querrán lavarse, y con este tiempo no pueden hacerlo fuera, en el pozo.

Aún no lograba ver al caballero Manfred y a su esposa Kunigunde como los señores del castillo; al contrario, los percibía como intrusos en su pequeño mundo, un mundo que no había hecho más que traerle disgustos. Seguramente pasarían algunos días hasta que pudiera acostumbrarse a ellos y dejara de verlos como huéspedes indeseables. Para abstraerse un poco del dolor lacerante por la muerte de Michel, buscó a Marga y le preguntó dónde estaban los recién llegados.

—Alojé provisionalmente al nuevo castellano, a su familia y a su séquito en el salón, señora, y ahora me dirigía a servirles el desayuno.

—Sí, por favor, ocúpate de ello. Yo bajaré a ver qué puedo hacer por ellos.

Marie se dirigió hacia el salón y observó desde las escaleras a la familia reunida allí abajo. Esa gente debía de haber habitado antes uno de esos castillos en condominio de herederos, llenos de corrientes de aire y superpoblados, en los que las camas hechas de manojos de paja constituían todo un lujo y la servidumbre se acurrucaba por las noches en rincones lúgubres, abrazados a los perros para no morirse de frío. Marie ya había pasado alguna que otra noche en castillos de ese tipo cuando cabalgaba con Michel a las grandes ferias anuales.

Ahora su salón también se parecía más a un establo que al salón de los caballeros que con tanto esmero había amueblado, y Marie se estremeció ante la idea de tener que vivir como muchos de los viejos linajes de caballeros, a quienes no les había quedado nada más que su noble apellido, una incómoda fortaleza como hogar y un pequeño pueblo habitado por campesinos siervos de la gleba que pasaban hambre para poder alimentar a sus señores.

La señora Kunigunde ya había descubierto a Marie y salió corriendo a su encuentro con los brazos abiertos. Parecía querer hacerle olvidar la torpeza con la que su esposo le había comunicado la muerte de Michel, ya que la estrechó entre sus brazos y forzó un par de lágrimas.

—Siento tanta pena por vos, querida. Me imagino perfectamente lo que ha de ser perder al esposo cuando el momento de dar a luz está ya tan cercano.

«Jamás entenderéis lo que siento por Michel ni tampoco cuánto le echo de menos», pensó Marie. Volvió a quedarse sin voz, pero la señora Kunigunde parecía estar acostumbrada a hablar sola.

—No creáis que queremos desplazaros, señora Marie —le aseguró con gestos ampulosos—. Por el contrario, seguiréis siendo la señora de la casa todo el tiempo que así gustéis. Mi familia y yo nos daremos por conformes con un par de habitaciones modestas y no deseamos otra cosa que vivir en armonía con vos.

Marie se sintió reconfortada por aquellas amables palabras y se soltó de los brazos de la mujer con un profundo suspiro.

—Os agradezco vuestra preocupación, señora Kunigunde, y también vuestra comprensión con lo difícil que me resulta en este momento aceptar mi destino. Pero tened por seguro que no os quitaré el lugar que os pertenece.

Marie no llegó a advertir cómo le brillaron los ojos a Kunigunde al oír sus palabras, ya que en ese momento entró uno de los hombres jóvenes, a quien apenas había prestado atención el día anterior, y se dirigió hacia ellas. Vestía una sotana de clérigo y se persignó con la mano derecha.

—Él es Matthias, nuestro segundo hijo —lo presentó la señora Kunigunde—. Fue educado en el monasterio de Heidfeld y allí lo ordenaron sacerdote. Ahora pasará una temporada con nosotros para ayudar a mi esposo a administrar el distrito de Rheinsobern.

Matthias miró a Marie con la arrogancia de alguien que se siente muy superior a quienes tienen menos instrucción que él.

—Que la bendición de Dios sea contigo, hija mía —la saludó, aunque era por lo menos diez años menor que ella, para luego agregar un par de palabras que sonaban a latín—. *In nominus pater et filius et spiritus sanctus*.

Marie tuvo que reprimir una sonrisa, ya que el torpe latín de aquel hombre le lastimaba los oídos. Antes de que atinara a decir algo, él la cogió del brazo y la atrajo hacia sí.

—Quisiera hablar con el escribiente de vuestro esposo sobre la administración de Rheinsobern, ya que a partir de ahora debo ocuparme de este distrito.

—Lo tenéis delante. Quien le llevaba los libros a mi esposo era yo.

La voz de Marie sonó fría, ya que le había desagradado el tono codicioso en la voz del eclesiástico. A pesar del frío y de su avanzado estado, hubiese querido escaparse a la cabaña de Hiltrud en busca de consuelo en lugar de ir con ese arrogante al escritorio del castillo a mostrarle los documentos.

Pero no podía descuidar sus obligaciones, de modo que hizo señas al joven eclesiástico, visiblemente consternado, para que la siguiera. Lo condujo a través de pasillos vacíos y llenos de corrientes de aire hasta llegar a la habitación de la torre en la que ella y Michel guardaban los documentos y libros además de su propio dinero. El centro de la sala estaba ocupado por dos sillas de madera de cerezo tapizadas y una mesa de patas talladas con gran maestría. Desde allí podía alcanzarse la repisa, sobre la cual había una pila de libros encuadernados y numerosos pergaminos. Los papeles más importantes y el dinero estaban guardados en un cofre que había debajo de la repisa y del cual ella era la única que poseía la llave. Pero el mayor lujo de aquella pequeña habitación era la chimenea, donde en ese momento ardían varios leños grandes que diseminaban un agradable calor. Desde las dos ventanas podían abarcarse tanto el patio del castillo como la explanada.

Matthias miró hacia fuera un instante y luego se dirigió a Marie.

—Ahora has de entregarme la llave del cofre, hija mía.

Marie vaciló un instante, pero después se dijo que la administración de la ciudad ya no estaba a su cargo, y entonces desató la llave del llavero que llevaba en el cinturón. Matthias la cogió arrebatadamente y abrió el cofre. Dejó los certificados y los libros a un lado sin prestarles mucha atención y fijó la vista en los florines de oro resplandecientes que quedaron al descubierto. Antes de que pudiera extender los brazos para alcanzarlos, Marie intervino, extrayendo la mayor parte de esa suma.

—Este dinero me pertenece. Lo puse en el cofre únicamente para que estuviera en un lugar seguro.

—¡Cualquiera puede decir lo mismo! —exclamó el sacerdote, indignado.

—Aquí está el comprobante en el que figura esa cantidad, firmado por mi esposo y por mí. —Marie extrajo una hoja de la pila que Matthias acababa de dejar a un lado y se la entregó—. Si eso no os parece suficiente, honorable padre, puedo mostraros los libros de cuentas de la alcaldía, donde figuran todas las sumas que pertenecen al distrito.

La voz de Marie dejaba percibir cierto disgusto. Esos doscientos florines que había extraído del cofre no la habrían hecho ni más rica ni más pobre, pero era dinero suyo y no veía por qué debía renunciar a él.

Matthias contó el resto de las monedas con gesto agrio y luego revisó los libros de contabilidad para ver si la suma era la correcta. Por desgracia, lo era, y su gesto se torció aún más cuando revisó las listas de impuestos y encontró indicado el importe que Michel Adler le enviaba año tras año al conde palatino en concepto de tributo. Matthias había estado averiguando cuánto podía recaudarse de un señorío como Rheinsobern y ahora comprobaba rechinando los dientes que el antecesor de su padre solo se había quedado con el dinero que le correspondía de acuerdo con la ley y la moral. Esa suma alcanzaba para mantener el castillo en condiciones, pagar a los criados y vivir muy bien si allí tan solo vivían dos personas, pero no alcanzaba para mayores gastos. Matthias estaba más que desilusionado y tuvo que controlarse para no desahogar su enojo profiriendo groserías. Al ser hijo de un caballero no precisamente rico, no había podido comprarse ni siquiera la más humilde de las prebendas, y por eso se había ilusionado con la idea de que los ingresos de la alcaidía de Rheinsobern serían abundantes.

Marie percibió la expresión de decepción en su rostro y supuso que pondría en duda su contabilidad. Por eso le explicó con voz cortante cuáles habían sido los ingresos y gastos de los últimos años, y finalmente le hizo notar que el erudito licenciado Claudius Steinbrecher había sometido a examen sus libros y concluido que estaban en orden.

Matthias se quedó mirando la firma y el sello del revisor del conde palatino, deseando arrancar del libro la página en la que figuraba, pero tanto él como aquella mujer que lo observaba desafiante sabían muy bien que la copia del libro de cuentas estaba a buen recaudo en la oficina de rentas del conde palatino. El señor Ludwig sabía perfectamente cuánto rendía aquel distrito y cuánto le correspondía de esa suma.

—¿Estáis conforme ahora?

Marie no pudo ocultar cierta alegría maliciosa.

Matthias asintió con los dientes apretados y cerró el cofre de un golpe sin volver a guardar los certificados. Marie se lo pidió de forma amable pero firme, tras lo cual abandonó la habitación con un breve saludo. Con el traspaso de los libros y el cofre, Marie había dado un primer y definitivo paso para despedirse de su función de señora del castillo de Rheinsobern.

3

Mientras Marie regresaba a sus aposentos para poder entregarse a su tristeza y a su dolor sin ser molestada, Matthias corrió junto a su familia, que había escogido el salón principal como domicilio provisional, instalándose allí con todas sus pertenencias. El caballero Manfred, su mujer y Martin, su hijo mayor, estaban sentados a la cabecera de la mesa junto a Götz, el primo, degustando pan, carne asada y vino, mientras los niños jugaban en el otro extremo de la mesa, custodiados por la hija mayor, Kriemhild, y una parienta talluda llamada Sabine, prima segunda del caballero Manfred. Cuando su segundo hijo entró en la sala, el nuevo castellano y su mujer lo miraron llenos de expectativa. Sin embargo, la sonrisa se les borró de los labios cuando notaron el gesto malhumorado de Matthias.

El caballero Manfred dio un golpe sobre la mesa, fastidiado.

—¿Qué sucede? ¿Acaso el distrito de Rheinsobern no da tantos ingresos como esperábamos?

—¡No puede ser! —exclamó su mujer—. Por lo que pude escuchar, el caballero Michel y su esposa se dieron la gran vida desde un principio.

—No ha de haber sido gracias al dinero proveniente de las recaudaciones. —Matthias no hacía esfuerzo alguno por ocultar su decepción—. He revisado los libros dos veces para ver si encontraba alguna diferencia a favor de ellos, pero la señora Marie había llevado bien las cuentas. No he podido encontrar un solo error. Y lo peor es que los cálculos de los últimos años han sido supervisados por el licenciado Claudius Steinbrecher, quien los juzgó completamente en orden. Deberemos darnos por contentos si nos quedan doscientos florines por año.

La señora Kunigunde hizo un gesto despectivo.

—Entonces aumentaremos los tributos a los burgueses.

Matthias alzó las manos en señal de pesar.

—Por lo que conozco de esa gentuza, se quejarán ante el conde palatino, quien poco después nos echará encima un revisor.

Su madre espantó sus reparos con un gesto despectivo.

—No creo que llegue a tanto.

—Lamentablemente, sí, madre. Este Michel y su esposa le hicieron llegar al conde palatino cada centavo que le correspondía. Si le enviamos menos, mandará a investigar cuáles son los motivos, y eso también significaría un disgusto para nosotros. Pensar que yo esperaba poder comprarme una prebenda próspera con el dinero de Rheinsobern... Tal como están las cosas, tendremos que ahorrar durante años para reunir el dinero necesario. De haberlo sabido, me habría quedado en el monasterio con los monjes piadosos y habría intentado encontrar un benefactor acaudalado, aunque para ello me falta el soporte necesario que tendría si proviniera de un linaje influyente.

Se sentó con sus padres, que habían captado sin dificultad la indirecta en las últimas palabras de su vástago, extendió el brazo para alcanzar una de las tablas apiladas sobre la mesa y se sirvió una buena porción de carne asada. Era evidente que la decepción no le había quitado el apetito, ya que comió como si hubiese pasado hambre durante años.

La señora Kunigunde no pensaba resignarse a su destino así como así. Sus gestos revelaban que ya estaba urdiendo nuevos planes y, cuando empezó a hablar, no miró a su esposo, sino a Götz von Perchtenstein.

—La señora Marie debe de contar con grandes riquezas. Así que deberíamos asegurarnos de sacar provecho de esos tesoros. Afortunadamente, nuestro primo Götz no está casado y puede desposarla en cualquier momento. Entonces tendremos dinero suficiente como para vivir alegremente, y nuestro querido Matthias podrá comprarse la prebenda que tanto anhela.

Mientras su esposo y sus hijos seguían valorando esta idea en sus cabezas, el caballero Götz dejó al descubierto sus dientes podridos y esbozó una sonrisa maliciosa.

—No tendría inconveniente en desposar a la hermosa viuda, aunque por ahora no pueda ser usada como hembra a causa de su vientre abultado. Ya vale la pena solo por su vino, que es de excelente calidad, y he de añadir que rara vez he tenido oportunidad de comer un asado tan sabroso como este.

—No tendrás que renunciar por mucho tiempo a los placeres del lecho. La señora Marie parirá a su cachorrito el mes próximo, y dos semanas más tarde ya podrás ir preparando tu lanza para el combate.

La señora Kunigunde le guiñó el ojo astutamente a su primo y le dio una patadita a su esposo por debajo de la mesa.

—Como nuevo castellano y alcaide de Rheinsobern, la hermosa viuda se halla bajo tu tutela, de modo que tendrás que ocuparte de los preparativos necesarios para que ese matrimonio se celebre cuanto antes, antes de que al conde palatino se le ocurra desposar a Marie con otro de sus vasallos. Como bien sabes, en su corte el lecho de una mujer adinerada no permanece vacío mucho tiempo.

Su esposo asintió, vacilante.

—¿No deberíamos aguardar al menos hasta que haya dado a luz a su hijo?

La señora Kunigunde sacudió la cabeza con tal vehemencia que se le cayó el tocado, y amonestó a su esposo con la mirada.

—De ese modo no haremos más que perder un valioso tiempo y entretanto el pajarillo del tesoro podría aprovechar para salir volando. Si tú no lo haces, yo misma le hablaré a Marie sobre el casamiento.

—¡Hazlo!

El caballero Manfred pareció experimentar un profundo alivio, ya que no se sentía capacitado para convencer a una viuda rebelde de la necesidad de volver a casarse. Pero nadie se oponía tan fácilmente a la voluntad de su esposa. Kunigunde no descansaría hasta que, embarazada o no, la señora Marie compartiera el lecho de su primo.

4

Michel miró aturdido al cielo raso y se preguntó cómo habría llegado hasta allí. Cuando intentó moverse, sintió un dolor embotado en la parte posterior de la cabeza, a una distancia de al menos una mano del comienzo de la nuca, y unas garras se le clavaban en el muslo izquierdo. Sus músculos parecían estar hechos de agua, y sus tendones de cuero viejo, ya que tuvo que hacer un esfuerzo sobrehumano para poder incorporarse y mirar a su alrededor. Lo habían recostado sobre un lecho primitivo hecho de follaje y ramas de abedul, bien pegado a la pared rocosa de una cueva alta y profunda, y lo habían tapado con una vieja manta de montar. Del otro lado, la entrada estaba tapada casi por completo por malezas y arbustos espinosos, dejando solo un pequeño agujero, y junto a esa salida, allí donde la cueva formaba una suerte de espacio circular, había una carreta de dos ruedas a la cual estaba enganchado un rocín enjuto que mordisqueaba ramas y hojas secas.

Entre la carreta y su lecho se extendía el follaje a lo largo de la pared, cubierta por pieles de oveja viejas, ya casi sin vellón, y por otros harapos indefinibles, y unos pasos más allá, al otro lado de la cueva, ardía un pequeño fogón sobre el cual estaba calentándose un caldero enganchado de un trípode hecho con ramas. Una mujer delgada de mediana edad y cabellos de color indefinible echaba leña al fuego. Vestía un viejo traje de lana y una chaqueta que alguna vez debía de haberle pertenecido a alguien de talla mucho mayor. Cuando notó que él estaba despierto, la mujer le sonrió con cierta inseguridad.

—¡Alabado sea Dios! Por fin has recobrado la conciencia. Ya temíamos que cayeras en los brazos del sueño eterno.

La mujer hablaba alemán, pero tenía un acento extraño, como si hubiese aprendido la lengua de mayor.

Michel se encogió de hombros, incómodo.

—¿Acaso he dormido tanto? ¿Qué me ha sucedido?

—Estabas malherido y medio ahogado, pero por suerte el río te arrastró hacia un banco de arena. Reimo te encontró a tiempo, antes de que te desangraras. Al principio iba a dejarte tirado porque pensó que eras husita, pero luego te oyó llamar a alguien en alemán, se compadeció al ver que eras un compatriota y por eso te trajo hasta aquí.

—¿Qué quiere decir «aquí»? ¿Y cómo es que estaba tendido en el río?

—Este es nuestro refugio, aquí vivimos desde hace tres años. Pero tendremos que abandonarlo pronto, ya que esta zona ha dejado de ser segura. El mismo día que Reimo te halló, también encontró huellas de patrullas husitas.

—¿Quién es Reimo y quiénes son los husitas?

Michel trató de recordar, pero tenía la cabeza tan vacía como una cuba de agua rajada.

La mujer meneó la cabeza, sorprendida.

—A Reimo no puedes conocerlo porque es mi esposo y él te vio por primera vez tendido a orillas del río. Pero a los husitas sí deberías conocerlos, ya que, a juzgar por tus heridas, has estado luchando contra ellos.

—¿Sí? Pero, entonces, ¿cómo es que no me acuerdo de nada? Yo... yo ya no sé qué es lo que hice... ni tampoco quién soy. ¡Dios mío! ¡No soy... nadie!

El pánico en su voz le aumentó el dolor de cabeza hasta límites insoportables.

—¡Pero tienes que tener un nombre! El mío es Zdenka. Soy la esposa de Reimo.

—¿Zdenka? Qué nombre tan extraño.

Michel se quedó pensando por qué el nombre de esa mujer le resultaba tan poco común, mientras que el de su esposo le parecía familiar. Era incapaz de explicarse por qué tenía esa sensación.

—Yo soy checa y mi esposo, alemán. He ahí nuestra desgracia —le explicó Zdenka—. Cuando comenzó el levantamiento, mis compatriotas dejaban a Reimo en paz por mí, pero más tarde, cuando comenzaron a decir que los checos teníamos que librarnos del yugo alemán de una vez por todas, nos vimos obligados a huir de nuestro pueblo. Cuando la gente que andaba a la caza de alemanes en la zona se hubo marchado, unos buenos amigos nos trajeron en secreto nuestro caballo y nuestra carreta, además de algunas semillas y dos cabras, advirtiéndonos que no regresáramos. Desde entonces, vivimos aquí en el bosque, aterrados ante la idea de que los terribles taboritas nos encuentren y asesinen.

—Tampoco sé nada de los taboritas. ¿Quiénes son?

—Son los peores de los husitas. Matan a cualquiera que no sea checo o que no se una a su causa. Han llegado a matar incluso a los aristócratas que se habían unido a ellos en su revuelta contra el emperador Segismundo, pero que tenían una opinión diferente a la de los cabecillas.

—¿Y cómo es que sabes todo eso si estás escondida en el bosque?

—Cada cierto tiempo, Reimo se encuentra con un primo mío para intercambiar hierbas, resina y hongos que yo recojo a cambio de otras cosas y para enterarnos de las novedades. Pero dime, ¿de verdad no sabes cómo te llamas? ¡No puede ser que no te acuerdes de eso!

Michel extendió los brazos mientras esbozaba una sonrisa impotente.

—Simplemente no lo sé. Tampoco sé decirte a qué clase pertenezco ni de dónde vengo. Es terrible, pero mi cabeza está completamente vacía.

—¡No puede ser! —Zdenka se rascó la cabeza y lo miró, incrédula—. ¿Recuerdas quién es Marie?

Michel trató de escuchar en su interior, pero el nombre no suscitaba ningún eco dentro de él.

—¿Quién se supone que es?

—Mientras estabas con fiebre repetías todo el tiempo ese nombre, y le juraste a esa mujer que no la olvidarías jamás.

—De eso tampoco me acuerdo. Marie... Marie... me gusta ese nombre, pero no asocio nada con él.

—Tal vez lo recuerdes más tarde. Pero ahora tenemos que pensar cómo podemos llamarte a ti.

Michel se encogió de hombros, impotente.

Zdenka se mordió los labios.

—Hasta ahora yo te llamaba Nemec, porque así les decimos a los alemanes en mi lengua materna. Pero ese no es un nombre de verdad.

—Sinceramente, los conceptos «alemán» o «checo» no me dicen nada. Pero dado que, según me dices, los checos no son mis amigos, preferiría que me pusieras un nombre alemán. Estoy empezando a asombrarme de poder hablar y entender lo que me dices, pues me siento tan tonto y estúpido como un recién nacido. Me temo que deberás explicarme unas cuantas cosas más...

Un ruido en la entrada interrumpió su conversación. Alguien hizo a un lado parte de las ramas que tapaban la entrada y un muchachito se deslizó hacia el interior. Lo seguía un hombre regordete que tendría unos cuarenta años y cabellos amarillo pálido y vestía un delantal marrón terroso lleno de remiendos y unos pantalones del mismo color. Debía de ser Reimo, el esposo de Zdenka. Seguramente había salido a cazar, porque llevaba en sus manos una perdiz y dos liebres, de las cuales aún colgaban las redes con las que las había atrapado. El muchachito, que tendría unos diez años, poseía rasgos de los dos adultos, ya que tenía los cabellos claros del padre y los ojos oscuros de la madre.

Zdenka estaba nerviosísima.

—¡Nuestro Nemec por fin ha vuelto en sí! Pero no recuerda nada, ni siquiera a su Marie, a quien tantas veces llamó.

Reimo volvió a tapar la entrada con las malezas y se dio la vuelta lentamente en dirección a Michel. Mientras, el muchacho corrió hacia su madre y se acurrucó a su lado mientras observaba con recelo al desconocido.

—Él es nuestro Karel —lo presentó Zdenka con visible orgullo.

—Un muchacho estupendo. —Michel le hizo un gesto afirmativo al muchacho, sonriente, y luego miró a Reimo, que lo contemplaba ensimismado.

El hombre que le había salvado la vida meneaba la cabeza, asombrado.

—Ya había oído hablar antes acerca de la existencia de personas que han perdido la memoria, pero siempre pensé que eran puros cuentos.

—Lamentablemente, no lo son. Ya no sé nada de mi pasado, es como si ni siquiera hubiese existido antes. Es una sensación espantosa, y me alegro de que al menos pueda hablar, ya que si no, sería un completo inválido indefenso. Reimo, ¡te lo agradezco mucho! Fue muy noble por tu parte sacarme del río y traerme a vuestro escondite. Y también te doy las gracias a ti, Zdenka. Ambos me habéis salvado la vida y me habéis cuidado a pesar de que ignorabais si yo no terminaría siendo una molestia para vosotros. Muy pocas personas en vuestro lugar habrían hecho lo mismo.

Reimo le alcanzó a su esposa la perdiz y las dos liebres, y ella comenzó de inmediato a despellejar y a quitarle las vísceras al primer animal.

—Por supuesto que me pregunté si estaba actuando bien. Pero supuse que con semejante herida no representabas peligro alguno para nosotros, y esperaba que pudieses contarnos qué está haciendo el rey Segismundo para recuperar su imperio y para proteger de los asesinos checos a personas como nosotros, que hemos permanecido fieles a él.

Zdenka reaccionó.

—No todos los checos son malos, y entre los alemanes también hay muchos asesinos. Acuérdate del pueblo cercano al lugar donde hallaste a Nemec.

Reimo bajó la cabeza.

—Jamás podré olvidarlo. Cuando vi cómo se habían comportado allí las tropas de Segismundo, por primera vez sentí vergüenza de ser alemán. Los soldados vejaron incluso a niñas pequeñas antes de asesinarlas.

—Entonces ¿por qué me salvaste? Debiste suponer que yo era uno de esos asesinos.

—Te había encontrado antes y te había cargado un tramo bosque adentro. Después, cuando me escabullí hacia el pueblo, en un primer momento estuve a punto de dejarte ahí tirado para que sirvieras de alimento a los lobos. Pero, por un lado, ansiaba que pudieras explicarnos cómo están las cosas en el imperio y por qué los alemanes causan tantos estragos como los husitas, y, por otro, no quería que el esfuerzo que me había significado cargarte hasta entonces hubiese sido en vano. Ahora solo me resta la esperanza de que recuperes la memoria pronto. Y es que en tus delirios de fiebre no solo hablabas de tu hermosa Marie, sino que además amenazabas a un tal Falk o Falko con romperle el cuello la próxima vez que lo vieras.

Aquel nombre le traía tan escasas reminiscencias como el de Marie. Mientras Michel se palpaba la parte de atrás de la cabeza, que seguía doliéndole, y se masajeaba las sienes, Reimo ayudó a su mujer a preparar la carne del animal que había cazado.

—Esta noche habrá liebre asada. Antes bebíamos cerveza para acompañar, pero lamentablemente ahora no hay más que agua. A todo esto, mi Zdenka prepara una cerveza cuyo sabor te abre el corazón. —Reimo suspiró y señaló el muslo de la pierna izquierda de Michel—. Esa herida que tienes ahí seguramente te molestará durante mucho tiempo. Tenías clavada la púa de un martillo de guerra y nos costó muchísimo trabajo sacártela. Por suerte no perdiste más sangre en ese momento, si no, te nos habrías muerto en brazos. También tienes una herida en la cabeza del tamaño de mi mano, y puedes considerarte afortunado de que, hasta donde he podido juzgar, tu cráneo no tiene daños. Debías de llevar puesto un buen casco, de otro modo ese golpe te habría destrozado la cabeza.

Michel soltó una carcajada disonante.

—Me gustaría saber quién fue el que me hirió tan brutalmente, pero podría estar en la taberna brindando con ese hombre sin sospechar que él intentó acabar con mi vida.

—Eso sería terrible, porque entonces el tipo podría sentirse tentado de clavarte un cuchillo en la espalda para terminar su obra. ¿Quieres intentar ponerte de pie? Te tallé una muleta para que cuando te despertaras no tuvieras que estar tirado todo el día como un inválido.

Reimo encendió una primitiva antorcha en la fogata y se dirigió hacia una parte de la cueva que hasta entonces había permanecido oculta a la vista de Michel. Cuando regresó, llevaba en la mano un bastón macizo que terminaba en una horquilla forrada en musgo y fibra.

Michel intentó ponerse de pie, pero volvió a desplomarse con un quejido. Reimo se puso a su lado enseguida y lo ayudó con sumo cuidado a que se levantara y se apoyara en la muleta. Michel intentó dar un par de pasos apoyándose en ella, pero estaba tan débil que se tropezaba con sus propios pies, y se alegró cuando, después de haber hecho un breve tramo, pudo instalarse junto al fuego para mirar a Zdenka mientras esta trabajaba. Como allí no hacía más que entorpecerles el paso a ella y a su esposo, dejó que Karel, que poco a poco iba perdiéndole el miedo, lo acompañara otra vez a su lecho.

Reimo cogió un taburete y se sentó junto a Michel a arreglar algunas cosas mientras conversaba con él. A pesar de que era un hombre sencillo, oriundo de una aldea apartada, pudo relatarle mucho de lo que estaba sucediendo en Bohemia. Cuando Michel expresó su asombro por todo lo que sabían él y Zdenka, una sonrisa se deslizó subrepticiamente entre sus labios.

—Todo lo que sabemos es a través del primo de mi mujer, que trabaja como buhonero y nos consigue cosas que necesitamos con urgencia. Cuando te encontré a ti, acababa de volver de verme con él y, de no ser por sus advertencias, habría caído directamente en manos de los husitas o de los soldados alemanes, que me habrían tomado por un rebelde y me habrían linchado.

—Le doy gracias a Dios de que no te haya pasado nada —respondió Michel solemnemente.

Aquel hombre rechoncho de barba corta y ojos cristalinos como el agua le caía tan simpático como Zdenka, que a los treinta y cinco años seguía siendo muy bonita, a pesar de las huellas que el miedo le había grabado en el rostro, y cada vez que miraba a Karel sentía en su interior el extraño anhelo de abrazar a un hijo propio. Instintivamente se preguntó si habría algún muchacho esperando su regreso.

Reimo llevó sus pensamientos hacia otra dirección.

—¿Y cómo habremos de llamarte entonces? Yo no quiero continuar llamándote Nemec, ya que en los tiempos que corren eso es un insulto.

—¿Qué día me encontraste? —preguntó Michel.

—El día de San Francisco de Asís.

—Entonces llamadme provisionalmente Franz. Es un nombre tan bueno como cualquier otro. —Michel respiró profundamente y luego se quedó contemplando sus manos, que, a diferencia de las de su salvador, estaban sin hacer nada, y resolvió aliviarles un poco el trabajo a aquellas—. Reimo, aunque esté herido hay algunas pequeñas cosas que puedo hacer. De modo que si tienes alguna tarea para mí que yo pueda realizar estando sentado...

Zdenka alzó la cabeza, amonestándolo con la mirada.

—Aún estás demasiado enfermo, Nem... digo, Frantischek.

—El nombre que ha elegido es Franz —acotó Reimo con voz gruñona—. Además, un par de manos más nos vendrán muy bien, ya que debemos abandonar esta cueva y llegar a un lugar seguro antes de que la nieve haga intransitables todos los caminos. Con el viento helado que ya está viniendo del este, van a congelarse hasta los lobos en el bosque. —Reimo se puso de pie, comenzó a revolver entre las cosas que había en el fondo de la cueva y regresó con un canasto medio roto—. Te enseñaré cómo arreglarlo. Karel te traerá el mimbre que necesitas para hacerlo.

Mientras el muchacho se levantaba solícito y salía de la cueva, Michel estudió el entretejido y dejó que Reimo le explicara cómo se componía. Un rato más tarde tuvo que reconocer que no tenía la habilidad suficiente como para entretejer canastos. Reimo lo ayudó pacientemente, pero cuando el canasto quedó terminado, estaba deforme y torcido.

Michel sonrió, disculpándose.

—Lo he hecho lo mejor que he podido, pero me temo que no ha sido suficiente. Supongo que mi oficio no era entretejer canastos... si es que alguna vez aprendí oficio alguno.

—Nadie nace sabiendo —lo consoló Reimo, riendo—. Yo tampoco lo habría hecho mucho mejor. Lo importante es que ahora podremos volver a usar este canasto viejo.

5

Michel se dio cuenta muy pronto de que sus anfitriones estaban contentos de haber encontrado a alguien con quien compartir su soledad. Al cabo de dos días, el muchacho ya lo consideraba algo así como un hermano mayor; le mostró toda su colección de piedras de formas extrañas y otros objetos de lo más variado que había hallado en el bosque e hizo que le reparara su pelota de cuero rellena de afrecho de avena. Zdenka alabó a Michel por su excelente trato con los niños, y creía que debía de tener hijos propios. Esa idea le agradó a Michel, pero no pudo recordar ningún rostro infantil. Muy pronto aprendió a desplazarse por la cueva con ayuda de la muleta; ayudaba a sus salvadores en todo lo que podía y conversaba durante horas con ellos acerca de lo que sabían sobre el mundo más allá de la cueva.

De los ejércitos de caballeros alemanes se decía que ya no estaban en condiciones de amenazar el centro del territorio de los husitas, y que ahora se limitaban a defender los territorios cercanos a la frontera en Austria, Baviera, Franconia y Sajonia. Las patrullas de los taboritas aprovechaban la ocasión para efectuar ataques rápidos y precisos, que sus enemigos —más lentos— rara vez podían resistir, y amenazaban en su propio territorio a los castillos y a las ciudades que habían permanecido fieles al emperador. También salían a buscar fugitivos como Zdenka y Reimo para acabar con cualquier atisbo de resistencia. Según el primo de Zdenka, la cueva en la que se había refugiado la pareja se hallaba demasiado cerca de la aldea natal de ella como para ser un lugar seguro, ya que también era conocida por gente que estaba en contacto con los rebeldes. Cuando Michel le preguntó a Reimo dónde creía que podía haber un lugar seguro para ellos, el hombre se desmoronó por un instante, perdiendo todas sus fuerzas.

—Si lo supiera, nos habríamos ido de aquí hace ya tiempo. Quisiera irme de Bohemia, alejarme lo suficiente e instalarme en alguna parte entre alemanes. Pero temo que ellos no acepten a Zdenka por ser checa. Además, el riesgo de toparnos en nuestro camino hacia el oeste con soldados o merodeadores es demasiado grande. La única salida posible es que partamos hacia el castillo de Falkenhain. Dicen que el conde Václav Sokolny se mantiene fiel al emperador y que su fortaleza aún no ha sido conquistada.

—Esa misma fama la tienen todos los castillos hasta el día en que el enemigo se apodera de ellos.

Michel se enojó consigo mismo nada más acabar de pronunciar esas palabras irreflexivas, ya que sentía que no debía arrebatarles a Reimo y a Zdenka el valor y la esperanza a la que se aferraban.

Reimo alzó las manos en un gesto desesperado.

—En Falkenhain estaremos más seguros que aquí. Solo tengo miedo del trayecto hacia allá, ya que en el camino estaremos indefensos, expuestos a muchos ladrones y patrullas husitas. Íbamos a partir de todos modos, pero primero quisimos esperar a que reunieses fuerzas suficientes como para soportar el viaje con este frío.

Como Michel le había asegurado que ya se sentía con fuerzas suficientes, comenzaron con los preparativos para la partida. Zdenka buscó ese mismo día restos de mantas y pieles de conejo curtidas para confeccionarle a Michel ropa que le permitiese soportar el viento helado, mientras Reimo se ocupaba de la carreta y reunía las provisiones que llevarían. A la noche del segundo día, la mayor parte de sus pertenencias estaba cargada, y el equipamiento de Michel, preparado. Durante la cena, mientras debatían si les convenía partir la tarde misma del día siguiente o esperar a la madrugada del próximo, oyeron fuera el sonido de unas ramas quebrándose.

Reimo dejó su cuenco a un lado y cogió el hacha.

—Espero que no sea un oso buscando un lugar para hibernar.

Pero entonces se oyeron voces, y en ese mismo momento alguien arrancó la protección contra el viento. Tres hombres armados irrumpieron en la entrada, estudiaron al pequeño grupo que se hallaba dentro de la cueva con miradas socarronas e hicieron gestos despectivos al ver las vendas de Michel y la muleta que había apoyado sobre su pierna sana. Un cuarto hombre, de aspecto infernal, se deslizó entre ellos y se quedó parado junto al caballo, temblando. Debajo de sus abrigos de piel de oveja, los cuatro vestían pantalones gastados, llenos de remiendos, y camisas de lienzo; sus pies estaban enfundados en unos zapatos de madera que habían acolchado con pasto. El primero de los intrusos, un hombre de mediana estatura, bien fornido, con el rostro lleno de hollín, brazos musculosos y manos grandes llenas de cicatrices, soltó una carcajada y dijo algo en checo que hizo gritar a Reimo y a Zdenka.

—¿Qué quiere? —preguntó Michel.

Zdenka lo miró con el rostro exangüe.

—Es Bolko, el herrero de nuestro pueblo. Quieren mataros a ti, a Reimo y a Karel, pero antes me van a... —Su voz se ahogó en una catarata de llanto.

Bolko la señaló con el mentón y habló en un alemán apenas comprensible.

—Yo quería casarme con Zdenka, pero ella prefirió a ese *nemec* roñoso. Por eso, os cortaremos los huevos, Reimo, a ti y también al mocoso, y os los haremos comer antes de enviaros al infierno, y a la amante de los alemanes, una vez que nos hayamos hartado de ella, le clavaremos tu bastón por abajo hasta que vuelva a salirle por arriba, y nos quedaremos mirando cómo muere lentamente.

Reimo dio un resoplido y se abalanzó sobre Bolko blandiendo el hacha en alto. Pero los otros dos hombres saltaron, lo cogieron y lo tumbaron en el suelo. Después lo sujetaron a pesar de su enérgica resistencia y le quitaron los pantalones. Bolko sacó el cuchillo y apoyó la hoja sobre el miembro de Reimo con una sonrisa maligna.

Zdenka dio un grito que llamó la atención de los demás, y entonces Michel aprovechó la ocasión. A pesar de que su pierna herida aún no lo sostenía bien del todo, se incorporó ayudándose con la muleta y avanzó cojeando lo más rápido que pudo hacia el herrero, que cogió su arma, muy relajado. Pero antes de que pudiera alzar el cuchillo, Michel le hundió con todas sus fuerzas el extremo de su muleta en el estómago. Bolko abrió la boca, pero pareció que el dolor no lo dejaba gritar, y después cayó de rodillas. Michel le quitó el arma de las manos y le destrozó el cráneo en el mismo movimiento.

El herrero murió antes de que los otros intrusos comprendieran qué estaba sucediendo, pero cuando su cadáver se desplomó sobre el suelo de la cueva, volvieron a reaccionar. Dando unos gritos salvajes, alzaron sus armas y se abalanzaron sobre Michel. Reimo derribó al primero a pesar de seguir atado, Michel lo vio tropezarse, le asestó un golpe y le dio muerte también, al tiempo que hacía trastabillar al último con la muleta. Antes de que el hombre pudiese volver a ponerse de pie, el golpe que le dio Michel lo desnucó.

Cuando Michel comenzó a avanzar hacia el cuarto checo, saltando sobre una pierna, este se hincó de rodillas, unió sus manos y comenzó a suplicar perdón atropelladamente. Como hablaba en su lengua materna, Michel no entendió nada y alzó el arma para golpearlo.

Zdenka se lo impidió.

—¡A él no! Es mi primo Vúlko. Dice que estos tres canallas lo obligaron a que los condujera hasta aquí.

—¡Lo juro por Dios y por todos los santos! —soltó Vúlko en alemán con gran dificultad.

Michel, indeciso, contempló al hombre, pero bajó el arma cuando Reimo se unió al ruego de su esposa. Se apoyó en la pared a pesar de la muleta, ya que de pronto había comenzado a temblar de agotamiento y sentía como si un puñal ardiente estuviese atravesándole el muslo, destrozándole el músculo.

Sin poder moverse, observó cómo Karel liberaba a su padre. Reimo se puso de pie, se subió los pantalones y los sujetó con la cuerda que usaba de cinturón. Después se volvió hacia Michel, tan tenso y cansado como un anciano, y se quedó mirándolo, incrédulo.

—No... no puedo creer lo que acabo de ver. A pesar de tu pierna rota, has derrotado a tres hombres sanos y fuertes como si fuesen perros sin dientes que se atrevieron a alzarse contra un oso.

Zdenka se arrodilló al lado de Michel, apretó la frente contra el dorso de las manos de él y luego le besó ambas manos.

—Rara vez una buena acción fue recompensada en forma tan rápida y grandiosa... Si Reimo no te hubiese salvado, habríamos sufrido todos una muerte horrenda.

Su esposo siguió su ejemplo, y luego abrazó a Zdenka como si no fuese a soltarla nunca más.

Karel se arrimó tímidamente a Michel y levantó la vista hacia él con los ojos brillantes.

—¿Puedo sostenerte y ayudarte a recostarte en tu cama? Debes de estar agotado.

Michel apenas comprendió los efusivos agradecimientos, ya que no podía apartar la vista de los muertos, y se preguntaba qué era lo que había sucedido en su interior. Había actuado como por una orden interna, matando a los intrusos con una facilidad que le hacía pensar que estaba acostumbrado a hacerlo. Ahora tenía que suponer que realmente había pertenecido a esa clase de bestias que atracaban a personas indefensas en sus aldeas, sacrificaban a los hombres y vejaban a sus mujeres. La idea le causaba repulsión, pero se alegró de haber podido rescatar de tan espantoso destino a los que lo habían salvado.

Retiró las manos de los tres y se dirigió cojeando hacia la salida de la cueva para echar un vistazo fuera. A la luz del sol que se escondía, la escarcha hacía brillar el borde de las lomas boscosas que había alrededor, y las copas de los árboles se mecían en el viento. El aire estaba despejado y desagradablemente frío. Debía de estar terminando el otoño, o tal vez ya había comenzado el invierno, ya que olía como si estuviera a punto de empezar a nevar. Aunque conocía el clima de allí tan poco como la región, comenzó a temer que Reimo hubiese dilatado demasiado su partida. Si no tenían suerte, tal vez a la mañana siguiente ya no pudieran abandonar la cueva, o el invierno los sorprendería en el camino. Cuando regresó junto al fuego se lo comentó a Reimo, y le reprochó un poco que hubiese sido tan considerado con su herida.

Reimo aún seguía temblando a causa de la conmoción y se golpeaba el pecho como si se sintiese culpable de todo lo que había sucedido.

—En realidad, no me quedé aquí solo por ti, Franz, sino por miedo a partir con mi familia hacia lo desconocido. De algún modo, tenía la esperanza de que pudiésemos quedarnos aquí, esperar a que la guerra se terminara y luego regresar a nuestro pueblo. Pero ahora debemos dejar este lugar cuanto antes.

Señaló hacia los tres muertos, a quienes Zdenka y Vúlko estaban despojando de sus ropas.

La mujer miró a Michel con una sonrisa amarga.

—No es mi costumbre robarles a los muertos. Pero si queremos sobrellevar el invierno, necesitaremos sus cosas. Cuando Reimo te encontró estabas desnudo, y él tuvo que compartir su ropa contigo.

Michel asintió.

—Lo entiendo. Pero primero lava esas cosas. Me resultaría muy desagradable ponérmelas así.

—No te preocupes, lo haré.

Una vez que los tres hombres quedaron desnudos, tendidos en un rincón, la mujer volvió a acercarse a Bolko, rozándole el miembro fláccido con la punta del pie.

—Ya no volverás a tomar a ninguna otra mujer por la fuerza.

Hablaba en voz tan baja que solo los agudos oídos de Michel la oyeron, y por un instante fugaz, el rostro de la mujer se desfiguró de odio. Bolko debía de haberla ultrajado alguna vez, ya fuese antes o durante su matrimonio con Reimo. La mirada de Michel se posó en Karel, pero este era demasiado parecido a su padre como para ser hijo de otro hombre. Resolvió guardar aquel secreto de Zdenka y no molestar a Reimo con él.

—¿Qué hacemos con estos tres? ¿Los dejamos aquí tirados o los enterramos? —preguntó al cabo de un rato.

—No tengo ganas de enterrarlos —gruñó Zdenka, enojada.

Al principio, Reimo también meneó la cabeza, pero después se rascó la nuca y se quedó pensando.

—Yo tampoco tengo ganas, pero, a fin de cuentas, eran nuestros vecinos. Si queremos volver a vivir entre los nuestros algún día, no deberíamos dejar que sirvan de alimento a los lobos y a los osos.

—Entonces, que Vúlko lo haga. Al fin y al cabo, ha sido él quien los ha conducido hasta aquí —respondió su mujer, tajante. La forma en que miró a su primo al decirlo le hizo comprender que no estaba dispuesta a perdonarle tan rápidamente su traición.

—No tenía otra opción —comenzó a gemir él nuevamente—. Me amenazaron con cosas horribles si no les revelaba vuestro escondite.

Zdenka echó la cabeza hacia atrás.

—¡Seguro que no tan terribles como las que iban a hacernos a nosotros!

El rostro de Vúlko se oscureció de vergüenza.

—Querían... —Se detuvo un instante, luchando por mantener la compostura, y después continuó—. Querían tomarnos a mi mujer y a mí por la fuerza delante de nuestros hijos y luego continuar con ellos.

—¡Qué cerdos asquerosos! —prorrumpió Michel.

Reimo meneó la cabeza, angustiado.

—La guerra embrutece a los hombres. No creas que los nuestros son muy diferentes. ¡He visto a niños destripados en la aldea! A una niña que era apenas mayor que nuestro Karel primero la violaron y después la degollaron.

—Yo nunca he dicho que los alemanes fuesen mejores —replicó Michel—. Pero aquí se trata de salvar nuestro pellejo. ¿Realmente crees que podremos llegar hasta el castillo de Falkenhain? ¿Y qué haremos con Vúlko?

Reimo levantó las manos, desconcertado.

—No podemos dejarlo regresar a su casa. La gente preguntaría dónde están Bolko y los demás, y él les diría hacia dónde nos dirigimos, y entonces los amigos de los muertos nos buscarían para vengarlos.

Vúlko dejó escapar un grito.

—¡Por favor, dejadme ir! Os aseguro que no os delataré.

—¡Ya lo hiciste una vez! ¡Así que vendrás con nosotros, y si intentas huir, correrás la misma suerte que tus amigos!

La expresión en el rostro de Michel habría logrado amedrentar a alguien más valiente que Vúlko. El checo lo miró con unos ojos tan llenos de pánico como si el alemán fuese a partirle el cráneo en ese mismo momento. Solo se atrevió a respirar con cierta tranquilidad cuando Reimo le alcanzó una pala de madera y le ordenó ir con él a cavar las tumbas de los tres hombres.

—Partiremos mañana temprano —declaró Reimo, al tiempo que miraba a Michel con gesto interrogante, como si solo dependiera de su opinión.

6

Kunigunde von Banzenburg paseó su mirada sobre los cofres y los armarios del castillo de Sobernburg. Realmente allí había abundancia de todo. Las sábanas y los edredones de plumas alcanzaban para albergar a todo el cortejo del conde palatino, al igual que la vajilla de cerámica, y las tablas, y las copas de estaño y plata. En las despensas había tocino y salchichas ahumadas que colgaban una junto a la otra de una media docena de palos largos, y se habría necesitado un día entero para contar los barriles repletos de vino de cepas escogidas.

Marga, que acompañaba a la señora Kunigunde en su recorrido por sus nuevos dominios, advirtió satisfecha la profunda impresión que se había llevado aquella dama al contemplar tanta abundancia. Para alguien que había pasado toda su vida en un miserable castillo, la fortaleza de Rheinsobern debía de parecer un verdadero paraíso.

—Como veréis, me he esforzado mucho en reunir todos estos víveres —explicó Marga con orgullo, olvidándose por completo de que había comprado todo eso con el dinero de Marie. Luego se acercó un poco más a su señora y le tiró de la manga, agregando en tono confidencial—: Estimada señora Kunigunde, no os imagináis cuánto me alegro de poder volver a servir por fin a una dama de origen noble en lugar de a una mujerzuela como esa Marie.

El tono de desprecio en las palabras de Marga llamó la atención de Kunigunde.

—¿Qué insinúas con ello? ¿Acaso Marie no es una dama noble? ¿Es de origen burgués o campesino?

Marga soltó una breve carcajada.

—¡Si tan solo fuera eso! Antes de contraer matrimonio, era una ramera que iba de feria en feria y se vendía por un par de peniques a cualquier imbécil.

—¡No me digas!

La señora Kunigunde no podía creerlo, pero Marga le aseguró que era la pura verdad, y reforzó sus palabras con un par de historias que decía haber oído sobre Marie.

—Su esposo tampoco era de origen noble, sino el hijo de un simple tabernero. Durante el Concilio de Constanza supo ganarse el favor del conde palatino y fue nombrado alcaide de este castillo. Sin embargo, a pesar de su ascenso, ambos continuaron siendo escoria, y me daba asco tener que servir a esa gente.

Al principio, Kunigunde von Banzenburg se quedó un poco confusa, pero enseguida recobró la serenidad y se puso a pensar cómo podría utilizar esa noticia a su favor. Hubiese querido tratar a la tal Marie como le correspondía a una ramera, esto es, arrojándola fuera de la ciudad y despojándola de todos sus bienes. Pero lamentablemente no podía emplear medidas semejantes, ya que, por motivos que ella ignoraba, esa sucia mujerzuela gozaba del favor del conde palatino.

—Lo más probable es que Marie haya entregado sus favores al conde palatino a cambio de una cuantiosa recompensa —dijo, malhumorada, y solo al oír su propia voz se dio cuenta de que había pronunciado esas palabras en voz alta.

Marga asintió con vehemencia, y además le contó que Marie también había compartido lecho con el duque de Württemberg.

—Aunque al final siempre permaneció fiel a su esposo —se apresuró a agregar para no salir malparada, porque si la señora Kunigunde llegaba a preguntarles al resto de los criados, estos le responderían lo mismo.

Ensimismada en sus propios planes, la señora Kunigunde ya se había olvidado de la presencia del ama de llaves. Aunque después de oír aquellas escandalosas novedades le dolía en el alma proponerle a Marie un casamiento con su primo, le seguía pareciendo la mejor solución para apropiarse del patrimonio de aquella mujer. Ahora estaba convencida de que Marie no opondría gran resistencia, ya que teniendo en cuenta su pasado de ramera, la viuda debía darse por contenta si un hombre de la aristocracia se dignaba a rebajar su rango para casarse con ella.

—¿Tenéis indicaciones para mí, señora Kunigunde? —preguntó Marga con devoción.

La esposa del nuevo castellano meneó la cabeza.

—Puedes ir a la cocina y comprobar si la cena que he pedido estará lista a tiempo.

La señora Kunigunde agitó la mano como si estuviese espantando a un molesto insecto y luego se alejó a toda prisa, haciendo flamear su falda. A Marga le habría encantado saber cuáles eran los planes de la señora, y pensó en poner cualquier excusa para seguirla. Pero como dependía del favor de la señora Kunigunde, se dio la vuelta suspirando y se fue a cumplir con sus obligaciones.

Entretanto, la señora Kunigunde había llegado a la puerta de la habitación de Marie y había irrumpido en ella sin llamar antes. Marie estaba sentada junto a la ventana, bordando una manta para su bebé, que ya estaba a punto de nacer. Cuando tuvo enfrente a la señora Kunigunde, alzó la vista de su bordado, disgustada por no poder librarse de las interrupciones ni siquiera entre sus cuatro paredes.

—¿Qué deseáis?

—Necesito hablar contigo.

Kunigunde fue en busca de una silla y se sentó cerca de Marie. Mientras tanto, su mirada se paseaba por los muebles de la habitación, que le agradaba más que todo lo que había visto hasta entonces en el castillo. Vivir allí debía de ser un verdadero placer. Se quitó esos pensamientos de la cabeza de inmediato e intentó aparentar preocupación.

—Como sabes, el conde palatino le ha encomendado a mi esposo la responsabilidad de ocuparse de ti.

Marie meneó la cabeza, irritada.

—¿Qué se supone que significa eso?

—Que ahora estás bajo la tutela de mi esposo, y se hará contigo lo que él disponga.

La afirmación de Kunigunde solo logró arrancarle una carcajada a Marie.

—Os equivocáis. Tras la muerte de mi esposo, estoy bajo la tutela del conde palatino.

La calma suprema que irradiaba Marie hizo que la señora Kunigunde montara en cólera, y se golpeó el muslo con el puño cerrado.

—Pero el conde delegó esa obligación en mi esposo, y el deseo de mi esposo es que una mujer tan bella... —Al pronunciar esas palabras se le escapó un suspiro de envidia, y tuvo que respirar profundamente antes de poder seguir hablando—. En fin, mi esposo cree que no está bien alojar en nuestra casa a una viuda tan bella como tú.

Marie se encogió de hombros.

—Entonces tengo que abandonar el castillo. Bien, lo haré.

La señora Kunigunde la miró furiosa, echando chispas por los ojos.

—¡Escúchame bien, mujer! Mi esposo quiere que te cases con mi primo, Götz von Perchtenstein. ¡Y no hay más que hablar!

El discurso no le había salido exactamente como lo había planeado, pero la indiferencia de Marie la había provocado más de lo que había imaginado.

La joven viuda la examinó con una mirada burlona y meneó la cabeza.

—¿Acaso os habéis vuelto loca?

La señora Kunigunde reaccionó furiosa y cogió a Marie de los hombros.

—¡Ya me encargaré de torcer esa terquedad! Más te vale obedecer, o si no...

Marie se liberó de las manos de la mujer y se apartó.

—¿Qué queréis decir? ¿Acaso me estáis amenazando?

A la señora Kunigunde le habría gustado llamar a su esposo para que le diera una paliza a Marie hasta amansarla y lograr que se casara con Götz. Pero si la mujerzuela llegaba a conseguir quejarse ante el conde palatino, toda la furia de este recaería sobre ella. Por eso, tenía que buscar otra forma de poner en su lugar a aquella ramera indómita. Kunigunde se dio la vuelta y admiró una vez más el mobiliario de la habitación, complacida. Y en ese mismo momento supo qué debía hacer.

—Como mi esposo es el nuevo castellano, la habitación de la chimenea me corresponde a mí. ¿O acaso crees que voy a dormir en una habitación fría y llena de corrientes de aire mientras que una sucia ramera como tú ocupa mis aposentos a sus anchas?

Marie recibió aquellas palabras como una sonora bofetada y luchó por encontrar la forma de replicarle. Una mirada al rostro encendido de ira de Kunigunde le hizo comprender que una riña con aquella mujer no la llevaría a ninguna parte, y se encogió de hombros.

—Ya que así lo queréis, haré sacar mis cosas de aquí para que podáis instalar vuestros muebles y cofres.

La señora Kunigunde se quedó mirándola, confundida.

—¿Qué muebles y cofres? No he traído nada de eso.

—Entonces tendréis que conseguirlos. El mobiliario actual me pertenece. Fue pagado con mi dinero y no tengo intenciones de cedéroslo.

Antes de que Kunigunde atinara a decir algo, Marie se asomó a la puerta y llamó a su doncella. Cuando Ischi entró, le ordenó ir en busca de un par de sirvientes para que sacaran los muebles de la habitación de la chimenea.

—¡Te lo prohíbo! —exclamó la señora Kunigunde llena de furia.

Marie se volvió hacia ella con rostro gélido.

—No tenéis derecho a prohibirle nada. Ischi es mi criada, y los sirvientes han recibido su paga de este año de mi bolsillo. Hasta el día de la Candelaria harán lo que yo ordene, y si ya os permito que trabajen para vos es por pura cortesía.

La señora Kunigunde no se dio por vencida, sino que salió deprisa al pasillo y llamó a Marga con un chillido estridente.

—¿Cuál es la habitación más miserable de todo el castillo?

—le preguntó al ama de llaves cuando esta llegó corriendo, asustada—. Ocúpate de que esta ramera repugnante sea alojada allí. No vale más que eso.

Al escuchar esa orden, los ojos de Marga brillaron. Por fin podría demostrarle a su antigua señora lo que opinaba de ella. Una sonrisa fugaz se reflejó en su rostro cuando respondió a las indicaciones de la señora Kunigunde asintiendo enérgicamente con la cabeza.

—Confiad en mí, señora mía. Hallaré la habitación adecuada para esa mujerzuela.

7

Marie estaba sentada junto a la ventana del diminuto desván que le había asignado la señora Kunigunde, mirando fijamente hacia fuera. La única ventaja que le brindaba aquel cuartucho frío y lleno de corrientes de aire eran sus vistas, que le permitían contemplar el paraje y los campos hasta llegar a la Selva Negra y a los Vosgos. A pesar de que aquella pequeña ciudad llevaba el nombre de Rheinsobern, no estaba emplazada a orillas del río,* sino a una distancia de al menos una hora a pie. Desde el lugar donde estaba, Marie tenía una amplia visión de la franja de la ribera cuyas aguas avanzaban indolentes en dirección hacia el norte bajo el resplandor de la pálida luz del sol invernal. La nieve aún no cubría las tierras, pero el viento ya la hacía tiritar.

Con un movimiento rápido cerró el postigo abierto y lo cubrió con una manta vieja, ya que la piel raída del animal que llenaba la ventana en lugar de un cristal estaba rasgada en varios lugares y el viento llenaba el interior de la habitación de un frío gélido e insoportable. No habría requerido más de media hora arreglar la ventana, pero ninguno de los sirvientes se atrevía a hacer nada por ella, ya que todos temían las amenazas del caballero Manfred. Unas semanas antes, cuando los hombres habían llevado los cofres y los muebles de Marie al altillo que estaba debajo de la torre en cuya habitación más alta estaba confinada

* Rhein es el nombre del río Rin en alemán. *(N. de la T.)*

Marie, el alcaide había caminado entre los sirvientes como un azor, amenazándoles con echar sin ningún miramiento a quienes le hiciesen el más mínimo favor a Marie. Probablemente alguno que otro habría intentado asistir a su antigua señora de todos modos, pero Marga se había encargado de instaurar un ejemplo con una de las criadas que había osado llevarle a hurtadillas algo de comida. El ama de llaves había golpeado violentamente a la muchacha con su bastón para luego arrojarla al frío apenas vestida con un delantal delgado. Marie solo deseaba que su prima Hedwig o Hiltrud se hubiesen apiadado de la muchacha y la hubiesen adoptado. Ella solo podía confiar en Ischi, que dejaría el castillo de Sobernburg la primavera siguiente y no le temía a Marga. Su criada personal desafiaba a los nuevos soberanos y hacía todo lo que estaba a su alcance para que Marie tuviese una vida lo más llevadera posible en medio de aquellas penosas circunstancias.

La señora Kunigunde se había vengado con abierta maldad de su primera derrota, confinando a Marie en aquella habitación diminuta a la que solo se podía acceder a través de numerosas escaleras estrechas y empinadas, y se había apoderado de todo cuanto Marie no había llegado a poner a resguardo. El caballero Manfred, sus hijos mayores y Perchtenstein vestían ahora las ropas de Michel. Si bien al caballero Götz los pantalones le caían enormes alrededor de las piernas y su torso habría podido caber dos veces en el sayo de Michel, el hombre llevaba aquellas telas caras y abrigadas con ridículo orgullo. Las provisiones y las delicias que Marie había adquirido a precios muy altos pertenecían ahora al nuevo castellano, al igual que la bodega, cuyos barriles contenían en su gran mayoría caldo de las cepas de los viñedos de Marie.

Mientras que la señora Kunigunde y su familia se deleitaban con el tocino, las salchichas y el vino de Marie, ella tenía que contentarse con la comida más simple de los criados, que Ischi le subía, ya que con su embarazo tan avanzado tenía dificultades para bajar sola tantas escaleras. Marie sabía que bastaba con una sola palabra suya para cambiar toda su situación, pero no daría el brazo a torcer. Se imaginaba lo que podía llegar a suceder con todas sus tierras y demás posesiones si el caballero Götz echaba mano de ellas. Y aun cuando Perchtenstein fuese el hombre más dulce y amable que pudiera imaginarse, Marie jamás aceptaría casarse con él tan poco tiempo después de haber recibido la noticia de la muerte de Michel, ya que aún no se sentía viuda. Tal vez el bebé que estaba creciendo en su interior fuese lo que le daba la ilusión de que Michel aún seguía estando con ella de algún modo y le hacía casi imposible creer en la noticia de su muerte.

Por un momento la atormentó la certeza de que sin Michel estaba perdida y que estaba esperando en vano que él regresara a liberarla de aquella difícil situación en la que se encontraba. Pero luego reaccionó con rabia y determinación. Jamás se había resignado a su destino sin luchar, como lo hacían otras mujeres, y tampoco se daría por vencida esta vez. Como la habitación estaba en penumbras debido a que la ventana estaba tapada, iba a llamar a Ischi para que le trajera una astilla de resina de la cocina del castillo para encender la lámpara de sebo cuando sintió unos pasos pesados subiendo las escaleras. Los pasos no sonaban como los de Ischi, y por eso empuñó la daga que llevaba consigo para poder defenderse de cualquier intruso en un caso extremo. Sin embargo, volvió a bajar el arma de inmediato, porque aquella sombra entrante resultó ser Hiltrud.

—¡Por Dios, Marie, esto está tan oscuro como una iglesia a medianoche! —exclamó su amiga por todo saludo.

Marie le señaló la ventana tapada.

—La ventana está destrozada y tengo que cubrirla con una manta para no dejar pasar las corrientes de aire.

—Las hay de todos modos —respondió Hiltrud, preocupada. Se acercó a la ventana con paso rápido y quitó la manta—. Así está mejor, ahora por fin puedo verte bien. En realidad, he venido a consolarte por la muerte de Michel y a acompañarte un poco. Pero, por lo visto, necesitas otra clase de ayuda muy distinta.

Marie agitó su mano derecha en el aire, furiosa.

—No estoy tan desamparada como parece. Solo necesito un mensajero que no tema emprender la ruta que lleva hacia el conde palatino, ya que dudo de que el señor Ludwig apruebe la forma en que me trata su nuevo castellano.

Hiltrud no opinaba lo mismo en lo concerniente a los soberanos, pero no quería angustiar aún más el corazón de Marie.

—Mi Thomas irá por ti a ver al conde palatino y le llevará tus reclamos.

—Sería un gesto muy amable por parte de ambos. Espera, escribiré una carta enseguida, ya que el señor Ludwig debe enterarse de que su nuevo castellano me ha robado sin ningún tipo de pudor.

Marie revolvió en el cofre pequeño que estaba junto al lugar donde dormía buscando papel, tinta y una pluma, y escribió algunas líneas con los dedos agarrotados por el frío. Continuamente tenía que detenerse a soplarse las manos para calentarlas un poco.

—Bien, ahora solo faltan la firma y el sello y ya termino.

Dobló el papel, tomó el lacre y lo sostuvo un instante en la mano sin saber qué hacer. Después se levantó, se dirigió hacia la puerta y la abrió.

—¡Ischi, tráeme una astilla de resina, quiero encender la lámpara!

Sus palabras resonaron fuertemente por la torre y el almacén que había debajo, y poco después la joven criada apareció con una astilla ardiente tan pequeña que tuvo que subir las escaleras empinadas casi volando para que no se le consumiera en las manos antes de tiempo. Llegó justo para sostener la llama, que ya casi estaba rozándole los dedos, junto a la lámpara de sebo. La mecha se encendió, pero la luz flameaba considerablemente entre tanta corriente de aire, de modo que Hiltrud tuvo que volver a cubrir la ventana con la manta. La llama se calmó y Marie pudo por fin dejar caer unas gotas de lacre sobre el papel.

Presionó su anillo con el sello en el lacre y le entregó el escrito a su amiga.

—Por favor, cuando abandones el castillo escóndelo para que la señora Kunigunde no lo descubra.

Hiltrud cerró el puño.

—¡Que se atreva a acercarse a mí!

Marie asintió, agradecida, pero de pronto se frenó y se quedó pensando.

—¿Podrás sacarme de aquí un par de cosas más de contrabando? Quisiera asegurarme de que mis certificados de propiedad y mis joyas más valiosas estén a salvo.

—¡Dámelos! —la instó Hiltrud.

Marie cogió unos papeles y una bolsita de cuero de un cofrecito que extrajo de debajo de su cama.

—¿Puedes sacar todo esto del castillo sin ser vista? —le preguntó insegura.

—Me lo esconderé allí donde ningún hombre se atreve a llegar si no desea recibir una buena bofetada de mi parte.

Hiltrud le guiñó un ojo a Marie en un gesto cómplice, se subió la falda y se dio unos golpes en el bajo vientre.

—Se ve que te has olvidado de las enseñanzas de nuestros años de vida errante, Marie, y que ya no sabes cuál es el mejor lugar para ocultar esa clase de cosas. Por aquel entonces, tú misma le llevaste al duque de Württemberg de esa manera todas las pruebas que tenías en contra del conde de Keilburg. —El recuerdo hizo que se le escapara una risita, pero pronto recordó que Marie acababa de enviudar y se contuvo avergonzada—. Vendré con más frecuencia este invierno y te traeré salchichas o tocino. Ese puré no es suficiente alimento para ti y tampoco para tu bebé.

Al decir eso, señaló el tazón que Ischi le había llevado junto con la astilla y que había dejado sobre el taburete tambaleante que hacía las veces de mesa.

—Sí, hazlo, por favor.

De pronto, a Marie le entraron unas ganas voraces de degustar alguna de las exquisitas salchichas ahumadas de Hiltrud. Hubiese querido levantarse de un salto y acompañar a su amiga hasta la granja de cabras. Pero había oído más de una vez las amenazas de Kunigunde de lo que le sucedería si osaba abandonar el castillo de Sobernburg sin permiso y, en medio de la discusión que inevitablemente se suscitaría, podía a llegar a ocurrir que Kunigunde descubriera los certificados y las joyas que Hiltrud llevaba escondidos. De solo pensarlo, las lágrimas comenzaron a brotarle de los ojos, y maldijo al conde palatino, que la había puesto bajo la tutela del nuevo castellano, de tal modo que no podía refugiarse en casa de Hiltrud ni de Hedwig sin causarles problemas.

—Ven, siéntate, Hiltrud, hablemos de otros tiempos mejores —dijo, y se hizo a un lado para dejarle sitio a su amiga.

Hiltrud permaneció varias horas con Marie, consolando a su amiga como podía. Estuvo allí hasta la hora de la cena, cuando el nuevo castellano y su familia se sentaron a la mesa y ella no corría peligro de que la interrogaran o la examinaran. Mientras descendía las escaleras empinadas en medio de una semipenumbra, iba lanzando imprecaciones en voz baja contra la calaña que se había instalado allí. Hubiese querido irrumpir en la sala y cantarles las cuarenta a esa víbora mandona de Kunigunde y al pusilánime de su marido. Sin embargo, el encargo que le había hecho Marie era más importante que su furia, y por eso se apuró a dejar atrás las puertas del castillo. Una vez fuera, se sacudió, dejó escapar un suspiro de alivio y se acomodó el rollo de papeles que llevaba sujeto al muslo. Después avanzó a toda marcha, haciendo flamear su falda, adentrándose en la noche que comenzaba. No temía ni a los ladrones ni a los animales salvajes, ya que el bastón que utilizaba de apoyo al caminar tenía una punta afilada que podía llegar a convertirse, llegado el caso, en un arma peligrosa. Además, estaba segura de que Thomas saldría a su encuentro muy pronto.

8

La nieve había tardado en aparecer ese invierno, pero ahora comenzaban a caer los primeros copos del cielo en tales cantidades como no sucedía desde tiempos inmemoriales. El enjuto jamelgo apenas si podía tirar de la carreta, a pesar de que Reimo y Vúlko le abrían el paso con sus propios cuerpos a través de la nieve, que les llegaba casi a la altura de las caderas. Durante los primeros días, Michel, Zdenka y Karel habían podido ir sentados sobre el coche, pero ahora avanzaban pesadamente detrás de él, malhumorados y agotados. Cada vez que la carreta se quedaba varada y los hombres se apretaban contra las ruedas, Zdenka revisaba sus pertenencias y arrojaba todo aquello de lo que creía que podrían prescindir para facilitarle el trabajo al esforzado jamelgo. Por lo general, Michel se quedaba mirando, impotente, ya que apenas podía desplazarse sobre sus muletas con gran dificultad, sintiendo que el frío le calaba hasta los huesos. La pierna, que ya casi se le había curado, ahora se negaba a sostenerlo, dado que el clima helado y la sobrecarga habían hecho que la herida se le volviera a abrir.

Al percibir el aullido de una manada de lobos no muy lejos de donde ellos se encontraban, Zdenka se abrió paso hacia delante a duras penas a través de la nieve y se abrazó a su marido.

—Debemos dejar la carreta, Reimo. De lo contrario, jamás lograremos llegar a Falkenhain con vida.

Los lobos ya habían atacado al grupo en tres ocasiones, pero hasta ahora los hombres habían logrado ahuyentar a los animales. De la carreta colgaban tres pieles de lobo congeladas que el viento mecía y hacía entrechocar entre sí. Michel había matado a dos de los lobos y Reimo al tercero. Pero ambos sabían que el siguiente ataque podía ser el último.

Como su esposo no le respondió de inmediato, Zdenka comenzó a tirarle de la manga.

—¿No me has oído, Reimo? Debemos dejar la carreta.

Reimo sacudió enérgicamente la cabeza.

—Si renunciamos a la carreta, seremos mendigos. Ahí está todo cuanto poseemos.

Sin embargo, él también sabía que, a no ser que Falkenhain emergiese tras el siguiente recodo del camino, no tendrían otra opción.

Michel siguió las huellas que Zdenka había dejado en la nieve y se unió a los otros tres.

—¿Estáis seguros de que seguimos avanzando en el rumbo correcto?

Reimo alzó las manos, desconcertado, pero Vúlko respondió afirmativamente a esa pregunta. Añoraba a su esposa y a sus hijos, pero había comprendido que para su familia sería mejor que lo consideraran desaparecido y no que hubiera regresado a casa sin sus acompañantes. Por eso, a instancias de Zdenka, se había unido a Reimo. Era el único de ellos que ya había recorrido el camino hacia Falkenhain en tiempos de paz, y su presencia iba revelándose cada vez más como un afortunado giro del destino.

Vúlko señaló hacia la izquierda.

—Si bien las nubes están bajas, estoy seguro de que aquella cordillera de allá enfrente es la estribación norte del Lom, donde se encuentra el castillo de Falkenhain. Deberíamos llegar a Falkenhain antes de caer la noche.

Reimo miró dudoso hacia la masa gris, que apenas dejaba distinguir algún débil contorno.

—Esperemos que sea así. De lo contrario, les serviremos de festín a los lobos.

Michel entrecerró los ojos y oteó el paisaje que se abría ante él. La intensa nevada había cedido; creyó distinguir a lo lejos unos contornos que parecían ser los de un castillo, y se lo hizo notar a los demás. Vúlko lanzó un grito de júbilo, aliviado. Evidentemente no estaba tan seguro de sus afirmaciones como les había hecho creer. Aquel descubrimiento renovó las energías de todos ellos, y el alivio de saberse tan cerca de su meta pareció transmitirse incluso al caballo, que redobló sus esfuerzos de tal manera que al cabo de dos horas estaban frente a las puertas del castillo, agotados pero felices. Sin embargo, sus esperanzas de salvación se esfumaron cuando como respuesta a su llamada obtuvieron una negativa malhumorada y reticente.

—¡Desapareced, gentuza! ¡Apenas si tenemos algo en qué hincar el diente nosotros mismos este invierno! ¡No hay nada aquí para gente de vuestra calaña!

—Tened piedad de nosotros, somos unos pobres fugitivos que lo han perdido todo —suplicó Zdenka mirando hacia arriba, donde estaba el puesto del vigía de la torre, detrás de cuya aspillera la silueta del centinela más que verse se adivinaba.

—Si no nos ayudáis, nos moriremos de frío —exclamó Vúlko.

El vigía no se dejó ablandar.

—Es preferible que vosotros os muráis de frío y no que nosotros nos muramos de hambre por vuestra causa.

Hasta ese momento, Michel había guardado silencio, pero entonces avanzó cojeando y golpeó fuertemente contra la puerta.

—Ábrenos, muchacho, ¿o quieres que te arranque el pellejo?

Michel no supo quién le había puesto aquellas palabras en la boca. Sus acompañantes lo miraron azorados, e incluso el vigía de la torre se quedó mudo por un instante. Al recordar que había un muro y una puerta cerrada que lo separaban de aquel extranjero soltó una carcajada irónica.

—Eso quisieras. Pero creo que primero tendrás que arrancarles el pellejo a un par de lobos.

Sus palabras le dieron una idea a Reimo. Regresó a la carreta, cogió los pellejos de los lobos congelados y los sostuvo en alto, de manera que el guardián pudiera verlos.

—Eso mi amigo ya lo hizo. Es un gran guerrero. No solamente mató estos lobos, sino también a tres husitas que querían asesinarnos, y eso que estaba herido y únicamente tenía su muleta como arma para defenderse.

—Es un *nemec*, un alemán —se apresuró a agregar Zdenka.

El vigía pareció empezar a vacilar.

—¿Acaso eres un soldado del rey Segismundo?

Michel alzó las manos dudoso.

—No lo sé porque perdí la memoria de un golpe en la cabeza.

—¿Alguien habrá escuchado algo semejante alguna vez? —se burló el vigía, pero en ese momento intervino en aquella conversación a gritos otra voz, una voz acostumbrada a mandar.

—¿Quiénes sois y de dónde venís?

Reimo inclinó instintivamente la cabeza y respondió.

—Soy Reimo, el alemán, y ellos son mi mujer Zdenka, mi hijo Karel, y el primo de Zdenka, Vúlko. Somos del pueblo de Kyselka y tuvimos que huir de los husitas.

—¿Precisamente ahora, después de tantos años con los husitas al mando? ¡Hombre, no esperarás que te creamos esos cuentos!

La voz del vigía sonaba mordaz, pero el hombre que había intervenido en la conversación lo reprendió.

—Cállate, Huschke, y deja hablar a esta gente.

—Gracias, noble señor. —Zdenka suspiró aliviada y luego explicó que ella, su marido y su hijo habían huido hacía varios años de Kyselka y que se habían ocultado en una cueva—. Pero nuestro escondite fue descubierto por nuestros enemigos, y si Frantischek no nos hubiese salvado, ahora estaríamos todos muertos.

El vigía de la torre no daba su brazo a torcer.

—Frantischek, qué nombre más extraño para un guerrero alemán.

—No es su verdadero nombre, pero es que él se olvidó del suyo. Lo llamamos Franz porque lo encontré el día de San Francisco de Asís.

Mientras Reimo estaba aclarando los hechos, la tormenta de nieve comenzó a arreciar nuevamente, y Karel, que estaba tan muerto de frío como los adultos, comenzó a gimotear en voz baja.

Desde el puesto del vigía de la torre se oía una conversación en voz baja pero muy acalorada, y el pequeño grupo esperaba que no se impusiera el vigía desconfiado, sino el otro hombre cuya voz había sonado tan compasiva como curiosa. Al poco tiempo, el ruido de un pasador o de una tranca descorriéndose los liberó de aquella angustiosa espera, que conmovía incluso a Michel. Las dos hojas de la puerta se abrieron, haciendo a un lado el montón de nieve que se había acumulado delante.

—Soy Václav Sokolny, el señor de este castillo. Os doy la bienvenida.

Aunque hablaba bien el alemán, su acento dejaba entrever que no se trataba de su lengua materna.

—Os lo agradecemos, noble señor. —Zdenka salió a su encuentro, se hincó de rodillas y tomó su mano para besarla. Pero como el hombre llevaba unos guantes gruesos y forrados, se contentó con apoyar un instante su frente en ellos.

El hombre se percató de su turbación y se sonrió, divertido, pero la ayudó a ponerse de pie enseguida.

—En primer lugar, debéis entrar al calor. Estáis completamente congelados. Que Wanda os caliente unas cervezas. Eso os quitará el frío. Hynek se ocupará de vuestro caballo.

El hombre que se sintió aludido se inclinó ante el señor del castillo y contestó.

—*Osvem, pán!*

Entretanto, Michel había aprendido de Zdenka suficientes palabras en checo como para entender que había dicho «sí, señor». Estaba contento de poder escapar de aquel frío penetrante, aunque tenía el doble de ropa y la dureza de la marcha le había hecho sudar abundantemente. Sin embargo, ahora que estaban parados sin moverse, el viento le soplaba a través de cada pliegue de la túnica.

Mientras sus acompañantes siguieron a Sokolny con la cabeza gacha, sin mirar a izquierda o a derecha, su mirada se paseó por los alrededores, examinándolo todo. El castillo había sido erigido en un lugar estratégico, ya que los flancos escarpados del espolón de la montaña lo protegían por tres lados. Las murallas, que surgían del despeñadero casi sin que se viera su inserción, eran la mitad de altas y un poco menos macizas que las del frente, que constituía el lado más expuesto a un ataque, y una torre de entrada maciza aunque no desmedidamente grande protegía la entrada. El castillo era de corte ovalado y más bien podía denominarse pequeño, eso era algo de lo que Michel estaba seguro aunque no pudiera recordar si había visto otra fortaleza alguna vez. Salvo el edificio principal, el resto parecían más bien chozas que se apoyaban contra las piedras grandes pero toscamente talladas de la muralla como si se tratase de niños asustados.

El conde Sokolny condujo a sus invitados a través del patio angosto del castillo, que a pesar de la fuerte nevada estaba limpio, llevándolos hasta un anexo que se encontraba junto al edificio principal y en donde estaba la cocina. Allí, la cocinera estaba llenando unos vasos con cerveza humeante.

—Aquí tenéis, bebed —instó a los invitados.

Los dos soldados que venían acompañando al grupo interpretaron que esa invitación también iba dirigida hacia ellos y se apresuraron a coger un vaso. En los labios de Sokolny se insinuó una sonrisa, pero no dijo nada, sino que se sirvió él también. La cocinera hizo una reverencia, fue a buscar de un estante un par de vasos vacíos más, los llenó también del líquido humeante que impregnaba con su aroma la cocina entera y se los puso en las manos a Michel y a sus acompañantes. Mientras los hombres bebían la bebida caliente a pequeños sorbos para no quemarse los labios, Zdenka inició una conversación con la cocinera. Ambas hablaban en checo, ya que les resultaba más familiar que el alemán hablado por los habitantes de las grandes ciudades y, a juzgar por la avidez con que conversaban, parecía que tenían mucho que contarse.

El conde Sokolny aguardó a que sus inesperados invitados se hubieran recobrado un poco y luego señaló hacia la puerta.

—Seguidme al salón. Ya casi es la hora de cenar y no queremos seguir molestando a Wanda y a su gente.

Zdenka señaló hacia las ollas, que emanaban un delicioso aroma.

—Si se me permite, me gustaría ayudar.

—Hoy deberías tratar de recobrar fuerzas. Pero si Wanda está de acuerdo, a partir de mañana puedes ayudar en la cocina por el sueldo correspondiente.

Sokolny dirigió al grupo hacia la puerta, como si fuera una campesina que echa fuera a la bandada de gallinas que se le ha metido dentro de la casa. Cuando vio el efecto imponente que causaba en sus invitados el salón principal, con su cielo raso sostenido por vigas de madera tallada, sus armas y trofeos en las paredes y su mesa larga enmarcada por unas sillas macizas, Sokolny asintió, satisfecho, y les dio tiempo a Reimo, Zdenka, Karel y Vúlko para que observaran tranquilos. Los cuatro estuvieron de acuerdo en que las cuatro casas más grandes de su aldea podrían caber allí dentro. Ante aquellas exclamaciones de admiración, Michel meneó la cabeza de forma casi imperceptible, ya que el salón no le parecía particularmente grande y consideraba esos muebles inusualmente anticuados. En lugar de tener alfombras, el suelo estaba cubierto de espigas de abeto, y al menos una docena de perros se peleaba debajo de la mesa por un hueso.

—Eh, grandullón —dijo Michel cuando se le acercó un gran perro y se le quedó mirando con sus ojos amarillos.

El perro emitió un gruñido suave, pero Michel no se dejó amedrentar y le cogió del cuello con audacia.

—Si vamos a ser amigos, será mejor que me trates de un modo un poco más amable.

El perro frunció el ceño como si estuviese pensando cómo debía reaccionar, olfateó minuciosamente a Michel y finalmente apoyó su cabeza contra el muslo de él. Se trataba de la pierna que Michel tenía lastimada, y ese contacto le había dolido. Sin embargo, Michel se aguantó el dolor, palmeó al macizo animal y se alegró de haber encontrado a su primer amigo en el castillo de Sokolny.

9

A la luz turbia de la lámpara de sebo, Marie se quedó contemplando la nieve que el viento filtraba en la habitación a través de la ventana rota y que iba formando un montoncito blanco debajo de ella. Hacía tanto frío en esa habitación que los copos ya no se derretían, y Marie creyó que moriría de frío a pesar de los tres vestidos que tenía puestos uno encima del otro y de la manta que se había envuelto alrededor de los hombros. Como la habitación carecía de chimenea y además le habían negado un calentador con carbón de leña, su cama se había mojado y cubierto de una capa delgada de hielo allí donde se condensaba su aliento.

Estaba a punto de dar a luz, y tenía dolorosa conciencia de que en esas condiciones su bebé no lograría sobrevivir ni siquiera la primera noche. En sus momentos de mayor tristeza había pensado en darse por vencida y entregarse al destino que le había asignado la señora Kunigunde. A fin de cuentas, se trataba del bebé de Michel, cuya vida no podía poner en riesgo por simple obstinación. Pero cada vez que estaba a punto de ir a ver a la nueva señora del castillo y someterse a sus designios, el orgullo y el deseo de independencia se alzaban en su interior. Podía imaginarse la clase de vida miserable que llevaría bajo el influjo de aquella mujer, ya que el hombre con quien se debía desposar de acuerdo con los designios de Kunigunde estaba completamente sometido a sus órdenes y no movería ni un dedo para proteger a su esposa de su prima. Y, sobre todo, un matrimonio con ese

Götz von Perchtenstein, aquel hombre desabrido y desanimado, mancharía la memoria de Michel.

Marie se abrazó el vientre, donde su bebé se revolvía inquieto, apretó los dientes y lanzó un rosario de imprecaciones contra el piso de abajo, donde la estirpe de Kunigunde devoraba presa de la gula todos sus víveres, mientras que ella allí arriba no probaba bocado desde hacía veinticuatro horas. Hacía ya varios días que había comenzado a sentirse tan pesada y tan mal que no podía sostenerse sobre los flojos peldaños de aquellas empinadas escaleras. Ischi solía traerle la comida, pero el día anterior se había ido a la casa de su futuro esposo, y la tormenta de nieve que arreciaba desde la noche anterior probablemente la había retenido allí.

Marie se frotó las manos agarrotadas y se acurrucó más contra el borde de la cama para no quedar tan expuesta a la corriente de aire. Justo en ese momento oyó ruidos provenientes del desván, que se encontraba en un anexo debajo de la torre. Supuso que se trataría nuevamente de alguno de los mocosos de la señora Kunigunde, que ya le habían abierto y saqueado dos cofres, pero ya no tenía las fuerzas necesarias para bajar y ahuyentarlos. En ese momento oyó pasos en la escalera que conducía a su recámara y se incorporó tensa.

Unos instantes más tarde, Ischi asomaba la cabeza por la puerta. La joven criada estaba envuelta en un abrigo, y la pañoleta de lana gruesa que se había anudado sobre la cabeza solo le dejaba libres los ojos, la nariz y la boca. Pero esta vez no llevaba ningún plato en la mano, sino el abrigo de piel más grueso de Marie y sus botas de invierno. Mientras apoyaba las cosas sobre la cama, le sonrió a su señora para darle ánimos.

—Hoy la tormenta arrecia con singular fuerza, señora —dijo en voz baja—, con fuerza suficiente como para retener a la señora Kunigunde y a toda su estirpe en la habitación de la chimenea, y los guardias de las puertas están más preocupados por sus braseros que por la entrada. Por eso puedo llevaros por fin a la granja de cabras, tal como me lo encargó vuestra amiga hace ya varios días. Es cierto que el camino no será fácil, pero hasta ahora no había podido encontrar una ocasión propicia para sacaros del castillo a escondidas.

Marie solo oyó las palabras granja de cabras y pensó en el calor de hogar que se sentiría en la cocina de Hiltrud. Allí también encontraría comida suficiente y la ayuda necesaria para traer a su bebé al mundo sano. Esos pensamientos le levantaron enseguida el ánimo, y miró a la criada, asintiendo aliviada.

—Eres un tesoro, Ischi. Ya casi había perdido el valor, pero gracias a tu ayuda podré burlar a la señora Kunigunde.

Se levantó, se calzó las botas y se puso encima el abrigo de forma semicircular. Como había sido confeccionado antes de su embarazo, la tela se estiraba en la zona del vientre, dejándole un espacio sin cubrir. Ischi observó con ojo crítico las ropas apretujadas de su señora, que le parecían muy poco apropiadas para el largo viaje que emprendería, y salió en busca de algunas prendas más. Volvió a quitarle el sobretodo y fue superponiéndole las prendas más abrigadas que pudo encontrar. Después volvió a ayudarla a enfundarse en el abrigo y le puso otra pañoleta más sobre los hombros para sostenerle sobre la cabeza una caperuza forrada en piel. Finalmente, sujetó a su señora para que esta pudiese bajar las empinadas escaleras paso a paso a pesar de su informidad.

Pese a que a Marie le urgía dejar ese castillo inhóspito lo antes posible, se detuvo en el almacén junto a la torre, abrió un par de cofres y extrajo algunas cosas por las que sentía un apego especial. Se trataba de un par de joyas que Michel le había regalado a lo largo de los años y que todavía no había podido dar a Hiltrud para que las pusiera a resguardo, además de un par de cosillas pertenecientes a Michel que aún no habían caído en las codiciosas garras de la estirpe de Kunigunde. No quería dejarlas allí porque estaba convencida de que, si lo hacía, no volvería a verlas.

El frío en el castillo también tenía su lado bueno, ya que mantenía a los criados refugiados en el calor de la cocina y a las criadas preferidas de la señora Kunigunde en la habitación de la chimenea. Eso les permitió a Ischi y a Marie atravesar el patio sin ser vistas y avanzar hasta las puertas con la nieve llegándoles hasta las pantorrillas. Si bien las dos hojas grandes del portal estaban cerradas, la pequeña puerta lateral estaba abierta y sin vigilancia. Poco después, Marie se dio la vuelta para echar un último vistazo a aquellos muros que habían sido su hogar durante once años y a los que ya no quería regresar. Se sacudió los recuerdos de los últimos meses para que no la persiguieran como una nube de malos espíritus y luego le volvió la espalda al castillo con un enérgico movimiento.

—En realidad, la idea era que Thomas o Hiltrud estuviesen esperándonos en la puerta, pero con este clima tan espantoso no he podido salir a buscarles, así que tendremos que ir solas —le gritó Ischi al oído para sobrepasar el rugido de la tormenta.

Marie examinó a la joven y meneó la cabeza preocupada. La ropa de Ischi alcanzaba para ir a ver a algún vecino en la ciudad o para poder ir a la iglesia, pero no era adecuada para una caminata de horas a campo traviesa. Se congelaría antes de llegar a la mitad del camino hacia la granja de cabras. Marie comprendió que tendría que ir sola.

La criada extrajo de un pequeño nicho entre dos casas un bastón fuerte y una canasta bien acolchada que había escondido al dirigirse al castillo. La canasta contenía un recipiente aún tibio sellado con una tapa que contenía un guiso muy nutritivo de cebada troceada, nabos y algunas tajadas de pollo. Marie casi le arrancó a la criada de las manos la cuchara que esta había rescatado de entre la paja y devoró la comida con avidez, sin darle siquiera las gracias a la joven entre bocado y bocado. Una vez que el recipiente quedó vacío, volvió a mirar hacia arriba, donde el castillo ya casi no podía distinguirse a causa de la tormenta de nieve, y agitó el puño.

—Esa Kunigunde quería matarme de hambre. ¡Que el diablo se la lleve, a ella y a toda su chusma!

Mientras Ischi volvía a guardar el recipiente y se ataba la canasta al hombro con unas tiras de cuero, Marie cogió el bastón, dirigiendo todos sus pensamientos hacia el peligroso camino que tenía por delante. Incluso en la ciudad podía sentirse la furia de la tormenta, que arreciaba sobre los techos, llenaba todos los rincones de nieve y se depositaba sobre las fachadas de las casas como una piel de oveja recién esquilada, haciendo que las callejuelas parecieran abismos que llegaban hasta el cielo. El día seguía negándose a darle paso a la noche, y sin embargo todos los postigos estaban cerrados. Solo de vez en cuando podía advertirse desde fuera un tenue resplandor luminoso que demostraba que en el interior de las casas cubiertas de nieve aún había vida. El clima había empujado a las personas junto al calor de sus hogares y las lumbres de sus ahumaderos, en donde las manzanas asadas desparramaban una agradable fragancia y el vino aromático se tornaba tan tibio que descendía amablemente por la garganta, ahuyentando de los miembros todo vestigio de frío.

Marie e Ischi no se toparon con un alma hasta alcanzar la puerta de la ciudad, en donde llamaron la atención de los guardianes. Se trataba de centinelas que no estaban sometidos de forma directa al nuevo alcaide, sino que respondían en primera instancia al consejo de Rheinsobern. Cuando reconocieron a ambas mujeres, intercambiaron unas miradas muy significativas, les dieron la espalda y volvieron a dedicarse al brasero de hierro en el que el carbón de leña les daba un hálito de calor.

Ischi descorrió el pasador de la puerta con los dedos agarrotados y la abrió para dejar salir a Marie. Al sentir en la cara el viento que pasaba aullando por las paredes y ver los torbellinos de nieve arremolinándose, detuvo a su señora.

—Mejor quedaos aquí. Con este clima, pereceréis antes de haber llegado a la granja de cabras. Venid conmigo, os llevaré con mis suegros. Ellos os recibirán con gran júbilo.

Marie sacudió la cabeza con decisión y apartó los dedos de Ischi de su abrigo.

—Puede ser, pero ese es el primer lugar en donde me buscaría la señora Kunigunde. No creo que se imagine que me he ido a casa de mi amiga en medio de esta tormenta y estando embarazada. Para cuando se le ocurra enviar a alguien a la granja de la pastora de cabras, tal vez yo ya tenga en mis manos la carta de protección del conde palatino.

Ischi se tapó el rostro con las manos y rompió a llorar.

—Este clima me da miedo. ¡Moriréis en el camino!

Marie le acarició la mejilla, sonriendo.

—Créeme, Ischi, he andado por los caminos en condiciones climáticas mucho peores que estas.

—Pero no con una criatura en vuestro vientre que nacerá en unos pocos días.

Por un instante, Ischi consideró la posibilidad de llamar a alguno de los guardianes de la puerta para que retuvieran a su señora, pero antes de que pudiera decidirse, Marie ya se había soltado de sus manos y había comenzado a marchar pesadamente en la nieve.

—¡Que Dios y la Virgen Santa os protejan! —alcanzó a gritarle Ischi, cerró la puerta y regresó hacia la casa de su prometido con los hombros caídos y llenándose de reproches.

Uno de los guardianes se dio cuenta de que había olvidado volver a poner el pasador y se levantó gruñendo para hacerlo él mismo.

—¡Mujeres! —protestó, mientras pensaba cuánto preferiría estar con su propia mujer para compartir con ella la tibieza del lecho en lugar de tener que estar sentado allí, en aquel frío y húmedo puesto de vigilancia, en un día como ese, en el que probablemente no arribaría ningún viajero.

Marie no se sentía en absoluto tan valiente como le había hecho creer a Ischi. En condiciones climáticas favorables, el camino hacia la granja de Hiltrud le llevaba una hora de marcha, y con semejante tormenta de nieve cada paso se convertiría en una lucha en la que podía perecer con facilidad. Su mirada se deslizó por la llanura nevada del Rin, que se desplegaba ante sus ojos casi sin contornos, como una mortaja.

Marie cerró los puños.

—¡No será la mía! —exclamó al viento para infundirse ánimos.

Si hubiese tenido que avanzar con viento en contra, habría muerto a los pocos pasos, pero por suerte para ella, la tormenta caía de forma oblicua, chocando contra su espalda, lo cual le permitía aprovechar el ímpetu del viento y dejarse llevar por él. Lo más difícil era no salirse de la senda y no equivocarse en los desvíos, ya que bajo aquel manto de nieve los árboles y los arbustos cambiaban totalmente su aspecto comparado con las estaciones del año más cálidas, y los muros de la ciudad, que podrían haberle brindado un punto de referencia, desaparecieron al cabo de un rato en medio de la intensa nevada. Marie tuvo que detenerse en varias ocasiones para reorientarse, y de todos modos no estaba segura de haber tomado el camino correcto. Cuando la tormenta cedió por un instante, oyó a lo lejos el aullido de un lobo, y otro que parecía estar bastante más cerca le respondió con voz ávida.

Marie se estremeció. Si bien era cierto que los lobos rara vez andaban merodeando las llanuras a orillas del Rin, cuando los inviernos eran muy crudos solían bajar al llano. Se abrazó al bastón, como si estuviese buscando que aquel trozo de madera inanimada la protegiera, y siguió avanzando lo más rápido que pudo. Aquel esfuerzo extraordinario y el peso adicional del bebé que cargaba en el vientre hicieron que pronto comenzara a sudar. Las gotas que resbalaban por sus mejillas se congelaban al contacto con el frío, de modo que a cada rato tenía que limpiarse las perlas de hielo que se le formaban en el rostro, y al mismo tiempo comenzó a picarle terriblemente la espalda. Ya habían transcurrido casi diecisiete años desde que la habían azotado en Constanza y los guardias la habían arrastrado medio muerta por el camino, pero, de repente, le parecía que aquello había sucedido el día anterior.

Al rato, Marie ya estaba resoplando como una yegua espantada, rogando a Dios y a María Magdalena que la ayudasen. Aún seguía prefiriendo rezarles a las santas de las cortesanas antes que a la Virgen María, ya que veía en la antigua prostituta de Galilea a una compañera de desventuras. Enfrascada en sus pensamientos, Marie estuvo a punto de pasar de largo por la granja de cabras, pero el balido de un cabrito y el contorno del establo que se divisaba no muy lejos de ella en medio de la nevada le marcaron el rumbo. Se precipitó hacia la casa y golpeó la puerta con sus últimas fuerzas. Durante algunos instantes no sucedió nada, hasta que, finalmente, le abrió Hiltrud. Su amiga se quedó mirándola con los ojos desorbitados, como si temiera estar siendo burlada por un demonio invernal, pero finalmente le extendió los brazos para recibirla.

—¡Dios mío, Marie! ¿Acaso te has vuelto loca como para venir con semejante tormenta? ¡Si me hubieses enviado una nota, habría ido a buscarte de inmediato!

—Tú sí que eres buena —logró soltar Marie con los dientes castañeteándole—. ¿Acaso querías que te enviase a Ischi? Se habría perdido por el camino y habría hallado una muerte segura.

—Pero tú sí lo has logrado. —La voz de Hiltrud aún tenía un tono de reproche, aunque tuvo que darle la razón a su amiga para sus adentros. Solamente una mujer con la voluntad de Marie era capaz de atravesar el camino con semejante tormenta—. Ven, te llevaré junto al fuego y te calentaré un poco de vino aromático.

Hiltrud cerró la puerta, condujo a Marie a la cocina y la ayudó a sentarse en el banco que estaba junto al horno. Después llenó de vino una jarra de cerámica, le agregó algunas hierbas y algunas especias y envolvió con un trapo el mango del hurgón cuya punta estaba en el fuego. Al sumergir el extremo del hierro candente dentro del líquido se oyó un siseo y el vapor comenzó a ascender hasta el cielo raso. Hiltrud contó lentamente hasta diez, volvió a sacar el hurgón, aspiró el aroma del cántaro humeante y llenó dos vasos con aquella bebida de fuerte aroma.

—Después del susto que me has dado, necesito un trago —dijo en un intento lastimero de reír.

Le alcanzó un vaso a Marie, cogió el de ella y le indicó a su hija mayor que trajera a la mesa algo de comer. Mariele hubiese preferido quedarse, ya que sentía curiosidad por saber qué había movido a su madrina a ir a su casa con semejante tormenta, pero obedeció sin rechistar. Fue a la despensa, llenó una tabla de delicias campesinas tales como jamón, queso, morcilla y salchichas de hígado ahumadas, y con una sonrisa tímida puso todo sobre la mesa, delante de su madrina. Cuando Hiltrud cortó unas rebanadas gruesas de pan fresco de delicioso aroma, a Marie se le hizo la boca agua. Se abalanzó sobre la comida con avidez y no dejó de comer hasta que la tabla estuvo casi vacía.

Hiltrud la miraba sin salir de su asombro.

—Es evidente que estaban haciéndote pasar mucha hambre. Gracias a Dios estás otra vez con nosotros. Yo te alimentaré bien, así te recuperarás y tendrás fuerzas suficientes como para dar a luz a tu bebé. Pero ahora debes ir a la cama. ¡Ven conmigo! Mientras Thomas no esté, dormirás en mi cama.

Marie alzó la cabeza, sorprendida.

—¿Thomas no está? Pero ¿adónde se ha ido?

—¡Tú sí que me haces reír! —Hiltrud le dio a su amiga un golpecito en la nariz—. ¡Se fue a entregarle tu carta al conde palatino! Creo que será mejor que se quede allí hasta que el clima mejore un poco, ya que esta tormenta es lo suficientemente fuerte como para matar a un hombre adulto.

—Lamento causaros tantas molestias —respondió Marie, angustiada.

Pero se equivocaba con Hiltrud.

—Mi querida amiga, si no podemos hacer algo por ti después de todo lo bueno que tú y Michel habéis hecho por nosotros, no merecemos estar vivos. Así que arriba ese ánimo y deja de pensar cosas malas. ¡Tu bebé necesita una madre alegre, no una cobarde llorona, o él también se transformará en un desdichado!

Marie agitó la mano en un gesto despectivo.

—¡Si los hijos no se dan cuenta del ánimo que tienen sus madres!

—No te engañes. Los hijos saben perfectamente lo que sienten sus madres. Pero ahora ven conmigo. Los demás ya se han metido todos en sus camas.

Hiltrud sonaba tan resuelta y al mismo tiempo tan preocupada por ella como Marie la había conocido, y por primera vez en mucho tiempo se sintió protegida. Allí podría dar a luz a su bebé sin miedo alguno; lo único que la entristecía era que Michel no pudiese vivir junto a ella el momento del nacimiento.

10

El conde Sokolny estaba de pie junto a la ventana, contemplando el patio en el que sus soldados a caballo se ejercitaban en el manejo de distintas clases de armas bajo el mando de Marek Lasicek, el capitán de la guardia del castillo. El que mejor se desempeñaba era el nuevo y, mientras lo observaba, el conde lamentaba cada vez más que el hombre hubiese perdido la memoria. Sokolny estaba seguro de saber catalogar bien a la gente, pero este Franz le resultaba un enigma. El alemán era un luchador extraordinario, y ahora que su herida en el muslo casi había sanado por completo, resultaba una ganancia para él. Sin embargo, el conde no sabía si estaba tratando con un noble o con un guerrero burgués que tras largos años de servicio había logrado ascender a la categoría de capitán. Cuando entrenaba con los hombres, Franz empleaba un lenguaje tan soez como el de un siervo campesino, pero delante de él y de su familia se comportaba como un noble. El conde hubiese querido saber cuál era su origen, ya que si Franz resultaba ser noble y él lo trataba como a un siervo, cuando el alemán recuperara la memoria esto sembraría una enemistad entre ambos. Por otra parte, tampoco correspondía tratar a un simple soldado como si fuese un noble, invitándolo a sentarse a la misma mesa. Pero Václav Sokolny no era el único que tenía este problema; sus acólitos tampoco sabían muy bien qué pensar de aquel extraño. Los que eran de origen alemán, lo trataban sin más como a un compatriota; en cambio, los checos guardaban distancia, ya que se preguntaban si acaso él sería uno de aquellos que habían ido dejando una huella de sangre por cada aldea desprotegida por la que habían pasado en lugar de enfrentarse a las hordas husitas. Muchos de ellos se adherían en silencio a las enseñanzas de Jan Hus, aunque no podían decirlo en voz alta porque el conde Sokolny era considerado un fiel católico y no les daba a los creyentes el derecho de juzgar a sus obispos o incluso al Papa. Sin embargo, a pesar de su fe, ninguno de sus hombres estaba dispuesto a traicionar a su señor ante los husitas, cuyas patrullas hasta el momento habían dejado intactos el castillo y sus alrededores.

Marek Lasicek se consideraba tan buen checo como el que más, pero toda su fidelidad la reservaba para el conde Sokolny y su familia. No le quedaba nada de esa fidelidad para Segismundo, rey de Bohemia y emperador de los alemanes, ni para el tosco de Prokop, que le causaba igual rechazo, dado que era el comandante de los husitas y el líder de los fanáticos taboritas. Con su guerra, ambos perturbaban la vida bella y pacífica que había reinado en Bohemia hasta la muerte de Jan Hus. Él también se rompía la cabeza pensando en aquel extraño que se hacía llamar Franz. Si el hombre hubiese sido un simple recluta a quien hubiese podido moldear e incorporar a su grupo como a Vúlko y a Reimo, tal vez hasta le habría resultado simpático. Pero en los pocos días que llevaba participando de los ejercicios militares, el alemán había demostrado ser un guerrero extraordinariamente diestro, y en una lucha de entrenamiento le había hecho caer el arma. Eso era algo de lo que Marek Lasicek no se olvidaba tan fácilmente, sobre todo porque no le había vuelto a suceder desde los tiempos en que él mismo era recluta.

Marek se quedó mirando cómo Michel intentaba enseñarle a Vúlko, que se comportaba como un torpe, la forma correcta de empuñar la espada; luego vio que su señor estaba observando la escena desde arriba, detrás de la ventana, y sonrió. Ya le mostraría a ese alemán cuál de los dos era mejor guerrero.

—Eh, *nemec*, ¿qué tal una lucha de entrenamiento conmigo, pero no solo entrechocando las espadas, sino una lucha fuerte?

Michel se dio la vuelta hacia él y asintió.

—¿Por qué no? Con este entrenamiento tan liviano que hacemos aquí ni siquiera llego a entrar en calor.

Marek dio un paso adelante y examinó la manera de afirmarse sobre la nieve pisoteada. El resto de los soldados se paró formando un semicírculo, mientras Michel cambiaba la espada de madera que se usaba para practicar por una de hoja verdadera y después se paraba en medio del círculo. Antes de que Marek y él pudiesen cruzar sus espadas, apareció el conde y alzó la mano.

—Se me ocurre una idea para matar el tiempo mejor que permitir que os rompáis mutuamente la cabeza. El día está soleado y no muy frío, de modo que deberíamos ocuparnos de volver a llenar nuestras despensas.

—¿Queréis salir de cacería, señor? —Marek, que normalmente solía ser el primero en estar listo cuando se mencionaba esa palabra, torció el gesto. Pero después de mirar brevemente al conde y comprobar que no se dejaría convencer de lo contrario, volvió a guardar la espada en la vaina con un enérgico movimiento—. Tendremos que medir nuestras fuerzas en otro momento, *nemec*. Ahora veremos si no te lo haces en los pantalones al oír el aullido de los lobos.

Los amigos de Marek se rieron, mientras que Michel se limitó a menear suavemente la cabeza. Comprendía al checo, que hasta entonces había sido indiscutiblemente el mejor guerrero, y que como tal había reinado sobre los soldados a caballo como un pequeño monarca. El hombre no podía acostumbrarse a que hubiese aparecido alguien no ya de su misma condición, sino incluso mejor.

—Hasta ahora rara vez he tenido miedo de un lobo.

Michel se pasó la mano por el abrigo de piel de lobo que Zdenka le había cosido con las pieles de los animales que había matado. Ahora las risas estaban de su lado.

Marek hizo un gesto como si quisiera saltar sobre la yugular de Michel, pero, enojado, se limitó a hacer un ademán despectivo.

—Eso está por verse, *nemec*. Ya veremos quién de los dos es mejor. —Tras decir eso, le dio la espalda a Michel y se dirigió a su señor—: ¿La señorita vendrá con nosotros, *pán*?

—No sabría cómo prohibírselo, ya que estoy seguro de que no hará caso a lo que yo le diga —respondió Sokolny, riendo.

Como si lo hubiese intuido, en ese momento apareció en la escalinata del edificio principal su hija Janka. Llevaba, tal como se requería para salir de cacería, unas botas de piel, un traje de montar largo con varias faldas de lana superpuestas y, encima de todo, un abrigo de piel. Tenía la cabeza cubierta con una capa abrigada forrada en piel que le llegaba hasta las orejas, y las manos las tenía embutidas en unos guantes firmes diseñados de tal modo que con ellos podía empuñar la ballesta.

—Llegas temprano, los demás no estamos listos aún.

La voz de su padre no sonaba a reprimenda, sino a orgullo por la valentía de su hija. Janka aún no había alcanzado la mayoría de edad, pero ya se perfilaba como una futura belleza. En tiempos más pacíficos, su padre habría encontrado un esposo para ella mucho antes, pero ahora no había ningún noble en su círculo que estuviese en condiciones de pedir la mano de una condesa Sokolna.

—Que Jindrich me ensille a *Norka* —le indicó Janka a uno de los siervos.

Mientras este se alejaba a toda prisa, Sokolny llamó a su sirviente personal, que le tenía preparada su vestimenta de caza, y dejó que lo vistiera. Los soldados de Marek, que debían acompañarlos como batidores, ya se habían puesto ropa abrigada, y ahora solo les faltaba proveerse de armas.

Cuando Michel salió de la casa de armas, Sokolny lo examinó con visible interés. El alemán se había decidido por una jabalina y un cuchillo de caza largo que llevaba enganchado a su pantalón de tal modo que podía tomarlo con ambas manos. Su mirada se paseó por todos los caballos con ansiedad, examinando los animales que le traían los siervos del establo, lo cual revelaba que estaba acostumbrado a montar. Sokolny pensó en asignarle un caballo, pero finalmente renunció a esa idea para no enfadar aún más a Marek. El fiel muchacho se habría tomado muy a mal el hecho de que privilegiara al alemán, ya que él solo montaba a caballo cuando tenía que recorrer largas distancias, y sobre la montura no tenía la destreza necesaria para un cazador.

Por eso, solamente fueron tres los que encabezaban el grupo de cacería montados a caballo: Sokolny, su hija Janka y Feliks Labunik, un noble de mediano rango que estaba al servicio del conde. A pesar de que la nieve les llegaba casi hasta las rodillas, los soldados también avanzaban a buen ritmo. Michel sentía que la herida de la cadera le tiraba, sin embargo, seguía firme, manteniendo el paso de Marek, que era prácticamente una cabeza más bajo, pero bastante más gordo que él. A poco más de cien pasos del castillo de Falkenhain, se internaron en un bosque que parecía encantado. Los árboles tenían unos gruesos cascos blancos, pero el suelo entre las ramas poderosas estaba en su mayor parte libre de nieve, aunque congelado como piedra y cubierto de escarcha resplandeciente, al igual que el soto. Más de una vez se produjo un remolino plateado cuando alguno de los caballos o uno de los batidores atravesaba los arbustos. No faltaba mucho para la Navidad, y ese era otro de los motivos por los cuales estaban yendo de cacería, ya que en las fiestas el conde quería ver sobre su mesa navideña carne de venado recién cazada.

Marek dividió a sus hombres y volvió a inculcarles que debían hacer que los animales salieran al encuentro de los jinetes.

—Pensad que una jabalina siempre es más veloz que vosotros, tanto para huir como para atacar. Y no creáis que nuestros jabalíes bohemios son inofensivos. Pueden medirse con media docena de alemanes juntos.

Michel no podía recordar haber cazado un animal alguna vez; sin embargo, todo aquello le resultaba muy familiar, aunque tenía que luchar contra la sensación de que, en realidad, debería haber estado sentado sobre un caballo, tensando una ballesta en sus manos, al acecho, hasta divisar un ciervo o un jabalí. Enseguida reaccionó, se puso en la fila junto al resto de los batidores, empuñando la pica y llevando el paso con ellos.

El conde había hecho llevar solamente tres perros, entre los cuales estaba *Mozak*, el amigo de Michel. A Hynek, que estaba a cargo de los animales, le costaba un esfuerzo enorme sujetarlos de la correa, porque ya habían encontrado un rastro. Ante una señal de Sokolny, el sirviente soltó a los perros, y un instante más tarde estos ya se habían abalanzado sobre el primer jabalí. El animal trató de huir, pero la flecha de Janka fue más rápida y lo hizo desplomarse en el suelo con un chillido agudo. El conde felicitó a su hija por el buen tiro, y por eso no advirtió a otra jabalina que se alejaba gruñendo y gritando, aunque *Mozak* intentara arriarla con sus ladridos hacia donde estaban los cazadores.

—Eso no ha estado bien, señor —criticó Marek al conde con el privilegio que le daba ser su fiel acólito.

Su señor hizo un gesto de desdén, riendo, pero se notaba que estaba molesto. Cada jabalí que cazaban representaba alimento para la gente que habitaba el castillo, y si se les escapaban demasiados, se verían forzados a pasar hambre y necesidades.

—¡Adelante! —Sokolny alentó a sus hombres y preparó la ballesta. Pero nuevamente fue su hija la que acertó a tirar primero. Esta vez, el conde tuvo que lanzar una flecha después de su hija, ya que la primera no había herido de muerte al jabalí.

Con el correr de la tarde, los cazadores y los batidores comenzaron a dispersarse, y llegaron siervos del castillo para ayudar a acarrear los animales que habían cazado. Cuando los primeros batidores se detuvieron, agotados, el conde Sokolny frenó su caballo.

—La cacería ha terminado. ¡Ya tenemos animales suficientes! —exclamó, mientras mandaba reunirlos a todos.

Poco después apareció la mayoría de los participantes de la cacería, pero faltaban Janka, Michel y otro de los batidores, y mientras los otros dos perros se daban una panzada con unos buenos pedazos de carne, Hynek llamó infructuosamente a *Mozak*.

—¡Si llego a atrapar a ese maldito *nemec*, le daré tantas patadas en el culo que se lo dejaré abollado! —gritó Marek, furioso.

—El alemán y Antonin se han ido tras la señorita Janka. Cuando los he visto por última vez, estaban a nuestra derecha —le informó uno de sus hombres.

Sokolny ordenó que volvieran a tocar el cuerno. Labunik formó un embudo con sus manos y gritó en dirección hacia el bosque que la cacería había terminado. Sin embargo, no obtuvo respuesta alguna. Sokolny exhaló con fuerza el aire de sus pulmones y frunció los labios. Su mirada buscó el cielo, que ya se estaba tiñendo de negro en el este.

—Feliks, tú vendrás conmigo. Marek, tú te encargarás mientras tanto de poner a salvo el resto de nuestras presas. Dentro de una hora estará oscuro, y sería una lástima que los lobos terminaran saboreando un jabalí porque nosotros hemos tenido que dejarlo.

—Eso sería una verdadera lástima, señor.

Marek les indicó a algunos hombres que llevaran al castillo las presas que habían cazado, que estaban desparramadas en el punto de reunión, pero él permaneció junto a Sokolny. El conde le dirigió una mirada un tanto molesta, a la que Marek respondió meneando la cabeza con obstinación. Al fin y al cabo, se trataba de la pequeña Jaschenka, a quien había acunado con frecuencia en sus rodillas cuando ella tenía apenas dos años.

—Ojalá que no le haya sucedido nada —repitió un par de veces, al tiempo que intentaba seguir el paso de los caballos, jadeante. Sus palabras expresaban lo que el conde mismo secretamente temía.

Cuando descubrieron las huellas del caballo de Janka, del perro y de sus dos acompañantes, suspiraron todos aliviados. Sokolny espoleó a su caballo blanco, dejando muy pronto atrás a Feliks Labunik y a Marek.

De pronto vio que alguien se acercaba corriendo en dirección hacia él. Era Antonin, uno de los hombres de Marek y un soldado muy valiente. Pero esta vez había arrojado su pica y corría directamente hacia el caballo del conde, ciego de pánico. Sokolny logró evitar el choque en el último momento, cogió a Antonin, lo subió a su caballo y lo sacudió.

—¿Qué sucede? —le gritó.

Antonin alzó la vista, pálido de miedo.

—*Medved, medved!*

—¿Un oso, dices? —Sokolny se estremeció del susto.

Para esa época del año, la mayoría de los osos ya estaba en sus guaridas, hibernando. Pero los pocos que aún no habían encontrado una guarida o que habían sido expulsados de ella por otros osos más grandes eran especialmente traicioneros y agresivos, y muchos cazadores habían pagado con sus vidas un encuentro de esos. Por un momento, el conde se imaginó a Janka bañada en sangre bajo las patas de una bestia semejante, apartó a Antonin a un lado y espoleó a su caballo.

—¡Padre nuestro que estás en los cielos, haz que no llegue demasiado tarde!

11

El oso apareció ante ellos inesperadamente, rompiéndole el cuello de un solo golpe a la robusta yegua de Janka. Michel no estaba lo suficientemente cerca como para reconocer el peligro, y Antonin, tan pronto como vio al animal, arrojó el arma gritando de pánico y salió corriendo. Michel empuñó su pica con más firmeza y dio un gran salto hacia delante para ayudar a Janka, que yacía semienterrada debajo del cuerpo de su yegua. El oso ya casi estaba sobre la muchacha, que daba puñetazos al aire presa del pánico, cuando advirtió la presencia de su nuevo enemigo, que se irguió sobre sus patas traseras. La pica se le clavó apenas por debajo de las costillas, pero no alcanzó a penetrar a través de la gruesa capa de grasa. Antes de que Michel pudiese extraerle el arma para volver a clavársela, el oso respondió con un gruñido furioso, dando un manotazo que partió el mango macizo de la pica como si hubiese sido un junco, y luego echó a Michel a un lado como si se tratara de una mosca molesta. Sus ojos pequeños se quedaron observando al hombre con desprecio hasta que un aullido de Janka volvió a llamar su atención sobre la muchacha. *Mozak*, que había ido detrás de Michel, saltó sobre el oso, pero antes de que pudiese morderlo fue lanzado por los aires con un único movimiento que, a pesar de su tamaño, lo arrojó a varios pasos de distancia. La bestia no se preocupó por el perro que aullaba, sino que se volvió nuevamente hacia Janka, que intentaba zafarse en medio de su desesperación.

El ataque de *Mozak* le había dado tiempo suficiente a Michel como para salir de la duna de nieve. Extrajo su cuchillo de caza, saltó sobre las espaldas del oso y se aferró con la mano izquierda al espeso pelaje marrón del animal para finalmente hundirle la hoja del cuchillo entre las costillas.

El oso se quedó de pie gimiendo, se dio la vuelta tambaleante y arrojó un golpe sin fuerza que no llegó a alcanzar a Michel. Prudentemente, este se había apresurado a apartarse, y ahora giraba alrededor del animal. Cuando el oso se irguió para despedazarlo con sus patas delanteras, volvió a enterrarle el cuchillo y después esquivó las garras. Un temblor atravesó a aquella criatura, de estatura superior a la de un hombre. Se tambaleó, se precipitó al suelo sin emitir sonido y se quedó tendido, inerte.

Michel puso unos cuantos pasos de distancia entre él y el oso, ya que sabía que esas fieras eran capaces de reacciones sorprendentes, incluso estando agonizantes. Pero al volver a mirarlo se dio cuenta de que el oso realmente estaba muerto. Sus uñas estaban extendidas hasta casi tocar la cabeza de Janka. La muchacha había dejado de gritar y miraba a la bestia muerta con ojos desorbitados. En señal de reconocimiento, Michel palmeó en los flancos a *Mozak*, que se había acurrucado junto a él, gimiendo, y luego se inclinó sobre la hija del conde para liberarla. Pero la yegua era demasiado pesada como para que un hombre solo pudiese levantarla o moverla sin ayuda.

En ese momento apareció el conde Sokolny. Vio a la fiera y a la yegua muerta y tuvo la sensación de que el corazón iba a dejar de latirle del susto. Pero entonces se dio cuenta de que su hija movía el torso, bajó de su caballo negro y la cogió de la mano.

—Por Dios, hija, creí que te había perdido.

Michel resopló.

—¡No perdáis el tiempo con discursos inútiles y ayudadme a sacar a Janka de ahí!

Sokolny se estremeció al oír el tono autoritario de esas palabras, pero comprendió que Michel tenía razón y asió él también al animal. Unos instantes más tarde, Janka estaba inclinada sobre un tronco, aún paralizada por el susto pero ilesa, salvo por algunas magulladuras, y no apartaba la vista de Michel.

—Has arriesgado tu vida para salvar la mía.

Sokolny examinó las heridas del animal, cuya sangre manchaba la nieve de rojo.

—No sé cómo agradecértelo. Si Janka hubiese caído víctima del oso, eso le habría roto el corazón a mi esposa.

Michel hizo un gesto de desdén.

—Gracias a Dios que me permitió estar en el lugar correcto en el momento indicado.

Entretanto habían llegado Marek y Feliks también, y ambos se quedaron mirando con visible espanto al oso muerto. Detrás de ellos apareció Antonin, como si fuese la personificación de los remordimientos, y suspiró aliviado al ver a la joven señora reclinada contra el árbol. Después su mirada se dirigió al conde y a Marek, cuyos rostros no presagiaban nada bueno para él.

—Llevaré a Janka a casa sentada delante de mí. Vosotros os quedaréis aquí, esperando a la gente que os enviaré para que podáis acarrear al oso y al caballo muertos hasta el castillo. En nuestra situación, no podemos darnos el lujo de renunciar a su carne, aunque la yegua sirva nada más que para alimentar a los perros.

—¡Se hará como digáis, señor! Veamos si no nos oyen desde aquí.

Marek se llevó dos dedos a la boca y emitió tres silbidos estridentes que resonaron por todo el bosque y que poco después recibieron respuesta. El conde asintió, como si no hubiese esperado otra cosa, alzó a su hija como si fuese una niña y la montó sobre su caballo. Cuando estuvo sentado detrás de ella, le dirigió a Marek una mirada un tanto burlona.

—Viejo buscapleitos, ¿aún quieres medirte con el *nemec* para ver cuál de los dos es el mejor?

Marek examinó al oso con la mirada, miró tímidamente a Michel y meneó la cabeza.

—No, ya no hace falta. Para ser sincero, no soy tan valiente como para atacar con un cuchillo a una bestia tan grande como esa.

Michel le dio una palmada en el hombro a Marek.

—No te habría hecho falta, porque probablemente habrías acabado con el oso de un solo golpe de pica.

Marek lo miró un instante con gesto sombrío y se preguntó si el alemán estaría tomándole el pelo; sin embargo, leyó sinceridad en los ojos de Michel, y entonces empezó a sonreír.

—Probablemente tengas razón, pero de todos modos has arriesgado todo para salvar a nuestra Jaschenka. Eso es lo único que cuenta. Dame la mano, *nemec*, para que pueda darte las gracias por ello.

Sin embargo, no se contentó únicamente con la mano, sino que atrajo a Michel hacia sí y lo estrechó en un abrazo.

Sokolny suspiró aliviado, ya que después de semejante acto de arrojo podía cederle al alemán un lugar en su mesa sin comprometer su honor. Si el tal Franz no resultaba ser un noble, merecía ese lugar en agradecimiento por haberle salvado la vida a su hija.

El alivio por el final feliz de la cacería podía sentirse en todo el castillo. Václav Sokolny no se anduvo con remilgos y ordenó abrir un barril grande de cerveza. Si bien la bebida tenía un sabor más seco de lo que la lengua de Michel parecía estar acostumbrada a catar, bajaba por la garganta como si fuese aceite. Mientras los cazadores y los batidores, los siervos y las criadas seguían deleitándose con la bebida, Sokolny, los nobles y Marek se sentaron juntos para deliberar. Dos horas después de la caída del sol habían llegado a su veredicto, que debía ejecutarse de inmediato.

Las antorchas alumbraron el patio del castillo casi como si fuese de día cuando Antonin fue llevado allí con el torso desnudo a pesar del frío y atado a un par de anillos de hierro con el rostro apuntando hacia la pared. Michel sintió lástima por aquel hombre, pero en las expresiones de los rostros de los demás leyó que Antonin no era para ellos más que un miserable cobarde que había abandonado a su señora en la hora de mayor peligro.

Sokolny midió al prisionero con una mirada despectiva y alzó la mano para atraer la atención de todos.

—Hoy Antonin ha fracasado y ya no merece seguir siendo un guerrero. Por su cobardía recibirá veinte azotes, y después pasará a ser un siervo esclavo. Puede que algún otro más valiente que él ocupe su lugar.

En ese momento, Marek apareció detrás del condenado con un látigo en la mano. También habría podido dejar que fuese otro quien ejecutase la condena, pero Antonin había sido uno de sus hombres y había puesto en peligro la vida de Janka, la preferida declarada de todos los habitantes del castillo. Sin decir palabra, levantó el látigo y le dio el primer azote. Los que estaban reunidos en el castillo, la mayoría sosteniendo un vaso de cerveza en la mano, comenzaron a contar en voz alta: «*Jedan, dva, tri...*», hasta cumplir los veinte azotes.

Michel contemplaba el espectáculo con una sensación extraña y contradictoria, y comenzó a notar una presión en la cabeza que se tornaba cada vez más fuerte. De pronto, ya no creyó tener delante a Antonin, sino que vio a una mujer joven... no, a una muchacha apenas mayor que Janka revolviéndose bajo la violencia de unos azotes brutales que convertían su espalda en un tablero de ajedrez. La muchacha era extraordinariamente hermosa y no se merecía aquel castigo, pero cuando trató de abrirse paso hacia delante entre la muchedumbre densamente agolpada para acudir en su ayuda, alguien lo cogió y lo sacudió.

—¿Qué pasa contigo, *nemec*?

Michel clavó la vista en una figura fuerte debajo de él, a quien solo después de verlo por segunda vez reconoció como Marek Lasicek. La presión en la cabeza ya había cedido, y en ese momento vio a dos sirvientes y a una criada levantándose del suelo y observándolo con gesto vacilante.

—¿Qué ha sucedido? —preguntó Michel con voz apagada.

—De repente te has puesto a dar golpes en todas las direcciones y has empujado al suelo a Mirko, a Petr y a Jitka.

Marek se quedó contemplando a Michel como si tuviera que cerciorarse de que podía soltarlo.

—Al parecer, nuestro Franz presenció en su vida pasada unos azotes que eran injustos ante sus ojos, y ahora debe de haberlos recordado. —El conde Sokolny le puso a Michel la mano sobre los hombros y le sonrió para darle ánimos—. Pero ten la seguridad de que Antonin se merecía los azotes que he recibido. En otro lugar, probablemente lo habrían ejecutado por su conducta.

Michel asintió, aunque en realidad no pensaba tanto en el siervo checo, sino más bien en la muchacha joven a la que había visto en su mente. ¿Acaso se trataría de aquella Marie a la que, según Zdenka y Reimo, había estado llamando mientras deliraba de fiebre?

Mientras un par de siervos se dedicaban a atender a Antonin, el resto de la gente regresó al salón principal del castillo. Los antepasados de Sokolny habían mandado construir el salón más bajo de lo que solía construirse en otras partes, y a cada uno de los lados más largos se extendía un hogar enorme, en el que ardían leños de madera de abeto y de haya del tamaño de medio tronco, expandiendo un calor muy hogareño. Junto con las antorchas que estaban a los lados más angostos, el fuego del hogar ofrecía suficiente luz como para poder tener desde cualquier lugar un panorama de todo el salón, dominado por una mesa maciza con forma de herradura. En la cabecera, en la parte más angosta, estaban sentados el conde y sus vasallos de mayor rango, así como las damas de la casa. La esposa de Sokolny, Madlenka, una mujer de unos cuarenta años un tanto rellena, pero de excelente presencia, con cabellos castaños y unos ojos oscuros que su hija había heredado, se dirigió a Michel y lo condujo a un sitio de honor.

—No puedo agradeceros lo bastante que hayáis salvado a nuestra pequeña de la bestia.

Le hablaba como a un igual, y extrañamente ese hecho no incomodó a Michel en absoluto, como le parecía que debía haber ocurrido si él no fuese más que un simple soldado. ¿O acaso su imaginación lo estaba engañando, haciéndole creer que había tenido una vida mejor de la que había tenido en realidad? Michel le dio las gracias a la señora de la casa con algunas palabras amables, advirtió con alivio que Marek le guiñaba el ojo con alegría y luego dirigió su vista hacia la jarra de cerveza llena y la enorme porción de jabalí asado que sobresalía a ambos lados del plato de estaño. Profundamente ensimismado en sus pensamientos, Michel no advirtió las miradas que Janka le dirigía. Sin embargo, a un observador atento no se le habría escapado el hecho de que la mujer que había dentro de ella había despertado y que sus sentimientos hacia Michel iban mucho más allá del mero agradecimiento por haberle salvado la vida.

Un rato más tarde, mientras yacía en su cama, a Michel le zumbaba la cabeza de tanto intentar recordar en vano, y la gran cantidad de jarras de cerveza que había vaciado hizo el resto. Se quedó un rato más despierto y luego cayó en un sueño plomizo en el que se batía con osos furiosos que querían quitarle la vida.

De pronto oyó en sueños que alguien gritaba su nombre. Asustado, se dio la vuelta y vio a una mujer que iba caminando a su encuentro. Era la misma a la que había visto siendo azotada un rato antes, en aquel breve recuerdo que se había despertado en él, solo que ahora era mayor y —como constató con orgullo— aún más hermosa. Sus cabellos enmarcaban su cabeza como una diadema dorada o una corona, y su rostro habría cautivado los ojos de cualquier artista. Pero de pronto la expresión de su rostro se transformó en un gesto de dolor.

—¡Michel, ayúdame, me duele tanto! —gritaba dolorida, al tiempo que extendía las manos hacia él.

Michel la sujetó, presionándola suavemente.

—No tengas miedo, Marie. Yo estoy aquí contigo.

Los ojos azules de la mujer se iluminaron, y su boca pronunció el nombre de él con una dulzura que le rodeó como un soplo tibio.

—¡Ahora todo saldrá bien!

Se trató solamente de un susurro, pero en él se traslucía todo el alivio del mundo. Michel quiso tomarla entre sus brazos y consolarla, pero en ese momento la mujer se transformó en un oso y lo atacó.

Michel se sobresaltó y se quedó mirando confundido la habitación en la que se encontraba. La luna, que brillaba a través de los diminutos cristales de la ventana, estaba lo suficientemente clara como para permitirle reconocer los contornos de las cosas que le rodeaban. Pasó un rato hasta que Michel comprendió que estaba en el castillo de Sokolny y que la hermosa mujer que se llamaba Marie por el momento existía solamente en sus sueños.

—¡Marie!

Pronunció ese nombre como si fuera una palabra cariñosa, y tuvo que luchar contra su deseo de abandonar el castillo al día siguiente para salir en busca de aquella mujer. ¿Por dónde empezaría a buscarla? No sabía ni de dónde venía ni en dónde hallar a alguien que lo reconociera y pudiese ayudarlo a volver a ser él mismo. Pero lo que más le angustiaba era el hecho de que en el sueño había oído su verdadero nombre, pero había vuelto a olvidarlo en cuanto se despertó.

12

El dolor era tan insoportable que Marie se preguntó cómo lo habrían aguantado todas las mujeres antes de ella. Su mirada buscó a Hiltrud, que estaba inclinada sobre ella, ayudando a la comadrona. Su amiga había parido más de un hijo y jamás se había quejado de tener unos dolores tan espantosos. ¿Acaso ella sería la única en sufrir de ese modo tan brutal?

—¡Relajaos, señora! —la instó la partera.

La mujer estaba visiblemente nerviosa, ya que hasta el momento siempre había hecho su trabajo con campesinas, y algunas veces también con criadas que se habían liado con siervos o con sus patrones, o que habían sufrido abusos por parte de ellos, como si tuviesen derecho a hacerlo. Pero nunca antes había tenido que atender a una aristócrata y tenía miedo de tocarla.

Ella y Hiltrud no eran las únicas mujeres en la habitación. Como Marie era la mujer de un caballero imperial, Hiltrud había invitado a algunas de sus vecinas para que más tarde pudieran atestiguar que el diablo no había intervenido en el parto. Incluso un siervo había llevado en trineo desde la ciudad a Hedwig, la prima de Marie, además del párroco de la iglesia de la Santa Cruz, que debía certificar el nacimiento y asentarlo en el registro de nacimientos de la parroquia. El buen hombre estaba sentado en un rincón, con una expresión poco feliz, intentando no mirar los genitales al desnudo de la parturienta.

Una nueva ola de dolor pareció querer desgarrar a Marie en

pedacitos. Cerró los párpados y apretó los puños para reprimir los gritos que pugnaban por salir de la garganta. Pero de repente oyó que alguien le susurraba al oído unas palabras de consuelo, y entonces vio claramente a Michel parado frente a ella. Marie extendió los brazos hacia él enseguida.

—¡Ayúdame, Michel! ¡Ya no soporto los dolores!

Él se acercó hacia donde estaba ella, la cogió de las manos y la miró, anhelante. A Marie le pareció que él había envejecido y que estaba tan delgado como si hubiese estado pasando hambre. Además, vestía un traje extraño. Parecía un hombre que había perdido todo, incluso a sí mismo. Sin embargo, él le sonrió y asintió con la cabeza para darle ánimos.

—¡Resiste, amor mío! Todo saldrá bien —leyó Marie en sus labios. Marie sonrió entre lágrimas.

—¡Sí, Michel, todo saldrá bien!

El grito penetrante de un bebé recién nacido destruyó el rostro de su sueño, devolviéndola bruscamente a la realidad. Confundida, miró a su alrededor, y entonces vio un conjunto de rostros risueños. Hiltrud se inclinó sobre ella y le limpió el sudor de la frente con un paño humedecido en esencias de penetrante aroma.

—¿Lo ves? ¡Lo has logrado! Felicidades, Marie. ¡Has tenido una hija!

—He visto a Michel —respondió Marie, ensimismada en sus pensamientos.

—Seguro que lo has visto, ya que él te estaba observando desde el cielo para brindarte su protección —respondió el cura, solemne.

Marie sacudió la cabeza enérgicamente.

—No, no ha sido así. Si Michel hubiese estado en el Reino de los Cielos, seguramente habría vestido una túnica, como las que tienen los ángeles en los retablos de la iglesia. Pero llevaba ropa muy terrenal y parecía muy vivo... No creo que esté muerto.

—Temo que esté viendo fantasmas a causa de la fiebre —le susurró a la comadrona una de las mujeres. Esta apoyó la mano sobre la frente de Marie, aparentemente sin saber muy bien qué pensar de todo el asunto—. Está fresca, y su mirada también parece diáfana —comentó la mujer asombrada, pero también un poco temerosa.

—¡Michel está vivo! —repitió Marie, furibunda.

Hiltrud le acarició la mejilla.

—Seguro que lo está. Pero ahora no deberías pensar tanto en él, sino en vuestra hija. Ella te necesita.

Hiltrud le hizo señas a la partera para que le pusiera a la recién nacida en brazos, y empujó suavemente el mentón de su amiga para que mirara a la niña. En un primer momento, Marie intentó resistirse, ya que sentía que ni siquiera Hiltrud la creía, pero después contempló el rostro colorado y arrugado de la recién nacida y le pareció reconocer en él los rasgos de Michel. Sus ojos brillaron de inmediato. La pequeña dejó de gritar y miró a su madre desde unos ojos azules oscuros abiertos de par en par, como si quisiera grabarse su imagen para siempre.

Marie le dirigió a Hiltrud una sonrisa inmensamente feliz.

—Es igual que Michel, ¿no crees?

—¿De veras? —preguntó Hedwig, que se había sentado en el borde de la cama y tiraba suavemente de los cabellos casi blancos de la recién nacida—. Yo creo que se parece más a ti.

—Yo también —coincidió Hiltrud—, y estoy convencida de que nuestro tesorito llegará a ser algún día tan bella como su madre.

Las otras mujeres también alabaron a la recién nacida, e incluso el párroco se dejó sonsacar algunas palabras de reconocimiento mientras registraba el nacimiento en un pergamino fino y pulido y ponía debajo el sello de su parroquia.

Apenas se hubo secado el lacre, se oyeron unos golpes furibundos en la sala, seguidos de una voz chillona. Inmediatamente después se abrió la puerta y entró la señora Kunigunde, acompañada por una ráfaga de aire helado.

—¡Conque aquí estabas, criatura desagradecida! —le gritó con voz dictatorial—. Una hace todo lo posible para facilitarte la vida y tú te escapas a esta cabaña de campesinos con olor a bosta y otras cosas peores.

Hiltrud se paró con los brazos en jarras, indignada, y frunció la nariz, ya que el vestido de la nueva señora del castillo olía a sudor y a excremento de perro, mientras que ella seguía manteniéndose siempre tan limpia como se había acostumbrado a estar desde sus épocas de ramera errante.

—Mi casa está limpia y caliente, algo que no puede afirmarse del castillo de Sobernburg.

La señora Kunigunde le dio la espalda con un movimiento despectivo y luego se quedó observando al párroco.

—¿Y qué hacéis vos aquí, reverendo padre?

—He venido a certificar el nacimiento de la hija de la señora Marie.

—¿De modo que ya ha parido? ¡Qué bien! Entonces ya puede volver a ser útil. —Miró con asco a la recién nacida, a quien la prima de Marie estaba envolviendo en unas telas suaves, y entonces su rostro se iluminó—. ¡Anda, vístete! —le ordenó a Marie—. ¡Vendrás conmigo al castillo de inmediato! Puedes traer a tu cachorrito contigo si así lo deseas. Y hazme el favor de apurarte. No quiero dejar a los caballos del trineo parados en el frío durante mucho tiempo.

Marie estaba demasiado exhausta como para poder defenderse de aquella insolencia, pero Hiltrud interpuso su cuerpo macizo delante de ella y examinó a la señora Kunigunde con una mirada desafiante.

—Si obligáis a la señora Marie a ir con vos en el estado de debilidad en el que se encuentra, ni ella ni su hija lograrán sobrevivir. Me pregunto cómo explicaréis la muerte de ambas al conde palatino. Yo me encargaré de contarle la verdad al noble señor, ya que lo conozco bien.

Esto último no era cierto, pues, salvo en Constanza, Hiltrud no había visto al conde palatino más que un par de veces y de lejos, cuando venía de visita a Rheinsobern. Sin embargo, la amenaza surtió un efecto inmediato. La señora Kunigunde sabía muy bien que no ganaría nada con la muerte de Marie. Su prima Hedwig reclamaría la herencia para sí y se la otorgarían, ya que Wilmar Hiftli, su esposo, gozaba de una gran influencia en la ciudad por ser el jefe suplente del gremio de los maestros toneleros de

Rheinsobern. El caballero Manfred ya había tenido la oportunidad de recibir algunas muestras del orgullo de los ciudadanos de Rheinsobern, y le había contado a su esposa lleno de furia contenida lo mal que lo había tratado esa recua de arrogantes.

La señora Kunigunde odiaba tener que darse por vencida, pero sabía que por el momento no podía hacer nada. De modo que echó la cabeza hacia atrás y amenazó a Hiltrud.

—¡Te hago responsable de ella! En cuanto esta mujer se recupere del parto, enviaré a mi esposo a buscarla. Y si intentáis oponer resistencia, nuestros soldados os mostrarán quién manda.

Diciendo esto, se dio media vuelta y se marchó en medio de una nube de hedor.

Cuando hubo cerrado la puerta tras de sí, la partera escupió.

—He oído con absoluta claridad cómo esa ordinaria se pedorreaba antes de irse.

El párroco la amonestó con un gesto de su mano.

—Modera tu lengua, hija mía. La dama es la esposa de nuestro alcaide y merece que le guardes respeto.

—Eso no la hace más fina —respondió la partera, bajando el tono de su voz.

Marie apenas percibía lo que sucedía a su alrededor; yacía acostada con los ojos cerrados y los puños apretados. Sabía de lo que la señora Kunigunde era capaz. Si no quería que la llevaran de vuelta a Rheinsobern a rastras, como una prisionera, tendría que afrontar el frío junto con su hija y viajar a través de las rutas invernales hasta algún sitio en el que estuviese protegida de aquella estirpe de roñosos que había copado el castillo. Cuando el párroco y todas las mujeres, menos su prima, abandonaron la granja de cabras, se lo comentó a Hiltrud.

Hedwig, que estaba acunando a la pequeña, la contradijo con vehemencia.

—¡No puedes irte de aquí! ¿O acaso quieres que tu pequeña se muera por el camino?

Hiltrud levantó la mano, tranquilizándola.

—Está bien, Hedwig, no te alteres. Yo tampoco dejaría ir a Marie así como así, sino que le haría enganchar un trineo y me encargaría de que la llevaran hasta el conde palatino. Probablemente tengamos que actuar rápido, ya que allá arriba, en el castillo, la obligarán a desposar al mugriento primo de Kunigunde para que esa estirpe pueda hacerse de una vez por todas con su fortuna.

—Y la vida de mi pequeña correría peligro —agregó Marie, coincidiendo con esas palabras—. Tienes toda la razón, Hiltrud. En cuanto haya recuperado un poco mis fuerzas, aceptaré tu oferta de que uno de tus siervos me lleve a Heidelberg en un trineo tirado por caballos.

—Mi Thomas se encargará de ello. Quisiera que ya estuviese aquí de vuelta. Estoy segura de que a él se le ocurriría alguna idea para impedir que el caballero Manfred te lleve de aquí.

Marie no pudo evitar esbozar una sonrisa amarga, ya que, a su modo de ver, el esposo de Hiltrud ciertamente no era el hombre que podía imponerse ante el alcaide y su mujer. Si bien Thomas era hijo bastardo del antiguo castellano de Arnstein y, por tanto, el hermanastro del caballero Dietmar, al haber sido siervo de la gleba estaba acostumbrado a obedecer sin vacilar a quienes estaban por encima de él. Hiltrud era mucho más capaz de imponerse que su esposo, pero ahora Marie no podía confiar más que en sí misma. De modo que tendría que recuperarse cuanto antes del desgaste del parto y volver a ponerse en pie.

Mientras meditaba acerca de cuáles serían los siguientes pasos a seguir, volvió a recordar a Michel. Echaba de menos a su esposo más que nunca, pero curiosamente ya no sentía tristeza alguna, sino la firme convicción de que él aún estaba con vida. Si bien no comprendía qué le impedía regresar con ella y con su pequeña hija, en algún momento volvería a estrecharlo entre sus brazos, ahora estaba completamente segura de ello.

Tercera parte

RUMBO A LO DESCONOCIDO

1

Ludwig von der Pfalz jamás había hecho esperar a Marie antes de una audiencia tanto como aquel día. Llevaba cuatro horas esperando en aquel salón lleno de corrientes de aire, y durante ese tiempo había visto entrar y salir al menos a una docena de hombres, y también a varias damas, y la mayoría de ellos era de una clase inferior a la suya. Ese trato solo podía significar que el señor Ludwig estaba mucho más enfadado de lo que ella temía. Ya había pasado un rato desde que el lacayo, que se encargaba de llamar a los suplicantes y conducirlos a la sala en la que el conde acostumbraba a recibir, acompañara hasta la salida al último visitante, de modo que Marie suponía que la llamarían en cualquier momento. Sin embargo, nada ocurría.

Marie comenzó a contar las sillas tapizadas en damasco rojo, y cuando terminó siguió con las patas de las sillas. Los artesanos encargados de amueblar la antesala eran verdaderos artistas. Entretanto, ella ya podía juzgar con conocimiento de causa, ya que la primavera anterior había casado a su doncella Ischi con el tornero de madera y constructor de mesas Ludolf, y durante ese tiempo había ido a menudo a su taller para observarlos a él y a su gente. El esposo de Ischi le estaba muy agradecido por haber promovido aquella unión, regalándole a su esposa una dote muy generosa para sus posibilidades, y por eso no le había escatimado sus conocimientos, como solía suceder en esos casos, sino que la había iniciado en todos los secretos de su arte.

En mayo, una orden del conde palatino había acabado con la hermosa temporada que Marie estaba pasando con Hiltrud en la granja de cabras. Por entonces aún creía que debía estarle agradecida al señor Ludwig, y había obedecido gustosa a su orden de viajar inmediatamente a Heidelberg, ya que su intervención había obligado a Kunigunde von Banzenburg y a su esposo a dejarla en paz.

Aún recordaba muy bien los terribles días posteriores al nacimiento de su hija, cuando su debilidad le hacía creer que la señora Kunigunde regresaría en cualquier momento con los soldados del castillo, secuestrándolas a ella y a su pequeña Hiltrud, a quien todos llamaban simplemente Trudi, y arrojándolas nuevamente a las gélidas sombras de la torre. Si bien Hiltrud le había prometido protegerlas a ella y a su ahijada de la plebe del castillo con el rastrillo y la guadaña, aquella promesa no había hecho más que acrecentar el miedo de Marie, ya que probablemente los hombres habrían linchado a Hiltrud.

Hasta ese día ignoraba si lo que había impedido que la señora Kunigunde regresara había sido la advertencia de Hiltrud o la tormenta de nieve que había vuelto a arreciar. Sea como fuere, la señora había perdido su oportunidad, ya que una semana más tarde había aparecido Thomas, el esposo de Hiltrud, como un ángel salvador en medio de la peor furia de las fuerzas naturales, trayéndole una carta de parte del conde palatino. En el documento, redactado por un secretario en la más bella letra gótica, el conde Ludwig prohibía obligar a hacer algo a la viuda del caballero imperial Michel Adler en contra de su voluntad, e incluso ordenaba expresamente al alcaide del castillo de Rheinsobern entregarle a Marie Adler sus efectos personales y los de su esposo.

Una vez que las calles volvieron a estar transitables, Marie envió a llevar a la granja de cabras a la señora Kunigunde y su esposo para mostrarles ese escrito. Aún recordaba con malicioso deleite el ataque de rabia que había sufrido la mujer. Manfred von Banzenburg se había tomado el asunto con mucha más calma, y en los días sucesivos le había ido entregando sus posesiones, al menos las que aún existían, y había enviado a su hijo letrado, Matthias, a ofrecerle una suma de dinero en concepto de indemnización por lo que faltaba y por los alimentos que habían consumido. Marie estaba segura de que el dinero provenía de las bolsas destinadas al conde palatino, pero lo había aceptado de todas formas porque consideraba que los Banzenburg debían arreglar el dinero que faltaba con el señor Ludwig.

Una vez que había llegado a Heidelberg, todos sus sentimientos de inmensa gratitud hacia el conde palatino dieron paso a la ira y a la indignación, ya que cuando quiso demostrarle su infinita gratitud y su devoción, el noble señor la había esquivado y se había limitado a nombrarle a tres de sus vasallos, entre los cuales debía elegir uno cuanto antes para que fuese su nuevo esposo. El señor Ludwig pensaba otorgarle el condado a uno de sus acólitos, y le había presentado el hecho de dejarla elegir entre varios candidatos como un gesto especialmente magnánimo. Marie había rechazado enérgicamente a los tres porque estaba más convencida que nunca de que Michel estaba vivo.

Desde que había nacido su hija había soñado con él casi todas las noches. Siempre estaba vestido con esa túnica extraña, bien en un castillo poderoso aunque de contornos demasiado vagos como para reconocerlo, bien con una cadena de montañas similares a la Selva Negra como escenario de fondo. En más de una ocasión había intentado convencer al señor Ludwig de que su esposo no estaba muerto; sin embargo, este no le había prestado atención. Para el conde palatino, la palabra que valía era la de Falko von Hettenheim, que había jurado por Dios y por la Virgen que Michel había caído en el campo de batalla. Falko había alternado entre la burla y las injurias, y finalmente la había acusado de haber inventado una excusa barata para no tener que volver a contraer matrimonio. Marie desconfiaba de Falko, y no le habría creído ni siquiera aunque hubiese dicho la verdad, ya que odiaba a aquel hombre con una intensidad que ni ella misma podía explicarse. Sin embargo, tenía que contenerse, puesto que el conde palatino tenía a Falko en muy alta estima y ella no podía permitirse el lujo de irritar aún más al señor Ludwig.

Una tensión intensa en el vientre la sustrajo de sus pensamientos. Después de cuatro horas tenía la vejiga tan llena que por un momento temió mojar la silla sobre la que estaba sentada. Sin embargo, no se atrevía a dejar la antesala por miedo a que el conde no la encontrara y aprovechase la oportunidad para dar la audiencia por concluida y dirigirse a la sala de caballeros, donde sus vasallos ya estaban aguardándolo. Y entonces pasarían días o incluso semanas enteras hasta que volvieran a concederle una audiencia con él, y eso era algo a lo que no podía arriesgarse. Como no quería pasar el invierno en la ciudad, debía partir antes de que las tormentas otoñales le dificultaran el viaje, ya que no podía someter a Trudi a un viaje en medio de lluvias continuas o de nieve.

Para distraerse miró a través de la ventana hacia el verde que circundaba las amplias instalaciones que rodeaban el castillo. Si bien los cristales de ojo de buey distorsionaban la imagen de los árboles, eran lo suficientemente claros como para que los colores del otoño brillaran en todo su esplendor a través del vidrio. Estaban casi a mediados de octubre, pronto las tormentas otoñales les arrancarían las hojas. Marie suspiró, ya que recordó que hacía casi un año que la consideraban viuda, y en pocas semanas Trudi cumpliría su primer año de vida. Mariele, la hija mayor de Hiltrud, cuidaba amorosamente de la niña y complacía a Marie en todo, porque estaba orgullosa de que le hubiesen permitido acompañar a su madrina a ver al conde palatino.

Marie esperaba que Trudi se hubiese conformado con el puré que le preparaba Mariele, ya que no siempre ocurría eso. La pequeña prefería mil veces el pecho, y solía escupir cualquier otra cosa que se le ofreciera. También su hija era una de las razones por las que deseaba que la audiencia terminase pronto, para poder amamantarla. Algunas de las mujeres de la corte la habían criticado por no haber tomado un ama de leche, convencidas de que de esa forma estaba malcriando demasiado a la niña. Sin embargo, ella no se hubiese privado por nada del mundo del placer de amamantar a la hija de Michel con su propia leche, y pensó con cierta tristeza que tendría que destetar a Trudi en los meses siguientes.

La vejiga ya le dolía de tal modo que no sabía cómo sentarse, pero cuando estaba a punto de darse por vencida y salir corriendo al retrete, que se encontraba bastante lejos, empotrado en el muro que daba al adarve, finalmente apareció el lacayo.

—El señor Ludwig os espera.

Marie lo siguió hasta la serie de habitaciones en las que residía el conde palatino. Delante de una puerta que llevaba en relieve el escudo palatino en ambas hojas, había dos soldados montando guardia y vistiendo cascos con plumas de los colores palatinos y corazas de acero. Cuando el lacayo entró con Marie, se hicieron a un lado con rostro impertérrito. El sirviente abrió una de las puertas y anunció a Marie a viva voz. Ella entró obedeciendo a una señal de él y se inclinó para hacer una reverencia ante el conde palatino, que estaba aburrido, sentado en su silla, en la que incluso los brazos estaban provistos de un acolchado muy grueso. El conde llevaba una túnica ricamente bordada de fondo azul, semejante a una guerrera pero de una tela más liviana, un pantalón ajustado de color rojo y en la cabeza un birrete azul oscuro con bordados en plata y un gancho con aplicaciones de rubí. En su mano derecha se posaba una copa ricamente cincelada, mientras que su mano izquierda descansaba relajada sobre la mesa que tenía delante. El conde no respondió al saludo de Marie, sino que le hizo inmediatamente la pregunta que ella ya se esperaba.

—¿Y bien, señora Marie? ¿Ya os habéis decidido? ¿Desposaréis a Herberstein?

Marie sacudió enérgicamente la cabeza.

—No, su señoría. No he cambiado de opinión. Mi Michel aún está vivo, y estaría cometiendo un pecado mortal si le otorgara mi mano a otro hombre. Por designio de Dios y de todos los santos, debo esperar a que regrese.

La expresión en el rostro del conde palatino mostraba a las claras que no pensaba dejarse impresionar con argumentos cristianos. El conde apoyó la copa de vino sobre la mesa y agitó la mano en el aire, irritado.

—¡No son designios de Dios, sino de vuestra imaginación! Vuestro esposo está tan muerto como puede estarlo un hombre que ha caído en la emboscada de unos demonios husitas. Enterradlo de una buena vez en vuestro corazón también y comprended que necesitáis a un nuevo esposo que os proteja y adquiera el nuevo feudo que el señor Segismundo le asignó a vuestro esposo muerto y que ahora pasará a manos de vuestra hija. Si esperáis demasiado tiempo más, estaréis privando a vuestra hija de su herencia, ya que el emperador se habrá olvidado muy pronto de su promesa.

—Entonces tendré que recordársela, ya que los documentos que la certifican están en mi poder —respondió Marie con gran aplomo.

El conde palatino dejó escapar un sonido que expresaba tanto enojo como impaciencia.

—Ni siquiera tenéis la posibilidad de comparecer ante nuestro señor Segismundo, ya que hace años que vive de campaña en campaña. Y aun si lograrais encontrarlo y obtener una audiencia, él os desposaría con el primer caballero que le viniera en mente entre los que gozan de su beneplácito, ya que un feudo necesita de la mano de un señor, sobre todo cuando acaba de ser otorgado.

Marie comprendía perfectamente que el conde no estaba dispuesto a entregarla a uno de los protegidos del emperador. Si la entregaba a uno de sus hombres de confianza, podía contar con que este lo apoyaría en calidad de señor independiente del Imperio germánico. Pero ella no aceptaría como nuevo esposo a ningún acólito de los nobles señores ni a ningún otro.

—Perdonadme, señor Ludwig, pero yo no he venido aquí a terminar con mi estado de viudedad, sino a pediros que me concedierais una licencia durante el invierno.

Ludwig von der Pfalz levantó la cabeza, desconfiado.

—¿Adónde queréis ir?

—Quiero pasar la estación más fría bajo la protección de mi amiga Hiltrud, una campesina libre que posee una granja cerca de Rheinsobern.

Ante estas palabras, el rostro del conde palatino se iluminó.

—Pensé que querríais pasar el invierno en mi residencia —respondió, sin poder disimular del todo el alivio que sentía por no tener que soportar a aquella criatura terca durante los siguientes meses—. Sin embargo, seré generoso y os concederé vuestro deseo. Lauenstein, os encargaréis de que la dama pueda partir mañana mismo.

La orden era para su consejero, un hombre mayor de barba gris y cabellos cada vez más ralos que hasta entonces había permanecido en un rincón de la sala, sentado en silencio. El hombre se puso de pie y asintió, solícito, aunque le dirigió a Marie una mirada de desprecio. La odiaba, ya que ella se había atrevido a expresar sus dudas acerca de la honorabilidad de su yerno, Falko von Hettenheim, y le parecía que su señor se mostraba demasiado paciente con aquella viuda obstinada. Ya le había nombrado al señor Ludwig unos cuantos candidatos adecuados para esa mujer, hombres que estaban dispuestos a olvidarse de algunas manchas en el pasado de su esposa con tal de acceder a su cuantiosa dote. Pero como era probable que la señora Marie no fuese desposada hasta la primavera, a sus ojos también resultaba lo mejor que pasara el invierno en una granja apartada en la que solo pudiera desparramar su veneno entre las vacas y las cabras.

Como el consejero se había quedado ensimismado y con la mirada perdida, el conde se impacientó.

—¿Qué os sucede, Lauenstein? ¿Acaso es tan difícil poner a disposición de la dama una acompañante adecuada para mañana?

Lauenstein se estremeció al oír aquella voz áspera, y se mostró visiblemente enojado de haber sido amonestado por culpa de Marie y, para colmo, en su presencia, pero enseguida volvió a adoptar el gesto inexpresivo de un cortesano e hizo una reverencia ante el conde palatino.

—Mañana temprano estará todo listo, excelencia.

—¡Bien! Marie Adler, podéis retiraros.

Ludwig von der Pfalz agitó la mano como si estuviera espantando a una gallina y echó mano de su copa de vino mientras el lacayo acompañaba a Marie hasta la salida. La puerta aún no había terminado de cerrarse a sus espaldas cuando el conde lanzó una dura carcajada.

—Este invierno dejaré a la dama en paz, Lauenstein, pero cuando llegue la primavera le pondré un esposo en el lecho sin importar lo que ella diga.

Marie alcanzó a oír esas palabras, y como era su propio destino lo que estaba en juego, se quedó parada detrás de la puerta, aunque tenía la vejiga dolorosamente hinchada, y apoyó la oreja contra la puerta sin preocuparse por las miradas atónitas de los guardianes.

—Marie Adlerin es la hembra más rebelde que haya conocido jamás. Estoy convencido de que seguirá negándose a contraer matrimonio con otro hombre, y apelará en su defensa a la carta de protección que le habéis extendido. No deberíais haberle dado tantas garantías de que no podrán desposarla sin su consentimiento.

Marie se imaginaba el gesto irritado del conde palatino al escuchar las palabras de Lauenstein.

—Esa carta de protección se la extendí yo, y puedo cancelarla cuando me plazca. La señora Marie se casará la próxima primavera. Y ahora ya sé con quién.

—¿Ya no tenéis más en mente a Hugo von Herberstein?

—No. El caballero Hugo está cortejando a la hija del castellano de Birkenfeld, que también es una rica heredera. Más bien estoy pensando en maese Fulbert Schäfflein, de Worms.

—¡Pero si no es más que un saco de pimienta, un simple burgués ricachón!

Marie advirtió claramente la repulsión en la voz de Lauenstein.

El conde palatino, en cambio, parecía ronronear de satisfacción.

—¡Pero si la propia señora Marie es hija de uno de esos burgueses ricachones! Por eso creo que Schäfflein es el candidato correcto para ella. Dios los cría y ellos se juntan, Lauenstein, deberíais saberlo a estas alturas. Maese Fulbert se cobrará de la fortuna de la viuda las deudas que tengo con él, y hará un negocio estupendo.

—¡Pero la señora Marie es una dama de la nobleza!

El conde palatino se rio como si se hubiese tratado de un buen chiste.

—Conozco a esa mujer desde otras épocas en las que era bastante menos que eso. Pero para no irritar vuestro orgullo noble, os diré que no me cuesta absolutamente nada organizar una ceremonia en la catedral y convertir a ese simple burgués ricachón que es Fulbert Schäfflein en el caballero Fulbert con solo un toque de mi espada. E incluso eso me daría una ventaja adicional, ya que en ese caso tendrá que usar el dinero de su esposa para comprar uno de mis castillos.

Mientras Marie se clavaba las uñas en la palma de las manos para desahogar la furia que sentía, Lauenstein no parecía estar conforme todavía.

—Dudo de que el emperador le entregue a un caballero palatino recién nombrado el feudo prometido a Michel Adler.

—Eso también lo tengo solucionado. El feudo se le transferirá a la hija de Michel Adler, por lo que necesitaremos un tutor que pueda defender sus intereses mejor que Fulbert Schäfflein. Por eso, haré que la niña sea mi pupila, la traeré a mi corte dentro de dos o tres años y haré que sea educada por las damas adecuadas.

Marie ya había oído suficiente y dio media vuelta, tambaleándose. Presionándose con la mano el corazón, que le latía salvajemente, avanzó a tumbos por el salón, aunque llegó a percibir la expresión maliciosa en los rostros de los guardianes, en los cuales se leía que evidentemente era cierto aquello de que el que escucha a través de las paredes oye su propia desgracia. Mientras se dejaba llevar por su desdicha, se odió a sí misma por no estar en condiciones de dar media vuelta, abrir de par en par la puerta que conducía a los aposentos del conde palatino y gritarle en plena cara lo que pensaba de todos los egoístas y codiciosos miembros de la nobleza en general y de él en particular. Pero si no quería tener que levantarse la falda allí mismo o en el corredor y transformarse en el hazmerreír de todos, necesitaba salir corriendo de inmediato, tan rápido como se lo permitiesen sus músculos acalambrados y el resto de dignidad que le quedaba.

Salió disparada hacia la puerta, maldiciendo la cantidad de tela que su sastre había estimado estrictamente necesaria para el traje de una mujer noble. A los pocos pasos se dio cuenta de que no llegaría hasta el retrete, y entonces corrió escaleras arriba hacia su aposento. Una vez allí, abrió la puerta de golpe, la cerró detrás de sí casi en el mismo movimiento y extrajo con manos febriles el orinal que estaba debajo de la cama.

Al comenzar a sentir alivio se percató de que su tocaya la observaba asustada. Mariele estaba sentada en una de las dos sillas tapizadas con almohadillas de color añil, meciendo en sus brazos a Trudi. La hija mayor de Hiltrud tenía ya ocho años y era lo suficientemente sensata como para hacer las veces de nodriza. Marie estaba muy satisfecha con los servicios de su ahijada, ya que una criada extraña jamás hubiese sido tan leal y afectuosa.

Marie dejó escapar un suspiro desde lo más profundo de su pecho y le sonrió a Mariele, animándola.

—El conde palatino me ha permitido pasar el invierno en casa de tus padres e incluso me ha ordenado partir mañana. Tendríamos que hacer nuestro equipaje ahora mismo.

Mariele asintió, feliz, pensando en los vestidos que Marie había mandado hacer para ella. Si bien sabía que esa ropa ya no le entraría el año siguiente y la heredaría su hermana Mechthild, estaba orgullosa de poseer unas prendas tan finas. Uno de sus trajes incluso se parecía a los vestidos cortesanos que por lo general llevaban únicamente las damas de la aristocracia. Acarició con el pensamiento la seda color mostaza que crepitaba levemente al contacto con los dedos mientras miraba a su madrina, que con su pie izquierdo volvía a deslizar el orinal debajo de la cama.

—La señora Kunigunde y sus hijas no saldrán de su asombro cuando nos vean. Estoy segura de que no tendrán unos vestidos tan bonitos como los nuestros.

Marie sacudió la cabeza, expresando su desagrado.

—Espero no tener que encontrarme con ella ni con su descendencia ni con ninguna otra persona de ese castillo.

Jamás le perdonaría a la esposa del castellano de Rheinsobern el horrendo trato que le había dispensado, tratando de obligarla a desposar a su primo Götz, aunque era consciente de que Ludwig von der Pfalz actuaba con ella de forma igualmente poco escrupulosa aunque no la encerrara y la tuviera a pan y agua. Al igual que a Kunigunde von Banzenburg, lo único que le importaba era su propio beneficio.

2

Rumold von Lauenstein despreciaba a Marie con toda su alma porque sabía perfectamente que había pasado de ser una ramera errante a convertirse en la esposa y viuda de un caballero imperial libre, y tampoco le servía de consuelo el hecho de saber que el muerto Adler no había sido más que el hijo de un simple tabernero que había sabido granjearse el favor del emperador. A pesar de su rechazo, el cortesano se ocupó de conseguir un séquito adecuado para una dama de noble linaje, y puso a disposición de Marie un cómodo coche de viaje perteneciente al conde palatino, cuyos asientos y paredes laterales estaban tapizados con unos almohadones blandos para que la dama y sus acompañantes no sufrieran daño alguno a pesar de las sacudidas y golpes sobre las calles sembradas de pozos. Cuando Marie salió al patio, el cochero y su sirviente ya se encontraban en el pescante, y los dos jinetes delanteros y media docena de oficiales trepaban a sus monturas vestidos con elegantes corazas y cascos adornados con plumas.

Como el lacayo que estaba junto a la portezuela no se dignó ayudar a Mariele, Marie cogió a Trudi con una mano y la empujó con la otra para que pudiese subir por la alta escalerilla hacia el interior del carruaje. Una vez dentro, Mariele se dio la vuelta de inmediato para recibir a su protegida. Pero miró a su madrina con unos ojos tan demudados como si hubiese encontrado un monstruo en el interior del carruaje. Marie se dio impulso para acceder dentro ella también y saludó a su acompañante de viaje y a la criada personal de esta.

Se trataba de Hulda, la hija de Lauenstein, una mujer morena, muy ajada para su edad, con rostro fofo y una figura estropeada. La mujer tenía que acompañar a Marie por orden de su padre. Por una parte, porque una dama de la nobleza no podía viajar sola; por otra, porque seguramente el conde palatino quería comprobar que Marie viajaba realmente al destino que le había anunciado. Hulda era la esposa de Falko von Hettenheim y, por tanto, estaba por debajo de la mujer de un caballero imperial; sin embargo, tan pronto como apareció Marie comenzó a pavonearse como si durante ese viaje quisiera cobrarse una por una todas las cosas que esta pudiese haber dicho en contra de su esposo.

Apenas el coche se hubo puesto en movimiento ya estaba relatándole a Marie profusamente las últimas hazañas del caballero Falko, quien, según ella afirmaba, había podido volver a destacarse en la guerra contra los husitas. La manera ampulosa y explicativa que tenía de hablar le colmó la paciencia a Marie hasta tal punto que al cabo de un rato le apoyó la mano en el hombro y la miró sonriendo.

—Bueno, por la forma en que ensalzáis a vuestro esposo como el más valiente y resuelto entre los acólitos de Segismundo, me pregunto por qué el emperador no lo habrá nombrado caballero imperial como hizo con mi Michel.

Hulda siseó como una víbora.

—¡Vuestro esposo supo cubrir a Segismundo de halagos y exagerar sus hazañas, y por eso recibió el rango y el título que hubiese merecido mi esposo!

—El emperador no lo vio de ese modo —contraatacó Marie, impasible.

—¡Segismundo se ha convertido en un viejo demente!

Hulda utilizaba las mismas palabras que su esposo le había dicho durante una corta visita al castillo. Había sido a finales del invierno, poco antes de que comenzara la campaña de primavera. Durante un tiempo, Hulda von Hettenheim había abrigado esperanzas de estar embarazada otra vez, pero entretanto había tenido que enterrar todas sus ilusiones de poder regalarle a su esposo ese año el ansiado heredero. Su mirada se posó sobre Trudi, que dormía al calor de los brazos de Mariele, y sintió hacia Marie más envidia y odio que nunca. Si bien ella también había dado a luz a cinco niñas, a diferencia de Marie ninguna de ellas recibiría la herencia del padre. Si no ocurría algún milagro que le permitiese dar a luz a un varón, entonces las leyes familiares determinaban que el nuevo señor de Hettenheim fuera Heinrich, el primo de Falko, mientras que sus hijas debían contentarse con una dote ridículamente pequeña. Ante esa perspectiva, a Hulda le rechinaron los dientes. Entonces recordó lo que se decía acerca de los conocimientos de Marie sobre la eficacia de ciertas hierbas y bebidas, y comprendió que no le convenía continuar irritando a la mujer que tenía a su lado.

Hulda tomó las manos de Marie como si fuesen íntimas amigas.

—Perdonad, señora Marie, pero no me he dado cuenta de cuánto os debe de afligir tener que escuchar relatos acerca de la gloria de mi esposo mientras vuestro consorte ha caído víctima de esos terribles husitas.

Su sonrisa dejó al descubierto sus dientes desteñidos y podridos, y cuando se le acercó un poco más, Marie sintió que un hedor penetrante le inundaba la nariz. Marie había aprendido lo fundamental que resultaba la higiene íntima para una mujer, pero la señora Hulda parecía considerar su pubis tan pecaminoso que ni siquiera quería rozarlo con un trapo humedecido en agua. Dado que habría de pasar los siguientes tres o cuatro días junto con esa persona en aquel estrecho habitáculo, resolvió ser servicial.

—Sois muy sensible —repuso con simpatía, aunque esa mentira amenazaba con darle la vuelta a la lengua dentro de la boca.

La señora Hulda le sonrió de inmediato, aparentemente agradecida, y luego comenzó a hablar de sus hijas. Enumeró todas y cada una de las enfermedades que podía contraer un niño a la edad de Trudi. Como por el momento Marie no podía escapar de aquel espíritu quejoso, trató de apartar sus pensamientos acerca del futuro y dejó que la charla la cubriese como un chaparrón. Asentía o acotaba algo cada tanto, cuando le parecía que su acompañante estaba esperando algún comentario de su parte. Por suerte, a la mujer le gustaba más oírse hablar a sí misma que oír hablar a los demás, de modo que muy pronto pasó a los últimos chismes sobre la corte del conde palatino. Marie constató enseguida cuán poco trato con las damas de allí había tenido durante su estancia en la corte, ya que gran parte de lo que le contó le resultaba nuevo. Aunque tampoco le interesaba si la baronesa de Buchenberg había engañado a su marido con el elegante caballero Nantwig ni tampoco si el conde imperial de Enztal estaba seguro de cuál de los cuatro hijos de su mujer provenía de él. Cuando Hulda supuso que ya había engatusado discretamente a Marie con su charla, pasó a hablar del tema que realmente la preocupaba. Apoyó sus manos sobre los hombros de Marie y se volvió hacia ella para poder mirarla a los ojos.

—Necesito vuestro consejo con urgencia.

Marie arqueó las cejas, sorprendida; sin embargo, no rechazó a la mujer. Antes de que pudiese instarla a contarle cuál era el problema que la aquejaba, la señora Hulda comenzó a expulsar una catarata de palabras casi sin hacer pausas para tomar aire.

—He oído decir que conocéis métodos para aumentar el deseo de un hombre, impedir un embarazo no deseado o...

Se quedó mirando a Marie con gesto casi suplicante.

—¿O qué? —preguntó esta, sin entender.

—¿Conocéis algún método que permita conducir la simiente del hombre indefectiblemente hacia su destino, despertando nueva vida en el vientre de una mujer?

La señora Hulda empezó a temblar a causa de la tensión y pareció ansiosa por obtener una respuesta. Hasta su criada, que hacía las veces de doncella y que además era seguramente su persona de confianza, se inclinó hacia delante, interesada.

Por un momento, Marie no supo qué decir. En su opinión, el deseo del esposo de Hulda aumentaría sin duda si ella se daba un buen baño y se ponía ropa limpia, pero evitó hacer ese comentario y, en su lugar, comenzó a enumerar los alimentos que tenían fama de tener un efecto afrodisíaco. La señora Hulda asentía al escucharlos y confesaba que ya los había probado aunque sin obtener el prometido efecto, y dejó entrever que estaba en busca de aquellos medios que ya habían cruzado la delgada línea que los convertía en brujería. Lo que quería era algún hechizo que le permitiera conservar el amor de su esposo y la ayudara a tener un hijo varón. Finalmente cogió a Marie y la sacudió.

—Seguramente vos no podéis entenderlo, ya que vuestro linaje aún es nuevo y no estáis familiarizada con nuestros usos y costumbres. Para alguien que pertenece a un linaje antiguo e importante, el mayor de los deseos es un hijo y heredero. ¡Pero durante la última visita de mi esposo, mi vientre permaneció vacío! Os ruego por Dios y por todos los santos que me ayudéis a cumplir el anhelo de mi esposo. Si lo lográis, seré vuestra fiel amiga toda la eternidad.

Marie contuvo una sonrisa. ¡Conque el orgulloso y altanero de Falko von Hettenheim no tenía un hijo a quien legar su título y sus posesiones! A sus ojos, ese era el castigo justo para el hombre que la había ofendido en lo más íntimo y a quien ella responsabilizaba secretamente de la desaparición de Michel. Al principio intentó rechazar lo más diplomáticamente posible la petición de Hulda von Hettenheim, pero después recordó el remedio con el cual Hiltrud le había ayudado a tener a Trudi. Según su amiga, surtía efecto en cualquier mujer que estuviera en condiciones físicas de quedar embarazada, pero las que lo habían tomado hasta el momento solo habían concebido niñas. Como el padre de Hulda era un hombre muy cercano al conde palatino, el caballero Falko no podía repudiar a su mujer ni tampoco encerrarla en un convento. De modo que no le quedaba más opción que seguir entrando en su cueva para poder engendrar a su heredero, y a Marie le pareció que lo que se merecía por ser tan altivo e insolente era ayudarlo a tener una serie más de hijas.

Marie frunció el entrecejo como si estuviese haciendo un esfuerzo por pensar y luego le hizo señas para que se acercara, y también a la criada.

—Si esperáis obtener ayuda de las fuerzas sobrenaturales, entonces deberíais acudir a una bruja o a un hechicero, ya que yo no sé nada de esos asuntos. Sin embargo, la campesina de la granja de cabras hacia la que nos dirigimos sabe preparar un brebaje de hierbas que permite tener descendencia. Yo misma esperé quedar embarazada durante años y solo logré concebir después de beber ese elixir. En mi caso no resultó ser un hijo varón, pero la propia Hiltrud ha engendrado a tres fuertes muchachitos con ese remedio.

Hulda von Hettenheim se tragó literalmente esas palabras.

—¿Creéis que la campesina me dará ese brebaje a mí?

Marie meneó la cabeza como si no estuviese segura.

—No lo sé. Puede ser que se asuste de que una mujer noble como vos desee su remedio. Ella no es más que una mujer sencilla, y generalmente utiliza ese jugo solo con sus vacas para asegurarse de que queden preñadas.

Marie no tenía ni idea de si esto era realmente así, pero por lo que conocía a Hiltrud, lo suponía. Por supuesto que su amiga no era en absoluto tan asustadiza como Marie había afirmado delante de Hulda, pero quería mantenerla en vilo.

Hulda entrecruzó las manos y se las llevó al pecho, al tiempo que urgía a Marie con la mirada.

—¡Por favor, ayudadme a convencer a la mujer para que me prepare esa bebida!

—Lo intentaré, señora Hulda. Pero ni la dueña de la granja de cabras ni yo podemos garantizaros que funcione.

La esposa del caballero Falko hizo un gesto de desdén.

—¡Quiero tener ese remedio cueste lo que cueste!

Su criada asintió enérgicamente y le explicó a Marie que el asunto no fracasaría por una diferencia de apenas un par de ducados.

—Es que no se trata de dinero. Lo más probable es que la criadora de cabras os prepare la bebida a cuenta de Dios, ya que al fin y al cabo siempre estará en manos de Dios que el remedio os traiga vuestro tan ansiado heredero.

Marie le había mostrado el anzuelo a la mujer de Hettenheim y ahora se echaba lentamente atrás, ya que temía que, si la bebida no provocaba el efecto esperado, la dama pudiera descargar su ira sobre Hiltrud. Deseaba de todo corazón que el caballero Falko tuviese una docena más de hijas junto con todas las esperanzas frustradas asociadas a los embarazos, y por eso estaba dispuesta a ayudar a Hulda a obtener el remedio. Mariele, que tampoco sentía agrado por la dama, adivinó enseguida los planes de su madrina a pesar de su corta edad, y le guiñó el ojo en un gesto cómplice. Pero cuando estaba a punto de decir algo, Marie le hizo señas de que guardara silencio, ya que no quería que la niña se pavoneara con los conocimientos de herboristería de su madre. Si el ansiado hijo no llegaba a venir, la señora Hulda podría acusar a Hiltrud de brujería y de haberle echado una maldición para que solo pudiera parir niñas.

3

El cochero parecía querer librarse de sus pasajeras cuanto antes, ya que azuzó a sus caballos sin cesar con el látigo y siguió avanzando hasta una vez entrada la noche. La primera noche la pasaron en un pequeño albergue muy limpio, la segunda en un castillo aduanero del conde palatino emplazado a orillas del Rin. En ninguno de los dos lugares tuvieron tiempo suficiente como para mirar un poco los alrededores, menos aún para cenar o desayunar en abundancia. Finalmente, Marie se alegró cuando al anochecer del tercer día divisaron las torres de la iglesia de Rheinsobern recortándose entre la neblina y emprendieron el camino hacia la granja de cabras. El cochero y los jinetes acompañantes estaban visiblemente asombrados de que una dama de la aristocracia hiciera detener el coche frente a una granja en lugar de dirigirse al castillo del alcaide. Sin embargo, el abundante banquete proveniente de la despensa de Hiltrud les demostró que allí también se sabía vivir bien.

—Tu tocino es mejor que el que come el mismísimo conde palatino —le comentó uno de los jinetes al esposo de Hiltrud.

—Y el vino tampoco tiene nada que envidiarle —agregó uno de sus compañeros, mirando con pena hacia su vaso vacío.

Thomas le tendió sonriendo la jarra, que aún estaba por la mitad, para que pudiera volver a servirse.

—¿Sois campesinos libres? —quiso saber uno de los hombres.

Cuando Thomas asintió con orgullo, el soldado suspiró. Recordó a su padre, que era un campesino siervo de la gleba y apenas si tenía lo mínimo indispensable para alimentar a su numerosa familia, ya que el señor feudal se quedaba con la mayor parte de su ganado y su cosecha y lo obligaba a trabajar en el castillo junto a los demás siervos de la gleba y todos los hijos que ya estuviesen en condiciones de echarles una mano. Él mismo había tenido suerte, ya que el señor del castillo lo había puesto entre sus soldados de caballería y más tarde lo había entregado junto con otros compañeros como obsequio al conde palatino para poder pagar menos tributos. Ahora vestía bien, le daban comida suficiente y algún que otro heller, que sin embargo no le duraba mucho en el bolsillo. Pero también podría haberle tocado algo peor, se dijo, por ejemplo, tener que marchar como soldado a Bohemia, donde el emperador estaba en guerra desde hacía varios años y no podía ganar.

Mientras el séquito degustaba la comida, Marie, Hulda y la criada de esta permanecieron en la habitación caldeada.

—Necesito esa bebida como sea —instaba Hulda a la anfitriona—. Marie me ha hablado maravillas de ella.

Hiltrud dirigió a Marie una mirada interrogante, ya que esta no acostumbraba a alabar de manera tan desmedida las bondades de sus mezclas de hierbas, y la sonrisa suave y virginal de su amiga le dejaba bien claro que algo se traía entre manos. A Hiltrud le habría gustado saber de qué se trataba, ya que hubiese preferido decidir por sí misma si quería darle o no el elixir a esa antipática dama. Sin embargo, la mirada insistente de Marie no le dejó más opción que acceder.

—Os entregaré una botella de la bebida, a cuenta de Dios, claro está, ya que el resto queda en manos del cielo y de la virgen María.

La señora Hulda pareció sentirse de golpe tan liberada como si Hiltrud le hubiese mostrado el camino hacia la salvación eterna, y la cogió de las manos.

—En cuanto haya dado a luz a un hijo varón, os recompensaré en abundancia.

Marie tuvo que hacer un esfuerzo para contener la risa, ya que sabía que Hiltrud habría de esperar esa recompensa hasta el día del Juicio Final. Cambió de tema enseguida, desviando la conversación hacia otros asuntos más mundanos. Hiltrud no participó mucho de la charla posterior, ya que ella y una dama de la nobleza como Hulda casi no tenían nada en común. Sin embargo, Hulda von Hettenheim no se percató de ello, dado que siguió hablando sin parar, y cada vez que hacía una pausa para tomar aire continuaba su criada. Según contaban ambas, tanto el padre de Hulda, Rumold von Lauenstein, como su esposo Falko, eran hombres muy respetables y afamados sin cuyo apoyo el señor Ludwig habría perdido hacía tiempo su cargo de conde palatino. La voz de Hulda desbordaba de orgullo y autoalabanzas, y Marie pensó con un poco de malicia que Hiltrud estaba recibiendo una pequeña muestra de lo que ella había tenido que soportar durante los últimos días.

Para alivio de ambas, la señora Hulda se despidió a la mañana siguiente para alojarse en el castillo del alcaide. Cuando se subió al coche, saludó amablemente a Marie y a Hiltrud mientras su criada se aferraba con desesperación a la botellita envuelta en pañuelos que encerraba todas las expectativas de su señora de tener un hijo varón. El cochero chasqueó la lengua e hizo sonar con oficio el látigo sobre los oídos de los caballos, de manera que el coche se puso en movimiento. Los escoltas se alinearon detrás del coche.

Hiltrud se quedó un rato contemplando la caravana. Luego se volvió hacia Marie y puso los brazos en jarras, apoyando los puños sobre sus caderas.

—Tendrás que explicarme unas cuantas cosas.

—Por supuesto, pero vayamos dentro, a la habitación más caldeada, no nos quedemos aquí fuera, este viento atraviesa los huesos con su silbido.

Marie abrazó a su amiga riendo y la llevó hacia la casa. Hiltrud sirvió dos vasos de vino aromático, le puso a Marie uno delante, sobre la mesa, y comenzó a sorber del otro. Como Marie no decía nada, sino que se limitaba a soltar unas risitas como para sus adentros, Hiltrud la señaló con su dedo índice.

—¡Habla de una vez! ¿Por qué insistías tanto en que le diera mi elixir a esa vaca presumida?

—Hulda es la esposa de Falko von Hettenheim, el que partió hacia Bohemia junto con la tropa de Michel.

Hiltrud se enderezó.

—¿Te refieres a ese individuo que se puso pesado contigo?

Marie resopló, exhalando con fuerza el aire de los pulmones.

—Pesado es un término demasiado suave. En realidad, trató de violarme en mi propia casa.

Hiltrud sonrió con calma.

—Tú podrías haber gritado.

—¿Para qué? ¿Para provocar un escándalo?

Marie sacudió la cabeza.

Hiltrud levantó las manos, condescendiente.

—Por suerte pudiste zafarte de él antes de que pudiese hacerte algo, y ahora está en algún lugar de Bohemia, en guerra, de modo que no te lo cruzarás en breve. Pero eso no explica por qué quieres ayudar justamente a su esposa a que tenga una descendencia abundante.

Marie sonrió como un niño travieso.

—El pobre no tiene ningún hijo varón, aunque sí es padre ya de cinco mujeres, y pensé en ayudarles a traer al mundo unas cuantas más.

Hiltrud meneó la cabeza, irritada, y finalmente soltó una carcajada.

—De modo que lo que quieres es vengarte. Quieres que embarace a su mujer una y otra vez y que sus esfuerzos se vean recompensados con más mujeres.

Marie asintió, divertida.

—¡Lo has captado a la perfección! Falko von Hettenheim odia y desprecia a su mujer, lo sé por algunos comentarios que he oído en la corte del conde palatino, pero a pesar de su resistencia no le queda más remedio que cohabitar con ella, ya que su mujer es la única que puede darle un heredero. Pero mientras ella beba de tu elixir, pasará nueve meses esperando un varón para terminar otra vez desengañado.

—Sin embargo, también cabe la posibilidad de que su esposa tenga un hijo varón, así que no te enojes demasiado si tu plan fracasa. Mejor dime por qué estás tan deseosa de vengarte. Debe de haber algo más detrás de todo esto.

Marie asintió con expresión sombría.

—Falko von Hettenheim hizo de todo para empequeñecer la gloria de Michel en la lucha contra los bohemios y aumentar la suya propia. He tenido que oír durante todo el verano lo noble, valiente y sensato que es el caballero Falko, aunque a mi modo de ver es un granuja sin escrúpulos que seguramente es culpable de la desaparición de Michel.

Hiltrud frunció la nariz de mala gana.

—¿Sigues creyendo que tu esposo está con vida?

—¡Claro que sí! —respondió Marie, enérgica, apretándose la mano contra el pecho—. ¡Lo siento aquí dentro! ¡Michel está vivo! Y hay otro indicio más de ello. He oído varios relatos acerca de la trifulca en la que supuestamente cayó mi esposo, y ninguna versión concordaba con las demás. En el Palatinado dan por cierta la versión de Falko von Hettenheim, ya que él es un vasallo del conde palatino y el yerno de un hombre de gran influencia. Pero un caballero franco con el que hablé hace un par de meses me pintó las cosas de una manera bien distinta. A sus ojos, Falko von Hettenheim no era más que un caballero entre tantos otros dentro de la corte del caballero imperial Heribald von Seibelstorff y, por cierto, no precisamente el más valeroso, audaz o creíble de ellos. El hombre también conocía a Michel y lo colmó de elogios.

«Puedo imaginármelo», pensó Hiltrud. Suponía que el caballero había intentado agradar a la acaudalada viuda para luego pedir su mano. Sin embargo, no quería irritar a su amiga, de modo que se guardó esas consideraciones para sus adentros. Marie tampoco continuó hablando de Falko von Hettenheim y de su esposa, sino que expulsó el tema que venía cubriéndole el alma como un velo negro desde su partida de Heidelberg.

—¡El conde palatino quiere obligarme a volver a contraer matrimonio!

Hiltrud se encogió de hombros.

—Era de prever. Las viudas de la nobleza que son bellas y sobre todo ricas son las más codiciadas, y los nobles hacen todo lo posible por casarlas con hombres de su confianza. En la corte del conde palatino, tus posibilidades de elegir seguramente serán mayores que en la de la señora Kunigunde, en Rheinsobern.

Marie hizo una mueca de desagrado. Jamás volvería a enfrentarse a la señora Kunigunde sin sentir asco, y se había propuesto ignorarla por completo. Pero ahora la amenaza provenía del conde palatino, y se preguntaba una y otra vez cómo haría para escapar del matrimonio en ciernes. Al calor acogedor de la cocina de Hiltrud, una decisión maduró en su interior.

—No regresaré a la corte del conde palatino a esperar a que me arrastren hasta el altar como un cordero que va al matadero, sino que iré a hablar directamente con el emperador. En su entorno seguramente habrá hombres que sepan de Michel y puedan darme noticias de él.

En un primer momento, a Hiltrud también le pareció una buena idea, pero después de pensarlo un instante, sacudió enérgicamente la cabeza.

—No deberías hacer eso. Si tuvieses parientes ricos e influyentes que pudiesen protegerte, tal vez tendrías una oportunidad de llegar sana y salva hasta el emperador. Pero, en tu situación, debes estar preparada para que, en cada castillo en el que te detengas a pernoctar, el dueño os eche el ojo a ti y a tu fortuna, y la mayoría no tendrá escrúpulos en tomarte por la fuerza. Incluso si lograras llegar intacta hasta el emperador, no estarías a salvo. ¿De verdad crees que él es mejor que el conde palatino? También intentará casarte lo antes posible con alguno de sus vasallos para poder recompensarlo sin que le cueste nada.

Hiltrud había hablado mucho más de lo acostumbrado, esperando de esa forma haber hecho entrar en razón a Marie. Sin embargo, su amiga se limitó a sorberse la nariz, al tiempo que hacía un gesto de desdén con la mano.

—No tengo por qué viajar como una dama de la nobleza, ya que, a fin de cuentas, lo que busco no es la protección del emperador, sino a mi esposo.

—Que hace tiempo que está muerto y transformado en polvo. ¡Quítate esas ideas de la cabeza de una buena vez!

Tras una discusión larga e infructuosa, Hiltrud se alegró por fin cuando Mariele le llevó a Marie a la pequeña Trudi para que la amamantara, ya que aquel intercambio de palabras con su amiga amenazaba con acabar en una pelea. Le bastaba mirar a Marie para saber que estaba concibiendo una vez más un plan descabellado.

4

Los días fueron transcurriendo sin sobresaltos; el otoño finalizó su imponente juego de colores y muy pronto los árboles comenzaron a extender sus ramas peladas como manos suplicantes hacia el cielo invernal. El viento del este comenzó a soplar con fuerza por el territorio, y la nieve pintó las alturas de la Selva Negra. Marie estaba sentada junto a la ventana abierta, mirando en lontananza sin preocuparse del frío que penetraba en su habitación. Esa noche había soñado con Michel con una claridad aún mayor que otras veces, y ahora se preguntaba si no hubiese sido mejor que ninguno de los dos hubiese ascendido tanto socialmente.

Si hubiese sido la esposa de un buen artesano o mercader, habría gozado de muchísimas más libertades de las que la moral y las costumbres le permitían a una dama de su posición. Por lo general, las familias nobles trataban a sus hijas no casadas como mercancías caras que utilizaban para forjar alianzas y fortalecer el linaje; y las viudas acaudaladas quedaban bajo la tutela de su señor feudal, que sabía aprovechar sus propios intereses. Por eso, las mujeres que habían perdido a sus esposos rara vez permanecían solas; a menudo, una vez transcurrido el año de luto, su tutor volvía a casarlas con alguno de sus preferidos sin importarle los deseos de ellas. Marie había oído hablar de mujeres que habían enviudado en reiteradas ocasiones, a quienes les habían puesto un nuevo esposo en el lecho incluso después de pasados sus años fértiles. La única manera que estas infelices criaturas tenían de evitar un nuevo matrimonio era obtener los favores de un eclesiástico de alto rango y retirarse a un convento.

Sin embargo, Marie no tenía intención alguna de buscar un nuevo esposo ni de pasar el resto de su vida siendo monja. Y se lo dijo con bastante claridad a Hiltrud cuando, poco después, esta hizo un comentario acerca del futuro de ella y de Trudi.

Hiltrud giró los ojos, apuntándolos hacia el cielo.

—¡A la larga no podrás negarte a cumplir la voluntad del conde palatino! Me asombra que hasta ahora haya tenido tanta paciencia. Otros señores feudales te habrían llevado a la capilla del castillo a rastras, sin importarles tu opinión, y te habrían casado con el primero que se les hubiese cruzado en el camino, sin importar que se tratase de un bruto canalla o de un loco arrogante como ese Falko von Hettenheim.

Marie sintió escalofríos.

—Hettenheim no solamente es un arrogante, sino que además, por lo que pude inferir de las palabras de Hulda, es un hombre de los que sienten placer lastimando a la mujer en la cama. Seguramente la señora Hulda estaría contenta de poder regalarle de una buena vez el heredero tan ansiado, así él la dejaría en paz.

—No todos los hombres de la nobleza son tan repugnantes como Hettenheim.

—¡Pero tampoco hay ninguno como Michel! —respondió Marie, vehemente.

Recordó entonces cómo sus abrazos hacían estallar de júbilo sus sentidos y volvió a preguntarse dónde estaría él en ese momento. Ensimismada en sus recuerdos, casi se le pasó por alto el hecho de que Hiltrud estaba poniendo en palabras una idea que venía angustiándola hacía tiempo.

—Y si Michel aún sigue con vida, ¿por qué no regresa aquí contigo?

Marie cerró la ventana y se volvió hacia su amiga.

—No lo sé. Ha de haber una razón de fuerza mayor para que no regrese, y yo la encontraré.

—Entonces, ¿sigues con esa idea descabellada de ir en busca del emperador?

—No al emperador, al menos no a él en persona, sino a su ejército. Tal vez algunos de los soldados de infantería de Michel sigan con vida y puedan darme algún dato. Tal vez logre encontrar a Timo, o averiguar algo sobre su paradero, ya que así podría tener una idea de qué es lo que pudo haberle sucedido a Michel. Timo jamás habría abandonado a mi esposo.

—Probablemente hayan muerto los dos.

Marie tensó los músculos de su rostro hasta que sus mejillas saltaron, pálidas.

—No lo creo. Pero lo averiguaré. Solo me entregaré a mi destino cuando esté frente a la tumba de Michel.

—Ya lo creo, tú que eres una criatura tan suave y sumisa —se burló Hiltrud—. Además, no puedes viajar a Núremberg así como así, por más que el emperador vaya cien veces allí con su corte a examinar sus tropas.

—Claro que puedo.

—Los jinetes del conde palatino te alcanzarían a más tardar cuando estés en la mitad del camino. Luego te traerían de regreso y te meterían en la cama de ese comerciante que el señor Ludwig escogió para ti.

Hiltrud hubiese querido coger a Marie de la cabeza y chocarla contra la pared cuantas veces fuesen necesarias para que aquella chiflada mujer entrase en razón. Pero después de tantos años, sabía que no era fácil disuadir a su amiga cuando se le metía una idea en la cabeza, por más disparatada que fuese.

La sonrisa de Marie confirmó todos sus temores.

—Si el conde palatino no sabe hacia dónde me dirijo, tampoco puede mandar a nadie a que me persiga. Es obvio que no puedo viajar en busca del ejército como una dama de la nobleza.

—Y entonces, ¿cómo irás? Además de las esposas y de las mujeres que pertenecen a las familias de los nobles señores que están bajo la protección de un guardia personal, en las tropas solo toleran a prostitutas y vivanderas.

Marie sonrió.

—Tú misma lo has dicho. ¡Así es como viajaré!

—¿Como prostituta? ¡No, de ninguna manera, eso no lo permitiré! —Hiltrud se levantó, indignada.

Marie sonrió para calmarle los ánimos, pero como Hiltrud no se tranquilizaba, la atrajo hacia sí.

—Por supuesto que no viajaré como prostituta, tontita. Viajaré como vivandera. Esa clase de mujeres viaja por todo el territorio, y a ningún conde palatino le interesa de dónde vienen ni hacia dónde se dirigen.

—Esa clase de mujeres... Exactamente así es como yo las catalogaría. La mayoría de ellas son prostitutas que se han hecho con algún dinero y han podido comprarse un carro y una yunta. Pero siguen abriéndose de piernas a cualquier cerdo libidinoso que pueda pagar su precio.

Al ver el rostro tenso de Marie, Hiltrud comprendió que estaba hablando inútilmente. Su amiga no dejaría que nada ni nadie arruinase sus planes. La dejó sola y fue en busca de su esposo para hablar del problema con él. Pero cuando le propuso informar al conde palatino de la situación para que este no dejara a Marie viajar, Thomas meneó resueltamente la cabeza.

—No deberías obligar a la señora Marie a hacer algo que ella no quiere y, sobre todo, no deberías traicionarla. Su deseo es ir en busca de Michel, y debo decir que la entiendo. ¡Déjala ir! Aunque caiga en dificultades, para ella siempre será mejor eso que tener que casarse con un hombre al que no ama y al que tal vez incluso odie.

—Entonces, ¿tú crees que es mejor que ande vagando por los caminos como una prostituta?

Hiltrud lanzó a su esposo una mirada furiosa, pero Thomas le cogió las manos y le sonrió amorosamente.

—Presentas las cosas como si Marie fuese una mujerzuela insensata, pero así tampoco le haces justicia.

Hiltrud suspiró profundamente.

—Por Dios, claro que no. Pero hay demasiados hombres malos a quienes les importa muy poco el «no» de una vivandera.

—Marie deberá arreglárselas sola con ese peligro. La única

manera que tenemos nosotros de ayudarla es preparando su viaje lo mejor posible.

Algo en la mirada de su esposo le reveló a Hiltrud que en realidad sabía más del asunto de lo que quería admitir. Curiosa, siguió indagando hasta que terminó arrancándole la confesión de que, unos días atrás, Marie ya le había pedido ayuda para comprar un carro de vivandera y dos bueyes de tiro.

—¿Recuerdas que el otro día te conté que el emperador había solicitado nuevas tropas? Bueno, aunque el señor Ludwig no obedeció esa orden, parece que el ejército franco del Neckar está reuniéndose cerca de Wimpfen. No creo que Marie tenga dificultades para llegar hasta allí.

—Temo por ella y no me parece bien que tú apoyes sus caprichos. —Hiltrud le gruñó a su esposo furiosa y luego se volvió hacia Marie—. ¡Es una locura! ¡Piensa en tu hija! ¿Acaso quieres que, habiendo perdido a su padre, ahora también tenga que crecer sin madre?

Marie bajó la cabeza para que Hiltrud no viera su rostro. Tenía sus propios planes, aunque todavía no podía revelárselos a su amiga.

Hiltrud resopló furiosa y la acusó de ser una insensata, pero no obtuvo respuesta. En los días siguientes tampoco se esforzó por ocultar su rechazo, e intentó en reiteradas ocasiones disuadir a su amiga de sus propósitos, pero Marie no cedió, y cuando regresó de una visita a su prima Hedwig y a su antigua criada con un fardo de tela rosada para hacerse una falda, Hiltrud supo que no le quedaba más remedio que ayudarla con los preparativos.

Era casi como antes, como en la época en la que eran prostitutas y recorrían los caminos, pero al mismo tiempo era diferente. En aquel entonces tenían sus pocas pertenencias apiladas en un carrito tirado por cabras, e incluso más tarde, después de que les quitaran y mataran a sus animales, tuvieron que seguir cargando sus bultos sobre sus espaldas. En cambio, ahora Marie dispondría de un robusto carro tirado por bueyes en el que podía guardar suficiente ropa para todas las estaciones, y casi no corría peligro de tener que cubrir millas y millas a pie.

Poco antes de la Navidad, el primer cumpleaños de Trudi interrumpió momentáneamente los intensos preparativos. Hasta el momento, Hiltrud no había pensado en la pequeña, pero al ver que Marie le cosía a la niña unos vestidos coloridos similares a los suyos, la miró, asustada.

—¿No querrás llevar a tu hija contigo?

—¡No quiero, pero debo hacerlo! —respondió Marie, angustiada—. Si dejara a la pequeña Trudi contigo, la señora Kunigunde o el conde palatino te la arrebatarían y la criarían bajo su tutela. Yo no podría soportar ninguna de esas dos posibilidades. Además, si Michel realmente llegase a estar muerto, yo no tendría ninguna oportunidad de reclamar a mi hija. Se reirían en mi cara.

Hiltrud no podía cerrar los ojos ante ese argumento. Como era la heredera de su padre, la pequeña Trudi era en la misma medida que Marie una pieza de juego para los poderosos. Le partía el corazón saber que ambas corrían peligro, y deseó que aquel invierno no se terminara nunca. Pero no había manera de detener el tiempo, y así fue como los días navideños pasaron por los habitantes de la granja de cabras, y pasó Año Nuevo, y pocos días más tarde pasó el párroco que iba de granja en granja y les dibujó en el cerco de la puerta las tres letras M + G + B, correspondientes a Melchor, Gaspar y Baltasar, recibiendo a cambio un tocino grande y una medida de vino. A finales de enero, con la llegada del frío más intenso, Thomas abandonó la granja vestido con ropa abrigada de viaje. No les dijo ni a los niños ni a los criados adónde iba, pero Hiltrud y Marie sabían que quería ir a ver si encontraba en la pequeña ciudad de Rabenweiler, no muy lejos de allí, un buen carro de viaje que satisficiera las necesidades de Marie. Estuvo ausente durante una semana, y cuando regresó les guiñó el ojo a las dos mujeres.

—¡Tuve suerte! —exclamó, riendo—. En cuanto el frío haya cesado, iremos a buscar tres vacas a Rudishof, cerca de Sternberg. El campesino tuvo que vendérmelas a bajo precio porque el heno se le pudrió en el otoño.

Mientras Hiltrud parecía asentir de buena gana, Marie se asombró. A su partida, Thomas no había mencionado que tuviese intención de comprar vacas. Sin embargo, Marie se dio cuenta enseguida de que quería distraer a los curiosos del verdadero motivo de su viaje. Ella también pensaba que lo mejor sería que nadie supiera en qué medida habían participado Thomas y Hiltrud en su desaparición. Le sonrió a Thomas, agradecida, y tomó en sus brazos a su pequeña. Trudi había crecido muchísimo y no paraba de deambular incansablemente sobre sus dos firmes piernecitas. Sin Mariele y sin Mechthild, que estaban todo el tiempo a mano para atender a la pequeña traviesa, Marie ya habría encanecido totalmente. Trudi ya había comenzado a decir sus primeras palabras, pero la primera de todas no había sido mamá, sino Lile, refiriéndose a Mariele.

Cuando la helada dio paso a los primeros días tibios, Marie y Hiltrud volvieron a sentarse en el rinconcito que recordaba a un mirador y que Thomas había preparado para su esposa. Sus pies calzaban pantuflas de piel de oveja, y sus hombros estaban cubiertos por mantas tejidas por ellas mismas. Mientras revolvía uno de sus vinos aromáticos en el caldero, Hiltrud miró hacia fuera a través de la ventanita que había abierto por primera vez en semanas, suspiró profundamente y habló, meneando la cabeza.

—Ya no falta mucho para que llegue la Pascua.

Marie sabía lo que su amiga quería decir. El Domingo de Ramos comenzaría su viaje hacia lo desconocido, y ahora que se acercaba la fecha que había estado esperando durante todo el invierno, sentía que había perdido mucho del coraje de las semanas anteriores. Casi esperaba que Hiltrud le pidiese renunciar al viaje, ya que lentamente crecía en su interior el miedo de lo que pudiera sucederles a ella y a su hija en lugares lejanos. Pero su amiga no solo había aceptado sus planes, sino que además los apoyaba.

En lugar de intentar disuadirla de la aventura que la aguardaba, la miró, estimulándola.

—¿Ya tienes todo lo que necesitas llevar?

Marie asintió.

—Trudi y yo estamos listas.

—Echaré de menos a esa muchachita traviesa —reconoció Hiltrud con tono de tristeza—. ¿Y quién se hará cargo de tus propiedades mientras no estés? Thomas es un buen campesino, pero no sabe nada de administrar haciendas grandes como la tuya, y yo tampoco.

—No os tengáis por menos de lo que sois —respondió Marie, reprendiéndola—. Debéis haceros cargo de mis cuatro granjas de arriendo y de mis viñedos. Wilmar se hará cargo de mis posesiones en la ciudad y del dinero que he invertido en el comercio. Estoy segura de que Thomas y tú os llevaréis bien con él.

Hiltrud aún recordaba bien las circunstancias en las que había conocido a quien más tarde sería el esposo de la prima de Marie, y no pudo contener una risita. Wilmar se había negado a aceptar que lo ayudaran unas prostitutas, pero no le había quedado más remedio, y a pesar de que había llegado muy lejos en su gremio, seguía sintiéndose cohibido ante su presencia o la de Marie.

—Ya nos pondremos de acuerdo. —Hiltrud le devolvió la sonrisa a Marie, a pesar de que no estaba de ánimo como para hacerlo—. Ahora solo nos resta esperar que no aparezca un mensajero del conde palatino antes del Domingo de Ramos que pretenda llevarte de regreso a la corte, o peor aún, que venga a anunciarte tu propia boda.

Lo decía en broma, pero solo a medias, ya que, en el fondo de su corazón, Hiltrud esperaba que eso sucediera.

Marie meneó la cabeza con fingida irritación.

—Pero, Hiltrud, ¿por qué llamas a la desgracia? Hasta el Domingo de Ramos estaré a salvo aquí; después tendré que desaparecer.

Marie suponía que el conde palatino la convocaría a la corte para los festejos pascuales, al igual que a los otros miembros de la nobleza, y por eso planeaba introducirse con Hiltrud y Thomas en una peregrinación de la que no regresaría. Al llegar la ansiada mañana sin que el mensajero del conde palatino hubiese hecho presencia, suspiró aliviada y dejó de lado con enérgica resolución toda la inseguridad que había intentado extender sus garras para apoderarse de ella. Prefería ser responsable de su propia vida y no tener que ser arrastrada de aquí para allá según los caprichos de los nobles señores.

5

Partieron a la mañana siguiente bien temprano para que los vecinos no pudiesen ver los bultos que los tres cargaban a sus espaldas. Marie llevaba solo lo estrictamente necesario, ya que pretendía comprar el resto en el camino; sin embargo, tanto ella, Hiltrud y Thomas como los dos hijos mayores de estos avanzaban pesadamente, tan cargados como si estuviesen llevando mercancías al mercado. Además del equipaje, Marie cargaba a Trudi en un pañuelo atado al pecho. Igual que Hiltrud, se había vestido con una falda sencilla de lana marrón clara y se cubría los hombros con una pañoleta grande estampada en tonos grises que además le tapaba la cabeza, protegiéndola del frío, para que la tomaran por campesina a ella también. A pesar del viento frío, todos comenzaron a sudar muy pronto bajo el peso de la carga que llevaban. Pero ninguno gimió ni se quejó, sino que todos iban moviendo los labios como si estuviesen rezando. Para aumentar la impresión de que eran viajeros camino a un centro de peregrinaje, Michi iba primero con un bastón al que había sujetado el día anterior un puñado de hojas de sauce y las primeras hojas verdes del año. Hiltrud había considerado la posibilidad de llevar a la peregrinación a sus hijos pequeños también, pero finalmente había decidido no hacerlo, ya que corrían peligro de que los pequeños hablaran demasiado y que sus palabras llegaran a oídos de la persona equivocada. Por eso los había dejado en casa, al cuidado de una criada.

Poco antes de llegar a Rabenweiler, donde Thomas había comprado el carro y los bueyes de tiro, las dos mujeres se quedaron en una posada junto con los niños. A Hiltrud le parecía una precaución un tanto exagerada, pero acató la decisión de Marie. Para desahogar la sensación de opresión que tenía en el pecho, comenzó a bromear acerca de las artes culinarias insuficientes de la posadera y sobre el mejunje agrio que les servían haciéndolo pasar por vino aunque ni siquiera servía para usarse como vinagre. Cuando llegaron, eran los únicos huéspedes, pero al atardecer se detuvieron dos caravanas frente a la posada, y los cocheros entraron cual rebaño de ganado que olfateara el abrevadero. Como Marie y Hiltrud no estaban acompañadas por ningún hombre adulto, los hombres las tomaron por prostitutas, y ambas comenzaron a ser blanco de miradas lujuriosas y comentarios provocativos. Para evitar disgustos, las dos mujeres decidieron retirarse con los niños a sus aposentos.

A la mañana siguiente apareció Thomas con un carro tirado por dos bueyes, pero no se detuvo, sino que hizo que los bueyes pasaran trotando por la puerta de la posada y los condujo hasta la otra punta del pueblo por un camino que se internaba en el bosque. Marie ya había pagado la cuenta, de modo que pudieron marcharse de la posada en el acto. Siguieron al carro sigilosamente y lo alcanzaron en un claro solitario.

Hiltrud abrazó a su esposo como si no lo hubiese visto en semanas, al tiempo que Marie examinaba angustiada el carro y los animales de tiro. El carro estaba nuevo y parecía muy estable. Sus paredes laterales, que llegaban a la altura de la cadera, eran de tablas embreadas, y un toldo con costura reforzada y bien alquitranado servía para resguardarse de la lluvia y del viento. El toldo estaba tendido sobre unas varillas dobladas que se arqueaban tan altas por encima de la superficie del carro que uno incluso podía estar cómodamente parado debajo. Las ruedas, reforzadas con rayos macizos, le llegaban a Marie hasta la barbilla, los cubos estaban bien engrasados, y de la horquilla que sobresalía por detrás colgaba una lata llena de engrasante de ejes. A derecha y a izquierda del carro había unos barrilitos, uno de los cuales contenía agua fresca, y el otro, forraje de cereales.

—¡Por Dios, Thomas! ¡Realmente has pensado en todo! —lo alabó Marie luego de echar un vistazo al interior.

Allí había varios cofres sólidos, destinados a atesorar sus pertenencias y las mercancías más valiosas. Sobre uno de ellos había un colchón relleno de copos de avena y cubierto con lona que, junto con varias mantas y pieles de oveja cosidas, formaba una confortable cama en la que Marie y Trudi podrían dormir cómodamente durante los meses siguientes. En la parte de atrás había un armario empotrado contra la pared lateral que no solo tenía cajones, como Thomas anunciara con orgullo, sino que además poseía varios compartimentos secretos en los que Marie podía esconder sus monedas, el anillo con el sello y las joyas que llevaba como objeto de trueque para algún caso extremo. Como tenía que estar preparada en cualquier momento para abandonar su papel y aparecer nuevamente como una dama de la nobleza, debía disponer de más dinero que una vivandera común y corriente.

Las alabanzas de Hiltrud se hicieron esperar un poco, ya que ahora sí que no había ningún impedimento para que Marie pudiese efectuar su viaje. Sin embargo, a pesar de su resistencia interior, primó su pensamiento práctico.

—Muy bien, al fin podremos descargar nuestros bultos en el carro. Tengo la espalda torcida de tanto peso.

Los otros se rieron y la ayudaron a apilar en el carro los bultos que habían venido cargando. Mientras Hiltrud y los niños se acomodaban en el interior del carro, Thomas volvió a sentarse en el pescante y dio unos golpecitos sobre el lugar vacío al lado del suyo, invitando a Marie a subir.

—Ven, Marie, siéntate aquí, así podrás aprender cómo manejar a los animales desde aquí arriba. ¿O acaso quieres ir caminando junto a ellos como un peón de cochero?

Marie no tenía experiencia alguna en el manejo de una yunta de bueyes, pero estaba dispuesta a aprender todo lo necesario en los días que aún pasarían juntos. Thomas y Hiltrud les habían contado a sus vecinos que partirían a un viaje de peregrinación, y por supuesto también les habían contado cuál era su meta; la iglesia de St. Marien am Stein. Para hacer más creíble su historia, debían dirigirse a aquel lugar santo a rezar y, como era costumbre, a comprar algunos rosarios y otros objetos religiosos para ellos y para un par de vecinos viejos y enfermos de las granjas vecinas. El carro tirado por bueyes les permitía recuperar el tiempo perdido. Los animales no eran mucho más veloces que las personas, pero sí mucho más resistentes, y se viajaba de manera mucho más agradable cuando los propios pies no tenían que estar tropezando a cada rato con piedras y raigambre.

El cuarto día, Thomas ya estaba tan contento con las habilidades como conductora demostradas por Marie sobre el pescante que le dejó el tiro un momento. Al principio avanzaron sin dificultades, pero cuando llegaron a una encrucijada y Marie quiso doblar hacia la izquierda, los bueyes rezongaron y giraron obstinadamente hacia la derecha.

—¡Malditas bestias! —les gritó Marie a los animales—. ¿Queréis hacer lo que yo os ordeno?

Pero eso tampoco sirvió de nada. Thomas estuvo a punto de tomar las riendas, que Marie le había tendido en medio de su desesperación, pero luego meneó la cabeza.

—Debes aprender a resolver estas situaciones por ti misma. Continúa un trecho por este camino y busca un lugar en el que puedas dar la vuelta.

Marie apretó los labios y dejó que los bueyes siguieran su camino. Poco después llegaron a un terreno con poca vegetación que parecía muy prometedor. Marie quiso guiar a los bueyes hacia ese lugar, pero Thomas le aconsejó que primero los hiciera detener y estudiara bien el terreno.

—Aún estamos a principios de año, y por eso el fondo podría estar pantanoso. Viajando con una caravana militar no tendrías dificultades para encontrar manos dispuestas a ayudarte, pero si viajas sola debes estar continuamente al acecho, a menos que desees correr el riesgo de tener que dejar abandonado tu carro. —Marie tiró de las riendas e intentó ponérselas a Thomas en las manos. Él señaló sonriendo hacia el puntal delantero del carro—. Mantén las riendas firmes para que los bueyes se detengan del todo y luego átalas alrededor de este taco.

Marie siguió su consejo, saltó fuera del carro y avanzó un trecho hacia el claro. Muy pronto asintió, ya que Thomas tenía razón. El suelo estaba tan pantanoso que en algunas zonas amenazaba con hundirse. Irritada, regresó y volvió a subir al pescante.

—Aquí no podemos dar la vuelta. Solo espero que no nos desviemos demasiado del camino.

Thomas entornó los ojos y miró a lo lejos.

—Debemos llegar a St. Marien am Stein como muy tarde mañana temprano, porque ahí comenzarán los festejos principales para los peregrinos, en los que deberíamos participar. Luego volverá a cerrarse la iglesia.

Marie frunció el ceño. Ese centro de peregrinación no le traía muy buenos recuerdos, ya que sabía por experiencia propia que los monjes de los conventos vecinos, que supuestamente debían asistir a los peregrinos, no estaban tan interesados en las almas de las personas que rezaban como en las prostitutas, que aparecían en todas las peregrinaciones y por lo general solían hacer muy buenos negocios allí. Esta vez no entraría a ese lugar, y Hiltrud estaba a salvo de esos encapuchados libidinosos gracias a que Thomas la acompañaba.

Una franja luminosa detrás de un claro en el bosque volvió a desviar la atención de Marie.

—Mira, Thomas, allí, delante del pueblo, hay una bifurcación del camino que podría conducir hacia la dirección que nosotros buscamos.

—En ese caso, ¡síguela!

Thomas asintió satisfecho al ver que ella había tomado la decisión correcta. Antes de alcanzar la ruta de peregrinaje propiamente dicha, vieron pasar a un grupo bastante numeroso por un camino que se abría delante de ellos. Los hombres que lo encabezaban llevaban unas cruces grandes y unas banderas bordadas con imágenes de los santos. Avanzaban a paso rápido, como si toda su santidad dependiera de llegar a tiempo a St. Marien am Stein.

Cuando a menos de mil pasos de allí volvieron a llegar a un cruce de caminos, Marie sostuvo las riendas y miró a sus amigos.

—Lo mejor sería que vosotros os unierais ahora a los peregrinos y que yo tomara la ruta hacia Wimpfen.

Thomas aprobó la idea, vacilante. En cambio Hiltrud se veía tan desesperada de repente como si hubiese estado esperando durante todo el camino a que se produjese un milagro que hiciese innecesario el viaje de Marie. Se quedó sentada en el carro, petrificada, hasta tal punto que Thomas tuvo que pedirle dos veces que cogiera sus efectos personales y descendiera. A sus dos hijos también parecía resultarles difícil separarse de su madrina. Cuando su madre le ordenó a Mariele dejar a Trudi en su cuna y bajarse de una vez, la muchacha abrazó a la niña y comenzó a llorar desconsoladamente.

Marie acarició a Mariele, la bajó y miró a Hiltrud y a Thomas con gesto interrogante.

—¿Sabéis lo que tenéis que hacer?

Hiltrud asintió, suspirando.

—Iremos a St. Marien am Stein y compraremos y haremos bendecir tantos rosarios y tantas velas que los hermanos piadosos nos recordarán muy bien.

—¿Y qué diréis cuando os pregunten por mí?

—Diremos que te has encontrado con unos conocidos y ellos te han invitado a su castillo, pero no sabemos ni el nombre del caballero ni de qué castillo se trata —respondió Thomas con tal vehemencia como si quisiera convencer a alguien.

Marie asintió, satisfecha, pero Hiltrud seguía encontrando peros.

—¿Y si nos acusan de haberte asesinado para quedarnos con tu oro?

—Menos mal que has pensado en eso. Escribiré una carta que podríais haber recibido de un mensajero y que confirme vuestras palabras.

Marie extrajo del armario los utensilios de escritura, se sentó sobre un cofre y comenzó a redactar. No era sencillo escribir con buena letra sobre la superficie rugosa del cofre, pero cuando puso su sello y su firma debajo la carta, esta tenía un aspecto tan natural que ni siquiera el conde palatino habría hallado algo que objetarle.

Cuando le alcanzó la hoja a su amiga, ella también tuvo que

luchar para contener las lágrimas, ya que había llegado el momento de la despedida.

—¡Deseadme suerte! —pidió.

—¡Más que ninguna otra cosa en el mundo!

Hiltrud intentó en vano secarse el rostro con la manga. Allá arriba, sentada sobre el pescante, Marie, que se había puesto a Trudi sobre el regazo, parecía extrañamente pequeña y desamparada. Hiltrud alzó las manos y miró a su esposo.

—Esto no está bien, Thomas. Marie no puede hacerlo sola.

Thomas se quedó unos instantes mordiéndose los labios, cogió a su hijo por debajo de las axilas y lo sentó en el pescante al lado de Marie.

—¡Quédate tú con la tía, hijo, y ayúdala! Ocúpate de los bueyes y obedece a Marie en todo.

—¿Qué haces? —preguntó Hiltrud, asustada.

—Le entrego a nuestro hijo mayor como siervo. Es lo único que podemos hacer por Marie en este momento. Todo lo que somos y lo que tenemos se lo debemos a ella, y si no hacemos todo lo que esté a nuestro alcance para ayudarla, no somos dignos de haber nacido.

Thomas se dio la vuelta con un movimiento enérgico, rodeó con sus brazos el hombro de su mujer, cogió a Mariele de la mano y se dirigió con ellas hacia donde estaban los demás peregrinos.

—¡Os quiero! —les gritó Marie mientras se alejaban, pero ellos ya no volvieron a darse la vuelta.

Michi se quedó mirando fijamente a sus padres, como si estuviese deliberando si debía resignarse a aceptar ese giro inesperado de su destino o salir corriendo detrás de ellos. Pero después le sonrió a Marie, alegrándose por la aventura que le esperaba. Marie se propuso ser doblemente cautelosa y devolver al muchacho a su casa sano y salvo. Como no quería dificultar el comienzo de su búsqueda con ideas que la acobardaran, le guiñó el ojo a Michi y dejó escapar de su garganta una risa liberadora.

—Entonces, ¡en marcha!

6

De camino hacia Wimpfen, Marie tuvo ocasión de valorar cuánto valía el regalo que Thomas y Marie le habían hecho al entregarle a Michi. Ciertamente echarían de menos al niño en la granja. Marie esperaba poder devolverles algún día aquel gesto de generosidad. Michi estaba acostumbrado a manejar bueyes y la descargó del cuidado de los animales con total naturalidad, de modo que ella pudo ocuparse de Trudi. Además, aunque era muy joven, su sola presencia disuadía a la mayoría de los hombres de ignorar el «no» de Marie y, gracias a él, los posaderos no la trataban como a una prostituta indeseable, sino que le permitían pernoctar como los cocheros en el patio, en donde los siervos del posadero montaban guardia por las noches. El chico también había demostrado estar a la altura de la situación en los momentos difíciles; por ejemplo, cuando el carro amenazó con hundirse en un charco de barro en el camino, convocó a los campesinos de los alrededores y entre todos levantaron el carro haciendo palanca con palos hasta ponerlo otra vez en tierra firme. Michi también era el que se bajaba del carro a preguntar por el camino correcto cada vez que ella se extraviaba. A los pocos días, Marie ya tenía plena conciencia de que sin él ni siquiera habría llegado al punto de encuentro del ejército franco del Neckar.

Marzo había cedido paso a un abril lluvioso y tormentoso cuando en el gris del cielo se recortó una colina con laderas escarpadas sobre cuyo espolón se alzaba un castillo de torres macizas que dominaba el valle. Bajo la fortaleza se extendía, rodeada por el muro de la ciudad, casi igualmente macizo, la ciudad imperial libre de Wimpfen. Al llegar a una encrucijada, Marie intentó dirigir a sus bueyes por el camino que conducía hacia la ciudad, pero en ese momento un hombre se atravesó en su camino.

—¡El camino que lleva a la expedición militar está por allá!

El hombre señaló hacia el este, donde había un bosque, y Marie miró hacia allí no sin cierto espanto. Tal vez en ese lugar hubiese habido un camino alguna vez, pero ahora había algo que parecía una escabrosa ciénaga de diez pasos de ancho que iba de lado a lado del bosque. Un poco más adelante, las lonas de las carpas despedían un resplandor claro a través de los árboles, que aún estaban prácticamente pelados, y Marie creyó oír el relincho de unos caballos. Al parecer, los respetables habitantes de Wimpfen no estaban muy interesados en mantener un contacto estrecho con los soldados. Esbozó una sonrisa de agradecimiento al hombre, que seguía mirándola enojado, como si ella hubiese intentado llevar la peste a la ciudad, tiró de las riendas hasta que los rebeldes animales de tiro sintieron la presión en los anillos de sus hocicos y los encaminó lentamente en dirección al campamento. Michi se bajó y fue caminando delante de ella para ayudar a los animales a esquivar con ayuda de su bastón los sectores más pantanosos.

Por el camino vio a un par de muchachos con los pantalones y las botas completamente embarrados que, evidentemente, estaban aguardando a que la carreta se les quedara atrancada para poder ganarse una propina. Sin embargo, sus bueyes eran lo suficientemente fuertes como para tirar el carro medio vacío hasta el campamento de guerra. La mayoría de los ayudantes que los acechaban suspiraron desilusionados al ver que lograba alcanzar el lugar del campamento, pero uno de ellos se rio, divertido, mientras palmeaba al resto sobre los hombros.

—¿Habéis visto de cerca a esa mujer? ¡Que el diablo me lleve si me he encontrado con un bocadillo más delicioso alguna vez! Con solo verla, el garrote se le endurecería y se le pararía hasta a mi abuelo, que es más viejo que Matusalén.

Uno de sus camaradas rio secamente.

—El mío ya lo está, pero tendrá que aguardar a que nos paguen nuestra soldada, a no ser que alguna de las prostitutas me deje entrar en su carpa si prometo pagarle más tarde.

—Con las deudas que ya tienes con ellas, me temo que tendrás que hacer trabajar a tu muñeca —se burló un tercero, al tiempo que señalaba hacia un tercer carro vivandero que avanzaba hacia ellos y se quedaba atascado en el barro a los pocos pasos.

Mientras los hombres avanzaban hacia él para poder ganarse ahora sí un par de monedas, Marie echó un vistazo a su alrededor. A su izquierda estaban las carpas de los soldados, sencillas y en parte muy desgastadas, y a la derecha, los alojamientos de los caballeros, adornados con banderas y blasones a los que también se les notaban mucho los años de uso. Para los caballos habían armado un redil con unas toscas barras de madera, mientras que los bueyes habían sido atados a los árboles, al final del campamento, y molían con sus dientes el heno que les habían arrojado. No lejos de los bueyes había tres carros similares al suyo, cubiertos con toldos, y delante de ellos había un grupo de mujeres con ropas de colores sentadas alrededor de un fogón, cocinando. Cuando Marie dirigió la yunta en esa dirección, una de ellas se puso de pie, puso los brazos en jarras y la miró con gesto de rechazo. Se trataba de una mujer rolliza, muy bonita, que tendría unos veinticinco años y vestía una falda marrón oscura y una descolorida pañoleta de lana tejida.

—¿Y a ti quién te ha llamado? —le espetó a Marie en tono mandón.

—¿Por qué tendría que haberme llamado alguien? Simplemente oí que el contingente franco del Neckar iba a reunirse aquí y vine a ofrecer mis servicios.

Marie reprimió su enojo por el mal recibimiento del que había sido objeto y sonrió, aparentemente impasible.

—Ofrecer, puedes ofrecer mucho, pero dudo de que te acepten. El honorable comerciante Fulbert Schäfflein es quien envía el equipamiento para este ejército, y solo él decide qué vivanderas tienen permiso para acompañarlo.

Una de las mujeres soltó una carcajada.

—¡No te dejes amedrentar por Oda! Solo está celosa porque eres mucho más bonita que ella.

Oda reaccionó ladrándole a la que había hablado.

—¿Qué le ves hermoso a esta cabra huesuda?

Iba a agregar algo más, pero en ese momento Marie hizo girar a sus bueyes chasqueando la lengua, haciéndolos pasar tan cerca de ella que los animales estuvieron a punto de derribarla. Oda saltó a un lado, rezongando, y le mostró el puño a Marie, aunque no se atrevió a insultarla al ver que esta agitaba juguetonamente el látigo, haciéndolo moverse muy cerca de su cabeza.

Mientras Marie detenía su carro junto a los otros, saltaba del pescante y ponía cuñas detrás de las ruedas, las demás vivanderas se levantaron y se acercaron, curiosas. Michi saludó brevemente a las mujeres, luego les quitó el aparejo a los bueyes y los condujo hacia dos árboles que quedaban libres para atarlos allí. Después miró hacia una parva de heno que estaba cerca, indeciso, y se dio la vuelta con gesto vacilante.

Una de las mujeres asintió con la cabeza.

—Nos lo dio el alcaide de aquí, así que no tengas vergüenza, coge tranquilamente lo que necesites.

Mientras Michi alimentaba a los animales, las mujeres rodearon a Marie.

—¿Son tus hijos? —preguntó una vivandera que tenía más o menos su edad y llevaba un vestido de colores hecho de distintos retazos de tela cosidos. La mujer tenía una figura muy linda, pero su rostro tenía un aire amargo y sañudo. Sin embargo, Marie tuvo la sensación de que podía confiar en ella, y depositó a Trudi en sus brazos al ver que ella los extendía.

—Es mi hija Trudi. El varón se llama Michi y es el hijo de mi mejor amiga. Vino conmigo para ayudarme y para atender a los bueyes.

La mujer que parecía amargada se rio.

—A mí me vendría muy bien un muchachito así. Es muy duro tener que hacerlo todo sola. A propósito, me llamo Theres, y la belleza de aquí es Donata.

Al decir eso, señaló hacia una escultural mujer de mediana edad y cabellos muy rubios que le dirigió una sonrisa amistosa.

—Yo soy Marie.

Marie les dio la mano a las dos. Antes de que pudiese decir algo más, el carro que antes se había quedado atascado en el barro se acercó. Era más pequeño que los otros y avanzaba tirado por dos rocines viejos y flacos. La mujer que iba en el pescante tampoco era de las más jóvenes. Marie calculó que debía rondar los cincuenta años. Era más alta de lo usual, pero tan enjuta que parecía no tener un solo pedazo de carne sobre las costillas. Su rostro estaba compuesto únicamente de arrugas, pero sus ojos azules, que asomaban por debajo de un sombrero de hombre bien calado en la frente, eran claros y vivaces. Llevaba una falda larga, una blusa con forma de delantal, una pañoleta de lana gruesa en los hombros y unas botas de soldado, todo de un negro tan profundo que parecía que la mujer teñía su ropa a menudo para remarcar su semejanza con un cuervo, que se consideraba el pájaro de los muertos.

Oda, que se había quedado a un lado, ofendida, ahora se plantó frente al carro recién llegado con los brazos en jarras.

—¡Pero mirad quién está aquí! ¡Eva *la Negra*! Seguramente intentarás probar tu suerte en todas partes. Pero aquí no hace falta que te quedes, porque esta vez el honorable señor Fulbert Schäfflein escogerá personalmente a las vivanderas que venderán sus mercancías.

Era la segunda vez que la mujer ponía en su boca el nombre del hombre con el cual el conde palatino quería casarla, y poco a poco comenzó a sentir curiosidad por conocer al proveedor del ejército. Pero de momento no pudo evitar reírse de la reacción de la vivandera recién llegada, que en ese momento le dio a Oda una respuesta clara y concisa. La anciana levantó una de sus nalgas enjutas y soltó una ventosidad. Después se bajó sin prestarle atención a Oda, que seguía protestando, y les quitó el aparejo a sus caballos. Mientras lo hacía, su mirada fue paseándose por entre las mujeres allí reunidas. A Theres y a Donata parecía conocerlas, ya que las saludó con un gesto amistoso, al igual que a unas prostitutas de campaña que se habían acercado a saludarla. La mayoría de las mujeres que había tenían más de treinta años, eran robustas y de rostros más bien ordinarios. Según su experiencia, Marie juzgaba que en las ferias difícilmente habrían conseguido mejores clientes que las rabizas, pero, estando en un ejército, si los soldados se hacían con algún botín podían llegar a ganar más en una sola campaña que en muchos años.

Marie estaba tan ensimismada en sus pensamientos que no se dio cuenta de cómo Eva *la Negra* la observaba dudosa mientras le palpaba un mechón de pelo rubio que se le había escapado de las trenzas que coronaban su cabeza.

—A ti aún no te conozco.

—Me llamo Marie y soy vivandera, como tú y las demás.

Marie no se esforzó en absoluto por reprimir el tono desafiante de su voz. Conocía muy bien a las mujeres como Eva de sus épocas de prostituta errante. Eran desconfiadas como viejos tejones. Cuando alguna no les agradaba, eran capaces de venderla a su peor enemigo por un par de monedas y tenían una lengua muy afilada.

Eva hizo un gesto despectivo.

—Como sea, lo cierto es que somos rivales.

Theres levantó la mano en tono de advertencia.

—¡En una campaña militar como esta debemos unirnos y ayudarnos mutuamente!

—Aliarme con Oda sería como ponerme en el pecho a una serpiente venenosa, y esta Marie me parece demasiado bonita como para confiar en ella así sin más. En cambio contigo y con Donata me he llevado siempre muy bien, y no tengo inconvenientes en viajar con vosotras.

Marie se asombró de la anciana, que se comportaba como si fuese asunto suyo decidir qué vivanderas podrían formar parte de esa campaña y quiénes no. Oda pareció tener la misma sensación, ya que de la rabia casi echaba espuma por la boca.

—Puedes enganchar tu carro y largarte de aquí, saco de huesos, ya que el honorable señor Schäfflein jamás llevará a alguien como tú.

Eva miró de reojo a Marie, poniéndose bizca.

—Pero sí a ti y a esa mandona de falda roja, ¿no? Si creéis que podréis obtener alguna ventaja de ese ricachón acostándoos con él, entonces no duraréis mucho en nuestro ramo. Porque en la guerra, las habilidades que cuentan en una vivandera son muy distintas, y la que carece de ellas debería haberse quedado con las prostitutas.

—A ti me gustaría verte de prostituta. Con ese esqueleto lleno de huesos flacos que tienes, eres capaz de quitarle las ganas al más libidinoso.

Oda se desternillaba de la risa, y le dio un codazo a Marie para que la imitara.

Marie comprendió que Oda quería ganarla como aliada en su pelea con Eva, pero no estaba dispuesta a dejarse involucrar en una riña. Por eso, se limitó a encogerse de hombros y se dirigió a su carro. El día anterior le había comprado algunos huevos a una campesina, y por la mañana había sacado un poco de leche, así que ahora podía preparar los huevos revueltos como le gustaban a Michi.

Mientras Oda seguía parada allí, indecisa, sin saber si unirse a Marie o a las otras, que seguían conversando animadamente, se acercaron al grupo tres hombres. Uno de ellos era muy espigado, tendría unos cuarenta años y un rostro angosto, un tanto fofo, unos finos cabellos rubios y unos ojos claros como el agua. Llevaba puesto un sayo de color marrón de aspecto similar al de un delantal y unas calzas color verde oscuro pegadas a sus piernas de cigüeña como una segunda piel. A su lado iba un hombre pequeño y regordete de rostro rubicundo, boca que hacía mohínes casi infantiles, nariz corta y ancha, y ojos muy separados de color azul pálido. Estaba vestido con un sayo corto que le quedaba demasiado tirante, con franjas rojas y negras en las mangas, unas calzas con una pierna roja y una negra y un bombachón rosa y blanco exageradamente grande que sobresalía del sayo recortado a esa altura. Un birrete verde con una pluma verde engarzada completaba su vestimenta, demasiado ordinaria como para pertenecer a un hombre de la nobleza y absolutamente inadecuada para un comerciante. Y sin embargo, como Donata le soplara al oído a Marie, que había regresado al fuego con una sartén, se trataba de Fulbert Schäfflein.

El tercer hombre era un fornido caballero de estatura mediana vestido con una guerrera anticuada de tela gris oscura cuyo blasón mostraba un corzo parado sobre la cima de una montaña. Parecía tan severo como sereno, de modo que Marie se cuidó de hacerse un juicio sobre él. Era de aquellos hombres a quienes se necesita observar mejor para poder juzgar.

En cambio, Marie ya había juzgado a Schäfflein. Incluso antes de que el comerciante atrajera hacia sí a Oda, que había corrido a su encuentro, y le pellizcara las nalgas, Marie ya había agradecido a todos los santos haber logrado escapar de la amenaza de ser unida en matrimonio con semejante hombre. Schäfflein estaba susurrándole a Oda al oído —pero levantando la voz lo suficiente como para que todos lo oyeran— que la esperaba más tarde en su carpa, cuando de pronto su mirada se topó con Marie. Abrió la boca y volvió a cerrarla, como si no pudiera articular palabra a causa de la sorpresa, corrió hacia ella como una comadreja y se inclinó como si quisiese asegurarse de que lo que había debajo de su vestido era tan bello como prometía su rostro.

Marie le atajó la mano antes de que él pudiera introducirla en su escote, se levantó con un movimiento serpentino y examinó asqueada al hombre, que era por lo menos un palmo más bajo que ella. A Hiltrud, Schäfflein no le habría llegado siquiera a la altura del busto... ¿y el conde palatino pretendía reemplazar a su Michel con semejante adefesio?

—¿A quién tenemos aquí?

La expresión de Schäfflein se asemejaba a la de un gato acercándose a una cazuela llena de leche que acaba de ver que la dueña de casa está por descargarle un escobazo.

—Marie, una vivandera —respondió Marie con una sonrisa tan fingida como la atracción de Oda hacia el mercader.

—Seguramente ya habrás oído que ostento el monopolio para abastecer a este ejército. Así que tendrás que llevarte bien conmigo si es que quieres ganar algo de dinero. Más tarde podemos hablar en mi carpa acerca de qué crédito puedo otorgarte.

Las palabras de Schäfflein no dejaban lugar a dudas: el hombre le cedería mercaderías a Marie solo si era complaciente con él. Marie se encogió de hombros.

—Mejor quedaos con Oda, señor Schäfflein. Seguramente ella necesita más de vuestro crédito: yo pago al contado.

Marie abrió la bolsa que colgaba de su cinturón, donde había depositado precisamente a tal efecto un par de monedas de tamaño considerable, y sacó a relucir dos florines de Württemberg a la luz del sol.

En el rostro de Schäfflein, el lujurioso deseo de acostarse con Marie y la codicia se trenzaron en una contienda breve pero intensa, tras la cual el hombre arrojó una mirada despectiva a Oda y pareció decidir que ya tenía provisiones suficientes para satisfacer sus necesidades viriles y que no renunciaría al dinero de Marie.

—Tú y vosotras dos —dijo, señalando hacia Theres y Donata— podéis negociar con Juan *el Largo*. Pero ese cuervo negro debe desaparecer.

El hombre escupió delante de Eva y se iba a dar la vuelta cuando el caballero se le interpuso en el camino.

—Eva *la Negra* vendrá con nosotros, os guste o no, maese Schäfflein. Ha participado en más campañas que cualquier soldado viejo con muchos años de servicio, y hasta ahora todos los ejércitos con los que ella ha viajado han regresado en su mayoría indemnes.

Marie no pudo contener una sonrisa. Era evidente que el hombre quería a la vieja vivandera entre sus seguidores porque atribuía el hecho de que Eva *la Negra* hubiese sobrevivido a tantas campañas a algún poder sobrenatural, y esperaba que ese poder los favoreciera también a él y a sus hombres.

Schäfflein maldijo para sus adentros, pero finalmente cedió.

—Está bien, que se quede, ¡qué diantres! Pero no esperéis que le regale mi mercancía a ese viejo saco de huesos.

Marie lanzó una carcajada socarrona.

—Eso es algo que tampoco espera ninguna de nosotras, ya que sabemos muy bien quién es el único que se enriquece con la guerra: el proveedor del ejército.

—En eso sí que tienes razón, muchacha.

Eva *la Negra* se paró al lado de Marie y le apoyó la mano sobre el hombro. Con ese gesto, Marie había ingresado definitivamente en el círculo de las vivanderas. El caballero pareció interpretarlo del mismo modo, ya que le tendió la mano con una sonrisa.

—Sin ánimo de ofender a la buena de Eva, es una alegría poder ver un rostro bello por estos alrededores.

—Hace treinta años, caballero Heinrich, habríais dicho lo mismo de mí.

Eva se hacía la ofendida, pero el caballero tenía la lengua bien afilada.

—Hace treinta años probablemente me habría interesado más por un caballito de batalla en miniatura tallado por algún peón del establo que por una mujer bella.

Ahora el caballero tenía las risas de su parte.

Eva hizo una mueca tal que su rostro pasó a consistir únicamente en arrugas.

—Conque otra vez marchamos a la guerra, caballero Heinrich. Aún recuerdo bien nuestra primera campaña. Por entonces, erais apenas un muchacho de sangre joven y el escudero del valeroso Reimbert von Gundelsheim. El pobre yace bajo tierra desde hace ya años. ¿Habéis alcanzado la meta que teníais por entonces de convertiros en su sucesor? ¿Habéis llegado a ser alcaide de los hermanos piadosos de San Bernardo en Vertlingen?

—Sí, me convertí en alcaide —respondió el caballero con cierto orgullo—, y como tal estoy al frente de esta tropa, ya que el reverendo abad de San Bernardo ocupa al mismo tiempo el cargo de capitán de distrito en esta región.

—Pero lo cede a su fiel alcaide, puesto que, al ser un hombre piadoso, no puede marchar a la guerra él mismo. En fin, tal vez esta guerra nos depare de una buena vez un opulento botín.

Había rastro de ironía en la voz de Eva, pero también la esperanza de ganar dinero suficiente como para poder retirarse a descansar tranquila de una vez por todas en algún lugar. Se trataba de un deseo que la mayoría de las prostitutas perseguía, pero que, como bien sabía Marie por experiencia propia, casi nunca llegaba a cumplirse. Lo más probable era que Eva *la Negra* tampoco pudiera pasar sus últimos años de vida en condiciones seguras, sino que permaneciera en el pescante de su carro hasta caer muerta y ser enterrada a la vera del camino por algún soldado o siervo.

Schäfflein había seguido con visible desagrado la conversación entre el caballero y la vieja vivandera, aunque no se había animado a interrumpirlos. Pero entonces apremió con un codazo en las costillas a su oficial, señalándole con la barbilla a las mujeres al tiempo que extendía imperioso la mano hacia Oda, que se le acercó de inmediato y se fue con él.

Eva se quedó mirándolos y escupió con desprecio.

—Una ramera nunca deja de ser ramera, aunque tenga un par de animales de tiro delante del carro y se crea mejor por ello.

Marie se estremeció al oír aquellas ásperas palabras, ya que ella misma había tenido que pasar cinco años de su vida siendo una ramera errante y temía delatarse con alguna palabra dicha sin pensar. Por eso, cuando Juan *el Largo* se puso a negociar con el resto de las vivanderas, al principio ella se mantuvo al margen. Theres le devolvió a la pequeña Trudi y examinó muy cuidadosamente las mercancías que los siervos de Schäfflein extendían ante ella. La habilidad del dependiente y su gente en el trato con ella y con las demás mujeres daba cuenta de una larga experiencia, de modo que Marie se preguntó por qué Schäfflein habría viajado hasta Wimpfen si no necesitaba ocuparse personalmente de las negociaciones. Claro que también cabía la posibilidad de que tuviese asuntos que arreglar con los grandes mercaderes de la ciudad, aunque con lo fanfarrón que era, seguramente de ser así habría hecho alarde de ello.

Marie intuía que Schäfflein había acudido porque en tierras lejanas podía hacer sin ser castigado aquello que en Worms le habría deparado grandes detracciones. Una vivandera o una prostituta eran fáciles de llevar a su carpa, y después cada cual seguía su camino. Pero si estando en su casa llegaba a llevarse a una criada a la cama, existía el peligro de que la muchacha corriera a desahogar con el cura los pecados que le oprimían el corazón. Si la mujer confesaba haber fornicado con su señor, lo urgirían a contraer pronto matrimonio para que pudiera demostrar su virilidad en una unión del agrado de Dios.

Y en esa misma situación, a los casados los amenazaban con la ira de Dios y los horrores del infierno.

—¿Y tú qué quieres?

Juan *el Largo* se dirigió impaciente hacia Marie, de manera que ella se sobresaltó y se dio cuenta de que otra vez estaba luchando con visiones del pasado, un pasado en el que los eclesiásticos la echaban de los umbrales de sus iglesias después de que un dominico la declarara injustamente culpable y la condenara a una vida errante. Levantó la vista y vio que las otras vivanderas ya estaban cargando en sus carros las mercancías compradas. No se fijó demasiado en lo que habían escogido las otras mujeres porque ella ya había pensado hacía tiempo las provisiones que adquiriría. Si bien nunca había viajado con un ejército, por los relatos de Michel sabía bien lo que los soldados solían comprar en el camino, y además había ayudado a su esposo a equipar los carros de víveres y a los piqueros que lo habían acompañado a Bohemia. Los más de cien soldados armados de su tropa constituían el motivo principal por el cual pretendía viajar a Núremberg y, eventualmente, a Bohemia. Hasta el momento no había regresado a casa ni uno solo de los hombres de Michel, y Marie estaba convencida más que nunca de que al menos uno de ellos podría relatarle lo que le había sucedido a su esposo.

Sin embargo, el deseo de aclarar cuanto antes cuál había sido el destino de Michel no la inducía a malgastar su dinero. Regateó con Juan *el Largo* como si su propia vida le fuera en ello y criticó tanto la calidad de sus mercancías como su precio, que consideraba excesivo.

El rostro fofo del dependiente se desfiguró de furia, y cuando ella volvió a oponerle reparos, el hombre terminó gruñéndole.

—Pero ¿quién te crees que eres? Si vuelves a protestar, no te daré nada y te pudrirás aquí en Wimpfen.

Marie se tocó la bolsa que llevaba en el cinturón.

—Eso sería una pena, pues tu señor dejaría de ganar unos buenos florines.

—El señor Schäfflein es suficientemente rico, no necesita dos o tres monedas tuyas.

Juan *el Largo* amagó con empezar a guardar todo antes de rebajarle a Marie siquiera un penique, pero su mirada se posó sobre su portamonedas, que tintineaba seductoramente. Si llegaba a perderse el negocio, Schäfflein pondría el grito en el cielo y le reduciría su participación en el resto de las ventas. Por eso, terminó por ceder con un suspiro.

—Está bien, de acuerdo, pero por este barril de vino me pagarás dos táleros de los buenos.

—¡De acuerdo! Pero solo si el vino que contiene es bueno, no como ese agrio que hacen en Colonia.

Marie se acercó al barril, lo abrió y olfateó el interior. Cuando uno de los siervos llenó un vasito y se lo dio a beber, asintió con la cabeza. El vino parecía provenir de la tierra natal de Schäfflein, famosa por sus cepas.

—Está bien, entonces dos táleros por tu vino, pero a cambio aceptarás mi precio por el fardo de tela que tienes ahí —le declaró al dependiente.

El hombre meneó la cabeza, desesperado.

—Dame un penique por vara o no podré entregártelo. Mi señor me dará una tunda si llega a ver cómo me has engatusado.

Marie asintió, riendo. Ahora que ambos sabían qué esperar el uno del otro, se pusieron de acuerdo enseguida en lo referente al resto de las mercancías, tales como tiras de cuero, botones, agujas y cuchillos. Por último, Marie adquirió también algo de queso duro, salchichas y cecina de tocino, que se mantendrían durante mucho tiempo, además de dos barrilitos de arenques salados, ya que muy pronto los soldados se alegrarían de poder variar un poco la rutina uniforme de las raciones del ejército. Cuando apiló sus compras y volvió a mirar su bolsa de monedas, comprobó que había tenido que gastar menos dinero de lo que había calculado, y entonces encaró el futuro con un poco más de optimismo.

7

Dos días después, el caballero Heinrich hizo sonar los cuernos para dar la señal de partida. No disponía de muchos más hombres de los que había tenido Michel. Más de cincuenta eran caballeros que a su vez no tenían un gran séquito. El propio caballero Heinrich tampoco contaba más que con Anselm, su escudero, además de cuatro soldados a caballo que le había confiado su abad. Sin embargo, a diferencia del resto, él y sus caballeros estaban muy bien equipados. Los caballeros que se habían puesto a sus órdenes eran en su mayoría hijos menores que no poseían más que su espada y su armadura, y cuyos caballos no guardaban similitud alguna con los caballos de batalla de los caballeros adinerados, sino que a menudo tenían aspecto de haber sido salvados en el último momento del matadero.

El caballero Heinrich examinó a su grupo y meneó la cabeza.

—Otra vez son los pobres perros que apenas tienen dónde hincar el diente los que tienen que sacarle las castañas del fuego al emperador —le dijo a Eva *la Negra*—. Los nobles señores se quedan cómodos en sus castillos y dejan que el emperador se las arregle como pueda. ¿O acaso ves aquí los colores de Leiningen o los de Hohenlohe? A ellos no les interesa que arda toda Bohemia mientras que sus tierras queden a salvo de la guerra. A todo esto, hombres como Ludwig von der Pfalz, o como Ludwig y Ulrich von Württemberg, los hijos de Eberhard *el Suave*, como lo llaman ahora, aunque yo lo llamaría Eberhard *el Bruto*, bastarían para reunir soldados suficientes como para hacerles perder el coraje a esos bohemios de una vez y para siempre, y volver a empujarlos a sus madrigueras.

Marie recordó a su antiguo protector, el conde Eberhard von Württemberg, que yacía bajo tierra desde hacía varios años. ¿Habría participado de esa guerra el conde? Probablemente no, al igual que todos los demás príncipes territoriales. Las palabras del caballero Heinrich habían sonado amargas y acusadoras, como si él culpara a los grandes señores territoriales del imperio de no servir a la causa del emperador, como era su deber. Como muchos otros, él también parecía opinar que un imperio tan poderoso como lo era el Imperio Romano Germánico debería haber sido capaz de reprimir una revuelta local como la de Bohemia hacía tiempo. Pero parecía que el emperador Segismundo solo podía contar con los hijos menores de los caballeros imperiales y la ayuda de las abadías más cercanas al imperio, lo cual no era una buena señal para Marie.

Sus dudas se debieron de reflejar en el rostro, ya que Eva *la Negra* le tocó el hombro con el mango del látigo.

—Es demasiado tarde para tener miedo, Marie. ¿O acaso darás media vuelta con tu carro y te irás a vender tus mercancías a las ferias? Permíteme decirte que allí son mejores y más baratas.

Marie se volvió hacia ella y sacudió enérgicamente la cabeza.

—No tengo miedo, ni tampoco voy a abandonar la tropa.

—Me alegro. Además, Hettenheim es un buen líder, y sobre todo es muy prudente. No caerá en una trampa tan torpemente como le ocurrió a Heribald von Seibelstorff hace dos otoños.

La respuesta de Eva afectó a Marie por partida doble. Por un lado, había mencionado la campaña fallida de Seibelstorff en la que supuestamente había caído Michel, y por el otro había llamado al caballero Heinrich con un nombre que le puso los pelos de punta.

—¿Cómo has llamado a nuestro líder? ¿Hettenheim?

—Sí. Es Heinrich von Hettenheim, de la rama franca de ese linaje. Tal vez hayas oído nombrar a su primo Falko, que se ha hecho un nombre en el Palatinado. Pero, por favor, no nombres a ese hombre en presencia del caballero Heinrich, ya que no se pueden ni ver.

Eva *la Negra* movió la cabeza en forma afirmativa para reforzar sus palabras. Acto seguido, azuzó a sus caballos para unirse a la caravana que avanzaba lentamente hacia una balsa que ya estaba cruzando al otro lado del Neckar a los primeros caballeros y soldados a caballo.

Marie tenía la sensación de que la vieja vivandera podía contarle mucho más de lo que ella había oído hasta ahora, pero no había tiempo para seguir preguntándole, de modo que tuvo que dominar momentáneamente su curiosidad, encaramarse ella también sobre su pescante, acomodarse en el regazo a Trudi de tal manera que no pudiese resbalar y hacer que sus bueyes siguieran al carro de Eva *la Negra*. Como tenían que esperar a cada rato hasta que la balsa hubiese transportado a la otra orilla al siguiente grupo de jinetes e infantes, halló tiempo para pensar. El caballero Heinrich estaba enemistado con su primo Falko. No debía olvidar esa circunstancia, aunque no sabía si alguna vez llegaría a servirle de ayuda.

Cuando les tocó el turno a los tres carros de bagaje que había podido reunir el caballero Heinrich, el sol ya había ascendido por encima de los árboles, y lentamente comenzaba a hacer calor. Los primeros carros habían podido cruzarlos sin inconvenientes, pero los bueyes rebeldes de Marie se asustaron con la lancha, que bailaba inquieta hacia arriba y hacia abajo ante el menor movimiento. En cuanto Michi descendió y condujo a los animales llevándolos de una cuerda atada al anillo de sus hocicos, lograron atravesar los tablones tambaleantes con el carro repleto de las compras que Marie había efectuado y pudieron por fin embarcarse. Cuando los animales quedaron ubicados con la cabeza apuntando hacia la proa, le llegó el turno al carro de Eva. La anciana le había cedido prudentemente el paso a Marie para no tener que estar con su carro liviano sobre el lanchón tambaleante hasta que aquellos bueyes inquietos se hubiesen apaciguado. Una vez que alcanzaron la otra orilla del Neckar, el barquero desalojó a Marie con impaciencia de su lanchón, aunque luego atrapó ágilmente la moneda que ella le arrojara y le hizo una reverencia.

—¡Os deseo un buen viaje y un gran botín de guerra! —le gritó mientras Marie se alejaba, al tiempo que volvía a apartar el lanchón de la orilla para ir en busca de los próximos carros.

Mientras el carro de Marie seguía rodando por el sendero que bordeaba el agua, que poco después doblaba bruscamente y ascendía por la pendiente, Michi volvió a trepar al pescante, ágil como un mono.

—No has debido hacerlo, es muy peligroso —lo reprendió Marie—. ¿Qué pasaría si te resbalas y te caes bajo las ruedas?

Michi hizo una mueca traviesa, como queriéndole decir que eso jamás podría sucederle. Durante los primeros días había estado triste por haber tenido que dejar a sus padres y a sus hermanos para partir con ella rumbo a lo desconocido. Pero ahora sus ojos brillaban cada vez que veía a un caballero, y se iba con los hombres cuantas veces podía para escuchar sus relatos. Como de todos modos no descuidaba sus obligaciones, Marie aceptaba sus asiduas ausencias con una sonrisa indulgente.

Mientras los carros seguían cruzando el río, la cabeza de la caravana ya había reanudado la marcha, y Marie ya temía que Heinrich von Hettenheim hubiese perdido el cuadro de conjunto de su ejército, pero con el correr de las horas comprobó que se había equivocado. El líder volvió a ordenar a las tropas poco después de que los carros de bagaje terminaran de cruzar el río, formando una retaguardia con soldados de infantería, no porque allí en medio del imperio les amenazara algún peligro, sino para tener hombres a mano que pudieran intervenir rápidamente en caso de que algún carro se atascara. A la tarde mandó adelantarse a unos jinetes para que preparasen víveres, heno y agua en el lugar donde pensaba acampar. Como lugar de campamento había escogido la villa dominica de un caballero vasallo del emperador que alimentaría bien a los nobles que lo acompañaban junto con sus séquitos, incluyendo a los siervos y los animales de tiro, de manera que evitaría derrochar las provisiones que había llevado.

El ejército también pasó las noches siguientes a la sombra de monasterios o de castillos cuyos dueños los atendieron de forma más o menos generosa.

La expedición militar se desplazó como un gusano cuesta arriba hasta llegar a Jagstal, luego cambió hacia Taubergrund, pasando por Dörrbach y Mergentheim, para finalmente dirigirse a través de Steinsfeld y Oberdachstetten hacia Ansbach. Marie aprovechó las largas horas de marcha para mejorar sus cualidades como conductora, y por las noches se quedaba escuchando a las otras vivanderas, que intercambiaban sus experiencias con gran vivacidad, relatando lo que habían vivido en otras campañas militares. De ese modo fue aprendiendo mucho más de lo que hubiese imaginado acerca de su nuevo oficio. En realidad, ser vivandera entre una población de soldados no era tan similar a viajar de feria en feria como prostituta errante. Hasta ahora no había vendido prácticamente nada porque los caballeros y los soldados se habían abastecido en Wimpfen, antes de partir, y aún no se quejaban de la comida. Las prostitutas de campaña tampoco habían hecho más que unas pocas monedas, ya que después de las largas jornadas de marcha, los hombres solían estar demasiado cansados como para poder pensar en una mujer. La velocidad a la que el caballero Heinrich llevaba a la tropa llenaba a Marie de asombro, pero cuando se lo mencionó a Eva, la vieja vivandera no pudo más que reír.

—¡Alégrate! Si los muchachos se acostumbran a este ritmo, no solo resistirán los avances, sino también las retiradas rápidas, lo cual está muy bien, ya que dicen que los husitas son muy veloces como perseguidores.

Hasta el momento, Marie siempre había ocupado sus pensamientos imaginando qué podría averiguar una vez que llegase a Núremberg, pero no había desperdiciado un solo instante en pensar en la posibilidad de tener que marchar a la guerra ella también. Se había imaginado que en el campamento del emperador ya encontraría a alguien que pudiera explicarle qué había sido de Michel. Pero ahora caía en la cuenta de que el camino que había emprendido podría llevarla directamente hacia la revuelta bohemia, hacia una emboscada o incluso hacia grandes batallas, y entonces comenzó a inquietarse. Debía preocuparse por cuidar a los vivos, no a los muertos, al menos esa era la idea que la había mantenido entera los primeros tiempos tras la noticia de la muerte de Michel, y básicamente seguía manteniendo la misma idea. Era responsable de Trudi, que constituía el legado que Michel le había dejado, y de Michi, el hijo de su mejor amiga. Si algo llegaba a sucederle al muchacho, jamás podría volver a mirar a Hiltrud a los ojos, y sin Trudi su vida ya no tendría sentido.

Las mismas dudas seguían acosándola cuando llegó la noche y el caballero Heinrich dio la orden de detenerse. Marie paró su carro, fue a buscar agua fresca mientras Michi se encargaba de los bueyes y luego se sentó con Trudi junto al resto de las vivanderas alrededor del fuego para preparar la cena con ellas. Otra vez había panecillos, y muy pronto comenzaron a acercarse algunos soldados olfateando con curiosidad, entre los cuales se contaba también Anselm, el escudero del caballero Heinrich. Eva reconoció a un par de hombres que la habían ayudado a sacar su carro del barro en Wimpfen y les hizo señas para que se acercaran.

—¡Eh, muchachos! Si queréis panecillos, venid y servíos. Hoy son gratis.

No hubo que repetírselo dos veces, y antes de que el sol se hubiese desplazado siquiera un dedo, los soldados ya estaban limpiándose la grasa, relamiéndose los dedos y haciéndoles ojitos a Oda, a Theres y, sobre todo, a Marie. Eva *la Negra* se quedó un instante observándolos y luego apoyó la mano, torcida como una garra, sobre el hombro de Anselm.

—No irás a serme infiel, ¿verdad, querido?

Con esas palabras desencadenó una tormenta de risas que atrajo incluso al caballero Heinrich. El caballero vio los panecillos y se relamió los labios con deleite.

—¡Qué bien huelen! Ni siquiera mi madre los prepara mejor.

—Creo que aún queda uno, parece que os hubiese estado esperando.

Eva *la Negra*, alegre, le entregó al caballero el último panecillo. Marie aguardó a que terminara de masticar su último bocado y luego se inclinó hacia él, curiosa.

—¿Cuánto tiempo nos llevará llegar a Núremberg?

—Si no ocurre ningún imprevisto y podemos seguir avanzando al ritmo que venimos llevando hasta ahora, llegaremos en cinco días.

8

Marie ardía en deseos de llegar a la ciudad en la que se habían reunido el emperador y muchos de sus acólitos, y se alegró de que el caballero Heinrich pareciera estar tan impaciente como ella.

Dos días más tarde llegó un caballero acompañado únicamente de su escudero cabalgando a toda prisa al encuentro de la tropa. El caballero Heinrich le ordenó a su gente que continuara su marcha y le hizo señas al recién llegado para que se acercase. El joven, que a juzgar por su rostro semioculto tras la visera no tendría más de dieciocho años, detuvo su caballo frente a él y lo saludó con cortesía.

—Dios sea con vos, noble señor. ¿Podríais permitirnos a mí y a mi escudero unirnos a vosotros?

—¿Queréis acompañarnos solamente hasta Núremberg o uniros a mi ejército?

El joven caballero pareció ponerse irascible de repente.

—En principio, solo hasta Núremberg. Aún no puedo decidir hacia dónde me dirigiré después.

El caballero Heinrich movió la cabeza de forma asertiva.

—Faltan apenas dos o tres días para que alcancemos nuestro objetivo, y durante ese lapso sois bienvenido como compañero de viaje.

—Os doy las gracias. Mi nombre es Heribert von Seibelstorff. Soy el hijo de Heribald y he partido para recuperar la reputación perdida de mi familia.

Sus palabras sonaban un tanto exaltadas, pero parecían apropiadas para un muchacho joven de dieciocho años. El caballero Heinrich se llevó la mano derecha al pecho.

—Os doy la bienvenida, hidalgo Heribert. Mi nombre es Heinrich von Hettenheim.

Al oír aquel nombre, el caballero Heribert tiró con tanta fuerza de las riendas que su caballo alazán comenzó a revolverse, nervioso.

—No puedo afirmar que el nombre de Hettenheim sea de mi agrado, ya que fue un hombre de ese linaje quien arrojó a mi estirpe al deshonor —declaró, con una sinceridad implacable, mientras parecía estar a punto de desafiar a su interlocutor a luchar allí mismo.

El caballero Heinrich hizo un gesto de desdén, al tiempo que lanzaba una carcajada rabiosa.

—Hasta ahora, nunca he tenido nada que ver con vuestra familia. Seguramente os referís a mi primo Falko von Hettenheim, a quien es completamente atribuible un hecho de esas características. Dejadme deciros que él y yo estamos muy lejos de ser amigos.

—Entonces vos debéis de ser el hombre que heredará las posesiones de Falko von Hettenheim si el destino le niega hijos varones legítimos. Ya he oído hablar de vos.

Heinrich von Hettenheim apretó los labios, buscando una respuesta apropiada. Entretanto, los carros de bagaje que iban detrás de ellos se habían detenido. Eva *la Negra* descendió de su carro, le arrojó las riendas a uno de los soldados a caballo al que antes había mimado con sus panecillos y se acercó, curiosa. El joven Heribert retrocedió de manera involuntaria al ver a aquella anciana fea y se quedó mirándola con repugnancia. Eva no prestó atención a su actitud de rechazo, sino que lo siguió y tironeó de uno de sus estribos.

—¿Habéis dicho que sois el hijo del caballero Heribald? Yo he viajado con vuestro padre en reiteradas ocasiones, y me asombra que no tome personalmente venganza ante una injuria o una ofensa.

—Ciertamente lo habría hecho si aún estuviese con vida. Pero mientras lo traían malherido de regreso a nuestro castillo, donde falleció a causa de sus heridas después de pasar meses agonizando, otros en la corte del emperador enterraron su gloria para ensalzarse a sí mismos.

El hidalgo Heribert había vomitado esas palabras apasionadamente, pero entonces se percató de que le había dado abundante información a una simple vivandera. Resopló, irritado, y pasó junto a Eva con su caballo alazán sin volver a dignarse mirarla. La vivandera se quedó observándolo con una sonrisa casi compasiva, luego alzó la cabeza como si tuviese que sacudir sus pensamientos y regresó con sus camaradas, que ahora también habían bajado porque la caravana se había atascado un poco más adelante.

—Hemos recibido refuerzos —les explicó con una sonrisa irónica—, si es que se puede llamar refuerzo a un chiquillo como este Heribert von Seibelstorff. Imaginaos, el hidalgo quería atacar a nuestro buen Heinrich solo porque es un Hettenheim.

El resto de las vivanderas se echó a reír, mientras que Marie se incorporaba, patitiesa.

—¿Quién es el que ha venido? ¿Un caballero Seibelstorff?

—Sí, el hijo del viejo Heribald. Os digo que ese sí que era un combatiente experimentado, aunque no muy lúcido. Pero por su gente hubiese sido capaz de hacerse cortar en pedacitos. —Eva se mordió los labios y luego se encogió de hombros—. A juzgar por las palabras de su hijo, eso es exactamente lo que sucedió.

Como la caravana volvió a ponerse en movimiento, las mujeres se apuraron a regresar a sus carros y a tomar las riendas. Marie azuzó a sus animales, aunque su mirada iba más allá de sus cabezas y sus pensamientos giraban en el aire como hojas secas en el viento. El nombre de Heribald von Seibelstorff le resultaba más que familiar: supuestamente, su esposo había caído estando bajo sus órdenes. Más adelante, el joven Heribert ya se alineaba con su escudero en la caravana. ¿Acaso él podría proporcionarle la información que tanto buscaba? También se moría por saber por qué odiaba el nombre de Hettenheim hasta tal punto que había estado cerca de atacar al caballero Heinrich. Su comportamiento parecía confirmar la versión del caballero franco que había pasado algunos días como huésped en la corte del conde palatino y que con su versión de las batallas en el territorio de Bohemia se había ganado el enfado de este. Sus palabras habían alimentado en Marie la sospecha de que Falko von Hettenheim podía llegar a estar involucrado en la desaparición de Michel. Resolvió interrogar al caballero Heribert esa misma noche.

Ese día, las horas parecieron transcurrir más lentamente que de costumbre. Reaccionaba con irritación ante cada mosca que revoloteaba a su alrededor, y por primera vez la alteró incluso el parloteo animado de Trudi. Al final, puso a la pequeña en brazos de Michi y le ordenó alimentarla con puré en vez de dejarle las riendas a él y atender ella misma a su hija, como de costumbre. Por la noche, una vez en el campamento, iba a pedirle que cuidara de Trudi, pero para entonces él ya se había escabullido para pedirle a Anselm que le mostrara cómo empuñar una lanza.

Marie consideró un momento la posibilidad de dejar a su hija al cuidado de alguna de las otras vivanderas, pero ellas seguían yendo y viniendo apresuradas entre sus carros y el fuego, efectuando los preparativos necesarios para la cena, y no tenían tiempo de cuidar a una criatura pequeña. Marie estaba demasiado nerviosa como para pensar en comer, de modo que alzó a Trudi en sus brazos y se dirigió hacia el lugar en el que se había establecido Heribert von Seibelstorff. Se había acostumbrado tanto a las miradas que la seguían cada vez que atravesaba el campamento que ya casi ni reparaba en ellas. La mayoría de los hombres la respetaban, y algunos incluso le salían al encuentro con cierta timidez, ya que ella era la mujer más bella de la expedición, y cuando llevaba a su hija en brazos parecía, tal y como cuchicheaban ellos entre sí, una de esas estatuas de la Virgen y el Niño que había en las grandes catedrales. Lo único que le faltaba para completar esa imagen a la perfección era el manto azul cielo. Cuando Marie se acercó a Heribert von Seibelstorff, el joven caballero estaba sentado delante de una carpa sencilla, malhumorado, y solo reaccionó a la tercera vez que su escudero lo llamara para tenderle un plato de madera con unas salchichas asadas. El aroma que desprendían activó el hambre de Marie y al mismo tiempo le dio pie para iniciar una conversación con el hidalgo.

Marie se acercó a él sonriendo.

—Dios sea con vos, noble señor. Veo que habéis traído salchichas asadas como provisión. Como no suelen conservarse mucho tiempo, quisiera compraros algunas. Puedo daros a cambio plata, o también un par de vasos de vino.

Heribert von Seibelstorff reaccionó con disgusto, y estuvo a punto de rechazar a Marie con frases ásperas, pero todas sus palabras se le murieron en la lengua al mirarla. Jamás en su vida había visto una imagen más dulce que la de esa mujer con la niña. Se puso de pie sin darse cuenta de que su plato se resbalaba al suelo y la salchicha que aún no había comido rodaba por el pasto.

—¿Quién sois, hermosa mujer?

Sorprendida por su efusiva reacción, Marie retrocedió un paso.

—Me llamo Marie y soy vivandera.

—¿Marie? ¡Igual que la Santa Virgen, la madre de Dios!

—Solo me falta la «a» al final del nombre para ser una verdadera María.

Marie estaba acostumbrada a tratar con acólitos de Michel más bien jóvenes, y sabía que una palabra alegre o una broma a tiempo podían quitarles su inseguridad. En los labios de Heribert se dibujó enseguida una sonrisa jovial, y entonces el hidalgo recordó la pregunta de ella.

—¡Görch, trae cuatro salchichas asadas, pero que sean las mejores que tengas! —le gritó a su siervo.

Este arrojó una mirada triste a las salchichas que tenía delante sobre una parrillita y que en realidad estaban destinadas a él. Suspirando, puso las salchichas sobre una tabla y se las llevó a Heribert, quien a su vez se las cedió a Marie.

—Os lo agradezco, señor. Estas salchichas huelen realmente bien. Si saben igual, jamás habré comido unas mejores.

Sus alabanzas halagaron a Görch, que le sonrió con cierto orgullo.

—En ningún lugar hay salchichas tan deliciosas como las nuestras.

Entretanto, Marie había depositado a Trudi en el suelo y había empezado a degustar la salchicha con deleite. El siervo no había hecho promesas vanas. Ni siquiera Hiltrud, que se había convertido en una experta en el tema, hacía unas salchichas tan deliciosas como aquellas.

—Gracias —le dijo Marie al hidalgo cuando terminó de comer la primera salchicha. Después le sonrió al escudero, que miraba con tristeza las tres restantes, que todavía estaban sobre la parrilla—. Una buena acción merece su recompensa. Tú y tu señor podéis tomar todo el vino que deseéis, yo os invito.

Heribert levantó sus manos en un gesto de moderación.

—Bastará con un vaso para mi escudero y otro para mí; si no, Görch se emborrachará como una cuba y mañana no servirá para nada.

—Pero, señor, ¿cuándo...? —protestó el escudero, pero el hidalgo lo interrumpió de lleno.

—Hace apenas tres días, cuando te dije que partiríamos a la mañana siguiente para unirnos al ejército del emperador. Tuve que acostarte sobre la montura porque estabas demasiado ebrio como para montar sentado. —La voz de Heribert sonaba mansa, pero al mismo tiempo flotaba en ella la advertencia de que no volviera a llegar tan lejos. Luego se volvió hacia Marie—. Por favor, decidles al resto de las vivanderas que no le den a Görch más vino del que tolera.

Marie se percató de que él se dirigía a ella como a una dama de la nobleza, y se preguntó si se habría delatado de algún modo. Como no podía preguntarle por qué le otorgaba ese tratamiento tan respetuoso, esperó que nadie más lo notara o, en todo caso, que lo consideraran la exageración propia de un joven que se exaltaba con facilidad... lo cual seguramente era cierto.

Görch se sacudió como un perro mojado, atrayendo la atención hacia sí.

—Las vivanderas igual no me dan nada, señor, pues yo no tengo dinero.

—Mejor así —respondió el hidalgo Heribert con una sonrisa satisfecha, mientras invitaba a Marie con un gesto amable a sentarse junto a él sobre el tronco de un árbol.

Marie se alegró de no necesitar más excusas para entablar una conversación con él. Se sentó guardando una cierta distancia entre ella y el joven y lo miró ladeando la cabeza. Él pareció volver a sentirse inseguro, ya que cuando quiso empezar a hablar, tragó saliva varias veces y extendió las manos hacia Trudi, quien caminaba con una agilidad asombrosa para su edad. Para asombro de Marie, su hija corrió al encuentro del hidalgo y dejó que este la alzara en el aire.

—Me recuerda a mi hermanita —dijo Heribert, sonriendo.

Su siervo abrió los ojos de par en par y lo miró, confundido.

—Pero, señor, la señorita Hella ya tiene doce años.

—Pero hasta hace no mucho se parecía a esta pequeña. ¿Cómo te llamas? —Heribert sostuvo a la niña a la altura de su rostro y le sonrió.

—¡... udi! —le respondió sin ninguna timidez.

—Trudi. En realidad, Hiltrud —completó Marie.

—Un bello nombre para una bella niña —opinó el joven, al tiempo que miraba a Marie de una manera que dejaba muy claro a quién consideraba la más bella.

—Tiene diecisiete meses, pero es bastante alta y grande para su edad —le informó Marie, orgullosa.

—¿No habéis dicho hace un rato algo acerca de un vaso de vino, señora Marie? —rogó Görch antes de que su señor pudiera responderle algo.

Ella asintió y se puso de pie.

—Y voy a cumplir mi promesa. ¿Puedo dejar a Trudi a vuestro cuidado hasta que regrese, señor hidalgo?

Heribert se estremeció ante esa pregunta, pero luego sonrió con deleite.

—Claro, con mucho gusto.

Se alegraba de que Marie estuviese dispuesta a confiarle a su hija, ya que ahora era seguro que regresaría a hacerle compañía por un rato. Ya anhelaba volver a verla y volver a oír su voz, que le resultaba tan dulce como el canto de los ángeles.

Marie regresó enseguida, trayendo tres vasos y una jarra llena de vino.

—Vuestras salchichas asadas dan sed —explicó, riendo.

—¡Es lo que yo digo siempre! —exclamó Görch, al tiempo que elegía sin demora el más grande de los tres vasos.

Como Marie apenas si bebió unos sorbos de vino y el caballero Heribert tampoco bebió mucho, aquella noche el escudero no tuvo que pasar sed. Se sentó cerca de ellos en el suelo, interviniendo todo el tiempo en el diálogo, de modo que Marie no necesitó hacer más que un par de preguntas para dirigir la conversación hacia el tema que quería tocar. El hidalgo y su siervo competían por relatarle la historia de los Seibelstorff, desde su ascenso continuo hasta su brusca y absolutamente inmerecida caída.

—Hemos caído en desgracia ante los ojos del emperador por culpa de ese Falko von Hettenheim —declaró el hidalgo, malhumorado—. Mi padre siempre estuvo de su lado y ocultó sus faltas con la esperanza de poder hacer de él un buen líder. ¿Y cómo se lo agradeció ese hombre infame? Mientras mi padre se consumía y ya no podía defenderse, Falko tergiversó todos los informes sobre su campaña, imputándole todas las faltas que él había cometido y calumniándolo de tal modo que el emperador terminó relevándolo de su puesto. Esa humillación contribuyó al fin de mi padre mucho más que sus heridas, y por ello me uniré al ejército, le exigiré explicaciones a ese perro de Hettenheim y lo retaré a duelo.

Marie, mucho más interesada en su esposo que en el honor mancillado de los Seibelstorff, fue desviándolo con cautela de sus descargas de furia.

—Pero seguramente vuestro padre habrá tenido otros caballeros bajo su mando además del tal Falko von Hettenheim... ¿Habéis oído hablar de Michel Adler alguna vez?

Heribald asintió, ensimismado.

—Oh, sí. Recuerdo muy bien ese nombre. Era un palatino como Hettenheim, pero a diferencia de él, se trataba de un hombre valeroso. Poco antes de morir, mi padre lamentó haberse dejado llevar por Falko y haber hecho oídos sordos a los sensatos consejos de Adler.

—El señor Heribald dijo que con Adler a su lado no se habría llegado a semejante catástrofe —intervino Görch.

—Quisiera saber qué ha sido del tal Michel Adler —indagó Marie.

—Dicen que cayó en una emboscada husita. Al menos eso es lo que afirmó Falko von Hettenheim. Él era el líder de la tropa a la cual Adler también pertenecía, y cayó con su gente en una trampa de los bohemios. Más tarde, durante aquella retirada funesta, uno de los sobrevivientes de aquel episodio recibió un hachazo y le confesó a mi padre poco antes de morir que Hettenheim había abandonado a Michel gravemente herido.

Marie se mordió la mano izquierda. Eso era lo que intuía desde hacía tiempo. Falko von Hettenheim había traicionado a su esposo, por lo tanto Michel pesaba tanto sobre su conciencia como si lo hubiese matado con sus propias manos. Pero aún se resistía a perder las esperanzas.

—¿Podría ser posible que Michel Adler aún estuviese con vida, ya sea como prisionero de los husitas o como fugitivo en los bosques bohemios?

Heribert sacudió la cabeza.

—Los husitas no dejan prisioneros con vida. Lo que mi padre contó acerca de sus crueldades le congelaría la sangre en las venas al más fuerte. Y aun si Adler hubiese logrado escapar de los rebeldes a pesar de sus heridas y hubiese sobrevivido en el bosque, a más tardar al llegar el invierno, cuando arrecia el viento del este, atravesando las montañas y enterrando todo bajo un manto de hielo y nieve, habría quedado a merced de la muerte.

El hidalgo arqueó las cejas, dirigiéndole a Marie una mirada penetrante.

—¿Por qué os interesa el tal Adler? ¿Lo conocíais?

Marie consideró un instante si debía negarlo, pero finalmente decidió contarle al menos parte de la verdad.

—Lo conozco de mi infancia, ya que ambos nacimos en la misma ciudad.

—Guardadlo en vuestra memoria como un héroe. Con su arrojo y su sensatez, no solo le salvó la vida a mi padre, sino también al emperador, además de evitar que un grupo de valientes caballeros fueran asesinados por los husitas.

Los ojos de Heribert brillaron al pronunciar esas palabras; no se esforzaba por ocultar su admiración por Michel Adler.

Marie se alegró de ello, aunque luego el dolor y la desesperación amenazaran con cubrirla como un manto negro y sumirla en un abismo profundo. En el relato de Heribert no había nada que indicase que Michel pudiese haber llegado a sobrevivir. Sin embargo, seguiría buscando y preguntando hasta tener la certeza de ello. Pero ahora tenía que disuadir al hidalgo de sus propósitos. Por más que deseaba a Falko von Hettenheim la peor de las pestes o algo aún peor por haber abandonado a Michel a sabiendas, de ninguna manera quería que él y el joven Seibelstorff se trenzaran en un duelo del que aquel jovencito inexperto jamás podría salir con vida.

—No sé si es tan astuto por vuestra parte desafiar ahora a Falko von Hettenheim —comenzó a hablarle de forma cautelosa—. Él goza de buena reputación, aunque vos y yo sepamos que esa fama es del todo infundada. Pero debéis tener eso en cuenta. Cosechad primero vuestros primeros laureles en la lucha contra los husitas para limpiar con ellos vuestro blasón. Y en el ínterin seguramente no os faltará ocasión de arrancarle al caballero Falko del rostro la máscara de la hipocresía antes de darle el puntazo final.

Heinrich von Hettenheim, que había estado espiando al grupo y se había acercado, le apoyó la mano en el hombro a Heribert von Seibelstorff mientras Marie pronunciaba esas palabras y asintió con gesto adusto.

—Marie tiene razón. No intentéis batiros en duelo con mi primo antes de haber reunido más experiencia. Él no pelea como un caballero, sino como una rata, y conoce miles de trucos y de artimañas que pueden ayudarlo a obtener el triunfo.

El joven Seibelstorff se sacudió la mano de Heinrich del hombro y reaccionó con irritación.

—No le temo al caballero Falko.

—Por supuesto que no, ya que, a diferencia de él, vos sois un muchacho valiente y de buen corazón. Sin embargo, debéis reunir más experiencia en la lucha antes de entrecruzar las lanzas con mi primo.

A continuación, Heinrich von Hettenheim comenzó a relatar una serie de hechos relacionados con su primo que no lo dejaban muy bien parado.

Marie se alegró de que Heinrich von Hettenheim intentara apoyarla, pero al ver la expresión tensa en el rostro de Heribert intuyó que el joven estaba tan obsesionado con sus sentimientos de venganza que no habría argumento capaz de convencerlo. Marie dejó a los dos caballeros conversando y regresó con Trudi junto a las otras vivanderas.

Estando sentada junto al fuego, paulatinamente fue dándose cuenta de lo ingenua que había sido al emprender aquel viaje. Realmente había creído que le bastaría con llegar de forma inadvertida a Núremberg o algún otro de los grandes centros de reunión de los nobles para encontrar a alguien que le indicara el camino hacia Michel. Pero lentamente se desvelaba que las circunstancias de su desaparición eran mucho más confusas de lo que ella hubiera podido imaginarse. Probablemente tendría que viajar durante meses como vivandera junto al ejército hasta averiguar la verdad.

9

Al igual que había ocurrido en Wimpfen, también en Núremberg los soldados se mantuvieron lejos de la ciudad. La muralla aún se hallaba a dos horas de camino cuando el mariscal imperial Gisbert Pauer salió a su encuentro para darles la bienvenida en nombre del emperador Segismundo y les indicó a sus guardias que los guiaran al campamento. Se trataba de un bosque clareado de pinos en el que ya estaban acampando más de mil caballeros y soldados a caballo. Mientras los recién llegados reunían sus carros para formar un grupo de resguardo y comenzaban a armar las carpas, entre el caballero Heinrich y Pauer se entabló una conversación muy animada, que despertó la curiosidad de Marie, ávida de nueva información. Condujo su carro al lugar que le indicaban, saltó del pescante, cogió a Trudi en brazos y le pidió a Michi que hiciera por ella el resto. Sin embargo, mientras se dirigía hacia donde estaban los hombres para poder escuchar su conversación, el mariscal se despidió y se dio media vuelta para irse. Marie iba a alejarse nuevamente, desilusionada, cuando de pronto Heribert von Seibelstorff se interpuso en el camino de Gisbert Pauer.

—Perdonadme, señor. Soy Heribert von Seibelstorff, el hijo del caballero Heribald. Quiero unirme al ejército imperial y quisiera saber qué tareas me asignaréis.

Pauer examinó al joven caballero con gesto escéptico, haciendo notar que no lo consideraba un refuerzo significativo.

—Quedaos junto a los hombres del caballero Heinrich —dispuso con frialdad.

Al parecer, el joven esperaba una bienvenida distinta, ya que su rostro se oscureció de golpe. Sin decir una sola palabra, dio media vuelta y se dirigió hacia su carpa encogiéndose de hombros y con movimientos torpes. Marie se retiró también. Mientras se dirigía hacia su lugar de campamento, pasó al lado de un par de soldados de infantería que estaban conversando acerca de las luchas contra los husitas en un dialecto que le resultaba extraño. Según sus palabras, los guerreros campesinos de Bohemia no se guiaban por los cambios de las estaciones, sino que continuaban la guerra en temporadas poco usuales. Así, por ejemplo, en mitad del último invierno habían aniquilado a un contingente del duque Alberto V de Austria reunido cerca de Zwettl, asolando gran parte de la región. Al oír eso, uno de los soldados expresó en voz alta su deseo de que ese verano los enemigos dejaran en paz las regiones de Franconia y Alto Palatinado y que descargaran su furia en otra parte, así no tenían que luchar contra ellos. Marie se estremeció cuando sus camaradas manifestaron un efusivo acuerdo.

Pensativa, fue a reunirse con sus amigas, que ya estaban sentadas alrededor del fogón, cocinando la cena. Cuando Marie se acercó, Eva levantó la vista y señaló hacia su carro.

—Deberías preocuparte mejor de tus cosas. Hay más ladrones merodeando por aquí que verrugas en mi cuerpo. Si no estás atenta, muy pronto tus barriles de vino caminarán solos.

Marie había apilado sus mercancías en la medida de lo posible en cajas y cajones, o las había anudado formando fardos, y también había escondido bien su oro. De todas formas, le agradeció el consejo y se subió al carro. No había mucho que hacer. Tensó más el toldo y lo aseguró con otro juego de correas de cuero, y antes de volver a descender cerró la parte de delante con una cortina de la cual colgaban unas campanitas cuyo objetivo era alertar acerca de la presencia de ladrones. Luego fue a sentarse con el resto de las vivanderas y continuó participando de la conversación, aparentemente de forma despreocupada. Theres alzó a Trudi y le dio de comer un trozo de tocino. Al principio, la pequeña se resistía a que le metiera la carne en la boca, pero luego comenzó a masticar con fruición.

—Con los niños de esta edad, una se da cuenta de lo rápido que pasa el tiempo —suspiró la vivandera, que aquel día también vestía una falda de muchos colores.

Eva *la Negra* la examinó con la cabeza ladeada.

—Si quieres tener un hijo propio, no debes esperar más.

Theres se encogió de hombros con cierta impotencia.

—Me encantaría poder estrechar una criatura contra mi pecho, pero no estoy dispuesta a hacer como Oda y abrirme de piernas al primer tío que se cruce en mi camino.

Las miradas de sus compañeras se dirigieron hacia Oda, cuya figura, que nunca había sido muy delgada, aún no daba indicios de su embarazo. Sin embargo, las mujeres ya sabían que su estancia en la carpa de Fulbert Schäfflein no había transcurrido sin consecuencias.

En el rostro de Donata había una expresión irónica.

—A mi modo de ver, has pagado un precio demasiado alto por los peniques que te ha dejado el mercader. Ahora estás gestando un hijo suyo y no recibirás ni una moneda por ello.

—¡Bah, tú no lo entiendes! El señor Schäfflein fue extremadamente generoso —le espetó Oda.

Eva esbozó una amplia sonrisa irónica.

—Espero que no tengas que parir en medio de una batalla o durante una huida, ya que entonces ninguna de nosotras te asistirá, eso es tan seguro como que hay un Dios.

Marie no estaba tan convencida de ello, ya que sabía que no podría abandonar a una mujer en avanzado estado de embarazo, aun tratándose de alguien tan desagradable como Oda. Sin embargo, no dijo nada para no poner al resto en su contra. La conversación de las mujeres fue apagándose muy pronto, y cuando las primeras estrellas comenzaron a brillar por encima del techo verde de agujas que formaba el bosque de pinos, se desearon buenas noches y fueron a buscarse un lugar para dormir. Mientras Marie tendía su cama sobre el baúl grande, se quedó pensando adónde se habría ido Michi esa vez. Sin embargo, le tendió la cama a él también para luego acurrucarse con Trudi bajo la manta. A pesar de que sus pensamientos daban vueltas inquietos alrededor de todo lo que había podido averiguar durante los últimos días, se durmió casi de inmediato y volvió a soñar con Michel. Él parecía estar muy alegre, y bromeaba con algunas personas cuyos rostros permanecieron borrosos. Con todo, Marie alcanzó a ver con absoluta claridad que dentro de ese grupo se hallaban dos mujeres que idolatraban a su esposo de tal forma que a la mañana siguiente se despertó sintiendo unos celos salvajes.

Al día siguiente, el campamento pareció estar acometido por una lasitud paralizante, circunstancia que, al menos en el caso del grupo franco del Neckar, hallaba su explicación en las arduas caminatas de las últimas semanas. No apareció ninguno de los refuerzos esperados. Marie tomó el desayuno con Eva y Theres y se dirigió junto con Trudi a la carpa de Heribert para investigar un poco más. Como no había nadie a la vista, se sentó sobre un tronco que había allí en el suelo que, como era fácil de reconocer, servía de asiento y de mesa. Görch debió de haberla oído, ya que salió y la saludó con una cara que dejaba entrever que aún no había olvidado su vino y que esperaba conseguir más. Pero antes de que atinara a decir algo, su señor salió de la carpa. La expresión furiosa que llevaba se suavizó al ver a Marie, que logró dibujarle una sonrisa jovial en el rostro.

—¡Bienvenida, bella mujer! Representáis exactamente el espectáculo que le permite a un hombre olvidarse de este miserable campamento de guerra con solo contemplarlo.

Marie arqueó las cejas.

—¿Qué es lo que está tan mal en este campamento de guerra?

—¡El solo hecho de que aún exista! Toda esta gente debería estar yendo a enfrentarse con los husitas —respondió Heribert, vehemente—. Vos habéis oído también cómo esos bohemios están causando estragos en todo el territorio. Sin embargo, en vez de atacarlos con audacia y ponerlos en su lugar, su majestad el emperador prefiere organizar un desfile militar mientras se da la buena vida en Núremberg.

El joven caballero no dejaba lugar a dudas: la situación actual no le gustaba en absoluto. Sin embargo, al ver el rostro compungido de Marie, creyó que la había amedrentado con su reacción acalorada, y la cogió de las manos.

—Perdonad mis palabras irreflexivas. Mientras estéis aquí, este campamento será bello a mis ojos.

Marie no supo muy bien qué contestarle, ya que la voz de Heribert le había sonado demasiado romántica. Si bien el brillo en sus ojos la halagaba como mujer, en realidad para sus planes representaba más bien un obstáculo. ¿Cómo buscaría a Michel teniendo a un joven enamoradizo como Heribert colgado de su delantal? Además, Marie no tenía intención alguna de proporcionarle a Seibelstorff sus primeras experiencias con el sexo femenino. Para no dejarle lugar a una declaración de amor precipitada, dejó escapar un suspiro mientras miraba en la dirección en la que se suponía que se encontraba Núremberg.

—Me encantaría ir a ver la ciudad, pero por lo que dicen, los soldados rasos y las vivanderas no son bienvenidos allí.

No había acabado de pronunciar esas palabras cuando se dio cuenta de que se había equivocado al hacer ese comentario, ya que inmediatamente Heribert se brindó a acompañarla, al tiempo que daba golpecitos al mango de su espada.

—A mi lado nadie os impedirá entrar en la ciudad.

Parecía estar dispuesto a darles una paliza a los guardias de la ciudad antes que permitir que rechazaran a Marie.

Marie levantó las manos para apaciguarlo.

—Con gusto, pero otro día. Primero quiero dar una vuelta por el campamento para conocer un poco mejor al resto de los grupos, y cuando vaya a Núremberg también quiero pasar por el mercado. Así que primero tendría que repasar las provisiones con las que cuento para poder saber qué es lo que debo comprar.

—Estoy a vuestra disposición cuando lo deseéis.

Heribert iba a agregar algo más, pero en ese momento sonó un cuerno de aviso. El hidalgo cogió a Marie, la cubrió y desenvainó su espada como si estuviese aguardando un ataque. Sin embargo, lo que anunciaba el cuerno era la llegada del emperador.

Segismundo venía acompañado por numerosos cortesanos, entre ellos el burgrave de Núremberg, que cabalgaba a su derecha por ser quien lo seguía en el rango. A falta de otros caballeros del mismo rango, Falko von Hettenheim había ocupado el flanco izquierdo del emperador, dándose aires de importancia en ese lugar que había tomado prestado.

Mientras el emperador paseaba su mirada visiblemente decepcionada, seguramente por la cantidad muy reducida de guerreros reunidos allí, Heribert von Seibelstorff volvió a guardar su espada en la vaina y se abrió paso hacia delante hasta quedar frente al emperador Segismundo. Como no había soltado a Marie, ella no tuvo más remedio que seguirlo, y se asustó cuando miró al emperador a la cara. En los doce años que habían transcurrido desde la última vez que lo había visto en Constanza, Segismundo había envejecido más de lo normal. Su barba encanecida tenía un aspecto descuidado, y unas arrugas profundas le surcaban las mejillas y la frente. Lo que más impresionó a Marie fue la expresión turbulenta y al mismo tiempo cansada en sus ojos. La lucha por su reino en Bohemia, que duraba ya siete años ininterrumpidos, parecía haberle quitado a Segismundo la mayor parte de su fuerza vital.

A pesar de que el emperador no solo estaba enojado por el escaso número de soldados, sino también por lo mal equipados que estaban los recién llegados, se sobrepuso y con enormes esfuerzos exclamó: «¡Magníficos muchachos!», tras lo cual preguntó por su líder.

El caballero Heinrich se abrió paso por entre su gente, se detuvo delante del emperador y le hizo una reverencia. Ante esa imagen, Falko von Hettenheim sonrió con ironía, dirigiéndose al emperador con un gesto de confianza.

—Mi primo, tan pobre en riquezas como en hazañas de guerra, seguramente creerá que en Bohemia podrá adquirir tesoros y renombre. Pero temo que con el grupo miserable que os ha traído, no lo logrará.

Heinrich von Hettenheim levantó la vista para ver a su primo, montado en lo alto de su caballo como si fuera un trono, muy por encima de él, y lanzó una carcajada.

—Tenéis la lengua tan suelta como las mujeres del mercado, Falko, pero vuestra palabrería no hace más que ocultar que poseo algo que vos no tenéis, y son dos espléndidos hijos varones que un día perpetuarán mi apellido. En cambio, vos... Seguramente este otoño volveréis a alzar la copa para brindar por vuestra sexta hija, ya que, por lo que dicen, vuestra esposa se halla otra vez en estado interesante.

El caballero Falko tiró tanto de las riendas de su caballo que este dio un relincho indignado y chocó contra el caballo del emperador. Marie retrocedió algunos pasos mientras soltaba unas risitas para sus adentros. Al parecer, la señora Hulda no había dudado en utilizar el método de Hiltrud, y si realmente volvía a tener otra mujercita, la copa de vino que el caballero Heinrich bebería a la salud de la madre correría por su cuenta. Aún estaba divirtiéndose con esos pensamientos cuando Heribert se puso en pose delante del caballo de Falko y comenzó a increpar al jinete.

—Conque vos sois el infame Von Hettenheim, el que ensució la reputación de mi padre. Os reto a duelo. Os cerraré de una vez y para siempre vuestra boca calumniadora.

El emperador miró confundido al furioso hidalgo y luego se volvió hacia Falko von Hettenheim, cuyo rostro había adoptado el color de un añejo vino de Borgoña.

—¿Quién es este muchacho?

Antes de que Falko atinara a responderle, Heribert declaró en voz alta y clara:

—¡Mi nombre es Heribert von Seibelstorff! Soy el hijo del caballero Heribald, y he venido a vengar la afrenta que este hombre ha dejado caer sobre mi padre.

Segismundo levantó la mano en señal de rechazo.

—Aunque me complace que mis caballeros sean buenos guerreros, no tengo intenciones de que aspiren a quitarse la vida entre ellos en lugar de probar su valor frente al enemigo. ¡Os prohíbo ese duelo! El caballero Falko es un experimentado adalid con un brillante escudo de armas que vos, joven Seibelstorff, aún estáis lejos de tener. Solo os permitiré alzar la voz dentro del círculo de hombres cuando me hayáis demostrado que sois un verdadero caballero.

Heribert se estremeció como si le hubiesen dado un latigazo y se puso blanco como una pared pintada a la cal, en cambio Falko von Hettenheim hizo una mueca.

—Acabáis de salvarle la vida a este mentecato, majestad.

Esa ofensa hizo que a Heribert se le subiera la sangre a la cabeza y su mano derecha fue en busca de su espada. Antes de que pudiese desenvainarla, Marie y Heinrich von Hettenheim se colgaron de él y lo empujaron hacia atrás.

—¡Calma tu furia, muchacho insensato! No puedes desenvainar tu espada en presencia del emperador. Sus guardaespaldas te cortarían en pedazos antes de que atinaras siquiera a tocar a esa rata de Falko.

Como Heribert no reaccionaba, Heinrich le gruñó a Marie, furioso.

—¡Di algo tú también, mujer!

Marie comenzó a hablarle a Heribert para calmarle los ánimos, implorándole que entrara en razón. Al principio, el joven se quedó mirándola con una expresión ausente que indicaba que en su interior ya había decidido acabar con su vida. Pero finalmente su mano soltó la empuñadura de la espada. La mirada con que midió a Falko al hacerlo demostraba que no estaba dispuesto ni a olvidar ni a perdonar ese momento. Sin embargo, Falko ya no le prestaba atención a él, sino que se había quedado contemplando a Marie con la boca abierta, como si se hubiese quedado mudo de golpe. Pero entonces vio a Trudi, que se abrazaba a la falda de su madre llorando sobresaltada, meneó la cabeza e hizo un gesto con la mano, como si hubiera desechado una idea.

Marie le leyó el pensamiento. El hombre la había reconocido, pero Trudi, de quien se notaba a la legua que era su hija, lo había confundido, ya que como muchos otros en la corte del conde palatino, él también sabía que en sus diez años de matrimonio no había podido tener hijos, y evidentemente no había oído nada acerca de su maternidad reciente.

Al burgrave de Núremberg le pareció que estaban prestándole demasiada atención a Falko von Hettenheim, y arrimó su caballo al del emperador.

—¡Tenéis razón, señor! Nuestros caballeros no deberían matarse entre ellos. Pero para levantar el espíritu de lucha y para fortalecer la moral, un pequeño torneo ciertamente no estaría nada mal. Que los soldados novatos demuestren en un torneo de caballería cuál es su valor, y que aprendan allí de las experiencias de los mayores.

El emperador se quedó pensando y luego asintió, condescendiente.

—Es una idea estupenda, señor Friedrich. Un torneo nos vendría muy bien en esta situación. Pregonadlo también en los alrededores, de ese modo es seguro que vendrán más caballeros, y entonces podremos marchar a reprimir a los husitas rebeldes con un ejército más fuerte.

10

Michel estaba en el cuartel de vigilancia sobre la puerta de entrada del castillo, mirando en lontananza. Los viejos bosques circundantes resplandecían bajo el sol como si fuesen fuego verde y en lo alto del cielo los azores volaban en círculos en busca de una presa. Fuera de las murallas, los siervos estaban haciendo parvas de heno. Se trataba de un trabajo muy arduo, y Michel no los envidiaba por tener que hacerlo. Pero cada carro de heno que tuvieran les permitiría en el invierno alimentar un par de días más a sus bueyes y a sus caballos. Durante el otoño, los siervos de Sokolny y los campesinos de los alrededores refugiados en el castillo habían sembrado trigo y cebada, y ahora todos esperaban que esos cereales crecieran y les brindaran una abundante cosecha sin que la furia de la guerra pasara por allí arrasando con todo. En cierto modo, como indicaba su antiguo nombre alemán, el castillo de Falkenhain era un oasis de paz del que hasta entonces no se habían ocupado ni los husitas ni los caballeros imperiales.

Hacía ya un año y medio que Michel estaba al servicio de Sokolny. La herida de la cadera había sanado hacía tiempo, y ahora solo la sentía cuando el clima cambiaba de repente y el viento del este comenzaba a soplar con fuerza en las cumbres. De vez en cuando sufría dolores de cabeza que casi hacían saltarle los ojos de las órbitas. Sin embargo, mientras que durante el día sentía un dolor como si le hubiesen echado una maldición, por las noches se quedaba dormido enseguida, incluso cuando lo aquejaban los más terribles dolores, pero entonces tenía sueños confusos. A veces se veía tendido en el suelo, mientras un hombre de rostro irónico vestido con una armadura se inclinaba sobre él y lo espiaba. Después volvía a ver a la mujer llamada Marie, que lo estrechaba entre sus brazos y le cubría el rostro de besos. A su modo, aquel rostro soñado no era una tortura menor, ya que entretanto ya conocía cada rincón de su cuerpo y se moría de ansias de poseerlo. Cuando se despertaba por las mañanas, tanteaba sin querer en su busca, pero el espacio que había junto a él estaba vacío, y la pasión desatada por sus sueños esperaba en vano ser satisfecha.

Para aliviar el tormento que sentía en su zona lumbar, durante el último invierno se había liado con Jitka, una de las criadas del castillo, pero después lo había asaltado una sensación de culpa tan grande que desde entonces vivía como correspondía a un monje. Mientras estaba ensimismado en sus pensamientos, su mirada recorría como siempre el paisaje. De pronto, se detuvo y entrecerró los ojos al ver una tropa de jinetes que avanzaba abiertamente desde el sur. Michel creyó distinguir a varios caballeros y a algunos soldados a caballo, y se preguntó si podría llegar a tratarse de mensajeros del emperador y rey de Bohemia. Eso significaría que la revuelta husita había sido sofocada, de otro modo esos hombres no habrían podido acercarse a Falkenhain sin ser atacados. Michel pensó que debía mantener la cabeza fría, y le llamó la atención sobre el grupo a Huschke, que también estaba en el puesto de vigilancia y entre ronda y ronda aprovechaba para volver a coserse el cinturón alrededor de la hebilla.

—¿Ves aquellos jinetes? ¿Te parece que demos la voz de alerta?

Huschke levantó la mano para protegerse los ojos del sol y miró a lo lejos. Finalmente meneó la cabeza.

—No hace falta dar ninguna alerta, Frantischek. Se trata del joven Sokolny junto con algunos de sus acólitos y soldados a caballo.

Tomó el cuerno para dar la señal que anunciaba la llegada de visitas y luego volvió a sentarse tranquilo para pasar el hilo alquitranado por el siguiente agujero.

—¿El joven Sokolny? Jamás había oído hablar de él.

—Tampoco nos complace hablar del señor Ottokar desde que abandonó el castillo para unirse a los husitas, aunque seguramente le debemos a su influencia sobre los rebeldes el hecho de que hasta el momento no haya aparecido ningún ejército de insurrectos delante de nuestras puertas.

—¿Y este Ottokar es el hermano de Janka?

Huschke meneó la cabeza, riendo.

—No, es su tío, el hermano más pequeño de nuestro conde. Un muchacho espléndido, si quieres saber mi opinión.

Michel se acordó de Bolko y de los hombres que los habían atacado a él y a la familia de Reimo en la cueva y mostró los dientes.

—¡Pero es un husita!

—¡No querrás luchar con él por ello!

Huschke sacudió la cabeza, y estaba a punto de decir algo más cuando fue interrumpido por Marek Lasicek, que irrumpió en el puesto de vigilancia dando un portazo para preguntar qué significaba la señal que se había dado.

Huschke señaló hacia fuera.

—El conde Ottokar se acerca.

Marek miró en esa dirección y le dio al resto unas palmadas en los hombros para manifestar su alegría.

—¡Realmente es nuestro joven señor! —dijo, sonriendo como si acabaran de nombrarlo caballero.

Huschke señaló hacia Michel.

—Nuestro *nemec* no quiere a los husitas y por ello siente desconfianza del señor Ottokar.

Marek hizo un gesto de desdén con ambas manos.

—Por todos los cielos, el joven señor no es un husita obcecado, sino que antes que nada es un Sokolny. No toleraría que hicieran algo en contra de nosotros.

—Si Falkenhain es tan seguro, ¿por qué entonces andáis con tanto cuidado? —preguntó Michel, mordaz.

—Uno nunca está a salvo de las patrullas que andan merodeando y pueden llegar a extraviarse por los alrededores, y en los caballeros que acompañan al tal Hettenheim tampoco se puede confiar. No hace mucho volvieron a asolar varios pueblos, igualando en crueldad a los husitas. Los alemanes tampoco preguntan si uno es fiel al emperador antes de atacar.

Por un momento, la guerra pareció volver a erigir entre el checo y el alemán el mismo muro que había habido al comienzo entre ellos, pero que había caído hacía más de un año. Marek y Michel se midieron con miradas desafiantes, después el checo se dio la vuelta y bajó para mandar que se abriera la puerta. Michel lo siguió despacio, y cuando llegó al patio, Ottokar Sokolny ya estaba haciendo su entrada en el castillo junto con sus hombres. A sus ojos, las armaduras que llevaban tenían un aspecto un tanto anticuado, pero no tuvo tiempo para ponerse a pensar por qué tenía esa impresión. El joven Sokolny llevaba una cota de malla que le llegaba hasta la cadera, en la cabeza un yelmo con visera angosta y unas estilizadas alas de halcón a ambos lados, además de unas grebas de hierro que terminaban en unos zapatos de hierro movibles. Su blasón mostraba un halcón estilizado sobre fondo rojo. Los caballeros que lo acompañaban estaban armados de forma similar, solo se distinguían de él por la clase de adorno en sus cascos y por los dibujos de sus blasones, mientras que los siervos a caballo estaban enfundados en unas corazas hechas de cuero curtido y prensado, y tenían la cabeza cubierta por unas capuchas de hierro sencillas.

Ottokar Sokolny guio a su caballo hasta la escalera, principal del edificio y luego desmontó, con las piernas entumecidas. Marek, Huschke y varios siervos más se acercaron enseguida a ayudarlo.

—Me alegro de que estéis otra vez entre nosotros, señor Ottokar.

Marek cogió la mano del joven señor y la estrechó un momento.

—Marek, ¿sigues intentando convertir en soldados a los campesinos de mi hermano o ya te has arrepentido de no haber partido conmigo? —bromeó Ottokar.

Marek meneó la cabeza de inmediato.

—No lo lamento, ya que no quiero tener nada que ver con la calaña asesina de los taboritas.

Michel consideró muy sensata su postura, y se preguntó qué podría haber motivado al hermano del conde a unirse a los rebeldes bohemios. Su actitud de rechazo pareció reflejarse en su rostro, porque Ottokar Sokolny se detuvo a examinarlo con los ojos entrecerrados.

—¿Acaso eres nuevo aquí? Aún no te conozco.

Entretanto, Michel había aprendido suficiente checo como para poder comprender su pregunta y responderla.

—Sí, soy nuevo, y tampoco te conozco.

Michel no pudo ocultar su acento alemán al pronunciar esas palabras.

Ottokar Sokolny hizo una mueca de desagrado al reconocer que Michel era alemán. Se notaba claramente que se preguntaba cómo era posible que un alemán cuya vestimenta —un gambax de cuero acolchado que solía llevarse debajo de la cota de malla y unos zapatos de cuero duro— lo identificaba como un líder de su hermano hubiese llegado a alcanzar un puesto tan alto allí. Sin embargo, no dijo nada, sino que ascendió paso a paso por las escaleras externas bajo el sonido suave de su coraza tintineante. El conde Václav Sokolny salió al encuentro de su hermano.

—Dios te salve, Ottokar. Este día es un día bendito, ya que te ha traído hasta mí. ¿Cuánto tiempo hacía que no nos veíamos?

—Más de tres años, Václav, y me alegro enormemente de encontrarte bien de salud. ¿Cómo está la pequeña Janka? ¿Sigue trepando a los árboles como una ardilla?

—Janka se ha convertido en una damisela y ya no anda trepando a los árboles como un muchachito.

La hija de Sokolny acababa de disparar hacia la puerta de forma muy poco femenina para saludar a su tío, pero al oír las palabras de su padre se transformó en una noble señorita bien educada. Se hincó ante Ottokar, espiando al mismo tiempo hacia el patio del castillo, donde Michel seguía parado al pie de la escalera sin quitarle los ojos de encima al hermano del conde.

Ottokar miró a su sobrina y se restregó los ojos.

—¡Debe de ser un espejismo! ¿Qué ha sido de la pequeña salvaje que retozaba por aquí cuando yo me fui del castillo?

—El tiempo pasa, Ottokar, aunque aquí entre nosotros muchas veces parece detenerse, solo el cambio de las estaciones nos recuerda que la vida se nos va.

El conde Sokolny suspiró y por un instante pareció viejo. Luego enderezó los hombros, saludó con un apretón de manos al resto de los caballeros y después también a los soldados a caballo.

Finalmente, Ottokar apoyó la mano sobre el hombro de su hermano y lo miró a la cara.

—Tengo que hablar urgentemente contigo, Václav.

—Seguro, pero ya habrá tiempo para ello. Primero, quitaos el polvo del viaje y recobrad fuerzas con lo que haya en la cocina y la bodega para ofrecer a los huéspedes hambrientos.

Sokolny se dio la vuelta y le dio la orden a Jindrich de correr a la cocina a avisar a Wanda de que habían llegado unas visitas muy especiales.

11

Aproximadamente una hora más tarde, los dos hermanos condes presidían la mesa con forma de herradura del salón principal; a ambos lados de ellos, sus acólitos de mayor rango; por parte de Václav, además de Feliks Labunik estaban Marek y Michel, cuya presencia parecía irritar al conde Ottokar.

—¿Te parece bien, Václav, permitir a este alemán que se siente a tu mesa? —preguntó de forma bastante descortés.

—Es mi mesa y yo decido quién puede sentarse aquí y quién no —le replicó su hermano suave pero concluyente.

—Algunas personas no verán con buenos ojos que tengas a un alemán en tan alta estima.

El conde Václav hizo un gesto de desdén.

—Como si a alguien le interesara lo que sucede en mi castillo.

—¡Estás mintiéndote a ti mismo y lo sabes! Ni nuestro líder, Prokop *el Pequeño*, ni los predicadores taboritas se han olvidado de que existe un castillo de Falkenhain cuyo señor aún apoya al traidor de Segismundo. —Esta vez, la voz del conde Ottokar sonó tan fuerte como si en lugar de su hermano tuviese enfrente a un enemigo, pero enseguida volvió a moderar el tono, aunque miró al mayor de los Sokolny de forma desafiante—. Ya no estoy en condiciones de seguir protegiéndote, Václav. Tienes que unirte a nosotros; de lo contrario, te hundirás.

—¡Le he jurado lealtad al emperador Segismundo, y no romperé mi juramento para aliarme con una banda de ladrones y asesinos! —Václav Sokolny descargó un puñetazo sobre la mesa.

Uno de los caballeros que habían ido con el joven Sokolny se puso de pie, mostrando los dientes como un lobo exasperado.

—¡Ottokar tiene razón! Tienes que ponerte de nuestro lado; de lo contrario, incendiarán tu castillo contigo dentro y masacrarán a los sobrevivientes.

—¡No hemos venido a conversar acerca de tus anticuadas ideas, sino para dejarte claro que hay un solo camino para nosotros y para ti, Václav! —agregó otro—. Nosotros, los nobles checos, debemos aliarnos contra esa chusma maldita que se agrupa en torno al predicador Jan Tabor, o será nuestra perdición.

—Sus seguidores exigen cada vez con más fuerza la abolición del derecho de linaje y de propiedad, y los siervos que oyen eso ya no piensan en otra cosa que en lo que podrán robar durante el próximo saqueo en lugar de seguir atendiendo nuestros campos. Por eso, hemos decidido poner punto final a este absurdo pagano que pretenden imponernos los taboritas y nos hemos adherido a la unión de los calixtinos. Necesitamos el apoyo de todos los nobles honestos para proceder contra aquellos que quieren poner patas para arriba el orden establecido por Dios. ¡Entra en razón! Abjura de ese Segismundo, hace ya seis años que fue despojado de su trono...

—... y quienes lo despojaron fueron precisamente esos mismos charlatanes que han influido demasiado sobre ti —lo interrumpió Václav de mal humor.

—¡Debemos ponerlos en su lugar! Date cuenta de una vez, Václav. En aquel entonces nos pronunciamos contra Segismundo porque queríamos tener un rey que procediera de nuestra propia región, y no uno que acumulara coronas europeas sobre su cabeza y que sin embargo es extranjero en todas partes. —Ottokar se incorporó de un salto y se abrazó al respaldo de la silla de su hermano—. ¡Václav, si vacilas, pronto será demasiado tarde para ti! Ese advenedizo de Vyszo ya está reuniendo gente para marchar contra tu castillo y derribarlo. Ya no podré frenarlo mucho tiempo más. Ven conmigo a ver a Prokop, échale a los pies la cabeza de ese alemán a modo de regalo y declárate partidario de nuestra causa.

Václav Sokolny se puso de pie y miró a su hermano con los ojos chispeantes de furia.

—Ese alemán cuya cabeza reclamas con tanta vehemencia le salvó la vida a mi hija. ¡Daré mi vida antes de que algo le suceda!

Ottokar Sokolny miró hacia el cielo raso de la habitación como si estuviera buscando que el cielo lo asistiera.

—¡Entonces envíalo lejos! Puedo garantizar su seguridad hasta que haya traspasado nuestra frontera.

El rostro de Václav Sokolny reflejaba una intensa lucha interna, y Michel se quedó esperando tan ansioso como los otros saber cuál sería su decisión. De ser necesario abandonaría Bohemia, aunque no tenía ni idea de adónde se dirigiría. Al mismo tiempo, le asombraba que los husitas estuviesen tan en desacuerdo entre ellos a pesar de que con sus ataques no solamente se habían ganado la enemistad del emperador, sino también la de numerosos príncipes alemanes. Si los taboritas, que de acuerdo con las acaloradas palabras de los huéspedes eran los únicos culpables de los saqueos, y los nobles calixtinos se ponían a pelear entre sí, aquello le vendría de perlas a Segismundo, sin importar cuáles fueran sus propios planes.

Pareció transcurrir una eternidad hasta que el conde Sokolny tomó una decisión y rechazó con duras palabras la propuesta de sus huéspedes. A la mañana siguiente, cuando Ottokar Sokolny y sus amigos abandonaron desilusionados el castillo, el conde parecía haber envejecido varios años de golpe, y ya parecía estar viendo su castillo incendiado. Michel lo entendía. El juramento de fidelidad a su rey que Václav Sokolny había prestado ante Dios era sagrado para él, aunque ahora solo sirviese para sellar la caída de Falkenhain.

CUARTA PARTE

RUMBO A BOHEMIA

1

El barullo que organizaba la gente alrededor del terreno donde se realizaría el torneo era casi insoportable. Marie hubiese querido taparse los oídos, pero no podía porque tenía a Trudi en brazos, e incluso así la pequeña corría peligro de ser aplastada por aquella masa humana. De pronto, algunos siervos de Núremberg intentaron apartar a Marie y a Eva *la Negra* para llegar a la primera fila de espectadores. Marie se puso a gritarle furiosa a uno de los hombres, pero, al ver que eso no surtía efecto, se plantó directamente delante de él y la empujaron hacia delante. En medio de los empujones, la soga que separaba la liza del lugar previsto para el pueblo llano se tensó tanto que los postes a los cuales estaba asegurada estuvieron a punto de arrancarse de la tierra. Pero los siervos del torneo se acercaron de inmediato, haciendo retroceder con sus lanzas a Marie y a los otros.

En ese momento, Marie sintió envidia de Michi, que había trepado junto con otro montón de muchachitos a las ramas de un haya añosa que había en un extremo del círculo de espectadores, de modo que tenía una visión completa de la liza y, al mismo tiempo, estaba protegido de los calientes rayos del sol bajo aquel follaje tupido. Marie levantó a Trudi por encima de su cabeza para que no pudiera sucederle nada, pero insistió en conservar su lugar en primera fila. Eva *la Negra* también logró mantenerse a su lado, dejando al descubierto los dientes que aún le quedaban para esbozar una sonrisa sin alegría.

—Entiendo que el emperador quiera ofrecerles a los ciudadanos de Núremberg un espectáculo para demostrarles cuán valientes y audaces son los caballeros que ha movilizado para protegerlos. Pero ¿tenía que hacerlo precisamente delante de la ciudad, por donde cualquier tonto de capirote y cualquier criada lavandera pueden pasar y mirar?

Marie miró hacia la tribuna revestida de telas de colores en la que acababa de ocupar su lugar el emperador. Sobre la tribuna habían tendido unos lienzos de lona para protegerles a él y a sus acompañantes del sol abrasador, que ahora que estaban a finales de julio brillaba desde un límpido cielo azul. Como no corría una sola gota de aire, al poco rato Marie comenzó a sentir que el sudor le brotaba por todos los poros, y su lengua adoptó la consistencia de un trozo de cuero seco en su boca. Trudi también lloraba de sed. Marie hubiese querido dirigirse a uno de los puestos que habían levantado detrás del palenque para vender vino, cerveza y agua fresca de la fuente. Pero para ello tendría que haber abandonado el buen lugar que había conseguido, y entonces no podría ver del torneo más que las puntas de las lanzas de los caballeros, adornadas con banderines, antes de que se bajaran para cabalgar uno al encuentro del otro.

Pero Marie no solo estaba agobiada por el barullo y el calor. A su lado había aparecido una mujer que olía espantosamente a pescado y no paraba de echar ventosidades, y al hombre que estaba detrás de ella le habría venido tan bien como a la vendedora de pescado un buen baño con mucho jabón de ceniza. El hombre se rascaba constantemente todo el cuerpo, y a cada rato se metía la mano en la bragueta, donde parecía picarle más. Marie pensó espantada en la cantidad de bichos que aquel hombre debía acarrear consigo y resolvió someterse esa misma noche a un tratamiento con hierbas para los piojos, y a Trudi también.

Su mirada volvió a dirigirse hacia la tribuna, y entonces vio llena de envidia que el emperador volvía a hacerse llenar su copa de vino. Observó después a las damas del cortejo, que vestían unos costosos vestidos de terciopelo y fustán, y llevaban sobre *sus* cabezas cofias de las más diversas formas de las que pendían unos velos de colores. Además, las damas llevaban en *sus* manos unos abanicos hechos con mucha imaginación con los cuales podían refrescarse. Los señores estaban vestidos de forma igualmente suntuosa, aunque un poco menos llamativa. Todos ellos eran nobles de edad madura, ya que ninguno de los caballeros en edad de luchar se quería perder la oportunidad de lucirse delante del emperador.

—Sería mejor que estos señores demostrasen su valor luchando contra los husitas.

Tan solo cuando la pescadora la miró indignada, Marie se dio cuenta de que había expresado sus pensamientos en voz alta.

—Yo estoy contenta de que el emperador y su ejército estén acampando aquí en Núremberg, brindándonos protección y seguridad —replicó con vehemencia la vendedora de pescado, cosechando la aprobación de las personas que la rodeaban.

Marie no quería provocar una reyerta, por eso se tragó rápidamente las palabras mordaces que tenía en la punta de la lengua. Lo cierto era que a la gente de Núremberg les resultaba mucho más importante su ciudad que el resto del imperio, y mientras pudieran sentirse seguros bajo la protección del emperador, a la mayoría no les afectaba que las hordas de husitas saquearan Sajonia o Austria.

Para los mercaderes, que sentían muchísimo la pérdida de socios comerciales en los territorios asolados, la presencia del ejército imperial era doblemente bienvenida porque, además de seguridad, prometía depararles buenos negocios. Como a los soldados rasos no se les permitía entrar en la ciudad, los proxenetas de Núremberg habían levantado carpas cerca del campamento de guerra, alojando allí a muchas de sus muchachas. A los habitantes de la ciudad no les importaba privar a las vivanderas y a las prostitutas de campaña de generar ganancias, ya que aquellas mujeres tampoco harían grandes negocios una vez que la tropa volviera a ponerse en marcha debido a que para entonces los soldados ya habrían gastado todo su dinero en la ciudad, adquiriendo vino y prostitutas. Esto irritaba a Marie, aunque a ella no le molestaba vender sus mercancías a crédito, mientras que a las otras vivanderas solo les quedaba la esperanza de que los soldados obtuvieran un botín suficiente como para poder saldar sus deudas.

Un golpe de fanfarria sacó a Marie de sus pensamientos. Miró hacia delante y vio que el heraldo imperial entraba en la liza vestido con una túnica adornada con blasones para anunciar la primera fase de combate. Como había más de quinientos caballeros que querían participar en el torneo, al principio se agruparon en bandos. Solo al final, cuando las filas se redujeran visiblemente, los caballeros que aún siguieran sentados sobre sus monturas lucharían de forma individual para elegir entre ellos al campeón. Marie intentó hallar en los dos primeros grupos a Heinrich von Hettenheim y a Heribert von Seibelstorff, pero en su lugar descubrió a Falko von Hettenheim en medio de sus amigos palatinos.

Falko había mandado hacer a un forjador de armaduras de Núremberg una armadura de torneo, y ahora solo se le podía reconocer por el banderín con su blasón, un escudo azul dividido por una línea ondeada dorada con un grifo de plata y una espada sarracena rota. Su apariencia era majestuosa, y los espectadores, que habían oído hablar de sus supuestos triunfos en la lucha contra los husitas, estallaron en gritos de júbilo al verlo. Marie hubiese querido escupir.

—¡Seguro que el caballero Falko triunfará! —exclamó un hombre que se había deslizado entre Marie y la vendedora de pescado.

Marie soltó una carcajada despectiva.

—¡Yo no apostaría por él!

El hombre dejó sus dientes amarillos al desnudo y esbozó una irónica sonrisa.

—Y tú qué sabes de caballeros, mujer. En cambio, yo...

El hombre se interrumpió al ver acercarse a los dos primeros bandos que habrían de enfrentarse.

El suelo tembló bajo las herraduras de los caballos, y el eco generado por el repiqueteo de las armaduras de metal resonó con tanta fuerza que a Marie le dolieron los oídos. Miró a los caballeros cabalgar yendo mutuamente al encuentro del bando contrario y oyó las lanzas de punta roma chocándose contra los escudos y las armaduras. Se oyó el grito de los caballos que habían sido tocados, de hombres aullando de furia y de dolor, y por unos instantes la nube de polvo que se había levantado solo permitió ver un ovillo ondulante del cual salían volando armas y partes de armaduras. Cuando los caballeros que habían logrado permanecer sentados sobre sus monturas alcanzaron los extremos de la liza, el polvo cesó, pero ya no se vio más que a los escuderos y los siervos que habían salido corriendo a socorrer a los caídos o que capturaban a los caballos sin jinete y los llevaban a un costado.

—Falko von Hettenheim hizo caer del caballo al hombre que le tocaba —declaró triunfante el hombre que estaba al lado de Marie.

Marie hizo una mueca de disgusto.

—Puedes apostar por él.

El hombre la contempló como si fuese un trozo de carne especialmente apetitosa y se relamió los labios.

—¡Lo haré! Si el caballero Falko gana este torneo, me regalarás un rato agradable entre los matorrales.

Marie hubiese querido darle un golpe en su rostro de sonrisa irónica, pero se limitó a sonreír con compasión. Si sus sueños tenían un poco de fuerza, Falko von Hettenheim acabaría en el polvo con toda su soberbia. Echó la nuca hacia atrás, arrogante.

—¿Y qué apuestas tú?

—¡Cinco chelines!

—¿Qué? ¿Eso es todo lo que vale para ti? Entonces me temo que no podremos cerrar nuestro negocio.

Marie se volvió con desprecio y contempló a los dos bandos siguientes. Al haber tantos participantes, primero tendrían que efectuarse diez rondas, en cada una de las cuales se enfrentarían más de cincuenta caballeros. Los ganadores de esos encuentros se medirían a su vez entre sí hasta que solo quedara un puñado de luchadores. Los más distinguidos iban al comienzo, y cada uno de los grupos siguientes constaría de luchadores menos importantes, de modo que los de mayor rango podrían recuperarse un poco antes de la siguiente fase de combate, mientras que al resto de los participantes apenas si les quedaba tiempo para enjugarse el sudor de la frente.

En el segundo grupo, Marie reconoció a sus amigos Heinrich

von Hettenheim y Heribert von Seibelstorff. El caballero Heinrich llevaba una armadura mucho menos costosa que la de su primo, y el joven Von Seibelstorff apenas se había ajustado un peto adicional. Sin embargo, ambos lograron la victoria. Mientras que sus adversarios se caían de sus monturas, ellos abandonaron intactos el tumulto.

El sol ya estaba en su cénit y los espectadores sudaban a causa del calor. Hasta el emperador se hacía abanicar mientras bebía vino del Rin enfriado. Para que el pueblo llano también tuviera oportunidad de refrescarse un poco, después de la quinta rueda se hizo una pausa en la que los taberneros de Núremberg ofrecieron cerveza y vino. Como la gente estaba tan apiñada, el dinero y los jarros de cerveza tenían que pasarse de mano en mano. No era de extrañar que alguna que otra moneda desapareciera sin dejar rastro y que algún que otro vaso le llegara casi vacío a aquel que lo había pagado.

Marie se hizo con un jarro de cerveza que, aunque amarga, calmó su sed, y luego pensó qué podía darle a Trudi. Mientras buscaba a alguien que vendiera agua, descubrió a un buen trecho de distancia de donde ella se encontraba a un inválido con una pata de palo que se había sentado en el pasto en primera fila y miraba a los caballeros con expresión sombría. El hombre le resultaba tan familiar que se detuvo a mirarlo nuevamente. ¿Era posible que fuese Timo, el siervo y subalterno de Michel?

Con súbita resolución, Marie se agachó, pasó por debajo de la soga que cercaba el paso y se dirigió hacia el hombre con paso rápido. Uno de los siervos del torneo salió corriendo detrás de ella para volver a enviarla detrás de la soga, pero uno de sus camaradas lo detuvo.

—Estamos en una pausa, Kunz. Si la mujer no ha desaparecido para cuando se anuncie la próxima fase de combate, aún tendrás tiempo de atraparla.

Entretanto, Marie había llegado hasta donde estaba el inválido y se persignaba. De hecho, el que estaba sentado ahí en el suelo con una sola pierna y el rostro demacrado era Timo. Como él no le prestaba atención, Marie le sacudió el hombro. Él se dio la vuelta, irritado, y estaba a punto de increparla cuando las palabras se le helaron en la lengua.

—¿Señora Marie? Por todos los santos, ¿realmente sois vos?

—Sí, soy yo, pero no me llames señora. Aquí todos creen que soy una vivandera —le susurró Marie.

—Pero ¿qué os trae por aquí y por qué tenéis esas ropas? No corresponden a una dama de vuestro rango.

—¿De qué me sirve ser una dama de alto rango si ya no tengo a Michel? Partí a buscar a mi esposo porque no puedo creer que haya muerto.

—Yo tampoco puedo deciros lo que le ha ocurrido, ya que nadie lo ha vuelto a ver, ni vivo ni muerto.

Timo soltó esas palabras con un gruñido que parecía denotar una furia inextinguible en su interior. Marie aguzó el oído.

—Necesito que me cuentes todo lo que sucedió en ese momento, Timo.

Timo bajó la cabeza, conmovido.

—Lamentablemente no es mucho, ya que yo fui herido en la primera batalla y tuve que quedarme aquí en Núremberg, mientras que el caballero Michel partió integrando la comitiva de Heribald von Seibelstorff para luchar contra los bohemios. Lo que ocurrió allí solo lo sé de oídas.

—¿Qué sabes? —insistió Marie.

Timo no respondió. Había descubierto la semejanza entre Trudi y su madre y la miró asombrado.

—¡No me digáis que finalmente habéis podido concebir un hijo de mi señor!

Marie asintió.

—Trudi es uno de los motivos por los cuales he tenido que hacerme pasar por vivandera. Como Michel fue nombrado caballero imperial y lo consideran muerto, quisieron arrebatarme a mi hija para educarla en la corte del conde palatino. En cambio, a mí iban a casarme con un burgués ricachón con quien el señor Ludwig tenía deudas.

—¡Esos nobles señores no sabían con quién estaban metiéndose!

Timo recordaba muy bien la capacidad de imponerse de su señora y no pudo menos que sonreír con ironía. Había sido el ayudante de Michel ya desde los tiempos de Constanza, cuando aquella mujer, que más tarde terminaría siendo su señora, se había enfrentado al mismísimo emperador para lograr obtener su venganza.

—Cuéntame más cosas sobre Michel —le exigió Marie.

—Sí, pero no aquí, donde no se entiende ni lo que uno mismo habla.

Timo señaló hacia los caballeros que estaban preparándose para la siguiente fase y le pidió a Marie que lo ayudara a levantarse y le mantuviera en alto la soga que le cercaba el paso. Ambos se deslizaron por debajo de la soga, enfureciendo a los siervos del torneo, que debían mantener el campo libre para los caballeros. Dos de aquellos hombres, enfundados en guerreras de colores, corrieron a su encuentro, alzando sus lanzas de forma amenazadora.

—¡Dejad libre el paso, gentuza!

Timo quiso ir más rápido, pero el palo que tenía agarrado a su muñón se le atascó en un pozo y se cayó. Marie depositó a Trudi en el suelo para ayudarlo a levantarse. Uno de los siervos del torneo tomó impulso para descargarle un golpe con el fuste, pero la pequeña salió corriendo hacia él, agitando los brazos.

—¡Ayuda a ese inválido a salir de ahí! ¿O acaso vas a pegarle a la niña? —le gritó uno de los espectadores al siervo del torneo.

Este gruñó malhumorado, pero levantó a Timo y le dio un empellón, de modo que los espectadores tuvieron que sostenerle.

—¡Y ahora desapareced de mi vista o haré que os encierren en la mazmorra!

—Ya nos vamos —le prometió Marie, mientras conducía a Timo y a Trudi hacia fuera, pasando entre los caballeros que estaban preparándose.

Atravesaron las carpas en las que eran atendidos los caballeros y tuvieron que abrirse paso por entre la maraña de caballos y siervos que los insultaban. Marie estaba tan ocupada esquivando los cascos de los caballos que no reparó en Falko von Hettenheim, que la observaba tenso.

El caballero había vuelto a reconocerla y no le quitaba los ojos de encima. Hacía apenas unos días le habían entregado una carta que su esposa le había hecho redactar al capellán del castillo. Además de comunicarle su estado, con renovadas esperanzas de por fin estar gestando en su vientre el tan ansiado heredero, también le contaba que la esposa del caído caballero Michel Adler había dado a luz a una niña tras la muerte de este. Cuando Falko vio pasar delante de él a Marie junto a la niña y Timo, el antiguo siervo de Michel, la sospecha que abrigaba desde hacía semanas se transformó en certeza. La comparó en su mente con las criadas insignificantes con las que debía conformarse allí en Núremberg y le pareció que la maternidad no había hecho más que aumentar su belleza respecto de la época en que la había conocido en Rheinsobern. Su bajo vientre reaccionó de inmediato con un doloroso tirón ante esta comparación, de modo que tuvo que contenerse para no arrastrarla a su carpa en ese mismo momento. Primero tenía que ganar el torneo, después iría a buscarla. Marie ya no podría escaparse de él.

Timo condujo a Marie un tramo más bordeando el río Pegnitz, hasta que los gritos y los ruidos procedentes del lugar del torneo se oyeron mucho más apagados, y entonces la cogió de las manos.

—¡Estoy tan feliz de veros, señora, y también por la niña! El caballero Michel habría aullado de felicidad si hubiese tenido la oportunidad de ser testigo de su nacimiento.

—¡No creo que Michel haya muerto! A menudo se me aparece en sueños y mi intuición me dice que está vivo.

—¡Dios quiera que así sea! Después de todo este tiempo, ya casi he perdido las esperanzas. —Timo suspiró y luego se pasó la lengua por los labios—. La garganta me está picando mucho, señora. No sé si las palabras podrán salirme como espero.

Marie se puso de pie y miró a su alrededor. A unos cincuenta pasos de distancia, un tabernero había puesto su barril en un caballete bajo la sombra de un pino imponente y estaba volviendo a llenar las jarras de sus siervos.

—Quédate con tu tío —le dijo Marie a su hija, y salió a toda prisa.

Trudi hizo un puchero y se alejó algunos pasos de Timo, ya que aquel hombre con una sola pierna y una cicatriz en el rostro le resultaba inquietante. Sin embargo, se quedó cerca de él hasta que su madre regresó con un jarro de vino, un jarro de agua y tres vasos. Marie le llenó un vaso de agua a Trudi y rebajó su vino. En cambio, a Timo, que le hizo una señal de rechazo, le alcanzó el vaso con el contenido sin rebajar. Después se sentó ella también sobre la piedra calentada por el sol, que ahora había quedado medio cubierto por la sombra de algunas ramas.

—Aquí tienes, bebe un trago y luego cuéntame todo lo que sabes.

Timo se bebió el contenido del vaso de un solo trago, se limpió la boca con la mano, al tiempo que gruñía satisfecho, y se secó las gotas de la barba. Después comenzó a hablar sin parar. Al principio, Marie no se enteró de nada que ya no supiera antes; sin embargo, levantó la vista con interés cuando Timo mencionó a Wiggo, que había servido a Michel como escudero.

—¿Puedes decirme dónde encontrar a ese chico? Si estaba presente en la batalla decisiva, debería saber qué le ocurrió a mi esposo.

Timo desdeñó sus palabras con un gesto irritado.

—Yo también pensé lo mismo y apelé a la conciencia del muchacho cuando regresó a Núremberg con el ejército. Al principio no quería soltar prenda, pero finalmente reconoció que había llegado tarde para acompañar a Michel porque se había ido de parranda con un grupo de siervos, por eso ni siquiera estuvo presente en el momento de la partida de su señor. Lo único que supo fue que los dos caballeros sobrevivientes, Falko von Hettenheim y Gunter von Losen, regresaron solamente con dos siervos, y gritaron llenos de pánico a Heribald von Seibelstorff, que por entonces era su líder, que debían emprender la retirada de inmediato.

Marie levantó la vista.

—¿Significa que, salvo esos dos caballeros, no hay testigos de las últimas horas de Michel?

Timo volvió a llenar su copa, pero solo bebió un sorbo y luego sacudió la cabeza significativamente.

—Os olvidáis de los soldados a caballo supervivientes, señora. Al final, yo también quise saber qué le había sucedido a mi señor, y por eso salí a buscarlos. Me llevó algún tiempo dar con uno de ellos, y además me costó casi todo mi dinero en efectivo emborracharlo lo suficiente como para poder sonsacarle algo. Lo que me contó me resultó extraño. Me dijo que en realidad no había razón alguna para emprender la retirada de forma tan precipitada, ya que Hettenheim y sus acompañantes habían espantado hacia los bosques al par de bohemios a los que se habían enfrentado. Pero me dijo que el líder del grupo, que justamente era ese caballero Falko, les había prohibido a él y a sus camaradas ocuparse de los caídos, y que en cambio les había ordenado regresar inmediatamente al campamento, mientras que él y el otro caballero los siguieron al cabo de un rato, lo que jamás habrían hecho de haber existido algún peligro. Pero lo más importante es lo que viene a continuación: el muchacho estaba segurísimo de que, cuando él abandonó el lugar de la contienda, vuestro esposo estaba herido, pero aún seguía con vida. En el camino de regreso hacia el campamento pudo pescar partes de una conversación entre Hettenheim y Losen en la que se burlaban del caballero Michel y se imaginaban qué final lo aguardaría en manos de los husitas.

—¡Lo dejaron abandonado para que los husitas lo torturaran hasta matarlo! —Marie se tapó el rostro con las manos.

Timo la cogió del hombro y la sacudió.

—Puede que sea cierto, pero no os olvidéis de que ellos ya habían espantado a los bohemios, y quién sabe si los husitas regresaron realmente.

Marie lo miró con renovadas esperanzas.

—Tal vez no. Al menos esos traidores le dieron tiempo a Michel para atender sus heridas y esconderse entre los arbustos. Ya sabes lo ingenioso que es.

—Vaya si lo sé —respondió Timo, dándole la razón—. Dicen que en algunas regiones de Bohemia aún hay castillos y ciudades que han permanecido fieles al emperador y que hasta ahora han resistido a los husitas. Tal vez haya logrado llegar a alguna de esas regiones y ahora esté a salvo.

Marie lo miró, dudosa.

—Pero si así fuese, ¿por qué entonces no me ha hecho llegar noticias suyas?

—No me imagino que el señor pueda enviar a un mensajero a atravesar el territorio de los rebeldes, y si se marchase él mismo, aquellos que lo ayudaron lo tomarían por un miserable cobarde.

Timo notó que Marie absorbía en su interior esas palabras, dándolas por seguras, y levantó las manos en señal de rechazo.

—¡No, no, señora! ¡No abriguéis falsas esperanzas! No son más que conjeturas, ¿comprendéis? Sin ayuda, lo más probable es que vuestro esposo se haya desangrado en el campo de batalla o que haya caído en manos del enemigo. En ese caso, recemos para que no haya sobrevivido mucho tiempo a lo que le hayan hecho.

—Sus enemigos son Hettenheim y ese... has mencionado a un tal Losen.

—Gunter von Losen es un caballero franco que fue a parar con nosotros mientras marchábamos hacia aquí desde Rheinsobern y que se unió de inmediato a Falko von Hettenheim. Intentó humillar al señor Michel, pero se equivocó con él. Y vuestro esposo tuvo que partir hacia su última batalla precisamente con esos dos.

Timo bebió el resto del vino que le quedaba en la copa y luego señaló hacia el palenque, donde entretanto ya se había reanudado el torneo en grupos.

—Si queremos ver algo más, deberíamos regresar ahora, señora.

El relato de Timo le había hecho olvidar por completo el torneo a Marie. Lejos de decepcionarla, sus palabras habían alimentado aún más sus esperanzas, y sobre todo le habían proporcionado un motivo posible por el cual Michel no había podido regresar con ella. Su esposo no era ningún cobarde, y jamás abandonaría a los amigos que lo habían ayudado. Marie se volvió hacia el siervo con un movimiento enérgico.

—¿Tienes idea de cuándo se decidirá el emperador a partir a

enfrentarse con los husitas? En nuestro campamento solo circulan rumores.

—Yo tampoco sé más que vos, señora. ¿Por qué lo preguntáis?

—Seguiré buscando a Michel. Y si es necesario, me adentraré en Bohemia. Pero no puedo viajar sola hasta allí.

Timo se asustó tanto al oírla que se persignó.

—¡Quitaos esas ideas de la cabeza, señora! Es demasiado peligroso, no importa si os unís a una expedición militar o si vais a pie.

Marie sacudió la cabeza de tal manera que las trenzas rubias se le soltaron y volaron alrededor de su cabeza.

—Mientras pueda seguir creyendo que Michel vive, haré todo lo que sea necesario para encontrarlo.

—Hablaremos de ello más tarde. Ahora mejor miremos el torneo. Si no os molesta, por el camino podemos pasar a buscar otra jarra de este excelente vino.

Se notaba que Timo estaba tratando de pensar la manera de disuadir a Marie de aquellos planes tan peligrosos, y suspiró aliviado al ver que ella asentía con indiferencia. «Tal vez no hablaba muy en serio cuando ha mencionado eso del viaje», pensó.

Marie hizo llenar otra vez ambas jarras de vino y agua, y regresó junto con Timo y Trudi al lugar donde estaba desarrollándose el torneo. Allí, las filas de los caballeros ya habían mermado bastante. Muchos de los vencidos yacían heridos en sus carpas, donde los cirujanos de campaña atendían sus heridas, y los cadáveres de los caballos en un extremo del campo daban testimonio más que ninguna otra cosa de la rudeza con la que el torneo se llevaba a cabo. A Marie le parecía un modo bastante extraño de preparar a los guerreros para la batalla. Los caballeros que salían heridos eran demasiados, y si el emperador iba a esperar a que todos ellos recuperasen su capacidad de lucha, la campaña tendría que suspenderse.

Como el torneo había entrado otra vez en receso, Marie y Timo atravesaron el campo bajo la mirada amenazante de los siervos del torneo y se sentaron del otro lado, en el pasto, a los pies de otros espectadores que gentilmente les hicieron sitio. Cuando Marie terminó de sentar a Trudi en su regazo y miró a su alrededor, se dio cuenta de que junto a ella estaba parado el mismo pesado que antes había alentado a Falko von Hettenheim. Su rostro brillaba de alegría, de sudor y seguramente también de vino generosamente consumido, y le dirigió a Marie una lasciva sonrisa irónica.

—Ve aflojándote la falda, mujer. Solo quedan ocho caballeros en el torneo, y el señor Falko se encuentra entre ellos. Si gana, tú y yo nos divertiremos mucho juntos.

—¿Qué sueñas por las noches? Ya te he dicho que puedes ir con tu par de chelines a ver alguna rabiza.

—¡Apuesto diez florines al caballero Falko!

Era evidente que el hombre estaba seguro de que Hettenheim ganaría.

Marie le dirigió una mirada socarrona y extendió la mano.

—¿Acaso pretendes afirmar que tú posees diez florines? Si no lo veo, no lo creo.

El rostro del hombre se ruborizó, pero, tras vacilar un instante de forma casi imperceptible, extrajo la bolsa de cuero que llevaba debajo del sayo y le contó las monedas a Marie una por una en la palma de la mano. Antes de que pudiera volver a guardarlas, Eva *la Negra* las cogió y se las escondió detrás de la espalda.

—Eh, ¿qué haces? ¡Dame mi dinero, mujer!

El hombre intentó quitarle las monedas a la fuerza, pero ella reclamó la ayuda de las personas que la rodeaban.

—Se trata de una apuesta, y en estos casos hay que jugar limpio, ¿no creéis?

Algunos hombres le dieron la razón. Eva les pidió a dos de ellos, que vestían el traje sencillo pero limpio de los recolectores de miel de Núremberg, que se quedaran junto a ella para ayudarla a cuidar el dinero.

—Si gana el caballero Falko, este hombre recibirá sus florines de regreso y podrá desaparecer entre los matorrales junto con mi amiga. Pero si Von Hettenheim pierde, sería una pena que se largara con el dinero que ha apostado.

—Me parece lo justo —aprobó uno de los dos apicultores.

El apostador rival de Marie resopló disgustado, pero se calmó enseguida y volvió a sonreír con ironía, como ya si estuviera imaginándose encima de ella.

Marie le volvió la espalda e increpó a Eva furiosa.

—No me gusta que decidan sobre mí sin consultarme. Si ese maldito Falko llega a ganar, Dios no lo permita, ve tú a abrirte de piernas a ese hombre.

—Dudo de que él esté de acuerdo con el cambio —respondió Eva, divertida—. Además, aún no ha ganado. ¡Mira hacia delante, preciosa! Ya se larga otra vez.

Marie vio cómo se preparaban los últimos ocho caballeros y, para su regocijo, descubrió entre ellos tanto a Heinrich von Hettenheim como al joven Seibelstorff. Junto con otros dos caballeros, les tocaba enfrentarse al caballero Falko y sus compañeros. Timo le tocó el hombro a Marie, señalando nervioso hacia uno de los caballeros que flanqueaban a Falko.

—El hombre ese de armadura azul y roja es Gunter von Losen.

Marie examinó al caballero con una rápida mirada. Losen no estaba armado con la majestuosidad de Falko von Hettenheim, pero con el penacho de plumas en el casco y el escudo rojo adornado con tres estrellas doradas, comparado con los caballeros que tenía enfrente parecía un pavo real. El caballero franco, a quien Marie había catalogado como un luchador experimentado a pesar de su apariencia de petimetre, lucharía contra Heribert von Seibelstorff, mientras que los dos de Hettenheim debían cabalgar contra otros rivales.

A una señal del emperador, el heraldo levantó su varilla. Un golpe de fanfarrias resonó en el campo y los caballeros hicieron trotar a sus caballos. Como ahora se levantaba menos polvareda, los espectadores podían experimentar bien de cerca cómo los campeadores chocaban entre sí. Las lanzas se deshacían en astillas, y a ambos lados caían los caballos de rodillas. Para decepción de Marie, Falko no se cayó de su caballo y su contrincante fue arrojado al suelo. Heinrich von Hettenheim también seguía sobre su caballo, mientras que Heribert von Seibelstorff se tambaleaba de forma notoria y lograba evitar que lo tiraran haciendo enormes esfuerzos. Losen, en cambio, había perdido la lanza y los estribos, de modo que fue cayéndose hacia un lado con su pesada armadura y aterrizó con gran estrépito en el suelo.

Marie dejó escapar un grito de júbilo, mientras que su apostador rival esbozaba una sonrisa irónica aún más ancha. El hombre se había procurado un nuevo jarro de vino, brindó socarronamente en honor de Marie y comenzó a beber con tal avidez que el líquido se le desbordaba por las comisuras de los labios y le corría por el cuello. Si Falko von Hettenheim ganaba el torneo, a Marie solo le cabía esperar que el hombre estuviese demasiado borracho como para poder probar su virilidad, ya que prefería matarlo antes que entregarse a él.

En la plaza del torneo, los caballeros que aún no habían podido ser arrojados de la montura se quitaron los cascos y se enjugaron el sudor del rostro con los paños que les alcanzaron sus escuderos. Heinrich von Hettenheim examinó con gesto despreciativo a su siguiente oponente, comparándolo con su primo, a quien le tocaba arremeter contra el hidalgo Heribert. El joven no estaba ni remotamente a la altura de Falko von Hettenheim. Heinrich le hizo un gesto de reconocimiento.

—Habéis luchado con gran arrojo, haciéndole morder el polvo a Losen. Pero ahora deberíais apartaros y dejar a mi primo en mis manos.

El hidalgo Heribert meneó la cabeza con indignación, se caló el casco sin decir palabra y condujo a su caballo hacia la zona de la liza en cuyo extremo opuesto ya estaba preparándose el caballero Falko. Heinrich von Hettenheim se encogió de hombros y se concentró en su propia disputa. Lo único importante para él en ese momento era derribar al caballero de Borgoña que tenía enfrente. Se trataba de uno de esos hombres que iban de torneo en torneo y vivían del dinero de los premios, es decir, de un luchador experimentado en las justas al que Heinrich no consideraba tan astuto y ladino como su primo, pero que de todas formas iba a demandarle toda su pericia.

El heraldo volvió a levantar la varilla y los caballeros echaron a andar a sus caballos, que ya acusaban el cansancio de los choques anteriores. El hombre de Borgoña tenía buena puntería, pero Heinrich logró desviar la punta de la lanza enemiga con su escudo y tirar del caballo al caballero de los torneos, empujándolo con su propia arma. En ese mismo momento, el caballo de Von Seibelstorff cayó de rodillas junto a él. Heribert perdió el equilibrio y se precipitó al suelo. Si bien, a diferencia del hombre de Borgoña, el hidalgo se puso de pie sin ayuda, el torneo se había terminado para él. Mientras iba maldiciendo en voz baja detrás de Görch, que había atrapado a su caballo, Heinrich y Falko von Hettenheim se dispusieron a definir cuál de los dos sería el vencedor del torneo.

Marie, que no tenía la costumbre de asistir asiduamente a la iglesia, unió sus manos cuando ambos primos tomaron posición, y comenzó a rezar silenciosa pero fervorosamente a la Virgen María y a María Magdalena para que protegieran al caballero Heinrich y lo ayudaran a obtener la victoria. Mientras tanto, su apostador rival alentaba a voz en cuello a Falko. Cuando ambos caballeros comenzaron a hacer trotar a sus caballos, se produjo un silencio en el grupo. Marie cerró los ojos, soltando a cada latido de su corazón un ruego a la Virgen María. De pronto se oyó en el campo el eco de un único golpe fuerte. Marie abrió los ojos de par en par y vio que ambos caballeros seguían sobre sus monturas. Sin embargo, la multitud que la rodeaba suspiró con decepción. Y entonces ella también vio lo que había pasado: Falko von Hettenheim fue resbalándose junto con la montura cada vez más hacia atrás sobre el lomo del caballo, se resbaló por la grupa y se precipitó de costado hacia el suelo.

Marie estalló en carcajadas y batió las palmas. A pesar del sonido de risas provenientes de innumerables gargantas que siguió al suyo propio, Falko alcanzó a percibir su voz, se arrancó el casco de la cabeza, furioso, y la miró con gesto amenazante. La risa de Marie alegrándose de su desgracia no hacía más que aumentar doblemente la humillación por su derrota, y se juró encargarse de que aquella mujer no volviera a reírse de ningún otro hombre una vez que hubiese saciado en ella su lujuria.

Mientras tanto, Heinrich von Hettenheim cabalgó hacia la tribuna e inclinó la lanza frente al emperador. El señor Segismundo le hizo una señal de beneplácito e instó a los presentes a aclamar al caballero. A continuación resonó un «hurra» triple que Marie gritó hasta casi desgañitarse.

Después, el emperador le hizo señas a la multitud para que hubiera silencio y se dirigió hacia el vencedor.

—Habéis peleado con arrojo, señor Von Hettenheim. Sin embargo, vuestro primo también le ha hecho honor a vuestro linaje el día de hoy. Con caballeros como vosotros a mi lado, muy pronto habremos logrado sofocar a esa chusma levantisca de Bohemia.

Marie seguía con la vista clavada en Falko von Hettenheim, que no podía ponerse de pie por sí solo debido a lo pesada que era su armadura y debió aguardar a que sus siervos acudiesen en su ayuda. Por eso, al principio ni siquiera se percató de que Eva *la Negra* le hablaba. Sintió que le tiraban de la manga, levantó la cabeza y vio a la vieja inclinada sobre ella.

—¡Aquí tienes, son para ti! —Eva le puso en la mano siete de los diez florines—. Uno me lo guardo para mí y los otros dos son para Theres y Donata. Hasta ahora casi no hemos podido hacer negocios en esta campaña, y el dinero nos vendrá muy bien. No creo que hayas ganado siete florines tan fácilmente en toda tu vida, y seguramente podrás olvidar muy pronto los otros tres.

Marie asintió, aunque había tenido mucho más oro en sus manos en más de una oportunidad.

—Asegúrate de que Oda no te vea cuando les des el dinero a Theres y a Donata. De lo contrario, también querrá una parte, y no estoy dispuesta a hacerle llegar ni una moneda.

—Quédate tranquila, yo tampoco le daría nada a esa sinvergüenza.

Eva soltó una risita y dirigió una mirada fugaz a Falko von Hettenheim, a quien en ese momento estaban sacando del combate.

—Ese engreído se merece la derrota, pero lo que más me alegra es que haya sido nuestro buen caballero Heinrich quien le ha hecho morder el polvo.

Pero aún había algo que Marie tenía atragantado.

—No tengo inconveniente alguno en que conserves esos florines, pero si vuelves a decidir sobre mi cuerpo como hoy, será mejor que te encomiendes a todos los santos para que no te asesine a ti primero. No permito que ningún hombre me ponga las manos encima, ¿has entendido?

Eva iba a sonreírle haciendo un gesto despectivo, pero advirtió la expresión que Marie tenía en los ojos y tragó saliva.

—¡Temo que hablas en serio! Me parece que no es conveniente tenerte de enemiga, ¿me equivoco?

—Recuérdalo bien —le aconsejó Marie con una sonrisa sutil que a Eva le recordó a un gato que acaba de ver a un ratón y está agazapado para dar el salto.

2

El caballero Falko von Hettenheim arrojó el casco contra un rincón de la carpa, sin importarle que aquella valiosa pieza pudiera abollarse. Sencillamente no podía creer que hubiese sido nada más y nada menos que su primo Heinrich von Hettenheim quien lo llevara del caballo, y dando gritos le ordenó a su siervo que le trajera vino. Sin embargo, los tres vasos bebidos con avidez uno tras otro no hicieron más que encender todavía más su ira. Apenas su escudero lo hubo librado del corsé metálico de la armadura, abandonó la carpa para ir en busca de Gunter von Losen. Halló a su amigo en un estado lamentable y por lo menos tan furioso como él.

Losen apretó los puños.

—¡Ese miserable patán! ¡Ese simple! Ya estaba a punto de tirar a ese mequetrefe del caballo cuando se me ha zafado el estribo y he perdido el sustento. Pero al menos me alegro de que le hayas hecho morder el polvo al hidalgo Heribert.

—Sí, pero he perdido la batalla final contra mi primo. ¡Ojalá que se pudra con sus hijos en el infierno toda la eternidad!

Falko movió de una patada una de las partes de la armadura que estaban desparramadas por el suelo.

—Heinrich me ha humillado delante del emperador y de la multitud. Se ha burlado de mí.

—Si tanto lo odias, deberías arrojarlo a los bohemios para que lo devoren, como hiciste aquella vez con Michel Adler.

—¡Cierra la boca! En este lugar, hasta las paredes de la carpa oyen. ¿Acaso quieres arriesgarte a que el próximo jarro de vino que te lleves a los labios esté envenenado?

Gunter von Losen irguió su torso dolorido y contempló a su amigo con asombro.

—¿Qué es lo que sucede contigo? No irás a decirme que tienes miedo, ¿no?

Falko meneó la cabeza, disgustado.

—Claro que no. Pero he descubierto que la mujer de Michel Adler se halla en este campamento. Si llega a enterarse de lo que realmente ocurrió, hará todo lo posible por vengar a su esposo.

—¿La mujer de Adler está aquí en el campamento? ¿Entre las mujeres de los pertrechos? En fin, allí es donde pertenece, después de todo. Yo no me preocuparía por ella. ¿Cómo podría representar un peligro para nosotros?

—De joven era prostituta y aprendiz de bruja. Esa mujer conoce métodos para que a un hombre se le escurra lentamente la vida de las venas.

—Entonces acúsala de brujería. Una vez que arda en la hoguera, estaremos a salvo de ella —propuso Losen. El caballero Falko se rio con rencor.

—Si fuese tan sencillo, ya lo habría hecho. El emperador conoce a la señora Marie, que posee grandes benefactores dentro del imperio. Incluso mi señor, el conde palatino, figura entre ellos. Además, a mí no me va a satisfacer verla arder en la hoguera. Quiero que se retuerza debajo de mí antes de cerrarle la garganta lentamente y con enorme placer.

—Ya había oído decir que la mujer de Adler es muy hermosa, pero jamás hubiese pensado que pudiera hacerte hervir la sangre a ti, que has tenido muchas más mujeres que ningún otro. Una vez que haya sido tuya, creo que yo también miraré cómo está construida debajo de sus faldas.

—Yo no me limitaré a mirarla.

Falko se extasió con la idea de castigar a Marie a su modo por haberse burlado de su derrota. Si Losen lo ayudaba, mejor.

—¡Asegúrate de ponerte en pie pronto! —Falko palmeó a su

amigo en el hombro con soberbia y respondió con una sonrisa irónica a su gesto desfigurado de dolor—. Parece que el mocoso Von Seibelstorff te ha dado muy fuerte, ¿no?

Losen alzó el puño, amenazante.

—¡Largo de aquí!

Falko esquivó el jarro de vino que Losen le arrojó y abandonó la carpa entre risas. Al lado del palenque había una gran feria. Falko von Hettenheim se paseó entre los puestos sin interesarse por las mercancías que ofrecían. Solo se detuvo al llegar a un grupo de saltimbanquis que demostraban sus artes bajo la supervisión de un director de cabellos grises, y se quedó contemplando a una joven acróbata que contorsionaba el cuerpo y enredaba los brazos, las piernas y la cabeza formando un nudo y arrancando del público suspiros de admiración. Cuando, poco después, la muchacha hizo la vertical y se abrió de piernas estando cabeza abajo, Falko consideró la posibilidad de llevársela y usarla en esa misma posición. Pero cuando iba a dirigirse hacia ella se dio cuenta de que había una sola mujer en todo el campamento a la que quería sentir debajo de su cuerpo, y esa mujer era Marie.

Falko se volvió abruptamente, empujando con rudeza a una niña que también llevaba los retazos de colores de los saltimbanquis y en cuyo canasto ya repiqueteaban unas cuantas monedas. La niña lo insultó a sus espaldas, pero no en voz alta, ya que su blasón era conocido y la gente sabía que era fuerte y que pegaba.

Poco después, Falko descubrió a Marie y a dos de sus compañeras en un extremo de la plaza de festejos. La vivandera de ropa oscura, que llevaba en la cabeza un raído sombrero que la hacía parecer una vieja bruja, tenía en brazos a la hija de Marie y la alimentaba con frutas secas mientras la madre de la niña degustaba con enorme placer una salchicha asada. Falko se le acercó esbozando una sonrisa irónica y la cogió del brazo.

—Vamos, ramera, esta vez no escaparás de mí.

Marie, que no lo había visto venir, levantó la vista, asustada. Su mirada le reveló que él ya la había reconocido y que había ido a buscar lo que le había sido denegado en Rheinsobern. No tenía sentido pedir ayuda, ya que nadie se atrevería a enfrentarse a un caballero que estaba arrastrando a los matorrales a una vivandera. De modo que resolvió desplomarse y fingirse sin sentido. Falko la levantó de un tirón y comenzó a proferir toda clase de groserías porque tenía que cargar con ella como si fuese un peso muerto. Con un movimiento rápido la cogió por debajo de los hombros y la arrastró hacia los matorrales espesos que había a orillas del Pegnitz. La mano derecha de Marie se deslizó por la abertura oculta de su falda y tanteó en busca del cuchillito afilado que llevaba ajustado al muslo después de ciertas experiencias anteriores. Justo cuando el hombre estaba a punto de empujarla al suelo y arrojarse encima de ella, Marie lo extrajo y le apoyó el filo sobre la braguta. Falko lo notó en cuanto la punta traspasó la tela, amenazando sus partes más sensibles.

—¡Si no me soltáis de inmediato, ya no podréis tomar a ninguna mujer por la fuerza nunca más! —Marie hubiese querido darle una estocada con todas sus fuerzas y castrarlo, pero sabía que la cortarían en pedacitos sin darle siquiera una mínima oportunidad de defenderse. Sin embargo, llegado el caso lo habría hecho, porque no quería que ningún hombre abusara de ella nunca más.

Falko se dio cuenta de que la cosa iba muy en serio y la soltó.

—Deberías estar contenta de poder sentir a un verdadero hombre dentro de ti, mujerzuela.

—Ve con las prostitutas o a clavar tu estaca a las mujeres bohemias, como es tu costumbre, pero a mí déjame en paz, ¿me oyes?

Sin embargo, Falko no estaba dispuesto a perder por segunda vez en el día. Sacó la espada y le dirigió a Marie una sonrisa irónica.

—¡Di tus últimas plegarias, ramera, ya que ahora te lincharé y arrojaré tu cadáver al Pegnitz!

Cogió a Marie, que no tenía escapatoria en aquellos matorrales espesos, y tomó impulso. Pero en ese mismo momento apareció detrás de él su primo Heinrich, quitándole la espada de las manos con un palo.

—Te atreves a amenazar a una mujer, pero eres demasiado cobarde como para medirte con un oponente de tu mismo nivel. ¡Vamos, levanta tu arma! Hace tiempo que estoy aguardando la oportunidad de despellejarte con el filo de mi espada.

Heinrich arrojó el palo y desenvainó su espada.

Falko von Hettenheim volvió a sentir por segunda vez consecutiva en ese día el sabor amargo de la derrota. Su muerte le daría a Heinrich von Hettenheim una cuantiosa herencia, y si él hubiese estado en lugar de su primo, no habría dudado un solo instante en procurársela. Pero conocía bien a su primo y sabía que era demasiado puntilloso con el honor como para matar a alguien indefenso.

De modo que extendió ambos brazos.

—¿Realmente crees que esta ramera es tan valiosa como para que dos parientes de sangre se peleen por ella? ¡Usémosla los dos!

Marie comenzó a gruñir, pero el caballero Heinrich le hizo señas de que se quedara callada.

—Esa es la diferencia entre nosotros, primo —le dijo a Falko—. Hasta hoy, jamás he tomado a una sola mujer por la fuerza, mientras que tú en cambio te desquitas con cualquier mujer inocente del odio que sientes hacia tu esposa, que no te ha dado más que hijas, y no tienes empacho en penetrar contra su voluntad cuerpos sangrantes.

El caballero Falko soltó una carcajada mientras seguía retrocediendo, alejándose cada vez más de su primo. Cuando consideró que ya estaba a una distancia suficiente, le hizo un gesto obsceno y luego desapareció por entre los puestos con aparente calma, como si nada hubiese sucedido, en dirección a la ciudad.

Heinrich miró su espada, como preguntándose si acaso habría sido un error dejar a su primo con vida. Finalmente la envainó y se encogió de hombros, al tiempo que se volvía hacia Marie.

—Deberías cuidarte de Falko en lo sucesivo, Marie. Es como un perro rabioso: está siempre dispuesto a saltar sobre su presa.

—Sí, prestaré más atención. Muchas gracias por vuestra ayuda.

Marie no sonó tan valiente como pretendía aparentar. Pensó que Falko no cejaría en sus propósitos, y lamentó que él ahora supiera que llevaba un cuchillo. No podría sorprenderle con el arma una segunda vez.

—Le ordenaré a Anselm que te proteja —declaró Heinrich después de reflexionar—. No podrá hacer nada contra mi primo, pero sí puede llamarme a mí o al hidalgo Heribert. Nosotros te ayudaremos.

—Es muy amable por vuestra parte, señor.

Si bien a Marie le desagradaba la idea de que la vigilasen, mientras Falko estuviese rondando no tendría otro modo de protegerse. Le dedicó a Heinrich una sonrisa agradecida y señaló hacia la espada de Falko, que aún seguía en el suelo.

—¿Qué hacemos con ella?

—Déjala tirada. Para un caballero no es de lo más honorable tener que enviar a su escudero a buscar su arma. Pero no se merece otra cosa.

El caballero Heinrich tomó del brazo a Marie y se brindó a acompañarla hasta el campamento.

3

Cuando Falko von Hettenheim estuvo fuera del alcance de la vista de su primo, dio rienda suelta a su ira y se abrió paso ciegamente a través de la masa humana. A una mujer que no alcanzó a esquivarlo a tiempo la arrojó contra un puesto en el que se ofrecía miel y pastas con miel y canela, haciéndole arrastrar consigo la mesa junto con todas las mercancías expuestas.

—¿Acaso no puedes prestar atención? —le espetó el vendedor a la señora.

—Ese caballero que va ahí delante me ha arrojado contra la mesa. ¡Él tiene la culpa! —se defendió la mujer, señalando hacia la silueta de hombros anchos de Falko, que se abría paso entre los visitantes de la feria.

El vendedor encogió la cabeza asustado y comenzó a recoger las ollas y sartenes desparramados por el suelo.

—¡Cierra la boca, mujer! Con ese no conviene meterse. Basta con pisarle la sombra para que te parta la boca de un golpe.

La mujer no podía calmarse.

—¡Es hora de que el emperador envíe a sus hombres a la guerra de una buena vez, así golpearán a los bohemios en lugar de a los ciudadanos respetables de Núremberg!

—En eso tienes razón —coincidió el vendedor—. Los soldados se conducen como si ellos fueran nuestros dueños y nosotros, los ciudadanos respetables, gusanos que deben arrastrarse a sus pies, y cuando exigimos nuestros derechos enseguida desenvainan la espada. El otro día, al muchacho del orfebre Rupp le dieron una paliza tal que quedó tullido, y todo porque no quiso venderles una joya valiosísima a un precio de miseria. Y...

El vendedor continuó relatando un par de episodios más que venían haciendo enfadar a los ciudadanos de Núremberg desde hacía semanas, y la gente que los rodeaba, que se había agolpado allí movida por la curiosidad, participaba vivamente de las quejas.

El caballero Falko ni siquiera notó el revuelo que había provocado, ya que sus pensamientos se ocupaban únicamente en qué haría para vengarse de su primo y de Marie. Barajó varias posibilidades, pero ninguna de ellas lo satisfizo del todo. Estaba tan ensimismado en sus pensamientos que ni siquiera vio a Gisbert Pauer, que corría a su encuentro haciéndole señas.

—¡Señor Falko, por fin os encuentro! ¡Hace rato que os estoy buscando, el emperador quiere hablar con vos!

Falko tomó conciencia de la presencia del mariscal cuando este lo cogió de los hombros.

—¡Eh, Hettenheim! ¿Me habéis oído? He dicho que el emperador os ha mandado llamar!

Falko se detuvo y parpadeó, sorprendido.

—¿El emperador? Pero ¿por qué?

Pauer se encogió de hombros.

—Mejor preguntádselo a él. Os está esperando en su carpa. Daos prisa, ya sabéis que el emperador se impacienta enseguida.

Falko sabía muy bien que era así. Se dio la vuelta y enfiló a toda prisa hacia la carpa imperial, cuya seda roja brillaba al sol como fuego ardiente. Aunque Segismundo poseía un cuartel en la ciudad al que podía acceder cómodamente a pie, generalmente solía permanecer frente a las puertas de la ciudad y dar sus audiencias allí. Mientras se acercaba a los guardias, Falko pensó que era una buena señal que el emperador mandase llamarlo después de la última humillación a la que la antigua ramera y su primo lo habían sometido.

Cuando Falko entró, el emperador yacía vestido sobre su cama de campaña y estaba tapándose el rostro con las manos. János, su guardaespaldas húngaro, que como siempre vestía una guerrera roja y unos pantalones verde musgo, salió al encuentro de Von Hettenheim blandiendo su cimitarra reluciente y le ordenó en mal alemán que se detuviera. Luego anunció su presencia en su propio idioma, que sonaba muy extraño. Segismundo se frotó la frente y se sentó. Por un instante pareció muy cansado y viejo, pero luego su expresión se estiró y el rastro de una sonrisa se asomó en las comisuras de su boca.

—Venid y tomad asiento, Hettenheim.

Falko miró a su alrededor, sorprendido, pero no halló en el lugar ningún sitio para sentarse salvo la cama de campaña del emperador. En ese preciso momento entró János trayendo una silla plegable que, aunque extremadamente incómoda, constituía una distinción, ya que, por lo general, sentarse en presencia del emperador era un privilegio reservado únicamente a los más altos príncipes imperiales.

Segismundo batió las palmas, y al cabo de unos instantes apareció un siervo trayendo una jarra de vino llena y dos copas de plata que depositó sobre una mesita hexagonal repleta de incrustaciones de marquetería. Un movimiento de la mano del emperador le indicó al sirviente que debía volver a retirarse.

—Servíos, Hettenheim —le ordenó Segismundo, clavando la vista en la copa como si no hubiera otra cosa más importante en el mundo que observar cómo se vertía el vino. Recibió la copa casi con avidez y vació su contenido de un solo trago—. Ha hecho un calor de locos hoy, y me temo que esta noche habrá tormenta.

Falko von Hettenheim vació su copa con la misma presteza y saboreó con deleite el recorrido de aquel pesado vino húngaro, que iba bajándole por la garganta como fuego.

—Este vino tiene fuerza —comentó el emperador, elogiando la bebida.

—Ciertamente es así, su majestad. Pero no creo que me hayáis mandado llamar para que pueda apreciar la calidad de vuestro vino.

Segismundo se rio con una risa artificialmente sonora.

—No, claro que no. Os he enviado llamar porque os considero un hombre más valiente que ningún otro.

El caballero Falko no esperaba recibir aquellos elogios, y se quedó contemplando al emperador, desconcertado. Segismundo le alcanzó la copa para que volviera a llenársela y le sonrió con picardía, como si fuese un niño al que acaba de ocurrírsele una travesura.

—Quiero preguntaros si no deseáis poneros a mi servicio.

Falko sintió que todo en su interior pugnaba por gritar «sí», pero se contuvo para poder indagar un poco más. ¿Acaso Segismundo tenía pensado nombrarlo caballero imperial y otorgarle un gran feudo como lo hubiese merecido hacía tiempo? Ya se veía en aquel alto puesto, y resolvió que lo primero que haría en cuanto asumiera ese poder sería mandar al diablo a su esposa Hulda y buscarse una mujer para llevarse a la cama que fuese más joven y, fundamentalmente, más agradable. Pero se corrigió de inmediato. Carne femenina bien dispuesta podía hallar en todas partes, pero en el lecho matrimonial necesitaba a una mujer que le deparara propiedades, riquezas y unos parientes influyentes, y, sobre todo, que le diera un heredero.

—Necesito hombres leales —continuó el emperador, sin prestar atención a la expresión triunfal en el rostro de Falko—. Hombres en quienes pueda confiar. Algún día quiero poder dejar a mis nietos algo más que un par de coronas tambaleantes que cualquier vasallo rebelde pueda arrebatarles de la cabeza. —Se inclinó hacia delante, cogió a Falko del brazo y lo atrajo hacia sí—. Estoy harto de verme obligado a implorarles su apoyo a los príncipes electores, a los condes imperiales y a los arzobispos electores, tan nobles ellos, como he tenido que hacerlo desde el comienzo de la guerra en Bohemia. La ayuda que recibí de su parte no alcanzó para llevar a cabo una sola campaña exitosa. A mis espaldas dicen que mis dificultades en Bohemia no son asunto suyo, pero cuando me tienen enfrente, aparentan estar tan bien dispuestos y preocupados como si les doliera en el alma cada día que se extiende la rebelión bohemia. Ved por ejemplo al burgrave de Núremberg. Hace por lo menos diez años le otorgué en feudo la marca de Brandeburgo, calándole en la cabeza el sombrero de elector. Debería estarme agradecido por ello, ¿no creéis? Sin embargo, si le exijo dinero o soldados, se pierde en miles de excusas. Se atreve incluso a decirme a la cara que su hijo Joachim debe domesticar primero a los caballeros insurrectos en Brandeburgo y que él mismo ha perdido tanto dinero en el conflicto bávaro que ya no puede pagar la soldada a un solo piquero más. ¿Acaso tengo yo la culpa de que él apoye a los perdedores y haya perdido medio ejército en esa empresa? —Bebió de su copa y volvió a pedirle a Falko que se la llenara—. Y los demás son exactamente iguales que él. Si uno los pusiera en una bolsa y les pegara, no le daría a ningún inocente. Pero yo los supero en previsión y astucia. —Segismundo levantó la vista hacia el cielo, como si estuviese recibiendo una inspiración divina, y dejó escapar unas risitas como para sus adentros—. Pensándolo bien, la guerra en Bohemia incluso me conviene. Que las hordas husitas arrasen tranquilas con Baviera, Franconia, Sajonia y otros territorios. No tardarán en ablandar a los señores locales, que entonces se mostrarán más inclinados a aceptar mis propuestas.

—¿Qué propuestas? —se atrevió a intervenir Falko.

—Le supliqué a la Dieta Imperial que aprobara un impuesto especial para financiar mi batalla en Bohemia. También le pedí soldados, pero incluso cuando Su Santidad el Papa llamó en Roma a emprender una cruzada contra los herejes husitas, los nobles señores persistieron en su avaricia y sus caballeros permanecieron lejos de mi ejército. Pero eso se terminará muy pronto. En cuanto los husitas hayan convulsionado el imperio lo suficiente como para que hombres y animales tiemblen al verlos hasta en la región de Borgoña, seguiré el ejemplo de Inglaterra y exigiré a los Estados Imperiales que me aprueben un impuesto regular que me permita mantener un ejército de mercenarios de forma permanente. Y vos, Hettenheim, seréis uno de los hombres principales de ese nuevo ejército.

«Si fuera capitán del emperador, sin duda tendría derecho a un feudo imperial», se le cruzó a Falko por la cabeza, aunque dudaba de que Segismundo lograra arrancarle a la Dieta Imperial una resolución semejante. Borgoña se sentiría tan poco amenazada por los husitas como la mayoría de los príncipes electores, cuyo voto en definitiva era el que contaba. Los guerreros campesinos de Bohemia no podrían llegar jamás hasta las tierras del conde palatino del Rin (su señor anterior, que también tenía el privilegio de ser elector) sin renunciar a sus territorios de repliegue, volviéndose así vulnerables. Lo mismo valía para los territorios de Tréveris, Colonia y Maguncia y para los del margrave de Baden. Esos señores seguramente le depararían a Segismundo otra áspera derrota en la Dieta Imperial. Sin embargo, Falko consideró que le resultaría provechoso renunciar a las órdenes del elector palatino y convertirse en vasallo del señor Segismundo. Así, pues, se puso de pie y se hincó ante el emperador.

—Os juro serviros con todas mis energías y hacer todo lo posible para aumentar vuestro poder y vuestra grandeza.

Segismundo sonrió, satisfecho, y brindó a la salud del caballero.

—Sois un hombre valiente, Hettenheim. Quisiera poder tener más hombres de vuestra clase. —Falko asintió enérgicamente, a pesar de que eso era lo último que deseaba en el mundo, ya que no quería compartir con nadie ni su salario ni su influencia. Como Segismundo seguía hablando, volvió a sentarse y lo escuchó con atención—. Claro que no puede dar la sensación de que ya no quiero luchar más contra los bohemios, porque entonces los príncipes imperiales comenzarían a desconfiar y a indagar acerca de mis planes. Por esa razón, mañana temprano partiréis con cien de mis mejores caballeros. Yo me quedaré aquí un par de días más, hasta que la mayoría de los hombres heridos durante el torneo esté otra vez en condiciones de luchar, y luego os seguiré con el resto del ejército. Marcharemos a través de Hersbruck, Sulzbach y Vohenstrauss hacia el este y conquistaremos e incendiaremos al menos una de las ciudades husitas en Bohemia. Marcaré un hito en esta guerra, mostrándole a esa calaña rebelde lo que implica levantarse contra su señor impuesto por Dios.

El emperador volvió a pedir vino con gesto ceñudo. El caballero Falko le llenó la copa e iba a servirse él también, pero entonces advirtió que la jarra ya estaba vacía. Miró al emperador con gesto interrogante, con la esperanza de que este mandara llamar a su sirviente e hiciera traer más. Pero Segismundo ni siquiera se percató de su mirada.

Falko dejó la copa y se puso de pie.

—¿Puedo pediros un favor, su majestad?

—Cómo no —respondió el emperador de buen grado.

—Permitidme escoger dos o tres vivanderas a mi gusto para que acompañen a mi tropa.

A Falko acababa de ocurrírsele que de esa manera podría apropiarse de Marie, ya que ni siquiera su primo podría oponerse a una orden imperial.

Segismundo meneó la cabeza.

—¡No, no, Hettenheim! Debéis tener movilidad, y los carros de bueyes no harían más que retrasaros.

—Pero... —comenzó a decir el caballero Falko, pero Segismundo le cortó con un gesto enérgico.

—¡He dicho que no! Llevad algunos caballos de carga con provisiones. Como muy tarde, al llegar a la frontera con Bohemia volveremos a encontrarnos, y hasta entonces creo que podréis prescindir de las vivanderas. De hecho, en vuestras campañas anteriores nunca habíais llevado ninguna.

Falko von Hettenheim comprendió que no tenía sentido seguir insistiendo. Por eso, se inclinó ante el emperador y salió de la carpa caminando hacia atrás. El húngaro, que en ningún momento le había quitado los ojos de encima, guardó su sable en la vaina y cerró la entrada a la carpa detrás de él.

Mientras se dirigía al campamento, Falko comenzó a urdir sus próximos pasos. Al principio le fastidió el hecho de que Gunter von Losen estuviese demasiado magullado como para poder acompañarlo, pero luego una sonrisa furtiva se le coló en el rostro. Si su amigo se quedaba al servicio del emperador, podría mantener vigilados a su primo y a la mujerzuela y asegurarse de que Marie tuviera que unirse a la expedición militar del emperador. Conforme con el giro que había dado su destino, Falko se dirigió poco después a la carpa de Losen.

4

Marie no sabía qué detestaba más, si el calor agobiante o el polvo que levantaba el ejército, que se le introducía en cada uno de los pliegues y poros del cuerpo. Los ojos le ardían como fuego y seguramente los tenía tan colorados como Trudi, que estaba sentada junto a ella, malhumorada. Los cabellos, la piel y la ropa de la pequeña estaban cubiertos de un polvo amarillo, e incluso sus dientes, que solían estar blancos y relucientes, habían adoptado el color del polvo. Marie ansió tener ocasión de quitarse aquellas ropas sudadas y polvorientas y poder darse un baño. Pero mientras el ejército siguiera marchando, debía permanecer en su carreta, aunque pudiera manejarla Michi, ya que los guardias del mariscal controlaban estrictamente que nadie se alejara de la expedición militar, y por las noches era peligroso quedar fuera del alcance de la vista de los guardias. Hacía apenas dos días, unos soldados habían interceptado a Oda cuando esta se dirigía hacia el bosque a aligerarse, y habían abusado de ella hasta que el último de ellos hubo satisfecho su deseo. Oda se había quejado con Pauer, furiosa, pero en respuesta no había recibido de su parte más que burlas, y además había tenido que soportar las duras palabras que este le dirigiera. El mariscal le había dicho que era sencillamente imposible hallar a los culpables entre más de tres mil hombres, de modo que debía cuidarse por sí misma. Marie odiaba tanto o más que Oda tener que agacharse a hacer sus necesidades ante la vista de cientos de pares de ojos, pero prefería eso antes que ser víctima de algunos muchachotes brutales.

—¡El emperador está loco! ¿Cómo va a partir en pleno verano? ¡Debería haberlo hecho en primavera! —protestó Eva, que había vuelto a alinear su carreta detrás de la de Marie, al tiempo que se quitaba el sombrero completamente sudado y lo sacudía en el borde de su carreta.

La sacudida levantó una nube de polvo amarilla que el viento arrastró hacia Oda, que inmediatamente puso el grito en el cielo.

—¿Es necesario que levantes más polvo del que ya de por sí hay en el aire?

—Es difícil que se pueda levantar más mugre de la que ya estamos tragando.

Theres se pasó la mano para secarse el rostro empapado en sudor, con lo cual terminó por desparramarse el polvo amarillo aún más, hasta que su rostro adoptó la apariencia de una máscara de piedra.

Eva respondió refunfuñando, pero Marie ya no prestó atención a lo que sus camaradas se gritaban. Cogió las riendas con una mano, extrajo con la otra la cantimplora de atrás del asiento y la abrió con los dientes antes de alcanzársela a Trudi.

—¡Toma, bebe! —le dijo.

Pero la cantimplora medio llena era demasiado pesada para los bracitos de la pequeña, y Marie tuvo que ayudarla sin descuidar a los bueyes. Se enfadó con Michi, que había vuelto a saltar del pescante una vez más y se había escabullido. Seguramente se había ido hacia delante, con los soldados, y estaría escuchando los horrorosos relatos que estos le narraban.

Marie había empezado a pensar que había sido un error haber llevado al hijo de Hiltrud con ella. En casa, Michel solía ser un niño educado y obediente, pero ahora copiaba todas las malas costumbres de los soldados y, para colmo, su imprudencia lo ponía en peligro. La invadió un peso en el corazón al pensar en Hiltrud, que le había confiado a su hijo y que, a pesar de que en Bohemia había guerra, estaba convencida de que su amiga cuidaría de él y lo llevaría de vuelta a casa sano y salvo. «Debería haberlo dejado en Núremberg, con Timo», se le cruzó a Marie por la cabeza. Él habría vuelto a enderezar al muchacho, en cambio ella se sentía incapaz de hacerlo, ya que tenía que ocuparse de Trudi, mantener a raya a la yunta de bueyes y vender sus mercancías a los soldados.

—¡Hey, detente de una buena vez! —le gritó alguien a Marie.

Levantó la vista y se dio cuenta de que la caravana que formaba la expedición militar se había atascado y que estaba a punto de atropellar al soldado de infantería que iba delante de ella.

—¡Brrr, *Fulano*! ¡Detente, *Mengano*! —les gritó a los dos bueyes, al tiempo que tiraba de las riendas.

Los animales disminuyeron la velocidad de inmediato, pero un par de piqueros tuvieron que saltar de todas formas a un lado del camino para que los bueyes no los pisaran.

El soldado que había increpado a Marie clavó en el suelo el mango de la pica y la miró furioso.

—¡Si no prestas más atención, la próxima vez les clavaré la pica a tus animales, y tendrás que tirar de la carreta tú sola!

Sin embargo, el vistazo que le echó al barril de vino que estaba en la parte posterior de la carreta le quitó todo su efecto a la amenaza que acababa de proferir. Marie cogió un jarro de madera de la caja que estaba debajo del pescante y lo llenó hasta el borde.

—Aquí tienes, bebe, así te cobras el salto que has tenido que dar en el camino —le gritó al soldado.

Este aceptó el jarro y se lo llevó a los labios. Sus camaradas lo rodearon de inmediato y comenzaron a reclamar su parte a voz en cuello. Marie volvió a trepar al pescante, y entonces vio a Oda, que se acercaba a curiosear lo que había sucedido.

—¿Qué significa esto? ¿Cómo vamos a hacer negocios si tú le expendes vino gratis a toda esta caterva?

Eva *la Negra*, que también se había apeado de su carreta, hizo una mueca de desagrado.

—¿Acaso nunca tuviste que sacrificar un jarro de vino para apaciguar a un par de soldados?

Oda apuntó con la nariz hacia el cielo y resolvió no prestar más atención a las demás vivanderas. Eva y Theres se rieron de ella, pero Marie no volvió a mirarla, ya que la caravana había reanudado su marcha y tenía que azuzar a sus bueyes para cubrir el hueco que se había formado delante de ella.

Cuando bien entrada la tarde sonaron los cuernos anunciando que se detendrían, las vivanderas suspiraron aliviadas. Sin embargo, transcurrió bastante tiempo hasta que pudieron hallar un lugar para acampar y, como solía suceder, cuando finalmente llegaron, los mejores lugares ya habían sido ocupados. Les costó grandes esfuerzos encontrar un lugar adecuado para estacionar sus carretas todas juntas y desenganchar a los animales.

Michi tampoco estaba a la vista, aunque Marie hubiese necesitado seis pares de manos de ayuda, ya que Trudi lloriqueaba, muerta de cansancio, mientras que los bueyes daban patadas en el suelo y gruñían inquietos porque habían olfateado el agua y no se dejaban desenganchar. Finalmente, Marie tuvo que pedirles ayuda a dos soldados.

—Si me permites levantarte a cambio la falda, encantado —respondió uno de ellos, sonriendo con expectante ironía.

—Más bien había pensado en un vaso de vino para cada uno.

Los dos soldados se miraron un instante y luego sujetaron a los bueyes para que Marie pudiera por fin quitarles el yugo, los llevaron al abrevadero y les quitaron la mugre más gruesa con unos manojos de pasto. Cuando terminaron, Marie ya estaba esperándolos con dos vasos llenos de vino.

Los soldados brindaron a su salud.

—Por una recompensa como esta, estamos gustosos a vuestro servicio.

—¡Eh, Marie, si sigues así, pronto te quedarás sin vino para vender! —le gritó Oda, socarrona.

Eva, que ya había terminado su trabajo y se había acercado a conversar un rato con Marie, se volvió con gesto despreciativo.

—Ese problema tú nunca lo tendrás, ya que pagas los favores que te hacen con otra clase de moneda. Pero cuando tengas el vientre más abultado, los hombres preferirán un vaso de vino.

Theres y Donata estallaron en carcajadas, mientras que Oda cubría a Eva con unos insultos que Marie no le había oído decir ni siquiera a Berta, la prostituta errante con la que había recorrido durante un tiempo los caminos hacía más de una década. Sin embargo, Eva no se preocupó por Oda, que seguía con los chillidos, sino que ayudó a Marie a preparar todo para el campamento nocturno. Mientras tanto, Theres y Donata se internaron en el bosque en busca de ramitas para encender una fogata, acompañadas y ayudadas por Görch, el escudero del hidalgo Heribert, y de un soldado a caballo del contingente de Heinrich von Hettenheim.

Mientras Marie iba a buscar agua y la ponía a hervir, separando un poco para quitarse de encima la espesa costra de polvo y hacer lo propio con Trudi, Eva fue a buscar su trípode de hierro, lo puso en medio del círculo formado por las carretas reunidas de las vivanderas y preparó una pila con pasto y maderas para hacer el fuego. Poco después, el enorme caldero que colgaba suspendido sobre las llamas ya estaba despidiendo vapor. Marie y Theres fueron en busca de los ingredientes para preparar la cena y se los alcanzaron a Eva, que en vista de la escasa cantidad de grasa y de carne salada frunció la nariz.

—En fin, supongo que a buen hambre no hay pan duro. Marie se encogió de hombros.

—Tú misma dijiste que debemos ahorrar porque no sabemos cuándo volveremos a recibir abastecimiento.

—No te sulfures tan rápido. Después de todo, una tiene derecho a quejarse un poco. —Eva soltó una carcajada, arrojó el primer bocado dentro del caldero y miró a Marie, desafiante—. Eso sí, tendrás que darme un par de granos más de cebada para el caldo. Seguro que los hombres estarán hambrientos.

—No solo ellos —respondió Marie trepando a su carreta para traer media medida más.

Cuando Eva echó los granos en el caldero con un profundo suspiro de renuncio, Marie se sentó junto a su carreta, sobre una roca plana, y se reclinó contra un árbol para descansar un poco. Trudi, a quien Donata había bajado de la carreta, corrió en dirección a su madre y se acurrucó a su lado.

Eva también había usado la tina de Marie para lavarse la cara y las manos, pero el resto de las vivanderas seguían pareciendo fantasmas. Donata y Theres se miraron y desaparecieron en el bosque mientras parloteaban animadamente entre ellas.

—¡Cuidado, no sea cosa que algún muchacho os sorprenda desde atrás por el camino! —les gritó Oda mientras ellas se alejaban.

Pero la respuesta la recibió de parte de Eva.

—¡Ah, es por eso que ya no te lavas! Haces muy bien, ya que cuanto más hedionda es una mujer, menos le retoza al hombre el alcacer.

—Le retozará menos el alcacer y le picará más la nariz —intervino Marie, burlona, y cosechó una mirada indignada de Oda, que entonces sí se puso de pie y salió corriendo detrás de las otras.

Eva la contempló suspirando.

—Hubiese querido prescindir de esa mujerzuela.

—No eres la única —replicó Marie, levantando la vista porque el aroma de la sopa había atraído a sus huéspedes.

Heinrich von Hettenheim, que había sido el primero en aparecer, se acercó al caldero y olfateó.

—Si sabe la mitad de bien de lo que huele, será un banquete.

El joven Seibelstorff se sentó en el pasto junto a Marie, contentándose con dirigirle una sonrisa, mientras que los dos soldados a caballo se quedaron de pie junto a las carretas, con la mirada clavada en el caldero, como si solo con la vista pudieran acelerar el proceso de cocción. Detrás de ellos apareció Anselm, que había oído las palabras de su señor y ya se relamía.

—No importa cuán sabroso esté, cualquier cosa es mejor que la comida asquerosa que hay hoy en la cocina del regimiento. Le he echado un vistazo y me ha dado escalofríos. Os aseguro que a los cerdos les arrojan mejor comida.

—Sin embargo, el bagaje imperial también tiene sus ventajas. Por ejemplo, esta.

Görch, que había sido el último en sumarse al círculo que estaba sentado alrededor del fogón, le dirigió al resto una mirada astuta y sacó de su guerrera una salchicha del tamaño de un antebrazo y una porción de tocino.

—Pero esto no proviene de los víveres para la gente común —bromeó Eva, extendiendo la mano para cogerlos.

El escudero la miró con gesto cándido.

—Pero querida, considerando que los gastos de nuestra alimentación no corren por cuenta del emperador, sino por la nuestra propia, nos merecemos una pequeña indemnización de tanto en tanto.

Eva hizo desaparecer el botín de Görch bajo los leños apilados para el fuego y le sonrió.

—Pero no dejes que el mariscal te descubra. Por lo que he oído, parece que los siervos de Pauer pegan muy fuerte, y si te atrapan, no recibirías menos de veinte azotes.

El hidalgo Heribert, que se había puesto de pie, apoyó la mano en el hombro de su escudero.

—Escucha lo que Eva te dice y deja de robar. Que te azoten durante una campaña puede llegar a significar tu muerte si los tajos se te infectan. Y aunque sobrevivieras, tendría que prescindir de tus servicios durante un tiempo, y eso no me agradaría en absoluto.

En cuanto Eva comenzó a hablar de azotes, a Marie empezaron a picarle los omóplatos de tal manera que tuvo que cerrar los puños y morderse los labios, y la advertencia de Heribert no hizo más que aumentar esa sensación. Sabía muy bien de lo que el joven hidalgo hablaba, ya que ella misma había recibido esa clase de «caricias» a los diecisiete años y había estado a punto de morir como consecuencia de ello.

Marie se sacudió esos recuerdos de pesadilla haciendo grandes esfuerzos, estrechó a Trudi contra su pecho y comenzó a acariciarle los cabellos, ensimismada. En ese momento se dio cuenta de que Michi aún no había regresado, a pesar de que la cena ya estaba lista. La impuntualidad de su pequeño acompañante estaba empezando a convertirse en un problema.

—¿Tenéis idea de dónde está Michi?

Görch asintió.

—Acabo de verlo con Gunter von Losen. Creo que Michi estaba quitándole el polvo a su armadura.

—¡Debería haber aseado a los bueyes en lugar de eso! —protestó Marie.

La enfurecía que Michi anduviera precisamente detrás de Gunter von Losen. Aquel hombre era un buen amigo de Falko von Hettenheim, y lo que Timo le había contado sobre la lucha entre Michel y Losen le hacía suponer que este era tan culpable de la desaparición de su esposo como Falko von Hettenheim. Había llegado la hora de conversar seriamente con el muchacho. A pesar de que ella no lo consideraba su sirviente, aunque además de comida y alimento más de una vez le había dado alguna moneda, él no tenía derecho a trabajar para otros sin su consentimiento, sobre todo teniendo en cuenta que en la campaña ella lo necesitaba más que nunca. Si Michi hubiese llevado a los animales al abrevadero, ella no habría tenido necesidad de sacrificar dos vasos de vino. Pensó en si debía guardarle al niño algo de comer o no, pero antes de que hubiese podido tomar una decisión, Eva decidió por ella.

La vieja vivandera había repartido la comida para los presentes en unos platos y cuencos de madera, y ahora estaba vertiendo dos cucharones llenos en un recipiente de cerámica.

—Toma, esto es para Michi.

Marie recibió el recipiente y lo puso sobre el asiento de su carreta. Mientras estaba dándole de comer a Trudi y cada tanto pescaba una cucharada de su propio plato, las otras tres vivanderas regresaron. Oda, que no había aportado nada para la cena, se sentó de inmediato junto al fuego y cogió el cuenco reservado para Theres.

—¿Qué haces?

Theres intentó arrebatarle el cuenco, cuyo contenido comenzó a agitarse peligrosamente, pero entonces Eva le alcanzó otro.

—Déjala por hoy. Aún tenemos suficiente. Pero si mañana Oda no colabora con algún ingrediente, se quedará con el estómago vacío, eso te lo aseguro.

Sin prestar atención a aquella amenaza, Oda siguió comiendo, y terminó antes de que Theres y Donata hubiesen llegado a la mitad.

—Se nota que tienes que comer por dos —se burló Eva, mirando a su alrededor con gesto interrogante—. ¿A quién le toca lavar hoy?

—Ya que Oda se invitó sola a la cena, podría encargarse ella —propuso Theres, y el resto se manifestó de acuerdo.

Oda hizo un gesto agrio, pero luego recogió la vajilla. Sin embargo, su vientre ya abultado no le permitió llevar el caldero también, y Theres se puso de pie.

—Vamos, Oda. Te ayudaré.

Mientras se dirigían hacia el arroyo, bajo la atenta mirada de los guardias, Marie le sirvió un vaso de vino a cada uno de los caballeros, y luego, al ver el gesto de súplica en el rostro de Görch, también les dio medio vaso a él y a Anselm.

Eva entrecerró los ojos al tiempo que meneaba la cabeza.

—¡Me parece que tendré que darle la razón a Oda! Eres demasiado generosa con tus cosas.

—Tampoco es para tanto —repuso Marie—. Después de todo, ambos señores pagan buen dinero por su comida y la de su gente.

El caballero Heinrich le dirigió una mirada rápida al hidalgo Heribert.

—Tampoco hemos pagado tanto. Creo que deberíamos aportar un par de chelines más.

El hidalgo se llevó de inmediato la mano al cinturón y extrajo su bolsa de monedas, que, por cierto, había encogido bastante. Sin embargo, antes de que atinara a sacar una moneda, Marie levantó la mano.

—Aguardad a que haya calculado cuánto nos debéis.

Heribert volvió a anudar su bolsa al cinturón.

—Por favor, no os olvidéis, señora Marie.

Marie entornó los ojos al oír aquel tratamiento, que correspondía a una mujer de clase noble o como mínimo a una burguesa acaudalada, pero no a una vivandera. El caballero Heinrich también frunció el ceño, ya que por más que Marie le agradara mucho, le preocupaba que el hidalgo hiciera el ridículo por su causa. Alzó la copa y brindó a la salud del joven.

—A vuestra salud, hidalgo Heribert, y, por supuesto, también a la tuya, Marie. Rara vez se encuentran vivanderas tan listas como tú.

Heinrich vació su copa de un solo trago y la dejó en el suelo.

—¿Os sirvo más? —preguntó Marie.

El caballero meneó la cabeza, serio.

—Mejor no, prefiero mantener la cabeza fresca.

Ese tono de voz tan lleno de preocupación puso a Marie en alerta.

—¿Ha surgido algún inconveniente?

Heinrich cogió una rama y se puso a hurgar en el fuego.

—Inconveniente es mucho decir. Para mi gusto, los infantes cuchichean demasiado entre ellos cuando ninguno de los oficiales está mirando, sobre todo los flamencos a los que el emperador mandó reclutar esta primavera. Hasta ahora, esos muchachos solo han recibido las arras, pero están reclamando en voz cada vez más alta su soldada. Espero que nos encontremos pronto con el enemigo y que podamos hacernos con algún botín para que se tranquilicen un poco.

Eva escupió en el fuego con desprecio.

—Entonces vuestro honorable primo no debería comandar la vanguardia, caballero Heinrich, ya que si ahora nos faltan víveres es porque él saqueó las aldeas antes de nuestra llegada e incineró las provisiones existentes allí.

Heinrich von Hettenheim cerró los puños.

—A mi primo no le interesa si el emperador recupera la corona de Bohemia o no; lo único que le importa es regresar de esta guerra siendo un hombre rico. Espero que Dios sea lo suficientemente justo como para denegarle el hijo varón que tanto ansía.

Aquello había sonado como una plegaria, y Marie, que sabía que el caballero Heinrich albergaba secretas esperanzas de que la herencia de Falko fuera a parar a sus hijos, lanzó una carcajada cristalina.

—Mientras siga casado con la señora Hulda, su deseo de concebir un heredero hará que se convierta en padre de muchas mujeres, de modo que algún día podréis acceder a su herencia.

El caballero levantó la cabeza, sorprendido.

—¿Acaso conoces a la esposa de Falko?

Marie asintió, solícita. Solo en el último momento se dio

cuenta de que había estado a punto de delatarse. Se rio con un poco de afectación y se puso a mecer en brazos a Trudi para ganar tiempo y encontrar las palabras adecuadas.

—Bueno, una vez vi a la señora Hulda en un mercado preguntándole a una vendedora de hierbas si tenía algún método que la ayudase a volver a quedar embarazada y, sobre todo, a tener la mayor cantidad posible de hijos varones. La mujer le preparó una tisana, aunque después me contó que, si bien era cierto que aquella bebida la ayudaría a tener gran descendencia, tal como le había prometido... solo servía para engendrar hijas.

El caballero Heinrich, riéndose, le dio unas paladas en el hombro a Marie.

—Realmente se lo desearía de todo corazón a mi archinoble primo. Pero él sería capaz de ahogar a su esposa mientras duerme para meter en su cama a cualquier otro vientre fértil antes de permitir que alguno de mis hijos o yo heredemos sus bienes. En fin, a mí tampoco me va tan mal como para andar pidiendo limosna, y si tengo un poco de suerte, el honorable abad de Vertlingen nombrará a mi hijo mayor como mi sucesor.

Eva le guiñó el ojo.

—Tal vez en esta guerra logréis obtener el favor del emperador, y entonces él os otorgará en feudo un dominio imperial libre. Eso mismo hizo hace dos años con un valiente caballero que al parecer le salvó la vida. Al pobre no le sirvió de mucho, ya que poco después cayó en un enfrentamiento contra los bohemios, así que no pudo disfrutarlo, pero seguramente sus herederos le agradecerán siempre ese ascenso.

Marie tuvo que contenerse para no gritarle a Eva que hubiese preferido mil veces que Michel estuviese vivo antes que recibir un condado imperial que no le servía de nada. Incluso en el caso de que el emperador cumpliera con su palabra, otorgándole a Trudi el feudo prometido, los que administrarían el territorio serían otros, que estarían preocupados principalmente por su propio beneficio. En cambio a ella le quitarían a Trudi y la obligarían a contraer nupcias con alguno de los vasallos de Segismundo. Y Marie se permitía dudar de que el hombre en cuestión resultara ser mejor que ese impresentable de Fulbert Schäfflein, que había dejado embarazada a Oda.

—¡El mundo es muy injusto! —se le escapó, y los demás la miraron, atónitos.

—¿A qué te refieres? —preguntó Eva.

Marie entrecerró los ojos y se frotó la frente con las yemas de los dedos.

—Son solo viejos recuerdos, nada más —respondió, esquiva.

El hidalgo Heribert se le acercó y la cogió de las manos.

—Si alguien os ha ofendido o importunado, solo decidme su nombre y yo le daré su merecido.

Marie se apartó de él, intentando reírse sin éxito.

—Noble señor, a la mayoría de los que me ofendieron ya los he olvidado, y el resto no se merece que alguien como vos se digne a ocuparse de ellos.

No parecía que el joven Seibelstorff fuera a conformarse con esa explicación, pero por suerte en ese momento apareció Michi con gesto culpable.

—¿Dónde has estado todo este tiempo? —le increpó Marie, enfadada—. ¿Has comido algo por lo menos?

Michi meneó la cabeza.

—Solo un pedazo de pan que me dio el furriel.

—Nosotros te hemos guardado algo —declaró Eva—. Está en la olla que hay sobre el pescante. Vamos, ve a buscarla y ponla junto al fuego, ya que se habrá enfriado.

Michi se dirigió deprisa a la carreta, cogió la olla y la puso junto al fuego, apoyándola de manera tal que la alcanzara el calor pero no la llama directa. Al cabo de un rato sacó su cuchara de una bolsa que llevaba colgada del cinturón y empezó a comer.

—¡Está muy rico!

—Más te vale que opines eso; después de todo, hoy he cocinado yo. —Eva hizo ese comentario sonriendo, y luego cortó un trozo de la salchicha que había llevado Görch—. ¡Aquí tienes! A tu edad, los muchachos suelen estar siempre hambrientos. —Después echó la cabeza hacia atrás y se puso a contemplar el firmamento—. Ya se ve el lucero del atardecer. Es hora de ir a la cama, aunque esta no consista en otra cosa que un par de mantas que extendemos debajo de nuestras carretas.

—Los antiguos romanos le llamaban Venus a esa estrella, en honor a su diosa del amor —dijo Heribert, al tiempo que le dirigía a Marie una mirada anhelante.

Heinrich von Hettenheim lo vio y apoyó su mano sobre el hombro del hidalgo.

—Si necesitas una mujer imperiosamente, vete con una prostituta de campaña. Marie es demasiado buena como para servir de amante a un hidalgo.

Al decir esas palabras, Heinrich renunció al tratamiento formal que había utilizado hasta entonces, se dirigió a él como a un viejo amigo.

Heribert lo miró con ojos chispeantes de indignación.

—Yo respeto a la señora Marie y jamás la mancharía en pos de satisfacer bajos instintos.

—Me parecen muy buenas tus intenciones; espero que no las olvides.

El caballero Heinrich había decidido definitivamente hablar sin rodeos. El joven Seibelstorff necesitaba a alguien que lo cuidara y que le hiciera ver las cosas, aunque eso a veces resultase desagradable.

Theres y Oda regresaron con los platos lavados y los repartieron. De pronto, Eva dejó escapar un grito agudo mientras señalaba una pieza adornada con unos dibujos muy bonitos.

—¡Un momento, eso es mío!

Oda se estremeció e intentó hacer desaparecer el cuenco debajo de su falda. Pero Theres fue más rápida y se lo arrebató.

—Es cierto, esta es tu pieza más linda, Eva. Me temo que no podemos dejar que Oda lave los platos. Tiene la mano demasiado larga para mi gusto.

—Ayer la vi hurgando en la carreta de Marie, y cuando quise pedirle explicaciones, salió corriendo como un rayo a pesar de su vientre abultado.

Donata no hacía ningún esfuerzo por ocultar su rechazo, y las otras tres asintieron, sombrías.

Eva midió a la embarazada con una mirada penetrante.

—En tu lugar, yo trataría de ser más prudente, ya que muy pronto necesitarás imperiosamente de nuestra ayuda.

Oda hizo un grosero gesto de desprecio.

—Bah, para cuando llegue el momento de que mi bebé nazca, ya llevaré tiempo en Núremberg o incluso en Worms, en casa del señor Schäfflein.

Eva se rio como una cabra.

—¡Si es que no te equivocas! No es bueno viajar en estado tan avanzado, y si llegase a ser cierto que el señor Schäfflein está interesado en su bastardo, no creo que le agradara mucho que dieras a luz a un hijo muerto, ya que eso lastimaría su orgullo viril.

Marie no pudo más que soltar una risita pensando en el debilucho hombrecito ante el cual Oda se había abierto de piernas tan solícitamente. Antes que obedecer a los designios del conde palatino y casarse con aquel caballero de triste figura prefería ingresar en un convento para continuar su duelo por la muerte de Michel hasta el final.

Eva tocó a Marie en el hombro.

—¿Y ahora qué te sucede, que pones esa cara? A juzgar por tus cambios repentinos de ánimo, diríase que quien está embarazada eres tú, no Oda.

Marie reaccionó con furia.

—¡Yo no estoy embarazada!

—Sin embargo, desde Núremberg llevas comportándote de forma muy extraña —declaró imperturbable la vieja vivandera, aunque después ella misma terminó con el tema—. Tendrás que arreglártelas sola con tus cambios de humor. Venid, vamos a acostarnos. El día de mañana no será más sencillo que el que pasó. —Eva se dirigió hacia su carreta, pero de golpe se dio la vuelta y señaló con el índice a Oda—. Si llego a pescarte merodeando por mi carreta, te echaré a latigazos, embarazada o no.

5

A la mañana siguiente, Görch apareció como una sombra junto a la carreta de Marie, volvió a mirar furtivamente a su alrededor y le dejó un trozo de tocino que, según dijo, el furriel se había olvidado de llevar.

—¡Aquí tienes, para ti, por tu delicioso vino! Por favor, cuídate mucho y mantente alejada de los infantes flamencos. Piensan desertar si no les pagan pronto su soldada y saquear un par de aldeas de regreso al imperio para hacer que su marcha haya valido la pena.

—Pero si detrás de nosotros solo quedan los lugares que han permanecido fieles al emperador y se encuentran en territorio imperial. ¡No pueden referirse a ellos!

Görch se encogió de hombros.

—Probablemente sí. Pero ¿qué importa que sean bohemios o soldados quienes saqueen las aldeas? El resultado es siempre el mismo.

—Sí, asesinan a la gente, vejan a las mujeres y los nobles señores alzan sus copas para brindar por la victoria. Es para ponerle los pelos de punta a cualquiera.

—Debo decir que prefiero que los flamencos maten a un par de campesinos antes de que haya líos aquí en el ejército —respondió Görch, encogiéndose de hombros.

Marie asintió, angustiada. Sabía por Michel que los sectores rebeldes de las tropas no se detenían ni siquiera frente a su propia gente, y que las mujeres de los pertrechos terminaban siendo sus primeras víctimas. En ese momento maldijo su idea de hacerse pasar por vivandera y deseó estar de regreso en la tibia granja de su amiga Hiltrud. Pero entonces recordó enérgicamente que allí tampoco hubiese estado a salvo. Contraer matrimonio a la fuerza también representaba el inicio de cientos de violaciones, aunque en ese caso el hombre obrara con la bendición de la Iglesia. De modo que, en realidad, daba lo mismo dónde estuviera. Lo único que contaba para ella era sobrevivir y hallar a Michel. Puso el tocino que Görch le había traído junto con sus propias provisiones y tranquilizó su conciencia pensando que el furriel del emperador no podría darse cuenta al ver un trozo de carne ahumada si esta provenía de sus propias existencias o no.

Marie le guiñó el ojo a Görch, que se despidió a toda prisa para regresar con su señor, y luego llamó a Michi.

—Hoy te quedarás conmigo todo el día, y en el futuro no quiero verte más cerca de Gunter von Losen y su gente. ¿Me has entendido?

Michi asintió de mala gana. Le molestaba la aversión que Marie demostraba hacia aquel caballero. Gunter von Losen siempre había sido amable con él, y no lo trataba como a un pesado chiquillo campesino, sino casi como si fuera el hijo de un noble, y Lutz, su escudero, había prometido regalarle una espada en cuanto le arrebatase alguna a los bohemios. Michi se moría de ganas de tener su propia espada y por nada del mundo quería perder la amistad de aquel hombre, no importaba cuántas veces Marie le reprendiera por ello. Sin embargo, comprendió que debía ayudarla, ya que ella era una mujer y no estaba familiarizada desde pequeña con los bueyes.

Michi levantó la vista y miró a Marie con una sonrisa jovial.

—¿Puedo al menos esta noche ir un rato más con los soldados?

Marie no quería negarle al menos una alegría y asintió.

—Si no te vas con Losen y los suyos, encantada.

Michi quería mucho a la amiga de su madre, que era la mejor madrina del mundo para él, pero ni siquiera por ella estaba dispuesto a renunciar a una espada. ¿Para qué habría de ir con Görch o con Anselm, que lo trataban como a un niño pequeño y no como a un hombre hecho y derecho? El caballero Gunter se ponía a conversar a menudo con él, le preguntaba por Marie y elogiaba su belleza y su voz, de modo que por momentos a él le resultaba difícil no confesarle que ella en realidad no era una simple vivandera, sino una dama de la nobleza hecha y derecha.

Mientras Michi seguía ensimismado en esos pensamientos, Marie puso en marcha a sus bueyes, haciendo bailar el extremo del látigo lo suficientemente cerca de sus cabezas como para que lo sintieran, pero sin causarles dolor. Trudi se reía de contenta cuando los animales movían sus orejas como si el látigo fuese una mosca que intentaban espantar. Los dos bueyes se sujetaron al yugo sin resistirse y movieron la carreta del lugar, aparentemente sin hacer grandes esfuerzos. Marie pensó que tampoco vería en todo el día más que las espaldas de los soldados que iban marchando delante de ella y el polvo eterno que ya se elevaba en espesos vahos sobre la cabeza de la expedición militar.

Acaso sería por los displicentes flamencos o porque cada vez aumentaban más los indicios de tierras habitadas, lo cierto era que Marie tenía la sensación de que la caravana avanzaba con una lentitud aún mayor que la de los días anteriores. La parada breve que habían hecho a mediodía la había utilizado para ir a buscar varios baldes de agua de un arroyo cercano y abrevar a los bueyes. Eva descubrió un manantial en los alrededores y llamó al resto de las vivanderas. En esa campaña constituía una rareza encontrar agua para beber que fuese fresca y, sobre todo, limpia. Es cierto que había arroyos y ríos por todas partes, pero cuando las mujeres por fin llegaban hasta allí, generalmente sus aguas ya estaban revueltas y enturbiadas por los cascos de los caballos. Para colmo, muchos de los soldados tenían la costumbre de orinar en el agua, a pesar de que eso estaba prohibido, so pena de recibir azotes de vara. Por ese motivo, las vivanderas trataban de evitar extraer agua para beber de las corrientes de los arroyos.

Una vez que Marie hubo cogido sus provisiones de agua, le dio a Trudi un mendrugo de pan duro y se llevó un bocado a la boca ella también. Cuando sonó la señal para reanudar la marcha, Marie olfateó con desconfianza.

—¿Hueles algo? —le preguntó a Eva.

La vieja vivandera meneó la cabeza.

—No, nada... ¡Un momento! A ver... Huele como a quemado.

Para entonces, los demás también habían empezado a notarlo, y la inquietud fue en aumento.

—¿Será que los bohemios han incendiado el bosque para aniquilarnos? Ya está lo suficientemente seco como para hacerlo —exclamó un hombre, preocupado.

Marie se paró sobre el pescante y descubrió a lo lejos una estela de humo que ascendía hasta el cielo. No parecía ser un incendio en el bosque, pero tampoco una de esas fogatas que los ejércitos hacen para cocinar. El emperador, que encabezaba la expedición militar, también había detectado la columna de humo y le preguntó al hombre que iba cabalgando detrás de él si podía llegar a tratarse de una señal emitida por Falko von Hettenheim. Desde que había enviado al caballero junto con su grupo aguardaba ansioso tener noticias de él, pero hasta el momento no había aparecido ningún mensajero de Von Hettenheim. Con un movimiento enérgico frenó a su caballo y le ordenó al hombre, que no había sabido darle respuesta alguna, que cabalgara hasta el lugar para comprobar qué ocurría.

—Tomad veinte hombres, señor Volker, e id a ver qué está sucediendo allá.

Volker von Hohenschalkberg asintió, señaló al azar a algunos de los caballeros que lo rodeaban, entre los cuales estaban Heinrich von Hettenheim y el hidalgo Heribert, y partió al galope, sin fijarse en si lo seguían todos. Sin embargo, ninguno de los aludidos quería quedarse atrás ante la vista del emperador, de modo que los hombres dejaron muy pronto atrás la caravana, que se desplazaba muy lentamente. El olor a quemado se hacía cada vez más intenso, pero, para alivio de los jinetes, el bosque había quedado atrás. Cabalgaban ahora sobre una zona poblada situada en un claro grande abierto en medio del bosque, en el que había praderas y campos sembrados. En el centro había un pueblo bastante grande cuyos habitantes habían intentado protegerse con una empalizada. A medida que los hombres de la tropa de exploración fueron acercándose, vieron que los restos de aquella fortificación de madera y las casas más grandes aún ardían en llamas, mientras que de las chozas más pobres ya solo quedaban restos calcinándose en el suelo.

Uno de los caballeros lanzó un grito desgarrador al tiempo que señalaba hacia delante. Heinrich von Hettenheim espoleó a su caballo para echar un vistazo él también a los troncos de madera ardiendo, y se le congeló la sangre en las venas. No se trataba de su primera campaña, y ya había visto muchos muertos. Sin embargo, el espectáculo que se abría ante sus ojos parecía un saludo del infierno.

A ambos lados del camino había dos pilones altos compuestos de cuerpos de hombres, mujeres y niños, muchos de ellos con signos de haber sido horriblemente maltratados, y en medio del camino yacía un solo cadáver al que pudieron reconocer como el de un sacerdote únicamente por los jirones de su sotana. Lo habían clavado a una cruz hecha de unas tablas manchadas de estiércol para luego destriparlo.

Al hidalgo Heribert le dieron arcadas.

—¿Quién puede ser capaz de haber hecho algo semejante? —le preguntó al caballero Heinrich con el rostro pálido.

—O bien mi primo Falko, o bien los husitas. Supongo que han sido los rebeldes, ya que dudo de que la gente de Falko se haya tomado la molestia de juntar a los muertos.

El hidalgo miró salvajemente a su alrededor.

—¿Quieres decir que los bohemios aún andan cerca?

El caballero Heinrich echó un vistazo a los restos humeantes del pueblo y meneó la cabeza.

—No, seguramente volvieron a escabullirse hace tiempo. Estoy seguro de que sabían que vendríamos; de lo contrario, no habrían apilado los cadáveres cual macabro saludo de bienvenida para el emperador.

El caballero Volker se apartó, sacudido por el asco y el espanto, y le hizo señas a uno de sus acompañantes para que diera aviso al emperador.

Transcurrió un buen rato hasta que Segismundo llegó al pueblo, ya que no había querido renunciar a la protección de sus tropas. Ordenó el toque de cuerno que daba la señal de detenerse una vez que estuvieron cerca de la empalizada. Cabalgó hacia donde estaba Volker y miró a los muertos de soslayo.

—¡Maldición! —exclamó—. ¿Para qué he enviado al caballero Falko a la vanguardia si no para que nos mantuviera alejadas a las patrullas bohemias más pequeñas y nos advirtiera sobre la presencia de tropas más grandes?

—Tendríamos que enterrar a los muertos —pidió el hidalgo Heribert, que no había oído el estallido de rabia del emperador.

El soberano se volvió hacia él, molesto.

—Eso nos haría perder por lo menos cuatro horas. No, seguiremos nuestro viaje. Con ayuda de Dios podremos encontrar a esos asesinos y darles su merecido.

Iba a espolear a su caballo, pero se detuvo al ver al sacerdote muerto que estaba tendido frente a él en medio del camino.

—¿Por qué no le habéis apartado? —increpó el emperador a Volker von Hohenschalkberg.

—Somos guerreros, no sepultureros —exclamó este, indignado.

Heinrich von Hettenheim les hizo señas a un par de siervos, que arrojaron el cadáver junto con los demás, asqueados. Poco después, el camino quedó libre y el ejército pudo continuar su marcha. El espectáculo de los muertos afectó visiblemente a todos. Los caballeros trataban de parecer valientes y alardeaban sobre cómo les harían pagar a los bohemios por sus acciones, pero los siervos y los infantes caminaban con los rostros grises, y no pocos de ellos se detuvieron a la vera del camino para vomitar.

Marie intentó no mirar, pero cuando quiso conducir a la yunta por entre las pilas, los bueyes se plantaron como si fueran a echar raíces allí.

—¡Ve hacia delante, arroja este trapo sobre las cabezas de los animales y guíalos! —le ordenó a Michi, que se abrazaba al acoplado de la carreta, petrificado de miedo.

Marie le dio un empujoncito al muchacho y le recomendó

que orientara la vista únicamente hacia los bueyes y hacia el camino delante de sus pies. Luego alzó a Trudi y la sentó en su regazo, la cubrió con una parte de su falda y tomó las riendas para estar prevenida cuando a los animales de tiro se les antojara salir corriendo desaforados. Clavó la vista en Michi, que lloraba a moco tendido pero hizo lo que ella le había dicho. Una vez que pareció haber pasado lo peor y él volvió a sentarse a su lado, Marie lo acarició, mientras le murmuraba una y otra vez lo valiente que había sido.

La ruta parecía extenderse de forma interminable a lo largo del pueblo en llamas. Marie ya casi respiraba aliviada cuando doblaron para salir de él, pero entonces descubrió a tres muertos más que yacían en una zanja llena de pastizales y que al parecer se les habían pasado por alto a los encargados de juntar los cadáveres. Se trataba de un hombre, una mujer y una niña. Marie estaba a punto de cerrar los ojos cuando, de pronto, advirtió un movimiento. Volvió a mirar y comprobó que un brazo de la niña se arrastraba por el suelo y que los dedos de su otra mano se abrían y cerraban de forma espasmódica.

Marie detuvo a los bueyes de un tirón, le dio las riendas a Michi y se bajó de un salto.

—¿Ha sucedido algo? —le gritó Eva desde atrás.

—¡Creo que allí hay alguien con vida!

Marie se arrodilló junto a la niña y le rozó la mano, vacilante. El vestido de la pequeña, que tendría unos doce años, estaba empapado en sangre, pero su cuerpo aún estaba tibio y sus músculos se convulsionaban como si tuviera fiebre.

Uno de los hombres del mariscal notó que la yunta de Marie se había detenido y se acercó a toda prisa, furioso.

—¡Sube rápido a tu carreta y continúa tu marcha! Estás haciendo que se demore toda la expedición.

Marie sacudió la cabeza con vehemencia.

—Esta niña aún está con vida. No podemos dejarla así.

El guardia le echó un vistazo a la muchacha herida y escupió.

—Bah, no durará mucho más. Ya ves, está sangrando como un puerco en el matadero.

—Pero yo no dejaré que muera como un puerco. Eva, por favor, ven a ayudarme a cargarla en mi carreta.

La vieja vivandera se bajó del pescante, tiesa, y se acercó.

—¿Estás segura de lo que haces? —preguntó, vacilante.

—¡Oh, sí! Segurísima.

No quiso decirle que una vez ella también había estado tendida a la vera de un camino, ensangrentada y medio muerta, y que si ahora vivía era únicamente porque, a pesar de las burlas de sus compañeros de viaje, Hiltrud la había cargado en su carro tirado por cabras y la había atendido sacrificadamente. Sin prestar atención a los comentarios mordaces de algunos soldados que se habían detenido a observar, curiosos, Marie sacó a la niña de entre los muertos y la cargó hasta su carreta.

—¡Continúa conduciendo tú un rato! —le gritó a Michi—. Debo ocuparme de la niña herida.

Mientras el muchacho hacía avanzar a los bueyes, Marie depositó a la pequeña en una lona entre los barriles y los cajones bien amarrados que había en la parte de atrás de la carreta, le apartó del cuerpo el vestido, acartonado por la sangre seca, y lavó su cuerpo magro, que apenas dejaba entrever que alguna vez llegaría a pertenecer a una mujer. Luego se ocupó de las heridas abiertas que tenía en el muslo y en el hombro. Marie se alegró de que Hiltrud le hubiese dado sus hierbas y ungüentos. Atendió las heridas como había aprendido y envolvió a la niña en sábanas limpias.

La muchacha no recobró el conocimiento en todo el día, pero gritaba a cada rato y daba puñetazos a su alrededor, como enloquecida, de modo que Marie no pudo moverse un solo instante de su lado. No le quedó más remedio que sentarse junto a ella en un cajón, darle de beber agua y jugos a sorbos para bajarle la fiebre y calmarla con voz suave. Por la noche, Michi tuvo que encargarse de los bueyes y hacer la mayor parte del trabajo que usualmente hacía Marie, de modo que no pudo ir a ver al escudero de Gunter von Losen para charlar con él. Estaba tan furioso por ello que hubiese querido dejar todo y largarse, ya que los muertos, cuyos rostros lo perseguían como fantasmas, le habían demostrado lo importante que era estar armado para poder sobrevivir. Engulló su cena, malhumorado, y cuando iba a deslizarse en la oscuridad para por fin ir a visitar al caballero Gunter, Marie le pidió que fuera a buscar agua fresca para llenar el barril que estaba colgado de la carreta. Cuando hubo terminado, el corneta ya estaba anunciando el descanso nocturno, de modo que no le quedó más remedio que acostarse debajo de la carreta, envolverse en su manta y dormirse refunfuñando.

6

El despertar del día siguiente fue diferente del resto. Marie había pasado la mitad de la noche en vela al cuidado de la pequeña herida, y luego, al acostarse por fin a descansar, se había despertado una y otra vez sobresaltada por horribles pesadillas en las que los muertos adoptaban los rasgos de Michel. Cuando se levantó, cansada y con los miembros agarrotados, vio que la muchacha que había encontrado estaba despierta. Unos enormes ojos verdes la observaban temerosos desde un rostro magro con pómulos altos. La niña tenía las manos acalambradas y le temblaban los labios.

Marie le sonrió mientras dejaba caer unas gotitas de extracto de amapola en un vaso de agua.

—Toma, bebe. Esto hará que se calmen tus dolores.

Marie apoyó el vaso en los labios de la niña y le habló suavemente para tranquilizarla hasta que ella hubo bebido obedientemente su contenido. Poco después, el narcótico surtió efecto, los párpados de la muchacha se cerraron y, tras unos instantes, su respiración acompasada dejó entrever que se había quedado dormida. En ese momento comenzó a hacerse notar Trudi, quien, a diferencia de su madre, había dormido plácidamente durante toda la noche.

Mientras Marie le daba de comer a su hija, Eva trepó gimiendo a su carreta y espió hacia dentro.

—¿Ya te has arrepentido de haber levantado a este cadáver

viviente? Cuando esta muchacha campesina se muera, tendrás que enterrarla, y no creas que yo te ayudaré a hacerlo.

Marie pensó que, hacía mucho tiempo, Hiltrud habría tenido que oír palabras muy similares, y entonces miró a Eva con ojos centellantes de furia.

—Cuando llegue el momento, haré más por ella de lo que hemos hecho por sus parientes y amigos.

La vieja vivandera se encogió de hombros.

—El emperador lo prohibió. Deberás acostumbrarte a esas cosas, de lo contrario no lograrás sobrevivir a las guerras bohemias. Pero ahora ven a desayunar de una buena vez. Algo está sucediendo en el campamento, y hay una vieja regla que dice que hay que llenarse el estómago mientras se pueda.

—¿Qué es lo que sucede? —preguntó Marie, confundida.

—Debe de estar relacionado con los flamencos. Yo tampoco sé mucho más. Theres ha querido ir a averiguarlo, pero uno de los guardias la ha echado.

Eva le hizo lugar a Marie para que esta pudiera salir del interior de la carreta y sostuvo enseguida a Trudi, que había intentado bajarse detrás de su madre y estuvo a punto de caerse entre la rueda y el acoplado. Marie le dio las gracias y dejó a la niña en brazos de la vieja vivandera, ya que en ese momento se acercó Donata trayéndole un pote con puré y un jarro de cerveza.

Mientras Marie comía, su mirada se paseó por el campamento. El sitio donde había pasado la noche el séquito del emperador con sus caballeros hervía como un hormiguero, y a pesar del ruido podían distinguirse con total claridad los improperios de los de Appenzell, emitidos por Urs Sprüngli, uno de los líderes de los infantes.

Eva se sentó junto a Marie, al tiempo que señalaba al suizo y meneaba la cabeza.

—Debe de haber sucedido algo bastante gordo, y no puedo decir que la situación sea de mi agrado. Mira, allá va el caballero Heinrich. Tal vez él pueda decirnos algo. ¡Señor Heinrich! ¡Venid un momento!

Eva se puso de pie y comenzó a hacerle al caballero unas señas desesperadas.

Heinrich von Hettenheim se detuvo y se quedó mirándolas. Por un momento pareció que iba a seguir caminando, pero luego se acercó a la carreta de Marie. Su rostro estaba gris de preocupación.

—Los flamencos se escaparon anoche.

—Se ve que el espectáculo que vieron ayer les resultó demasiado —se burló Eva, a pesar de que no estaba de ánimo como para reír.

—Anoche, como tantas otras veces, volvieron a enviar un representante a hablar con el emperador para exigirle la soldada que les debe, y como este volviera a negarse a pagarles, los mediadores profirieron unas amenazas tan desvergonzadas que Segismundo dio la orden de que los ataran a la picota y los azotaran como castigo por sus insolencias. Después los perdonó, pero en lugar de calmarlos, aunque hubiese sido con un gesto, volvió a hacerles las mismas promesas a medias de las veces anteriores. Sin embargo, nadie esperaba que el grupo entero desertara. —El caballero Heinrich descargó un furioso puñetazo contra la rueda de la carreta—. Esta campaña viene mal dada, y la razón no es el éxito del enemigo, sino la indecisión del emperador. Segismundo sueña con someter a los rebeldes bohemios, pero los husitas le inspiran tanto miedo que no se atreve a desafiarlos a una batalla decisiva. En su lugar, vaga sin rumbo fijo, dejando grandes regiones del imperio a merced de la devastación.

Marie sintió que el miedo que notaba en el estómago adoptaba la forma de un nudo helado.

—¿Cómo seguirá todo?

—El emperador considera una desgracia el hecho de que los flamencos hayan desertado, pero cree que tenemos suficientes hombres armados e infantes como para poder continuar con la avanzada. Yo temo que se equivoque. El ejemplo de los flamencos podría llegar a cundir.

Eva lo miró torciendo la cabeza.

—Entonces, ¿creéis que habrá más soldados que continúen fugándose en secreto?

—Yo no apostaría a lo contrario. Pero ahora debo ocuparme

urgentemente de mi propia gente para que no se les ocurra a ellos también salir disparando en la dirección errónea.

El caballero se despidió de las dos mujeres con un gesto breve y luego desapareció con paso rápido.

Marie se quedó observándolo y suspiró.

—Espero que se equivoque.

—Puedes esperar todo lo que quieras, pero no te asombres de nada. Parece que la gente del mariscal está llamando a los soldados a proseguir la marcha. Iré a mi carreta a preparar todo para estar lista.

Eva se bajó de la carreta de Marie y trepó a su propio carro. Marie echó un vistazo a la yunta y vio que los bueyes estaban sin abrevar ni alimentar.

—Michi, ¿dónde estás? —exclamó, furiosa.

El muchacho no apareció por ningún lado. Se juró darle una filípica en cuanto apareciera y le ordenó a Trudi permanecer en la carreta mientras ella misma se encargaba de hacer el trabajo. Mucho antes de que terminara se acercó un guardia y le exigió con rudeza que enganchara a los animales y se alineara en la caravana de la expedición. Marie les quitó el alimento a los bueyes a pesar de sus gruñidos de decepción y aparejó los arreos. Por lo general, Michi al menos la ayudaba a hacer eso, pero esta vez tuvo que arreglárselas sola. El guardia regresó, golpeó una de las ruedas de la carreta con su vara y la increpó.

—¡He dicho que te apures, mujerzuela estúpida!

—Podría hacerlo más rápido si tú me echaras una mano —le espetó Marie por toda respuesta. Se apresuró a atar las correas de tiro a la carreta, cogió las riendas y se sentó en el pescante—. Bien, ya estoy lista.

Sin embargo, el guardia ya había proseguido su marcha. Marie agitó el látigo sobre las orejas de los bueyes. Los animales se pusieron en movimiento, pero pronto tuvieron que detenerse porque la columna del ejército se había atascado, y así siguió durante todo el día. A pesar de todos los esfuerzos del mariscal y de sus guardias, la expedición se detenía una y otra vez. Marie se alegró de las pausas, ya que le daban la oportunidad de ocuparse de la niña herida que había encontrado. Por la tarde, la pequeña volvió a despertarse, bebió un sorbo de agua y también masticó un bocado del trozo de pan que Marie le ofreció. Mientras comía, se quedó observando a su cuidadora, abriendo mucho los ojos y sin pronunciar palabra.

Marie le acarició la frente y le sonrió como para darle ánimos.

—Yo soy Marie, ¿y tú?

La muchacha abrió la boca e intentó decir algo, pero no pudo emitir palabra. Con un gesto desesperado, levantó la mano y se la llevó a la garganta.

Marie se inclinó sobre ella, preocupada.

—¿Qué te sucede? ¿Te pegaron en el cuello o trataron de ahorcarte? ¿Es por lo que no puedes hablar?

La niña agitó los brazos como si estuviera remando y emitió algunos sonidos guturales.

Marie pensó si acaso una tisana de salvia y plantago mayor podría ayudar a la muchacha, pero en ese momento el guardia golpeó el acoplado de la carreta, gritando que había que seguir.

—Debo regresar al pescante —le explicó Marie a la muchacha al retirarse.

Antes de poner en marcha a los bueyes, volvió a asomar la cabeza y le pidió a Trudi que le suministrara un poco de agua a la niña herida. Su hija arrastró la botella hasta donde estaba la muchacha y trató de llevársela a la boca, pero no logró levantar el recipiente, que era demasiado pesado. La niña le quitó a Trudi la botella de cuero de las manos antes de que se le cayera en la cara. Marie, que miraba a cada rato hacia el interior de la carreta, suspiró aliviada al ver que la muchacha podía arreglárselas sola, ya que ella ya no podía dejar el pescante porque ahora la expedición arrancaba y volvía a detenerse a intervalos cada vez más breves.

Al cabo de un rato en el que Marie se quedó con la mirada fija en las espaldas de los infantes que marchaban delante de ella, medio perdida en sus pensamientos, sintió que alguien le tiraba de la manga. Era Trudi, que señalaba enérgicamente hacia el interior de la carreta.

—*Nena aua* —explicó la pequeña.

Marie echó un vistazo a su alrededor para ver si había alguien cerca que pudiera sostenerle las riendas por un rato, pero como no divisó a nadie, las enganchó en el palo previsto para esos casos y descendió. La muchacha que había encontrado señalaba hacia su bajo vientre con el rostro desfigurado, temblando casi del esfuerzo que debía hacer para retener el contenido de su vejiga. Marie extrajo de una de las cajas un recipiente adecuado para estos casos y se lo puso debajo del cuerpo.

—Creo que esto va a funcionar. Yo sé lo que es estar muy apurada y no querer mojar el lecho en donde una está acostada.

El silbido penetrante de Eva arrancó a Marie de sus pensamientos, y al mismo tiempo oyó el grito de advertencia de Theres.

—¡La expedición se ha detenido!

Marie corrió hacia delante y tiró de las riendas. Por suerte para ella, al no contar con la presencia de su guía, sus bueyes ya habían aminorado la marcha, por lo que los infantes que la precedían no tuvieron necesidad de saltar a la zanja.

7

A la mañana siguiente, el caballero Heinrich llevó la noticia de que la noche anterior había desertado un grupo de infantes francos. Echando espuma por la boca, el emperador había enviado a algunos caballeros detrás de esos hombres para atraparlos, y luego había impartido la orden de permanecer todo el día en ese campamento. El tiempo transcurría inexorablemente, aumentando de forma constante la inquietud de los hombres; mientras tanto, las vivanderas se miraban, preocupadas. La inactividad forzada aumentaba el peligro de que el ejército se desmoronara, y al llegar la noche, el espectro gris del miedo se había apropiado incluso de los caballeros, ya que para el atardecer sus compañeros aún no habían regresado. A la mañana siguiente volvieron a desaparecer unas docenas de soldados, entre los cuales había también algunos soldados a caballo pertenecientes a la escolta directa del emperador, y el grito furioso de Segismundo se oyó en todo el campamento.

Eva salió a buscar a Donata para que la acompañara a coger leña para el fuego, y la encontró tirada entre sus cajas y cofres en parte saqueados, con la garganta degollada. Cuando la vieja vivandera volvió a salir, su rostro se asemejaba más que nunca a una calavera.

—¡Donata está muerta! ¡Saqueada y asesinada por nuestros propios soldados! ¡Santo Dios, qué horrible final para esa pobre desgraciada!

Oda comenzó a chillar.

—¡Engancharé mi yunta y me largaré de aquí! ¡No me quedaré ni un minuto más!

Theres lanzó una estruendosa carcajada.

—¿Acaso crees que podrías sobrevivir? Si no te pillan los bohemios, lo harán nuestros propios desertores, y temo que ellos no serán menos brutales que el enemigo a la hora de matarte.

Marie sentó a Trudi en el interior de la carreta y le dijo que se quedara con la enferma. Luego miró la carreta de Donata y se estremeció.

—Debemos informar al mariscal del asesinato y luego pedirle al caballero Heinrich que nos ponga guardias. De otro modo corremos peligro de que los próximos desertores vengan a buscar entre nosotras el dinero para financiar su viaje.

—Marie tiene razón —coincidió Eva—. Acompañadme, iremos a ver a Pauer de inmediato.

Se cubrió los hombros con la pañoleta a pesar de que el sol ya estaba entibiando el paisaje y partió con pasos pesados. Marie y las demás la siguieron. Sin embargo, cuando se entrevistaron con el mariscal, este no les prestó demasiada atención. Pauer tenía que atender otros problemas más importantes que el asesinato de una simple vivandera, y cuando Eva mencionó a Heinrich von Hettenheim, pareció sentirse directamente aliviado.

—Sí, id a hablar con él, informadle acerca del asunto y decidle de mi parte que ponga algún guardia para que os custodie.

Tras pronunciar esas palabras, se dio media vuelta y se alejó a grandes zancadas.

Eva dejó escapar un comentario soez, pero lo hizo en voz tan baja que él ya no alcanzó a percibirlo, y después cogió del brazo a Marie.

—Esperemos que el caballero Heinrich sepa entender mejor nuestra situación; de lo contrario, tendremos que hacer guardia nosotras mismas por turnos.

Marie extendió sus manos.

—Probablemente, eso sería lo mejor.

—Yo prefiero a un muchacho fornido armado con una lanza.

A esos tíos no se les puede sorprender por detrás, cosa que, al menos tratándose de Oda, no puedo asegurar. —Eva vio pasar a Anselm, el escudero de Heinrich, y lo llamó—. ¡Hey, muchacho! ¿Dónde está tu señor?

Anselm se detuvo, vacilante, y comenzó a escarbar el suelo con el pie, nervioso.

—¡Con nuestra gente! No creo que tenga tiempo para vosotras, ya que en nuestro campamento hay un lío infernal.

—Anoche asesinaron a Donata y le robaron todo su dinero —le informó Eva.

Anselm apretó los puños.

—¿Donata está muerta? ¡Que el diablo se lleve a los que hicieron eso!

Marie se impacientó.

—Las maldiciones no nos servirán de ayuda cuando deserten los próximos y nos degüellen antes de largarse. Necesitamos hombres que monten guardia para protegernos.

Anselm se estremeció ante el tono enérgico de Marie, pero luego asintió, solícito.

—No os preocupéis, no os sucederá nada, aunque para ello Görch y yo tengamos que pasar todas las noches en vela. Por supuesto, le contaré a mi señor lo que ha sucedido y regresaré más tarde con su respuesta. ¿Os viene bien que regrese a mediodía?

—Al que le viene bien acudir a mediodía es a ti, ya que entonces podrás servirte un plato de nuestra sopa. Pero no seáis tímidos y acercaos con confianza. Tenemos comida suficiente para vosotros también. Hasta entonces, ve con Dios. —Eva despidió a Anselm con un gesto afirmativo, aliviada, al tiempo que animaba a sus compañeras con la mirada—. Vamos, volvamos a ocuparnos de las cosas de Donata; de lo contrario, Oda se quedará con las mejores mercancías.

Marie la miró, asustada.

—¿Insinúas que nos repartamos las posesiones de Donata entre todas?

—¿Y qué otra cosa podemos hacer? ¿Acaso quieres esperar hasta que otras personas le hayan vaciado la carreta?

—Pero seguramente tendrá algún pariente o algún otro heredero.

Eva lanzó una carcajada furiosa.

—Si hubiese tenido hijos o un esposo, habríamos guardado para ella una parte de las ganancias resultantes de la venta de sus mercancías. Pero Donata nunca mencionó a ningún pariente, de modo que sus herederas somos el resto de las vivanderas. Esa es la costumbre, hija.

Marie no opuso más reparos, y cuando hallaron a Oda revolviendo la carreta de Donata, Marie terminó incluso por darle la razón a Eva en silencio.

—¿No podías esperar hasta que le hayamos dado a Donata cristiana sepultura? —le espetó a aquella codiciosa mujer.

Oda señaló con la mano hacia un lugar algo apartado donde un par de soldados estaba cavando una tumba.

—Les he ofrecido a esos tíos tocino y un vaso de vino a cada uno para que enterraran a Donata. Así que ahórrate tus discursos santurrones y no me hagas perder más tiempo.

Mientras decía eso, volvió a trepar al interior de la carreta con la agilidad de una ardilla, sin que su abultado vientre le resultara obstáculo alguno, para continuar revolviendo ruidosamente entre las cosas de Donata. Marie no quiso participar de aquel saqueo propio de chacales y se dirigió a la tumba, que ya tenía la profundidad suficiente como para que los lobos no pudieran desenterrar el cadáver. Rezó una oración por Donata, ya que, a pesar de que durante los meses compartidos no había llegado a trabar amistad con ella, sí habían sido buenas compañeras.

Trudi, que en el ínterin ya había aprendido a bajarse sola de la carreta, corrió hacia su madre con pasitos apurados, temerosa, se abrazó a ella y se quedó observando cómo los soldados terminaban de echar tierra sobre el cadáver y la apisonaban con los pies. La pequeña no comprendía lo que acababa de suceder. Sin embargo, cuando Marie unió sus manos, la soltó y la imitó. Poco después, Eva y Theres también llegaron a despedirse de su camarada muerta. La única que no apareció fue Oda.

Después de pronunciar una breve oración, Eva apoyó su mano derecha en el hombro de Marie.

—Hemos llevado a tu carreta la parte que te corresponde. Si bien no hay nada de gran valor, al menos tienes tela, mantas y algunas prendas que podrás utilizar para tu protegida. Claro que tendrás que arreglar un poco las prendas de Donata, ya que obviamente son demasiado grandes para ella.

A Marie le resultaba difícil darle las gracias, pero tampoco quería ofender a la anciana. Por eso asintió con la cabeza, al tiempo que dirigía la vista hacia su carreta.

—Ha sido un gesto muy amable por vuestra parte el haber pensado en Anni.

—¡Ah! ¡Así que se llama Anni! ¿Por fin ha comenzado a hablar?

—No, todavía no. Pero como yo quería poder llamarla de algún modo, anoche empecé a decirle un nombre tras otro hasta que por fin asintió con la cabeza. En realidad, fue muy sencillo. Debería ir a ver cómo está.

Marie alzó a Trudi en brazos y regresó a su carreta. Junto a la rueda delantera halló sobre una manta las cosas que Eva había escogido para ella de la herencia de Donata. Solo les echó un breve vistazo, y luego subió a la carreta para ocuparse de Anni. Para su sorpresa, encontró asombrosamente animada a la niña herida. La fiebre había cedido y la muchacha estaba masticando un trozo de pan viejo. Marie replicó a la mirada tímida de la niña con una sonrisa, le sirvió un vaso de agua de la cantimplora y comenzó a cambiarle los vendajes.

—Esto parece ir muy bien —comentó, satisfecha—. Muy pronto podrás salir de la carreta. Mientras estemos acampando aquí, te pondré una lona para protegerte del sol, así puedes tenderte en el pasto, y cuando reanudemos la marcha te sentarás a mi lado, en el pescante. Porque para una convaleciente, el aire y la luz son tan importantes como dar con la medicina adecuada. —Anni asintió, solícita, y comenzó a instalarla con gestos para que la sacara al aire libre. Marie soltó una carcajada suave—. No tan rápido, pequeña. No querrás andar por ahí fuera toda desnuda como si fueses un bebé. Al menos espera a que te haya arreglado alguno de los vestidos de Donata.

Marie dejó la carreta para ir a retirar la parte de la herencia de Donata que le había tocado y dejó a un lado la blusa más fácil de reformar. Después se sentó sobre el pescante y comenzó a deshacer las costuras y a volver a coser las partes entre sí.

Cuando Görch apareció a mediodía, Marie le pidió que la ayudara a bajar a Anni de la carreta y depositarla sobre un lecho blando de follaje. El escudero participó activamente en el traslado, mientras le informaba a Marie de que su amigo Anselm le había transmitido al caballero Heinrich la petición de las vivanderas.

—Mi señor en persona, Anselm y yo nos turnaremos para montar guardia para protegeros —agregó, diligente.

Marie asintió agradecida y le cortó un trozo extra de tocino del ancho de un pulgar. Görch lo degustó con gran apetito, luego guardó en un canasto los cuatro cacharros de cerámica en los que Eva había servido el almuerzo para ambos caballeros y sus escuderos y se dirigió con su carga hacia el sector del campamento en el que Heinrich von Hettenheim se había instalado con su gente.

Marie estaba convencida de que como muy tarde a la mañana siguiente el ejército reanudaría su marcha, pero el emperador, que seguía aguardando a los jinetes que había enviado, se quedó en su carpa, adornada con cintas de color púrpura y blasones bordados, sin poder tomar una decisión y lamentándose de su suerte. Los sucesos de los últimos días parecían haberle arrebatado el último resto de su capacidad de acción, ya que no daba la orden de seguir avanzando, pero tampoco terminaba de decidirse a retroceder.

Marie estaba contenta con esa pausa, ya que la tranquilidad permitiría que las heridas de Anni sanaran mucho más rápido que viajando en la carreta a saltos. La muchacha se recuperaba a una velocidad asombrosa y muy pronto ya no quiso estar acostada sin hacer nada. Görch, que siempre andaba dando vueltas por la carreta de Marie para ayudar un poco y obtener a cambio unos tragos de vino, comenzó a llevarla a caminar unos pasos, y más tarde le hizo una muleta para que pudiera cubrir distancias cortas a pesar de su pierna lastimada. Si bien Marie la regañaba cuando andaba demasiado entre las carretas de las vivanderas, observando todo con curiosidad, al mismo tiempo estaba feliz de que Anni comenzara a mostrar alegría de vivir. Evidentemente, el destino no solamente le había arrebatado la voz, sino que también le había borrado los recuerdos de la masacre en su pueblo natal.

Esa noche, tras un sueño largo y confuso, Marie se quedó despierta un buen rato, preguntándose si acaso Michel habría tenido un destino similar al de Anni. ¿Podría ser que estuviese viviendo como un mendigo en alguna parte, mudo y sin memoria? Si ese era el caso, solo le restaba esperar hallarlo pronto para poder llevarlo a algún lugar en donde estuviese a salvo.

Los días siguientes podrían haber sido ideales para recuperar fuerzas de no haber sido porque su situación se tornaba cada vez más desesperante. Heinrich von Hettenheim y el resto de los caballeros maldecían y protestaban por estar condenados a la inactividad y porque las condiciones en el campamento iban empeorando día a día. Durante el día, el confesor del emperador predicaba la virtud de la paciencia durante los largos sermones ordenados por Segismundo, virtud difícil de sostener, incluso para los mejor predispuestos, en vista de los excrementos humanos y de animales que iban acumulándose y del agua que ya casi no podía beberse, por lo que noche tras noche seguían desertando más soldados. Algunos de los caballeros francos y suabos comenzaron a hablar primero en voz baja, pero luego cada vez más abiertamente de separarse del ejército y emprender por cuenta propia el camino de regreso a su patria, mientras que los leales presionaban al emperador para que tomase una decisión.

Con gran espanto comprobaron que Segismundo, que siempre se había caracterizado por sus titubeos, se aferraba a su investidura como un niñito caprichoso, lamentándose lloroso por la ausencia de los grandes señores del imperio, sobre todo la de su yerno, Alberto V de Austria. En vista de esta situación, los caballeros imperiales, que solían sentirse orgullosos de no tener que llamar «su señor» más que al emperador, también comenzaron a desear tener en lugar de aquel anciano tembloroso a un líder que tomara las riendas de la situación con energía para poder terminar aquella campaña con éxito a pesar de todos los contratiempos.

Al caer la tarde del sexto día, finalmente surgieron esperanzas cuando los soldados que estaban de guardia anunciaron que se acercaba un grupo numeroso de jinetes con banderín imperial. Sin embargo, no se trataba de refuerzos, sino de la avanzada de Falko von Hettenheim, a la cual se habían unido algunos de los caballeros enviados. Los hombres estaban agotados y en su mayoría tan heridos que necesitaban atención, por lo cual durante los siguientes días y semanas terminarían siendo un estorbo más que un refuerzo. Más de un caballero en el campamento se puso a buscar en vano a sus amigos y parientes dentro del grupo de hombres que había acompañado a Hettenheim, ya que más de la tercera parte de ellos había perecido en las profundidades de los bosques de Bohemia.

Falko von Hettenheim hizo detener a sus hombres cerca de las vivanderas y buscó a Marie con ojos ardientes. Luego se apeó de forma abrupta del caballo, arrojándole las riendas a un siervo que se acercó corriendo.

—Lleva al caballo a caminar un rato y cepíllalo bien —le ordenó al hombre mientras se dirigía con paso firme hacia el sector del campamento en donde estaba la suntuosa carpa del emperador. Segismundo estaba esperándolo en la entrada.

—Por fin llegáis, señor Falko. ¡Ved en qué situación tan calamitosa me habéis sumido! —lo saludó, malhumorado.

Falko se enjugó el sudor y el polvo de los ojos y le mostró los dientes.

—No he hecho más que cumplir vuestras órdenes, majestad. Solo que esperaba que avanzarais a mayor velocidad. He perdido a muchos de mis hombres porque los bohemios lograron infiltrarse en nuestras filas, por lo cual hemos debido luchar para abrirnos camino hacia vos.

Por un instante, pareció que el emperador mandaría castigar a Hettenheim de inmediato por aquellas palabras reprobadoras, pero luego volvió a echar los hombros hacia delante y entrelazó las manos.

—La suerte me está siendo adversa, señor Falko. Constantemente hay soldados que desertan, y ya no puedo confiar tampoco en aquellos que han permanecido conmigo. Ante el primer husita que se nos cruce en el camino, huirán como liebres.

—Si fuera solo un husita, o cien, o incluso mil, podríamos acabar con ellos —respondió Falko von Hettenheim, frunciendo el entrecejo—. Pero su líder, ese a quien llaman Prokop el Grande, venía pisándonos los talones con más de seis mil hombres y quinientos carros, y llegará aquí a más tardar en cuatro días.

Segismundo sintió pánico.

—¿Habéis dicho seis mil bohemios? ¡Por Dios, estamos perdidos!

Falko von Hettenheim cruzó los brazos delante del pecho y observó al emperador con gesto sombrío.

—Si nos disponemos a luchar, sin duda. Pero aún estamos a tiempo de emprender la retirada de forma ordenada. Aunque debemos darnos prisa, ya que los bohemios avanzan a una velocidad asombrosa.

El emperador alzó las manos.

—¿Qué me aconsejáis?

—Vuestra vida es demasiado valiosa como para permitiros caer en manos de los bohemios, su majestad. Por esa razón, propongo que mañana al amanecer os pongáis en marcha con un grupo de caballeros valientes y leales y que os repleguéis cuanto antes a Núremberg o a cualquier otro lugar fortificado en donde podáis poneros a salvo de la chusma bohemia. El resto del ejército deberá seguiros con un intervalo de algunas horas, tomando distintos caminos para despistar al enemigo y distraerlo de vuestra posición. Si Dios nos ayuda, todos lograremos sobrevivir, y si no, al menos de este modo perderemos solamente parte de las tropas, y no al ejército entero.

Falko von Hettenheim pronunció esas palabras con tanta fluidez como si las hubiese preparado con anterioridad.

El emperador asintió, visiblemente impresionado.

—¿Seréis vos el encargado de escoltarme?

El caballero Falko levantó la mano en señal de rechazo.

—No, majestad. Con vuestro gentil permiso, preferiría encargarme de comandar las tropas que queden rezagadas. Necesitarán un comandante que conozca el territorio y a los bohemios para poder evitar pérdidas desmedidas. En cambio, vos necesitáis de un guerrero valiente que sepa obedecer órdenes. Por eso propongo a mi primo Heinrich como líder de vuestra escolta. Él sabrá luchar si algún grupo bohemio se atreve a ponerse en vuestro camino.

El emperador parecía indeciso, ya que hubiese preferido confiar su propia seguridad a Falko von Hettenheim. Sin embargo, siendo la cabeza del Sacro Imperio Romano Germánico, no podía dar la impresión de que era capaz de abandonar a sus caballeros y a sus soldados con tal de salvar su propio pellejo, y si había algún hombre capaz de poner a salvo los tristes restos de su ejército, a sus ojos ese hombre era el que tenía enfrente. Pensó en las hordas de husitas, que de acuerdo con las palabras de Falko se acercaban a toda marcha, y sintió escalofríos. Prokop *el Grande*, el tosco comandante de los rebeldes, haría todo lo que estuviese a su alcance para hacerle prisionero, y entonces él correría la misma suerte que el sacerdote martirizado del pueblo saqueado. Según le habían dicho, los husitas habían proferido amenazas de ese tipo en reiteradas ocasiones. El emperador sacudió sus pensamientos sombríos con un profundo suspiro y miró a Falko von Hettenheim con una expresión de súplica tan intensa como si estuviese esperando que obrara el milagro de salvar su corona bohemia.

—Seguiré vuestro consejo, señor Falko. Impartid a vuestro primo la orden de reunir el grupo de hombres que me acompañarán y asignadle una parte del bagaje.

—Oh, no, señor, os suplico que no os recarguéis con bagajes. ¡De hacerlo, avanzaréis de forma demasiado lenta, y entonces los bohemios podrían alcanzaros! —rechazó Falko con vehemencia, al tiempo que ocultaba una sonrisa. Parte de su plan consistía en mantener el bagaje junto al cuerpo principal del ejército. Solo así lograría apoderarse sin problemas de Marie Adler y terminar de perpetrar su venganza contra ella y su esposo.

—Tenéis razón, señor Falko, los bagajes no harían más que retrasar innecesariamente mi retirada.

El emperador suspiró profundamente y le hizo señas a János para que se acercara.

—Llama a mis sirvientes. Partiremos mañana al amanecer, pero no con carretas, sino que llevaremos nuestro equipaje sobre los animales de carga.

El húngaro asintió en silencio y abandonó la carpa. Falko von Hettenheim se frotó su sucia barbilla con la mano derecha, que estaba enguantada, intentando disimular un poco su alegría.

—Si me lo permitís, majestad, me gustaría comer algo e ir a ver a mis hombres, que tampoco han probado bocado durante los últimos dos días.

El emperador levantó la mano en señal de consentimiento.

—Hacedlo, señor Falko, pero no olvidéis encargaros de mi escolta.

Falko inclinó la cabeza, sonriente.

—Estará lista para acompañaros mañana a primera hora, majestad.

Con estas palabras, Falko dio media vuelta y salió detrás de János. Sin embargo, una vez fuera, no se dirigió hacia donde estaba el carro de provisiones, sino que caminó por entre las carpas hasta encontrar el blasón de Gunter von Losen. Su amigo franco ya estaba aguardándolo sin poder contener su impaciencia. Sin embargo, antes de que pudiera hacerle la primera pregunta, Falko le ordenó encargarse de servirle un potente tentempié.

Gunter von Losen mandó a su escudero a buscar la comida y se quedó examinando a Falko con gran curiosidad.

—Tienes cara de haber sufrido una campaña muy dura.

Falko von Hettenheim hizo un gesto de desdén.

—Lo de siempre. Solo los últimos días fueron un poco más críticos porque una patrulla bastante importante nos había bloqueado el camino de regreso. Sufrimos algunas bajas, pero seguramente los bohemios lamentaron el encontronazo mucho más que nosotros.

Gunter von Losen asintió, impresionado.

—Deben de haber sido los mismos tíos que la semana pasada arrasaron con un pueblo y masacraron a sus habitantes pocas horas antes de que nosotros llegáramos. El emperador debe de estarte muy agradecido por haber acabado con esos cerdos.

—El emperador tiene pánico de que los bohemios lo atrapen y se diviertan haciéndole esas barbaridades a él —se burló Falko—. Está demasiado viejo para conducir a un ejército a librar una batalla, y tal vez lo esté también para llevar las coronas que ostenta. Le he aconsejado regresar mañana temprano a Núremberg con un grupo suficiente de hombres que lo cubran.

—Y el comandante de esa escolta eres tú —lo interrumpió Gunter von Losen, riendo.

Falko esbozó una amplia sonrisa irónica.

—¿Acaso crees que estoy loco? Esa tarea es ingrata, por lo que va mejor con mi honorable primo. Yo comandaré las tropas que se queden rezagadas.

—¿Tropas? Aquí no hay ningún ejército, aquí solo hay hordas.

—Mayor aún será mi gloria si logro que la mayoría de la gente regrese sana y salva a su hogar.

Falko iba a decir algo más, pero en ese momento entró en la carpa el escudero de Gunter von Losen trayendo una salchicha enorme, una hogaza de pan y un buen trozo de tocino.

—Enseguida traeré agua para lavarse y un jarro de vino —prometió, sin aliento, tras lo cual volvió a salir corriendo de inmediato.

Falko extrajo su puñal, cortó una buena porción de tocino y se la metió en la boca. Mientras masticaba con la boca llena, observó a su amigo levantando una ceja.

—Has mantenido vigilada a Marie, ¿no es cierto?

Losen asintió y luego soltó una carcajada.

—¿Sigues pensando en esa mujerzuela incluso en la situación fatídica que estamos atravesando?

Falko dejó los dientes al descubierto y sonrió sin alegría.

—No he pensado en otra cosa que en ella durante toda la campaña. Cada vez que tenía una hembra bohemia debajo de mí, me imaginaba que era la mujer de Michel Adler, y mientras les apretaba la garganta, fantaseaba con el momento en que tenga el pescuezo de esa mujerzuela en mis manos y vaya retorciéndoselo lentamente.

—¡Yo también quiero poseerla! Si la matas antes, no soy más

tu amigo —respondió Losen con un destello de lujuria en los ojos—. A propósito, me he enterado de algunas cosas más gracias al mocoso que anda con ella. No fue fácil sonsacarle la información, pero sé que la mujerzuela lleva algo de oro encima. Ese oro podría venirnos muy bien.

El caballero Falko se encogió de hombros.

—Por mí, puedes quedarte con todo el oro, y también puedes usar a la mujerzuela, pero después de mí. ¡Juro por Dios que me pagará esas carcajadas burlonas que me dedicó en el torneo de Núremberg!

Al pronunciar esas palabras, su rostro adquirió una expresión tan vengativa que Losen deseó no quedar expuesto a la ira de su amigo jamás.

8

La orden de escoltar al emperador cogió completamente por sorpresa a Heinrich von Hettenheim, por lo cual prácticamente no le quedó tiempo para despedirse de Marie y del resto de las vivanderas. Heribert von Seibelstorff también se hallaba entre los que escoltarían al emperador y estaba absolutamente fuera de sí por tener que dejar atrás a Marie. Como ambos escuderos debían acompañar a sus señores, ya no quedaría nadie para proteger a las vivanderas. Por un lado, Marie se alegró de poder escapar por un tiempo de las miradas románticas del joven Seibelstorff, pero la sola idea de estar inmersa en la retaguardia, que los husitas seguramente atacarían primero, hacía que el corazón se le subiera a la garganta.

A la mañana siguiente, Eva, Theres y ella se quedaron contemplando cómo el emperador se replegaba junto con los caballeros responsables de su seguridad, dejando a su ejército en medio del territorio enemigo. Si bien Segismundo se preocupó por transmitir una imagen de confianza, las vivanderas percibieron su miedo y se preguntaron si acaso los enemigos ya estarían en marcha hacia allí.

Cuando la tropa de jinetes quedó fuera del alcance de su vista, Eva escupió con desprecio.

—Ahí se va cabalgando el noble señor, para salvar su pellejo imperial. Le importa una mierda lo que nos suceda a nosotros.

Marie indagó en la expresión de la anciana.

—¿Tú también tienes la sensación de que está huyendo del enemigo?

—¿De qué otra forma definirías su comportamiento si no? —respondió Eva con ironía.

Theres se puso en medio de las dos y las cogió de los hombros.

—He oído que quien manda ahora aquí es Falko von Hettenheim, que regresó ayer.

Marie apretó los dientes. Esa noticia era peor que la de la avanzada husita. Podría decirse que ahora estaba a merced del hombre que había traicionado a Michel, ya que no había nadie más en todo el campamento que pudiese llegar a intervenir si él le ponía las manos encima. Lo único que podía hacer era mantenerse alerta para que él no la sorprendiera bañándose o buscando agua en el manantial, ya que al menos le cabía esperar que él no quisiera arruinar su reputación violándola en medio del campamento. Siguió conversando un rato más con sus compañeras, que estaban demasiado preocupadas por sí mismas como para darles particular importancia a los nervios de ella, y finalmente regresó a su carreta.

Allí encontró a Anni temblando en su lecho, semiinconsciente, dando golpes a su alrededor. Por eso volvió a cambiarla y comenzó a hablarle suavemente para tranquilizarla.

—Te haré un té para que puedas dormir tranquila.

Mientras ella se ocupaba de Anni, Trudi descendió de la carreta sin ser vista y se dirigió tambaleando hacia donde estaba Eva para suplicarle que le diera ciruelas. La vieja vivandera le acarició los cabellos.

—¡Pero claro, Trudi! Yo siempre tengo algo rico para ti. ¡Ven conmigo!

Mientras la pequeña seguía a Eva dando gritos de júbilo, Marie puso el caldero de agua a calentar en el trípode que estaba sobre el fuego y comenzó a cambiarle los vendajes a Anni.

—Las heridas están sanándote muy bien, mi pequeña. En realidad, ya deberías estar fresca como una lechuga en lugar de quedarte temblando en la cama. No tienes fiebre. ¿De qué tienes tanto miedo? ¿Estás recuperando la memoria?

Anni se encogió de hombros, meneó la cabeza y contempló a su cuidadora con gesto desamparado. A Marie no le quedó más remedio que alcanzarle el té preparado con hierbas tranquilizantes y contemplar cómo su protegida bebía el mejunje en pequeños sorbos. Por un instante, a Marie se le apareció ante la vista el rostro de Michel, y se preguntó qué sería de él. ¿Estaría llevando una vida miserable, mudo y sin memoria como ella? ¿Estaría en la puerta de una iglesia, sentado en las escalinatas, extendiendo la mano para recibir las limosnas piadosas que los ricos hacían repartir a sus sirvientes? No había prácticamente ninguna otra opción para un sobreviviente que la guerra habría convertido en un lisiado desamparado. Marie reprimió esa idea enseguida, le secó a Anni los cabellos mojados de sudor y esbozó una sonrisa. Sin embargo, al darse la vuelta comenzó a retorcerse las manos en el pecho, porque si ella no llegaba a sobrevivir a aquella campaña fallida, quizá tampoco quedarían esperanzas para Michel.

Entretanto, Falko von Hettenheim había dividido en tres secciones al ejército dejado por el emperador y había dado la orden de partir a la primera apenas una hora después de la partida de aquel. Como comandante había puesto a Volker von Hohenschalkberg, a quien entregó una parte del bagaje, varias prostitutas y a Theres, la vivandera. Recibieron la orden de partir tan de repente que a Theres casi no le quedó tiempo para despedirse. Eva tuvo que ayudarla a aparejar a los bueyes porque de otro modo no habría estado lista a tiempo.

Cuando ya estaba sentada en el pescante, Theres se acordó de Marie y se puso a mirar en la dirección en la que se encontraba su carreta para ver si la encontraba, pero no vio a nadie. Iba a volver a bajarse, pero los guardias apuraban con tal vehemencia la partida que solo atinó a gritarle a Eva que le mandara a Marie saludos de su parte.

—¡Dile que volveremos a encontrarnos en el punto de reunión!

Diciendo esto, sacudió el látigo y puso en marcha a los bueyes. Eva agitó los brazos y se quedó mirándola unos instantes, luego alzó a Trudi y regresó a su carreta para preparar todo por si ordenaban una partida repentina.

Poco después se retiró la segunda sección. La tropa salió detrás de la gente del caballero Volker, pero debía desviar el rumbo a las pocas millas. En esta sección iban la mayoría de los pertrechos, el resto de las prostitutas y Oda. Cuando la vivandera se puso detrás de los soldados de infantería, dispuestos en una larga doble fila, en lugar de despedirse de Eva le dedicó un resoplido de desaprobación.

En último término habían quedado, además de Eva y de Marie, otros doscientos caballeros y soldados a caballo armados, un centenar de soldados de infantería y aquellos bagajeros que se necesitaban para las carretas de provisiones que quedaban. A Marie le generaba aún más inquietud que a su compañera el hecho de haber tenido que quedar precisamente en la sección comandada por el caballero Falko, pero intentó consolarse con la idea de que en unos pocos días podría volver a reunirse con Heinrich von Hettenheim. Hasta entonces tendría que mantenerse alerta y bajo ningún concepto debía permitir que la alejaran del resto.

Si Falko von Hettenheim hubiese podido leerle los pensamientos a Marie y el miedo que escondía detrás de su semblante sereno, se habría sentido aún más triunfante. La sabía atrapada como un gorrión en su mano, y mientras avanzaba por entre las filas de los soldados ordenándoles que se prepararan para la partida, ya comenzaba a saborear su venganza de antemano. Al igual que Gunter von Losen, ese día había renunciado a vestir su armadura, ni siquiera llevaba una cota de malla, sino apenas un sayo de cuero firme debajo de la guerrera. Le sonrió a su amigo, que ya tenía una expresión de deleite anticipado en el rostro, al tiempo que señalaba hacia las carretas de las vivanderas.

Losen asintió con una sonrisa irónica y se dirigió deprisa hacia la carreta de Eva.

—Hey, vieja, engancha de una buena vez, partiremos de inmediato. Hoy irás delante de la carreta de provisiones.

Eva no cuestionó la orden, sino que apretó los labios y fue en busca del primero de sus dos jamelgos escuálidos para engancharlos a su carreta. Al hacerlo, echó un vistazo hacia donde estaba Marie, que se había retrasado haciéndole las curaciones a Anni y ahora tenía tanto para hacer que no sabía por dónde empezar. Cuando Eva terminó de enganchar el segundo caballo, quiso ir a ayudarla, pero Gunter von Losen la obligó a subirse al pescante con gritos furiosos.

—¡Arranca de una buena vez, maldita bruja, las carretas de provisiones ya están partiendo!

—Pero Marie... —repuso Eva.

—Marie irá la última. ¡Y ahora mueve ese carro destartalado de una vez por todas!

Como Eva no reaccionaba, el caballero le arrebató el látigo y la amenazó con él. Eva agachó la cabeza, asustada, y estaba por azuzar a sus caballos cuando vio que Trudi estaba parada al lado de su carreta. Sabía que Marie no podría atender a la niña mientras enganchaba a los bueyes.

—Alcanzadme a la pequeña y avisadle a Marie de que está en mi carreta —le pidió a Gunter von Losen.

Este hizo un gesto despectivo, y amagó con dar media vuelta e irse, pero entonces recordó que Falko no quería llamar la atención. De modo que cogió a Trudi como si fuera un paquete y la puso en brazos de Eva.

—Aquí está la criatura. ¡Ahora, mueve de una vez esos caballos famélicos o me encargaré de que te quedes aquí como botín para los husitas!

Eva chasqueó la lengua y puso en marcha a sus mansos caballos, guiándolos hacia el camino al tiempo que dejaba escapar un silbido estridente. Tal como esperaba, Marie asomó la cabeza desde el interior de su carreta y la miró con expresión interrogante.

—¡No te preocupes por Trudi! ¡Me ocuparé de la pequeña hasta la próxima parada! —le gritó.

Marie hizo señas de que le había entendido y continuó trabajando denodadamente. Era la primera vez que el ejército partía con semejante apuro, y eso no la ofuscaba menos que el hecho de que otra vez Michi no aparecía por ninguna parte. Maldijo su impuntualidad y se juró enviarlo de regreso con sus padres en cuanto se le presentara la ocasión.

No sospechaba que esta vez estaba siendo injusta con el muchacho. Si bien Michi había ido con Losen para ayudar a su escudero a ensillarle el caballo, mientras le ajustaba la cincha al animal se dio cuenta de que Marie lo necesitaba mucho más.

—Continúa tú solo, Lutz. Debo ir con Marie —exclamó mientras salía corriendo.

Sin embargo, no fue demasiado lejos, ya que a los pocos pasos apareció Losen de repente y lo cogió de la nuca.

—¿Adónde quieres ir?

Michi luchaba inútilmente por zafarse.

—¡Debo ayudar a Marie a enganchar a los bueyes!

—Ya se las arreglará sola. ¡Ve adelante a ayudar a los bagajeros! —le gruñó el caballero.

—Ellos pueden hacerlo sin ayuda, pero Marie...

En ese momento, Losen lo soltó y le propinó una cachetada que lo arrojó al suelo.

—¡Vas a obedecerme, pedazo de mocoso desgraciado!

Michi se llevó la mano a la mejilla dolorida y notó que tenía sangre en los dedos. Asustado, levantó la vista en dirección al caballero, a quien hasta entonces había considerado un amigo, y cuando este amagó con pegarle con el puño cerrado, se levantó espantado y salió corriendo detrás de la carreta de provisiones.

Entretanto, Marie lloraba de impotencia. El descanso prolongado no les había sentado bien a los bueyes, que se mostraron aún más tercos que de costumbre. Marie pudo ponerle el yugo al primero a duras penas, y después tuvo que atarlo a un árbol con las riendas porque quería escapársele con carreta y todo. Pero el segundo buey terminó siendo aún más terco. A pesar de que Marie lo sostenía de la argolla de la nariz y le pegaba con el bastón, el animal la arrastró una docena de pasos más por el campamento antes de permitirle a regañadientes que lo enganchara.

Cuando Marie finalmente lo logró, echó un vistazo rápido a su alrededor. Además del desbarajuste que había dejado el ejército, lo único que había quedado cerca era la carreta saqueada de Donata. La tropa ya se había puesto en marcha y la cola de la expedición se alejaba cada vez más de donde ella se encontraba. Por suerte, los bueyes estaban lo suficientemente descansados como para poder salvar rápidamente la distancia que las separaba de los demás, aunque para ello tendría que castigar con el látigo a los indóciles animales. Pero justo cuando estaba a punto de arrancar se dio cuenta de que Anni se había bajado de la carreta para aliviar sus esfínteres.

Marie saltó a tierra y estaba ayudando a la niña a trepar al pescante cuando aparecieron al lado dos jinetes. Se trataba de Falko von Hettenheim y su amigo Losen. La expresión en sus rostros le infundió miedo a Marie, que alargó la mano en busca del látigo. Sin embargo, Falko fue más rápido que ella. Le arrebató el látigo y lo meció unos instantes en su mano. Luego tomó impulso y descargó un sonoro latigazo sobre Marie.

Al sentir en la piel el contacto con la tira de cuero, Marie soltó un gemido. No tenía sentido pedir auxilio, porque la cola de la expedición militar ya había desaparecido detrás de la primera curva y, aunque la hubiesen oído, probablemente nadie habría regresado a ayudarla.

Apretó los dientes y miró los lomos de sus bueyes. «Debo hacerlos andar y saltar con Anni a la carreta», pensó. Sabía que probablemente Falko sería más rápido que ella, pero al menos debía intentarlo. Como si hubiese estado leyéndole el pensamiento, el caballero extrajo su espada y la enterró en el cuerpo del primer animal. El buey se desplomó con un gemido, volvió a cocear una vez más y luego se quedó inerte. Casi en el mismo momento cayó al suelo sin cabeza el segundo animal tras un golpe de espada de Gunter von Losen.

Marie retrocedió hasta que sintió la carreta a sus espaldas, pero antes de que pudiera pensar con claridad, Falko arrimó su caballo hasta donde estaba ella, la cogió de los cabellos y la arrastró un trecho. Luego la arrojó al suelo de un violento empujón. Marie se incorporó de un salto e intentó huir al bosque, en donde habría podido esconderse en la espesura de los árboles para escapar de los jinetes, pero en ese momento el caballero se apeó del caballo y se le echó encima.

—Ahora sí que tendrás tu merecido, ramera —exclamó, sujetándole los hombros contra el suelo.

La mano de Marie se deslizó por el costado de su falda buscando su cuchillo, pero esta vez Falko estaba prevenido y se lo birló de un puñetazo.

—¿A quién querías matar, a mí o a ti? —se burló, al tiempo que le introducía la mano por debajo de la falda y la pellizcaba en su zona más sensible.

Marie pataleó como una salvaje tratando de quitárselo de encima, pero Gunter von Losen, que se había acercado con mirada lujuriosa, la cogió del tobillo izquierdo y le giró la pierna dolorosamente. En ese momento, Marie sintió que volvía a Constanza, a la mazmorra en la que había sido ultrajada por tres canallas, y lanzó un grito de espanto.

Falko apoyó el codo sobre su cuello, de modo que no podía ni respirar ni defenderse, y luego le subió la falda entre risas, dejándole el pubis al descubierto. Después se llevó la mano a la bragueta para abrírsela, pero se lo pensó mejor y le arrancó la blusa de un solo tirón.

Losen se quedó contemplándole los senos, se puso la mano entre las piernas y gimió de lujuria.

—¡Vamos, Falko, apúrate, ya no aguanto más!

El caballero Falko lo miró con una sonrisa socarrona.

—Supongo que podrás aguantar hasta que haya acabado con esta ramera, amigo.

Después se manoseó la bragueta y extrajo su miembro. Marie supo que ya no había escapatoria. No le quedaba más remedio que volver a hacer suyas las enseñanzas de sus años errantes e intentar vivir aquello como si le estuviese sucediendo a otra persona. Relajó su cuerpo hasta sentirlo como un saco sin huesos, y cuando el caballero la penetró de una violenta embestida, no pudo gozar del triunfo de ver dolor en su rostro u oírla gritar.

Gunter von Losen contemplaba la escena con ojos lujuriosos, pero luego descubrió a Anni, que se abrazaba a la carreta llorando en silencio, y esbozó una sonrisa maligna.

—Tómate tu tiempo, Falko. Mientras sigas ocupado con Marie, le clavaré mi estaca a la pequeña.

Marie lo oyó a pesar del estado de semidesmayo en el que se encontraba y lanzó un grito furioso.

—¡Dejad a Anni en paz! Está herida, y además es solo una niña.

Losen no le prestó atención, sino que arrastró a la muchacha lejos de la carreta con un comentario obsceno y le arrancó la túnica del cuerpo. Sin ninguna clase de consideración por sus heridas, la obligó con un brutal empujón a acostarse boca arriba y le separó las piernas.

En ese momento, una ola de odio atravesó el cuerpo de Marie, que deseó tener mil manos para poder despellejar a esos hombres que aullaban a voz en cuello de lujuria. Embebida en su deseo de matar, apenas si notó que el caballero Falko había acabado después de unas últimas y brutales embestidas y ya se apartaba de su cuerpo. Sin embargo, en su rostro no había satisfacción, sino más bien decepción. Se había imaginado miles de veces la sensación de sentir el cuerpo de la mujer de Michel Adler bajo el suyo. Sin embargo, a diferencia de las muchachas de los pueblos bohemios que habían saqueado, ella no había gritado ni se había resistido con desesperación, sino que se había quedado inerte debajo de él como si fuese un animal muerto. Ahora sentía que le habían arrebatado el triunfo y rechinaba los dientes con furia. Alargó la mano tanteando el puñal para al menos encontrar alguna satisfacción matándola, pero entonces miró a Losen, que en ese momento llegó al éxtasis bramando como un toro.

—¿Vas a clavarte a la hembra de Michel también o ya tienes suficiente?

—¡Claro que lo haré! La pequeña no ha sido más que el plato de entrada.

—¡Entonces haz lo que tengas que hacer! Pero pobre de ti si te olvidas de cortarle el cuello cuando acabes. Yo iré adelantándome y llevaré a nuestra gente al trote. Para mi gusto, hay demasiados de esos malditos bohemios rondando la zona.

Falko se volvió con un gesto de asco y se dirigió hacia su caballo. Durante un momento, vaciló entre irse o quedarse a ver lo que hacía Losen con la ramera. Pero luego se dijo que, al igual que él, su amigo tampoco podría hacer gritar a la mujer de Adler, y se alejó cabalgando.

Losen se incorporó, cogió la túnica de Anni y se limpió del miembro la sangre que se había derramado al desvirgarla. La niña se hizo un ovillo y se quedó sollozando en silencio mientras Marie yacía en el suelo como un arco tenso, a punto de quebrarse. Pocas veces había estado tan cerca de la muerte, y sabía que necesitaría mucha suerte para salir con vida de los siguientes instantes. Su mirada buscó el puñal que el caballero Falko le había birlado de la mano, y lo encontró tirado en el suelo, a pocos pasos de donde ella estaba. Antes de que pudiera arrastrarse hasta allí para asirlo, vio que Gunter von Losen se le acercaba con la braqueta abierta. Losen frotaba su miembro con la túnica ensangrentada para volver a tener una erección.

—Si me haces gozar mucho, tal vez te perdone la vida —dijo con una sonrisa burlona.

Marie se dio cuenta de que mentía. Siempre había sido un fiel acólito de Falko von Hettenheim y jamás desobedecería una orden de él. Marie comenzó arrastrarse hacia atrás, gimiendo y alejándose de él como si le temiera, y así fue acercándose cada vez más a su pequeño puñal. Losen la siguió, consciente de su superioridad viril, mientras decidía que la tomaría tantas veces como su verga estuviese dispuesta a penetrarla y que la última vez le quebraría la nuca. Embebido como estaba en esos pensamientos, no prestó atención a la mano de Marie, que tanteaba el suelo hasta cerrarse en torno a un objeto pequeño, sino que se paró con ambos pies entre sus piernas, se inclinó sobre ella y le apretó los senos, ardiendo de deseo.

Marie se llevó las rodillas al cuerpo y lo golpeó con todas sus fuerzas. Su talón dio justo en el nacimiento de los testículos y el pene. El hombre soltó un gemido ahogado, se tomó el bajo vientre y comenzó a tambalearse hacia atrás. Marie se incorporó con un movimiento serpentino y antes de que él pudiera atinar a defenderse le clavó el cuchillo en la garganta.

Losen abrió la boca para gritar, pero se precipitó al suelo antes de poder emitir sonido alguno, envuelto en una catarata de sangre.

Marie retrocedió hasta su carreta y sacó el hacha con manos temblorosas. Sin embargo, al acercarse al caballero blandiendo el hacha comprobó que estaba muerto. Escupió a su lado y luego se volvió hacia Anni, que estaba acurrucada cerca de allí, temblando, estrujándose el dolor con unos extraños sonidos que dejaba escapar de su garganta... los primeros sonidos que Marie le oía.

—Ven, déjame ayudarte —le dijo, apartándole las manos, que la niña tenía aferradas al pubis, para poder revisarla. Los muslos de la pequeña estaban manchados de sangre, pero por suerte no había sangre fresca brotándole de la vagina. Marie se subió a la carreta, buscó dos trapos y los humedeció en agua en una de las dos vasijas que contenían agua potable—. Toma, lávate bien ahí abajo —le ordenó a Anni, poniéndole un trapo en la mano. Con el otro se limpió su propio pubis para quitarse los restos de sudor y de esperma, y controló que la niña hiciera lo mismo. Luego volvió a trepar a la carreta, revolvió en las provisiones medicinales de Hiltrud y extrajo un pequeño pote con ungüento y una bolsita con hierbas secas—. Ahora ponte este ungüento en el agujero, ¿entiendes? Hará que se te curen las heridas que ese hombre te ha provocado. Y luego tienes que masticar estas hierbas. —Marie metió la mano en la bolsa, extrajo un par de hojas y tallos secos y se los metió a Anni en la boca. Como la niña amagara con escupir esa cosa con gusto a bilis, Marie le cerró la boca—. ¿Acaso quieres tener una criatura de ese canalla? ¡Pues entonces mastícalo y trágalo!

Ella también cogió una buena porción y comenzó a triturarla en la boca con furia. Hacía años que había dejado de usar ese método, y sin embargo la había mantenido estéril hasta que bebió el jugo que Hiltrud le preparara. Ahora probablemente destruiría para siempre el sueño de darle un heredero a Michel, pero peor sería correr el riesgo de quedar embarazada de un asesino y violador de mujeres como Falko von Hettenheim.

Maldijo en silencio al caballero y luego comprendió cuán expuestas estaban allí ella y Anni. Falko von Hettenheim notaría muy pronto la ausencia de su amigo y enviaría a un par de hombres a buscarlo. Sin la carreta y sin los animales no podría llegar demasiado lejos con la niña herida. Tendría que esconderse en el bosque con Anni y aguardar allí hasta que la niña pudiera caminar bien para entonces dirigirse en dirección al oeste hasta dar con algún territorio habitado. El corazón de Marie se retorció de dolor cuando pensó en su hija, de quien se alejaba a cada paso que daba, y tuvo que dominarse para no darle un par de puntapiés más al cadáver de Losen. Le costó mucho volver a encauzar sus pensamientos hacia lo imprescindible y dirigirse hacia Anni.

—Ven, pongámonos ropa limpia y larguémonos de aquí.

Se subió a la carreta, revolvió entre las cosas de Donata hasta encontrar una camiseta y un vestido y se los puso a Anni, quien se dejó hacer, sumisa. Se veía como una niña que se había puesto la ropa de trabajo de su mamá. Entonces Marie se quitó también el vestido desgarrado y eligió prendas que pudieran resistir algún tiempo los rigores de la vida en el bosque. Calculó qué podría llegar a servirle para la huida. Necesitaba dinero por si volvían a encontrarse con gente, pero también necesitaba algunos alimentos y al menos una muda de ropa para cambiarse. Mientras buscaba rápidamente todo lo que le parecía indispensable para sobrevivir y hacía un hatillo con todo, sus pensamientos volvieron a posarse en Trudi, y les imploró a Dios y a la Virgen que Eva adoptara a su hija y la llevara con ella hasta que llegaran seguras al imperio.

Cuando sacó los bultos del pescante y miró a su alrededor buscando a Anni casi se le congeló la sangre en las venas. Una media docena de guerreros estaban reunidos alrededor de los bueyes con gestos sombríos, mientras que Anni se había aferrado a la rueda delantera izquierda de la carreta y continuaba apretándose el pubis con la mano que le quedaba libre.

Los hombres tenían otra vestimenta y otras armaduras diferentes de las de los caballeros y siervos del ejército del emperador. Solamente dos de ellos llevaban cotas de malla y yelmos, mientras que el resto estaba enfundado en corazas de cuero con placas de acero cosidas. Sus armas consistían en su mayor parte en unas espadas cortas con vainas de cuero sencillas y manguales con púas. Además, tres de ellos poseían unos arcos bien tensados, y en sus espaldas llevaban las aljabas repletas. Uno de los dos guerreros con cota de malla, que parecía ser el líder, llevaba una espada larga pendiendo de la cintura. Su mirada se había posado sobre Marie, a quien observaba más curioso que hostil, y cuando rozó con la punta del pie el cadáver de Gunter von Losen, su rostro delgado reveló un rastro de sonrisa que hasta le daba un aspecto simpático.

—Nuestro espía ha dicho que has matado a este caballero.

El hombre hablaba alemán con un acento que Marie desconocía; sin embargo, lo entendió perfectamente y asintió sin replicar nada. No sabía cómo podían llegar a reaccionar los hombres ante la verdad y temía que toda esa horda pudiera abalanzarse sobre ella y sobre Anni. Si llegaban a oponer resistencia, las masacrarían de inmediato. Aquellos guerreros sencillos tenían cara de muy pocos amigos, como si la muerte de ellas ya fuera una decisión tomada, mientras que el otro hombre, que parecía ser el subcomandante del grupo y cuya cota de malla medio tapada por un sobretodo era absolutamente idéntica a la armadura de Michel, tal como pudo comprobar Marie con no menos horror, a juzgar por sus gestos coincidía con los demás.

El hombre increpó en checo al que había hablado primero y le hizo el gesto de degollar.

—Déjate de hablar, Sokolny. Cortémosles el cuello a estas mujeres alemanas y llevémonos como botín lo que podamos necesitar.

Ottokar Sokolny lo midió con una mirada burlona.

—¡Matar gente y saquear! Parece que no sabes hacer otra cosa, Vyszo. En cambio, a mí me interesa saber por qué esta mujer ha matado a ese caballero.

—¡Pero a mí no!

Vyszo les hizo una seña a sus compañeros. Uno de ellos extrajo su espada y se dirigió hacia Anni.

A pesar de que ambos hombres hablaban entre sí en checo, Marie comprendió que se trataba de su vida y la de Anni. Como las armas no podrían salvarla, tendrían que hacerlo sus palabras. Se paró sobre el pescante para parecer más alta y se opuso extendiendo el brazo con la palma levantada al hombre que estaba amenazando a Anni.

—¡Jan Hus! Fue un gran hombre. Yo lo conocí. Estaba en Constanza cuando lo traicionaron y lo asesinaron.

Marie había soltado aquellas palabras sin tomar aire siquiera. Salvo Ottokar Sokolny, ninguno de los checos entendía alemán. Sin embargo, al oír que mencionaba a Jan Hus, todos se quedaron inmóviles.

—¿Qué es lo que dice? —preguntó uno de los hombres, excitado.

—La mujer dice que estaba presente cuando mataron al maestro Hus y que lloró por él. ¿Acaso vais a matar a alguien que se profesa a favor de nuestro gran santo?

Ottokar Sokolny cruzó los brazos en el pecho, interponiéndose entre Marie y el resto de los soldados, y aquel que acababa de extender la mano en busca de Anni se quedó mirando a Vyszo, confundido.

—Que nos hable sobre la muerte del maestro Hus —le exigió uno de los guerreros.

—¡Sí, que hable también de la traición y las argucias de los alemanes!

Vyszo apretó los puños con furia. Hubiese querido matar a Marie y a Anni por su propia mano, pero seguramente sus hombres lo habrían tomado a mal. Jan Hus era su mesías, y alguien que había derramado lágrimas por él jamás podía ser su enemigo, aunque ese alguien fuera alemán.

—Nos llevaremos a ambas y decidiremos más tarde qué hacer con ellas. Ahora, fijaos si en la carreta hay algo que pueda servirnos, y luego debemos continuar, de lo contrario perderemos de vista el ejército de los alemanes.

Vyszo iba a darse la vuelta, pero entonces Sokolny, que había traducido las palabras de Marie bastante libremente para favorecerla, levantó la mano.

—Las dos mujeres serán un obstáculo para continuar.

Vyszo se volvió hacia él con un gesto irónico.

—Yo también lo creo. Por eso, tú y Ludvik llevaréis a las

mujeres con el ejército —dijo, dirigiendo la mirada hacia un muchacho muy joven que estaba por debajo de él en el rango—. Los demás seguiremos tras las huellas de esos perros alemanes.

A pesar de que el tono no podría haber sido más ofensivo, Sokolny asintió, satisfecho.

—Yo también prefiero escoltarlas yo mismo antes de que envíes a dos de tus degolladores.

Vyszo respondió con un gruñido a ese comentario, y le hizo señas al resto de los guerreros para que lo siguieran. Echaron a Marie del pescante, cogieron todas las provisiones que aún quedaban en la carreta y que podían llevar cargando en la espalda y las guardaron en unos pañuelos. Luego ataron los pañuelos formando un hatillo que hacía las veces de mochila, todo a una velocidad que parecía indicar que se trataba de un procedimiento que practicaban muy a menudo. Marie abrazó a la temblorosa Anni con notable serenidad. Al parecer, por el momento las dejarían con vida, y eso era bastante más de lo que habría podido esperar de su propia gente tras la muerte de Losen.

—Todo saldrá bien, pequeña —le dijo a Anni—. Estos hombres no nos harán daño. Solo tenemos que asegurarnos de no retrasarlos. Yo te serviré de apoyo y te ayudaré en todo lo que pueda.

Marie intentó darle una expresión de seguridad a su rostro y luego giró en dirección al hombre en cuyas manos estaba ahora el destino de ambas.

—Ya podemos partir, señor.

Ottokar Sokolny siguió con la mirada a Vyszo y a sus acompañantes y luego asintió, ensimismado.

—¿Qué le sucede a tu compañera? ¿Acaso está enferma?

—¡Herida! —respondió Marie, ocultando el hecho de que habían sido los propios compatriotas de ese hombre los que habían lastimado tan salvajemente a Anni, a pesar de que ella seguramente era checa. Pero entonces recordó que su gente tampoco era mejor que los bohemios.

—¿Es grave? ¿Puede caminar? —preguntó Sokolny, impaciente.

Marie meneó la cabeza.

—Las heridas están curándose bien. Anni solo debe tratar de no hacer esfuerzos durante unos días para que no se le vuelvan a abrir.

Sokolny se volvió hacia Anni y le ordenó que le mostrase las heridas. Ella retrocedió asustada, de tal manera que la pierna lastimada se le aflojó de golpe y la hizo trastabillar. Marie la levantó y le sonrió para tranquilizarla.

—No tengas miedo. Este hombre no es un enemigo. Quiere ayudarnos.

—Mi nombre es Ottokar Sokolny —se presentó el hombre, y señaló hacia su acompañante, que se encontraba un poco más atrás—. Este es Ludvik, mi siervo. Ludvik, ve a cortar un par de ramas del bosque para poder armar una camilla para la niña herida. De ese modo lograremos avanzar más rápido que si intenta ir cojeando detrás de nosotros.

Marie suspiró de alivio. Con todas las desgracias que habían caído sobre ella, una pequeñísima partícula de luz de esperanza parecía seguir brillando aún, y deseó con todas sus fuerzas que esa nueva esperanza no la abandonara en el futuro.

QUINTA PARTE

PRISIONERA

1

El viento soplaba con un silbido constante a través de las grietas de las paredes de la vieja choza, congelando el aliento en la cara. Marie se envolvió más en su pañoleta ya raída, mirando llena de nostalgia el fuego que ardía en la cocina, al otro extremo del único ambiente de la choza. Allí se habían puesto cómodas cuatro mujeres que parloteaban animadamente mientras se calentaban las manos con deleite, en tanto que Marie y el resto de las moradoras debían apretar los dientes para que no les castañetearan con tanta fuerza. Renata, la esposa del capitán taborita Vyszo y ama declarada sobre la suerte o desgracia de las mujeres en aquella choza, les hacía señas de tanto en tanto para que fueran acercándose de una en una a calentarse un rato, aunque a cambio esperaba una profusión de agradecimientos. Si los agradecimientos no le resultaban suficientemente serviles, la mujer en cuestión era privada durante horas o incluso días de aquel lugar junto al fuego.

Marie no necesitaba pensar ninguna frase aduladora, ya que a ella y a Anni jamás las habían llamado junto al fuego, y tampoco podían osar acercarse allí por cuenta propia. Para Renata y sus amigas checas, ellas dos eran una lacra, peor aún, eran dos alemanas a quienes deberían haber degollado en lugar de darles refugio y alimento en el campamento de invierno de un ejército de husitas. De haber sido por Renata, Anni y ella tendrían que haberse cavado un pozo en la nieve para guarecerse del viento helado. Si tenían un techo sobre sus cabezas era solo gracias a Ottokar Sokolny. De no ser por la influencia del joven conde, a quien algunos fanáticos en el campamento mismo le creían hostil a causa de su origen, ninguna de las dos seguiría con vida.

Un tirón a su pañoleta arrancó a Marie de sus lúgubres pensamientos. Anni se le acercó más, ofreciéndole la punta del harapo que alguna vez había sido una manta. A pesar de las condiciones en las que vivían, las heridas de la niña habían cicatrizado, y además ella había aumentado de peso, lo cual bien podría haberse considerado un milagro teniendo en cuenta las miserables raciones de comida que les asignaban. Sin embargo, la muchacha era muy introvertida para alguien de su edad, y Marie no había vuelto a verla sonreír desde que los husitas las tomaran prisioneras. Como Anni había comenzado a emitir algunos sonidos, a Marie se le ocurrió la idea de volver a enseñarle a hablar. Su sospecha original de que la lengua materna de Anni era el checo pareció confirmarse, ya que la niña recordó las pocas palabras que Marie le dijera en esa lengua con mucha más facilidad que las alemanas, y seguramente habría aprendido su lengua materna mucho más rápido que el alemán de Marie. Sin embargo, en el campamento nadie más se esforzaba por hablar con Anni, y la muchacha se estremecía cada vez que oía el tono de voz áspero que era usual dentro del campamento, como si le recordara inconscientemente que habían sido sus compatriotas los que mataran a los habitantes de su pueblo, tal vez por haber seguido siendo católicos. Marie lamentaba que, a pesar de sus grandes esfuerzos, Anni no lograra articular más que unos balbuceos inconexos, ya que estaba ansiosa por oír una palabra amable o de aliento en su propio idioma. Si bien algunas de las checas hablaban algo de alemán, en su presencia hacían como si no entendieran nada de esa lengua.

Un hombre abrió la puerta de golpe, y junto con él entró en la habitación la tormenta de nieve y un aire aún más helado.

—¡Los líderes necesitan cerveza y alguien que los atienda! —gritó, retirándose de inmediato.

Dos mujeres se apresuraron a dirigirse a la cuba grande que

estaba en un rincón y llenaron varios cántaros de aquella bebida áspera. Cuando se disponían a abrigarse y dirigirse hacia la puerta, Renata las detuvo con un grito.

—¿Por qué queréis salir al frío? ¡Que vayan las alemanas!

Antes de que Marie y Anni pudieran darse cuenta, ya les habían puesto los cántaros en la mano y las habían empujado hacia fuera. Los cristales helados que el viento transportaba se les clavaban en la piel como miles de agujas, haciéndoles casi imposible la respiración. Era típico de Renata el hecho de que no les hubiesen permitido cubrirse ni siquiera con las capas sencillas de piel de oveja que usaban las mujeres checas para resguardarse del frío cuando salían al aire libre. Marie animó a Anni con una mirada y salió corriendo para llegar lo antes posible a la choza donde los líderes husitas estaban celebrando su consejo de guerra, pero los cien pasos que tenían que caminar se transformaron en un tormento infernal. Con los dedos ateridos aferrados al asa de los grandes cántaros, después de lo que les pareció una eternidad llegaron por fin a la choza, y así pudieron resguardarse del viento y recuperar el aliento. Marie golpeó la puerta con el pie y gritó la palabra «cerveza» en checo.

Alguien abrió la puerta de golpe, y ellas entraron en medio de un torrente de aire frío que le sopló al guardia nieve y cristales de hielo en el rostro. El hombre cerró la puerta maldiciendo y señaló hacia atrás, hacia el lugar apartado donde se habían reunido los líderes del ejército. El hombre bajito y enjuto que comandaba allí podría haber residido perfectamente en un castillo; sin embargo, había renunciado a cualquier muestra de poder para demostrarles a sus campesinos que aún seguía siendo uno de ellos. Si bien su vestimenta correspondía a la de un hombre sencillo, su rostro delgado y enérgico y la mirada penetrante de sus ojos hundidos delataban por qué justamente él había llegado a ser el segundo comandante de guerra de los husitas. Habiendo sido uno de los antiguos subcomandantes del legendario Jan Ziska, había alcanzado el segundo puesto en el ejército husita, en donde tenía a un solo hombre por encima de él, que también llevaba el nombre de Prokop, pero que, a diferencia de él, llamaba la atención por su figura corpulenta y maciza, por lo que su gente lo llamaba Prokop *el Grande*. Ninguno de los dos Prokop era de origen campesino, sino nobles provincianos sin importancia que se habían adherido a las enseñanzas del predicador Jan Hus, de la ciudad de Tabor.

En las largas semanas que llevaba como prisionera entre los husitas, Marie ya se había percatado de que se trataba de dos grupos que, si bien estaban unidos para luchar contra el emperador Segismundo, no se ponían de acuerdo en cuanto al resto de sus objetivos. Ambos Prokop pertenecían a los taboritas, mientras que Ottokar Sokolny estaba entre los calixtinos, para quienes la mayoría de las exigencias de los taboritas iban demasiado lejos.

Cuando Marie entró en el salón del consejo, vio que allí estaban reunidos Prokop *el Pequeño*, Vyszo, Ottokar Sokolny, un predicador husita de expresión fanática y numerosos líderes taboritas. Los hombres levantaron la vista malhumorados cuando las mujeres entraron, pero al advertir las jarras de cerveza extendieron sus vasos dando gritos en dirección a ambas. Marie llenó primero el jarro de Prokop y luego el del predicador, cuya posición allí era más importante que la que desempeñaba el confesor imperial en el imperio. Como los husitas justificaban su levantamiento contra el rey Segismundo sobre todo por motivos religiosos, persiguiendo cruelmente a los católicos en su esfera de influencia, Marie y Anni debían participar de los ritos tradicionales. Si realmente se trataba de herejías, entonces Marie esperaba que la Virgen las perdonara, ya que, después de todo, eran sus vidas las que estaban en juego, y ninguna de las dos se sentía llamada a convertirse en mártir. Por suerte para Marie, tanto Renata y sus compañeras como la mayoría de los hombres en el campamento creían que Jan Hus en persona la había convertido en Constanza, transformándola en un miembro de su Iglesia. Si bien eso no le ahorraba las humillaciones de las otras mujeres, al menos hacía que en términos generales la dejaran en paz y toleraran su presencia y la de Anni.

Profundamente ensimismada, Marie no advirtió que Vyszo le extendía el vaso exigiéndole que le sirviera más. Anni se acercó enseguida y volvió a llenarle el vaso al temido líder. Marie le dirigió a Anni una mirada agradecida, ya que odiaba a ese hombre casi tanto como a Falko von Hettenheim. Se jactaba de haber matado al hombre que había logrado evitar la captura segura de Segismundo por parte de sus guerreros. Incluso llevaba la prueba de ello a la vista de todos: la cota de malla con placas de acero y la espada de Michel Adler. Marie las había reconocido de inmediato al encontrarse con Vyszo por primera vez, y más tarde, a través de relatos de terceros, se había enterado de que Vyszo había atacado a las tropas en retirada del emperador en numerosas ocasiones desde que ella y Anni fueran capturadas el último verano, y que durante esos ataques había matado a muchos caballeros y soldados de infantería. En sus pesadillas veía la carreta de Eva *la Negra* saqueada, y entre los escombros de la carreta veía a la vieja vivandera tendida en el suelo, sin vida, cargando en brazos a una Trudi bañada en sangre, y estando despierta le parecía ver delante de ella a Vyszo inclinándose sobre Michel para degollarlo. Cada vez que veía a ese hombre debía contenerse para no coger el cuchillo más cercano y pagarle con la misma moneda. La experiencia con Gunter von Losen le había hecho ver lo rápido que puede llegar a morir un hombre vigoroso.

—¡Hola, Marie, yo también tengo sed!

El grito alegre de Ottokar Sokolny la hizo sobresaltarse. Le sirvió enseguida y se dispuso a retirarse junto con Anni, pero en ese momento Vyszo se dio la vuelta y la retuvo.

—¡Os quedáis aquí, alemanas roñosas! ¿O acaso creéis que vamos a servirnos nosotros solos?

Como Marie lo miró asustada, Sokolny repitió en alemán las palabras de Vyszo.

Marie reprimió una sonrisa, ya que en realidad había entendido perfectamente lo que Vyszo había dicho. Como Renata y las demás mujeres se habían negado a hablar con ella en alemán, podía entender el checo bastante mejor de lo que todos sospechaban. Sin embargo, se había guardado sus conocimientos para conservar al menos esa pequeña ventaja. Ahora veía que esa pequeña astucia había valido la pena, ya que si le permitían permanecer allí era porque suponían que ella no entendía nada de lo que hablaban.

Como por el momento todos los hombres estaban bien aprovisionados, Marie dejó ambas jarras en el suelo, se apoyó contra un poste cerca del fuego y se dispuso a aguzar el oído. A diferencia de los príncipes alemanes, que en el invierno despedían a sus tropas para no tener que alimentarlas, los líderes checos se mantenían en grupo y durante toda la estación helada seguían emprendiendo ataques contra las aldeas que aún no habían saqueado, ataques que ellos caracterizaban como «campañas». Marie esperaba que ella y Anni pudieran unirse a alguno de esos ejércitos, ya que por todo lo que había visto y oído, era demasiado peligroso huir a través de los bosques de Bohemia. La habían llevado tan lejos, la habían adentrado tanto en aquellas tierras extrañas que ni siquiera sabía hacia qué dirección debía dirigirse para hallar compatriotas que pudieran ayudarla. En cambio, durante un ataque en territorio imperial, donde los extranjeros eran los husitas, tal vez sí lograra escapar.

Mientras Marie estaba enfrascada en esos pensamientos, Prokop bebió un trago de cerveza y se volvió hacia Vyszo.

—¿Cómo estamos de provisiones?

Antes de responder, Vyszo se rascó la frente, pensativo.

—Nos alcanzan para unas cuantas semanas más.

El predicador se puso de pie y miró a su alrededor con gesto casi de reprimenda.

—¡Debemos partir antes de que se vacíen las bodegas y los graneros enemigos que Dios ponga en nuestras manos!

—Además, ahora todavía podemos transportar la carne de los animales que cazamos sin que se eche a perder por el camino —agregó otro de los líderes.

Si bien a Marie le costaba un poco seguir la discusión, logró reconstruir su sentido. Como los guerreros campesinos checos estaban de servicio todo el año, no podían cultivar sus propios campos. Por eso, habían tenido que idear otro método para alimentarse a sí mismos y a sus familias, pero también a las ciudades que se les habían unido, y entonces caían como langostas sobre los territorios circundantes. Marie pensó que la comparación con aquella plaga bíblica era absolutamente pertinente, ya que solo el campamento en el que ella se encontraba albergaba a más de seis mil hombres, y no era más que uno entre muchos. Se preguntó cómo el emperador pretendía sojuzgar a un país que podía enfrentarse a él con tantos guerreros. Mientras los husitas pudiesen abastecerse saqueando los pueblos circundantes, ningún ejército alemán podría derrotarlos.

Para su desilusión, Prokop planeó una campaña a Sajonia y Silesia, regiones que estaban aún más lejos de su tierra natal que la misma Bohemia. Atormentada por sombríos pensamientos, volvió a llenarles la copa a los hombres y, cuando se lo ordenaron, fue en busca de tocino adobado y pan, sirviéndolos como una criada silenciosa y dócil. Mientras lo hacía, prestaba atención a cada palabra para poder reunir toda la información posible, ya que todo lo que oía podía llegar a servirle algún día para escapar. A esto se sumaba que la cerveza les iba aflojando la lengua, llevando a algunos de los líderes a ufanarse de sus hazañas. Trataban de competir unos contra otros, sobre todo cuando hablaban de cuántos muertos dejarían a su paso en la próxima campaña. Ottokar Sokolny los escuchaba con una expresión abstraída en el rostro y solo daba respuestas parcas cuando le dirigían la palabra. Fue uno de los primeros en retirarse del consejo de guerra.

Marie se quedó contemplándolo meditabunda, ya que ese hombre le resultaba un enigma. Se declaraba abiertamente partidario del grupo de los calixtinos, de los cuales en el campamento había solo dos o tres más además de él. Sin embargo, a diferencia de sus camaradas, participaba activamente cuando planeaban las campañas, y entraba y salía de la carpa de Prokop *el Pequeño* como si fuese un subalterno de su estima. Y, sin embargo, hasta ahora Marie no había oído jamás una palabra de él o acerca de él que pudiera indicar aprobación ni mucho menos apoyo a las matanzas que perpetraba el resto. Al comenzar el invierno, la mayoría de los calixtinos se había retirado a sus castillos para pasar un par de semanas junto a sus familias, y los taboritas despotricaban contra ellos, calificándolos de blandos y hombres de poca fe. La mayoría de los guerreros campesinos de Prokop no estaban casados o, al igual que Vyszo, tenían a sus mujeres alojadas allí mismo, en el campamento.

Las mujeres husitas también tomaban parte en las campañas, ya que ellas eran las encargadas de procesar el botín. Durante el último otoño, Marie había cortado y salado carne durante semanas enteras, había preparado embutidos, había molido el grano e incluso había ayudado a fabricar cerveza.

—¡Mujer, sírveme más! —le gritó Prokop en un alemán casi incomprensible.

Marie se acercó deprisa y llenó también los vasos de Vyszo y del predicador, los únicos que se habían quedado con su líder. Vyszo se quedó contemplando el líquido amarronado y luego alzó su copa.

—¡Por nuestros triunfos de hoy!

Prokop soltó un gruñido furioso.

—No solamente debemos derrotar a los alemanes, sino que además debemos capturar y matar de una buena vez por todas a ese Segismundo maldecido por Dios y a su yerno austriaco. Solo entonces nuestra victoria será completa.

—Pero tampoco debemos olvidar a los enemigos que tenemos en nuestra propia tierra —advirtió el predicador—. Aún sigue habiendo ciudades y castillos que han permanecido fieles al traidor, quien en su obcecación todavía se atreve a llamarse rey de Bohemia. ¡Con esa actitud están ofendiendo a nuestro profeta asesinado!

Vyszo hizo un arrogante gesto de desdén.

—Con el correr del tiempo, la escoria que ensucia a nuestro país irá cayendo sobre nuestras manos como una fruta pasada.

Prokop asintió y luego volvió a dirigirse hacia el predicador.

—Las ciudades infieles aún nos pagan para que las dejemos en paz, y por ahora no tengo pensado modificar eso. Nos suministran provisiones, vestimenta y armas, nos funden culebrinas y atienden nuestros molinos de pólvora. No podemos renunciar a ellos hasta nuestra victoria definitiva.

El predicador se levantó de un salto, increpando furiosamente a su caudillo.

—Yo tampoco me refiero a las ciudades cuya población ya está con nosotros y solo aguarda una señal de nuestra parte para degollar a sus porfiados líderes, sino a hombres tan tercos como Václav Sokolny. Su ejemplo disuade a demasiados otros de adoptar la verdadera fe y unirse a nosotros. Tan pronto como lo hayamos clavado en la puerta de su castillo incendiado, el resto vendrá arrastrándose a nosotros implorando clemencia. Tendríamos que haber acabado con él hace tiempo, pero su hermano ha impedido desde hace años que podamos sacarnos esa espina de una maldita vez.

Vyszo bebió en honor del predicador.

—Tienes razón, ¡el castillo de Sokolny debe caer! He podido enterarme de buena fuente de que su hermano está intentando ponerlo del lado de los malditos calixtinos. Debemos impedir que eso ocurra; de lo contrario, su influencia aumentará peligrosamente, dificultándonos aún más la creación del orden pretendido por Dios.

El predicador hizo la señal contra los demonios malignos.

—¡Václav Sokolny solo abjuraría en apariencia de su fe romana, burlándose de ese modo del martirio de jan Hus!

Prokop levantó las manos, aparentemente para calmar los ánimos.

—Menos mal que Ottokar Sokolny se ha retirado hace un rato. De no haber sido así, ahora volvería a desatarse una discusión. Bien sabéis cuánto aprecia a su hermano.

No había terminado de pronunciar aquellas palabras cuando Vyszo desenvainó su espada y la arrojó sobre la mesa con gran estrépito.

—Bah, no le temo al joven Sokolny ni a su hermano mayor. Si es necesario, hundiré mi espada en el pecho de ambos.

Prokop esbozó una sonrisa maligna, ya que no esperaba otra reacción.

—Por eso tú debes encabezar el ataque al conde Václav, y debes hacerlo este mismo año. Pero antes iremos a Silesia a conseguir suficientes cereales y ganado como para llenar hasta el techo nuestros graneros y despensas.

Vyszo alzó su puño cerrado hacia el cielo y comenzó a relatarle al pastor todo lo que haría con aquella gentuza del castillo de Sokolny. En cambio, Prokop se reclinó hacia atrás, satisfecho, al tiempo qué hacía señas a Marie para que volviera a servirle una vez más. Después las envió a ella y a Anni fuera.

2

A pesar de que el invierno ya había irrumpido con todo su vigor, los preparativos para la campaña en ciernes continuaban a toda marcha. Marie y Anni fueron llevadas junto con otras mujeres a un viejo granero para coser allí las bolsas de provisiones en las que los husitas transportarían su botín. Era una tarea muy ardua unir los paños duros de tela con una aguja grande y un hilo del grosor de una soga mientras Renata, sentada en una silla en el medio, las vigilaba y las instigaba con la fusta a que mejoraran su rendimiento.

En un momento en el que su instigadora estaba ocupada con una mujer al otro extremo, una muchacha dio un codazo a Marie.

—Dicen que eres alemana. ¿Es cierto?

—La muchacha hablaba alemán con un leve acento.

Marie la miró, sorprendida.

—Es cierto.

La otra suspiró aliviada, pero enseguida se inclinó sobre su trabajo para no llamar la atención de Renata.

—¿Sabes? —hablaba en voz tan baja que solo Marie podía oírla—, no hace mucho que estoy en este campamento, y hasta ayer no oí hablar de ti. Mi padre también era alemán, un fiel servidor del rey. Como no quiso abjurar de él cuando se lo exigieron, los husitas lo mataron. Como mi madre era checa, sus parientes nos ayudaron a escaparnos y a escondernos. Pero más tarde unos vecinos nos delataron, y entonces nos llevaron a un campamento en el que teníamos que trabajar para nuestros opresores. Mi madre falleció el año pasado, y a mí me trajeron aquí hace poco junto con otras mujeres. Las demás saben que soy mitad alemana y por eso me atormentan. Seguro que a ti te hacen lo mismo, ¿no? Me gustaría hablar contigo más a menudo cuando podamos hacerlo. Mi nombre es Jelka, que en alemán quiere decir Helene.

Marie terminó el saco que estaba cosiendo y luego asintió.

—Entonces te llamaré Helene.

—Me alegro. Siempre me ha gustado oír ese nombre, pero cuando lo usan las otras mujeres suena como un insulto indecoroso. —Helene se mordió los labios y se calló, ya que en ese momento Renata pasó junto a ellas agitando la fusta sobre las cabezas de las mujeres que estaban trabajando. Continuó después de que la guardiana volviera a tomar asiento—. Cuídate bien de esa mala mujer. Es peor aún que el mismo Vyszo. Conozco a la pareja de antes. Te matan por pura diversión, como si estuvieran aplastando a una mosca.

Marie se quedó mirando a Helene con curiosidad.

—¿Dices que conoces a Vyszo? ¿Y tienes idea de cómo consiguió su armadura? Él afirma que mató a un caballero alemán y que lo despojó de su armadura como botín.

—Al parecer, él no lo mató, sino que se la quitó a un muerto.

Marie agitó la mano en el aire, irritada.

—Yo también he oído decir eso. ¿Qué hacen los hombres como Vyszo con la gente a la que matan y desvalijan? ¿La entierran?

Helene meneó la cabeza.

—Por lo general, dejan a los muertos tirados para asustar a sus enemigos.

Marie volvió a sentir un hálito de esperanza. Si en aquel entonces Michel no estaba muerto, sino solo herido y desmayado, podía ser que hubiese sobrevivido a los husitas.

—Entonces Vyszo también debe de haber dejado tirado en algún lugar del bosque al hombre a quien le quitó la armadura...

—No. Uno de los hombres que estuvieron allí le contó a un guardia del campamento en el que yo estaba antes que había arrojado a ese caballero al río, furioso porque el alemán se había percatado de la emboscada que pretendía tenderles Vyszo y les había advertido a sus compañeros, de modo que estos pudieron abrirse paso luchando y espantar a los taboritas.

Marie sintió que su nostalgia por Michel cedía paso a una furia corrosiva. Si eso era cierto, entonces Michel les había salvado la vida tanto a Falko von Hettenheim como a Gunter von Losen y, en retribución, ellos lo habían traicionado. Apretó los dientes e intentó mantener una expresión indiferente en su rostro. Una vez que logró dominar la ira hacia los traidores, tuvo que luchar contra la desesperación, que alargaba sus dedos largos y delgados para atraparla y arrastrarla hacia el abismo negro que acechaba debajo de ella desde que le habían dado la noticia de la muerte de Michel.

Por suerte para ella, Helene continuó la conversación de manera unilateral, relatándole a Marie algunas cosas sobre el pueblo checo y sobre los husitas. Según ella aseveraba, el pueblo entero deseaba la paz, pero hombres como los dos Prokop, Vyszo y otros sojuzgaban a las personas con mano de hierro, acabando con cualquier resistencia. Ese comentario hizo que Marie, cuyo espíritu se debatía en una delgada línea entre la esperanza casi extinguida y los deseos de morir, se acordara de Ottokar Sokolny y de su hermano, a quien Vyszo quería atacar en el transcurso de ese año, y se alegró de poder dar un giro a sus pensamientos y orientarlos hacia otro lado. Se había propuesto advertir al joven noble de los planes de Prokop, pero hasta entonces no había hallado una ocasión oportuna para hacerlo. Aquella noche, cuando fue a guardar el último saco, aprovechó la ocasión para alejarse de las otras mujeres en la oscuridad y deslizarse en secreto hasta el cuartel del conde Ottokar. Golpeó la puerta. El conde le abrió en persona y se quedó contemplándola con asombro.

—¿No hace un poco de frío para andar con semejantes andrajos con este clima?

—¡Es que no tengo nada más abrigado para ponerme! —Marie señaló la entrada—. ¿Puedo pasar? Debo hablar urgentemente con vos.

—¡Entra! De otro modo, este frío acabará por matarte.

Sokolny se hizo a un lado para dejarla pasar.

Su sirviente Ludvik estaba calentando en el fuego una olla con cerveza que, a juzgar por el aroma, estaba sazonada con hierbas y especias. Cuando el hombre vio a Marie, le hizo un guiño a su señor, al tiempo que señalaba hacia fuera con la cabeza.

—Mejor os dejo solos.

Sokolny meneó la cabeza y le ordenó llenar dos vasos. Marie midió a Ludvik con una mirada dudosa.

—¿Podéis confiar en este hombre, señor?

Sokolny ya tenía la curiosidad escrita en el rostro.

—Absolutamente.

Marie recibió el vaso que Ludvik le acercara ante una seña de su señor y bebió un sorbo con cautela para humedecer un poco su garganta.

—Tenéis un hermano llamado Václav —dijo, sin dar ningún rodeo.

Ottokar Sokolny frunció el entrecejo.

—Es cierto.

—El otro día, después de que os retirasteis del consejo de guerra, Prokop, Vyszo y el predicador estuvieron hablando sobre él y resolvieron atacarlo y matarlo en el transcurso de este año.

El conde Ottokar tomó a Marie por los hombros y la miró a los ojos.

—¿Y tú de dónde has sacado eso? No creo que esos tres hayan discutido sus planes en tu lengua materna.

—Como Renata suele darme órdenes solo en checo, salvo con algunas indicaciones en alemán, me vi obligada a adquirir vuestra lengua, al menos lo suficiente como para entender algo de lo que se habló en el cuartel de Prokop.

Con esa confesión, Marie quedaba completamente en manos de Ottokar. Si él no le creía y la traicionaba frente a Prokop y Vyszo, la harían morir de una muerte tan desagradable como la de todos aquellos que caían en la sospecha de ser traidores.

Sokolny la soltó y comenzó a pasearse por el salón, amueblado con austeridad. Además del fogón que hacía las veces de cocina, había dos bancos de tres patas, una primitiva cama unida con clavos para el joven noble y un lecho de paja para su sirviente. Solo las armas colgadas de la pared, la armadura de Sokolny y un viejo arcón cuyo blasón que representaba un halcón posado en una roca daban testimonio de que allí no se albergaba un simple campesino.

Sokolny no podía ocultar su exaltación.

—¿Estás segura?

—Sí, señor.

El conde Ottokar cerró los puños y lanzó una maldición.

—¡La culpa la tiene ese maldito de Vyszo! Ese estúpido campesino odia a todos los nobles y si fuera por él nos masacraría a todos, igual que a los alemanes.

Marie alzó las manos con gesto interrogador.

—No lo entiendo. Vosotros sois compatriotas y ambos honráis al mártir Jan Hus.

—Yo soy de la nobleza, es decir, soy alguien que aprendió a usar su entendimiento en lugar de gritar todo el tiempo como un energúmeno. Además, pertenezco a la noble unión de los calixtinos, y no a esa banda de amotinados con olor a estiércol que se hacen llamar taboritas. Si fuera por esa chusma, nadaríamos en la sangre de nuestros vecinos y viviríamos de lo que pudiéramos acaparar con nuestros asesinatos y matanzas hasta que no quedase nada más que saquear. A todo esto, nuestro país está hundiéndose porque ya no hay suficientes manos que trabajen la tierra, y sin embargo los líderes taboritas siguen reclutando cada vez más hombres. Hace mucho tiempo que ya no les interesa ni nuestra fe ni la libertad de nuestro pueblo, sino solo su poder personal. —Ottokar Sokolny apoyó la frente contra el poste que se erguía en medio de la choza para sostener el techo, y fijando la vista más allá del borde de la madera, contempló a Marie con gesto sombrío—. Te agradezco la advertencia. Pero ahora deberías irte antes de que anochezca. Hay demasiados canallas en este ejército, y no quisiera que alguno de ellos te arrastrara a su choza y abusara de ti contra tu voluntad. Lamentablemente, no todo el mundo respeta a una mujer bendecida por nuestro santo.

Marie terminó de beber su vaso, hizo una reverencia y se dirigió rápidamente hacia la puerta. Sokolny se quedó un instante mirando la nada y luego descargó un puñetazo contra el poste.

—Ya me temía que esto iba a suceder.

Ludvik volvió a llenar el vaso y se lo alcanzó a su señor.

—¿Y ahora qué haremos? Si Prokop *el Pequeño* llega a marchar con su ejército contra el castillo, Falkenhain no podrá mantenerse en pie.

—Solo queda una salida: Václav debe ponerse de nuestro lado de inmediato y sumarse a nosotros con algunos de sus guerreros. Mis amigos y yo disponemos de influencia suficiente, y ni Prokop *el Pequeño* ni Vyszo podrán ignorarla.

—¿Cuándo partiréis hacia Falkenhain?

El conde Ottokar meneó la cabeza.

—Yo no partiré, mi buen Ludvik. Debo permanecer aquí para mantener la situación bajo control y tomar parte en el consejo de guerra. Tú viajarás al castillo de mi hermano en mi lugar y lo harás recapacitar. Dile que necesitamos el apoyo de todos los hombres honestos para refrenar la influencia de los taboritas. Si no logramos domesticarlos, terminarán por ahogar nuestra hermosa tierra bohemia en su propia sangre.

Ludvik exhaló un gemido.

—Es un asunto serio viajar solo a casa en esta época del año, pero tendrá que ser así. Solo espero no terminar sirviendo de alimento a los osos y los lobos por el camino.

Sokolny palmeó a su sirviente en el hombro, riendo.

—Si hay alguien que puede lograr llegar a Falkenhain con este tiempo, ese eres tú, mi buen Ludvik. ¡Tú sabrás cuidarte bien y no olvidarás que te necesito!

—No os libraréis de mí tan fácilmente.

Ludvik fingió bromeando una mueca ofendida y, a pesar de la hora, comenzó a preparar la ropa y el equipamiento para el viaje.

3

Michel llevaba ya tres inviernos en Falkenhain y, sin embargo, la sensación de que no pertenecía a ese lugar aumentaba cada vez más en su interior. La causa de ello no podía ser Sokolny, que lo había incorporado en el círculo de sus colaboradores más estrechos, convirtiéndolo en su mayor hombre de confianza, ni tampoco el resto de los habitantes de Falkenhain, que lo trataban con suma cortesía y respeto, como si se hubiese criado allí. Era como si algo en su interior quisiera desgarrar desde dentro el velo que cubría su pasado, pero el resultado no eran más que pesadillas y un anhelo casi insaciable por la mujer llamada Marie. Cada vez que sus deberes se lo permitían, se enfundaba en su abrigo de piel de oveja, se sentaba en la soledad ventosa de la torre albarrana a meditar sobre las imágenes de sus sueños, que parecían ser espectros de su vida pasada. Lo único que recordaba claramente después de todo ese tiempo era un gran río por el que pasaban unos barquitos chiquitos que parecían de juguete, como si él los estuviese observando desde lo alto de una colina. Seguramente, él habría viajado por aquel río en algún momento, y no solo una vez, ya que recordaba hasta el sonido de las olas rompiendo contra las planchas de madera de un barco. Sin embargo, no podía precisar de qué río se trataba, ya que al preguntar le habían nombrado el Elba, al que los lugareños llamaban Labe, y el Danubio, pero ninguno de los dos nombres le había despertado más imágenes.

Cuando el grito del guardián lo arrancó de esas consideraciones, notó que tenía los dedos casi congelados a pesar de los guantes gruesos forrados en piel. Se puso de pie y comenzó a mover sus miembros para volver a entrar en calor mientras miraba hacia la calle que conducía al castillo asomándose por el borde de las almenas que coronaban la torre. Entonces vio a un jinete que iba subiendo la cuesta con su caballo, que trastabillaba de agotamiento a pesar de su vigor, ascendiendo lentamente por el sendero sinuoso que conducía al castillo. El hombre tenía una apariencia deforme, como si llevase varias capas de piel de oveja superpuestas, y en la mano portaba una pica, como si cabalgara hacia una lucha. Michel pensó que si se ponía en camino en esa época del año debía de tratarse de un trastornado o de un fugitivo. Corrió a las escaleras, cogió la soga dispuesta para no resbalarse por los escalones congelados y se apresuró a bajar.

Huschke, el vigía, había llegado antes que él y lo miró con gesto interrogante. Ante una seña de Michel, apartó de su anclaje la pesada viga que trababa la puerta y abrió la puerta izquierda. Michel desenvainó la espada, pero volvió a guardarla en su estuche de inmediato al ver que el hombre no representaba peligro alguno. El jinete estaba por lo menos tan al límite de sus fuerzas como su caballo, que se quedó parado en medio del patio del castillo con las patas temblorosas. Michel se acercó al hombre, le arrebató la pica de las manos ateridas y lo apeó de la montura.

Mientras lo sostenía, llamó a un sirviente, que se asomó curioso por la puerta de la caballeriza.

—¡Jindrich, ocúpate del caballo! Yo ayudaré a nuestro huésped a entrar. —Luego señaló hacia las escalinatas—. Vamos, amigo. Te sentarás junto al hogar, beberás uno de los tragos calientes de Wanda y volverás a ponerte de pie muy pronto.

—Pero que por favor no escatime la cerveza —respondió el otro con una sonrisa lastimera.

En ese momento, Michel lo reconoció.

—¡Ludvik! No me digas que tu señor aún está allá fuera con semejante frío.

—No, he venido solo. Debo hablar de inmediato con el señor Václav para ponerlo sobre aviso.

Con la segura sensación de que más valía un gesto que mil palabras, Michel tomó a Ludvik por las axilas y lo arrastró hacia la cocina. Wanda, la cocinera de Falkenhain, estaba ocupada amasando unas albóndigas, por lo que contempló irritada a los intrusos que habían osado entrar en su reino. Sin embargo, al ver al recién llegado acercarse tambaleando, temblando y morado de frío, se llevó las manos a la cabeza y corrió a la cocina, donde siempre tenía preparada una olla con cerveza aromática caliente para aquellos que debían trabajar a la intemperie.

—¡Anda, bebe! —le exigió enérgicamente al hombre, llevándole a los labios un vaso humeante.

Ludvik puso las manos alrededor del vaso y dejó que su contenido se deslizara por su garganta con inmenso deleite. Después se secó algunas gotas que se le habían derramado en la barba.

—¡Hum, esto sí que viene bien! Después de tres días de cabalgar con este frío y encontrar refugio solo una noche en un granero medio derruido, este es el saludo de bienvenida perfecto. ¡Cómo me regocijaba pensando en esta bebida! Mientras venía cabalgando hacia aquí, lentamente iba perdiendo las esperanzas de poder llegar. Todos los pueblos y las pequeñas ciudades de mi juventud han sido arrasados, y al acercarse no se ven más que cadáveres. Ha sido como cabalgar por el infierno.

—¡En eso han convertido Jan Ziska y sus secuaces nuestro hermoso país! —tronó detrás de ellos la voz del conde Sokolny.

Se había enterado de la llegada de Ludvik a través de los guardias, y supo de inmediato dónde hallaría a aquella visita inesperada. Se paró junto a Michel y bajó la vista para observar al siervo de armas de su hermano, que se había desplomado en una silla y observaba al señor del castillo con gesto desencajado.

—Perdonad, mi señor, que no os salude con el respeto que os debo, pero es que mis piernas se niegan a responderme.

—Está bien, Ludvik. Alguien capaz de transitar el camino hacia Falkenhain con semejante frío tiene ganado el derecho de permanecer sentado en mi presencia. —Sokolny lo palmeó en el hombro, tranquilizándolo, acercó una silla y contempló a Ludvik con gesto preocupado—. Ahora dime, ¿qué diantres ha llevado a mi hermano a poner en juego tu vida? Sé muy bien cuánto te aprecia.

Ludvik sonrió, cohibido. Después apretó los labios, al tiempo que dirigía una mirada vacilante a Wanda y a sus criadas, que simulaban estar muy ocupadas trabajando cerca de él y aprovechaban para aguzar el oído.

—Traigo noticias, pero no son nada buenas.

El conde hizo señas a Wanda para que se le acercara y señaló con un gesto al sirviente y a Michel.

—Sírvenos tres cervezas, llévate a tu mujerío y déjanos solos.

Wanda se resistía a que la echaran, y se quedó murmurando indignada mientras llenaba los vasos de cerveza caliente.

—¿Qué sucederá con las albóndigas, señor? Si se ponen muy duras, la gente se enfadará.

—Si se enfadan, envíamelos a mí. Y ahora, ¡fuera! —El conde se quedó esperando impaciente a que las mujeres cerraran la pueta y luego miró a Ludvik, invitándolo a que hablara—. ¿Qué ha sucedido?

—Mi señor me manda a pediros otra vez encarecidamente que os unáis a él y al resto de los calixtinos para ayudar a refrenar la influencia de los taboritas. Dijo que de otro modo no os podrá seguir protegiendo. Prokop *el Pequeño* y sobre todo el tal Vyszo ansían poder aniquilaros, y están planeando atacar vuestro castillo en el transcurso de este mismo año, probablemente después de invadir Silesia.

Ludvik miró a Sokolny con gesto de súplica, pero Sokolny gruñía tan disgustado como un viejo perro guardián.

—Ottokar es un insensato si cree que podrá ayudarme de ese modo. Una vez que esos canallas le hayan tomado el gusto a la sangre, no se detendrán hasta ahogarse en ella. Atacarán Falkenhain, no importa si yo declaro nula mi fidelidad a Segismundo y me uno a los calixtinos o no.

Michel, que había estado escuchando en silencio, compartía la opinión del conde. Después de todo lo que había podido escuchar tenía muy claro que los husitas, sobre todo los taboritas, no dejarían con vida a nadie a quien consideraran su enemigo. Lo único que le sorprendía era cuánto se había abierto ya la brecha entre ambas agrupaciones rebeldes, y pensó que probablemente ese sería el principio del fin de los husitas. Al mismo tiempo era consciente de que de todos modos podían llegar a transcurrir muchos años antes de que se terminara de sofocar aquel incendio en los confines del imperio. Y, entretanto, Falkenhain pasaría a ser un cementerio más, igual que el resto de las tierras circundantes.

—Comparto vuestra opinión, señor conde. Esos taboritas vendrán igual, no importa si os unís a los calixtinos o no. Debemos estar preparados para cuando nos ataquen.

Una sonrisa amarga asomó a los labios de Sokolny.

—Hace años que vivimos esperando el día en que sus hordas avancen hacia Falkenhain, aun cuando deseáramos que ese día no llegase nunca.

De las palabras del conde se desprendía tal desaliento que Michel cerró los puños, irritado.

—No sirve de nada quedarnos temblando de miedo a la espera de que el enemigo nos ataque. Deberíamos pensar qué posibilidades tenemos de dar la vuelta a esta situación.

Sokolny alzó las manos en un gesto de impotencia.

—¿Y cuáles serían esas posibilidades?

—Podríamos comenzar a reforzar la muralla oriental y levantar la altura de la torre de entrada —propuso Michel—, o bien poner todas las carretas en condiciones, cargar lo estrictamente necesario y abrirnos paso hasta llegar al imperio. Con un poco de suerte, podremos lograrlo.

Ludvik lo contradijo, alterado.

—¡Por todos los cielos, no hagáis eso! Seréis demasiado lentos con tantas mujeres y niños. Los taboritas os alcanzarían enseguida y os masacrarían.

—Entonces solo nos queda luchar y confiar en la misericordia de Dios. Tal vez halléis amigos que estén dispuestos a apoyaros.

Michel intentó sonar más confiado de lo que se sentía.

Sokolny meneó la cabeza con tristeza.

—¿Qué amigos? ¿No has oído lo que acaba de contar? Todos

los lugares y los castillos de los alrededores han sido incendiados. El único que todavía puede ayudarnos es el rey Segismundo.

—¡Entonces exigidle que os envíe refuerzos!

Las palabras de Michel resonaron como latigazos en la bóveda.

El conde se quedó mirándolo fijamente unos instantes, como si estuviese intentando leerle la mente, pero luego asintió y enderezó los hombros.

—Esa idea merece ser discutida. Llama a Feliks, a Marek y a los otros capitanes al salón para que podamos deliberar. ¡No, al salón no! Iremos a la habitación de la torre, ya que no quiero que nuestra gente se entere de que estamos en la cuerda floja. Ludvik, ¿te sientes con fuerzas suficientes como para darnos un informe detallado?

Ludvik asintió, solícito.

—Por supuesto, señor conde. Solo necesito un vaso de cerveza lleno y ponerme algún bocado entre los dientes, y luego podréis saber de mí todo lo que mi señor y yo hemos podido oír acerca de los planes de los taboritas.

—¡Estupendo! Haz que Wanda te dé algo... o mejor, ¡acompáñame! Me encargaré de que nos sirvan algo de comer allá arriba.

El conde se dirigió hacia la puerta, la abrió y llamó a las mujeres. Wanda retrocedió solemnemente al verlo. Su rostro compungido delataba que había estado espiando la conversación.

—¡Espero que sepas mantener la boca cerrada! —le dijo el conde en voz baja pero con énfasis. Después de que la cocinera asintiera atemorizada, señaló con el pulgar hacia abajo—. Ahora puedes volver a ocuparte de tus albóndigas. Y envíame a un par de criadas con pan y carne asada para nueve personas a la habitación de la torre.

—Y si es posible, con una jarra de cerveza, pero esta vez fría. Ya he entrado en calor por dentro —alcanzó a decirle Ludvik antes de que se fuera.

4

Media hora más tarde, Sokolny estaba sentado en una silla de respaldo tallado situada en la cabecera de la mesa en la habitación de la torre, observando a sus hombres. Además de Michel y Ludvik, en la habitación se hallaban Feliks Labunik, su castellano, Marek Lasicek y cuatro hombres más. Sus rostros transmitían seriedad, casi conmoción, y el conde leyó en muy pocos de ellos el valor y la resolución necesarios para hacer frente a los husitas. El alemán estaba dispuesto a enfrentarse con ellos, pero el conde ya contaba con que eso sucedería. Marek también se mostraba combativo; en cambio, Labunik permanecía sentado en su silla, tan pálido y caído como si un ángel del Señor acabara de anunciarle su próximo final.

El conde miró a todos fijamente, uno por uno, como si intentase despertarles el orgullo guerrero.

—Hasta el día de hoy, mi hermano y mis buenos amigos han logrado protegernos, aunque nosotros nunca hemos podido hacer prácticamente nada por ellos. Pero esas épocas se terminaron. Prokop *el Pequeño* y Vyszo ansían nuestra sangre, y no descansarán hasta hacernos sangrar. Pero no vamos a entregarnos a ellos de forma voluntaria. Quien quiera matarnos deberá pagar un alto precio por ello.

Labunik exhaló el aire de sus pulmones.

—Vuestras palabras son muy nobles y valientes. Pero ¿qué podemos hacer con nuestros pocos hombres contra los asesinos incendiarios de los taboritas?

—Podemos defender nuestras murallas —lo reprendió Michel—, y si Dios nos ayuda, los enviaremos a casa con las cabezas ensangrentadas.

—Así regresan al año siguiente y nos linchan —se le escapó a Labunik.

El conde lo midió con una mirada irritada.

—¿Acaso piensas quedarte cruzado de brazos esperando a que los taboritas estén a las puertas del castillo? ¡Para eso mejor ponte una soga al cuello y sal a su encuentro con la mortaja puesta! Yo tengo intenciones de agriarles mi final todo lo que me sea posible. Por eso enviaré un mensaje al rey Segismundo pidiéndole ayuda. Y estoy seguro que no nos la negará.

Sokolny notó que, al oír sus últimas palabras, los hombres se incorporaban e incluso Labunik recuperaba los colores.

—Si vais a enviar un mensaje al rey, será mejor que lo hagáis cuanto antes, ahora que el frío retiene al enemigo en sus cuarteles.

—Esa es mi intención, Feliks. Hoy mismo decidiremos quiénes formarán parte del grupo que partirá mañana de Falkenhain para elevar mi petición al emperador. —Sokolny vio que Michel levantaba la mano y se volvió hacia él con un gesto de disculpa—. Sé que quieres regresar con tu gente para revelar el enigma de tu origen, Frantischek. Pero te necesito aquí. Tus conocimientos y tu experiencia, que ni tú mismo sospechas dónde pudiste haber adquirido, son demasiado valiosos para mí. Feliks y Marek serán mis mensajeros.

Marek Lasicek le sonrió a Michel.

—Alégrate, *nemec*, de poder permanecer en el castillo calentito mientras que nosotros tenemos que abrirnos paso hacia el oeste a través de las alturas heladas de los bosques de Bohemia.

Michel no estaba para bromas, ya que un viaje a las tierras del emperador borraría las sombras que cubrían su pasado, de eso estaba seguro. Sin embargo, aceptó la decisión del conde. Puede que Labunik fuese un excelente administrador, pero no era un guerrero; Marek buscaba guerreros como él, pero sin embargo no tenía experiencia en preparar un castillo para defenderse del ataque de un ejército muy superior. En cambio, él mismo había demostrado sus conocimientos en reiteradas ocasiones, llamando la atención de Sokolny sobre los puntos débiles de Falkenhain tantas veces que ahora el conde no quería prescindir de él. Por un momento, Michel deseó saber menos sobre el arte de la guerra y más sobre su origen, si bien esas consideraciones eran ociosas en vista de la situación.

Sokolny impartió un par de órdenes más a Labunik y a Marek y los envió a escoger a los hombres que los acompañarían. Luego se retiró para escribirle una carta al rey de Bohemia y emperador alemán y ponerlo al tanto de la situación desesperante que estaba atravesando. Michel pensó en acompañar a Labunik y a Marek, pero finalmente decidió quedarse solo. Fue a buscar su abrigo y sus botas gruesas, que había dejado en la antesala de la cocina, y estaba a punto de salir otra vez al patio para regresar a lo alto de la torre cuando Janka, la hija de Sokolny, apareció y le cogió de la mano.

—Me alegro de que te quedes aquí, Frantischek.

Michel la miró sorprendido y se preguntó cómo había podido enterarse tan rápidamente de los planes que se habían discutido en la habitación de la torre. Por lo visto, la costumbre de espiar conversaciones detrás de las puertas estaba bastante difundida en Falkenhain. Michel sonrió con benevolencia, ya que comprendía a la gente. Rara vez llegaban noticias al castillo, y las que llegaban generalmente eran tan malas que alimentaban los miedos y pesadillas de sus habitantes.

Michel le sonrió a Janka e intentó tranquilizarla.

—No os preocupéis, señora. Seguro que el emperador nos enviará ayuda.

Ella se rio con amargura.

—¿Realmente lo crees? ¿A cuántas ciudades que permanecieron fieles a él en Bohemia ha ayudado hasta ahora? ¿Acaso no terminaron todas arrepintiéndose bajo los manguales de los taboritas de haber llamado a Segismundo su rey? ¿Qué te hace creer entonces que a él puede interesarle lo que suceda con un castillo tan pequeño e insignificante como Falkenhain?

Antes de que Michel atinara a responderle, Janka lo abrazó y presionó su boca contra los labios de él. Michel se resistió, asustado.

—¡No debéis hacer eso, señora!

—No quiero morir sin haber conocido el amor —exclamó la joven, inflamada de pasión.

—Y ciertamente no moriréis sin conocer el amor, señora, creedme. Muy pronto hallaréis un caballero noble y valeroso con quien seréis muy feliz.

—¿Un hombre noble? ¿Tal vez alguien como Feliks?

Su voz dejaba traslucir desprecio.

Michel sabía que Labunik se hacía ilusiones de terminar convirtiéndose en el yerno de Sokolny a falta de más candidatos, y hasta entonces él también esperaba que así fuera, ya que no se consideraba un candidato adecuado para pedir la mano de Janka Sokolna. Aun cuando el conde hubiese estado dispuesto a entregar la mano de su hija a un aventurero sin nombre, cuya única virtud era su destreza con la espada, el matrimonio no figuraba entre sus planes. Si bien experimentaba cierta simpatía por Janka, su corazón permanecía en silencio al verla. En sus pensamientos no había lugar más que para una sola mujer, y esa mujer se llamaba Marie.

—¡Señora, no deberíais permanecer en la puerta con semejante frío! Regresad mejor a vuestros aposentos. Y dispensadme, debo ir a supervisar a los guardias.

Michel le hizo un gesto y salió. Mientras se dirigía hacia la torre atravesando la noche en ciernes y subía las escaleras con cautela, se dijo que por el momento los husitas no constituían su mayor problema.

5

Ese año el invierno no quería ceder, pero los grupos de guerra de los husitas siguieron cayendo sobre tierras alemanas a pesar de la nieve y del hielo. Si bien las noticias que le llegaban al emperador no eran más graves que las de años anteriores, a Segismundo, desgastado por la edad y por los años de luchas en vano, le parecían un mal presagio. Ya no tenía fuerzas para sobrellevar otra campaña más, pero al mismo tiempo sabía perfectamente que los príncipes del imperio estaban aguardando una mínima muestra de debilidad para negarle el apoyo de forma definitiva, y el primero de todos era el burgrave de Núremberg, que se autodenominaba orgullosamente príncipe elector de Brandeburgo, a pesar de que privilegiaba su patria franca por encima de las tierras arenosas de su electorado. La razón por la cual Segismundo le guardaba rencor a Friedrich era que, durante los primeros años del levantamiento bohemio, este le había denegado su adhesión, participando en cambio en las luchas entre los duques bávaros. A él no le interesaba cuál de los Wittelsbacher gobernara en Landshut, en Múnich o en Ingolstadt; lo que le importaba era la corona de Bohemia, que quería legar a su yerno y, a través de él, a algún nieto.

Para gran desilusión de Segismundo, la unión entre su hija Isabel y Alberto II de Habsburgo aún no había sido bendecida con un hijo, y Segismundo tomaba este hecho como un símbolo de su propia decadencia. Esa sensación lo había impelido a peregrinar a Bamberg en pleno invierno para rezar frente a la tumba del canonizado emperador Enrique II del Sacro Imperio Romano Germánico y de su esposa Kunigunde y rogarles que le otorgaran la energía necesaria como para poder volver a llevar con dignidad la corona del Sacro Imperio Romano Germánico, que lo atormentaba como una corona de espinas. El viaje lo había agotado tanto que al llegar había temido que su fin estuviera cerca, y ahora llevaba varias semanas en la sólida residencia de caza que el obispo de Bamberg le había puesto a disposición para que se recuperara.

Segismundo se levantó de la silla con gran dificultad, se ciñó más sobre el cuerpo el abrigo con adornos de piel de marta cibelina y se asomó por la ventana. Los primeros rayos tibios de sol habían comenzado a derretir la nieve, aunque aún no se podía prever si el invierno lucharía contra su derrota, haciendo soplar una vez más su viento helado desde el este, o si por fin daría paso a la primavera. De repente, a Segismundo le pareció descubrir una similitud entre él y el invierno: si bien ambos continuaban luchando, en su interior sabían que habían sido derrotados.

Segismundo se dio la vuelta y regresó arrastrándose a su silla. Sobre una mesita torneada había una jarra de vino y una cazuela con codornices asadas. Perdido en sus pensamientos, cogió una de las aves y comenzó a comer sin apetito. Un sirviente se acercó corriendo con un trapo húmedo para limpiarle las manos, pero Segismundo ni siquiera le miró, sino que continuó meditando en silencio con los restos de la codorniz en la mano.

De pronto se oyeron unos ruidos procedentes de fuera que hicieron sobresaltar al emperador. Un momento después, las puertas de roble macizo se abrieron, permitiendo la entrada de uno de los guardaespaldas.

—Su majestad, el caballero Falko von Hettenheim acaba de llegar, acompañado por algunos señores procedentes de Bohemia.
—¿De Bohemia has dicho?

La noticia logró levantar el alicaído ánimo del emperador, y su corazón se llenó de una tímida esperanza. ¿Acaso sus súbditos rebeldes se habrían cansado de derramar sangre y estarían dispuestos a deponer las armas? Si ese era el caso, les concedería generosamente el perdón, aunque exceptuando a sus líderes ávidos de muerte, los dos Prokop y sus peores secuaces, a menos que estos le trajeran personalmente de regreso la corona de Bohemia, que ya creía perdida. Sin embargo, sus esperanzas se derrumbaron al ver a los dos hombres mal ataviados que llegaron acompañando a Falko von Hettenheim. El líder, que tal vez perteneciera a la nobleza, era un hombre enjuto de entre treinta y cuarenta años cuya sencilla guerrera parecía haber sido cosida por una campesina con algún género áspero, e incluso su auxiliar llevaba el traje de un simple soldado de infantería.

Mientras Labunik y Marek se inclinaban torpemente ante el emperador, Falko von Hettenheim se quedó parado en la puerta. Había engordado durante el invierno y parecía más malhumorado que antes. Su esposa había dado a luz a su sexta hija, y como el emperador le escatimaba la recompensa prometida y hasta ahora no le había dado ni título ni tierras, para su desgracia aún no había podido deshacerse de la hija de Rumold von Lauenstein.

Labunik se sentía tan cohibido en presencia del emperador que apenas si podía abrir la boca.

—Majestad, yo... nosotros...

Se interrumpió y miró a Marek en busca de ayuda. Este carraspeó en voz alta y logró articular un par de frases con cierta ilación.

—Majestad, nos envía mi señor, el conde Václav Sokolny, que ha permanecido fiel a vos y hasta el momento ha podido mantener el castillo de Falkenhain de vuestra parte. Ahora los taboritas quieren atacarnos, y por eso hemos venido a pediros que nos enviéis ayuda.

El emperador examinó su rostro, que expresaba honda preocupación por su señor, y le preguntó por las circunstancias que imperaban en Bohemia. Marek le respondió lo mejor que pudo, y en poco tiempo Segismundo se enteró por boca de aquel muchacho sencillo y honrado mucho más de lo que estaba sucediendo en Bohemia de lo que habían podido informarle sus más estrechos consejeros en todos esos años. Después de escuchar el informe de Marek, el emperador se reclinó, pensativo. Aún ignoraba cómo utilizar esa información y de qué manera podía apoyar al conde Sokolny. Pero entonces su mirada se posó en Falko von Hettenheim, y advirtió la oportunidad de tener un gesto noble.

—¿Qué opináis de la cuestión, Hettenheim?

Falko von Hettenheim encogió los hombros con desprecio.

—No creo que tenga sentido enviar un ejército para salvar un castillo que para colmo está alejado de todas las rutas principales. Si llegara a desencadenarse una batalla, la canalla bohemia rebelde saldría triunfante, a menos que Dios nos enviase desde el cielo el apoyo de diez mil soldados de infantería completamente equipados, la soldada de varios años por adelantado y todas las provisiones necesarias.

—Puede que Dios haga milagros, pero dudo de que nos envíe sus huestes celestiales —replicó el emperador con una mirada amonestadora—. ¿No sería posible que acudierais en ayuda del conde Sokolny con vuestras huestes? A veces, un puñado de guerreros puede más que un ejército entero.

Falko von Hettenheim tuvo que contenerse para no responderle al emperador con una grosería. Lo último que deseaba era un lugar de residencia en plena área de influencia husita y tener que ponerse a las órdenes de un conde que desconocía y cuyo castillo quedaba tan en el corazón de Bohemia que no había posibilidad alguna de replegarse. Sin embargo, conocía al emperador lo suficiente como para saber que lo único que superaba su orgullo era su tozudez, y que por lo tanto debía ser prudente. Mientras continuaba pensando, una sonrisa maligna se le coló en el rostro. Dio un paso adelante e hizo una profunda reverencia.

—Me encantaría, majestad, pero creo poder serviros mejor desde otro lugar. Esa tarea no es tanto para alguien con ideas propias, sino más bien para alguien acostumbrado a obedecer órdenes. Por eso, propongo enviar a mi valiente primo Heinrich al castillo de Falkenhain. Él apoyará al emperador con toda su energía.

Falko comprobó satisfecho que sus palabras habían impresionado al emperador, y tuvo que esforzarse por ocultar una sonrisa. Si el monarca aceptaba su propuesta, no solo se libraría de su primo, que hacía apenas unas pocas semanas lo había felicitado con sorna por el nacimiento de su nueva hija, sino también de ese molesto palurdo de Heribert von Seibelstorff, que lo culpaba de la desaparición de Marie y estaba ansioso por luchar contra él.

Segismundo se quedó meditando la idea del caballero y le pareció útil. Heinrich von Hettenheim era un hombre con arrojo, y con la ayuda de Dios podría preservar la vida y el castillo del conde. Además, le venía bien que el más joven de los Hettenheim se quedara acampando cerca de Núremberg con sus huestes, ya que el emperador tenía pensado viajar allí en unos días para cerrar con los burgueses de la ciudad la venta del castillo imperial, fuertemente afectado por la participación del burgrave Friedrich en las contiendas bávaras. Si bien la suma que recibiría a cambio no era muy significativa, al menos alcanzaría para armar a una división de soldados de infantería y pagarles una soldada por algunos meses. Satisfecho con el desarrollo de los acontecimientos, el emperador les regaló a los dos bohemios una sonrisa magnánima.

—El conde Sokolny no os ha enviado hasta mí en vano. Uno de mis más valientes caballeros, Heinrich von Hettenheim, primo del señor Falko, partirá de inmediato hacia Bohemia con sus huestes para apoyar a vuestro señor.

Labunik volvió a hacer una reverencia, aunque estaba demasiado confundido como para poder responder. Por el camino había considerado la posibilidad de no regresar a su patria, ya que todo dentro de él pugnaba por permanecer a salvo en las regiones occidentales del imperio. Marek Lasicek tuvo que contenerse para no lanzar un improperio en checo, ya que la propuesta no se oía como si el emperador tuviese intenciones de acudir en su ayuda con todo un ejército. Si regresaba únicamente con un caballero y un puñado de guerreros, aquel viaje tan peligroso no habría valido la pena. Tal vez su prolongada ausencia no habría servido más que para acelerar la caída de Falkenhain, ya que, salvo el alemán, allí no había nadie capaz de entrenar bien a los hombres. También le parecía un mal presagio que el líder de las huestes prometidas fuese primo del tal Falko von Hettenheim, que tenía en toda Bohemia la fama de asesinar por nada y saquear sin freno, y cuyas acciones habían llevado a más de una ciudad y a numerosos miembros de la nobleza a pedir perdón de rodillas a los husitas.

—Os damos las gracias en nombre de nuestro señor, el conde Sokolny —oyó Marek decir a su acompañante, Labunik, al tiempo que veía cómo la cara se le alargaba como si acabara de oír su sentencia de muerte.

Esta apreciación de Marek no estaba lejos de la verdad, ya que el noble checo acababa de decidir entregarse a su destino. Regresaría a Falkenhain y lucharía y moriría junto a Sokolny.

En cambio, Marek Lasicek se juró que preferiría enfrentarse a un oso enfurecido con apenas un cuchillo en la mano, o incluso con los puños, antes de tener que volver a inclinar la cabeza una segunda vez frente a hombres como el emperador o como Falko von Hettenheim.

6

Era el cuartel de invierno más pobre del que Eva tuviera memoria. Si bien la ciudad de Núremberg, con sus grandes mercados y sus casas de comercio desbordantes de mercancías, quedaba a una distancia de apenas dos horas de viaje, lo mismo habría dado que quedara en la luna, ya que a los guerreros, sirvientes, prostitutas y vivanderas reunidos allí les estaba estrictamente prohibido entrar en ella, so pena de recibir graves castigos. La tropa no tenía más remedio que parar en un pueblucho cuyos habitantes los enviaban abiertamente al diablo y les racaneaban sus provisiones. La harina y la carne se vendían al precio del oro, pero casi ninguno de ellos tenía una moneda en el bolsillo. Ni siquiera el caballero Heinrich poseía más que su sirviente más pobre, ya que había tenido que vaciar la caja de guerra y su propio bolsillo para preservar a su gente de morir de hambre.

Para colmo, la desaparición de Marie seguía pesando sobre las almas de todos aquellos que la habían conocido. Nadie de las huestes del caballero Heinrich podía explicarse qué le había sucedido, y el único que tal vez podría haber dado una respuesta, es decir, Falko von Hettenheim, evitaba el campamento como la peste desde su última pelea con su primo. A comienzos del invierno había mandado a preguntar una y otra vez por Losen sin poder dilucidar cuál había sido su destino. Pero como ni el caballero ni Marie habían regresado, los habían dado por muertos.

Eva contempló abatida el manto de nieve mugriento, pisoteado por muchos pies, y olfateó el aire. Había un cierto aliento a primavera, pero aún continuaba haciendo un frío helado. Tiritó y se ciñó más al cuerpo la pañoleta raída. Sus movimientos despertaron a Trudi, que dormía en su regazo.

La pequeña pataleó de pronto, puso los labios en trompa, levantó la vista y gritó.

—¡Tengo hambre y frío!

Eva envolvió más a la niña en su pañuelo y le puso una ciruela seca en la boca. Trudi comenzó a mascar de inmediato, pero la vivandera advirtió en sus ojos que deseaba algo más.

—Pronto habrá algo caliente para comer —intentó consolarla.

La pequeña frunció la nariz.

—Sí, puré de piñas de pino.

Aún no habían llegado hasta ese punto, pero desde que Anselm, el muy gracioso, le había dicho a Trudi que el guiso de agua, harina, grasa rancia y arvejas secas que había de comer todos los días estaba hecho de piñas de pino, Trudi lo llamaba así. Eva pensó suspirando que una comida preparada con piñas no sabría mucho peor que la que ponían ahora en sus platos. Sin el ingenio de Görch, que conocía a sus compatriotas francos e iba de pueblo en pueblo a mendigar alimentos, seguramente no habrían podido sobrevivir con las provisiones compradas por el caballero Heinrich.

—Hola, Eva. ¿Qué te sucede? Tienes una cara que agriaría la leche... si tuviésemos leche para beber.

Theres salió de la choza que ambas habitaban y se sentó junto a la anciana. Aunque durante la retirada precipitada de Bohemia le habían asignado otra tropa, al llegar al punto de reunión había vuelto a unirse a las huestes del caballero Heinrich, al igual que Eva y a diferencia de Oda, que había partido junto con una caravana comercial en dirección a Worms, con la esperanza de poder dar a luz a su hijo en la casa de Fulbert Schäfflein. El resto de las vivanderas se había alegrado de habérsela quitado de encima, porque hasta el último momento había demostrado ser una buscapleitos.

Eva escupió el carozo de ciruela que había estado chupando durante las últimas horas y se volvió hacia Theres.

—Pondré mejor cara cuando el emperador nos asigne un cuartel mejor y les pague a los soldados lo que les debe.

—Ojalá que así sea. No puedo darme el lujo de volver a sufrir pérdidas como las del año pasado. La mayoría de los que estaban en deuda conmigo están muertos o se escabulleron sin pagar.

Theres se rio con amargura mientras miraba las chozas en las que los habían acuartelado a los soldados y a ellas. Aunque había conocido alojamientos mucho mejores, estaba contenta de tener al menos un techo donde cobijarse dentro de tan mala suerte.

—¿Crees que la campaña del emperador está teniendo éxito?

Eva se encogió de hombros.

—¿Y cómo quieres que lo sepa?

—¡Hambre! —repitió Trudi, retomando la palabra.

Theres la pellizcó suavemente en el mentón.

—La comida está lista. Justo iba a llamaros.

Eva se levantó suspirando y alzó en brazos a la hija de Marie.

—Vayamos a buscar nuestra cazuela de puré de piñas de pino y esperemos que esté más rico que ayer.

—Difícil que la comida esté peor con los ingredientes que tiene.

Theres dejó escapar un suspiro aún más profundo que el de Eva y regresó a la choza, donde bullía una masa de apariencia no muy apetitosa. Las dos vivanderas cocinaban para veinte hombres, un tercio de los soldados que le habían quedado al caballero Heinrich. El resto se abastecía solo o se quedaba a comer con las dos prostitutas entradas en años a las que ninguna otra tropa había querido aceptar. Mientras Theres volvía a hundir el cucharón en aquella masa grisácea y revolvía con fuerza, Eva dejó a Trudi en el suelo, levantó dos pedazos de hierro que había en la entrada y los entrechocó. Sus huéspedes parecían haber estado esperando ese sonido, ya que salieron raudos de sus chozas y se precipitaron hacia la de ellas con las cazuelas extendidas. Eva los miró frunciendo el ceño, le quitó al primero el cuenco de las manos y se lo extendió a Theres para que esta lo llenara. Luego esparció sobre la masa un par de frutas secas y un trozo de pescado, duro como una piedra, y le devolvió el cuenco a su dueño. El hidalgo Heribert también se había puesto en la fila y recibió la misma ración que el resto de los hombres. A comienzos del invierno, el joven Von Seibelstorff le había propuesto al emperador llevar a la tropa de Heinrich von Hettenheim a sus dominios, en los alrededores de Kronach, para establecer allí sus cuarteles de invierno, pero el emperador había denegado de plano su petición, ordenándoles a él y al caballero Heinrich que permanecieran en el pueblo que les había asignado cerca de Núremberg.

El hidalgo Heribert estaba seguro de que detrás de esa decisión estaba Falko von Hettenheim, y eso no contribuía precisamente a mitigar su encono hacia ese hombre. Pero Falko no era más que el primero de la extensa lista de aquellos a quienes retaría a duelo para recomponer su honor, ya que, cuando intentó hacer traer alimentos de su castillo, algunos capitanes del emperador habían tenido el descaro de interceptar la carreta y quedarse con su carga y con toda su gente a excepción del viejo cochero.

El hidalgo Heribert se había sentado hoy también en la choza de las vivanderas en el mismo lugar de siempre, y revolvía el puré con la frente cubierta de sombras.

Cuando Trudi avanzó hacia él con pasitos inseguros, su expresión se suavizó e incluso logró esbozar una tenue sonrisa.

—Hola, pequeña. ¿Cómo estás?

Trudi trepó a su regazo.

—¡Bien! Pero mamá aún no ha regresado y el puré de piñas de pino sabe horrible.

La sonrisa de Heribert se disipó. A pesar de que Marie tenía casi el doble de su edad y que como vivandera era absolutamente inadecuada para su clase social, había pensado que cuando terminara la guerra bohemia la llevaría a su castillo e intentaría convencerla de que fuera su mujer. Su repentina desaparición solo podía significar que había sufrido una muerte horrenda a manos de los husitas, y desde entonces se había abierto una herida en su corazón que tal vez no cicatrizaría nunca más.

—¿Dónde está el caballero Heinrich? —preguntó Eva, a quien le había llamado la atención la ausencia de su líder.

—Mi señor ha ido a Núremberg para exigirle al alcaide imperial que nos envíe de una buena vez los alimentos que nos debe desde hace semanas.

A Anselm se le notaba que hubiera querido acompañar a su señor, lo cual por cierto le correspondía por ser el escudero del caballero Heinrich, y se le notaba también que se reprochaba haber tenido la bondad de cederle su lugar a Michi. Ahora temía que el jovencito pudiese haber hecho algo imperdonable que hubiese puesto en aprietos al caballero Heinrich.

Los otros también miraron hacia la puerta, preocupados, como si pudieran hacer aparecer a su líder con un hechizo de sus miradas y, efectivamente, él apareció después de unos instantes. Su figura de hombros anchos se había vuelto más enjuta con el correr del invierno, y su cabello había comenzado a encanecer. Sin embargo, los ojos le brillaban con renovada confianza.

—¡Ya estáis comiendo! Qué bien, porque estoy muriéndome de hambre. —El caballero Heinrich se adelantó hasta donde estaba el caldero e hizo que Theres le sirviera una cazuela llena. Tragó un par de bocados para satisfacer el hambre más urgente y luego sonrió con la picardía de un niño—. El emperador ha regresado a Núremberg. Incluso ha intercambiado un par de palabras conmigo y le ha dado al alcaide la orden de enviarnos provisiones. Esta misma tarde llegará el primer cargamento. ¿Qué me decís?

—Hasta que no vea la harina y el tocino, no me lo creo.

El caballero se rio.

—He visto con mis propios ojos cómo cargaban el carro. Mañana recibiremos armas y equipamiento nuevos.

Eva miró con desconfianza.

—Parece como si fuese a haber una nueva campaña. ¿Acaso el emperador ha traído un ejército? Aquí en la zona no llega a haber ni quinientos soldados.

La expresión de su rostro revelaba lo extraño que le resultaba que el emperador los hubiese acuartelado durante más de tres meses en condiciones desastrosas y que de golpe los colmara de bienes necesarios para la guerra. Sin embargo, se guardó sus dudas para sus adentros y le preguntó al caballero por Michi.

—Espero que os haya servido como corresponde a un escudero.

Heinrich von Hettenheim la aplacó con el gesto.

—El muchacho es muy dócil y muy capaz. Cuando íbamos a emprender el regreso, me pidió permiso para quedarse un rato más en la ciudad porque quería ir en busca de un amigo.

—Seguramente se trataría de Timo, el mendigo cojo. Ya ha ido a verlo en reiteradas ocasiones antes de que cayera la nieve. Sabe el diablo qué es lo que le atrae tanto de ese viejo.

—Creo que lo conoce de antes, Eva, al menos algo de eso me dijo. Parece que Timo es oriundo del mismo lugar que Marie.

Heinrich von Hettenheim dejó escapar un sonido breve que sonó mitad a suspiro y mitad a gruñido, y luego mostró los dientes.

—Por cierto, mi amado primo ha vuelto a Núremberg.

El hidalgo Heribert se levantó de un salto, chocándose con la inestable mesa.

—¿Qué habéis dicho? ¡Por fin! ¡Esta vez no escapará a mi lanza!

El odio que había en su voz le hizo menear la cabeza a Heinrich von Hettenheim.

—¡Insensato! Mejor siéntate en lugar de andar desparramando las cazuelas. Para acabar con mi primo, antes debes moldearte y templarte, así que ármate de paciencia y no arruines las cosas por apurarte.

El joven Von Seibelstorff ardía en deseos de poder arrojarse sobre su enemigo; sin embargo, hizo lo que Heinrich le decía y se rio con dureza.

—Parece que quisierais darle tiempo a que engendrase un hijo varón. En cambio, si muriese ahora, su heredero seríais vos.

El caballero Heinrich se paró junto al hidalgo, poniéndole la mano sobre el hombro.

—Tal vez quiera darle la oportunidad de tener una séptima y una octava hija antes de que emprenda su viaje hacia el infierno.

El hidalgo Heribert le hizo una seña despectiva.

—Después de esas experiencias, dejará embarazada a media docena de criadas para poder reemplazar la próxima hija por un hijo bastardo.

—Si hubiese tenido otra esposa, podría haber hecho eso hace tiempo, pero Hulda, la hija de Lauenstein, está demasiado orgullosa de su propia sangre de antiguo linaje como para hacer pasar a un bastardo por su hijo legítimo.

El caballero Heinrich se rio a propósito en voz muy alta para aflojar la tensión que había en el ambiente. Sin embargo, quien puso fin a la disputa fue Michi. El muchachito abrió la puerta intempestivamente, irrumpió en el lugar como si estuvieran persiguiéndolo unos lobos y comenzó a parlotear a una velocidad tal que el resto casi no le entendió nada.

—¡Vamos a la guerra! El mariscal Pauer se lo dijo al alcaide cuando este se quejó porque tenía que abrirnos la casa de armas.

Heinrich von Hettenheim volvió a reír después de semanas, como si lo hubiesen liberado, ya que sentía que se había quitado la parálisis y la debilidad del invierno como si fuesen un abrigo viejo.

—¿Qué dices, muchacho? ¡Entonces por fin se está moviendo algo! Hace tiempo que me he hartado de este cuartel.

El hidalgo Heribert asintió, apretando los labios.

—El próximo otoño insistiré para que podamos retirarnos a Seibelstorff.

—¿Quién quiere pensar en el próximo invierno cuando ni siquiera ha terminado este? —El caballero Heinrich sonrió, loco de contento, atrajo a Michi hacia sí y le despeinó el cabello—. Eres un muchacho muy listo, Michi. ¿Qué más has oído?

—No mucho. Dicen que debemos acompañar a su patria a un par de bohemios que han reunido para hablar con el emperador.

—En ese caso, estoy intrigado por saber qué nos espera —exclamó Anselm, dudoso.

La noticia distaba de entusiasmarlo tanto como a su señor, ya que ir a la guerra podía significar que a uno lo lincharan, y no tenía muchas ganas de que eso le sucediera. Aunque prefería hacerse cortar en pedacitos antes que tener que separarse de su señor.

—Hay mucho que hacer antes de partir, y quiero ponerme de inmediato manos a la obra. ¿Qué dices, Michi? ¿Me ayudas con los preparativos?

Michi miró a Eva, vacilante.

—¿Te importa? Volveré enseguida si me necesitas.

La vieja vivandera meneó la cabeza con una risa que parecía un balido.

—Ve, no hay problema. No te necesitaré hasta que lleguen las vituallas y deba guardar las provisiones. Solo espero que esta vez me den crédito, de lo contrario mi carreta quedará vacía.

—No solo la tuya —intervino Theres, mordazmente—. Apenas me quedan unos pocos restos del año pasado que no me alcanzarán precisamente para darme la gran vida.

7

El carro de provisiones que habían anunciado seguía sin aparecer, y otra vez había para comer puré de piñas de pino, como lo llamaba Trudi. Sin embargo, esta vez nadie se quejó de la comida, ya que los rumores sobrevolaban el campamento como si fueran mariposas de colores. Poco antes de repartir la comida había llegado un mensajero procedente de Núremberg trayendo un mensaje lacrado en el mejor papel para el caballero Heinrich y luego se despidió de inmediato. Ahora Heinrich von Hettenheim estaba sentado en un rincón de la choza de Eva, con la cazuela llena en el regazo y siguiendo con tanto interés el contenido del mensaje que se le estaba enfriando el puré. Lo leyó una y otra vez, y en el medio hacía una pausa en la que se quedaba con la mirada fija en el vacío, hasta que al final comenzó a echar unas maldiciones tan blasfemas como nunca antes nadie le había oído decir.

—¡Esta canallada no puede ser sino obra de mi miserable primo!

—¿Qué? —El hidalgo Heribert se incorporó de un salto, como solía suceder cada vez que alguien nombraba a Falko von Hettenheim, y se dirigió deprisa hasta donde estaba Heinrich.

Este le extendió el escrito del emperador con gesto furioso.

—¡Léelo tú mismo! A su majestad imperial se le antoja enviarnos al castillo de Falkenhain, que al parecer queda a dos días de cabalgata de la ciudad de Pilsen en dirección hacia el norte, para apoyar a los súbditos bohemios que le han permanecido leales allí. Nuestro deber es proteger al conde Sokolny de los husitas.

Seibelstorff lo miró, confundido.

—No entiendo vuestro enojo, señor Heinrich. Se trata de un acto noble y valeroso que nos coronará de gloria.

—Temo que allí no habrá gloria para recoger. Nos toparemos con un ejército de bohemios muy superior en número y que nos matará a todos antes de que hayamos recorrido siquiera la mitad del camino. Esa empresa es una locura absoluta. —En su agitación, el caballero Heinrich no se había dado cuenta de que había más de una docena de personas escuchándolo. Cuando percibió los rostros asustados que lo rodeaban, torció el gesto hasta hacer una mueca afligida—. No me tomaré a mal si alguno de vosotros decide no acompañarme hasta Bohemia y en su lugar emprende otro camino diferente del que me toca recorrer a mí.

—Yo no pienso abandonaros —exclamó el hidalgo Heribert, conmocionado.

Los dos escuderos, Anselm y Görch, intercambiaron unas miradas rápidas y luego suspiraron, entregados.

—Bien, donde nuestros señores vayan, debemos seguirlos —dijo Görch en su dialecto franco.

Eva agitó el cucharón como si quisiera amenazar con él a todos los bohemios que se atrevieran a interponerse en su camino.

—No sabría adónde ir, señor Heinrich. Mi carreta y yo somos parte de vuestra tropa.

Theres asintió también.

—La muerte es parte de la guerra. Puede sorprenderme en Flandes o en Suabia del mismo modo que en tierra bohemia.

Los soldados que se contaban entre los huéspedes de Theres y Eva se miraron vacilantes, pero como ninguno hacía ademán de levantarse y escabullirse o protestar, finalmente terminaron por asentir. Uno de ellos miró al señor Heinrich con una sonrisa fatigosa.

—Bueno, señor caballero, si no estuviésemos dispuestos a ir con vos a la guerra, no habríamos permanecido aquí durante todo el invierno. Si Dios nos acompaña, tendremos la suerte de salir airosos de esta campaña también.

Sus camaradas asintieron enérgicamente al oír sus palabras. El caballero Heinrich se sintió profundamente conmovido por las muestras de lealtad de sus hombres, y su abatimiento cedió paso a una confianza que no solo contagió a los presentes, sino también a aquellos camaradas que se enteraron de la noticia poco después.

Al día siguiente, Gisbert Pauer apareció como emisario del emperador, trayendo, además del carro de provisiones prometido, otro carro más cargado con armas y armaduras. Mientras los soldados y los criados descargaban las provisiones y las acomodaban, el mariscal acompañó al caballero Heinrich a su cuartel para transmitirle las últimas órdenes del emperador. Heinrich oyó lo que Segismundo tenía que decirle y se sacudió por dentro. Lo único que pudo escuchar fueron deseos piadosos que no tenían absolutamente nada que ver con la realidad en Bohemia.

Pauer parecía compartir su opinión, ya que no desestimó los peligros a los que la tropa de Heinrich habría de enfrentarse, aunque expresó fervientemente su esperanza de que aquella arriesgada campaña culminara con éxito.

—Los mensajeros del conde Sokolny os conducirán hasta su patria por caminos seguros, de modo que hasta llegar al castillo de Falkenhain no tenéis nada que temer. ¡Así que reunid a vuestros doscientos hombres y partid tan pronto como os sea posible!

Heinrich von Hettenheim lanzó una amarga carcajada.

—¿De qué doscientos hombres me habláis? Muchos de mis hombres cayeron el año pasado o han muerto de enfermedades y, bien entrado el otoño, los caballeros partieron de regreso a sus castillos junto con sus soldados a caballo. No los culpo, ya que el dinero y las provisiones prometidos por los funcionarios del emperador a día de hoy aún no han llegado. Para que la gente que se quedó conmigo pudiera pasar el invierno tuve que vaciar mi propia caja hasta el último centavo.

Daba la sensación de que Pauer estaba terriblemente conmovido, ya que sabía perfectamente que el gobierno imperial de los ejércitos no se destacaba precisamente por su celeridad. Solían pasar años hasta que los comandantes y los capitanes recibían la soldada prometida, y más de uno de ellos había empobrecido, como había sucedido con Heribald, el padre del hidalgo, porque jamás les habían pagado.

El mariscal se sacudió de encima aquellos malos pensamientos.

—El emperador prometió doscientos hombres a los bohemios, así que la cantidad no puede ser muy inferior a esa. Veré qué otra tropa puedo enviarle para que podáis comandarla.

El mariscal esbozó una sonrisa bastante forzada, le preguntó al caballero si tenía algún otro deseo especial que cumplir y se despidió, indicándole que los bohemios llegarían ese mismo día. Hasta el momento, el caballero Heinrich siempre se había llevado muy bien con el mariscal imperial, pero esta vez se alegró de que Pauer se subiera a su montura y regresara al galope a Núremberg, ya que de lo contrario habría desahogado un poco su furia con un par más de palabras ordinarias.

Justo cuando iba a entrar en su cuartel, los dos escuderos salieron corriendo a su encuentro, al tiempo que el hidalgo Heribert se acercaba con pasos medidos. Sin embargo, su cara delataba que también se moría de curiosidad.

—¿Qué ha dicho Pauer?

—Recibiremos refuerzos, y los bohemios a los que debemos escoltar hasta su patria vendrán hoy mismo a nuestro encuentro. Anselm, ve con Eva y Theres e infórmales de la noticia para que ayuden a cocinar para los hombres.

—Lástima que ya haya venido el carro de provisiones. Me habría encantado darles a esos hombres la inmunda comida que hemos tenido que tragar durante todo el invierno.

Anselm parecía querer que Theres cocinara especialmente para los extraños una porción de esa pasta gris.

Görch balanceó la cabeza.

—Estos bohemios... ¿no serán husitas disfrazados que quieren tenderle una trampa al emperador?

—Esperemos que no —respondió el caballero Heinrich con una risa un poco fingida.

Tenía tanta expectativa como su gente de conocer a los extranjeros, e hizo una mueca de decepción al ver acercarse a Feliks Labunik y a Marek Lasicek acompañados de un par de toscos sirvientes enfundados en sobretodos de piel de oveja. Después del revuelo que habían causado los hombres en la corte y el gobierno imperial, no hubiese esperado encontrarse con un noble de rostro sufrido y hombros caídos y un soldado malhumorado, que, enfundados en sus abrigos de piel de lobo, parecían más cazadores salvajes que hombres civilizados.

Labunik saludó amablemente a Heinrich von Hettenheim, mientras que Marek respondió a su mirada con expresión abiertamente desafiante. Jamás había oído hablar del hombre al que el emperador había asignado para liderar la tropa que los escoltaría, pero sí sabía qué opinión le merecía su primo Falko, y no podía controlar su desconfianza.

A su vez, Heinrich tampoco estaba precisamente muy feliz de tener que ponerse al servicio de esos dos hombres, pero la orden del emperador no le dejaba otra opción.

Súbitamente resuelto, se dio la vuelta señalando al hidalgo, que estaba a sus espaldas.

—Este es Heribert von Seibelstorff, mi lugarteniente.

El hidalgo Heribert no desveló con la expresión de su rostro que era la primera vez que el caballero Heinrich lo presentaba de ese modo, sino que saludó a los hombres con un fuerte apretón de manos. La expresión de Labunik reveló que en ningún momento había pensado intentar imponerse como el segundo hombre en ese ejército, sino que se alegraba de que los dos nobles alemanes los saludaran afablemente. Con gran alivio siguió al hidalgo Heribert, quien por orden del caballero Heinrich condujo a él y a sus acompañantes a un cuartel en el que podrían permanecer hasta el momento de la partida.

Marek caminaba lentamente detrás del grupo mientras observaba el pueblo miserable y al escaso grupo al que debería conducir a Falkenhain. Todo el asunto se le antojaba una broma de mal gusto que el depuesto rey de Bohemia se permitía con los súbditos que le habían permanecido leales, y se preguntó si había valido la pena hacer semejante viaje por ese par de hombres con picas. La única ventaja que podía sacar de esa situación era que tal vez así tendría alguna oportunidad de hacerlos pasar por entre los grupos de patrulla de los taboritas sin ser vistos. Pero solamente un ejército realmente grande con el emperador a la cabeza podría poner fin a Prokop *el Pequeño* y a toda su pandilla de ladrones y preservar Falkenhain de una caída segura.

Heinrich von Hettenheim y Marek no eran los únicos que debían lidiar con problemas en vista de su inminente partida. Michi también estaba preocupado, y cuando al día siguiente volvieron a llegar vituallas al campamento, le preguntó a Görch dónde diablos quedaba ese castillo de Falkenhain.

El escudero frunció los labios sin alegría.

—En el corazón de Bohemia. Si le entendí bien al tal Labunik, nos llevará al menos dos meses llegar hasta allá, y eso si los husitas no nos degüellan antes.

Michi lo miró con miedo.

—Entonces tú crees que puede llegar a ser peligroso...

—De eso puedes estar seguro. Desde que comenzó el levantamiento, ningún ejército alemán ha logrado penetrar ni hasta la mitad de ese camino. —Görch exageraba descaradamente, pero Michi dio sus palabras por ciertas. El escudero se burló de él—. ¿Qué te sucede, muchacho? ¿Acaso tienes miedo?

—No, claro que no.

La respuesta de Michi llegó demasiado pronto como para ser cierta. De hecho, sí tenía miedo, pero no tanto por él, sino más bien por Trudi. Desde la desaparición de Marie se había unido estrechamente a Eva y se había ocupado de la pequeña, a quien consideraba su hermana, y se había jurado llevarla con su madre cuanto antes. Ella adoptaría a Trudi y la cuidaría. Sin embargo, a sus ojos, Rheinsobern quedaba casi al otro extremo del mundo, y —entretanto lo había comprendido— jamás lograría llegar a su destino sin una bolsa repleta de monedas. Hasta ese día había abrigado la esperanza de poder ir ahorrando dinero suficiente como para poder llevar a Trudi a su casa el otoño siguiente haciendo diversos encargos. Pero ahora parecía que no le quedaría más remedio que llevarla a un viaje sin retorno. Buscó desesperadamente una salida, ya que les debía a su madre y a Marie evitar poner en peligro la vida de la pequeña. Görch podía ayudarlo tan poco como Eva o el caballero Heinrich, por eso se despidió del escudero y abandonó el campamento para dirigirse hacia Núremberg.

En la puerta de ciudad, los soldados rasos y los bagajeros eran rechazados de inmediato si no acudían con algún mensaje y podían mostrar una carta lacrada a modo de prueba. Por eso, al llegar a la ciudad, Michi se colocó detrás de un carro tirado por un flaco rocín sobre el cual iba sentado un solo hombre, y se puso a empujar el coche desde atrás como si fuera con él. Como seguía teniendo ropa de campesino, los guardias cayeron en la trampa, de modo que Michi pudo franquear las puertas sin que nadie opusiese resistencia. Una vez que quedó fuera del alcance de su vista, soltó el carro y se deslizó por entre los transeúntes hasta meterse en una callejita lateral. Poco después llegó a una casa torcida por los años, de estructura angosta y paredes entramadas, cuya pared posterior había sido construida apoyándose contra la muralla de la ciudad, e hizo sonar el llamador carcomido por el viento y el clima.

Pasó un rato hasta que abrió una mujer mayor de rasgos toscos cuya voz tenía el sonido de una bisagra oxidada.

—¡Ah, conque eres tú! ¿Y qué es lo que quieres ahora?

—¡Necesito hablar con Timo!

—Iré a ver si está.

La anciana se dio la vuelta y volvió a meterse en la casa arrastrando los pies. Michi se quedó parado en la puerta, ya que si la seguía, la mujer le bombardearía con insultos y aseguraría que quería robarle. Cuando volvió a oír su voz disonante, que se escuchaba desde fuera procedente del primer piso, volvió a preguntarse cómo Timo podía soportar vivir en casa de esa bruja. Ya le había preguntado al cojo en varias ocasiones por qué se quedaba con una mujer tan descortés, pero él siempre le había respondido con evasivas.

Timo le decía que él no tenía problemas con la señora Lotte y que el alquiler que ella le cobraba era barato; lo que le había callado al muchacho era que el cura seguramente no habría aprobado la manera en que convivían él y aquella viuda posadera. El antiguo siervo de armas de Michel aún seguía considerando un milagro haberse encontrado con Marie el verano anterior. Ella le había dado tanto dinero que, si lo administraba con mesura, podría vivir un par de años con la señora Lotte, disfrutando de algo más que del tibio lecho de su anfitriona. Si bien la noticia de la desaparición de Marie le había afectado, al mismo tiempo tenía la sensación de que, a partir de ese momento, era dueño de su propia vida. Su posadera le había reforzado esa actitud, llevándolo entretanto al punto de considerar a Michi cada vez más molesto.

—¡Hola, Michi! ¿A qué se debe esta vez el motivo de tu visita? —preguntó de forma no precisamente amable.

Michi se estremeció al oír aquel tono rudo, pero se enderezó y miró fijamente al cojo.

—Tienes que ayudarme sí o sí, Timo. La tropa a la que pertenezco marchará hacia la guerra en pocos días, y no puedo llevar a Trudi conmigo. Por favor, quédate con ella hasta mi regreso, y si al llegar el otoño aún no he regresado, entonces tendrás que llevarla a Rheinsobern, a casa de mi madre. Seguramente ella te recompensará.

Timo asintió inconscientemente, ya que sentía que le debía cierta lealtad a la hija de Michel y de Marie.

—Por mí, no hay ningún problema, pero debo hablar primero con la señora Lotte para ver si ella quiere acogerla. Aguarda un momento aquí.

Timo dio media vuelta y volvió a entrar en la casa cojeando, apoyado sobre sus muletas. Como había dejado la puerta entreabierta, Michi pudo espiar la conversación entre ambos. Tal como temía, la señora Lotte comenzó a protestar, negándose a permitir que una criatura mendicante —tal fue la manera en que se refirió a Trudi— entrara en su casa. Pero cuando Timo le explicó que Trudi era la heredera de un caballero imperial y que seguramente el emperador les daría una abundante recompensa si le llevaban a la niña, el tono de su voz adoptó otro color. Michi, en cambio, tuvo que esforzarse para contener las lágrimas. Jamás habría esperado que su antiguo amigo lo traicionara de ese modo. Marie le había contado a Timo que quería preservar a su hija del destino de ser pupila de un noble señor, y él, Michi, se sentía atado a esas palabras como si se trataran de un legado divino.

Se quedó escuchando un rato más cómo Timo y la señora deliraban imaginándose todo lo que harían con la recompensa, luego se dio la vuelta y salió corriendo. Cuando Timo regresó al poco tiempo, halló vacío el lugar en la puerta. Se dio la vuelta, encogiéndose de hombros, y volvió a entrar en la casa arrastrando los pies.

—El muchacho se ha ido. Se ve que se ha cansado de esperar a que yo regresara, pero creo que volverá a aparecer mañana o pasado.

Su posadera frunció el ceño.

—¿Estás seguro de que el emperador nos recompensará?

A pesar de que Timo asintió, la expresión en el rostro de la señora Lotte comenzó a tornarse cada vez más escéptica.

—¿Has pensado en qué haremos para acercarnos al noble señor? Lo más probable es que sus guardias nos rechacen en la misma puerta.

Timo llevó el labio inferior hacia delante y frunció el ceño. De alguna manera se había imaginado que bastaría con acercarse al cuartel del emperador llevando a Trudi de la mano para que lo saludaran afectuosamente. Pero ahora se daba cuenta de que la única garantía que podía ofrecer para certificar el origen de la niña era su palabra, y el emperador le pediría certificados y más testigos. Decepcionado, volvió cojeando hasta la pequeña cocina repleta de hollín y se dejó caer sobre una de las sillas que había allí.

—Creo que tienes razón, Lotte. No tiene sentido, ya que jamás podríamos probar el origen de la niña.

—Y entonces, ¿qué vamos a hacer con la criatura? ¡No necesito una boca inútil más que alimentar! —respondió la mujer, tras lo cual regresó a sus ollas.

8

Cuando Michi volvió al campamento, ya habían llegado los refuerzos esperados; entre ellos, alrededor de medio centenar de mercenarios suizos comandados por Urs Sprüngli. El hombre de Appenzell había participado ya en unas cuantas campañas contra los husitas. Sin embargo, cuando Heinrich von Hettenheim le reveló adónde se dirigía la caravana, meneó la cabeza, incrédulo.

—¡No hablaréis en serio! ¿Cómo haremos para atravesar el territorio enemigo con menos de doscientos hombres? ¿A qué infradotado se le ha ocurrido semejante disparate?

—Al emperador.

La voz de Heinrich von Hettenheim no sonaba siquiera una pizca más amable que la del suizo. La tropa de Sprüngli era apenas un poco menos numerosa que la suya, y no tenía el menor interés en los roces que necesariamente esto causaría en torno al mando.

—Yo no pedí que vos y vuestros hombres vinierais —agregó, disgustado.

—Yo tampoco pedí que me enviaran a este camino al cielo. Pero ya que estamos aquí, tratemos al menos de llevarnos bien. Tenemos un largo camino por delante, y tendremos bastante con resistir a los husitas. Vos sois el comandante de la tropa y os acepto como mi comandante también. Pero no creáis que me callaré la boca si algo no me gusta.

Con su discurso sin pelos en la lengua, el suizo se granjeó

llanamente la simpatía del caballero Heinrich, que le hizo una señal a Eva para que les llevara dos vasos de vino y brindó con Sprüngli.

—¡Por el éxito de la campaña! ¡Que Dios y los santos nos acompañen!

—Si llegamos allá sanos y salvos, peregrinaré hasta la abadía de Einsiedeln y le encenderé una vela a la Virgen María el día de la Consagración. —Sprüngli soltó el aire de los pulmones—. Pero lo de infradotado no pienso retirarlo.

Apuró su vino, se despidió del caballero Heinrich y regresó con sus hombres. Von Hettenheim se quedó mirándolo unos instantes, se dejó caer sobre una silla y dirigió a Eva una mirada significativa.

—En lo que respecta al emperador, debo decir que incluso me atrevo a darle la razón a Sprüngli.

Eva volvió a llenarle el vaso y se sirvió uno también.

—Mejor que bebamos nuestro vino nosotros antes de que caiga en manos de los husitas. —Eva se rio como si aquel no fuese el primer vaso que había bebido en el día. Sin embargo, su mirada era clara y resuelta—. No me gusta que Michi y Trudi vengan con nosotros, señor Heinrich.

El caballero se encogió de hombros.

—No podemos dejarlos aquí. Si lo hiciéramos, tendrían que sentarse a mendigar en las escalinatas de la iglesia de San Lorenzo. ¿Cuánto tiempo crees que pasaría antes de que el resto de los mendigos los echaran y los guardias de la ciudad los arrojaran a los caminos?

—Podría ser un destino más piadoso que el que los amenaza si se quedan con nosotros.

Eva entrecerró los ojos y se quedó mirando con la vista perdida hacia fuera a través de la vejiga de cerdo rota que había en la abertura de la ventana.

—Por Michi no necesitas preocuparte. Entre los bagajeros tenemos niños incluso menores que él. Vosotros dos tendréis que seguir ocupándoos de la pequeña igual que antes.

Se notaba que las preocupaciones del caballero Heinrich iban mucho más allá del destino de dos niños. Sin embargo, Eva no cejaba en su empeño.

—Preferiría dejar a ambos en Núremberg. Pero no tengo dinero suficiente como para poner a Michi de aprendiz con un buen maestro, y dudo que alguien quiera aceptar a Trudi en su casa.

Heinrich von Hettenheim se quedó contemplándola con gesto pensativo.

—Deberías confiar en la misericordia de Dios, Eva, y no perder de vista que tú y los niños habéis sorteado ilesos la última campaña. Mientras estés con nosotros, podremos regresar esta vez también.

—¡Quiera Dios que así sea, señor, y si tenemos que morir en los bosques de Bohemia, esperemos que al menos el Señor se apiade de nuestras almas! —Eva volvió a servirse una vez más y se bebió de un trago el contenido—. ¡Está algo agrio pero qué bien hace!

El caballero Heinrich le extendió su vaso.

—Sírveme a mí también una vez más, Eva. Tal vez el vino me ayude a ahuyentar las sombras que me nublan el ánimo.

Eva se rio, pero luego lo miró con gesto de advertencia.

—Todavía podéis beber, pero en cuanto hayamos llegado a los bosques de Bohemia necesitaréis mantener la cabeza fresca.

—No te preocupes, cuidaré bien de mi cráneo. —El caballero soltó una carcajada y se dispuso a abandonar la habitación.

Sin embargo, Eva lo retuvo.

—Quiero daros las gracias por habernos hecho llegar a mí y a Theres una parte de las provisiones enviadas.

—Eso os servirá de indemnización por las pérdidas sufridas el año pasado —declaró el caballero, tras lo cual abandonó la choza con una sonrisa animada que no le salió del todo bien.

Le costaba más que en otras oportunidades encarar los preparativos para la campaña, ya que en lo más profundo de su ser estaba convencido de que ninguno de ellos regresaría. No le quedaría más remedio que vender al enemigo su vida y la de sus soldados al precio más caro posible. Por ese motivo, ordenó a sus hombres que pusieran sus armaduras en condiciones óptimas y luego salió a buscar a la gente de Sprüngli. Los de Appenzell le causaron buena impresión, aunque sus miradas dejaban entrever que ellos también creían que se trataba de una situación sin esperanzas. Por último, inspeccionó los pertrechos, que a menudo constituían un impedimento para un avance más rápido de los ejércitos. Como tendrían que pasar por unos cuantos tramos montañosos muy escarpados y mantenerse apartados de las antiguas rutas comerciales, no podían llevar carretas demasiado grandes y pesadas. Por eso, el caballero Heinrich resolvió que, además de los carros ambulantes de Eva y de Theres, que eran de los más livianos, llevaría un par de carretas campesinas de dos ruedas, y halló a un carretero en la cercana ciudad de Stein que le vendió cinco carros a un precio muy alto. Conseguir esos carros implicó un gran agujero en su caja de guerra, aunque recientemente se había vuelto a llenar, pero no quería ahorrar en nada de lo cual pudiese llegar a depender la vida de todos. Por esa razón, reemplazó los bueyes que habían sobrevivido el invierno por otros más jóvenes y briosos, y mandó que mataran al resto y trocearan su carne para salarla y completar así las provisiones.

Al cabo de casi una semana, los preparativos habían concluido, y como la nieve ya prácticamente se había derretido por completo y únicamente en los lugares más altos podía llegar a esperarse aún un último coletazo del invierno, ya no había nada que impidiese la partida. El caballero Heinrich volvió a inspeccionar una vez más su pequeño ejército, ya que no se hacía ilusiones en lo referente a las dificultades que tenían por delante. El camino hacia Falkenhain les quitaría a él y a sus hombres la última partícula de energía. Sin embargo, cuando a la mañana siguiente se montó sobre su caballo y dio la orden de partida, parecía tan relajado y confiado como si se tratara simplemente de viajar desde Núremberg hasta Fürth. Gisbert Pauer los escoltó un trecho, y al llegar a la frontera de la torre albarrana de Núremberg se encontraron con Falko, el primo de Heinrich, que quería ver con sus propios ojos si su odiado pariente se dirigía a la perdición que él le había deparado.

9

El invierno helado, que mantenía Bohemia en sus fauces despiadadas, no había impedido a los husitas realizar campañas en las regiones más templadas de Austria, al norte del Danubio. Solo encontraban resistencia en casos muy concretos, ya que la mayoría de las ciudades y los castillos ya los habían atacado y saqueado antes. Los señores habían obligado a los sobrevivientes de esas campañas de saqueo a reconstruir sus casas y a volver a cultivar sus campos, haciéndolos caer una vez más víctimas de los asesinos incendiarios. Los husitas se encargaban con más meticulosidad que nunca de liquidar a cada uno de los que no lograban huir de ellos, y aquellos que lograban escapar daban gracias a Dios demasiado pronto, ya que las noches aún eran muy frías, y sin alimento ni un fogón por las noches para calentarse, los hombres morían como moscas. Al final, ya ni siquiera a varios kilómetros a la redonda había suficientes manos como para enterrar a los muertos.

Los taboritas que regresaban se pavoneaban a voz en cuello de sus hazañas. Marie sentía escalofríos cuando escuchaba aquellos horrores, pero al mismo tiempo se fortalecía su voluntad de huir cuanto antes. Mientras servía a los husitas día tras día como una esclava en el viejo granero, escuchaba en secreto los relatos que los guerreros les contaban a los guardianes e iba reuniendo los conocimientos necesarios para lograr escapar y sobrevivir a la huida. Su propósito se veía dificultado por el hecho de que no podía abandonar ni a Anni ni a Helene, que le había tomado mucho cariño. La joven sufría aún más que ella el poder de Renata, ya que el nombre de Jan Hus no la preservaba de lo peor. La mujer de Vyszo descargaba en primera instancia sobre Helene el odio que sentía hacia los alemanes, y muchos hombres hacían lo mismo. A pesar de que los predicadores taboritas llamaban a los soldados a tener una vida casta y agradable a ojos de Dios, ellos utilizaban el origen de Helene como excusa para violarla una y otra vez. Los años de guerra habían embrutecido a la mayor parte de los hombres, y los líderes que ahora llevaban la voz cantante sabían que los escrúpulos mareaban tanto a los santurrones que los convertían en malos guerreros. Prokop *el Pequeño*, Vyszo y sus secuaces coincidían con Falko von Hettenheim en que un buen soldado era solamente aquel que se alegraba de saquear y vejar, y guiaban a sus tropas según ese criterio.

Marie tenía miedo de tener que unirse a esa gente en una campaña, pero esa era la única oportunidad que tenía de escapar de los husitas, y esperaba ansiosamente a que llegara su oportunidad. Pasaron muchas semanas sin que nada sucediera. Pero de repente comenzaron a fluir en masa hombres hacia el campamento de Prokop para marchar bajo su mando hacia Sajonia y Silesia, y muy pronto comenzaron a buscar también a mujeres para lavar y cocinar, servir a los líderes y más adelante procesar el botín. Para enorme disgusto de Marie, Renata, que se encargaría de comandar a las bagajeras, solo eligió como acompañantes a aquellas mujeres que le caían bien, y obviamente ni ella ni Anni ni Helene estaban dentro de ese grupo.

Sin embargo, como no pensaba quedarse ni tenía intenciones de continuar ejerciendo de esclava, Marie fue a buscar a Ottokar Sokolny. A su modo de ver, él aún le debía un favor, y había llegado el momento de recordárselo. El joven conde tenía un aspecto mucho más tenso que antes, una arruga vertical profunda que nacía de la base de su nariz le dividía la frente en dos como si fuera la cicatriz de una herida de espada, y ni siquiera notó la presencia de Marie cuando ella se encaminó hacia él y se le plantó enfrente.

Marie carraspeó y, como él seguía sin reaccionar, decidió encararlo.

—Perdonadme por molestaros, señor. He oído que están buscando a mujeres que quieran marchar con el ejército.

El conde Ottokar se sacudió, como si estuviese tratando de espantar un mal pensamiento, y le dedicó a Marie una mirada de rechazo.

—¿Qué has dicho?

—Quería pediros que nos llevéis con vosotros a mí y a mis amigas Anni y Helene. Os aseguro que no os resultaremos una carga y que sabremos ser útiles en todo lo que podamos.

—¿Quieres marchar con nosotros a la guerra aunque luchemos contra tus propios compatriotas? —Ottokar Sokolny la miró, atónito, pero se detuvo al advertir la mirada suplicante en sus llamativos ojos, azules como el cielo—. ¡Ah, conque esas tenemos! Esperas poder huir en el camino. Puedes ir quitándote esas ideas de la cabeza, porque enviarían suficientes hombres a buscarte como para atraparte y traerte de vuelta. Y supongo que no necesito describirte lo que ocurriría entonces contigo.

Al principio, Marie se espantó de que Sokolny hubiera adivinado sus intenciones con tanta facilidad, pero luego se recompuso y se rio en voz alta.

—¿Qué estáis pensando, señor? No estoy cansada de vivir, pero tampoco quiero tener que trabajar eternamente como una condenada en este granero maloliente. Además, yo soy vivandera y entiendo bastante de campañas de guerra.

Eso era verdad solo en parte, ya que no había participado en ninguna campaña salvo en la funesta del año anterior; sin embargo, esperaba poder persuadir a Sokolny.

Pero él meneó la cabeza.

—No puedo ayudarte, Marie. Me asignaron el mando de la vanguardia, y allí no necesitaré mujeres.

Su rostro parecía tan sincero que Marie le creyó, ya que en el ejército imperial la vanguardia por lo general tampoco llevaba pertrechos que le obstaculizaran el avance; en cambio, las prostitutas y las vivanderas les eran asignadas al cuerpo principal del ejército o incluso a la retaguardia.

—Siento haberos molestado, noble señor.

Se iba a retirar cuando Sokolny la sujetó de la manga.

—No volváis a llamarme así. Para los taboritas en el ejército soy un simple hombre, y no un noble. Si te oyen hablar así, ambos podemos llegar a terminar mal.

Sonaba tan preocupado que Marie lo contempló, sorprendida, y comprobó que el conde efectivamente parecía tener miedo. Lo que aún no podía dilucidar era si temía por la vida de ella o por la suya propia. En todo caso, ya estaba advertida. En adelante debería intentar ser aún más prudente, y estaba más bien dispuesta a permanecer otro invierno allí que a poner en peligro su vida y la de sus compañeras.

—He entendido, Ottokar.

Marie se dio la vuelta y se alejó rápidamente. Ottokar Sokolny se quedó mirándola alejarse y lamentó que una mujer tan hermosa y orgullosa tuviese que servir como una esclava habiendo conocido y venerado a Jan Hus, pero al cabo de unos instantes sus preocupaciones hicieron que se olvidara de ella.

Abatida, Marie regresó a su choza, se sentó en un rincón y se quedó escuchando a Renata y sus amigas, que bebían cerveza y se explayaban acerca de la campaña en ciernes. Muy pronto, Marie se cansó de sus comentarios sanguinarios e intentó desterrarlos de sus pensamientos. Pero entonces prestó atención, porque Renata justo estaba contando que Vyszo, que se encargaría de la retaguardia, estaba buscando más vivanderas y prostitutas de campaña. A pesar de que Marie odiaba a aquel hombre con toda su alma, no quería desaprovechar la oportunidad que se le presentaba. Se paró y salió de la choza para ir en busca de Przybislav, el subalterno de Vyszo, que era el encargado de escoger a las mujeres.

La puerta que daba al cuartel de Przybislav estaba abierta y, cuando Marie entró, oyó unos gemidos excitados. El checo yacía sobre Helene con los pantalones bajados, embistiéndola con brutalidad. Marie quiso retirarse enseguida, pero su amiga la descubrió y miró hacia un lado, avergonzada.

Przybislav acabó con un ronquido triunfal, se quedó un momento más montado sobre Helene, tratando de recuperar el aliento, y luego se puso de pie resollando de placer. En ese momento descubrió a Marie y le hizo una mueca lujuriosa.

—¿Qué pasa, mujer? ¿Tú también estás con comezón entre las piernas? ¡Entonces tendrías que haber venido un rato antes!

La mirada de Marie se paseó por la cosa achicharrada en la que se había transformado su miembro y se estremeció por dentro. Jamás se entregaría voluntariamente a aquel hombre ni aunque la vida le fuera en ello.

Helene ya se había vuelto a poner el vestido y pasó junto a Przybislav en dirección hacia la puerta, pero entonces se detuvo junto a Marie y la miró con asombro.

—¿Sucede algo en especial, Marie? —le preguntó en alemán.

Marie asintió con expresión obstinada.

—Quería preguntarle a Przybislav si tú, Anni y yo podemos unirnos a la tropa de Vyszo.

—No creo que se oponga, sobre todo si voy yo —respondió Helene con una expresión que revelaba a Marie el precio que tendría que pagar su amiga por la remota probabilidad de una huida.

Por un momento consideró la posibilidad de renunciar a su plan y esperar una nueva oportunidad. Pero luego se preguntó cuántos hombres más se le echarían a su amiga encima en el tiempo que tuvieran que permanecer allí. En cuanto a ella, hasta el momento había tenido suerte, pero la supuesta bendición de Jan Hus no la protegería eternamente. Cualquier día de esos podría suceder que algún hombre le pidiera que se abriera de piernas para él, y si ella llegaba a negarse, seguramente la matarían. Marie le dio ánimos a su amiga con la mirada, al tiempo que sus labios hacían una mueca que pretendía ser una sonrisa.

—Por favor, habla tú con Przybislav para que nos incluya. ¿O acaso quieres quedarte en el campamento hasta que el próximo te llame a su choza?

Helene meneó la cabeza, se dirigió hacia el hombre, que se había acercado con gesto malhumorado, y comenzó a largar frases en checo a borbotones. Hablaba tan rápido que Marie no pudo seguirla, y finalmente él respondió con un par de gruñidos que podían equivaler a «¡me parece perfecto!». Al mismo tiempo, le dio una palmada a Helene en las nalgas con tal fuerza que ella pegó un grito del susto. Marie no se quedó esperando el siguiente movimiento del hombre, sino que corrió hacia la puerta, poniendo de inmediato una distancia de varios cuerpos entre ella y la choza.

Helene la siguió frotándose las nalgas, pero mirando a Marie con curiosidad.

—¡Quisiera saber por qué quieres unirte precisamente a la tropa de Vyszo! Ahora tendré que abrirme de piernas para Przybislav todas las noches, y hasta es posible que termine pariendo un crío suyo.

—Yo tengo un método para impedir embarazos no deseados —respondió Marie—. Ven, te lo daré ahora mismo, y también te daré otra cosa que te librará de una carga desagradable en el caso de que la desgracia ya se hubiera producido.

Helene se persignó, asustada, y levantó las manos en señal de rechazo. Luego volvió a echar una mirada a la choza, en cuya puerta seguía parado Przybislav, y asintió con la cabeza en señal de aceptación.

—Tal vez sea mejor así. No quiero darle la oportunidad de pavonearse cuando mi vientre comience a abultarse. Y mientras me use de colchón, al menos el resto de esos canallas me dejarán en paz.

Marie la atrajo un momento hacia sí, acariciándole la mejilla.

—Recemos para que no tengas que soportar mucho tiempo más y podamos regresar a nuestra patria sanas y salvas.

Helene bajó la cabeza, atribulada.

—Yo ya no tengo patria, Marie.

—La patria es el lugar que uno elige para forjársela. Y ahora, arriba ese ánimo, todo saldrá bien.

10

Tres días más tarde, el ejército se puso en marcha. Prokop *el Pequeño* había llamado a las armas a todos los hombres del oeste de Bohemia capaces de usarlas, por lo que ahora estaba al frente de más guerreros que cualquier otro general husita que lo precediera. Su ejército abarcaba por lo menos diez mil hombres, y estaba acompañado de más de mil carros tirados por caballos. Si bien esos animales eran más pequeños y estaban más descuidados que los que ella conocía de su hogar, también eran más resistentes y se las arreglaban con menos. Los coches que tiraban parecían más pequeños y quebradizos, pero la precariedad de su construcción al mismo tiempo permitía repararlos con más facilidad. Muy pocos de esos carros habían sido construidos por los propios husitas; en general, ellos se habían apropiado de los carros que consideraban más adecuados durante sus campañas de saqueo a modo de botín.

Para no demorarse, Prokop había ordenado no llevar más víveres de los que necesitaban para llegar a los primeros pueblos y ciudades de Sajonia, ya que, a partir de allí, el territorio atacado se encargaría de alimentar a su ejército. La velocidad era otro de los motivos por los cuales las armaduras de los guerreros parecían más bien sencillas, a pesar de que los graneros desbordaban de piezas obtenidas en los saqueos. Solamente los líderes llevaban algo más que un par de placas de hierro cosidas sobre cuero, ya que todo el metal había sido reutilizado para crear armaduras más útiles. En los carros había cientos de las armas preferidas de los checos: paveses imponentes, picas y manguales, y también las temibles culebrinas, contra las cuales hasta entonces ni las tropas del emperador ni los ejércitos de los príncipes atacados habían podido encontrar un antídoto.

Marie había pasado una vez como quien no quiere la cosa por al lado de uno de esos carros para ver más de cerca las culebrinas. Se trataba de piezas de artillería casi de la altura de un hombre, que se hacían uniendo varillas de hierro candentes y fraguándolas hasta que a partir de esas piezas se formaban unos tubos firmes. En el extremo de atrás se cerraban mediante un complicado mecanismo que se desmontaba para efectuar la carga, que consistía en una masa firmemente torneada cuya punta generalmente era de plomo cortado en finos pedacitos, o a veces también en un proyectil compacto, y en una cantidad por lo menos tres veces mayor de pólvora que se ponía detrás. Una vez efectuada la carga, esa pieza del extremo volvía a ponerse en su soporte y se trababa. Y entonces la culebrina podía dispararse a través de un orificio donde se colocaba la mecha. Marie jamás había experimentado el efecto de esas armas diabólicas en un enfrentamiento, pero intuía que esta vez no le ahorrarían la experiencia.

Como la mayoría de los caballos se utilizaban para los coches y además eran demasiado pequeños como para llevar a hombres acorazados durante tramos muy largos, apenas si había hombres a caballo. Los pocos jinetes de que disponían los husitas eran los señores de la nobleza y sus soldados a caballo; y los soldados de infantería, instigados por sus capitanes taboritas, los miraban de reojo y a menudo los cubrían de insultos.

Ottokar Sokolny partió con los albores de la mañana al mando de su vanguardia montada, pero después Prokop dejó transcurrir varias horas antes de dar la orden de partida al cuerpo principal, y cuando la tropa de Vyszo por fin se puso en marcha, el sol ya estaba acercándose al cenit. Esta vez, Marie no tuvo que manejar ninguna carreta, sino que iba sentada delante en uno de los carros, al lado del cochero. En lugar de un pescante fijo solo había una viga atravesada que estaba asegurada entre las escalerillas laterales y que era de todo menos cómoda. En la parte de atrás del carro iban Anni, Helene y seis guerreros, sentados sobre una pila de cajas y bolsas. Al principio, a Marie le parecía inimaginable que el pequeño caballo marrón enganchado al carro pudiese hacer avanzar semejante carga, pero lo cierto era que el animal llevaba horas tirando de él sin parecer cansado.

—¿Qué tarea te han asignado para esta noche? —preguntó el conductor a Marie, después de haber viajado un buen rato en silencio junto a ella.

—Estoy entre las cocineras —respondió ella, intentando apartarse un poco, ya que el hombre parecía compartir con Przybislav el gusto por los dientes de ajo crudos.

El cochero se sonó la nariz ruidosamente y luego se pasó la lengua por los labios.

—Si llegaras a servir cerveza, podrías hacerme llegar un segundo vaso.

—Yo tampoco me opondría a un segundo vaso de cerveza —exclamó otro hombre desde atrás.

—Veré qué puedo hacer.

Marie tenía suficiente experiencia con los hombres como para saber que las supuestas concesiones costaban poco o nada, pero que servían para que la dejaran en paz. Para cuando llegara la noche, los hombres ya se habrían olvidado de su media promesa, y además no creía que fueran a confiarle a ella servir la cerveza.

Los hombres con los que viajaba ahora pertenecían sin excepciones a la rama taborita de los husitas, y eran sus peores enemigos; sin embargo, se llevaba casi tan bien con ellos como con los soldados rasos del ejército imperial.

Se reía de sus chistes cuando se los explicaban en alemán, acusaba recibo de sus miradas de admiración con el grado de coquetería esperable, zafándose de las manos que pretendían asirla. Al caer la tarde, cuando la caravana se detuvo, se puso a buscar con ojos expertos un lugar adecuado para el coche, y al hallarlo se lo señaló al cochero. Él gruñó algo bastante cercano a un halago y luego dirigió el carro hacia allí. Apenas se pusieron de pie, las amigas de Marie saltaron del carro como gallinas espantadas, mientras Anni le explicaba a Marie más con gestos que con su voz aún balbuceante que por el camino los soldados le habían pellizcado el trasero y sus pechos aún diminutos. Desde que Gunter von Losen la había violado, aborrecía al género masculino, y ya le había explicado a Marie varias veces, haciendo todo tipo de gestos con las manos y los pies y con palabras que a menudo Marie había tenido que soplarle, que la siguiente vez que alguien intentara tomarla por la fuerza se convertiría en un gato furioso que arañaría y mordería.

Marie intentó consolarla.

—No te preocupes. De día, los hombres son como los perros que ladran, pero se olvidan de morder. Pero por las noches sí debes cuidarte de ellos, ya que puedes llegar a terminar tendida con un hombre encima antes de que atines a decir «no». Si tienes que aliviarte, hazlo al lado del carro, no vayas detrás de un arbusto, y mucho menos al bosque.

Helene la miró con curiosidad.

—Hablas como si te hubiese sucedido algo parecido.

Marie soltó un sonido descarnado.

—A mí no, pero sí a otra mujer en el ejército imperial. Se llamaba Oda, estaba embarazada de cuatro meses y era una bestia hecha y derecha. Pero ni siquiera a alguien como ella le habría deseado acabar víctima de un grupo de carneros malolientes.

Mientras conversaban, las manos de las tres no habían permanecido inactivas en absoluto: habían sacado la cacerola y el trípode del carro y los habían dispuesto mientras Marie le gritaba a uno de los soldados que fuera al bosque a buscar leña.

El soldado resopló con desprecio.

—¡Envía a tus dos ayudantas!

—¡A ellas las necesito aquí conmigo! Así que más vale que vayas, o esta noche no habrá nada para comer.

La amenaza de Marie surtió efecto. Si bien el hombre comenzó a refunfuñar diciendo que a esa altura del año seguramente no encontraría madera seca, finalmente se alejó arrastrando los pies, y al poco tiempo regresó trayendo un hatillo grande con pedazos de ramas útiles. En lugar de unirse a sus camaradas, se quedó observando con interés cómo Marie cortaba una rama formando astillas, ponía encima pasto seco del año anterior y sacaba chispas para encenderlo. Una vez que logró avivar los pequeños destellos ardientes hasta formar una llama clara, ella lo miró sonriendo.

—Tendrás que ir a buscar más madera. No alcanza.

Al hombre parecía habérsele despertado el apetito tras ver aquellos preparativos, ya que no protestó más, sino que hizo que un camarada lo acompañara para asegurarse de que muy pronto el fuego estuviese llameando debajo de la cacerola, de modo que Marie pudiese cocinar el puré nocturno para el grupo de hombres que le habían asignado. Al llenar los recipientes, Anni y Helene llevaron un barrilito de cerveza, que fue saludado con gran júbilo por los guerreros. Finalmente, todos se sentaron sobre las pieles de oveja que los hombres habían extendido en el suelo para protegerse del frío y la humedad, con el cuenco en la mano y el vaso al lado, y Marie casi se sintió como si la hubiesen transportado al campamento guerrero imperial. Al igual que ahora, el año anterior también había pasado algunas noches con Trudi, Eva, Theres y otras más, había conversado animadamente para matar el tiempo y esperar la caída de la noche. La única diferencia era que los sonidos que captaba su oído ahora eran extraños y que el objetivo de esta campaña era saquear y asesinar a sus propios compatriotas.

Como todas las noches, cuando el ajetreo diurno comenzaba a ceder y tenía tiempo como para poder pensar un rato en sí misma, recordó a su hija y a su esposo, preguntándose si aún estarían con vida. Suspiró, se sentó un poco apartada del resto, apoyando los brazos sobre las rodillas. Echaba mucho de menos a ambos, pero sobre todo a Michel, y se aferraba desesperadamente a su esperanza, aunque aquella convicción tan poderosa de antaño se había vuelto muy precaria en el transcurso de aquel invierno tan largo y miserable. Justo en el momento en el que Marie lamentaba el hecho de que ya no soñaba tan a menudo con él, aunque por lo general se tratara de pesadillas, Helene se sentó a su lado, y poco después se sumó Anni. Su protegida apoyó la cabeza sobre los muslos y levantó la vista hacia ella, mirándola con una tristeza infinita, aunque como de costumbre casi no brotó una sola palabra de sus labios. Marie le sonrió y le acarició el pelo. Era bueno tener a alguien a quien cuidar, ya que de no ser por Anni y por Helene ya habría perdido el valor y habría intentado suicidarse hacía tiempo.

Uno de los soldados se acercó con tres vasos de cerveza en la mano.

—Aquí tenéis. Os lo habéis ganado. La cena estaba verdaderamente deliciosa.

—Me alegra que lo digas —respondió Marie con fingida alegría. Aceptó el vaso y le alcanzó uno a Anni y otro a Helene—. A tu salud —le dijo al soldado.

Este le hizo una seña, risueño, y regresó con sus camaradas.

11

Durante los días siguientes, Prokop condujo a su ejército en dirección hacia el norte por la ruta comercial vieja pero muy bien conservada que unía las ciudades de Beroun y Rakovnik. Al principio, las distintas partes de la tropa iban marchando una detrás de la otra, guardando siempre la misma distancia entre sí y contactándose por medio de emisarios a caballo. Pero al cuarto día, el líder del ejército envió a la vanguardia de Ottokar Sokolny a que se adelantara yendo por Zatec hasta Chomutov para explorar desde allí los caminos hacia Sajonia. El cuerpo principal del ejército hizo una pausa de un día en Rakovnik. Cuando volvió a ponerse en marcha, al menos dos mil hombres se quedaron atrás con las tropas de Vyszo, que partió inmediatamente después del cuerpo principal del ejército, pero lo siguió durante corto tiempo, doblando al rato hacia el oeste, en dirección a Kralovice.

A Marie la separaron de sus amigas y le asignaron el coche en el que ya se habían puesto cómodos algunos de los principales capitanes de Vyszo. Estos parecían seguir creyendo que Marie no entendía ni jota de checo, ya que conversaban con total desenfado. Marie se quedó escuchando, pero al principio se aburrió bastante, porque hablaban casi todo el tiempo de saqueos pasados. Sin embargo, aguzó el oído cuando uno de los hombres dejó caer un nombre que ella conocía.

—Espero que haya suficiente botín en el castillo de Sokolny, ya que por culpa de ese traidor tendremos que renunciar al saqueo que nos esperaba en Silesia.

—Si no nos entretenemos demasiado con él, aún estaremos a tiempo de alcanzar a la expedición —intervino otro—. Estamos a solo tres días de marcha de su castillo.

Un tercero se rio con ironía.

—Me alegraré una vez que hayamos llegado allá. Hace tiempo que estoy esperando el momento de linchar a ese cerdo que traicionó su honor y continúa lamiéndole el trasero a su rey alemán.

—Václav Sokolny pudo resistir tanto tiempo porque esos traidores calixtinos lo protegieron —agregó el segundo, lleno de rabia.

El primero hizo una seña en dirección al este y luego hacia todo el territorio.

—Primero reventamos a ese piojo resucitado en su castillo del bosque y después barremos a toda esa canalla de la nobleza, que sigue creyendo que puede estar por encima de nosotros.

A continuación, los hombres se pusieron a detallar lo que les harían a sus propios compatriotas, a quienes habían declarado traidores, y al poco tiempo Marie comenzó a desear volver con los soldados rasos que, si bien le habían hecho cumplidos de doble sentido, al menos no estaban tan consumidos por el odio como sus líderes. Al mismo tiempo, se daba cuenta de que Prokop *el Pequeño* y Vyszo habían hecho de todo para engañar al joven Sokolny. Evidentemente contaban con que se enteraría del ataque que habían planeado contra su hermano y le habían hecho creer que llevarían a cabo el asalto más adelante. Cuando Ottokar se enterara de lo que estaba ocurriendo realmente, ya estaría en el corazón de Sajonia y ya no podría ayudar al conde Václav. Él mismo corría gran peligro, ya que los subalternos no se molestaban en ocultar que no permitirían que él y el resto de los calixtinos que se habían sumado a los ejércitos husitas en la primavera regresaran con vida de aquella campaña.

Solo al cabo de un rato Marie comprendió que ella también se había convertido en una víctima de aquel cambio de planes, ya que la propiedad del conde Sokolny estaba tan metida en Bohemia que no podía arriesgarse a huir desde allí. Y si corría peor suerte aún, tras la caída del castillo de Sokolny Vyszo se lanzaría a la caza de calixtinos y no abandonaría territorio bohemio en todo el verano. Marie se estremeció de solo imaginarse que tendría que pasar otro invierno más siendo esclava de los husitas bajo la férula de Renata. Si eso sucedía, no lograría sobrevivir, ya que su ropa estaba tan raída que la tela se deshacía bajo los gruesos hilos con los que había remendado los agujeros. Marie rezó a María Magdalena pidiéndole que obrase algún milagro, ya que solo eso podría salvarla.

Al caer la noche del día siguiente acamparon cerca de Plasy, una ciudad pequeña y derruida que solo presentaba restos de la antigua muralla que la circundaba y en la que las ruinas de una alcaidía incendiada daban cuenta del esplendor que había tenido antaño aquella plaza de comercio junto a la ruta que partía hacia el norte desde Pilsen. Cuando continuaron el viaje, la tropa abandonó la ruta principal y se introdujo en un camino para carretas cubierto de malezas que parecía no haber sido utilizado en años. Ante su vista se extendían las alturas boscosas del Lom como una muralla verde y aparentemente inexpugnable.

Esa noche, tras acampar en medio de un paisaje de arbustos que en el pasado debía de haber sido un claro fértil para los cultivos, Marie pudo hablarles a sus dos compañeras acerca del cambio de planes de los taboritas. Mientras que Anni recibió la noticia con aplomo, Helene luchó para contener las lágrimas.

—¡Moriremos en esta tierra maldita!

Marie la cogió por los hombros, apretándola con tal fuerza que Helene dejó escapar un gemido de dolor.

—¡Cállate! Recupera la calma, ¿o acaso quieres llamar la atención de todos? Vamos, debemos continuar nuestro trabajo como si nada hubiese sucedido.

—¡Claro, tú no tienes que levantarte la falda todas las noches para complacer a Przybislav! —le espetó Helene—. Por cierto, no hace más que preguntarme por ti. Así que mantente precavida, porque no creo que tu historia con Jan Hus logre detenerlo durante mucho tiempo más.

Eso no le cogió por sorpresa a Marie, aunque ella había contado con poder escapar a tiempo, antes de que la lujuria de aquel hombre prevaleciera sobre su temor al castigo del santo. Ahora solo podía elegir entre quedarse y compartir el destino de Helene o escapar sola al bosque y tratar de abrirse paso como fuera hacia el oeste. Con las bestias de rapiña de dos y cuatro patas que hacían tan inseguras aquellas tierras, sus posibilidades de sobrevivir y de hallar el camino hacia el imperio eran prácticamente nulas.

—No debemos permitir que nos acorralen —le dijo a Helene, cogiéndola de la mano y caminando con ella hacia el carro, aparentemente despreocupada.

Allí bajaron entre las dos el caldero y el trípode de hierro. Una hora más tarde, el guiso ya bullía suavemente, y uno tras otro fueron acercándose sus degustadores presentando sus cuencos vacíos. Marie repartió la comida riendo y bromeando, y ni siquiera un observador muy agudo habría podido notar la energía que le costaba esa alegría fingida.

Después de la cena, mandaron buscar a Helene para que fuera a la carpa de Przybislav, de modo que tardaría un buen rato en regresar. Marie y Anni se pusieron a lavar los cacharros y los utensilios de cocina, y cuando la noche oscureció el cielo y aparecieron las primeras estrellas, ambas se acostaron debajo del coche, envolviéndose en sus mantas. En el invierno, Marie había conseguido hacerse con un viejo puñal que ahora escondía debajo de la falda en lugar de su cuchillo perdido. Sus dedos tanteaban la empuñadura como si esta pudiese darle el valor que tanto necesitaría en los tiempos que corrían.

A la mañana siguiente volvió a haber, como de costumbre, pan viejo, morcilla muy condimentada y los restos del arroz de la noche anterior, pero, contrariamente a lo acostumbrado, a cada uno de los soldados de la tropa de Vyszo se le dio doble ración de cerveza. El siguiente campamento nocturno ya se haría frente al castillo de Sokolny, pero el camino hacia allí era cuesta arriba, a través de pendientes escarpadas y pobladas de arbustos, y luego se atravesaba la cresta de una montaña llena de abruptos precipicios. A media mañana el tiempo cambió por completo, y de pronto la lluvia comenzó a caer sobre el campo como una corriente arrasadora. Aquel tramo les exigió sus últimas fuerzas a hombres y animales. Los guerreros, Renata y la mayoría de las mujeres checas poseían abrigos o capas de piel de oveja que al menos los preservaban de la lluvia. En cambio, Marie, Anni y Helene solo llevaban pañoletas cubriéndoles los hombros, de modo que se empaparon por completo. Para colmo comenzó a soplar un viento helado del este que amenazaba con convertirlas prácticamente en hielo. Helene temblaba como una hoja, y al rato comenzó a toser con fuerza.

Uno de los soldados se percató y le salió al encuentro.

—¿Qué te sucede? ¿Estás enferma?

En sus palabras flotaba cierto temor a la peste. Marie levantó las manos en un gesto apaciguador.

—Jelka se ha resfriado un poco, eso es todo. Se sentirá mejor en cuanto vuelva a salir el sol.

Marie había elegido la forma checa del nombre por miedo a que el guardia decidiera echar directamente a Helene de la expedición por ser alemana. En aquellos bosques llenos de abismos y torrentes de agua que los rodeaban, la joven no lograría sobrevivir ni tres días en el estado debilitado en el que se encontraba.

—¡Si su estado de salud empeora, tendrá que abandonar el ejército!

A pesar de su tono áspero, el soldado parecía conservar algún resto de humanidad, ya que le llevó a Helene un viejo abrigo de piel de oveja para que pudiera cubrirse. Przybislav, que durante la pausa del mediodía había aparecido para exigirle a Helene que volviera a visitarlo por la noche, también pareció temer su enfermedad, ya que en vista de su tos ronca dio un paso atrás y contempló a Marie, incitante.

—Y, preciosa, ¿no quieres ganarte un par de privilegios?

Marie sacudió enérgicamente la cabeza.

—Lo lamento, pero tendrás que buscarte a otra.

El hombre torció el gesto haciendo una mueca de desagrado y la sujetó con fuerza de la barbilla.

—No te olvides de que tú eres alemana. ¡Así que deberías ser un poco más complaciente, de lo contrario te recordaré lo que se hace con gentuza como tú!

Por dentro, Marie se quedó paralizada de miedo y furia; sin embargo, cogió la mano del hombre y la apartó de su cara.

—Si quieres que tu mejor parte siga obedeciéndote, deberías ser más cuidadoso.

El hombre dio un salto hacia atrás, asustado.

—¿Acaso pretendes hechizarme, ramera diabólica?

Marie sacudió la cabeza, riendo.

—Dispongo de una protección mucho más eficaz que la brujería. Bien sabes que yo me encontraba en Constanza cuando Jan Hus fue asesinado y que recibí su bendición. Si llegas a hacerme algo, le rezaré al gran mártir para que te castigue.

Hasta el momento, el nombre de Jan Hus siempre la había protegido, y esta vez Przybislav también se estremeció cuando ella nombró al santo, se persignó y pronunció una breve oración antes de desaparecer entre las carretas.

A Marie, la cadena del Lom, por cuya estribación estaban avanzando, le recordaba un poco a su Selva Negra natal, aunque las montañas boscosas aquí eran más bajas y, sobre todo, no parecían tan interminables. Sin embargo, tanto aquí como allá había múltiples peligros que acechaban a los viajeros desprevenidos. El camino que seguía la expedición atravesaba laderas escarpadas llenas de torrentes de aguas que se precipitaban al vacío, convirtiendo el suelo del valle en un arroyo pantanoso. Como los animales de tiro estaban encajados hasta el estómago dentro de las aguas heladas, las mujeres tenían que llevar al hombro los alimentos y el resto de las piezas de armadura mientras los guerreros empujaban los carros y los sacaban con gran esfuerzo de los peores fondos.

Por la noche, cuando volvieron a alcanzar llanuras secas, solo unos pocos miles de pasos los separaban de su meta. Pero como ya estaba oscureciendo, Vyszo tuvo que hacer acampar a su ejército con gran disgusto. Marie escuchaba con un solo oído las quejas e insultos de los hombres, ya que tenía que ocuparse de Helene, que ya no podía mantenerse en pie. Cortó ramas de abedul medio secas para hacerle un lecho más tibio donde su amiga pudiese pasar la noche. Helene se envolvió en su piel de oveja, se puso la manta más fina sobre la cabeza y los hombros y le apartó la mano a Anni cuando esta se acercó a ofrecerle un cuenco con guiso. Pero Marie no estaba dispuesta a dejar tirada a Helene, así que le quitó a Anni el cuenco de las manos y comenzó a alimentar a la enferma ella misma. Cuando el cuenco hubo quedado vacío, Marie le palmeó la mejilla.

—¿Ves cómo sí has podido comer? Verás cómo tener algo caliente en el estómago también les hará bien a tus pulmones.

Helene le cogió las manos y se las apretó con fuerza.

—Eres tan buena conmigo.

—Tú también harías lo mismo por mí. Bueno, y ahora, a dormir, así recuperarás fuerzas.

Marie la ayudó a meterse dentro del abrigo y la manta y luego regresó junto al fuego. Un par de guerreros estaban sentados en ronda, cantando en voz baja una melancólica canción acerca de una muchacha hermosa y un pastor que se amaban y que al fin volvían a encontrarse después de atravesar grandes peligros. Marie tuvo la sensación de que no pocos taboritas añoraban en su interior poder vivir en paz. Pero mientras hombres como Vyszo y Prokop llevasen la voz cantante, y mientras los predicadores de Tabor llamaran a los husitas a emprender la guerra santa contra la Iglesia romana, ninguno de ellos tendría la oportunidad de cambiar el mangual por el arado.

Marie se sacudió esos pensamientos enseguida, ya que no podía ponerse sentimental. En esas tierras estaban ocurriendo cosas que se le iban de las manos hasta al mismísimo emperador y, dadas las circunstancias, lo único que restaba era preocuparse por sí misma y tratar de sobrevivir. Con un gesto brusco les dio la espalda a los que cantaban y fue a buscar su manta al coche. La lana estaba fría y húmeda aunque había estado bajo un toldo, y cuando se envolvió en ella tardó un buen rato en sentirse lo suficientemente tibia como para poder conciliar el sueño. Aquella noche volvió a soñar con Michel por primera vez después de muchos meses. Lo vio enfundado en un abrigo de piel de lobo, sentado en una torre provista de almenas, levantando la vista para mirar las estrellas. Bajo el resplandor del farol que tenía al lado, su rostro parecía triste y perdido, y ella creyó sentir que el corazón de él estaba llamándola. Cuando se despertó a la mañana siguiente, se quedó tendida un rato más para retener los ecos de aquel rostro de su sueño. Finalmente, Anni le tiró de la manta, señalando la marmita tapada y subrayando con un gesto enérgico la palabra «desayuno», que su boca formaba en dos idiomas.

—¡Ya va, pesada!

Marie se levantó gimiendo, al tiempo que estiraba sus miembros agarrotados, añorando una buena almohada de plumas blandas y un colchón gordo de crin, o al menos una bolsa de paja de avena para la noche. Suspirando, recordó la hermosa y cómoda cama que tenía en Rheinsobern, aunque lo que más deseaba era una gran tina con agua tibia para quitarse toda la mugre que tenía pegada.

En el ejército de los husitas apenas si había posibilidades de darse el lujo de lavarse. Las mujeres que se dirigían al arroyo para asearse junto a la orilla detrás de un arbusto corrían inmediato peligro de que algún hombre las tendiera boca arriba. Marie prefería el tufo ya bastante penetrante que compartía con Anni, Helene y la mayoría de las otras mujeres antes que arriesgarse. Antes de repartir el desayuno, se lavó las manos y la cara en una tinaja de agua que le había llevado uno de los hombres. A cambio, el hombre se vio recompensado con un trozo de morcilla del doble de tamaño que el de los demás.

Esta vez partieron en cuanto los espías enviados por Vyszo regresaron, y muy pronto llegaron a un claro grande. Al principio solo advirtieron un par de pequeños campos sembrados que el año anterior aún debían de haber dado sus frutos, pero después vieron alzarse el castillo frente a ellos, coronando la estribación más norteña del Lom. A primera vista, aquella fortaleza parecía más pintoresca que amenazante, de modo que Marie la examinó detenidamente para calcular su capacidad defensiva. Falkenhain tenía un diseño extremadamente simple que, de acuerdo con sus conocimientos, era prácticamente imposible de hallar en otra parte del imperio, y un punto débil era la ausencia de una barrera exterior. Había un solo patio, de modo que, una vez conquistada la puerta, el enemigo podía atacar los edificios. Los muros y la torre de entrada parecían estar en tan buen estado como el palacio cuadrado que se encontraba en el centro de las instalaciones. El castillo parecía haber sido arreglado hacía poco, y dentro de ese arreglo se habían levantado considerablemente las murallas y las torres. Incluso en algunos sectores todavía estaban trabajando, ya que la corona de almenas aún tenía agujeros, y en algunas partes se elevaban andamios desde el interior que asomaban por la pared.

La llegada del ejército taborita no pasó desapercibida. Marie vio que algunas personas corrían hacia el gran portal y desaparecían allí dentro, luego se cerraron las hojas de la puerta, chapadas en metal, y detrás de las almenas comenzaron a apostarse los guerreros.

—¡Mirad, este Sokolny realmente quiere oponernos resistencia! —exclamó uno de los guerreros, riendo.

Luego se paró en la carreta y comenzó a mover su mangual, aullando. En el ínterin, los subalternos y los guardias de Vyszo habían abierto filas, buscando los mejores lugares para acampar. Como querían acorralar el castillo sin dejar ningún espacio libre, había que formar un círculo prácticamente inexpugnable con todas las carretas. Cuando les dieron la señal para avanzar, el conductor de Marie azotó por última vez a su potrillo, guiándolo a través del suelo ablandado de la pradera hasta llegar al lugar que uno de los guardias le había asignado. Allí se bajó, puso las zapatas de freno y desenganchó. Marie se limpió en una mata de pasto los zapatos de madera, completamente embarrados, y fue a buscar al carro los utensilios para cocinar. Aunque los hombres estuviesen atareadísimos preparándose para el sitio, no por ello se olvidarían de la comida.

12

No había un solo hombre ni una sola mujer en la tropa del caballero Heinrich que no deseara mandar al diablo a Marek Lasicek. El checo los había llevado hacia el este a través de unos senderos que únicamente una cabra podría haber considerado transitables, y la mayor parte del tiempo daba la sensación de que estaba conduciéndolos a la buena de Dios a través de los tramos del bosque más inaccesibles que pudiese haber encontrado. Constantemente tenían que estar apartando árboles caídos del camino, temblando de miedo de que alguna patrulla husita oyera sus golpes de hacha; sin embargo, como por obra de un milagro, no se toparon absolutamente con nadie. Aunque eso tampoco fue mucho consuelo, ya que el matorral por el que tenían que abrirse camino parecía consistir únicamente en púas y espinas afiladas, y cada vez que tenían la oportunidad de utilizar algo que pudiese asemejarse a un camino, las ramas que colgaban atravesadas y los árboles caídos los volvían locos.

La tropa había partido de Núremberg con ciento setenta hombres, ya que a los palatinos del caballero Heinrich y a los suizos de Sprüngli se les habían sumado otros sesenta soldados de infantería enviados por los capitanes del emperador. Al principio, el caballero Heinrich se había alegrado de que llegaran refuerzos, pero bastó un solo día para que empezara a maldecirlos, ya que era evidente que le habían endosado a los mayores pelmazos y revoltosos de todo el ejército imperial.

Algunos de ellos desaparecieron a los pocos días, pero los líderes habían tomado esas deserciones más bien como un alivio. La única que se había enfadado por ello era Theres, ya que les había vendido a dos de ellos alimentos y camisas nuevas de fiado. Aleccionada por la experiencia, al resto de los soldados comenzó a cobrarles antes de entregarles la mercancía. Sin embargo, esto no impidió a los siguientes desertores gastar parte de su dinero de bolsillo para adquirir aquellas cosas que necesitaban para sobrevivir un par de días en los bosques.

Al final solo había quedado alrededor de la mitad de los supuestos refuerzos con la tropa, pero después de una ardua marcha de más de tres semanas se confabularon contra el resto de los soldados. Habían tenido que superar cuestas tan escarpadas que se habían visto obligados a enganchar a todos los animales a un solo carro e incluso así necesitaban al menos una docena de guerreros para empujarlo y sostenerlo hasta que el vehículo llegaba intacto a la cima de la colina. Al otro lado de la loma, sujetaban los vehículos con sogas y los bajaban por medio de cabrestantes, ya que ninguna zapata de freno del mundo habría podido frenarlos. Eva, Theres y los bagajeros tuvieron que quedarse sentados en el pescante de sus vehículos y temblaban de miedo, ya que sabían de accidentes anteriores que, si las sogas se cortaban, se estrellarían con carreta y todo al pie de la ladera escarpada. Para hacer esas maniobras, Eva dejaba a Trudi al cuidado de Michi o bien del hidalgo Heribert, y ellos cargaban a la niña sobre los hombros hasta pasar el tramo peligroso. A pesar de todos los esfuerzos, el camino había castigado tanto las carretas que poco a poco fueron teniendo que dejar más de la mitad de ellas y sacrificar a los animales heridos.

Cuando Marek le anunció a Heinrich von Hettenheim que por fin habían dejado atrás los bosques de Bohemia y que ya estaban cerca de su destino, en la tropa volvió a sentirse por primera vez algo así como alegría. El caballero alzó a Trudi, algo que casi nunca hacía, y le dio unas ciruelas pasas de las provisiones de Eva.

—Te las has ganado en buena ley, pequeñita, ya que en esta marcha has sido más valiosa para nosotros que nuestra bandera.

Marek contempló a la niña con gesto de reconocimiento.

—En eso tenéis razón, señor caballero. Nos ha hechizado a todos, haciéndonos olvidar lo arduo del camino.

Heinrich von Hettenheim se rio con sorna.

—Ahora ya puedes admitir que te has guiado solo por el olfato para conducirnos a tu patria, Marek, ya que este camino jamás puede haber sido transitable.

—¡Sí que lo era! Antes, este camino solía ser muy transitado por caminantes, no así por vehículos de tiro. Los canasteros de Bohemia lo utilizaban para transportar sus mercancías al Alto Palatinado y a la Alta Franconia. Mi cuñado una vez me llevó con él y me mostró el camino. Por aquí terminó huyendo con mi hermana de los taboritas, aunque no les sirvió de mucho. Se afincaron en el siguiente pueblo en dirección al oeste, en una región en la que la gente había permanecido fiel al rey Segismundo, pensando que allí estarían seguros. Pero poco después fueron asesinados durante un ataque sorpresa.

El rostro de Marek reflejaba odio y dolor.

—Por lo que hemos oído, parece que los husitas no perdonan ni a su propia gente.

Marek apretó los puños.

—Es cierto, pero en su caso no fueron los husitas los que arrasaron con la región, sino la gente de vuestro primo Falko. A ese no le importa si los que mata son fieles al rey o partidarios de Hus. He hablado con algunos sobrevivientes y no quiero ni pensar lo que los alemanes le hicieron a mi hermana antes de matarla.

—Conozco a mi primo lo suficientemente bien. —El caballero Heinrich mostró los dientes y volvió a poner a Trudi en el suelo—. Anda, cariño, ve con la tía Eva.

—¿No más ciruelas pasas? —preguntó la pequeña con desilusión.

—Oh, perdona, las había olvidado por completo. —El caballero le puso en la mano la bolsita de lienzo, en cuyo interior aún quedaba al menos una docena de ciruelas—. Pero no te las comas todas de golpe. Si lo haces, tendrás que ir con demasiada frecuencia a la hierba, y entonces la tía Eva se enojará porque tendrá que detenerse muchas veces, y yo también me enojaré porque no podremos avanzar.

—Solo un par —prometió Trudi, alejándose con la agilidad de un cervatillo.

El caballero Heinrich se quedó mirando a Marek, cerró los ojos como si estuviese intentando espantar alguna imagen terrible y luego soltó una amarga carcajada.

—A ninguno de mis enemigos lo odio tanto como a mi primo. Pero uno no puede elegir a sus parientes...

Marek asintió con la cabeza, comprensivo, miró hacia el este, donde estaba el castillo de Sokolny, y expresó su esperanza de llegar en menos de dos días.

—Me alegro de regresar a casa, aunque allí nos esperen los verdaderos peligros. Vuestra llegada le dará alas al valor de mi gente.

Heinrich alzó los hombros.

—Temo que estarán decepcionados, ya que seguramente esperarían una ayuda mucho más contundente que el par de siervos de infantería que les traigo.

Marek alzó las manos en señal de rechazo.

—Cualquier ayuda es bienvenida para nosotros, y tal vez vuestros hombres sean los responsables de si logramos conservar Falkenhain o no.

—Lo que me han contado de los husitas no me inspira demasiada confianza en que podamos lograrlo. Los fanáticos como ellos no se detendrán hasta que vuestro castillo haya caído o el último de ellos se haya desangrado frente a sus muros.

No era la primera vez que Heinrich von Hettenheim debía luchar contra un ataque de desánimo, ya que se veía a sí mismo y a su gente como víctimas que el emperador había cedido con mano muy suelta para poder sentirse bueno y noble.

Marek notó la expresión abatida en el rostro del caballero y se echó a reír.

—¡Arriba ese ánimo, señor Heinrich! Aún tenéis una espada afilada guardada en la vaina, y vuestros guerreros están confiados.

Pasado mañana, cuando estemos en Falkenhain sentados a la mesa del conde y tengáis la oportunidad de probar un jarro de nuestra excelente cerveza y el delicioso ganso asado que prepara Wanda, veréis el mundo con otros ojos. Vosotros los alemanes tenéis una tendencia a complicaros la vida solitos. Lo mismo noto en nuestro Frantischek, que ya no sabe quién es ni de dónde viene y se pasa el día tratando de recordar, desesperado, en lugar de alegrarse de que aún sigue vivo.

El caballero Heinrich lo miró con curiosidad.

—¿Tenéis a un compatriota mío en el castillo?

—Sí, desde hace más de dos años.

—¿Un hombre que perdió la razón? Es un gesto muy generoso por parte del conde Sokolny hacerse cargo de un enemigo.

—No, no, no perdió la razón, sino solamente la memoria. Salvo eso, tiene la cabeza muy lúcida, y además es el hombre más valiente que yo haya conocido hasta el día de hoy, ya que liquidó a un oso adulto enfrentándose a él con solo un cuchillo en la mano.

El caballero Heinrich hizo una mueca incrédula.

—Entonces era un loco fanfarrón o estaba en una situación desesperada.

Marek echó el mentón hacia delante.

—Se interpuso entre el oso y Janka, la hija de mi señor, para salvar la vida de la muchacha.

El caballero levantó los brazos en un gesto conciliador.

—No quería ofenderte, ni a ti ni a él. Tratándose de la vida de una dama, el hombre actuó con valentía y nobleza.

—Sí, es cierto, y además es un entendido en cuestiones de guerra. Cambió totalmente la forma de adiestrar a nuestros hombres y nos mostró los puntos débiles de nuestra fortaleza. Creo que ese hombre es más valioso para nosotros que todos los vuestros juntos.

—Me muero por conocerlo, aunque también estoy intrigado por vuestra cerveza. Labunik me ha hablado maravillas de ella. En nuestro país, solo los campesinos beben cerveza, y es un caldo inmundo que mi caballo se negaría a sorber. Pero una bebida que sea del gusto de un hombre noble es siempre bienvenida para mí.

El caballero Heinrich le dio una palmada en el hombro a Marek, riéndose con una alegría que no había experimentado en semanas.

En el rostro de Marek se dibujó una amplia sonrisa.

—¿Lo veis? Finalmente he podido haceros reír.

El caballero Heinrich se puso de pie y miró hacia donde estaban sus hombres, que se habían reunido alrededor de un fogón pequeño, casi sin humo, y conversaban con voz apagada.

—Espero que esta no sea la última noche en la que podamos reírnos juntos. Pero ahora deberíamos acostarnos. Ya es tarde y, tal como vos mismo habéis dicho, aún tenemos un largo camino por delante.

Marek señaló hacia el este y suspiró.

—Seré feliz cuando pueda volver a estar en mi hogar. No tengo nada contra vuestras dos vivanderas, ¡pero nuestra Wanda cocina mucho mejor!

El caballero Heinrich asintió.

—¡Bueno, eso espero! Después de un jarro de cerveza y una rica comida, tal vez mis hombres te perdonen por los senderos insólitos que les has hecho atravesar.

Marek lo miró, pestañeando de forma inocente.

—Jamás os prometí una calle de procesión, sino un camino por el cual no nos toparíamos con un solo taborita. Y decidme, ¿habéis visto siquiera uno solo?

—Tenéis razón. Debería daros las gracias en lugar de burlarme.

El caballero lo palmeó por segunda vez en el hombro y luego regresó al campamento. Marek se quedó sentado un rato más, pensando. En Núremberg no había tenido una impresión favorable de aquellos alemanes que lo acompañarían a Falkenhain por orden del emperador. Sin embargo, su opinión había ido modificándose en el transcurso del viaje. Heinrich von Hettenheim era un buen líder, y la mayoría de su gente había dado lo mejor de sí por él. Había aprendido a apreciar las bromas toscas de los helvecios, a pesar de que le costaba comprender su dialecto, y ahora también comprendía al joven Seibelstorff, que al principio le había parecido un mocoso engreído. El hidalgo sufría por su honor ofendido y probablemente no le perdonaría jamás al emperador el hecho de que se hubiese quitado de encima a su padre gravemente herido como si se tratase de un perro viejo e inservible. Pero lo que más le impresionaba era el odio cuidadosamente cultivado del joven hacia Falko von Hettenheim. Si ese merodeador con traje de caballero llegaba a tener en el imperio más enemigos de esa clase, probablemente no podría sacrificar bohemios fieles al rey durante mucho tiempo más.

Marek se sacudió el recuerdo del caballero Falko con un movimiento ofuscado de su cabeza. Si bien había logrado levantarle el ánimo a Heinrich von Hettenheim, el suyo se hundía cada vez más. Expulsó violentamente el aire de los pulmones, volvió a mirar hacia el este, donde estaba Falkenhain, y pensó en los taboritas, que muy pronto caerían sobre aquel valle pacífico y masacrarían a sus habitantes. A diferencia de lo que le había dicho al caballero Heinrich, no creía que el puñado de hombres que traía pudiese salvar su patria.

13

Al día siguiente, la tropa avanzó a buen ritmo. Fue vadeando uno de los arroyos oscuros del bosque cuyo lecho poco profundo servía de camino y casi no tuvo que lidiar con ramas o arbustos que obstruyeran el paso. Por la tarde emergieron ante ellos las ruinas cubiertas de musgo y pasto de una ciudad pequeña, demostrando que habían llegado a la región otrora densamente poblada detrás de la cual se erigía el castillo de Sokolny.

Marek guio a su caballo junto al caballero Heinrich y le señaló las casas destruidas.

—Esto era la ciudad de Grünthal, una de las tantas colonias alemanas de la región. Aquí vivían sobre todo artesanos y canasteros que solían venir a menudo a Falkenhain a ofrecernos sus mercancías y servicios. Pero no ha quedado ninguno de ellos con vida, ya que la ciudad fue atacada y completamente devastada en una de las primeras campañas taboritas.

El caballero Heinrich guardó silencio, conmovido, mientras su mirada se paseaba por las ruinas. Al seguir cabalgando, el casco delantero derecho del caballo chocó contra un montón de hojas que el viento había soplado. Las hojas revolotearon por el aire y un objeto redondo rodó un trecho a lo largo de la calle. Cuando por fin se detuvo, Hettenheim vio que en realidad se trataba de una calavera desgastada por la acción del agua que le sonreía desde sus órbitas vacías. Se quitó trabajosamente de encima aquella cosa que alguna vez había sido un ser humano y la esquivó, pasándole por el costado con su caballo. Nadie podría haberle dicho mejor que aquella calavera lo omnipresente que era el peligro en aquellas tierras.

El panorama de aquella ciudad muerta afectó a todos por igual. A ninguno le quedaron ganas de bromear, y al llegar la noche permanecieron sentados en silencio, ensimismados, alrededor de los pequeños nidos de ascuas del fogón casi sin humo que habían encendido en hoyos para no llamar la atención del enemigo. Sin embargo, cuando el sol se asomó a la mañana siguiente por el horizonte, rojo dorado, las sombras del día anterior se disiparon y todos ardieron en deseos de partir.

—¡Esta noche dormiremos en nuestras propias camas! —exclamó Marek, dirigiéndose hacia Labunik mientras este se montaba sobre su caballo.

—¡Demos gracias a Dios por ello!

El hombre de la nobleza no parecía tan entusiasmado como sonaban sus palabras. Si bien estaba contento de no tener que pasar más noches frías durmiendo en el suelo, tampoco estaba tan ansioso de regresar a casa como lo estaba Marek, ya que no podía dejar de pensar en los husitas, que se presentarían en pocas semanas en el castillo para procurarles un final horrible a todos ellos. Y, sin embargo, tampoco quería regresar a Núremberg, donde habría estado a salvo. Si bien no se sentía llamado a ser un héroe, tampoco tenía otra patria más que Falkenhain, y su corazón le ordenaba mantenerse fiel a Václav Sokolny hasta el final.

Al partir, Marek le prometió al caballero Heinrich que aceleraría la marcha, y cuando a mediodía se detuvieron a hacer una pausa, ya no podía estarse quieto.

—Si no os oponéis, señor caballero, me gustaría adelantarme con mi caballo para anunciar al conde vuestra llegada. Feliks puede guiaros en este último tramo.

El caballero Heinrich no tenía una opinión muy favorable de Labunik, pero les quedaba menos de una milla por delante, y era casi imposible perderse en una distancia tan corta.

—¡Adelántate y asegúrate de que vayan preparándonos la cerveza de bienvenida, mi buen amigo!

Marek se montó sobre su caballo e iba a azuzarlo para que echara a andar cuando apareció Michi y se quedó mirando alternativamente a él y al caballero Heinrich con ojos suplicantes.

—¿Puedo ir yo también?

El caballero Heinrich se quedó mirando a Marek sin saber qué decir, y finalmente asintió cuando este sonrió con aprobación.

—¡Por mí, no hay problema! Pero asegúrate de causarle una buena impresión al conde Sokolny y su gente. ¡Después de todo, estás representando el poder del emperador!

—¿En serio? —Los ojos de Michi brillaron de entusiasmo.

Marek le tendió la mano.

—No te quedes ahí matando moscas y sube, sino tendremos que seguir viaje con la tropa principal.

Michi enrojeció y dejó que Marek lo subiese al caballo. Como casi nunca lo dejaban cabalgar, al principio iba aferrándose a él, asustado, y contuvo el aire cuando su amigo espoleó al caballo de modo que pasara de estar quieto a galopar. A pesar de la velocidad a la que iban cabalgando, Marek señaló por el camino distintos lugares de la cordillera boscosa, cubierta de hayas y de abetos deformados por los años.

—Allí enfrente, en el flanco oeste del Lom, maté mi primer oso, y allá, detrás de esa colina, mi primer lobo. Y si miras hacia aquella laguna, allí Wanda y yo... Bah, en realidad eso no es asunto tuyo. —Marek se interrumpió con una sonrisa e intentó ignorar a Michi, que quería saber a toda costa lo que él y la cocinera habían estado haciendo allí—. Bueno, no nos limitamos a recoger hongos, muchacho —repuso al ver que Michi no cedía.

El muchacho miró al checo con admiración. A pesar de que sentía un gran respeto por el caballero Heinrich y que era buen amigo de Anselm y de Görch, hasta ahora ninguno le entendía mejor que Marek. Mientras este se entregaba a sus recuerdos, la mirada de Michi se paseó por el territorio. De pronto se quedó rígido y comenzó a tirar a Marek de la manga.

—Mira, allá delante hay un gran fuego ardiendo.

Marek cerró los ojos, preocupado.

—No es un solo fuego, muchacho, hay demasiadas columnas de humo ascendiendo hacia el cielo como para que lo fuera. Más bien tienen el aspecto de ser los fogones de cocina de un ejército entero, y están justo en la misma dirección en la que se encuentra nuestro castillo. Será mejor que continuemos a pie y veamos qué está sucediendo allí delante. No tengo ganas de cabalgar hacia la desgracia.

Frenó a su alazán, se apeó y bajó a Michi.

—Primero buscaremos un escondite para el caballo. Tengo un mal presentimiento.

Marek condujo el caballo pasando junto a árboles gigantescos hasta llegar a un lugar donde hacía varios años había pasado un torbellino que había tirado abajo muchos árboles. Con el tiempo habían vuelto a crecer árboles jóvenes, y los abetos y abedules, de alrededor del doble de la altura humana, aún estaban pegados, y las zarzamoras los habían entretejido en casi toda su superficie, formando una pared impenetrable. Sin embargo, Marek no se dejó amedrentar, sino que se abrió paso entre los arbustos hasta encontrar un lugar que le pareció adecuado.

—Aquí dejaremos al caballo —le explicó a Michi mientras ataba al caballo a un poderoso abeto—. Si todo va bien en el castillo, alguno de los sirvientes puede venir a buscarlo.

Marek le hizo señas a Michi para que lo siguiera y buscó la salida. Cuando volvieron a estar debajo de esos árboles que se elevaban hasta casi tocar el cielo, cuyas coronas tupidas impedían casi por completo que crecieran los sotos más abajo, tenían los brazos y las piernas llenos de rasguños, y Michi tuvo que levantarse la camisa para quitarse las agujas de abeto que se le habían enganchado en el camino.

—Pincha —le dijo a Marek, sonriendo.

—Cuando tenía tu edad, esos lugares eran mis preferidos. Ahí podíamos asar sin ser vistos las liebres que caían en nuestros lazos. Eran otras épocas, te lo aseguro.

Michi asintió a modo de reconocimiento. En otras épocas le hubiese encantado recorrer el bosque con ese hombre y aprender de él, pero ahora no podía pensar en otra cosa que no fueran las columnas de humo, y sentía un pánico atroz. Marek le había dicho que esos fuegos humeantes de ninguna manera habían sido encendidos por su gente, de modo que para Michi era un hecho que allí delante estaban acampando los husitas.

Marek y él treparon con cautela por la colina hasta que pudieron divisar más abajo el llano que circundaba las tres cuartas partes del castillo de Sokolny. Un anillo de cientos de carros se extendía sobre campos sembrados y praderas al pie de la loma del castillo, cercando casi por completo Falkenhain. Incluso había algunos coches en el collado que separaba el castillo de la cresta del Lom. Michi supuso que el número de gente acampando allí era al menos diez veces mayor que el de su propia tropa, pero Marek dobló su cálculo, al tiempo que echaba una sonora maldición en su lengua materna.

—Son esos taboritas malditos por Dios. Deben de haber cambiado de planes y han venido antes de lo que suponíamos.

Michi lo miró, asustado.

—¿Y ahora qué haremos? Así no podremos entrar.

—El rostro de Michi parecía una máscara.

—En eso tienes toda la razón del mundo. Tu caballero y su gente ya no pueden ayudar a los míos, y tal vez lo mejor sea que os retiréis enseguida, antes de que os descubran.

—El caballero Heinrich no hará eso, seguro, ya que entonces el emperador lo tildaría de cobarde miserable.

Marek meneó la cabeza, molesto.

—No lo entiendes, muchacho. La valentía es digna de admiración, pero si es demasiada se transforma en un mal. Cualquier intento de atacar a este ejército aquí está condenado al fracaso de antemano, tu caballero sabrá entenderlo también. Debéis emprender el regreso o moriréis todos en vano.

Michi lo miró, confundido.

—Parece que no vas a venir con nosotros. ¿Qué es lo que vas a hacer?

Marek gruñó algo, luego aspiró profundamente.

—Regresaré con mi señor. De algún modo lograré entrar en el castillo.

Los ojos de Michi se encendieron.

—Bueno, si tú lo logras, podemos lograrlo todos.

Marek le despeinó los cabellos mientras soltaba una carcajada amarga.

—Nunca te das por vencido, muchacho, ¿no?

Michi asintió mientras señalaba el círculo que rodeaba el castillo.

—Solo debemos abrirnos paso por alguna zona para llegar a las puertas. ¿No podemos intentarlo por la noche?

—Solo si esos hombres tienen un sueño tan pesado que no se despiertan ni disparando un cañón al lado de sus cabezas. —Aunque Marek bromeaba, de pronto adoptó un aire pensativo—. El conde y Frantischek, el alemán, tendrían que saber que estamos aquí. Pero no podemos gritarles ni tampoco hacerles señas. —Marek contempló a Michi, midiéndole los hombros con las manos—. Tú eres un muchacho bastante ágil, ¿no es así? —Michi lo miró sin comprender, pero asintió, y una sonrisa se coló en el rostro de Marek—. ¿Ves aquella franja de arbustos espesos allí delante? Debajo está el lecho profundo de un arroyo.

El chico siguió con la mirada el sitio hacia donde apuntaba el índice de Marek.

—¡Sí! ¿Qué pasa con él?

—En el castillo hay una fuente cuya agua fluye hacia este arroyo a través de un pasadizo subterráneo natural. De pequeños nos divertíamos muchísimo atravesándolo, aunque salíamos medio ahogados, y luego nos gustaba andar escondidos entre los arbustos, porque allí no nos descubrían fácilmente. El pasadizo es demasiado angosto para un adulto, pero un muchachito delgado como tú podría pasar por él.

—¿Lograr entrar en el castillo? ¡Pero claro! —Michi se puso a dar saltos, excitado, de modo que Marek tuvo que tirar de él hacia el suelo para que no lo descubrieran.

Le cogió de la mano, avanzó un poco arrastrándose y señaló hacia un viejo sauce cuyo tronco estaba doblado hasta quedar prácticamente horizontal, cortado con tanto arte que con sus ramas delgadas se asemejaba a una mujer anciana con los cabellos pendiéndole de la nuca.

—¿Ves ese árbol torcido? A su izquierda, el pasadizo desemboca en el arroyo. Puede ser que la abertura esté un poco tapada y tengas que cortar un par de ramas para poder deslizarte en su interior. Si vas vadeando el agua hasta allí, prestando mucha atención de que justo no vaya a bajar nadie al arroyo a buscar agua, seguramente podrás entrar sin ser visto. Lo mejor sería que aguardaras la llegada de la noche, pero como no conoces el lugar, en la oscuridad no podrías encontrar la salida del foso.

—Entonces partiré poco antes del anochecer, cuando las sombras estén oscuras. ¿Qué le digo a tu señor cuando entre en el castillo?

—Dile que estoy de vuelta y que he traído conmigo ciento cuarenta hombres valientes que están ansiosos por probar la cerveza de Wanda y no tienen intención alguna de dejar que los taboritas les impidan beberla.

Marek le palmeó el hombro a Michi para darle ánimos y le recalcó que tuviera cuidado.

—Para esos canallas, la vida humana vale menos que la de un ratón. Así que cuídate mucho, ocúltate en el bosque y baja hasta el arroyo solo cuando estés bien seguro de que nadie te ve. Yo regresaré con el caballero Heinrich y le pondré sobre aviso antes de que conduzca a su gente directamente a los brazos de los taboritas.

Marek volvió a saludar a Michi con la mano y se escabulló casi sin hacer ruido entre las grandes ramas quebradizas.

Michi también se retiró a lo profundo del bosque y se ocultó detrás de un arbusto espeso. Su corazón latía golpeando con la fuerza del martillo de un herrero y tenía más miedo del que jamás había sentido en su vida. Sin embargo, en ningún momento pensó en salir corriendo detrás de Marek y reconocer que estaba tan asustado como una niñita en medio de una tormenta. Su amigo le había dicho que lo lograría, y él no quería decepcionarlo, ni a él ni al caballero Heinrich. Entretanto, había reunido suficiente experiencia con guerreros y ejércitos, y sabía que su pequeña tropa no podría retirarse indemne. Lo más seguro era que los husitas estuviesen desperdigados por toda la zona, buscando leña para hacer fuego, y probablemente descubrirían sus huellas. Y aunque solo los persiguiesen trescientos o cuatrocientos soldados, ya no podrían regresar sanos y salvos a casa. La única oportunidad que tenían de sobrevivir era abrirse paso hacia el castillo cuanto antes.

Cuando el sol se escondió en el oeste, detrás de las cumbres del Lom, Michi se puso en camino. Como había un tramo de campo libre entre el bosque y el arroyo en el que los enemigos podrían verlo si lo atravesaba, decidió dar un rodeo más amplio y alcanzó el arroyo en una zona en la que la corriente pasaba directamente junto al bosque. Allí descendió con cuidado hasta el agua y fue remontando la corriente, vadeando agachado el arroyo. No tenía miedo de ser descubierto, ya que la orilla, que se alzaba de forma abrupta, estaba tan poblada de arbustos y de sauces que tenía que ir casi todo el tiempo por el medio del arroyo, cuya corriente venía en sentido contrario. Cuando estaba casi llegando a su objetivo y la vegetación a derecha y a izquierda comenzó a ralear un poco, oyó que alguien delante de él se abría paso entre los arbustos. Como no le quedaba tiempo para esconderse en un lugar mejor, se hundió, de modo que lo único que asomaba fuera del agua detrás de una cortina de hojas verdes era su cabeza, y se quedó aguardando con el corazón galopante a ver lo que ocurría. A unos pocos pasos de él, la persona se quedó parada en la orilla. Michi descorrió una hoja y espió a través de la abertura que quedaba. En un primer momento suspiró aliviado, ya que se trataba de una mujer, y no de alguno de los guerreros taboritas tan temidos. Sin embargo, su alivio duró hasta que descubrió el canasto de ropa que la mujer había depositado detrás de sí. Si comenzaba a lavar en ese lugar, no se movería de allí hasta que llegara la noche.

Cuando comenzó a implorarles a todos los santos que hicieran desaparecer a esa mujer de allí, ella se dio la vuelta y se arrodilló junto al agua, de modo que pudo verla con absoluta claridad. El cuerpo de Michi se puso duro como una tabla y su boca se abrió como para emitir un grito, ya que aquel hermoso rostro que asomaba bajo una corona de cabellos dorados con expresión preocupada pertenecía a una muerta.

14

Marie miró el canasto que había arrastrado hasta el arroyo mientras ardía de rabia, porque otra vez le habían encomendado el trabajo más asqueroso. La ropa tenía un hedor espantoso y estaba tan mugrienta que tenía la sensación de que con solo verla iba a contagiarse de sarna, y le daba asco tocarla. Renata la había mandado con el canasto al arroyo después de la cena, comentando con soma que, al fin y al cabo, ella gozaba de la protección de los santos. Era evidente que la mujer esperaba que alguno de los hombres la siguiese hasta el arroyo y la tomara por la fuerza bajo el cobijo de la espesura. Anni y Helene se habían ofrecido a ayudarla, pero Renata había intervenido de inmediato, ordenándoles que recogiesen las cacerolas de toda la tropa y las restregaran con arena. Marie alzó la vista al cielo, en donde el atardecer, de un ponzoñoso rojo violáceo, se extendía como un mal presagio, y supo que tendría que trabajar hasta bien entrada la noche. Ahora se preguntaba si acaso Przybislav no habría planeado todo para tenerla en sus manos allí arriba, donde nadie podía verle ni hacerle reproches por la bendición de Jan Hus.

Sacó la primera prenda para remojarla en el agua, pero de pronto percibió un movimiento con el rabillo del ojo. A la velocidad de un rayo, dejó caer la prenda y cogió el puñal. Sin embargo, no se trataba de un hombre acechándola para violarla, sino de un muchacho que estaba temblando de pánico en el agua, mirándola con ojos desorbitados. Marie reconoció que se trataba de

Michi, se dio cuenta de que estaba a punto de gritar y saltó encima de él. Logró agarrarlo y le presionó la mano sobre la boca.

—¡Por la Virgen santa, no grites! ¡Nos pondrás en peligro a ambos!

Michi giró los ojos como si estuviese a punto de desmayarse, de modo que Marie le sacó un poco más del agua. Solo en ese momento tomó conciencia de lo increíble de la situación.

—Michi, ¿cómo has venido a parar aquí?

Pero como seguía tapándole la boca; el muchacho no pudo más que articular sonidos ininteligibles.

Marie lo miró con ojos chispeantes.

—¡Te soltaré, pero más vale que no se te ocurra gritar! —Marie retiró la mano, aunque la mantuvo lista para volver a usarla en cualquier momento.

Michi estiró los brazos, como defendiéndose, y comenzó a gemir en voz baja.

—No me hagas daño, espíritu de Marie. Oraré toda la vida por la paz de tu alma y encenderé una vela para que muy pronto obtengas la salvación y puedas entrar en el Reino de los Cielos.

Marie tardó unos instantes en comprender que el muchacho la daba por muerta y creía estar viendo un fantasma, y pensó en qué hacer para librarlo de aquel error. Se decidió por un par de sonoras cachetadas. Michi las recibió sin decir palabra y luego se tocó las mejillas.

—¿Te das cuenta ya de que no estoy muerta sino que aún sigo viva?

Michi sonrió impresionado.

—¡Seguro! Un espíritu no pegaría con tanta fuerza.

—Lo siento, pero tenía que hacerlo. De otro modo, podrías habernos delatado. Pero dime, ¿cómo has llegado hasta aquí?

—He venido con el caballero Heinrich. Tiene que guiar una tropa de soldados al castillo del conde Sokolny para ayudarlo a vencer a los malvados husitas.

Marie sintió que con esa noticia se le soltaba el anillo de hierro que había estado oprimiéndole el pecho.

—¿Heinrich von Hettenheim está aquí cerca? ¿Cuántos guerreros lo acompañan?

—Ciento cuarenta —respondió tímidamente Michi.

Marie sacudió la cabeza.

—Son demasiado pocos. Los taboritas suman más de dos mil hombres, y harían falta otros tantos para derrotarlos. Regresa inmediatamente con Heinrich von Hettenheim y dile que debe retirarse enseguida, antes de que los taboritas descubran vuestra tropa. Pero antes de irte, dime qué sabes de Trudi. ¿Vive? ¿Está bien? ¿Dónde está?

—¡Ella está bien! Eva *la Negra* la cuida, y yo también, por supuesto —informó Michi con orgullo.

—¡No me digas que habéis traído a Trudi aquí con vosotros!

Michi asintió.

—¡Por supuesto que está aquí con nosotros! Timo quería vendérsela al emperador porque pertenece a la nobleza, y yo se la llevé a Eva.

—¡Oh, Dios mío!

Eso fue todo lo que atinó a decir Marie antes de quedarse muda del susto. La gente de Vyszo no tardaría más de tres días en descubrir la tropa de Heinrich, y entonces su hija se hallaría en un grave peligro.

Michi se encogió de hombros, incómodo.

—Marek dice que, si tenemos un poco de suerte, podremos abrirnos paso a través del cerco de los sitiadores y huir dentro del castillo. Por eso no puedo regresar, sino que debo buscar un canal de desagüe subterráneo que hay por aquí para poder entrar a hurtadillas en el castillo y anunciarle nuestra llegada a la gente que está allí dentro. Pero si se hace de noche no podré encontrar la entrada. Marek me ha dicho que el desagüe desemboca en el arroyo cerca del sauce torcido.

Michi miró a su alrededor, buscando. Marie, en cambio, ya había descubierto el final del canal a primera vista.

—¿Junto a aquel sauce que está allá? Mira, allí el agua brota de la pared.

Michi se arrastró hacia allí y encontró una grieta tapada por un entretejido de matorrales. Marie lo ayudó a arrancar parte de las plantas y sostuvo el resto para que él pudiese explorar la entrada. Michi echó un vistazo dentro y exhaló un gemido.

—Tengo que quitar la mugre que se ha juntado allí o no podré pasar.

—Date prisa, pero asegúrate de que el agua no se ponga muy sucia; de lo contrario, el taborita al que se le ocurra venir a investigar por aquí lo notará.

Michi asintió y arrojó el barro a través del cual iba abriéndose paso entre los arbustos que estaban junto a la abertura. Mientras tanto, le preguntó a Marie cómo había caído en manos de los husitas.

Marie no quiso que se desanimara relatándole los desagradables pormenores del episodio, por eso se limitó a explicarle que Falko von Hettenheim la había dejado atrás de pura maldad para que fuera víctima de los husitas, y le contó cómo había logrado que los hombres que la habían apresado fueran magnánimos con ella gracias a lo que sabía acerca de la muerte de Jan Hus.

Mientras hablaba con Michi, comenzó a lavar la ropa, aunque no se esforzó demasiado, ya que ahora sabía qué hacer para alcanzar su libertad.

—Seguramente regresarás con el caballero Heinrich para informarle de lo que diga el señor del castillo, ¿no es así?

Michi asomó el torso por la abertura y asintió con vehemencia.

—¡Por supuesto que lo haré!

—Entonces dile que estoy con los husitas y que intentaré huir con vosotros al castillo.

Michi se frotó la nariz con el dedo índice, ensuciándose aún más el rostro.

—¿Por qué no te escapas ahora mismo y te vas con los nuestros? Solo tienes que seguir el sendero que comienza en el linde del bosque en dirección hacia el oeste.

Marie se quedó pensando unos instantes en lo hermoso que sería poder volver a estrechar a Trudi en brazos esa misma noche, pero finalmente alzó las manos en señal de rechazo.

—No, no puedo. Si desaparezco ahora, los taboritas saldrán

a buscarme y descubrirán a la gente del caballero Heinrich. Además, tendría que abandonar a dos amigas, con las que esos hombres se vengarían de inmediato.

—Entiendo.

Michi volvió a meterse en el foso para ver si ahora podía pasar y le pareció que ya era hora de partir. Antes de ponerse en marcha, volvió a salir a despedirse.

—¡Hasta pronto! Deséame suerte.

—No solo a ti —respondió Marie, y se quedó mirándolo hasta que desapareció. Cundo ya no pudo ver sus piernas, borró sus huellas lo mejor que pudo y se lavó la cara y las manos. Después salió del arroyo, examinó el canasto de la ropa frunciendo la nariz y decidió que volvería a llevar la ropa así.

Ya había alcanzado los carros más próximos de la cadena formada por los sitiadores cuando Przybislav le salió al encuentro. Al verla, torció el rostro formando una mueca.

—¿Qué significa esto? ¿Por qué no estás trabajando?

Marie señaló hacia el este, donde el cielo ya se había puesto negro como la tinta.

—Allá abajo, en el arroyo, ya ni siquiera podía verme las manos, de modo que tendré que continuar mañana, cuando haya luz.

Pasó de largo por al lado del hombre en dirección a las carretas, sintiendo que él la seguía aunque no lo viera. Ya estaba esperando que la cogiera por detrás y la arrastrara debajo de una carreta cuando oyó que él apuraba el paso, pesadamente, refunfuñando, y se dirigía hacia el lugar donde Vyszo había ordenado reunir todo el cargamento de cerveza que poseía el ejército para poder mantenerlo mejor bajo control.

Marie suspiró aliviada, volvió a darse la vuelta y miró hacia el sauce torcido a la última luz del día. Al día siguiente regresaría a aquel lugar y se quedaría lavando la ropa hasta que Michi apareciera, aunque de ese modo corriese el peligro de que la siguiera Przybislav o alguno de sus compinches. Arriba, en el arroyo, seguramente no sentirían ningún tipo de inhibiciones aunque estuviesen a plena luz del día e intentarían violarla. Mientras pensaba qué haría para burlar a esos hombres, el sol del ocaso atravesó las nubes, enviando un saludo de despedida dorado y rojizo sobre las almenas del castillo. Marie sintió como si ese fuego con el que la estrella diurna bañaba la sólida fortaleza hubiese sido pensado para levantarle el ánimo, e instintivamente levantó la vista.

De golpe, la sorpresa le cortó la respiración. Se restregó los ojos y volvió a mirar por segunda vez. Sobre la torre más cercana había aparecido un hombre que, a diferencia de los centinelas, llevaba puesta una coraza reluciente y sujetaba bajo el brazo un casco que despedía un destello rojizo provocado por el reflejo del sol. Marie ya había visto esa imagen en sueños, de ello estaba segura. Como impelida por una necesidad secreta, dejó el canasto en el suelo y corrió hacia el castillo por el pasto aún corto. Cuanto más se acercaba, más rápido le latía el corazón, ya que cada paso que daba transformaba su suposición más y más en certeza: el hombre que estaba parado allá arriba, bañado en aquella luz clara, era su Michel.

Sexta parte

LA BATALLA POR FALKENHAIN

1

El pasadizo subterráneo era tan angosto que Michi tenía que contorsionarse y retorcerse como un gusano para poder deslizarse a través de las interminables esquinas y salientes de aquella estrecha grieta de la roca. A menudo el agua se le juntaba en la cara y tenía que hacer grandes esfuerzos para estirar la cabeza hacia arriba y tomar aire. Eso, sumado a la ausencia total de luz, le resultaba como una prefiguración de los horrores del infierno que los sacerdotes conjuraban todos los domingos en la iglesia, y con cada brazada que avanzaba crecía su miedo de quedarse varado y ahogarse o, peor aún, de morirse de hambre lentamente. Pensó en sus amigos y en sus camaradas en las alturas boscosas del Lom, que morirían a manos de los husitas si él fracasaba, y se sacudió el miedo. No podía rendirse, aunque la camisa se le desgarrara al pasar por las paredes ásperas y aunque los salientes afilados de las rocas le arañaran la piel.

Cuando el pasadizo se estrechó tanto que las paredes parecía que se tocaban, Michi respiró profundamente para volver a reunir fuerzas, al tiempo que luchaba contra el olor a humedad tan penetrante que lo sofocaba y amenazaba con cerrarle la garganta. Luego exhaló profundamente, se estiró todo lo que pudo y volvió a arrastrarse, esta vez ayudándose solamente con las manos y las puntas de los pies. Durante un momento tuvo la sensación de que la roca lo oprimía tanto que se le saldría el alma del cuerpo. Sintió pánico, y al intentar tomar aire se golpeó la cabeza dolorosamente contra el techo. A su alrededor no había más que agua y piedra, y ante sus ojos bailaban unas manchas estridentes. Cuando ya creía que sería su final, sus manos tantearon el vacío. Sintió un borde, se abrió paso hacia allí y se deslizó hacia una pila que no parecía tener fondo. Braceando como loco a su alrededor, tragó agua, y de golpe sintió que a su lado había algo de madera. Se aferró a ese algo de inmediato y se abrió paso hacia un resplandor que relumbraba sobre su cabeza, en lo alto. Poco después traspasaba la superficie del agua, tosiendo y sufriendo arcadas, y entonces comprobó que había ido a parar a una cámara de agua esculpida en la roca. El agua manaba de las paredes a su alrededor hacia abajo, goteando como lluvia del techo que tenía sobre su cabeza. La madera a la cual se había aferrado era una escalera hecha en una sola pieza con un tronco que conducía hacia una plataforma alumbrada por dos lámparas de aceite fulgurantes. Aquellos peldaños tallados en la madera como muescas se le antojaron a Michi como la escalera hacia el paraíso.

Cuando subió y asomó la cabeza por el borde, vio el rostro de una mujer rolliza de mediana edad que dejó caer el cubo en el que había recogido agua. La mujer dejó escapar un chillido agudo, tomó aire de forma espasmódica y después cubrió a Michi con una catarata de palabras de las que solo entendió un par de expresiones, a pesar de las intensas lecciones de Marek en su lengua natal. Al parecer, su ropa llena de musgo y plantas acuáticas le había hecho creer a la mujer que él era una suerte de espíritu acuático que quería arrastrarla a su reino oscuro y húmedo.

—No soy un demonio, sino un humano y un amigo —exclamó Michi en tono conjurador. Pero entonces se dio cuenta de que ella no podía entenderlo, e intentó hallar las palabras adecuadas en checo.

Sin embargo, la mujer aspiró sonoramente y puso los brazos en jarras.

—Si no eres un espíritu acuático, entonces, ¿qué estás buscando en nuestra fuente?

Michi la miró, aliviado.

—¿Entiendes alemán?

La mujer asintió.

—Antes había muchos alemanes en la región. Aunque hablaban diferente de como lo haces tú.

Michi terminó de subir hasta donde estaba seco e intentó escurrirse el agua del pelo y de los jirones de su ropa.

—Me envía Marek. Tengo que hablar urgentemente con el conde Sokolny y decirle que el caballero Heinrich y sus amigos han llegado hasta aquí para brindaros su apoyo.

—¿Un ejército alemán ha venido a expulsar a los husitas? ¡Por la madre de Dios, estamos salvados! —La mujer lo estrechó contra su pecho a pesar de sus ropas sucias y mojadas.

A Michi se le llenaron los ojos de lágrimas por tener que decepcionar a la mujer.

—Bueno, en realidad no somos precisamente un ejército, sino solo unos ciento cuarenta hombres que venimos a reforzar la guarnición del castillo. Pero lamentablemente, el enemigo se nos ha adelantado.

—Eso ya lo sabemos. Pero con la ayuda de Dios y la vuestra lograremos echar a esa chusma. Ven conmigo, te llevaré con el conde.

La mujer cogió a Michi de la mano, subió ágilmente a pesar de sus voluminosos contornos la empinada escalera esculpida en piedra, arrastrándolo detrás de ella como si fuese un niño pequeño. Los peldaños terminaban en una puerta entreabierta por la cual se colaba un tentador aroma. Michi se precipitó olfateando en la cocina y lo primero que oyó fue el gruñido de su estómago, ya que no había probado un solo bocado desde esa mañana temprano.

A través de las ventanas bajo el cielo raso podía observarse el cielo nocturno, pero una serie de lámparas de aceite y las llamas que brotaban del enorme horno empotrado en la pared suministraban tanta luz que podía verse hasta el último rincón. Había dos mujeres manipulando toda clase de utensilios de cocina, encargándose de vigilar el contenido de algunas marmitas que colgaban de las llamas pendidas de unas cadenas de hierro. Una de ellas era bastante mayor y más bien insignificante; la otra, una muchacha rolliza, de algo más de veinte años y muy atractiva, al menos para Michi.

Cuando oyeron pasos, ambas mujeres se dieron la vuelta y se

quedaron mirándolos estupefactas, a él y a su acompañante. La rolliza se echó a reír.

—Pensé que ibas a buscar agua, no que pescarías a un apuesto muchachito. ¡Wanda, Wanda, me parece que es demasiado joven para ti!

Su compañera sacudió la cabeza, malhumorada.

—Espero que el muchacho no sea un espía.

—No, no es más que un *nemec*-rana que ha saltado en mi camino allá abajo, en la cámara de agua —respondió Wanda, riendo—. Es un mensajero de Marek y quiere ver al señor. Pero creo que primero deberíamos darle ropa seca y algo para comer, ya que parece medio muerto de hambre.

La mujer más joven examinó la gruesa figura de Wanda con ojos burlones.

—Comparado contigo, el muchacho no es más que piel y huesos.

Wanda no se dejó perturbar.

—Cuando tengas mi edad, sabrás apreciar tener un trasero bien acolchado cuando te sientas en una silla fría.

La otra mujer resopló.

—A juzgar por los jóvenes que hacen cola en la puerta del cuarto de Jitka, su trasero es tan caliente como el fuego de nuestra cocina.

—Tú solo hablas por envidia, ya que el único que te entibia las sábanas es Reimo —replicó Jitka, mordaz.

Michi entendió muy poco de toda aquella conversación en checo, pero le llamó la atención el buen humor de aquellas mujeres, que no parecían preocuparse de que hubiese más de mil enemigos a las puertas del castillo esperando a que llegara el momento de poder apagar hasta la última vida allí arriba. Michi tiró a Wanda de la manga.

—¡Quiero ir con el conde!

Pero fue lo mismo que hablarle a la pared. Ella le sonrió amablemente, se acercó a la cocina y miró dentro de las cacerolas. Al detenerse en una de ellas, asintió, satisfecha, fue en busca de un plato y lo llenó de una comida desconocida para Michi.

—Aquí tienes, come algo. Mientras tanto, Zdenka irá a buscarte ropa limpia. Su Karel debe de ser de tu misma talla.

El espectáculo de aquel plato lleno venció a Michi, que asintió, agradecido, se sentó y comenzó a comer. Entretanto, Zdenka salió de la cocina y regresó al poco rato trayendo ropa limpia. Antes avisó a Václav Sokolny, y el conde entró en la cocina detrás de ella. Se quedó de pie en el umbral, examinando a Michi con mirada penetrante.

—¿Quién eres y cómo has llegado hasta aquí?

El conde tenía la preocupación por su castillo y su gente esculpida en el rostro, y su voz dejaba entrever una profunda desconfianza.

—Me llamo Michi —se presentó el muchacho—. Marek me ha enviado, y también ha sido él quien me ha revelado dónde estaba el foso del desagüe para que pudiese venir a daros noticias.

El conde se adelantó un paso en forma instintiva.

—¡Entonces es cierto! Gracias al cielo que Marek ha regresado sano y salvo. ¿Dónde se ha metido ahora?

Michi señaló hacia abajo con el pulgar.

—En algún lugar del bosque, entre las colinas. Pertenecemos a la tropa del caballero Heinrich, que ha venido a reforzar la guarnición de vuestro castillo con ciento cuarenta hombres.

Sokolny hizo gestos de rechazo con ambas manos.

—¿Ciento cuarenta? Necesitamos por lo menos diez veces más para vencer a los taboritas que están allá fuera.

—Nuestra tropa puede abrirse camino a través del cerco de los sitiadores durante la noche para entrar en el castillo. Si bien somos pocos, nuestro coraje vale por muchos.

—Como tú —se burló Wanda, cosechando una mirada de reproche del conde, que caminaba intranquilo por la cocina, sacudiendo repetidamente la cabeza.

—No está bien. Es absurdo. Regresa y dile a tu capitán que tome a su gente y desaparezca cuanto antes, porque de lo contrario estos fanáticos os matarán a vosotros también allá fuera.

Michi lo contradijo con vehemencia.

—Los enemigos nos atraparían de un modo u otro. Nuestra única oportunidad es entrar en el castillo.

El conde Sokolny se quedó parado junto a la mesa, mordiéndose los labios, nervioso.

—En eso tienes razón. Los taboritas están por todas partes, como las sabandijas, y una vez que os hayan descubierto, os perseguirán hasta que el último de vosotros haya muerto. ¡Ven conmigo, muchacho! Reuniré a mis hombres y entonces nos contarás todo lo que sabes.

Michi echó una mirada consternada al guiso de Wanda, del que apenas había podido probar un par de bocados, y se puso de pie. Pero Wanda era la reina absoluta de su cocina.

—¡No, señor! Dejad que el pobre chico coma algo primero. Supongo que podréis esperar unos minutos más. ¡Además enfermará si sigue así de empapado! Aquí hay ropa seca y una toalla para secarse. Zdenka, Jitka, daos la vuelta para que a Michi no le dé vergüenza cambiarse.

Zdenka se dio la vuelta de inmediato, en cambio Jitka se pavoneó un rato delante de él, mirándolo con total desenfado.

—Tal vez en uno o dos años ya no quiera que las mujeres se den la vuelta cuando se baje los pantalones.

—¡Largo de aquí, ninfómana! —le espetó Wanda.

Jitka soltó una risita y se encaminó hacia fuera.

Zdenka gruñó.

—No deberías haber dicho eso, Wanda. Ahora no volverá sino hasta dentro de un buen rato, y nosotras tendremos que hacer su trabajo.

El conde reaccionó de forma brusca.

—Cállate, mujer, y deja hablar al muchacho. Debo saber todo lo que tiene que contar. Mejor, ve a buscar al alemán. Frantischek sabrá hacerle las preguntas justas. No, espera, sírveme primero un jarro de cerveza, y dale uno también a mi huésped.

—¡La cerveza puedo servirla yo misma! —intervino Wanda—. Así que anda, ve a buscar a nuestro *nemec*.

Zdenka salió corriendo casi tan rápido como Jitka. Mientras la puerta se cerraba detrás de ella y el eco de sus pasos continuaba resonando, Wanda cogió dos pequeños jarros de cerámica que colgaban de unos ganchos de madera y los llenó con cerveza de un barril enfriado en agua.

—Seguramente te vendría mejor una cerveza caliente que te entibiara el cuerpo, pero en primavera ya no tenemos. ¡Bebe despacio, muchacho! Nuestra cerveza es fuerte.

Michi bebió un trago e hizo una mueca de desagrado.

—¡Qué amarga que es!

—Será porque hasta ahora no habrás bebido más que hidromiel —se burló Wanda.

Michi volvió a empinar el vaso, bebió a grandes tragos y se limpió la espuma de los labios.

—En realidad, no está nada mal.

Michi sonrió, cogió la cuchara y comenzó a engullir el guiso como si no se hubiese llevado nada al estómago desde hacía varios días. Al mismo tiempo intentó hablar con la boca llena, pero Sokolny le pidió que esperara a que apareciera su consejero. A Michi no le vino nada mal, ya que la comida estaba deliciosa, y así incluso tenía tiempo de pedirle a Wanda que le sirviera un poco más. Vació el plato por segunda vez, bajó el guiso con otro trago de cerveza y en ese momento recordó la ropa seca que Zdenka había apoyado en una silla. En su excitación ni siquiera había reparado en que tenía la camisa y el pantalón pegados al cuerpo, pero ahora sentía que los miembros se le habían entumecido. Wanda le sonrió para infundirle ánimos e iba a darse la vuelta, pero como Michi tenía dificultades para ponerse aquel traje ajeno, terminó por vestirlo como si fuese un niño pequeño.

A Michi no le gustó nada que lo tratasen como a un bebé, pero antes de que pudiera zafarse de Wanda, se abrió la puerta y entró Michel.

—Zdenka ha dicho que teníais novedades para mí, señor conde.

En ese mismo momento, Michi levantó la cabeza y comenzó a agitar los brazos muerto de miedo, tirando uno de los platos que estaban sobre la mesa y haciéndolo añicos contra el suelo, y habría hecho lo propio con el jarro de cerveza si Wanda no lo hubiese cogido enseguida.

—¿Qué te pasa? —preguntó, pero Michi se tapó la boca con la mano izquierda para atajar el grito que pugnaba por salir de su garganta, al tiempo que señalaba a Michel con la mano derecha, temblando.

Cuando dejó caer su mano izquierda, esta tenía huellas de haberse mordido.

—¡Tú... tú... pero si tú estás muerto!

El conde miró al joven, confundido, e iba a decir algo, pero para entonces Michi ya había recuperado el dominio de sí mismo, corría hacia Michel y le tocaba con cautela.

—¡En efecto, no eres un espíritu! Tú... ¡Oh, no! Perdonadme, señor, que os haya hablado de forma tan irreverente, pero me siento como atrapado en un extraño sueño.

Mientras la mirada de Sokolny se paseaba alternativamente entre el hombre y el muchacho sin comprender, Michel se llevó las manos a la cabeza, que de pronto se había colmado de bramidos y zumbidos sordos.

—¿Me conoces? —preguntó, vacilante.

Michi asintió con la cabeza, vehemente.

—¡Pues claro, señor! Sois mi padrino. ¡Deberíais saberlo! Os llamáis Michel Adler y sois caballero del Sacro Imperio Romano Germánico.

De golpe, Michel sintió que le estallaba el cráneo. Miró fijamente a Michi, cuya imagen de cuando era más pequeño ascendía por sus pensamientos, y comenzó a dar unos manotazos desesperados, como un ahogado, intentando aferrarse a los retazos de recuerdos que se arremolinaban en su interior como arrastrados por una tormenta.

—Y tú eres Michi, ¿verdad? ¡El hijo mayor de Hiltrud y de Thomas! ¡Dios mío, cuánto has crecido! —Nada más pronunciar esas palabras Michi se dio cuenta de que acababa de descorrer el primer velo gris de su recuerdo. Respiró profundamente y miró al joven abriendo bien los ojos—. Por la Virgen María y San Pelagio, ¡tienes razón! Mi nombre es Michel Adler, y el emperador me nombró caballero imperial. ¡Jesucristo! Ahora recuerdo quién soy. Pero, dime, Michi, ¿cómo es que has venido aquí a Bohemia?

—Con el caballero Heinrich von Hettenheim y su gente. Hicimos todo el camino hasta Falkenhain sin toparnos con un solo husita.

—En cambio aquí los veréis a todos juntos —intervino Sokolny con amargura.

Michel torció el gesto.

—¿Vienes con un Hettenheim?

Sonaba tan enojado que Michi y el conde se estremecieron, pero el muchacho soltó una carcajada.

—Sí, con el señor Heinrich, primo de ese repugnante de Falko. Pero os aseguro, señor, que el caballero Heinrich dista mucho de ser amigo de su pariente.

Michel levantó las manos, confundido.

—No lo entiendo del todo, pero eso ahora tampoco es importante. Mejor cuéntame por qué el caballero y sus hombres han accedido a transitar este camino largo y peligroso.

—Nos ha enviado el emperador para apoyar al conde Sokolny.

Michi le describió de forma concisa pero muy clara cómo Marek y sus acompañantes le habían pedido ayuda al emperador Segismundo y cómo al caballero Heinrich le habían ordenado liberar a Falkenhain de su sitio, aunque omitió los pormenores del viaje, y en su lugar explicó solamente que ahora la tropa estaba esperando apenas un poco más allá del cerco de los sitiadores a que se presentara la oportunidad de abrirse paso hacia el castillo.

Sokolny pensó en los taboritas, que pululaban a sus puertas como hormigas, y sacudió la cabeza.

—No lo lograrán, ya que el enemigo es demasiado numeroso. Debéis replegaros antes de que seáis descubiertos.

Michel levantó las manos.

—Si lo hacen, entonces sí que saldrán al encuentro de su muerte. Los acompañantes de Marek solo podrán conseguir algo si se unen a nosotros cuanto antes —dijo, y luego levantó la cabeza y miró hacia arriba, donde, a través de una de las ventanas abiertas, podían verse un par de estrellas aisladas resplandeciendo en los espacios despejados, en medio de un techo de nubes que la luz de la luna iluminaba fantasmagóricamente aquí y allá—. No queda mucho tiempo para los preparativos, ya que tendrá que ser mañana o, a lo sumo, pasado. Michi, que Zdenka te asigne una cama para que puedas dormir un par de horas. Antes de que amanezca, deberás abandonar el castillo y regresar con tus amigos.

—Lo haré. —Michi asintió, al tiempo que echaba una mirada anhelante a la olla sobre el fuego, que despedía un sabroso aroma.

Wanda lo vio y le sirvió otro plato.

—Si me rompes este también, me enfadaré —amenazó a Michi mientras le entregaba el plato—. Los muchachos jóvenes como tú siempre tienen hambre, ¿no?

Michi asintió, abalanzándose sobre el guiso como si no hubiese comido nada en días. Mientras tanto, Michel se puso a discutir con Sokolny la situación de la guarnición del castillo y de los que se agregarían, y en el ínterin continuó haciéndole varias preguntas al muchacho. Al hacerlo, se cogía la cabeza una y otra vez, sacudiéndola cada tanto como si tuviera que espantar algún pensamiento molesto. Finalmente apoyó las manos sobre la mesa y miró al conde como pidiéndole disculpas.

—Tenemos que lograr que se nos ocurra la manera de que el caballero alemán y su gente entren aquí con vida. Tal vez entre ellos haya alguno que sepa qué dispuso hacer Ludwig von der Pfalz con mi esposa después de que me declararan muerto. Las viudas acaudaladas suelen ser víctimas muy codiciadas de la política de los grandes señores de la nobleza, pero mi mujer es particularmente testaruda.

Michi levantó la vista, indignado.

—¡Pero señor! Yo soy el que mejor puede informaros sobre ella. El conde palatino Ludwig no pudo hacer absolutamente nada, porque ella partió conmigo a buscaros, y al menos hasta hace un rato, cuando la he encontrado junto al arroyo, estaba sana y salva.

Michel se dio la vuelta hacia el muchacho de manera tan precipitada que pareció que las piernas se le desprenderían del cuerpo.

—¿Has visto a Marie? ¿Dónde?

—Ha venido al arroyo a lavar ropa justo cuando yo estaba buscando el pasadizo subterráneo. Ha dicho que cuando el caballero Heinrich intentara penetrar en el castillo, ella también trataría de huir hacia aquí.

Michel cogió al muchacho de los hombros y lo miró a la cara, incrédulo y al mismo tiempo angustiado.

—¿Eso significa que está allá fuera con los taboritas?

Michi asintió con vehemencia.

—Sí, la señora Marie es su prisionera. La culpa la tiene ese demonio de Falko von Hettenheim. Ella estaba como vivandera en el ejército del emperador. Durante la retirada, el caballero Falko asumió el mando sobre las tropas, y simplemente la abandonó en medio de los bosques de Bohemia. La tía Marie me ha contado que la única razón por la cual los husitas no la mataron fue porque ella pudo relatarles la muerte de Jan Hus en Constanza.

—¡Entonces Falko von Hettenheim no solo me traicionó a mí, sino también a mi esposa! —Michel se llevó las manos a la cabeza, ya que de pronto se vio tendido en el suelo, observando la expresión triunfante en el rostro de Falko von Hettenheim. Ahora recordaba las irónicas palabras de aquel hombre con tal claridad como si este acabara de habérselas dicho. Respiró profundamente, se apartó de Michi, que lo examinaba temeroso, como si temiese que su padrino se convirtiese en un *berserker*, uno de esos legendarios guerreros vikingos, y lo asesinara. Sin embargo, Michel pareció calmarse, ya que su voz sonaba más bien indiferente—. Juro por todo lo que me es sagrado que retaré a Falko von Hettenheim y lo mataré a la vista de todos.

Sokolny percibió la frialdad con que el caballero alemán había tomado aquella resolución y se alegró de no ser su enemigo. Antes de que atinase a decir algo, el muchacho comenzó a contar cómo Marie había convencido a sus padres de que le consiguieran una carreta tirada por bueyes para poder unirse al ejército del emperador como vivandera.

Michel se quedó escuchando un rato y luego comenzó a reírse a carcajadas.

—¿De modo que Marie no creyó en mi muerte y quiso salir a buscarme? Por Dios, solo mi mujer podía estar tan loca como para ser capaz de algo así.

Michel meneó la cabeza, le quitó a Michi el plato, que ya casi había terminado, y le exigió que le contara todo lo que su mujer había vivido en los casi tres años que llevaban separados. Michi accedió gustoso, y aunque el relato del joven lo conmocionó profundamente, Michel no lo interrumpió ni una sola vez. Sus puños apretados expresaban de forma elocuente las emociones por las que iba pasando. Después de haber escuchado cómo había nacido su hija y de enterarse prácticamente al mismo tiempo de que Trudi estaba al cuidado de una vieja vivandera de la tropa del caballero Heinrich, esperando al igual que todos los acompañantes de Michi la oportunidad de alcanzar la protección del castillo, se juró que Falkenhain no caería jamás.

El conde Sokolny, que había estado escuchando todo con gran curiosidad e interés, se enteró de unas facetas hasta el momento totalmente desconocidas del hombre que se había convertido en su fiel subalterno. Realmente no hubiese querido tener a ese Michel Adler de enemigo, y se preguntó temeroso si acaso el alemán no tomaría a mal el puesto de subordinado que le había dado en su casa. Se paró junto a él y le apoyó la mano en el hombro.

—Espero que me perdonéis por no haberos tratado de acuerdo con lo que vuestro rango merecía, señor caballero imperial.

Si bien Sokolny ostentaba el título de conde, no era un caballero imperial libre como lo era Michel, sino súbdito del rey de Bohemia, quien a su vez estaba por debajo del emperador. Si bien ahora Segismundo de Luxemburgo ostentaba ambas coronas, de todos modos Sokolny era el simple vasallo de un monarca y se sentía inferior a un hombre que tenía derecho a sentarse en el Reichstag, la Dieta Imperial.

Michel no comprendía la actitud casi temerosa del conde, ya que, al ser hijo de un tabernero de Constanza, jamás se le habría ocurrido enorgullecerse de su escudo y considerarse superior a los demás. Riendo, le apoyó el brazo en el hombro al señor del castillo.

—Mi querido Sokolny, no tengo absolutamente nada que perdonaros, sino que os estaré agradecido hasta el fin de mis días. Ningún otro me habría alojado en su casa sin preguntar quién era yo, mientras mis compatriotas causaban estragos en Bohemia en vez de apoyar a las ciudades y los castillos que habían permanecido leales al emperador y luchar contra el enemigo común. Sin vos y sin Zdenka y Reimo me habría muerto desamparado.

El conde suspiró, visiblemente aliviado, ya que se alegraba de no haber tratado jamás al alemán como si fuese un sirviente, ofendiéndolo. Sin embargo, Michel no estaba interesado en recordar lo que había ocurrido, sino más bien en el amenazante presente y futuro.

—Tal vez tenga su lado bueno el hecho de que Marie sea prisionera de los taboritas, ya que es muy lista y hará todo lo posible por ayudarnos.

Mientras tanto, Wanda había hecho llevar al salón las marmitas con la comida lista, encargándose de que el séquito del señor del castillo y los soldados que atendía en su cocina recibieran por fin su cena. Cuando regresó, Michel le hizo señas para que se acercara.

—Tú sabes mucho sobre hierbas. ¿Tienes algo que pueda neutralizar a nuestros enemigos al menos por un rato? Tendría que ser algo liviano para transportar y fácil de esconder.

Wanda respiró profundamente y se quedó mirando pensativa en dirección a la puerta que daba a una recámara donde almacenaba hierbas, hongos secos y toda clase de extractos preparados con ellos. La mayoría servía para curar enfermedades, pero también había varios preparados para exterminar bichos.

—Quisiera poder envenenar a todos esos hombres, pero no tengo suficiente cantidad de hongos de cicuta verde y esas cosas. Veré qué puedo preparar.

—Prepara esta misma noche algún brebaje que deje a los taboritas fuera de combate —le ordenó Michel. Luego le despeinó alegremente los cabellos a Michi—. Tendrás que esperar un poco más hasta poder regresar con tus amigos. Conozco bien a Marie y sé que intentará esperarte para poder hablar contigo. Así que deberás estar listo desde el amanecer para deslizarte por el pasadizo.

—Lo haré. —Michi sentía un gran alivio de que su padrino hubiese tomado el mando. Aunque el caballero Heinrich le caía muy bien, no lo consideraba siquiera la mitad de enérgico y listo de lo que era Michel Adler.

2

Michel estaba parado en la torre, aunque ya no buscaba estar solo para ir tras las huellas de su pasado, sino que observaba los alrededores con los sentidos muy alerta. Los restos de la neblina matutina aún cubrían el valle, pero el viento refrescante ya había comenzado a descorrer aquel velo. El cerco de los sitiadores se recortaba en una nada gris, y Michel vio a una mujer rubia atravesando el campamento con un canasto grande y levantando la vista furtivamente en la dirección en la que se encontraba él. ¡Sí, era su Marie! Hubiese querido hacerle señas, pero no podía correr ese riesgo. Por un instante, sus miradas se cruzaron, y él pudo sentir su sonrisa más que verla. Si todo salía bien, en dos días, como muy tarde, podría estrecharla en sus brazos. Pero antes quedaba mucho por hacer. Se dio la vuelta en dirección a Reimo, quien, al igual que el resto de los hombres en el castillo, llevaba puesta una primitiva aunque muy efectiva coraza de cuero y portaba armas.

—Dile a Michi que ya puede atravesar el pasadizo.

Reimo asintió sin decir palabra y bajó deprisa las escaleras. Michel volvió a buscar con la vista a Marie, que se dirigía hacia el arroyo con alegres pasos. Creyó sentir su impaciencia y su esperanza de encontrarle allí. «No buscará al muchacho en vano», pensó Michel, satisfecho, al tiempo que se preguntaba por qué los dos días que tenía por delante le resultaban mucho más interminables que los años que ya había pasado allí.

Marie había visto a Michel y había descifrado por su actitud que la había reconocido. Su corazón cantaba, y todos los anhelos que había enterrado en lo más profundo de su interior hacía meses o, mejor dicho, años, volvieron a hacerse sentir con un ímpetu apabullante. Anhelaba con cada fibra de su corazón estar con Michel y con Trudi, a quienes sabía muy cerca. Mientras depositaba el canasto junto al sauce y comenzaba a remojar las primeras camisas y pantalones en el agua para luego quitar la mugre de la tela frotándola bien con una porra de madera, se sentía como un arco tensado, a punto de quebrarse. Con una mínima cosa que saliera mal, su vida acabaría allí, independientemente de que sobreviviera a la caída del castillo y a la muerte de sus seres más queridos. Ahora, la decisión acerca de si podría abandonar felizmente aquella estancia o si sus huesos habrían de pudrirse allí junto con los de Michel y Trudi estaba en manos del cielo.

Por un momento la asaltó la incertidumbre. ¿Y si Michi ya había abandonado el castillo y regresado con el caballero Heinrich? Pero luego se rio de sí misma, ya que su plan estaba decidido. En cuanto los hombres del caballero Heinrich traspasaran el cerco de los sitiadores, cogería a Anni y a Helene y ascendería la cuesta hacia las puertas del castillo. No había otra opción. Dejó caer la ropa, se arrodilló y volvió a rezar por primera vez después de mucho tiempo según las reglas de la Santa Iglesia. Rogó a la Virgen María y a su patrona, María Magdalena, para que ayudaran a todos, a ella, a Michel, a Trudi y a todos los que estaban amenazados por los herejes taboritas. Cuando iba a ponerse de pie para reanudar su faena, oyó ruidos, y en un primer momento temió que alguno de los taboritas pudiese haberla seguido. Pero en ese momento la cabeza de Michi asomó por la abertura del pasadizo con una sonrisa pícara dibujada en el rostro.

—El tío Michel me ha pedido que te mandara muchos saludos, Marie —dijo, una vez que estuvo fuera. Marie se rio, liberada. Por fin tenía la certeza de que su amado no la había olvidado. Michi no la dejó hablar, sino que le hizo una seña para que se le acercara y le murmuró en el oído—: El tío Michel quiere que les pongas algo en la comida a los husitas. Creo que es un somnífero que los cansará tanto que el caballero Heinrich podrá entrar en el castillo sin peligro.

—Eso es imposible, ya que hay más de diez puestos de cocina. A lo sumo podría echar un poco en un par de cacerolas. —Marie meneó la cabeza, meditabunda—. ¿Qué clase de somnífero es?

—Es un brebaje que preparó Wanda, la cocinera del conde. El tío Michel dijo que sería mejor preparar algo líquido que usar hierbas, que son casi imposibles de disimular.

Marie asintió reconfortada, al tiempo que echaba un vistazo aguerrido hacia el campamento.

—¡Michel tiene razón! El brebaje puedo echarlo en un par de barriles de cerveza, ya que los barriles están guardados todos juntos en un solo lugar. ¿Cuándo puedes traerme la mezcla?

El muchacho esbozó una sonrisa burlona.

—¡Ya la traigo encima! ¿Puedes ir a ver si está libre el camino? Si es así, sacaré los odres del pasadizo.

Marie subió al barranco, echó un vistazo a los alrededores y asintió, aliviada.

—No hay nadie a la vista —dijo al regresar a la orilla—. Los hombres están todos mirando hacia el castillo, imaginándose lo que podrán hacer con sus habitantes.

Michi se desató una cuerda que llevaba sujeta al cinturón, comenzó a tirar de ella y extrajo del pasadizo un paquete con múltiples envoltorios.

—¡Toma!

Marie lo abrió y tomó en sus manos dos vejigas de cerdo que despedían un olor suave pero desagradable. Volvió a envolverlas y pensó cómo podía llevar el paquete al campamento sin ser vista. Su mirada recayó en el canasto de la ropa. Lo vació rápidamente y puso dentro el paquete. Ocultaría la ropa de camino hacia el campamento.

Entretanto, Michi también había echado un vistazo por el borde del barranco del arroyo.

—Aún no hay mucha gente merodeando fuera del campamento. Me daré prisa y regresaré con el caballero Heinrich.

—Cuídate bien y mantente siempre oculto hasta haberte

adentrado en lo profundo del bosque, y una vez allí, ten cuidado con los recolectores de leña.

Michi asintió.

—¡Ya lo sé! Tú también cuídate. ¿Cuándo podrás envenenar los barriles?

—No antes de la madrugada. Por suerte, la cerveza se expende únicamente por la noche porque ya no quedan muchas provisiones, de modo que nadie se dará cuenta de nada hasta que sea demasiado tarde. Dile a Heinrich von Hettenheim que no debéis aparecer por aquí hasta mañana a la madrugada.

—El tío Michel ya había calculado el mismo tiempo. Dijo que poco antes del amanecer de pasado mañana nos abramos paso a través del cerco de los husitas, cuando el brebaje ya haya hecho efecto en la mayoría de ellos y el resto siga medio dormido. Tú tienes que estar lista para venir con nosotros.

Cuando Marie asintió, la saludó con la mano y desapareció como una sombra.

Marie se quedó sumida en un fárrago de emociones que no tenían nada que ver con la tarea que tendría que llevar a cabo, sino con Michel. Dos días y dos noches tendría que esperar hasta poder volver a estrecharlo en sus brazos, y no sabía qué haría para sobrellevar ese tiempo, ya que en ese momento temblaba de impaciencia. Al mismo tiempo, tenía miedo del reencuentro. Había envejecido y, con todas las fatigas y sobresaltos que había tenido que vivir, ciertamente ya no estaría tan bella como en el momento en que Michel la había dejado. Tres años de separación no se borrarían con tanta facilidad. Llena de dudas, se puso a trabajar, golpeando los pantalones que había remojado con la porra con tal violencia como si quisiera matar a su dueño a palos.

Completamente enfrascada en sus pensamientos, Marie no prestó atención a la trayectoria del sol, y se asustó cuando una sombra se proyectó sobre ella. Sin embargo, no se trataba de un taborita, sino de Anni, que había ido a llevarle un cuenco con comida.

—Como no volvías, pensé en venir yo a ver si estabas bien. Si bien su lengua seguía estando un poco pesada para pronunciar las palabras y tampoco había recobrado la memoria de su vida anterior, estando con Marie parecía sentirse todo lo feliz que podía permitirle aquella vida de esclava en un campamento de guerra.

Marie cogió el cuenco y le dió las gracias con una risa llena de alegría que despertó la curiosidad de Anni.

—Algo ha sucedido contigo —constató.

Marie se inclinó sobre el canasto y corrió un poco la ropa que había vuelto a poner dentro para mostrarle el paquete a Anni.

—Ahí dentro tengo un narcótico que echaremos a la cerveza mañana por la noche, y poco antes del amanecer del día siguiente deberemos estar preparadas para huir al castillo.

A Anni le llevó un rato comprender las palabras de Marie, pero finalmente sacudió la cabeza con energía.

—Pero eso no nos servirá de nada. Vyszo se pondrá el doble de furioso, mandará asaltar el castillo y matará a todos los que estén dentro.

Marie sacudió la cabeza, riendo.

—Puede asaltarlo todo lo que quiera, pero no podrá conquistarlo jamás, ya que allí dentro está mi Michel para defenderlo.

Pero Anni no se dejó tranquilizar tan fácilmente, y pasó un buen rato antes de que Marie pudiera hacerle comprender el plan de Michel. Finalmente, la muchacha asintió con la cabeza, ya que la lengua no le respondía, se inclinó con gesto resuelto y ayudó a Marie a golpear la ropa. Cuando el sol estuvo en el oeste, apareció Przybislav, pero al ver a Anni pasó caminando a su lado como por descuido y siguió de largo, regresando al campamento con cara agria.

Poco después, Marie y Anni terminaron con su trabajo y regresaron al campamento cargando el canasto con las prendas mojadas. Helene las estaba esperando junto al fuego para cocinar, y quiso ayudarlas a colgar las prendas de las escaleras de las carretas para que se secaran, pero Marie la detuvo cogiéndola de la muñeca.

—Cuidado, entre las cosas hay algo que nuestros amigos no deben ver.

Helene arqueó las cejas, sorprendida, y luego inclinó la cabeza para que ninguno de los taboritas que andaban dando vueltas por ahí sin hacer nada pudiese notar el estupor en su rostro.

—¿Qué tienes ahí?

—Se trata de un brebaje que dejará a la gente de Vyszo fuera de combate el tiempo suficiente como para que podamos huir al castillo. Lo haremos junto con los hombres de un caballero alemán que han venido para servir de refuerzo a su guarnición. Debemos echar esta cosa dentro de la cerveza esta misma noche.

Helene meneó la cabeza.

—¡Eso es imposible! Las provisiones de cerveza están demasiado bien vigiladas, y si intentáramos acercarnos a los barriles, nos descubrirían. —No había terminado de pronunciar esa frase cuando, de golpe, apretó los puños, y las facciones en su rostro cambiaron—. Tal vez sí sea posible. Por lo que sé, Hasek es el primero que tiene guardia esta noche. Hace tiempo que me anda rondando, así que seguramente no opondrá reparos si esta noche voy a verlo y me ofrezco para calentarlo un poco.

Marie desvió la vista para que Helene no advirtiese el asco en su rostro.

—¿Vas a entregarte a él por propia voluntad?

—A él y al camarada que esté de guardia con él. ¿Qué otro remedio me queda? Przybislav ha venido hace un rato a preguntarme si ya estoy curada. Me ha dado un ataque de tos repentino, pero no podré detenerlo mucho tiempo más. Si no quiero seguir acostándome durante años con ese carnero maloliente con aliento a ajo, tendré que abrirme de piernas esta noche para Hasek y su camarada.

—Helene tiene razón. —Anni ratificó las palabras de su amiga—. Iré con ella para ayudarla a distraer a los guardias, así tú puedes envenenar tranquilamente la cerveza. ¡Yo también quiero irme! Los hombres me miran como si fuera un pollo asado, y Przybislav también quiere que vaya a su carpa.

Marie la examinó más atentamente que de costumbre. Las formas de Anni se habían rellenado durante el invierno a pesar de la escasa comida, y su aspecto ya era lo suficientemente femenino como para atraer a los hombres. Muy pronto comenzarían a abusar de ella, tratándola como si fuese una prostituta de campaña pero sin pagarle el sueldo correspondiente. Marie apoyó las manos sobre los hombros de sus dos compañeras y las atrajo hacia sí.

—Odio tener que pediros que os entreguéis a los guardias, pero parece que no hay más remedio... Por el amor del cielo, dadme la mayor cantidad de tiempo que podáis para que yo pueda echar el líquido en unos cuantos barriles.

—Lo haremos —prometió Helene con gesto resuelto—. Pero ahora deberíamos cenar y descansar un poco. La noche será agotadora.

Les guiñó el ojo a Marie y a Anni, y luego se dirigió presurosa hacia el fuego para cocinar y llenó tres cuencos, para ella y para sus dos amigas.

3

Al caer la noche, las tres mujeres se acostaron debajo de la carreta que les habían asignado y se envolvieron en sus mantas. A pesar de que poco después ya estaban respirando con un ritmo sostenido y Helene incluso soltaba un leve ronquido, la excitación no dejaba dormir a ninguna de las tres. Marie levantó la vista hacia el cielo, tan cubierto que no permitía ver una sola estrella, y lamentó no poder calcular la hora. No debían acercarse a las provisiones de cerveza demasiado temprano, ya que entonces los guardias estarían demasiado despiertos y comenzarían a desconfiar, pero tampoco podían ponerse en marcha demasiado tarde para no aparecer justo a la hora del recambio.

Finalmente, Helene le arrebató de las manos la decisión. Se destapó, se apartó un par de pasos y se agachó para evacuar sus esfínteres. Si bien los taboritas habían excavado varias letrinas a orillas del bosque y les habían prohibido terminantemente a los guerreros aliviarse en otro lado so pena de castigo, por las noches ni siquiera Renata y sus amigas se atrevían a ir hasta allí, ya que, a pesar de que los predicadores lo prohibieran terminantemente, ya eran varias las mujeres que habían sido arrastradas a los matorrales, y los autores habían logrado salir del paso sin ser reconocidos ni castigados.

En lugar de regresar a su lecho, Helene miró a su alrededor, indagando el terreno, y les indicó a sus amigas con un gesto que no había peligro. Anni también emergió de debajo de la carreta y se dirigió con paso rápido hacia donde estaba su amiga, mientras que Marie abría el paquete y extraía las dos vejigas de cerdo. Las meció en sus manos y elevó una oración al cielo para que el brebaje cumpliera su cometido. Luego se unió a sus amigas y miró también a su alrededor con suma cautela. Bajo el resplandor de las llamas de los fogones de guardia no se llegaba a distinguir si alguien se había percatado de su presencia.

—Ahora sí que la cosa se pone seria —les susurró a las otras dos, haciéndoles señas para que la siguieran.

Tenían que llegar al lugar donde estaban las provisiones de cerveza sin ser descubiertas por los guardias. Sin embargo, la mayoría de los hombres contemplaban fijamente el castillo casi todo el tiempo, o mantenían dentro de su campo visual el linde del bosque para asegurarse de no recibir ninguna sorpresa por ese lado tampoco, y mientras tanto conversaban en voz baja. Ninguno de ellos reparó en las tres siluetas que se movían sigilosamente a la sombra de las carretas y las carpas. Poco antes de alcanzar su meta, Marie se separó de sus compañeras. Helene y Anni se irguieron, aparecieron dentro del radio iluminado por el fogón que alumbraba las provisiones de cerveza y avanzaron meneando las caderas hacia los dos guerreros. Ellos giraban como perros pastores en torno a los barriles apilados, que sobrepasaban la altura de un hombre. Al ver a las dos mujeres, se detuvieron y bajaron las lanzas.

Helene extendió los brazos.

—¿No tendríais un vaso de cerveza para dos gargantas sedientas? Es que hoy no tenemos ganas de beber agua.

Los dos guardias intercambiaron unas breves miradas, esforzándose por parecer lo más estrictos posible.

—Después del toque de retreta está terminantemente prohibido abrir el grifo de los barriles —dijo uno de ellos.

—A menos que estéis dispuestas a pagar para que nosotros pasemos por alto esa prohibición —agregó Hasek, meciendo la pelvis provocativamente hacia delante y hacia atrás.

—¡Ah, os referís a eso! Bueno, podríamos discutirlo.

Helene se levantó la falda y giró de manera que el resplandor del fogón la iluminara justo en el triángulo cubierto de vello ensortijado entre sus muslos.

Hasek gimió de placer, echó mano de su bragueta, que comenzaba a hincharse, y extrajo su miembro. Pero cuando empezó a avanzar hacia Helene, esta señaló hacia el barril.

—¡Primero la cerveza!

El otro guerrero sacó cuatro vasos de una bolsa y los llenó hasta el borde con la cerveza del último barril que habían abierto la noche anterior.

—Si lográis satisfacernos, tal vez os sirvamos un poco más.

—Estaréis más que satisfechos con nosotras —prometió Helene, al tiempo que recibía su vaso.

Mientras tanto, Marie se escondió detrás de los barriles apilados y constató con gran susto que había pasado por alto un dato fundamental. Cada uno de los barriles estaba firmemente tapado, y no podría abrirlos solo con las manos. Al principio, su decepción fue tal que estuvo a punto de postrarla. Había fracasado ignominiosamente, y ahora sus compañeras se degradarían en vano. Pero entonces recordó la tosca pinza de hierro que se utilizaba para abrir las piqueras y miró a su alrededor, buscándola con la vista.

Cuando la vio tirada junto al barril abierto, Helene y Anni ya estaban siendo montadas intensamente por los guerreros, que gemían de placer. Marie se arrastró a cuatro patas alrededor de la pila, levantó la pinza y trepó sobre los barriles apilados. Al quitar la primera botana se produjo un ruido como un silbido. Ella se había arrimado bien a los barriles para que no la vieran, y contuvo el aliento, asustada. Pero los ruidos procedentes de más abajo le revelaron que los guardias seguían muy ocupados con sus amigas. Solo pudo llegar hasta los barriles superiores, pero sabía perfectamente en qué orden se abrirían. De modo que calculó cuánto líquido debía verter en cada uno, y después de meditarlo un instante, echó en la piquera un cuarto del contenido de la primera vejiga. Al hacerlo, tuvo que contenerse para no estornudar con fuerza, tan fuerte era el olor del brebaje que le penetraba por la nariz. Solo le cabía esperar que esa cosa no arruinara tanto el sabor de la cerveza que acabaran por tirarla. Cuando quiso volver a cerrar el barril, se topó con la siguiente dificultad: si le pegaba a la botana con la pinza, alertaría a todos los guardias del campamento. No le quedó más remedio que asegurar el tarugo de madera con las manos y esperar que los taboritas no notaran que algunos de los barriles se abrían con más facilidad que otros.

Cuando terminó de vaciar la segunda vejiga, tuvo que luchar contra una debilidad surgida del alivio que le impedía volver a descender de la pila de barriles. Respiró profundamente, oyó el arrullo con el que Anni y Helene engatusaban a los hombres y volvió a descender por el lado más oscuro. Después de haber dado algunos pasos más se dio cuenta de que se había quedado con la pinza. Regresó a toda prisa, vio a Helene y a Anni de pie junto a los hombres con unos jarros de cerveza de los cuales aún goteaba la espuma, riendo con ellos. Volvió a dejar la pinza donde la había encontrado, atravesó con cuidado el campamento, que le parecía extrañamente tranquilo, y se acurrucó en su lecho. Poco después regresaron Helene y Anni. Mientras se envolvían en sus mantas, intercambiaron en voz baja sus experiencias. Marie les contó que había tenido éxito, mientras Helene se repantingaba con deleite.

—Dime, Marie: ¿es pecado que a una le agrade yacer debajo de un hombre? Hoy me ha invadido una sensación que nunca antes había sentido.

Marie sacudió la cabeza hasta que se dio cuenta de que su amiga no podía verla en la oscuridad.

—No, no lo es. En realidad, cualquier mujer que se entrega a un hombre por propia voluntad debería experimentar esa sensación. Cuando estés casada con un hombre bueno, incluso lo disfrutarás.

—Creo que eso me gustaría —murmuró Helene, ya medio dormida—. Pero antes tengo que hallar a un buen hombre.

Marie sonrió y se volvió hacia Anni.

—¿Ha sido muy horrible?

La muchacha se acurrucó más cerca de Marie.

—No me ha dolido. No ha sido como con el malvado caballero Gunter, que me provocó unos dolores fortísimos.

—Trata de no pensar más en ello, ya que cuando seas mayor y un hombre tierno te haga conocer el amor, a ti también te gustará.

4

Michi sintió un alivio casi infinito cuando por fin dejó atrás el cerco de los sitiadores y se hubo adentrado un trecho en el bosque sin ser descubierto. Ahora seguía el sendero por el que había venido con Marek, y cuando dejó de temer que alguien pudiese descubrirlo, echó a correr. Se moría por sorprender a sus amigos con todas las novedades de las que se había enterado. Pero muy pronto sintió que una fría desesperación crecía en su interior. Tenía la sensación de haber estado corriendo durante horas sin descubrir un solo rastro de la tropa del caballero Heinrich, y durante unos instantes se imaginó que la tropa se había retirado sin esperarlo. Luego se le ocurrió que tal vez había salido corriendo en la dirección equivocada y quiso dar la vuelta. Justo cuando se detuvo, vacilante, Marek emergió de la semioscuridad del bosque.

—¡Gracias al cielo que has regresado! Ya estábamos muy preocupados por ti. ¿Cómo están las cosas en el castillo?

—Tu señor y el caballero Michel me pidieron que te enviara saludos —respondió Michi, sonriendo.

Marek sacudió la cabeza, perplejo.

—¿El caballero Michel? ¿Y ese quién es?

—El hombre a quien vosotros llamabais «el alemán».

—¿El alemán es un caballero? ¡Quién lo hubiese dicho! Yo pensaba que era el comandante de alguna tropa de infantería.

Michi sonrió, loco de alegría.

—¡Incluso es un verdadero caballero imperial, y además es mi padrino!

Marek aspiró varias veces con fuerza y luego señaló hacia atrás.

—Acompáñame. El caballero Heinrich está esperando ansioso tu informe. —Y agregó, meneando la cabeza, como para sus adentros—: ¡El alemán, un caballero! Uno nunca deja de asombrarse.

El caballero Heinrich había hecho acampar a su tropa en un claro rodeado por bosques espesos. Había costado mucho trabajo llevar las carretas hasta allí, pero ahora estaban tan bien escondidos que los taboritas tendrían que haberse chocado directamente con ellos para descubrir el campamento. Cuando aparecieron Michi y Marek, los líderes estaban celebrando un consejo de guerra. El caballero Heinrich se interrumpió en mitad de la frase, se puso de pie de un salto y se dirigió hacia ellos, visiblemente aliviado.

—¡Michi! ¡Por fin! Ya todos estábamos preguntándonos si los husitas no te habrían atrapado y asado. Ven, siéntate. ¡Debes de estar muerto de hambre! Le diré a Eva que te traiga enseguida algo para comer.

Michi lo rechazó, visiblemente excitado.

—Me he comido un cuenco grande de sopa esta mañana y una porción de tocino antes de partir. Prefiero empezar a contaros todo.

—¡Entonces siéntate!

El caballero Heinrich empujó al muchacho para que se sentara en el primitivo banco en el que estaban sentados Sprüngli y el hidalgo Heribert, mientras que él se quedó de pie, detrás de su silla de campamento, apoyándose sobre el respaldo y mirando a Michi con gesto invitador. Al mismo tiempo se preguntaba qué estaría sucediéndole a ese muchacho, ya que su cara daba una impresión demasiado alegre y pícara para la gravedad de la situación que estaban atravesando.

El relato de Michi comenzó con la manera en la que había penetrado en el castillo y se había encontrado con la cocinera. Alabó su arte culinario, al igual que su carácter amable, y luego se puso a hablar de Sokolny y de aquello que más les interesaba a los hombres que lo rodeaban. El caballero Heinrich resopló cuando Michi relató sin más que el señor del castillo quería que traspasaran el cerco de los sitiadores y penetraran en el castillo al amanecer del tercer día.

—Será una lucha sangrienta, aun cuando pudiésemos sorprenderlos durmiendo.

Urs Sprüngli descargó un puñetazo sobre la tabla que hacía las veces de mesa.

—Será mejor que actuemos nosotros antes de que los husitas comiencen a perseguirnos por todo el bosque como a liebres.

Marek lanzó una sonora carcajada.

—Esos hombres andan revoloteando como las moscas alrededor de la bosta de vaca, y se nos están acercando cada vez más. No tardarán en encontrarnos y, cuando lo hagan, lo único que podría llegar a salvarnos sería tener alas para volar. ¡Pero yo no las tengo!

Mientras decía esas palabras, extendía los brazos como para demostrar su ausencia de plumas.

Michi se reía a carcajadas, como un mocoso al que le acaba de salir bien una travesura.

—El caballero Michel lo planeó todo muy bien. Cuando nosotros entremos, la gente en el castillo atacará. Pero él duda de que haya demasiados husitas en condiciones de luchar, ya que la señora Marie les mezclará un líquido en el estofado que hará que la comida les caiga mal.

—¿Marie? ¿Qué Marie? —El hidalgo Heribert saltó como si lo hubiese picado un insecto venenoso—. No estarás refiriéndote a nuestra Marie, ¿no?

Satisfecho con el golpe de efecto causado, Michi asintió con la cabeza.

—Sí, exactamente, nuestra Marie. Ella y Anni son prisioneras de los husitas, y cuando vayamos, huirán con nosotros al castillo.

—¡Marie está viva! ¡Gracias al cielo y a todos los santos! —El hidalgo se hincó y unió sus manos para rezar.

Urs Sprüngli lo vio y torció el gesto en una mueca de reflexiva ironía.

—Te he oído decir algo de un tal caballero Michel. Yo conocí a un hombre que se llamaba Michel Adler. Pero según se dijo, cayó muerto hace un par de años, víctima de una banda husita.

Michi sonrió con orgullo.

—¡No, no cayó! Estaba herido y Falko von Hettenheim lo abandonó, dejándolo desamparado. Pero gracias a Dios logró escapar de los husitas y huir a Falkenhain.

Urs Sprüngli dejó escapar el aire de los pulmones con un silbido.

—Si eso es verdad, entonces ya no tengo por qué preocuparme. Admiro mucho a Michel Adler. Lo que toma en sus manos sale bien.

—Esperemos que así sea —intervino el caballero Heinrich, malhumorado.

De allí en adelante, entre los hombres se desató una conversación muy animada durante la cual siguieron bombardeando a Michi con toda clase de preguntas. Cuando por fin dejaron de prestarle atención, el muchacho se paró y fue hasta la carreta de Eva, junto a la cual había una marmita que pendía sobre un fuego casi imperceptible. La anciana vivandera lo vio venir y le alcanzó un cuenco bien lleno.

—Aquí tienes, Michi, debes de estar muerto de hambre.

Michi no lo estaba, pero de todos modos el puré encontró lugar de sobra en su estómago. Mientras comía, le sonrió a Trudi, que estaba parada cerca de allí, observándolo con la cabeza ladeada.

—¡Ven, preciosa! ¡Tengo unas maravillosas novedades! Encontré a tu mamá, y ella estará muy pronto con nosotros.

—¡Con eso no se bromea! Lo haces más difícil de lo que ya de por sí es para nuestra pequeña —lo amonestó Eva, aunque como respuesta solo cosechó una sonrisa triunfante.

—Es la verdad. ¡Marie vive! Los husitas la tomaron prisionera y tiene que servirles como esclava. Pero en cuanto nos abramos paso hacia el castillo, ella se nos unirá.

—Claro, si las cosas resultan tan sencillas como vosotros os imagináis —respondió Eva en tono gruñón, al tiempo que le alcanzaba a Trudi una ciruela pasa.

5

En la noche que siguió al regreso de Michi, prácticamente ninguno de los hombres en el campamento del caballero Heinrich pudo dormir, y el día siguiente transcurrió tan rápidamente que solo terminaron con sus preparativos poco antes de que oscureciera. Heinrich von Hettenheim volvió a controlar una vez más cada detalle para asegurarse de que no hubiese por su culpa ningún incidente que les causara algún impedimento en el camino. Había meditado sobre si sería mejor dejar las carretas allí, pero finalmente había decidido que no. Por un lado, a Trudi y a las mujeres les resultaría casi imposible mantenerse al paso de los hombres en medio del tumulto de la batalla, y las carretas al menos les proporcionaban cierta protección. Y por el otro, no quería que todo el armamento que había traído cayera en manos del enemigo. Para no alertar a los husitas con el ruido de las ruedas reforzadas con hierro de las carretas, habían envuelto las ruedas con pasto, mantas y tela de carpa, y habían acolchado y asegurado todo lo que pudiera llegar a chocar entre sí y hacer ruido.

Bajo el último resplandor de la luz del día, el caballero reunió a sus hombres y señaló hacia el este, donde la cumbre del Lom se recortaba nítidamente en el cielo cada vez más oscuro.

—Sabéis lo que nos espera esta noche. Estamos frente a un enemigo muy superior y solo tendremos posibilidades de entrar en el castillo si conseguimos sorprenderlos. Así que, por favor, aseguraos de que vuestras armas no chirríen por el camino y no emitáis sonido alguno. Liquidaré con mis propias manos a todo el que olvide estas premisas. Esto también vale para ti, Eva, y para el resto de las mujeres. No quiero oír ni maldiciones ni latigazos.

—Seremos tan sigilosas como las comadrejas cuando se acercan al gallinero —prometió Eva.

Labunik soltó una risita y le guiñó el ojo a Marek.

—¡No sabía que te interesaran tanto los gallineros! —Como el hidalgo Heribert se quedó mirándolo, perplejo, Labunik le explicó que Lasicek, el nombre de la estirpe de Marek, derivaba de la palabra checa para «comadreja». Entonces el resto de los presentes se echó a reír también, ganándose la cólera del caballero Heinrich.

—Me alegro de que estéis de tan buen humor, pero deberíais demostrarlo en voz más baja. ¡Cualquier husita puede oíros a millas de distancia!

—¡Pero, señor caballero, si los taboritas realmente estuvieran cerca, también os oirían a vos ahora! —respondió Marek con candidez, haciendo estallar a todos nuevamente en carcajadas.

Heinrich von Hettenheim reprimió una maldición que habría sobrepasado en mucho las voces de sus soldados y esbozó una sonrisa forzada. En cierto modo se sentía aliviado de que sus hombres marchasen a la batalla alegres y con el corazón bien resuelto en vez de andar arrodillados por el suelo, implorando a todos los santos habidos y por haber por la salvación de sus almas.

—Ya veremos cuánto valéis. Descansad un poco e intentad dormir. Cuando la luna asome por encima de los árboles, la holganza habrá terminado.

—Ese sí que ha sido un buen discurso —alabó Eva, al tiempo que le alcanzaba un vaso de vino—. ¡Que todo salga bien, señor!

—¡Que todo salga bien! —Heinrich von Hettenheim se bebió el vino de un trago y le devolvió el vaso.

—¿Queréis otro más? —preguntó Eva.

El caballero hizo un gesto negativo con la mano.

—No, debo mantener la cabeza fresca. Respecto a ti y a Theres, ambas sabéis lo que debéis hacer, ¿no?

—Teniendo en cuenta que ya nos lo habéis explicado cinco

veces, deberíamos haber entendido —se burló la vivandera—. Pero, para vuestra tranquilidad, os lo repetiré una vez más. Mantendremos nuestras carretas bien juntas. Yo iré delante con Michi y con Trudi. La pequeña irá escondida en la parte de atrás, para que no le pase nada. Theres irá detrás de mí y más atrás vendrán las dos carretas de pertrechos. Alrededor de las carretas dispondréis a vuestros hombres de manera tal que vayamos avanzando como un erizo con púas hacia nuestros enemigos, que, si Dios quiere, no nos descubrirán sino hasta el último momento, y ya no podrán reunirse para franquearnos el paso.

—¡Demonios! —la reconvino el caballero Heinrich, al tiempo que señalaba el vaso—. Sírveme otro vaso. En tus labios mi plan no suena ni remotamente tan bien como me lo imaginé. Ahora sí que necesito algo que me levante el ánimo.

—No lo levantéis demasiado, de lo contrario tendremos que acostaros en la carreta al lado de Trudi. Y si comenzáis a roncar, tendré que poneros una mordaza para que no alertéis a los husitas de nuestra presencia.

El caballero Heinrich tomó impulso como para responder con un golpe suave a semejante insolencia, pero la anciana lo esquivó ágilmente y regresó entre risitas a su carreta para llenarle el vaso.

Aquella noche, Heinrich von Hettenheim hubiese deseado que un ángel del Señor contara las horas en su lugar. Se quedó sentado en un árbol caído esperando a que llegara el momento indicado para partir, con la vista levantada hacia el cielo, tan despejado esa noche que el número de estrellas parecía haberse multiplicado por decenas. El hidalgo Heribert y Urs Sprüngli se le unieron en silencio, cada uno enfrascado en sus propios pensamientos. Por fin, el caballero no aguantó más la tensión. Se puso de pie, palmeó a ambos en los hombros y se dispuso a dar la orden de despertar a los que estaban durmiendo. Sin embargo, no hizo falta, ya que casi nadie había podido conciliar el sueño, y apenas vieron acercarse a su líder se pusieron de pie y echaron mano de sus picas. A la luz de la delgada luna creciente, que ya asomaba desde el sur por encima de las copas de los árboles, Heinrich no podía ver sus rostros, pero supuso que no estarían tan alegres como lo habían estado al caer la noche.

—Está más oscuro de lo que suponía —le dijo a Marek—. ¿No sería mejor que encendiéramos antorchas, al menos mientras la última loma nos separe de los sitiadores?

Marek dejó escapar el aire con un silbido.

—Yo no os lo aconsejaría. Si los taboritas han apostado a algún hombre en la loma, ese hombre verá el resplandor de nuestra luz, y nuestro momento de sorpresa se habrá esfumado. Conozco esta región como la palma de mi mano, y puedo guiaros. Decidles a vuestros hombres que tanteen el suelo delante de ellos con el mango de sus jabalinas y que lleven a sus animales del cabestro.

El caballero Heinrich apoyó pesadamente la mano sobre el hombro de Marek.

—Espero por Dios que tengas razón, ya que no quiero llegar al castillo después del amanecer, cuando nuestros enemigos vuelvan a estar frescos y puedan arrojarse sobre nosotros con toda su furia.

—No os preocupéis. Estaremos allí como lo planeamos, cuando los primeros albores del día comiencen a aclarar el cielo.

Marek apartó la mano de Heinrich de su hombro y se puso a la cabeza de la caravana. Poco después estaban en camino, y más de uno iba elevando sus plegarias silenciosas a la madre de Dios y a todos los santos que conocía, pidiéndoles que lo ayudaran en aquella noche.

6

Después de su intervención, Marie sentía que las horas no pasaban nunca. Por la mañana la asaltó el miedo de que los husitas comenzaran a desconfiar y descubriesen que alguien había estado toqueteando los barriles, ya que justo ese día Vyszo decidió darle a uno que otro soldado un jarro de cerveza como recompensa especial. Si los guardias llegaban a confesar que habían estado divirtiéndose con Anni y con Helene y que por eso no habían prestado atención, ellas también estarían perdidas. Pero por suerte nadie se dio cuenta de que los dos guerreros que habían sido recompensados con sendos jarros de cerveza tirada de un barril nuevo al rato se encaminaban tambaleándose hacia las letrinas, con una diarrea espantosa, e incluso después siguieron aquejándolos los cólicos. Como en los campamentos de guerra constantemente aparecían enfermedades, los líderes les ordenaron a ambos hombres que permanecieran en el linde del bosque para no contagiarles la peste a los demás.

Al principio, Marie sintió un gran alivio en su corazón, ya que el brebaje preparado por la cocinera de Falkenhain parecía ser muy eficaz. Pero a medida que fue avanzando la tarde y se hizo de noche, comenzaron a asaltarla las dudas. En el ínterin, la mayoría de los guerreros había bebido cerveza de los barriles adulterados, pero ninguno de ellos parecía estar enfermo, ya que discutían animadamente si atacar el castillo ya al día siguiente o si les convenía esperar un día más. Por la mañana, Vyszo había mandado llevar las culebrinas más grandes hasta las puertas del castillo y había ordenado disparar, aunque la guarnición encargada de accionar esas piezas de artillería quedara bastante desprotegida frente a la lluvia de flechas que los sitiados hicieron caer desde las torres. Sin embargo, a los guerreros que estaban arriba, en lo alto de la muralla, enseguida se les pasaron las ganas de reírse, ya que la cuarta salva había hecho estallar un tablón del portal, y ahora los atacantes sabían tan bien como los defensores que el castillo caería en unos pocos días. Marie oyó que varios guerreros ya estaban apostando a que el ataque tendría lugar al mediodía siguiente.

Conocía la potencia de esa pieza de artillería de las conversaciones que había escuchado mientras trabajaba en el granero, y también tenía miedo de que las puertas cedieran al cabo de unas pocas horas bajo las bombas de hierro. Si la guarnición del castillo no lograba levantar una empalizada de piedra o bien un muro firme con trozos de roca y tierra detrás de las puertas para dificultarles el asalto a los atacantes, Falkenhain sería conquistado en poco tiempo. Aunque, sin pólvora, esas armas resultaban inofensivas, y así fue como Marie urdió un plan para retrasar el asalto al castillo y, al mismo tiempo, allanarle el camino a la gente del caballero Heinrich. El ejército de los sitiadores llevaba tres carretas cargadas con barriles de pólvora, y Vyszo había hecho ubicar la que tenía la mejor pólvora directamente junto al camino principal que conducía al castillo. Si lograba incendiar el carro y hacer volar la pólvora, esto confundiría a los taboritas, además de quitarles a sus amigos unos cuantos contrincantes de encima. Marie sabía bien que ella misma podía llegar a morir a causa de la explosión, pero era lo único que podía hacer para salvar a Trudi y darle a Michel el tiempo que necesitaba para resistir el ataque a Falkenhain con ayuda de los refuerzos. Y eso merecía cualquier sacrificio.

Anni, que yacía acurrucada junto a ella, la cogió de la mano y la apretó con suavidad. Marie sintió que su amiga, que hacía tiempo había dejado de ser su débil protegida, intentaba consolarla y calmarla. Ella respondió a su apretón de manos con una sonrisa, a pesar de que Anni no podía verla en la oscuridad.

—¡Lo lograremos! —susurró, aunque sentía que, más que a la muchacha, estaba tratando de darse ánimos a sí misma.

El tiempo pasaba con tortuosa lentitud. Marie no se atrevía a cerrar los ojos por miedo a quedarse dormida y perderse el momento en el que debía actuar. Se puso a contar las estrellas, pero se perdió en aquella abundancia titilante del firmamento. Finalmente se dio por vencida y se quedó escuchando los ruidos del campamento nocturno. El resuello de un caballo cerca de donde ella estaba sobrepasó por un instante los sonidos de los ronquidos habituales, y un poco más lejos un hombre se puso de pie para dirigirse a las letrinas. Por el camino lo llamó un guardia, a quien le respondió con una broma.

En un momento, Marie se puso tan nerviosa que ya no pudo quedarse acostada. Se quitó la manta y miró cautelosamente a su alrededor. En el campamento reinaba la misma tranquilidad que en noches anteriores, y ella comenzó a temer lo peor. Los guardias estaban mirando casi todo el tiempo hacia el castillo, cuya corona de almenas estaba iluminada por antorchas y pebeteros. Tras las puertas se sentían los golpes incesantes de los martillos y otros ruidos que revelaban que los defensores estaban reforzándolo y construyendo una nueva posición defensiva. Marie pensó que, si tenían suerte, con semejante ruido los taboritas se darían cuenta de la avanzada de la pequeña tropa de refuerzo tan tarde que ya no tendrían tiempo de atacarles. En ese mismo momento, advirtió un ruido inusual. Se sentó y se quedó acechando, tensa, pero luego se dio cuenta de que en realidad había estado escuchando el latido de su propio pulso, que le martilleaba salvajemente. Antes de volver a acostarse, echó un vistazo a la torre de entrada, donde se recortaba la silueta de un hombre contra uno de los fuegos.

Los taboritas seguramente lo tomarían por un centinela que se creería que allá arriba estaba a salvo de sus flechas y que por eso rehusaba a cualquier clase de protección. En cambio ella suponía que se trataba de Michel. El hombre miró hacia el territorio nocturno y pareció divisar algo a la luz de la luna creciente que ya comenzaba a declinar, ya que de pronto hizo un movimiento con la mano que pareció una invitación. Marie estaba convencida de que ese movimiento estaba dirigido hacia ella, y dio un codazo a Anni y a Helene. Ninguna de las dos parecía haber podido conciliar el sueño tampoco, porque se pusieron de pie prácticamente al instante.

—Tened cuidado —les susurró Marie—. Cuando los guardias den aviso, acercaos sigilosamente al castillo y aguardad a que se abran las puertas, ¿está claro?

—¿Y tú qué harás? —preguntó Helene, preocupada.

Marie señaló con la barbilla hacia el carro de municiones que se encontraba a la vera del camino, y como Helene no reaccionaba, le giró la cabeza en esa dirección.

—Encenderé la pólvora para aumentar la confusión entre los husitas.

—¡Es una locura! —exclamó Helene, levantando peligrosamente el tono de voz.

Marie se apuró a taparle la boca con la mano.

—¡Cállate o nos pondrás en peligro a todas! Comprende que es lo único que puedo hacer para ayudar a nuestra gente.

Con esas palabras se puso de pie y se alejó. Los hombres junto a los cuales pasaba gemían y jadeaban en sueños, como si intuyeran que algo iba a suceder, y cada tanto alguno salía corriendo hacia el sector de las letrinas. Marie consiguió llegar hasta donde estaba el carro de pólvora sin ser vista y se ocultó detrás de la carpa de Vyszo, que se encontraba a solo unos pasos, junto a la peligrosa carga. El concierto de ronquidos a dúo que llegaba a oídos de Marie procedente de allí dentro le reveló que Renata estaba con su hombre y que, por lo visto, ninguno de los dos se había atenido a la orden dada por el propio Vyszo que les prohibía a todos beber más de un vaso de cerveza por noche.

Marie hizo una mueca. Si el líder de los taboritas estaba ebrio, esto aumentaba las posibilidades de su gente de llegar hasta el castillo y, por ende, de poner a salvo a Trudi. De pronto, alzó la cabeza. Un nuevo ruido se acercaba a donde estaba ella; era muy suave, pero tenía el oído fino y podía percibirlo con nitidez. Un buey mugía descontento, y ella sabía que en el ejército de Vyszo no había una sola res. Buscó con la mirada el fogón de guardia más próximo, que había sido encendido a una distancia prudencial del carro de pólvora, y solo tras grandes esfuerzos logró rehuir a la tentación de coger rápidamente uno de los maderos ardiendo y encender la pólvora. Debía esperar a que la tropa del caballero Heinrich estuviese lo suficientemente cerca para distraer a los taboritas, atrayendo todas las miradas hacia sí. El tiempo pasaba con la lentitud de un cuentagotas y parecía extenderse de forma interminable, mientras Marie creía deducir de los ruidos apenas perceptibles que la caravana de sus amigos ya se acercaba. En el campamento comenzó a extenderse la inquietud. Se oían cada vez más los pasos que avanzaban, entremezclados con gemidos y groseros insultos, pero, curiosamente, ninguno de los guardias dio la alerta. Entretanto, la luna se había escondido, y un resplandor cada vez más claro cubría el horizonte en el este. Marie volvió a percibir el bramido de un buey, y entonces descubrió una sombra en la cima de la colina que se extendía como una nube bajando la loma. Instintivamente miró hacia el puesto de guardia en el fuego más próximo y vio que el lugar estaba vacío. Al mismo tiempo, alguien saltó de una carreta no lejos de donde se encontraba ella, corrió hacia las letrinas como si la vida le fuera en ello y se detuvo de golpe. El rudo insulto en checo le reveló que el hombre acababa de mancharse los pantalones. Los hombres del caballero Heinrich ya estaban a poco más de cincuenta pasos del borde del cerco de los sitiadores cuando los descubrió el primer taborita. Pero el hombre pareció más asombrado que preocupado, y avanzó algunos pasos hacia ellos.

—Hey, ¿quiénes sois y qué buscáis?

Por toda respuesta, los infantes alemanes se estrecharon y bajaron las picas. En ese momento el guardia se dio cuenta de que quienes tenía delante eran enemigos, y entonces dio la voz de alerta. Pero los soldados de Vyszo no se levantaron con la rapidez que Marie temía. Muchos de los hombres se tambaleaban como si estuviesen ebrios y tiraban al suelo las jabalinas y los manguales dispuestos en forma de pirámide. Vyszo ni siquiera hizo acto de presencia; en su lugar, quien salió de la carpa con las manos presionadas contra el vientre fue Renata, que vomitó con un sonido gutural.

Marie estaba a punto de suspirar, aliviada, cuando tomó conciencia de que la cerveza adulterada no había dejado fuera de combate a todos sus enemigos. A pesar de que había pocos subalternos a la vista, ya se habían formado suficientes grupos de guerreros como para aplastar al pequeño puñado de alemanes. Por un instante, Marie se quedó paralizada por el miedo, pero luego recobró el ánimo. Salió corriendo en dirección al fogón del guardia, cogió un madero en llamas y regresó hacia el carro de pólvora. Por el camino cogió un par de mantas y abrigos de piel de lobo que sus dueños habían dejado tirados en un descuido, los amontonó debajo del toldo y sostuvo la llama debajo. Un par de hombres pasaron tambaleándose por su lado, gritando e insultando sin prestarle atención. Giraban sus manguales, pero se tropezaban con sus propios pies, se caían de rodillas y volvían a ponerse de pie entre insultos. Como Marie no sabía cuánto tardaría la pólvora en explotar, metió la antorcha entre la tela que ya había comenzado a arder y salió corriendo en dirección a Falkenhain. Después de una veintena de pasos, miró a su alrededor, inquieta, y se mordió los labios. Tenía la sensación de que los infantes del caballero Heinrich avanzaban demasiado rápido, por lo que tuvo miedo de que el carro de pólvora explotase justo después de que los hombres pasaran por allí. Pero cuando ya comenzaba a pensar lo peor, al otro lado del cerco de los sitiadores sonó una descarga tremenda.

Marie se giró y vio una bola de fuego que se abría como una flor amarilla y roja y volvía a desmoronarse. Al mismo tiempo se oyeron los gritos de decenas de personas que aullaban de dolor y de espanto. Incluso antes de que Marie cayera en la cuenta de que el carro de pólvora que acababa de explotar era otro, voló por los aires el que había encendido ella. Marie sintió un fuerte golpe en la espalda que la catapultó hacia delante. Chocó con violencia y sintió pasto y barro entre los dientes. Escupió llena de repugnancia, volvió a incorporarse trabajosamente y se quedó contemplando el desastre que acababa de provocar. Decenas de taboritas que se habían parado allí para franquearles el paso a los alemanes se retorcían chillando en el suelo; otros se arrancaban del cuerpo las ropas en llamas, presos del pánico, o salían corriendo dando gritos.

Los hombres del caballero Heinrich parecían asustados, aunque aparentemente habían salido ilesos e intentaban mantener su formación al marchar; en cambio, sus animales de tiro tuvieron pánico y salieron corriendo desbocados. Marie oyó que el caballero daba órdenes y vio que algunos hombres se colgaban de los animales para detenerlos en el camino que subía desde el pie del valle y, sinuoso como una serpiente, ascendía la ladera escarpada hacia el castillo. Los jamelgos flacos de Eva se calmaron enseguida, y como ella iba a la cabeza, su ritmo más moderado les facilitaba el trabajo a los hombres que iban detrás.

Cuando la tropa pasó junto a ella, Marie pensó en ponerse a salvo, y comenzó a correr en línea recta en dirección al castillo. Tras dar unos pasos, chocó contra un guerrero taborita y fue arrojada de un rudo empujón hacia un lado. Oyó que el hombre profería insultos y notó que estaba levantando el hacha, apuntando en la dirección en la que ella se encontraba. En ese preciso momento se abrieron las puertas del castillo, distrayendo la atención del taborita.

Con lágrimas en los ojos, Marie divisó a Michel, que salía en estampida por la puerta, al frente de la guarnición del castillo. Eran apenas algo más de doscientos hombres, en su mayoría campesinos y artesanos que habían huido a Falkenhain y habían sido entrenados por Marek y Michel en el uso de las armas. Marie rezó a la Virgen María. De golpe la asaltó la angustia de que su marido pereciera en aquella refriega, ya que entonces lo perdería antes de haberlo encontrado realmente. Se sacudió el temor, obligó a su cuerpo a incorporarse a pesar de los dolores y vio a Anni corriendo en dirección hacia ella. Justo cuando le iba a coger de la mano y trepar con ella hasta las puertas del castillo por el camino más corto, apareció Helene. La joven se tocaba el brazo izquierdo, intentando detener con un trapo la sangre que ya le llegaba hasta la mano. Poco antes de alcanzar a sus amigas, se tambaleó y cayó de rodillas. Marie y Anni salieron corriendo hacia ella, la cogieron de las axilas y la arrastraron un poco corriendo, un poco trepando por la cuesta empinada, de modo que muy pronto dejaron atrás la tropa de sus amigos, que era atacada violentamente una y otra vez.

—Quería hacer lo mismo que tú y volar un carro de pólvora, pero no he logrado escapar lo suficientemente rápido —explicó Helene, jadeando de dolor.

Marie se limitó a emitir un sonido de aprobación y siguió subiendo con la respiración entrecortada hasta que hubieron alcanzado la puerta.

Allí las recibió una mujer de complexión robusta que al principio las observó con desconfianza pero que se relajó al percibir que hablaban en alemán.

—Rápido, subid las escaleras y ayudad a defender los muros. Necesitamos todas las manos allá arriba por si esos cerdos intentan escalar las murallas en medio del tumulto —les ordenó a las tres.

—¡Mi amiga está herida! —respondió Marie, cortante.

La mujer puso a Helene de inmediato bajo una antorcha del patio interior.

—Tú vendrás conmigo para que te atiendan —le dijo, al tiempo que señalaba hacia la escalera—. Pero vosotras dos, apuraos a subir a la muralla.

Marie cogió a Anni y subió con ella corriendo. En el adarve había muchas mujeres apostadas junto a unos montones de piedras y calderos que pendían humeantes sobre unas fogatas pequeñas mirando hacia el tumulto. A la luz de las antorchas, sus rostros parecían duros como máscaras. Justo cuando Marie se dirigió hacia una de las mujeres para preguntarle en qué lugar ubicarse, Anni le tiró de la manga, señalándole el cerco de los sitiadores. Una llama viva había volado por los aires, seguida de un trueno estrepitoso y un relámpago de luz que era lo suficientemente fuerte como para cegar los ojos. Cuando Marie volvió a abrir los ojos, vio a Anni riendo a su lado con gesto pícaro, frotándose las manos.

—¡Ese es mi carro de pólvora! ¡Yo también he incendiado uno! —anunció la niña, orgullosa.

Marie meneó la cabeza, riendo.

—Tú y Helene sois un par de inconscientes.

Anni intentó mirarla con indignación, pero no pudo contener una risita.

—¡Y tú más!

Una de las checas se quedó mirando a las recién venidas con ojos desorbitados.

—¿Habéis prendido fuego a las reservas de pólvora de los taboritas? ¡Yo no me habría atrevido!

—¡Yo tampoco! —exclamó otra mujer—. La sola idea de que alguno de esos tíos pudiese asomar la nariz por las almenas me hace temblar. Me temo que si llegan a venir, saldré corriendo del miedo...

Marie no prestó atención a las mujeres a su alrededor, ya que oyó a Eva profiriendo insultos y chillidos debajo de ella y pudo oír cómo azotaba a sus caballos. Miró hacia abajo justo cuando la carreta de la vieja vivandera entraba por las puertas abiertas del castillo. Contemplando la escena desde arriba, parecía que la carreta se estrellaría contra la empalizada de defensa erigida en la parte de dentro. Marie salió corriendo hacia el otro lado del adarve y se quedó mirando el patio sin aliento. Eva estaba dándoles un tirón a las riendas con todas sus fuerzas, de modo que la carreta apenas llegó a rozar el obstáculo y se detuvo balanceándose delante de la yunta. El carro de Theres lo siguió a tal velocidad que sus bueyes parecían alados, y la conductora evitó a duras penas que sus animales se estrellaran contra la puerta del establo. Los otros dos cocheros tenían sus animales mucho más bajo control y condujeron sus carretas con suma cautela dentro del patio.

Como no apareció nadie más, Marie regresó a las almenas y vio que fuera se había desatado una lucha encarnizada. Unos cuantos cientos de taboritas intentaban denodadamente quebrar el cerco que formaban los defensores alrededor de las puertas para abrirse camino hacia el interior del castillo. Mientras asediaban duramente a los hombres del grupo de Michel y de Heinrich, sin tener consideración por sus propias vidas, otros arrastraban consigo las escaleras que habían construido durante los últimos días para atacar las murallas. Sin embargo, las mujeres, los niños y los ancianos que defendían el castillo desde arriba ejercieron una defensa casi sobrehumana, dejando caer sobre los atacantes una lluvia de piedras, agua caliente y brea. Con todo, algunos de los taboritas lograron llegar hasta el borde de la muralla. Al ver a los enemigos tan de cerca, algunas mujeres se quedaron paradas, paralizadas, y otras salieron corriendo y gritando. Marie vio asomar la cabeza de un taborita por entre las almenas y sintió que toda la rabia que había tenido que tragar mientras era prisionera le afloraba de golpe. Cogió una de las ollas vacías de brea y comenzó a golpear como enloquecida. A su lado, Anni y otras dos mujeres más arrojaban piedras a los hombres que venían detrás. Los tres primeros se arrastraron unos a otros, precipitándose al vacío, pero los otros siguieron subiendo, imperturbables. Solo cuando Wanda arrojó un caldero de agua hirviendo sobre los siguientes dos atacantes, Marie y las otras tres mujeres lograron desequilibrar con palos la escalera, que ya estaba más liviana, y darle la vuelta junto con todos los taboritas que estaban trepando por ella.

Mientras tanto, Michel había asumido el mando a las puertas del castillo. Ordenó a los infantes y a los caballeros que se habían apeado de sus caballos que se dispusieran formando una cuña, de modo que el enemigo debía avanzar contra tres filas de picas. Bajo su mando, la formación fue replegándose paso a paso en completo orden. Parecía que los defensores lograrían alcanzar y cerrar las puertas de un momento a otro cuando comenzó a resonar el eco de los cuernos de alarma, y en el resplandor rojo sangre del amanecer aparecieron unos jinetes en el linde del bosque.

Los taboritas comenzaron a dar gritos de júbilo. Wanda, que estaba parada al lado de Marie, perdió la compostura y comenzó a gritar como si acabaran de clavarle una pica.

—¡Son husitas! ¡Ahora sí que ha llegado nuestro fin!

Marie cerró los puños, miró las guerreras de cuero y los cascos que terminaban en punta de los aproximadamente quinientos caballeros checos que preparaban sus jabalinas para el ataque como si fuesen un solo hombre, y se juró que tendrían que pagar un precio muy alto por su vida. Pero en ese momento reconoció el escudo de armas del jinete que iba delante y lanzó un grito de júbilo.

—¡No son enemigos! —gritó con todas sus fuerzas—. ¡Es Ottokar Sokolny con su grupo! ¡Han venido en nuestra ayuda!

En ese preciso instante vio que Vyszo, a quien la explosión de la pólvora había arrojado fuera de su carpa, salía arrastrándose de entre los arbustos y se ponía de pie, tambaleándose. El hombre no se había dado cuenta aún de que los que habían aparecido allí no eran amigos, ya que avanzó al encuentro de los jinetes retorciéndose de dolor y desnudo de cintura para abajo. Pero de golpe se quedó como petrificado y comenzó a extender los brazos en un gesto de defensa. Ottokar Sokolny se abalanzó sobre él, le cortó la cabeza casi como en un descuido y alzó el arma ensangrentada sobre su cabeza.

—¡Adelante! ¡Muerte a los taboritas!

—¡Por Sokolny! —gritaron sus hombres, espoleando a sus caballos.

Michel fue el primero en advertir la vacilación de sus enemigos y también agitó su espada.

—¡Vamos! ¡Adelante! Ha llegado nuestra hora. ¡Batid a esos hombres o Falkenhain caerá! —exclamó, abalanzándose sobre el taborita que estaba más cerca sin fijarse si alguien lo seguía.

Pero el caballero Heinrich y Heribert von Seibelstorff se mantuvieron a su lado y se abrieron paso con sus largas espadas por entre las filas del enemigo. Urs Sprüngli impulsó a los asombrados infantes de modo que pudieran echarse medianamente ordenados sobre los atacantes, haciéndolos correr al encuentro de los caballeros de Sokolny, de manera tal que los hombres de Vyszo quedaron entre la espada y la pared y fueron aplastados.

Al rato, la batalla se asemejaba más bien a una cacería de taboritas. Solo en sectores aislados hubo algunos grupos entre los sitiadores que, aunque debilitados y absolutamente confundidos por la aparición de Ottokar Sokolny, intentaron hacer frente a las fuerzas unidas de los defensores, pero fueron rápidamente sofocados; la mayoría de los que aún estaban en condiciones de correr aprovecharon para huir como liebres. Más tarde, nadie supo decir cuántos habrían logrado salvarse escondiéndose en el bosque; lo cierto es que los muertos daban testimonio del sangriento precio que los hombres de Prokop *el Pequeño* habían tenido que pagar por haber querido franquear las murallas de Falkenhain.

Ottokar Sokolny y Michel frenaron a sus hombres en el linde del bosque para no sacrificarlos en persecuciones absurdas. Václav Sokolny se dirigió a su encuentro, bajó del caballo de un salto y abrazó llorando a su hermano.

—¡Por Dios, Ottokar, nunca antes fuiste tan bienvenido como el día de hoy!

—Debemos agradecerle a Dios el hecho de que un hombre que en secreto nos apoyaba a nosotros, los calixtinos, me alcanzó hace tres días y me advirtió acerca de los planes de Prokop y Vyszo. Así fue como pude acudir en tu auxilio, y creo que llegué en el último momento. —El conde Ottokar se soltó de los brazos de su hermano y señaló hacia sus acompañantes—. Somos todos checos fieles, pero no somos amigos de los taboritas ni de su tiranía del terror. Si no les ponemos fin a esos canallas, terminarán por convertir en un cementerio nuestro hermoso país.

Václav Sokolny lo miró, perplejo.

—¿Realmente vais a alzaros contra los dos Prokop y sus secuaces?

—¿Vamos a alzarnos? ¡Pero si ya hemos empezado! —alegó el hombre que estaba al lado de Ottokar Sokolny con furiosa ironía.

El conde Václav levantó las manos en un gesto conciliador.

—Perdonadme, *pán* Sebesta, no era mi intención ofenderos.

—Jamás pensé que lo fuera. —Sebesta Dozorik palmeó a Sokolny en el hombro, y luego paseó su mirada por el campo de batalla—. Reconforta ver que esa calaña de siervos por fin ha recibido su merecido. Esos hombres deberían deponer las armas, cultivar nuestras tierras y dejar el arte de la guerra a aquellos que entienden algo de él.

Michel hubiese querido decirle al noble checo en la cara que Prokop y sus taboritas probablemente entendían mucho mejor el arte de la guerra que la mayoría de los señores de noble apellido con sus pomposos títulos y sus cartas de nobleza, y esto incluía también al mismísimo emperador. Pero no quiso desatar un conflicto, y por eso se dirigió al menor de los Sokolny.

—Ahora, volvamos al castillo a atender a los animales y a los hombres. Nos hemos ganado un desayuno y un jarro de cerveza bien lleno. Después podremos hacer limpieza aquí.

—No me opongo a un buen trago. Seguramente los taboritas deben de habernos dejado un par de barriles como botín.

Sebesta Dozorik oteaba sediento los barriles que habían quedado en el campo abandonado, pero Michel meneó la cabeza entre risas.

—Será mejor que esperemos un poco esa cerveza hasta saber cuáles fueron los barriles que mi mujer adulteró con las pócimas de Wanda. ¿O acaso queréis empezar a sufrir calambres en el estómago y ensuciar vuestros pantalones?

El resto de los hombres se echó a reír, pero el hidalgo Heribert se quedó mirando a Michel, confundido.

—¿Vuestra esposa? La mujer que realizó ese acto heroico fue Marie, nuestra vivandera.

—Sí, mi esposa Marie. Ella rehusó a creer que yo había muerto y partió sin más a buscarme. No podía sospechar que yo había perdido la memoria y ya no sabía quién era. Lo único que me había quedado de mi pasado eran su rostro y su nombre.

El rostro radiante de felicidad de Michel revelaba cuánto amaba a Marie y cuán grande era la alegría que sentía por el inminente reencuentro. En cambio, el hidalgo se vio invadido por un dolor inmenso, y hubiese querido hundir su espada en el pecho de aquel hombre. Pero una fuerte palmada en el hombro lo hizo volver en sí. Se dio la vuelta y vio a Heinrich von Hettenheim parado junto a él, y notó que en su mirada había compasión y, al mismo tiempo, una tajante advertencia. El hidalgo Heribert se obligó a esbozar una sonrisa.

—Ha sido una batalla magnífica, ¿no creéis, caballero Heinrich? Todos los que han participado en ella de nuestro lado deberían ser para siempre nuestros amigos.

El caballero Heinrich asintió, aliviado.

—Esas son las palabras que esperaba oír de vos. Y ahora, ¡venid! Los otros ya se han puesto en marcha y no quiero llegar cuando los graneros y almacenes estén vacíos.

7

Mientras la mayoría de las mujeres en lo alto de las murallas del castillo observaban desde arriba los pormenores de la última fase de la batalla, Marie ya no soportaba quedarse allí ni un instante más. Bajó corriendo las escaleras, se deslizó por entre las carretas dispuestas unas bien pegadas a las otras y corrió hacia el carro de Eva. Michi la recibió con una alegre sonrisa y Eva se dispuso a estrecharla en brazos con gesto triunfante. Sin embargo, Marie saludó a la mujer fugazmente, ya que para entonces había descubierto a su hija, que había descendido de la carreta y corría dando tumbos hacia ella, chillando de alegría.

—¡Trudi! ¡Por Dios, qué alegría tenerte otra vez conmigo! —Marie alzó a su hija, la estrechó contra su pecho y sintió que las lágrimas de alivio comenzaban a rodar por sus mejillas.

Trudi resopló, apoyó sus bracitos contra el pecho de su mamá para poder mirarla mejor y luego intentó secarle las manos con una mano.

—¡No llorar, mamá! ¡Trudi contigo!

Eva también se secó los ojos y la nariz con el dorso de la mano.

—Nuestra pequeña ha sido muy valiente en todo momento, y cuando hemos traspasado el cerco de los sitiadores, se ha quedado en todo momento calladita, sin decir nada.

Anni había seguido a Marie, se paró a su lado y le acarició la mejilla a la pequeña.

—¡Tesorito! ¡Qué alegría volver a verte!

Trudi ladeó la cabeza y la observó, curiosa.

—¡Anni habla! ¡Anni no *tá* muda!

Eva se había sujetado a la parte de atrás de la carreta, agotada, pero estrechó a Marie y a la pequeña juntas.

—¡Una nunca deja de asombrarse! Cuando oímos que habías muerto, estuvimos a punto de morir de tristeza nosotros también. ¡Qué alegría volver a verte vivita y coleando!

Marie se quedó un instante con la mirada perdida.

—Sí, estoy viva, y hay alguien a quien la noticia no le agradará en absoluto. Ya me encargaré de que pague por ello.

Pero no llegó a darle mayor expresión a su odio porque Wanda, Zdenka y Jitka habían subido los barriles del sótano y comenzaron a servirles cerveza a las mujeres que estaban reuniéndose lentamente en el patio.

—¡Vamos, venid a refrescaros un poco antes de que vuelvan los hombres, ya que después estaremos demasiado ocupadas! —exclamó la cocinera, al tiempo que le alcanzaba a Marie el primer vaso—. Tú eres la mujer que les amargó la cerveza a los taboritas, ¿no? ¡Bien hecho! Pero también me siento orgullosa de que mi brebaje les haya caído tan mal al estómago a esos hombres.

Marie le sonrió elogiosamente.

—¿Qué fue lo que preparaste?

—Mezclé todos los hongos, las raíces y las hierbas que uso para combatir a los bichos y los eché en la marmita, esperando que el caldo resultante les enseñara a los taboritas a salir corriendo...

—¡Y vaya si lo hizo! —Marie bebió la cerveza amarga hasta vaciar el vaso, a pesar de que su garganta hubiese preferido recibir vino. Pero en ese momento sentía tanta sed que podría haberse bebido una fuente entera.

Zdenka volvió a llenarle el vaso de inmediato, y mientras las mujeres bebían, Marie presentó ante el resto a Anni y a Helene, que estaba algo perdida, con el brazo cubierto por un grueso vendaje, y elogió la colaboración de ambas para confundir al enemigo.

Helene alzó la vista, observándola con admiración.

—Sin ti y sin tu ejemplo jamás lo habríamos logrado, Marie. ¡Por Dios, qué hermoso ha sido ver a esos malditos taboritas corriendo como liebres! —Helene se quedó un instante en silencio, después meneó la cabeza y miró hacia fuera a través de las puertas abiertas del castillo—. Tal vez me tomes por loca, pero espero que Przybislav y Hasek hayan logrado escapar. A su manera, esos tíos no eran malos.

Pero Marie ya no tuvo tiempo de responderle, ya que en ese momento Madlenka, la esposa de Václav Sokolny, salió de la capilla del castillo, que solo abandonaba para comer y dormir desde que había comenzado el sitio. La mujer parpadeó ante la luz tan clara y entrelazó sus manos, adornadas con un valioso rosario.

—¡El Señor ha obrado un milagro con nosotros! ¡Oremos!

Las mujeres se arrodillaron y unieron sus manos. Marie se unió a ellas para agradecer a la Virgen María y a su patrona haberles devuelto a su Trudi sana y salva, y también para pedirles que protegiesen a Michel, que seguía combatiendo con sus hombres a los últimos taboritas.

Después de dos padrenuestros, un kirieleisón y un avemaría, Wanda se puso de pie y arrastró a sus criadas a la cocina, y también llamó a las otras mujeres para que colaboraran, alegando que en breve se presentaría en el castillo una tropa de guerra famélica. Señaló hacia los primeros heridos, que habían sido transportados por algunos siervos y debían ser atendidos de inmediato.

Wanda no había acabado de impartir la última orden cuando Marie vio regresar a los hombres que aún podían mantenerse en pie. Cuando divisó a Michel, que estaba enteramente salpicado de sangre, se le encogió el corazón, y todas las angustias que había estado reprimiendo con enormes esfuerzos pugnaron por abrirse paso con un grito. Pero en ese momento comprobó con alivio que él estaba muy relajado, montado a pelo sobre el lomo de un caballo de crines hirsutas que seguramente había tomado como botín y utilizado para perseguir a sus enemigos.

Cuando atravesó cabalgando las puertas, Marie se escondió instintivamente a la sombra de una carreta, ya que temía un poco el reencuentro. Michel se apeó del caballo, dejó caer el casco al suelo, junto al abrevadero, y se lavó la sangre del rostro y de las manos. Después se puso de pie y paseó su mirada por el patio. Cuando la vio, a Marie le temblaron tanto las piernas que se sintió demasiado débil como para salir a su encuentro. Michel se quedó unos instantes contemplándola en silencio y luego avanzó hacia ella tan despacio como si temiera que un movimiento brusco de su parte pudiese disiparla en aire, y extendió la mano hacia su esposa con cautela.

—¡Realmente eres tú! Temí que solo fueses un sueño.

Quiso estrecharla contra su pecho, pero entonces recordó su armadura salpicada de sangre e intentó limpiarse la coraza con los brazaletes de cuero, que estaban igualmente manchados. Marie le apartó los brazos, le apoyó las manos en las mejillas y comenzó a sollozar.

En un primer momento, Michel no supo qué hacer, pero luego apoyó la cabeza de ella sobre su hombro y se quedó mirándola con los ojos húmedos. Durante un rato, ninguno de los dos dijo nada, sino que ambos se quedaron escuchando cómo latía el corazón del otro.

El hidalgo Heribert había seguido el reencuentro paso a paso y luchaba con su corazón herido. La desaparición de Marie lo había sumido en un profundo dolor, pero ahora que ella vivía y estaba en brazos de otro, creyó que su pérdida se le haría insoportable. Finalmente se dio la vuelta bruscamente para no tener que seguir viendo aquellos dos rostros felices, y entonces advirtió no lejos de él la presencia de Janka Sokolny, que observaba a la pareja con ojos encendidos. Comprendió que él no era el único que estaba asistiendo al desmoronamiento de sus esperanzas. En ese momento vio que la mano de Janka se deslizaba hacia su cinturón y que la muchacha rodeaba el mango de su puñal. Heribert se acercó a ella de inmediato y la cogió del brazo.

—Amáis al caballero, ¿no es así? ¡Pero la señora Marie posee mayor derecho sobre él!

Janka giró bruscamente, y por un instante pareció que iba a arañarle la cara. Pero entonces advirtió la mirada llena de dolor de él y leyó la compasión que había en su rostro. Su odio, que hasta hacía un momento era flagrante, se desplomó de golpe, dejándola tan débil como un bebé recién nacido. Janka se aferró al hidalgo para no caerse, y no se resistió cuando Heribert la sostuvo, susurrándole al oído palabras de consuelo.

—Habrá un nuevo amor para vos, doncella, y tal vez, si Dios quiere, lo habrá también para mí.

El caballero Heinrich y Eva, que habían estado observando muy preocupados al hidalgo, intercambiaron una mirada fugaz. Allí había dos seres que parecían haberse encontrado en su dolor compartido y se sostenían mutuamente.

Trudi estaba indignada de que su madre pareciera haberla olvidado. Hizo un puchero y comenzó a tirar de la falda a Marie con impaciencia. Sin embargo, cuando se puso a lloriquear, Marie se apartó de los brazos de aquel hombre extraño y la miró.

—Pero, tesoro, ¿qué te sucede?

Solo en ese mismo instante Marie cayó en la cuenta de que la pequeña aún no conocía a su padre y simplemente estaba celosa. Alzó a Trudi y se la presentó a su esposo, orgullosa.

—Ella es nuestra pequeña Hiltrud. La llamamos Trudi para distinguirla de su madrina. Nació nueve meses después de tu partida.

Michel miró a la niña, conmovido, mientras que su hija lo examinaba a su vez con el labio inferior hacia delante.

—¡Qué hermosa es! ¡Por Dios, es el regalo más maravilloso que podías haberme hecho!

Trudi frunció la nariz.

—Mamá, ¿quién es este hombre?

—Es tu padre —respondió Marie, y mientras lo decía se dio cuenta de que esa palabra aún no tenía ningún significado para la niña. Pero eso cambiaría muy pronto.

El más joven de los Sokolny se había quedado siguiendo con cierta impaciencia la alegría de Marie y Michel por el reencuentro, y finalmente decidió acercarse.

—Perdonadme por interrumpir vuestro saludo, pero aún no es el momento adecuado para celebraciones. El que acabamos de batir es tan solo uno de los muchos ejércitos taboritas. Los supervivientes se encargarán de hacerles llegar a los dos Prokop por la vía más rápida la noticia de su derrota, y entonces tendremos que vérnoslas con por lo menos el triple de enemigos. En nuestras actuales circunstancias no tenemos ninguna oportunidad de conservar Falkenhain, así que tenemos que sentarnos a deliberar cuanto antes cómo seguir.

Michel se soltó despacio de los brazos de Marie.

—Tenéis toda la razón, *pán* Ottokar. Pero lo que más me interesa a mí en este momento es por qué habéis luchado contra vuestros antiguos aliados. ¿Solamente para salvar a vuestro hermano? ¡A partir de hoy no estáis seguro en ninguna parte de Bohemia!

Ottokar Sokolny dejó escapar un quejido amargo.

—¡Hace tiempo que no lo estoy, *nemec*! Los líderes de los taboritas nos han declarado sus enemigos a nosotros, los nobles calixtinos. Afirman que somos tan ruines como los barones alemanes a los que hemos estado combatiendo juntos durante los últimos años, y sus predicadores agitan en nuestra contra, anunciando que Dios no ha creado siervos y señores, sino únicamente a Adán y a Eva, quienes debían ganarse el pan con el sudor de su frente. No quieren tolerar a ningún noble por encima de ellos, con lo cual se olvidan de lo que está escrito en los libros sagrados de la Biblia: el mismo Dios ha puesto un rey y a unos príncipes sobre el pueblo de Israel para que gobiernen en su nombre.

Sebesta Dozorik se paró al lado de Michel y le apoyó la mano sobre el hombro.

—Los dos Prokop y sus hombres de confianza azotan estas tierras mucho más que los alemanes de los cuales supuestamente quieren liberar al pueblo. Ahora su meta es aniquilar a la nobleza bohemia y a sus partidarios. Esos hombres ya no luchan por la fe o por la libertad de nuestro país, sino únicamente para poder gobernar ellos, e intentan asegurarse su poder con su sangriento terror. Por esa razón nos decidimos a combatir a los taboritas en lugar de quedarnos esperando a que nos vayan degollando uno a uno. Pero solos somos muy débiles, y para acabar con ellos debemos conseguir aliados.

El más joven de los Sokolny miró hacia atrás, buscando a su hermano, a quien Wanda estaba vendándole una herida en el hombro.

—¡Václav, no podéis quedaros aquí! Si la gente de Prokop avanza, no dejarán nada en pie. Debes tomar a tu gente y marchar con ellos hacia el imperio antes de que los taboritas hayan reunido un nuevo ejército en tu contra. Ve con el rey Segismundo y dile que nosotros, la nobleza bohemia, estamos dispuestos a negociar un trato con él. Dile que esa es su única oportunidad de conservar la corona de Bohemia y acabar de una vez por todas con las campañas devastadoras de los taboritas. Por supuesto que todo tiene su precio, y te entregaremos nuestras exigencias por escrito.

El conde Sokolny observó a Michel buscando ayuda.

—¿Cuál es vuestra opinión, señor caballero del imperio?

—Deberíais seguir el consejo de vuestro hermano. Los taboritas nos han dejado suficientes carros y animales de tiro, y junto con los nuestros, las provisiones obtenidas alcanzan para la larga marcha hacia el oeste. Dad la orden de que todos los que aún pueden sostenerse sobre sus piernas revisen y reúnan el botín y poned suficientes guardias. Debemos contar con que los soldados de Vyszo que han quedado dispersos regresen para incendiar su campamento. Como muy tarde en tres días tiene que estar todo listo para la partida. Espero que Marek pueda acompañarnos hacia el oeste de forma tan inadvertida como trajo hasta aquí al caballero Heinrich y a sus hombres.

Marek puso una cara tan agria como si acabase de beber vinagre.

—No, no contéis conmigo. Me quedaré aquí y lucharé con *pán* Ottokar contra aquellos que destruyen nuestro país. Cuando él abandonó el castillo para unirse al ejército de Jan Ziska, permanecí aquí en contra de mi voluntad, y ahora mi corazón me pide que lo siga.

Michel echó una mirada al conde, que extendió los brazos, desconcertado, y examinó a Marek con gesto reflexivo. Comprendía a su amigo y sabía que un guía a regañadientes no sería un buen guía. Por eso, asintió y le apoyó la mano sobre el hombro.

—Quédate aquí y pelea. Eres un zorro astuto y serás una ayuda muy valiosa para *pán* Ottokar. Te deseo toda la suerte del mundo, Marek, y Dios quiera que volvamos a vernos. Pero ahora, a trabajar. Queda mucho por hacer.

8

La condesa Madlenka y la mayoría de las mujeres lloraron al dejar atrás Falkenhain, y también muchos hombres se secaron las lágrimas de los ojos, ya que ninguno de ellos creía que volverían a ver su patria. Hasta Michel sentía un poco de dolor por la despedida, ya que en los últimos dos años aquella porción de tierra apartada se había transformado para él en su hogar.

El conde Sokolny se le acercó.

—Jamás hubiese creído que tendría que vivir este día, *pán* Michel. Aunque me lleve a los hombres y a los animales, me avergüenzo de dejar a merced de los merodeadores de Prokop mi patria, que amo con cada fibra de mi corazón.

Michel dejó de lado su propia tristeza y le sonrió, dándole ánimos.

—Olvidad esos pensamientos sombríos y alegraos pensando en un feliz regreso, conde Václav. Ahora, vuestro deber es reconciliar a vuestro hermano y sus amigos con el emperador. Con ello, haréis más por vuestra patria que defendiendo Falkenhain hasta que queden sus escombros.

La mirada de Sokolny se detuvo en los jinetes de su hermano, que los escoltarían unos cuantos días más, y luego suspiró profundamente.

—Tenéis razón, Michel Adler, como tantas otras veces. Mi familia está bien, al igual que mis criados y los campesinos que se pusieron bajo mi protección, y por primera vez aparece en el horizonte una luz de esperanza. Así que no tengo motivos para quejarme. Si el rey Segismundo acepta la propuesta de los calixtinos y puede negociar con el Papa los privilegios esperados, tenemos esperanzas de un regreso feliz.

El conde espoleó a su caballo para ponerse a la cabeza de la caravana, mientras que Michel se replegó hasta quedar a la par del carro de Eva, que ahora era tirado por cuatro caballos y en cuyo pescante iban Marie y Trudi.

—¡Regresamos a nuestra patria, querida mía! —exclamó alegremente, dirigiéndose a su mujer.

Marie se encogió de hombros y sonrió un poco abstraída.

—¿A qué patria te refieres? Nos está vedado regresar a Rheinsobern.

—A la patria que nosotros mismos nos forjaremos. Y en lo que respecta a Rheinsobern, estoy feliz de no tener que volver. Nunca me sentí muy bien en aquel viejo castillo.

—Yo tampoco, Michel.

Marie sintió que sus pensamientos sombríos se esfumaban, dejando paso a una nueva confianza. Como una joven enamorada, alzó la vista hacia Michel y le tiró un beso con la palma de la mano.

Eva soltó una risita suave.

—Si queréis, esta noche puedo ocuparme de Trudi.

Marie intercambió una mirada fugaz con Michel y sintió que lo deseaba tanto como él a ella.

—Ya hablaremos de ello, Eva. Por ahora, permítenos agradecerte nuevamente por haber cuidado tan bien de Trudi, nuestro tesoro.

Michel se unió a los elogios enseguida.

—Si el emperador me entrega el feudo que me prometió, también vendrán buenos tiempos para ti, Eva. Ya no tendrás que sentarte nunca más en el pescante para seguir a una expedición militar, sino que podrás ganarte el sustento con nosotros.

Eva se quedó un instante con la mirada perdida.

—Os lo agradezco, señor caballero. Ya no volveré a ser joven, y la sola idea de acabar como la pobre Donata, enterrada en algún lugar a la vera del camino, no me agrada lo más mínimo.

—Deberemos ocuparnos de unas cuantas personas —intervino Marie—. Quiero que Helene y Anni se queden conmigo, y por todos los santos, tú no puedes abandonar a Zdenka, a Reimo y a su hijo. —Marie sentía una inmensa gratitud hacia la pareja germano-checa que le había salvado la vida a Michel, y ya había trabado amistad con Zdenka.

Michel también parecía haber meditado sobre la manera de recompensar a quienes le habían salvado la vida.

—El señor de un castillo y su esposa necesitan de buena gente, personas en quienes puedan confiar, y no unas víboras traidoras como esa Marga.

Marie no pudo reprimir una sonrisa. Ya no había vuelto a derrochar su tiempo pensando en su ama de llaves en Rheinsobern, quien tras la noticia de la muerte de Michel se había puesto del lado de Kunigunde von Banzenburg y su ralea, pero igualmente le hacía bien el hecho de que su esposo aborreciera a esa mujer de todo corazón, a pesar de que ella apenas había mencionado brevemente su traición.

—Estoy convencida de que Zdenka será una estupenda ama de llaves. Si bien yo en principio había pensado en una granja libre, también considero que los dos se sentirán mejor en una posición más elevada dentro de nuestro hogar.

A pesar de que Marie no podía saber dónde los llevaría el destino a ella y a Michel, comenzó a tejer planes para el futuro, extendiéndose en muchos detalles delante de Michel. Este escuchaba riendo, y como muy pronto Eva comenzó a intervenir con toda clase de propuestas, se desarrolló un diálogo muy alegre que terminó de desterrar las últimas sombras.

Cuando al caer la tarde la caravana se detuvo por primera vez y Marie se bajó de la carreta con los músculos entumecidos, Michel extendió las manos para cogerla y depositarla suavemente en el suelo. Al hacerlo, su mano izquierda le rozó las nalgas, aparentemente en un descuido. Aquel roce atravesó a Marie como un rayo. Sintió que su vientre se contraía de deseo, y hubiese querido arrastrar a Michel a los matorrales en ese mismo momento. Tuvo que hacer un gran esfuerzo para mantener la compostura y aparentar indiferencia en su rostro mientras ayudaba al resto de las mujeres a preparar la cena. Más tarde, cuando ya comenzaba a oscurecer, los líderes se quedaron reunidos un rato más con un vaso de cerveza en las manos.

Michel no podía cortar la conversación tan pronto y abandonar al resto, como hubiese querido hacer, por eso temió que Marie ya se hubiese acostado cuando él se retirara. Pero cuando se levantó de la ronda, Marie se apartó como una sombra de la carreta de Eva y le salió al encuentro.

—Trudi duerme como un angelito —le susurró mientras lo abrazaba.

Michel la besó al tiempo que deslizaba tiernamente sus dedos por la espalda de ella. Marie soltó una risita y lo arrastró debajo de la carreta.

—Eva nos ha tendido un par de pieles de oveja y varias mantas para que estemos bien cómodos.

Antes de que pudiera meterse debajo del cobertor, Michel la asió debajo de la falda y se la levantó riendo con suavidad.

—Quítate toda la ropa. Quiero sentir tu piel sobre la mía.

Marie se movía en el espacio entre la parte de abajo de la carreta y el suelo con la agilidad que daba la costumbre. Mientras se quitaba en silencio el vestido y las enaguas, Michel se vio obligado a hacer toda clase de contorsiones entre el eje y las ruedas para poder desvestirse. Cuando se arrastró hacia ella, sintió que ardía en deseos de poseerla. Sin embargo, se contuvo, contentándose en un principio con acariciarle los senos con la punta de los dedos. Pero entonces se dio cuenta de que ella ya había abierto los muslos, invitándolo, y se deslizó encima de ella. La suavidad con que la penetraba hizo gozar a Marie de tal forma que tuvo que morderse los labios para no aullar de placer. Como Michel no quería despertar a los que estaban durmiendo a su alrededor, se abrazó a ella, limitándose a balancear las caderas suavemente hacia atrás y hacia delante.

Marie cerró los ojos, sintiendo que todos los miedos que la habían torturado durante los interminables años que habían estado separados por fin se disipaban en la nada. Era evidente que su amor se había mantenido intacto pese al largo tiempo de su separación. Por eso pensó que había cosas de ese pasado que no podía ocultarle, y poco después, mientras yacían acurrucados bajo las mantas uno junto al otro, comenzó con su relato.

Michel la escuchó pacientemente, aunque en sus pensamientos le retorció varias veces el cuello a la señora Kunigunde y también le echó un par de maldiciones silenciosas al mercader Fulbert Schäfflein, a quien su Marie debería haber desposado por designio del conde palatino del Rin. Mientras ella continuaba su relato con voz calmada, casi indiferente, él vivió todas sus luchas y sus preocupaciones con tal intensidad como si le hubieran sucedido a él mismo, y le rogó a Dios que recompensase a aquellos que la habían ayudado y castigase a sus enemigos. Pero había uno a quien se juró castigar por su propia mano.

—Debí haber matado a Falko von Hettenheim cuando ultrajó a la pastora de cabras mientras marchábamos de Rheinsobern hacia Núremberg. De haberlo hecho entonces, nos habría ahorrado muchos sufrimientos, a nosotros y a también a todos los demás. En fin, ya me encargaré de arreglar la situación. Lo acusaré de haberme traicionado y exigiré una ordalía. ¡Y así podré enviarlo al infierno ante los ojos de los grandes del imperio!

—¡No, no lo hagas! Falko es un perro rabioso que lucha sin honor ni conciencia. No quiero volver a perderte tan pronto después de haberte encontrado.

Michel apoyó su índice derecho en los labios de Marie y se rio en voz baja.

—No debes temer por mí, amor mío. Durante los últimos meses prácticamente no he estado haciendo otra cosa más que ejercitarme en la lucha a caballo, a pie y con todas las armas que estaban a mi disposición. Con la ayuda de Dios, no tendré ningún problema en batir a ese infame.

Marie gruñó como un gatito.

—¡Dios ayuda solamente a los que se ayudan a sí mismos!

—Precisamente por eso venceré.

Michel se rio en voz más alta, y solo se interrumpió cuando alguien se movió cerca de él, inquieto. Esperó a que el durmiente volviese a respirar con tranquilidad y se deslizó nuevamente sobre Marie.

Ella gimió sorprendida.

—¡Hoy estás insaciable!

—Tengo que recuperar tres años perdidos —le respondió Michel, y se puso de inmediato a la tarea.

9

Cuatro días más tarde, Ottokar Sokolny y sus jinetes se despidieron. Iban en busca de unos amigos en otra parte de Bohemia para emprender junto con ellos la lucha contra los taboritas. Marek se les unió con casi tres docenas de guerreros, y Václav Sokolny siguió al caballero Heinrich y a su comitiva hacia el oeste junto con el resto de los hombres y el conjunto de las mujeres y los niños, que entre todos sumarían más de trescientas personas. Esta vez, las experiencias reunidas por Feliks Labunik en su viaje conjunto con Marek resultaron útiles. El noble, que inesperadamente se había comportado de forma muy valerosa durante la batalla contra los taboritas, les indicaba el camino a través de las montañas cubiertas de imponentes árboles casi tan bien como hubiese podido hacerlo Marek, y así fue como no se toparon con un solo guerrero enemigo en todo el camino. A diferencia del resto, Marie y Michel no atribuyeron ese hecho tanto a los santos o a la buena memoria de Labunik, sino más bien a que el ejército de Prokop a esa altura debía de estar haciendo incursiones en Sajonia, mientras que el resto de las tropas estaría asolando tal como estaba previsto los distritos austríacos. Las regiones fronterizas con Baviera, el Alto Palatinado y Franconia habían sido saqueadas demasiadas veces como para prometer éxito alguno, y por el momento carecían de interés para los taboritas.

Como los fugitivos habían llevado únicamente carretas livianas y bien enganchadas, que incluso tenían lugar suficiente para gallinas, ovejas y cabras, avanzaban rápidamente, y a cada milla que dejaban atrás disminuía el peligro de que los perseguidores los alcanzaran. Marie se sentía orgullosa de su Michel, a quien el caballero Heinrich y el conde Sokolny habían aceptado tácitamente como su líder natural, ya que afrontaba todas las dificultades con un aplomo tal que muy pronto acabó por ganarse la admiración y el agradecimiento de sus protegidos. Ni siquiera Heribert von Seibelstorff logró mantener el rechazo que sentía hacia el esposo de la mujer a la que amaba. Aunque, tampoco tenía mucho tiempo para ocuparse de sus sentimientos heridos, ya que Janka Sokolna lo mantenía constantemente en vilo, al igual que al resto. Había sido la única mujer del grupo que se había negado a viajar en una carreta; en su lugar, había insistido en cubrir el trayecto a caballo. Como jinete, era audaz, pero a veces se descontrolaba y espoleaba a su yegua de tal manera que dejaba atrás la caravana de carretas. Su padre experimentaba unos sustos mortales cada vez que se perdía de vista, y el hidalgo Heribert y Michel la reprendían a cada rato por su imprudencia, pero ella era cada vez más testaruda y ya no había forma de hacerla entrar en razón.

Apenas una semana después de haberse separado del más joven de los Sokolny hubo problemas con una de las carretas. Como en ese momento nadie estaba prestándole atención, Janka aprovechó la ocasión para espolear a su yegua y salir a todo galope sin ser vista. El hidalgo Heribert vio por el rabillo del ojo cómo ella le hacía sentir las espuelas al animal y alcanzó a gritarle que se quedara con ellos, pero la joven se echó a reír, inclinándose sobre el cuello de su yegua. Él le echó una maldición y azuzó a su propio caballo. Muy pronto, su furia cedió paso al miedo, ya que Janka azotaba a su caballo sin ningún viso de sensatez y se desviaba del camino transitable para tomar un sendero apenas reconocible. Iba barriendo con todo, galopando salvajemente, riéndose de las ramas que azotaban sus hombros.

El hidalgo se dio cuenta muy pronto de que si seguía esquivando cuidadosamente cada raíz que pudiera hacer tropezar a su semental sería demasiado lento como para poder alcanzar a Janka.

De modo que él también optó por dejar de lado toda precaución y espoleó a su caballo sin prestar atención a las ramas que le azotaban el rostro y los brazos. En el último momento divisó una rama gruesa que colgaba hacia abajo, y se agachó para esquivarla. Cuando volvió a alzar la cabeza, Janka había desaparecido.

Heribert frenó a su caballo, asustado, y miró a su alrededor, buscándola. Por suerte, la tierra removida por los cascos de la yegua le señaló el camino. Sin embargo, pasó un buen rato hasta que halló a Janka. La muchacha estaba sumergida hasta las caderas en medio de un pantano, buscando desesperadamente algo de dónde asirse para salir de allí. Su yegua estaba a un par de pasos de ella, pisando suelo firme y mondando hambrienta los brotes verdes.

El hidalgo dedujo enseguida lo que había ocurrido, y tuvo que contenerse para no echarse a reír. Al parecer, la yegua había advertido el pantano a tiempo y había detenido su galope de golpe, de modo que la jinete había salido expulsada por los aires, pasando por encima de la cabeza del animal y aterrizando en la ciénaga.

—¿Qué miráis con esa cara, señor caballero? —le espetó Janka, furiosa, pero entonces se hundió aún más profundamente y soltó un chillido asustado.

Aquel sonido trajo al hidalgo nuevamente a la realidad.

—¡Esperad, os ayudaré!

Intentó llegar hasta donde estaba ella y alcanzarle la mano, pero comenzó a sentir cómo cedía el suelo debajo de sus pies y pegó un salto a tierra firme antes de que el lodo terminara por envolverlo también a él.

—¿He de morir así? —preguntó Janka, con una voz infantilmente temerosa.

—Claro que no. —Heribert se dirigió corriendo hacia un joven abedul, lo tiró abajo dándole un par de espadazos y regresó al pantano. Con suma cautela, deslizó la copa del arbolito sobre el lodo revuelto—. Coged la rama y sostenedla bien para que pueda sacaros de este agujero diabólico.

Janka se asió a toda prisa, tirando con tal impaciencia de aquel ramaje compacto que estuvo a punto de arrastrar al hidalgo al pantano junto con ella. Heribert se agarró a una raíz que sobresalía para sostenerse firmemente, echando toda clase de maldiciones, y se puso a tirar con todas sus fuerzas. Sin embargo, el lodo retenía denodadamente a su presa, y Heribert soltó un par de improperios que habrían hecho ruborizar a cualquier doncella bien educada.

Janka, en cambio, se limitaba a gemir, y soltó el abedul.

—¡No puedo más!

El hidalgo miró a su alrededor para ver si encontraba algo que pudiera servirle de ayuda. Como no había otra cosa, extrajo su puñal, cortó las riendas a ambos caballos y las ató entre sí. Uno de los extremos lo ató a su montura, y el otro se lo arrojó a Janka como si fuese la soga de un látigo.

—Sujetaos esto alrededor de la cintura y por Dios, aseguraos de que el nudo aguante —le ordenó.

Tomó el cabestro de su caballo, esperó impaciente hasta que ella estuvo lista y comenzó a arrastrar al caballo, alejándolo del pantano. Las riendas de cuero se tensaron casi hasta desgarrarse. Alguien gimió a causa del esfuerzo, y después de que el fango cediera ante la fuerza conjunta del hombre y el caballo, Heribert se dio cuenta de que era él quien había dejado escapar esos sonidos. Janka fue arrastrada boca abajo a través del barro, lanzando gritos de júbilo, aliviada.

Una vez que la joven estuvo en tierra firme, temblando de debilidad, se echó a llorar. Su falda de montar se había desgarrado y estaba enteramente sucia y mojada. Incluso su cabello estaba repleto de lodo y juncos. El hidalgo arrancó algo de pasto seco que crecía a orillas del pantano y comenzó a asear a la muchacha con movimientos inexpertos.

—¡Estás totalmente congelada! —exclamó, asustado.

Janka se enderezó un poco y lo miró con los ojos chispeantes de furia.

—Estoy calada hasta los huesos, y en el bosque está soplando un viento helado que haría morir congelado incluso a un buey sin sentimientos como vos.

El hidalgo resolvió dejar pasar lo de buey, le desató el extremo de las riendas, que ella llevaba atado en el tórax, rozándole sin querer los senos con el dorso de la mano.

—¿Ahora encima vas a violarme, torpe? —le espetó Janka, observando con secreto regocijo que el gesto del joven se había inflamado de rubor.

Los ojos del hidalgo se encendieron de rabia y de furia y de unos deseos febriles de poner a esa mocosa insolente boca abajo sobre sus rodillas y darle una buena paliza.

Janka notó el cambio en la expresión del rostro del joven y comprendió que había llegado el momento de ceder.

—Perdonadme si mi lengua suelta os ha ofendido a pesar de que os debo mi vida, señor caballero.

Heribert vio su sonrisa, que le pareció angelical aunque tuviese toda la cara sucia, y sintió que su enojo se disipaba.

—Vamos, os llevaré de regreso para que podáis asearos y poneros ropa limpia. Hace mucho frío y no quiero que enferméis.

El hidalgo desató el abrigo que llevaba atado a la montura y se lo puso a Janka alrededor de los hombros. Después volvió a atar los extremos de las riendas al cabestro y ayudó a la muchacha a montar sobre su yegua. Para entonces, hacía rato que Janka había dejado de sentirse tan mal como aparentaba, pero disfrutaba de los cuidados que el hidalgo le prodigaba y sonreía para sus adentros. En cierto modo le causaba mayor regocijo provocar el enfado del caballero franco que contemplar con admiración a un Michel Adler inalcanzable.

Heribert y Janka alcanzaron a la caravana en el lugar donde se habían desviado de la ruta principal. Su aparición generó un alivio generalizado, pero antes de que alguien atinara a preguntar qué había sucedido, Marie cogió a la muchacha de la mano y la llevó hasta el carro de Eva, en donde pudo desvestirse y lavarse bajo el toldo. Marie le masajeó los brazos y las piernas, moradas de frío a pesar del abrigo, y la envolvió en pieles de oveja y mantas.

—Si esta noche acampamos, os prepararé un té para ahuyentar el resfriado —dijo Marie en tono amistoso, aunque hasta el momento no había experimentado demasiada simpatía hacia la hija de Sokolny.

Janka se puso una manta más sobre los hombros y soltó una risita.

—Si me libráis del brebaje de Wanda, os estaré eternamente agradecida. De hecho, sabe realmente horrible.

—Mi bebida no sabe mal en absoluto. Una buena amiga mía me reveló una receta muy eficaz. Se trata de una tisana de hierbas preparada con vino aromático en la que algunos de sus ingredientes fueron elegidos únicamente por una cuestión de sabor.

—¡Eso sí que suena muy bien! —Janka se incorporó un poco, se apoyó en las rodillas de Marie y elevó la mirada hacia ella esbozando una sonrisa soñadora—. Vos que conocéis al hidalgo Heribert hace tiempo, ¿podríais contarme algo más acerca de él?

10

La caravana de los fugitivos avanzó durante algunas semanas a través de bosques despoblados y zonas de colonos de crecimiento exuberante, encontrándose casi a diario con las ruinas de pueblos y fortalezas destruidos. Cuando hubieron dejado las cumbres más altas de las montañas boscosas tan atrás que apenas parecieron sombras recortadas en el horizonte, al caer la tarde llegaron a un castillo recientemente reconstruido, cuyas murallas de defensa estaban graduadas según las técnicas más modernas y sus torres dispuestas de tal modo que en los lugares más vulnerables se podía disparar contra los sitiadores desde varios ángulos. El grito del vigía reveló que la caravana de carretas había sido descubierta, y al instante aparecieron en las murallas docenas de soldados a caballo con armas pesadas.

Michel señaló el león palatino que flameaba sobre la torre albarrana y se dirigió hacia sus acompañantes, riéndose.

—Se creen que somos husitas por nuestras carretas. Creo que será mejor que nos anunciemos.

Michel hizo una seña al hidalgo Heribert, que espoleó a su caballo y se adelantó a todo galope. Poco después oyeron el eco de su sonoro y alegre saludo.

La caravana se detuvo en un camino sinuoso, justo debajo de una serie de matacanes y baluartes voladizos desde los cuales unos hombres armados los observaban con desconfianza, con sus arcos tensados y listos para arrojar sus jabalinas. En la parte anterior de las puertas, igualmente aseguradas, se había abierto un pequeño portalón. Un hombre de aspecto gruñón y armadura sin adornos salió de allí a oír lo que Heribert von Seibelstorff tenía que contarle.

Cuando Michel avanzó al galope, el hidalgo se dio la vuelta y lo presentó.

—¡El caballero imperial Michel Adler, nuestro líder!

El hombre entrecerró los ojos y se quedó mirando a Michel con la boca abierta. De golpe soltó el aire que tenía retenido en los pulmones y se echó a reír.

—¡Que me lleve el demonio! ¡Realmente sois vos! No le creí a este mocoso cuando pronunció vuestro nombre. ¡Es que hace más de dos años que todos os dan por muerto!

La voz de aquel hombre le sonaba familiar a Michel, pero tuvo que mirarlo dos veces para reconocer en su rostro visiblemente envejecido a su antiguo vecino de la región de Rheinsobern.

—¡Señor Konrad von Weilburg! ¿Cómo es que habéis venido a parar a este lugar tan apartado?

—Eso se lo debo a vuestro sucesor y a su intrigante mujer. Ambos agitaron en mi contra y me calumniaron ante el conde palatino. A raíz de ello, el señor Ludwig se puso furioso y me envió aquí, a la frontera con Bohemia, con la orden de asistir a su primo Johann, que gobierna en esta parte del Alto Palatinado, en la lucha contra los husitas. —El señor del castillo se rio brevemente pero luego contrajo los labios en una mueca de desprecio y sed de venganza—. Pero eso no le sirvió de mucho a esa chusma de Banzenburg, ya que el caballero Manfred no logró apartar sus manos del dinero del conde palatino. Después de que se le escapara vuestra fortuna y la de vuestra esposa... —Konrad von Weilburg se interrumpió y bajó la cabeza, conmovido—. Perdonadme, señor Michel, no era mi intención afligiros, pero seguramente ya os habréis enterado de que la señora Marie os ha dado una hija para luego desaparecer sin dejar rastro.

—Algún rastro dejó, señor Konrad. —Marie salió al encuentro del caballero con Trudi en brazos.

Este la miró boquiabierto, se frotó la frente, confundido, y finalmente pareció recordar sus deberes de anfitrión, ya que le gritó a su gente que abriera las puertas de par en par. Esto sucedió con una rapidez tal que Michel asintió con la cabeza, satisfecho. Era evidente que el caballero Konrad controlaba muy bien a su gente, y una vez que hubo atravesado el camino doblemente sinuosas por las sucesivas puertas y examinó a los soldados alineados en el patio del castillo, terriblemente pulcro, sintió que confirmaba su opinión. Ese castillo no era la residencia de un caballero defendida por soldados a caballo provenientes del estamento de los siervos y campesinos, sino una fortaleza fronteriza cuya función era bloquearles a los husitas una de las principales rutas para incursionar en el Alto Palatinado. Como Michel no había visto ninguna villa dominica ni campos en los alrededores, señaló los rostros rellenos de los soldados y le preguntó al señor del castillo cómo hacía para abastecerse tan bien a sí mismo y a su gente sin tener campesinos propios.

—Los hermanos piadosos del monasterio cercano de Sankt Otzen nos envían suficiente alimento. A cambio, les ofrecemos protección, a ellos y a sus siervos de la gleba —explicó el caballero Konrad con visible satisfacción.

Marie no le dejó tiempo a su anfitrión para que continuara con sus explicaciones.

—¿Acabáis de decir que el esposo de la señora Kunigunde concentró sobre su persona la ira del conde palatino?

—Durante el primer año, los codiciosos Banzenburg mantuvieron el recato, separando para ellos mismos solo una pequeña parte de los impuestos, pero al año siguiente le compraron a su hijo Matías una opulenta prebenda. Conocéis a nuestro señor Ludwig. Cuando se lo contaron, envió al licenciado Steinbrecher al Sobernburg para que oficiara de revisor, y la señora Kunigunde cometió la torpeza de intentar sobornar al hombre. Ya conocéis a Steinbrecher. Ese hombre no se vende ni por todos los tesoros del rey Salomón.

Marie asintió, riendo. Steinbrecher había logrado incomodarlos incluso a ella y a Michel, a pesar de que ellos habían sido siempre muy escrupulosos con sus cálculos y hubiesen preferido darle al conde palatino un florín de más antes que uno de menos. Solo a una persona tan poco perceptiva como Kunigunde von Banzenburg podría habérsele ocurrido la idea de querer comprar a ese hombre.

—¿Y qué sucedió con Banzenburg? —preguntó, intrigada.

—A él también lo enviaron al Alto Palatinado y allí lo nombraron castellano del castillo de Bernburg, a apenas un día de distancia de aquí si se continúa cabalgando hacia el norte, por la ruta que va hacia Eger. Así que, al final, él corrió la misma suerte que yo... Aunque yo no tengo que aguantar a una mujer díscola y a unos hijos insatisfechos que se pasan el tiempo añorando los guisos de carne de Rheinsobern. Yo jamás he sido rico, y cuando esta guerra se acabe, espero que el señor Ludwig me otorgue unas tierras en feudo a las que pueda llevar un par de campesinos. Con ello tendría de sobra.

Mientras ponían mesas y bancos para el resto de los fugitivos en el patio y en la cocina de los criados, el dueño de la casa condujo a sus destacados invitados al edificio principal, en donde su esposa ya estaba indicando a las criadas que tendieran la mesa en el salón. Cuando Marie y Michel hicieron su entrada, levantó la cabeza y se quedó contemplándolos como si fuesen espíritus regresados del más allá. Su esposo salió riendo a su encuentro, cerrándole con un gesto cariñoso la boca, que ella tenía abierta de par en par.

—Has superado mi asombro, Irmingard. Sí, realmente se trata del señor Michel y la señora Marie.

Su esposa asintió vacilante, extendiéndole cautelosamente la mano a Marie. Al sentir carne firme entre sus dedos, suspiró aliviada y abrazó a Marie entre lágrimas.

—Estoy tan feliz de que vos y el señor Michel estéis vivos. Mi esposo y yo siempre nos reprochamos por no haberos ayudado cuando esa bruja de Banzenburg os atormentaba.

—Ella se habría limitado a daros una respuesta ofensiva o habría afirmado que todo estaba en orden y que yo estaba de acuerdo con todo.

Marie hizo un gesto de desdén, molesta, y por un instante lamentó no haber cruzado la frontera un poco más al norte. Habría sido delicioso ver la cara que habría puesto la señora Kunigunde al verla. Pero luego se dijo que era una tonta. Era muchísimo mejor que fuesen amigos quienes le daban la bienvenida, y no esa bruja amargada.

—Me alegro muchísimo de haberos encontrado a vos y a vuestro esposo, señora Irmingard, y espero que nos permitáis gozar de vuestra hospitalidad unos días. Todos nosotros necesitamos un par de días de descanso, y yo tengo que coserme urgentemente un vestido nuevo.

La señora del castillo echó un vistazo al vestido que Marie se había confeccionado por el camino a la manera de las vivanderas, con los restos de otras prendas, para reemplazar a sus harapos. Si bien la condesa Sokolny le había ofrecido en Falkenhain algunas prendas de su guardarropa o no le quedaban bien o no resultaban adecuadas para un viaje tan largo.

A la señora Irmingard pareció agradarle la perspectiva de ayudar a Marie a confeccionarse un ajuar adecuado.

—Mientras íbamos camino a nuestro nuevo hogar en Núremberg adquirí telas y toda clase de accesorios, ya que no sabía si los mercaderes se extraviarían viniendo hacia aquí. Tengo un género que os sentará de maravilla. Mi criada y yo os ayudaremos. Y mientras tanto el señor Michel también debería solicitar las habilidades para la costura de mis otras criadas, ya que el traje que lleva puesto no es digno de un caballero imperial.

Michel le sonrió.

—Acepto gustoso vuestro ofrecimiento, señora Irmingard, pero no juzguéis tan mal mi actual vestimenta. Es el traje de un guerrero, y me ha prestado muy buenos servicios durante los últimos meses.

—No era mi intención ofenderos, señor Michel.

La señora Irmingard se ruborizó y se apartó para ir a darles la bienvenida al conde Sokolny, a Heinrich von Hettenheim y al hidalgo Heribert. Luego invitó a Marie, a Madlenka Sokolna y a Janka a que la acompañaran a la habitación de la chimenea para que pudieran lavarse junto al calor del hogar. Mientras se dirigían hacia allí, les salió al encuentro un hombre de cara redonda vestido con unos hábitos color gris oscuro.

—Perdonadme, señora Irmingard, que aparezca precisamente ahora, pero estaba sumido en la oración —dijo al tiempo que escondía rápidamente detrás de la espalda la punta de la salchicha que tenía en la mano.

—Os habéis perdido la llegada de unos huéspedes muy nobles, honorable padre —respondió la señora del castillo con una sonrisa comprensiva.

Antes de que el monje atinara a responder algo, Madlenka cogió su mano, lista para bendecir.

—¿Sois sacerdote? —preguntó en checo, excitada, y luego repitió su pregunta en alemán.

El capellán del castillo asintió amistosamente.

—Me han ordenado pastor de almas, noble señora.

Los ojos de la condesa brillaron.

—¡Eso es maravilloso, honorable padre! Sabéis, nosotros nos hemos visto obligados a prescindir de un sacerdote durante largo tiempo, ya que el hombre a quien habíamos encomendado la tarea de salvar nuestras almas traicionó a la Iglesia y se fue con los husitas. Por eso, durante mucho tiempo no hemos podido oír misa ni confesar nuestros pecados.

El sacerdote advirtió su anhelo de recibir los ritos sagrados y la bendijo.

—Si así lo deseáis, leeré la misa para vos y os confesaré, noble señora.

La condesa inclinó humildemente la cabeza e hizo señas a Janka para que se acercara.

—Bendecid también a mi hija, honorable padre.

El sacerdote volvió a hacer la señal de la cruz, para luego meterse el resto de la salchicha en la boca y seguir su camino. Marie lo miró alejarse meneando la cabeza, pero su anfitriona sonrió, apoyándole la mano en el brazo.

—No juzguéis al padre Josephus por su apetito, señora Marie. Él cumple con sus deberes de sacerdote, ayuda a los enfermos y brinda consuelo cada vez que tiene la oportunidad de hacerlo. A partir de hoy, leerá la misa todas las noches y confesará a todos aquellos que lo soliciten.

Mientras que la condesa y su hija se mostraron visiblemente contentas con la noticia, Marie hizo una mueca de descontento. No le agradaba tener que revelar a un desconocido sus pensamientos más íntimos, pero ahora más que nunca no podía segregarse del resto, ya que, si lo hacía, la gente pensaría que se había contagiado de la herejía bohemia. Por eso resolvió que aceptaría los servicios del padre confesor, pero que solamente le contaría las mismas cosas que podría decirle a un conocido en la corte del conde palatino. Se sacudió el mal humor y se alegró pensando en el baño caliente que se daría pronto con aromas deliciosos y en la cena, que no consistiría únicamente en un guiso.

11

Marie, nerviosa, se daba tirones del vestido, se sacudió de la manga un polvo inexistente, pero a pesar de todo se sentía a gusto con su apariencia. El espejo que Anni le sostenía delante le devolvía un rostro bien formado, con la piel levemente bronceada, unos enormes ojos azules y una nariz bien proporcionada, coronados por una cabellera dorada que asomaba debajo de una cofia de dos alas adornada por un delicado velo. Nunca antes había vestido una túnica tan suntuosa como ese atuendo púrpura que había confeccionado con la ayuda de la señora Irmingard y sus criadas. Al principio no se había sentido bien con la idea de gastar tanto dinero en género y ornamentos, pero Michel había insistido en que se vistiera lo más lujosamente posible. No dependían únicamente de las pocas monedas que le habían sobrado a Marie del oro que se había llevado al partir de Rheinsobern. Como oficial, a Michel le correspondía una parte del botín que habían obtenido, de ahí que recibiera numerosas piezas de oro de la caja de guerra de Vyszo. Con esa suma podían aparecer en la corte imperial como correspondía a alguien de su estamento social.

Michel estaba vestido con un traje no menos suntuoso que el de Marie. Llevaba un sayo de terciopelo azul oscuro bordado con hilos de oro en las mangas y el cuello y unas calzas del mismo tono. En la cabeza tenía puesto un birrete celeste con una pluma azul oscura. Al verlo, Marie se quedó impresionada y le dio un beso en la mejilla.

—No importa cómo termine este día, ¡te amo!
—Yo también.
—¿Tú también qué? ¿También te amas? —inquirió Marie, guiñándole el ojo.
—¡No, te amo a ti!

Michel la atrajo hacia sí y la besó.

Marie dio un gritito mientras se sostenía la cofia, que amagaba con resbalarse.

—¡Cuidado! Estás destruyendo el trabajo de Helene y de Anni. Con el esmero que han puesto...

—¡Mujercita vanidosa! —se burló Michel, ofreciéndole el brazo—. Ven, no queremos hacer esperar a su majestad.

Marie hizo una reverencia con perfecta gracia y apoyó su mano sobre la de él. Michi se adelantó y les abrió la puerta. El muchacho llevaba el atuendo de un paje: unas calzas color púrpura de las que se tiraba todo el tiempo porque según él le apretaban y un sayo azul oscuro con ribetes bordados en plata. Tenía los cabellos claros cepillados bien tirantes y el rostro más limpio que en todas las semanas anteriores juntas. Aún no se había acostumbrado del todo a su papel de paje, ya que atravesó la puerta delante de ellos en lugar de permanecer en el lugar haciendo una leve reverencia y esperar a que la hubieran atravesado Marie y Michel.

En el corredor, iluminado por docenas de lámparas de aceite, hasta tal punto que casi parecía ser de día, se encontraron con Sokolny, que llevaba puesta la túnica suntuosa de un noble bohemio, para la que no había escatimado ni en terciopelo ni en deliciosa seda. Lo acompañaban la condesa Madlenka y Janka, la madre enfundada en un vestido verde oscuro y la hija en uno verde claro, y ambas luciendo el esplendor de las joyas con las que las damas de su familia se presentaban desde hacía generaciones. El caballero Heinrich y el hidalgo Heribert, que compartían una recámara, aparecieron también en el corredor para unirse a sus amigos. Comparados con Michel y el conde, parecían tan sencillos como perdices, aunque ellos también vestían trajes nuevos, como cualquier señor de la nobleza del Sacro Imperio Romano Germánico que quisiera presentarse ante el emperador.

Marie miró sin proponérselo a su alrededor, buscando a sus amigas, que habían tomado a Trudi a su cargo, esperando que acudiesen a despedirla. Pero, al igual que sus anfitriones, no se las veía por ninguna parte. Tal vez para no parecer irrespetuosa, la familia se habría retirado junto con los criados a la cocina grande, en la parte de atrás de la casa, y estaría atendiendo a Anni, a Helene y al resto del séquito de sus anfitriones con platos, bebidas y los chismes más nuevos. Marie se alegró de no haber llevado consigo demasiados acompañantes, ya que era difícil encontrar alojamiento en esa ciudad.

Mientras los campesinos y la mayoría de los guerreros de Falkenhain habían encontrado asilo de la mano de Feliks Labunik en el castillo de Konrad von Weilburg y en el monasterio de Sankt Otzen, Michel, Marie y el resto de los nobles habían partido con un pequeño séquito y algunos soldados a caballo en calidad de guardaespaldas hacia Núremberg, donde habían llegado hacía tres días. A pesar de la nueva Dieta Imperial que Segismundo había convocado en esa ciudad y a la cual habían asistido los grandes del imperio con pocas excepciones, les habían asignado un cuartel suficientemente grande. Se trataba de la hacienda de un comerciante de Núremberg que se había mostrado bien dispuesto a ganar un par de monedas de oro extras. Les había cedido a los nobles sus mejores habitaciones, y a su cortejo parte del altillo, que normalmente utilizaba para guardar las mercancías más preciadas. Desde allí, los huéspedes podían llegar hasta la magnífica hacienda del alcalde, donde se alojaba el emperador, atravesando el jardín y una callejita lateral a pie, sin necesidad de exponerse a ojos curiosos.

Hasta el momento, Sokolny había sido el único en abandonar la casa y solicitar una audiencia con el emperador. Le habían permitido pasar y lo habían recibido con gran amabilidad. De acuerdo con lo que les había contado al volver, el emperador había demostrado un inesperado interés por las propuestas de los calixtinos bohemios. A Marie no le causó ninguna sorpresa, ya que sus anfitriones, afables y devotos a pesar de su orgullo burgués, le habían contado que los príncipes electores habían vuelto a declinar la petición de Segismundo de implementar un impuesto imperial generalizado para crear un ejército permanente de mercenarios. Ninguno de los nobles señores, ni siquiera aquellos que habían alcanzado su actual posición gracias al actual emperador, quería que el poder de Segismundo aumentara de manera incontrolable. Salvo el yerno y sucesor de Segismundo, Alberto V de Austria, nadie había votado en favor de su moción.

Marie se limitó a menear la cabeza ante tanta falta de visión. Estaba harta de las guerras y los desafíos entre los miembros de la nobleza, y le parecía altamente conveniente aumentar el poder del emperador, ya que de esa manera se garantizaría la seguridad y, sobre todo, la paz en el imperio. Pero ni siquiera había conseguido convencer a Michel de su postura. Dentro de su corazón, él seguía siendo el vasallo del conde palatino del Rin, que no estaba dispuesto a aceptar que cercenaran su influencia en el imperio. Una vez que hubieron llegado a la antesala de la gran sala de audiencias, Marie ahuyentó esos pensamientos ociosos, ya que en ese momento debía preocuparse no por el destino del emperador y del imperio, sino por su propio futuro.

Cuando llegaron al cuartel del emperador, un heraldo vestido con una guerrera adornada con el águila imperial y el león palatino les salió al encuentro y les preguntó por sus nombres. Sokolny intercambió una fugaz mirada con Michel y se presentó a sí mismo y a su familia. Michel también les cedió el lugar a Heinrich von Hettenheim y al hidalgo Heribert antes de anunciarle al heraldo que era el caballero imperial Michel Adler y la dama que llevaba a su lado, su esposa Marie. El heraldo arqueó las cejas, incrédulo, y se notaba que tenía miles de preguntas quemándole en la lengua. Sin embargo, cerró la boca como si tuviera que llamarse a silencio y le ordenó a dos criados que abrieran las puertas. Luego condujo a los huéspedes hacia el interior, pasando por cuatro puestos de guardianes de resplandeciente armadura.

La sala le pareció inmensa a Marie, lo cual en realidad podía deberse a que allí no había casi muebles, exceptuando el asiento con forma de trono del emperador y las sillas sencillas de los más altos príncipes imperiales. Marie sonrió al recordar cuántas veces aquellas sillas habían sido objeto de las discusiones más encarnizadas. Cada uno de los nobles señores había querido sobrepasar al resto y al mismo tiempo no ser menos que nadie, y sus vasallos discutían acaloradamente por la altura de los respaldos y la cantidad de piedras preciosas con las que se podía adornar las sillas del mismo modo en que sus señores lo hacían por sus rencillas políticas.

Marie paseó su mirada por la sala y descubrió una serie de rostros conocidos y numerosos blasones que sabía clasificar según sus respectivas personas y estirpes. Los jóvenes condes de Württemberg estaban presentes, al igual que el conde palatino del Rin, el príncipe elector de Sajonia y los duques de Baviera. Dentro de la comitiva de Württemberg estaba también el caballero Dietmar de Arnestein, un amigo de las épocas en las que ella aún no era una dama perteneciente a la nobleza. Como prácticamente no viajaba a ninguna parte sin su esposa, Marie se alegró de poder reencontrarse con la señora Mechthild.

El heraldo se detuvo a unos pocos pasos del emperador, quien como de costumbre llevaba un suntuoso atuendo púrpura y oro, pero que permanecía quieto en su trono, con el rostro gris y un aspecto abatido, como si cargase sobre los hombros con todo el peso del mundo. El funcionario de la corte dio un paso a un lado para que Segismundo pudiese observar a los recién llegados sin que nada se lo impidiese.

—Conde Wenzel von Falkenhain junto con su esposa e hija —presentó en alemán a Václav Sokolny.

Segismundo miró al conde, asintiendo con expresión magnánima, al tiempo que observaba a sus acompañantes. Al ver a Michel estuvo a punto de levantarse del trono, y se quedó mirándolo con los ojos abiertos de par en par.

—El caballero imperial Michel Adler y su esposa —exclamó el heraldo hacia el interior de la sala.

Hasta ese momento, Michel había logrado mantener en secreto la noticia de que estaba con vida, de ahí que el emperador meneara la cabeza, irritado. Pero al oír ese nombre, en la expresión de Segismundo se disipó la tensión, y de pronto pareció un hombre que acababa de dar con una buena señal. El emperador se puso de pie de un salto y se dirigió hacia Michel con gesto alegre.

—¡Por Dios santo todopoderoso! ¡Uno nunca deja de asombrarse! ¡Bienvenido, señor Michel! Me considero muy afortunado de volver a veros vivo. ¿Dónde habéis estado todos estos meses?

—En el castillo de Falkenhain, para poder preservarlo para vuestra majestad. Si hoy puedo estar aquí frente a vos, es pura y exclusivamente por mérito de este hombre —declaró el conde Sokolny en lugar de Michel.

Marie no prestó atención al emperador, ni tampoco a los comentarios que se generaban a su alrededor, sino que siguió paseando la vista por las filas de los nobles, que observaban todo con gran curiosidad, hasta que sus ojos descubrieron a Falko von Hettenheim, que había estado conversando con quien seguramente sería su suegro, Rumold von Lauenstein, y ahora miraba a Michel con la boca abierta. Su perplejidad se transformó casi en espanto cuando la descubrió también a ella.

Una sonrisa satisfecha se coló furtiva en el rostro de Marie. Le tiró a Michel de la manga, señalando con la barbilla hacia donde estaba Falko.

—¡Por más alegría que te cause comparecer ante el emperador, no deberías olvidarte de nuestro enemigo!

—¿Qué enemigo? —inquirió Segismundo, que había alcanzado a oír esa palabra a pesar de que Marie había hablado en voz muy baja.

Michel se incorporó, y ahora su voz pareció resonar en todas las paredes de la sala aunque apenas si la levantó.

—¡Caballero Falko von Hettenheim! Lo acuso de haberse comportado conmigo de forma indigna. Por envidia y rivalidad, me abandonó herido en el campo de batalla para que cayera víctima de los husitas.

Falko von Hettenheim se estremeció como si lo hubiese atravesado un rayo, pero luego se abrió paso entre los nobles que lo rodeaban con el rostro desfigurado por la furia.

—¡Me pagarás esa ofensa con tu vida, tabernero bastardo!

—Dado que el emperador me halló digno de nombrarme caballero imperial del Sacro Imperio Romano Germánico, con vuestras palabras estáis ofendiéndolo a él también —respondió Michel con soltura.

El caballero Falko echaba espuma por la boca y rodeó con la mano la empuñadura de su espada mientras Michel seguía allí parado sin inmutarse, examinándolo como si se tratara de un extraño insecto. La mirada de Segismundo iba y venía de Falko a Michel, y las arrugas en su frente se profundizaron. Como creía en los milagros, tomó el regreso de Michel como una señal de que el cielo estaba dispuesto a volver a colocarle sobre la testa la corona de Bohemia. Volvió a recordar entonces los rumores que afirmaban que el caballero Falko había matado a campesinos bohemios indefensos en lugar de combatir con decisión al enemigo husita siendo un adalid del poder imperial. El mensaje que había traído Václav Sokolny desde Bohemia le abría el camino para volver a poner de su lado a los nobles de esa región, y no permitiría que nadie le obstruyera esa posibilidad. El emperador suponía que esa gente odiaba con toda su alma a Falko von Hettenheim, y comprendió que debería sacrificar a ese hombre si quería asegurarse la gratitud y la lealtad de la nobleza bohemia. Se trataba de un sacrificio que podía hacer sin que le pesara demasiado, ya que el mayor de los de Hettenheim le había hecho muchas promesas, pero no le había sido de mucha utilidad, mientras que Michel Adler le había prestado buenos servicios, e incluso era probable que fuese él el impulsor de aquel ofrecimiento de paz por parte de los calixtinos. Al menos había defendido de los rebeldes al hombre que le había transmitido el mensaje y lo había conducido hasta él.

El emperador levantó la mano para hacer callar a los presentes, que conversaban excitados sobre el episodio.

—Ha sido atacado el honor de un caballero —comenzó, mordiéndose los labios al oír que los amigos del caballero Falko aplaudían con entusiasmo. Pero ese entusiasmo se extinguió muy pronto, cuando Segismundo prosiguió con voz severa—: Si la acusación que Michel Adler acaba de manifestar se corresponde con la verdad, entonces se ha cometido con él un crimen digno de condena, una ofensa que solamente la muerte puede expiar.

Falko von Hettenheim aulló de furia.

—¡Mentiras, no son más que infames mentiras!

Marie se abrió paso hacia delante para mirar al hombre a los ojos.

—¡Parece que no lo son tanto, señor caballero! Mientras buscaba a mi esposo, pude oír muchas voces que os negaron el honor y el valor y os acusaron de ser culpable de la desaparición de mi esposo.

—¡Bah! ¿Qué estáis diciendo? ¿Quién puede dar crédito a las palabras de una ramera?

Falko von Hettenheim intentó defenderse apelando a la arrogancia, pero le temblaba la voz, y sus palabras descargaron sobre él toda la ira del emperador.

—¡La señora Marie es por mi voluntad una dama de la nobleza del Sacro Imperio Romano Germánico, y quien la desprecia está ofendiendo a una persona ungida por Dios! Deberéis responder por ello con vuestra lanza, señor Falko.

El caballero Falko comprendió que había perdido el favor imperial y que ahora su palabra en la corte valía menos que la de un bagajero.

—¡Enviaré al infierno a todo aquel caballero que se atreva a retarme a duelo!

—¡Yo me atrevo! —exclamó Heribert von Seibelstorff con voz cortante.

Michel apoyó la mano sobre el hombro del hidalgo y sacudió la cabeza.

—Vuestras intenciones merecen mi más profundo respeto, pero esta lucha me pertenece. Debo hacer ahora lo que por no haber hecho hace tres años provocó el sufrimiento y la miseria de tanta gente. Juro que mataré a este traidor y calumniador y que después haré una peregrinación a los catorce santos auxiliadores cerca de Bad Staffelstein para expiar mi parte de culpa en la muerte de tantos inocentes.

—¡A lo sumo serás enterrado allí, tabernero bastardo! —se

burló Falko von Hettenheim, mirando a su alrededor en busca de aplausos. Pero el resto de los nobles se apartaron de él sin dignarse a mirarlo.

Michel examinó a su enemigo con agudeza y constató satisfecho que este se había vuelto gordo y lento, y que sus movimientos revelaban una pereza que indicaba su falta de entrenamiento. Falko ostentaba una vestimenta mucho más suntuosa de lo que correspondía a un simple caballero, y llevaba en sus anillos unas piedras preciosas que no tenían nada que envidiarles a las que llevaría en sus manos un príncipe. Michel se preguntó a cuántas personas habría asesinado y saqueado para obtener semejante riqueza, y sintió que el odio que sentía hacia ese hombre amenazaba con asfixiarlo. Se dirigió hacia Falko, se quitó el guante de la mano derecha y se lo arrojó a su enemigo en la cara.

—Os reto a matar o morir, Falko von Hettenheim, ya que me urge librar al mundo de vos.

El caballero Falko se quedó inmóvil con el rostro lívido. Pero cuando Michel le volvió la espalda para ver la reacción de Segismundo a su reto, sacó su espada. Sin embargo, antes de que pudiera terminar de desenvainarla, János, el guardaespaldas del emperador, le puso el filo de su puñal en el cuello. Falko von Hettenheim volvió a guardar su espada resoplando de furia y se vio rodeado por varios caballeros que lo examinaron con desprecio.

El caballero Dietmar von Arnsberg se plantó delante de él.

—¡Eso sí que ha sido de lo más indigno!

El emperador le pidió a su confesor que rezara una oración y unió sus manos. Después del amén levantó la vista y se quedó mirando a Falko von Hettenheim como a un asqueroso gusano.

—El caballero Michel y vos os enfrentaréis mañana en el palenque para que Dios recompense al justo y castigue al injusto.

—Estoy dispuesto —declaró Michel con sencillez.

—¡Mañana morirás como un perro! —El caballero Falko escupió en el suelo delante de él para luego apartarse abruptamente.

Marie cogió a Michel del brazo y se quedó mirándolo con los ojos encendidos.

—¡Lo vencerás! Ahora sí que estoy bien segura de ello.

12

Marie no estaba tan tranquila como se había mostrado ante Michel, sino que se mantuvo en vela toda la noche, atormentándose con pensamientos tortuosos. Mientras que a los campesinos y a los burgueses acusados de algún crimen se les sometía de inmediato a torturas para obligarlos a confesar, a un asesino y calumniador como Falko von Hettenheim se le permitía demostrar su inocencia en un duelo. Aunque todos decían que Dios le otorgaría la victoria al hombre correcto, Marie había visto y vivido demasiadas cosas como para dudar de la justicia divina. No quería volver a perder a Michel. Si hubiese tenido la posibilidad de hacerlo, se habría acercado sigilosamente a Falko von Hettenheim para envenenarlo. Pero le faltaban los medios para hacerlo. De modo que no le quedaba más remedio que rezar en silencio y rogarle a la Virgen María que esta vez también ayudara a su esposo. Al fin y al cabo, los poderes celestiales lo habían salvado, y habían conducido a su mujer e hija hasta él para volver a reunir felizmente a los tres. Al pensar en Trudi, las arrugas en su frente se alisaron un poco. El solo hecho de pensar en ella haría que Michel no cometiese la imprudencia de subestimar a Hettenheim.

Marie recordó otra noche que, al igual que ahora, había pasado insomne junto a su esposo sin saber lo que le depararía el futuro. Ahora volvía a suceder. Como se le estaba durmiendo el brazo, giró hacia un lado asegurándose de no molestar a Michel, que esa noche necesitaba más que nunca descansar bien. Ella misma continuó entregada a sus pensamientos tortuosos, que regresaban una y otra vez como una rueda, y finalmente se alegró al advertir los primeros indicios de la mañana asomando por la ventana abierta. En ese momento debió de hacer algún movimiento, ya que Michel se dio la vuelta murmurando en sueños palabras en checo y en alemán.

Poco después golpearon a la puerta pidiendo permiso para entrar. Fuera había una criada trayendo agua para lavarse. Como hacía por lo menos tres años, Marie despertó a su esposo cuidadosamente y lo ayudó a prepararse. El emperador le había enviado a Michel ropa nueva, una camisa blanca del más fino lino, un sayo de lana y una guerrera blanca con una cruz paté negra para demostrar que Michel había participado en una cruzada convocada por el Papa contra los husitas. Así vestido, descendió por las escaleras de la mano de Marie y entró en la habitación en la que la esposa del posadero le había preparado un nutritivo desayuno. Allí lo estaban esperando también tres escuderos del séquito de Segismundo con una armadura y armas provenientes de la casa de armas personal del emperador. Con ellos había aparecido el capellán de Segismundo para leerle la misa a Michel y confesarlo. Marie se arrodilló también y comenzó a rezar. La ayuda que le hacía llegar el emperador a su esposo le demostraba a las claras a quién prefería como vencedor. Como ella no quería dejar librada la victoria de Michel únicamente a los poderes celestiales, se encargó de que después de la misa su esposo tomara un desayuno frugal pero suficiente, y luego controló a Anselm y a Görch mientras le ponían la armadura. Marie dio tres vueltas más alrededor de él, ya que no se cansaba de admirar lo bien que le sentaba a su esposo el obsequio del emperador. Cuando hizo su entrada en el patio, el hierro pulido brillaba como si fuese plata, y la luz de la clara mañana se reflejaba en él.

El emperador no solo había puesto a disposición de Michel la armadura, sino también un majestuoso caballo negro de Brabante que, a pesar de su tamaño y de su evidente fuerza, tenía un aspecto muy elegante. Michel permitió que los escuderos lo ayudaran a montarlo y lo condujeran hasta atravesar las puertas que daban a la calle. Marie quiso salir corriendo detrás de él, pero

Görch la detuvo, señalándole una delicada yegua gris que acababa de traer.

—Un regalo del emperador para vos, señora Marie.

Marie asintió contenta y luego se miró la ropa. En ese momento no disponía de ningún traje de montar, y la falda que tenía puesta más bien constituía un estorbo para andar a caballo. Sin embargo, logró trepar a la montura sin ayuda y salió con trote rápido detrás de Michel. Los cascos de la yegua repiqueteaban en el empedrado de forma irregular, y no solo ello le hizo ver a Marie su falta de práctica. Su nuevo corcel disponía de un temperamento mucho más fuerte que su vieja *Liebrecilla*, de modo que tuvo que concentrar toda su atención para esquivar los cantos de las casas que sobresalían y fijarse para no atropellar a los transeúntes que no saltaban a un lado con suficiente presteza. Tomó plena conciencia de que sobre la montura no tenía ni por asomo el garbo de Janka Sokolna, que en ese momento se le unió.

—¡No os preocupéis, señora Marie! ¡*Pán* Michel vencerá a ese traidor, sin duda!

—Claro que lo hará —respondió Marie.

La voz le sonaba firme, y de sus labios incluso brotó una leve sonrisa. Con todo, Marie sintió un profundo alivio cuando alcanzaron las puertas y pudieron dejar atrás la estrechez de la ciudad. El palenque en el que había hallado a Timo cojo se había conservado como campo de práctica para los caballeros, y allí era donde tendría lugar ahora el duelo proclamado juicio de Dios. El emperador ya había tomado su lugar en la tribuna, ornamentada y techada con finas telas. Cuando Marie hizo su aparición, se puso de pie, salió a su encuentro y le ofreció su mano. Marie se apeó de la yegua, se inclinó delante del emperador haciendo una ceremoniosa reverencia y dejó que él la condujera hasta el banco acolchado junto a la silla imperial, lugar reservado a los más prominentes del imperio. Segismundo la hizo tomar asiento a su derecha, dejando bien claro de qué lado estaba. Al conde Sokolny, a Heinrich von Hettenheim y al hidalgo Heribert también se les permitió sentarse cerca del emperador, mezclados entre los príncipes imperiales.

Marie no miró ni a los amigos ni a los príncipes, que la observaban con miradas curiosas mientras cuchicheaban entre sí, sino que se quedó con la vista clavada en el campo demarcado en el que Michel y su contrincante ya estaban ultimando los preparativos. Un sacerdote se paró entre ambos, los invitó a que hiciesen las paces con Dios y les impartió su bendición. Antes de bajarse la visera, los jinetes guiaron sus corceles hasta el palco del emperador, de manera que todos tuvieron oportunidad de advertir claramente tanto la expresión seria y la apariencia absolutamente controlada en el rostro de Michel como el semblante desencajado de Falko von Hettenheim.

—Pelead con Dios. Él dará la victoria a quien sea digno de ella.

Mientras pronunciaba esas palabras, el emperador contempló a Michel, y luego saludó elevando la mano. Ambos caballeros inclinaron la cabeza todo lo que la armadura les permitía para luego conducir a sus corceles hacia los dos extremos opuestos de la liza. Los escuderos les alcanzaron unas lanzas largas adornadas con cintas que para esta ocasión estaban provistas de afiladas puntas. El heraldo volvió a explicar las reglas y dio un paso a un lado. Ante una señal del emperador, levantó la varilla. Un golpe de trompetas resonó, y cuando el heraldo bajó la varilla, ambos caballeros espolearon a sus caballos.

Durante unos instantes que se le antojaron interminables, Marie solo escuchó el ruido de los cascos de los caballos chocando contra el suelo duro de la pista, cada vez más veloces, y luego los contrincantes chocaron entre sí con un estruendo sordo. Marie vio que Michel se tambaleaba y reprimió un grito. Sin embargo, él se mantuvo sobre el caballo y levantó la lanza hecha añicos para indicar que se encontraba en perfecto estado. La lanza del caballero Falko también se había partido, y él parecía estar más furioso por no haber logrado derribar del caballo a su contrincante con la superioridad que le daba su peso. Ambos pidieron lanzas nuevas y volvieron a sus puestos al trote.

Marie sintió que su miedo se evaporaba, dando lugar a una creciente confianza. Si bien Michel no poseía tantas habilidades para el combate con lanza como el caballero Falko, este estaba tan evidentemente sin forma que Marie supuso que hasta el hidalgo Heribert habría sido capaz de resistir su embestida.

Nuevamente las lanzas de ambos luchadores quedaron destrozadas. Esta vez fue Falko von Hettenheim quien se tambaleó, y la única razón por la cual no se cayó de la montura fue que su escudero llegó a tiempo para sostenerlo.

—En la próxima embestida se cae —oyó Marie murmurar al emperador.

Ella esperaba lo mismo, pero cuando ambos luchadores volvieron a embestir, se llevó las manos al pecho para aplacar su corazón, que latía enloquecido. Esta vez, el choque fue aún más violento. Marie vio que Michel se tambaleaba y del susto no prestó atención a su contrincante.

El emperador señaló hacia delante.

—¡Ya lo decía yo! Ahí está, tumbado.

Efectivamente, Falko von Hettenheim estaba tendido en el suelo boca arriba, como una tortuga, braceando desesperado sin poder levantarse. Su escudero y algunos miembros de su séquito corrieron hacia él y lo ayudaron a ponerse de pie. En el ínterin, Michel había bajado del caballo, y tras meditarlo un instante, se decidió por la espada para la lucha cuerpo a cuerpo. El caballero Falko le arrancó de las manos a un siervo del torneo el hacha de armas que le había alcanzado y se abalanzó sobre Michel aun antes de que el heraldo diera la orden de lucha.

—¡Ahora sí que morirás, bastardo! —gritó, desgañitándose.

Michel atajaba con su escudo los violentos golpes de hacha de su contrincante, pero se veía obligado a retroceder todo el tiempo, ya que sus propios ataques no daban en el blanco. Tranquilo y con gran dominio de sí mismo, Michel aguardaba su oportunidad, mientras que Von Hettenheim ya había comenzado a jadear como un rocín agotado. Sin embargo, la furia y el odio parecían redoblar sus fuerzas, ya que siguió atacando sin pausa, burlándose de Michel cada vez que la respiración entrecortada se lo permitía para inducirlo a cometer algún error—. ¿Y? ¿Qué se siente al estar tan cerca del infierno, tabernero bastardo? Satanás se alegrará mucho de verte. —Como Michel no respondía, comenzó a reírse con soma—. Por cierto, he montado a tu ramera, bastardo, y la verdad es que no es gran cosa. Cualquier checa de las que me follé la supera ampliamente.

Se notaba que Falko esperaba una reacción irreflexiva de Michel. En lugar de ello, Michel comenzó a provocar a Falko también.

—¿Con cuántos hombres se habrá acostado tu esposa para ver si por fin puede tener un hijo varón después de ver que tú no puedes hacerla engendrar más que niñas?

—¡Tú tienes una sola hija, y nadie cree que esa criatura sea tuya!

La voz de Michel sonaba relajada y no mostraba signos de agitación.

—El origen de Trudi está fuera de duda y, a diferencia de ti, mi hija es también mi heredera, mientras que tu silla será ocupada por el caballero Heinrich este mismo mediodía.

Esas palabras le hicieron subir la sangre a la cabeza a Falko, cuyo siguiente golpe le barrió a Michel el escudo del brazo. Con un resoplido triunfante, Von Hettenheim tomó impulso para cortarle a su enemigo la cabeza con casco y todo. En ese momento, la espada de Michel se deslizó como una serpiente destellante, asestándole un golpe a su enemigo en la visera, aunque sin traspasarla. Durante un instante, Falko von Hettenheim se quedó petrificado, como si el ataque lo hubiese dejado pasmado. Luego se tambaleó y se desplomó como un árbol podrido. Michel creyó que se trataba de un truco y se apresuró a levantar el escudo, partido varias veces por los golpes de hacha.

Mientras su brazo izquierdo se deslizaba por el soporte, el escudero de Falko se acercó corriendo y se arrodilló junto a su señor.

—¡Señor! ¿Qué os sucede? ¡Respondedme, por favor!

Como Falko seguía inmóvil, le quitó el casco... y vio los ojos de un muerto. El heraldo se acercó también, y tras echar un vistazo fugaz al rostro de Falko, le hizo señas al médico del emperador. Este revisó a Falko von Hettenheim con sumo cuidado, tras lo cual se puso de pie, meneando la cabeza.

—El caballero está muerto, y sin embargo no puede constatarse la más mínima herida.

—¡Es una señal de Dios! ¡Dios ha medido la culpa del caballero Falko y lo ha condenado! —exclamó el sacerdote confesor del emperador gritando, al tiempo que se arrodillaba para celebrar la justicia divina. El emperador también hizo la señal de la cruz e inclinó su cabeza ante los poderes celestiales.

Marie miró a Michel, unió sus manos y le agradeció a la Virgen María y a María Magdalena su victoria. Eva, que había logrado eludir a los guardias, cogió la mano de Heinrich von Hettenheim y la estrechó entusiasmada.

—Permitidme que os felicite, señor, ya que a partir de ahora estáis al frente de los Hettenheim.

Rumold von Lauenstein se volvió hacia ella con gesto agrio.

—¡Tus felicitaciones son un poco precipitadas, vieja bruja negra! Mi hija está embarazada otra vez, y esta vez es seguro que dará a luz a un varón.

Marie hizo un gesto de desdén, riéndose.

—Más bien creo que le regalará al mundo su séptima hija.

A juzgar por la expresión de su rostro, aquella burla hirió a Lauenstein en lo más profundo, y ella se rio con malicia. Se debía esa pequeña venganza hacia el intrigante consejero del conde palatino. Sin embargo, desterró al señor Rumold de sus pensamientos de inmediato y se bajó de la tribuna para abrazar a Michel.

—Con la muerte de Falko acaba de disiparse la última sombra en nuestras vidas —le susurró.

Michel asintió con la cabeza y la atrajo hacia sí con ternura. En ese momento no desperdició un solo pensamiento en el futuro, sino que estrechó a Marie fuertemente en sus brazos y miró a Michi, que ya atravesaba corriendo el campo de batalla para felicitarlo por su victoria, seguido por Anni, Helene y Trudi.

Por un instante, los cuatro se quedaron de pie junto al caballero muerto, contemplándolo como si fuese un demonio del infierno derrotado, luego rodearon a Marie y a Michel y comenzaron a lanzar sus felicitaciones a borbotones. Trudi se pasó la mitad de la noche repitiendo las palabras que Michi le había enseñado.

—¡Papi gran héroe!

13

Marie estaba sentada en el pescante de un carro de bueyes grande, mirando los lomos manchados de los cuatro animales de tiro, mientras escuchaba con gesto dulce y comprensivo los elogios de Janka Sokolna al hidalgo Heribert. La joven checa iba cabalgando junto a la carreta, conduciendo a su yegua únicamente con los muslos, ya que necesitaba sus manos para reforzar sus expresiones. Marie la admiraba por su destreza como jinete, pero ella prefería la seguridad de la carreta, aunque tuviese que amortiguar con una almohada de cuero mullido los golpes del camino repleto de baches.

Cada tanto montaba un rato su yegua ella también, pero solo tramos cortos, para practicar un poco. Quería que el viaje a su nueva patria resultara lo más placentero posible. El emperador se había mostrado muy generoso y les había otorgado a ella y a Michel una lujosísima propiedad cerca de Volkach, a orillas del Meno. Marie había oído de boca de gente oriunda de aquella región que allí crecía muy buen vino, y ya se veía paseando con Trudi a través de los viñedos, probando juntas las deliciosas uvas.

—Es muy amable por vuestra parte alojarnos como huéspedes a mi madre y a mí hasta que mi padre y el hidalgo Heribert hayan concluido su misión —continuó diciendo Janka, y Marie comenzó a sospechar que, probablemente, en adelante tendría que hacer las veces de consejera espiritual de la joven con bastante asiduidad. Levantó la vista y le sonrió.

—Pero es natural que así sea. Después de todo, vuestro padre alojó a mi esposo durante más de dos años. Y no creo que pase tanto tiempo antes de que el hidalgo Heribert regrese de Bohemia y os lleve a su hogar.

La llegada de Michel impidió una respuesta de Janka. Michel le hizo un gesto afirmativo, luego contempló a Marie con una alegre sonrisa, al tiempo que señalaba hacia delante.

—El jefe de los pescantes dice que estamos muy cerca de nuestro destino. ¿No tienes ganas de montar un rato tu yegua para que podamos adelantarnos juntos a caballo? Me muero por conocer el lugar donde crecerá nuestra hija.

Marie le obsequió una mirada agradecida para luego inclinar un poco la cabeza en dirección a Janka.

—Perdonadme que deba interrumpir nuestra conversación.

Janka asintió solícita y mantuvo su caballo atrás para que Michi pudiera traer la yegua de Marie. Marie le sonrió al muchacho, feliz de haberle podido enviar a Hiltrud por fin un emisario desde Núremberg llevándole noticias, ya que después de tanto tiempo su amiga seguramente estaría loca de preocupación. Era una pena que ahora fueran a vivir tan lejos la una de la otra, pero Marie no podía pedirle a Hiltrud que renunciara a su espléndida granja libre cerca de Rheinsobern, aun cuando ella podría haberle conseguido otra en su lugar. Ese giro del destino la entristecía un poco. Sin embargo, se consoló pensando en las nuevas amigas que había ganado y que vivirían con ella. También se quedaría con Michi, educándolo para que se convirtiese en uno de sus empleados... o también en un soldado y un buen líder, si así lo prefería él. Tal vez haría traer a Mariele también, si es que Hiltrud estaba de acuerdo. Se propuso firmemente que la siguiente primavera, una vez que se hubiera aclimatado a su nuevo hogar, viajaría a Rheinsobern a visitar a su amiga.

—¡Marie! ¿Qué te pasa? ¡Estás durmiendo con los ojos abiertos!

La llamada de Michel arrancó a Marie de sus cavilaciones. Se apeó del pescante para trepar a la montura y dejó que Michi la ayudase a engancharse en los estribos. Michel le sostuvo las riendas hasta que estuvo bien sentada y luego se las alcanzó con un tierno gesto.

Marie le acarició la mano y asintió, incitante.

—¡Vamos a ver nuestro nuevo hogar!

Espoleó cautelosamente a su yegua y se adelantó al trote. Michel no la siguió enseguida, sino que esperó primero a que pasara junto al carro de Eva. A diferencia de Theres, que iba sentada a su lado, la vieja vivandera no había querido desprenderse ni de sus caballos ni de su carreta. Sentada entre ambas iba Trudi, alimentándose de las ciruelas pasas que le daban. Cuando la pequeña vio a Michel, extendió sus bracitos hacia él y se rio feliz cuando Theres la alzó para dársela. Michel la tomó con ternura en sus brazos y la sentó en su caballo delante de él.

Eva se quedó contemplando satisfecha al padre y a la hija.

—¡Parece que estamos a punto de llegar! Estoy muy intrigada por saber qué sucederá, sobre todo cuando llegue la primavera el año próximo y nuestros huesos comiencen a sentir la necesidad de enganchar nuestras carretas para unirnos a algún ejército.

Theres levantó las manos en señal de rechazo.

—Si quieres volver a marchar a la guerra, allá tú. Yo me quedaré con Marie para siempre.

—Con la señora Marie, querrás decir. Al fin y al cabo es una dama de la nobleza. Por supuesto que permaneceré con vosotros, ya que no puedo dejarla al cuidado de ti, de Helene o de Anni. Te aseguro que sin mí, vosotras quedaríais todas tan indefensas como niñas pequeñas —dijo Eva, al tiempo que se llevaba a la boca una de las ciruelas pasas que Trudi había dejado caer.

Marie y Michel dejaron lentamente atrás el principio de la caravana, y durante un rato sus ojos se dedicaron a mirarse entre sí más que al paisaje que los circundaba. Cuando el valle se abrió ante ellos y vieron la cinta ancha del río hicieron detenerse a sus caballos y miraron a su alrededor. Un poco más al norte podían distinguirse los contornos de la pequeña ciudad de Volkach, pero debajo de ellos, al pie de una cadena de montañas que se extendía con sus picos escarpados, había un pueblo grande y limpio, con casitas techadas con tablillas de madera, situadas una al lado de la otra, rodeando una iglesia y una plaza grande con un tilo majestuoso. Seguramente se trataba de Dohlenheim, uno de los pueblos pertenecientes a su castillo. La fortaleza que habría de ser su nuevo hogar constituía en sí una edificación maciza y austera emplazada en la prominencia más elevada que emergía como un cuerpo extraño entre el verde de las parras que cubrían las laderas de las colinas. Al final de una ladera pelada que caía en forma abrupta había otro pueblo más que también pertenecía a sus nuevos dominios y, por lo que sabían, tenía que haber un tercero a orillas del río, al otro lado de la colina que bordeaba el Meno. El castillo y esos dos pueblos llevaban nombres alemanes de pájaros, ya que al parecer el dueño anterior había sido un amante de las aves. En honor a los frailecillos, el castillo había sido bautizado Kiebitzstein; la villa dominica que estaba debajo se llamaba Habichten, como los azores, y el segundo pueblo a orillas del río, Spatzenhausen, como los gorriones.

Marie se quedó embobada ante las imágenes de aquel paisaje, sonriéndole a Michel llena de esperanzas e ilusiones.

—¿Y? ¿Cómo te sientes ahora que eres el caballero imperial Michel Adler de Kiebitzstein?

—La verdad es que por el momento no siento nada —respondió Michel, riendo—. Pero debo decir que estas tierras me agradan. Aquí podré por fin echar raíces.

—Bien, cuando el hidalgo Heribert regrese de Bohemia sabrá enseñarte a comportarte como un caballero imperial franco.

—Más bien le enseñará a Janka lo que significa ser la mujer de un caballero imperial franco —replicó Michel alegremente.

Durante un instante, la pareja se quedó contemplándose más bien con cierta melancolía al recordar a Václav Sokolny, a Heinrich von Hettenheim y al hidalgo Heribert, que habían partido hacia Bohemia por orden del emperador para transmitirles al joven Sokolny y a sus amigos que Segismundo estaba dispuesto a negociar con ellos. Con el apoyo de los calixtinos, el emperador esperaba poder romper la opresión de los taboritas y regresar a Praga.

—Gracias a Dios ya no tenemos nada más que ver con todo

eso —exclamó Marie con tal alivio como si de su alma acabara de caer un último peso.

Michel la contempló con asombro.

—¿Con qué no tenemos nada más que ver?

—Con el emperador y su lucha por el poder y las coronas. Nosotros tenemos un trabajo más hermoso por delante.

Michel guio su caballo hasta quedar al lado de Marie y la abrazó con firmeza.

—¿Y cuál es?

Marie señaló con la mano las tierras que se extendían delante de ellos.

—Crear un hogar, Michel, disfrutar de la vida y amarnos.

Michel era un esposo muy sensato y sabía reconocer cuándo su mujer tenía razón, así que la miró y asintió, sonriente.

NOTA HISTÓRICA

Las guerras husitas, que tuvieron lugar entre 1419 y 1434, constituyeron uno de los acontecimientos más sangrientos y crueles de la Edad Media y se cobraron la vida de muchísimas personas. Los husitas, que habían emprendido la revuelta contra su rey católico por motivos religiosos, creyeron después de sus primeras victorias que también podían aspirar a su independencia nacional. Sin embargo, su genial caudillo Jan Ziska murió en 1424 a consecuencia de la peste, y su lugar fue ocupado por hombres que llevaron la guerra más allá de los confines de Bohemia, asolando grandes territorios del Imperio Romano Germánico. Y ciertamente estuvieron a un paso de echar por tierra las esperanzas de Segismundo de lograr recuperar la corona de Bohemia.

Pero no solo los bohemios amenazaban el poder del emperador. Los señores territoriales del imperio, comenzando por los príncipes electores, que en parte habían sido elevados a ese rango por el propio Segismundo y recibido tierras en feudo, le negaron su apoyo, exigiendo como condición para intervenir en la lucha armada que este les ampliara sus privilegios y sus derechos. Los intentos del emperador de superar en votos a los nobles con el apoyo de los Estados Imperiales más bajos, para poder implementar un impuesto imperial regular con el que podría haber financiado su ejército estable, fracasaron estrepitosamente a raíz de la resistencia encarnizada de sus adversarios políticos. En esas circunstancias, su sueño de formar un Estado unitario según el modelo inglés fracasó estrepitosamente.

Cuando la corona de Bohemia ya parecía perdida, el destino volvió a ponerla en poder de Segismundo, ya que los husitas se habían dividido en dos grupos, los fundamentalistas taboritas, congregados por el predicador Jan Tabor, y los moderados calixtinos, también llamados utraquistas. Mientras que los taboritas hallaban adeptos sobre todo entre el vulgo, los burgueses más pudientes de las ciudades y los miembros de la nobleza se pusieron del lado de los calixtinos. Si bien al comienzo ambos grupos luchaban codo con codo, a medida que la presión militar del emperador fue cediendo, los taboritas comenzaron a ver en los calixtinos un obstáculo que necesitaban quitarse de encima para alcanzar sus metas a largo plazo. Sin embargo, la burguesía y los señores nobles estaban hartos de ese estado de guerra continuo que ya llevaba más de una década, ya que prácticamente había hecho sucumbir al comercio y casi no permitía labrar los campos.

Con el correr del tiempo, la enemistad entre ambas facciones escaló hasta tal punto que mientras aún seguían desarrollándose las campañas en los países vecinos se desencadenó una guerra civil cuyo final no podía tener vencedor alguno. Conscientes de su inferioridad de condiciones, los calixtinos buscaron el apoyo del emperador. Segismundo cogió la mano que le extendían sus súbditos, los mismos que unos años antes lo habían depuesto, y para recuperar su corona logró que el papa Martín V, a quien él mismo había designado en Constanza, otorgara su acuerdo para crear una iglesia bohemia prácticamente independiente según la doctrina de Jan Hus. A cambio, los calixtinos se pusieron de su lado en la lucha contra los taboritas. Al principio, el emperador sufrió un par de derrotas más, como sucedió en 1431, cuando un ejército imperial se disgregó antes de comenzar la batalla y huyó despavorido de los taboritas. Pero dos meses más tarde, los caballeros alemanes unidos con los calixtinos lograron hacer que los taboritas sufrieran una derrota asoladora. Sin embargo, aún habrían de pasar tres años más antes de que los calixtinos pudieran derrotar a sus enemigos de forma definitiva en Lipany, logrando así asegurar la paz.

Bohemia llevó una vida autónoma dentro del imperio durante casi doscientos años. Esa situación acabó en cuanto su nuevo rey y posterior emperador Fernando II de Habsburgo intentó volver a imponer la fe católica por medio de la fuerza. Su intervención llevó a la Segunda Defenestración de Praga y desencadenó la Guerra de los Treinta Años.

El único de los planes de Segismundo que se hizo realidad fue la recuperación de Bohemia, el resto fracasó. Como no tenía ningún hijo legítimo, lo sucedió su yerno, Alberto V de Austria, que en 1438 fue proclamado emperador, pero murió apenas un año y medio más tarde, antes de que naciera su hijo póstumo, Ladislao V, que heredó las Coronas de Hungría y Bohemia. Para suceder a Alberto en el trono imperial se eligió a uno de sus parientes menos importantes entre los Habsburgo: a Federico III, casi con la intención de que guardase el lugar del joven Ladislao. Pero el hijo de Alberto falleció a los dieciocho años, en cambio Federico llegó a una edad avanzada y reinó como emperador durante más de cincuenta años. Su hijo, el emperador Maximiliano I, apodado «el último caballero», fue el abuelo de Carlos V, en cuyo imperio nunca se ponía el sol.

Índice

Primera parte. LA TRAICIÓN 7

Segunda parte. LA VIUDA 103

Tercera parte. RUMBO A LO DESCONOCIDO 193

Cuarta parte. RUMBO A BOHEMIA 285

Quinta parte. PRISIONERA 377

Sexta parte. LA BATALLA POR FALKENHAIN..... 475

NOTA HISTÓRICA 571